Excalibur

Fantasy by Knaur

Herausgegeben von
Kai Lindberg und
Sophie Loewen

Die Geheimnisse von Rhiyana

Band 1: Die gläserne Insel
Band 2: Das goldene Horn
Band 3: Die heilige Stadt

Über die Autorin:

Judith Tarr, geboren 1955, studierte unter anderem Geschichte in Yale und gehört zu den bekanntesten Fantasy-Autorinnen der Welt. Sie lebt in Maine.

Judith Tarr

DIE HEILIGE STADT

Geheimnisse von Rhiyana 3

Aus dem Amerikanischen
von Sylvia Brecht-Pukallus

Knaur

Die amerikanische Originalausgabe erschien 1986 unter dem Titel *The Hounds of God.* In Deutschland erschien dieser Roman erstmals 1987 unter dem Titel *Die Jäger der Inquisition 3: Die Hunde Gottes.*

Besuchen Sie uns im Internet:
www.knaur-fantasy.de
Sagen Sie uns Ihre Meinung zu diesem Buch
excalibur@droemer-weltbild.de

Überarbeitete Neuausgabe

Für diese Ausgabe durchgesehen von Alexandra Kosian-Krishnabhakdi
Umschlaggestaltung: ZERO Werbeagentur, München
Umschlagabbildung: AKG-Images, Berlin/Picture Press, Hamburg
Satz: Ventura Publisher im Verlag
Druck und Bindung: Nørhaven Paperback A/S
Printed in Denmark
ISBN 3-426-70257-6

2 4 5 3 1

Für Willie und Bonnie,
für Brett
und für Jonika

Er wusste drei Geräusche zu unterscheiden,
Den Schrei einer Frau unter Lupercals Peitsche,
Die Stimme des Papstes
beim Gesang des lateranischen Gloria
Und das Heulen eines Wolfes
an der Küste von Broceliande.

Charles Williams,
Taliessin Through Logres

1

Das Feuer war bereits vor einiger Zeit erloschen. Trotz all der warmen Teppiche, Wandbehänge und der Truhen voller Bücher war der Raum kalt. Eisig kalt.

Der sich darin aufhielt, schien es nicht wahrzunehmen. Er saß, aufmerksam beschäftigt, in seiner schlichten, dunklen Robe, die alles hätte sein können, der Überrock eines Fürsten, das Gewand eines Gelehrten oder die Kutte eines Mönchs, über einem dicht beschriebenen Blatt Papier. Die einzige Helligkeit spendete ein Kerzenstummel, da der Tag schon eine Zeit lang vor dem Feuer zu Ende gegangen war und einen der prachtvollen Schätze der Königlichen Kanzlei verdunkelte: das große Glasfenster, das den Blick aufs Meer freigab. Ein zweiter Schatz lag auf dem Schreibtisch neben seiner Hand, die schwere Kette und das Edelsteinsiegel aus Silber und Saphir des Kanzlers Seiner Majestät, das im unsteten Licht schimmerte.

Er rückte sich ein wenig auf seinem hohen Schreibschemel zurecht. Die aufflackernde Kerze ließ sein Haar silbern leuchten. Ihn kümmerte das wechselhafte Licht ebenso wenig wie die Kälte.

Und auch nicht die Gestalt, welche schweigsam und sanft lächelnd im Türrahmen stand und ihn beobachtete. Als er sich rührte, bewegte sie sich ebenfalls. Ihre Füße huschten lautlos über den Orientteppich, ihre Bewegungen waren geschmeidig und graziös. Ihre Augen glänzten goldbronzen. Gleich würde sie wahrscheinlich in Lachen ausbrechen.

Direkt hinter dem Kanzler blieb sie stehen. Er regte sich nicht. Sie schlang die Arme um ihn und legte ihr Kinn auf seine Schulter.

Er erschrak weder, noch wich er zurück. »Sieh dir das an«,

wandte er sich ihr zu, als hätte sie schon seit über einer Stunde mit ihm zusammen gelesen. »In den ganzen vergangenen fünfzig Jahren hat der Lord von St. Dol von jeder auf seinem Gebiet gelandeten Bootsladung Fisch die Hälfte als Zoll gefordert, hat sie genommen und mit hübschem Gewinn verkauft. Aber hier siehst du ... die Fischer sind klug. Sie achten darauf, in ganz bestimmten Häfen und Buchten an der Küste anzulegen und einen gut Teil ihrer Fänge dort loszuwerden, ehe sie den Rest der Verzollung durch den Landesherrn preisgeben, und haben auf diese Weise ihrerseits beachtliche Gewinne erzielt. So wird ein Wucher mit dem nächsten beantwortet; jeder weiß es, keiner sagt ein Wort, und jede Partei wird erfreulicherweise reich.«

»Sehr erfreulich«, meinte sie erheitert. Bei ihrem jetzigen Körperumfang war es nicht einfach, lange so stehen zu bleiben, wie sie stand; sie trat neben ihn. Sein Arm legte sich um ihren geschwollenen Leib. Sie lehnte sich behaglich an ihn. »Und was hat mein Herr Kanzler vor, dieses zweifache Unrecht zu beseitigen?«

Ihr Spott ließ ihn lächeln. »Unrecht, Thea? Unrecht ist daran nur, dass der König nicht beteiligt ist. Ich werde dem Lord die Gerechtigkeit Seiner Majestät widerfahren lassen: einen Halbzoll auf seinen Halbzoll. Der in gleichem Maße steigt, wie er versucht, seinen Leuten mehr abzuringen, um seine Gewinnspanne zu halten.«

Sie lachte. »Das ist königliche Gerechtigkeit! Und die Fischer?«

»Was ist mit den Fischern? Sie bezahlen ihren Herrn angemessen. Ihr Anteil ist in seinem enthalten.«

Sie schüttelte den Kopf. »Du wirst sie verwöhnen, Alf. Sie werden allmählich glauben, sie könnten sich aus allen Steuerpflichten herauswinden.«

»Das werden sie nicht«, widersprach er, »es sei denn, sie

legen Wert darauf, dass ihre weniger ... offiziellen Geschäfte behördlich erfasst und besteuert werden.«

Sie machte große, spöttisch-verwunderte Augen. »Ei, Alfred, mein frommer Liebster, du bist gerissen!«

»Das bleibt mit diesem Amt nicht aus.« Seine freie Hand streifte die Kette, hielt inne, hob sie in die Höhe. Sie war schwer, als lastete die ganze Welt an ihr. Sie wusste es; oft genug hatte sie sie ihm über den Kopf gezogen.

Er ließ sie wieder fallen, so dass das Silber kalt klimperte. »Ich habe es nicht gewollt«, versicherte er. »Ich wollte nichts als meinen Frieden, ein oder zwei Bücher und dich. Aber Gwydion kann man niemals etwas abschlagen.«

»Ärgerlich, nicht wahr? Da gibt es doch tatsächlich einen Menschen auf der Welt, der noch dickköpfiger ist als du. Und als König kann er sich auf ein rechtes Gefecht mit dir einlassen.«

»Ich weiß nicht, ob ich es als rechtens bezeichnen würde. Er hat mich zum Ritter geschlagen – das war erträglich; ich habe mir meine Sporen wohl, wenn auch nicht begeistert, verdient. Doch mit den Sporen waren Titel verbunden. Ländereien, Herrschaft. Das alles bekam ich, ehe es mir bewusst wurde.«

»Baron im Hohen Rat des Königreiches von Rhiyana«, zählte sie genüsslich auf. »Aufseher des Waldes von Broceliande. Gefolgsmann des Königs.«

»Und was ist mit deinen eigenen Titeln, teure Dame von Careol?«

»Sie sind hübsch. Doch nicht so hübsch wie dein Gesicht an jenem Tag, da Gwydion dir die Kette verlieh.« Ihre Augen huschten darüber. »Was war das doch für ein prachtvolles Schauspiel! Da war der alte Bischof Ogyrfan aufgefahren zur Kanzlei des heiligen Petrus – halleluja! –, wo seine Fähigkeiten gewiss dringlicher gebraucht wurden. Aber wer sollte seinen Platz hier unten einnehmen? Gewiss irgendein älterer

Prälat, der ebenso trocken wäre wie seine eigenen Hauptbücher, mit einem Rechenbrett an Stelle eines Gehirns. Ein bis zwei Erfolg versprechende Kandidaten waren vorhanden. Und Gwydion erhob sich bei Hofe, reichte die Kette seinem geschätzten Gefolgsmann neben sich und sprach: ›Müht Euch redlich für mich, mein Herr Kanzler.‹«

»Und sein Gefolgsmann«, fuhr Alfred fort, »stand da und gaffte wie ein Leibeigener auf dem Jahrmarkt.«

»Genauer gesagt«, berichtigte sie ihn, »wirkte er eher wie ein Mönch, dem sein Abt befohlen hat, eine Frau zu küssen. Erschrocken, empört. Und ganz tief unter allem anderen versteckt: voller Freude.«

»Letzteres war ich gewiss nicht. Ich war entsetzt. Jeder weiß, was ich bin: ein sehr widerwilliger Adliger und trotz all deiner Belehrungen immer noch eines der Unschuldslämmer dieser Welt. Weißt du noch, wie fassungslos ich in Konstantinopel war, als ich erfuhr, dass Leute fürs Heilen bezahlt werden?«

»Ich kann mich erinnern. Und ich entsinne mich auch, wie du entgegennahmst, was Gwydion dir bot. Gib es getrost zu: So völlig überrascht warst du nicht. Gelegentlich warst du in die Kanzlei geschlendert, mal um eine Eintragung nachzusehen, mal um mit dem alten Ogyrfan über Gesetzestexte oder die Heilige Schrift zu streiten, und irgendwo gab es immer eine kleine Verwicklung. Du sahst dir die Sache an, zogst deine berühmte Augenbraue in die Höhe und hattest mit ein, zwei Worten alles ins rechte Lot gebracht.«

»So einfach war es nie.«

»Nein?«, fragte Thea. Seine Hand ließ die Kette los und legte sich auf die üppige Wölbung ihres Bauches. Ihre eigene schmiegte sich darüber. »Du hast eine Gabe, Königreiche zu verwalten. Wie für so viel mehr.«

Unter ihren Händen erwachte Leben, drehte sich und trat.

Es war hier etwas, wie eine Ausbuchtung, das eine Ferse h sein können, und etwas wie ein zusammengekrümmter Körper. Das plötzliche Licht auf Alfs Gesicht ließ Thea fast den Atem stocken. Ihrem leichten, nicht ganz sicheren Lachen war es anzumerken. »Dein Sohn trägt Rüstung. Mit Sporen!«

Alfs Hände verschränkten sich hinter ihr; er lächelte sein schnelles, strahlendes Lächeln. »Du bist ihm aber nicht böse.«

»Nicht sehr. Wenn er erst einmal geboren ist, werde ich mein Bestes tun, es ihm heimzuzahlen.«

Er lachte leise und legte seine Wange an die Stelle, wo zuvor seine Hand geruht hatte. Sie sah auf seine Schädeldecke mit dem dichten, feinen, weißblonden Haar hinab; auf die fahlen Wimpern auf bleichen Wangen und den anhaltenden Zug seines Lächelns. Wenn sie im Kerzengeflacker ganz angestrengt hinschaute, konnte sie sehen, wie der Flaum sich verdichtete, der zu gegebener Zeit vielleicht einmal zum Bart werden würde.

Sie schüttelte schmerzlich den Kopf. Niemals hatte sie einen Mann getroffen, der weniger eitel gewesen war und gleichzeitig mehr Anlass dazu gehabt hätte; doch manchmal ertappte sie ihn dabei, wie er stirnrunzelnd sein Spiegelbild betrachtete. Es war stets das Gleiche. Von durchdringender Schönheit, strahlender Helligkeit und großer Jugend. Doch die Augen, mit denen er ins polierte Silber blickte, waren alles andere als die eines Jungen.

Und auch nicht seine Stimme mit ihrer Reinheit einer Tenorglocke. »Heirate mich, Thea«, bat er.

Es war ein Ritual, das seit Jahren so ablief. Sie führte es wie stets weiter. »Was? Um meinen Ruf zu ruinieren?«

»Ich denke an unsere Kinder.« Das war der neue Spruch, annähernd zehn Monate alt.

»Ich auch«, antwortete sie. »Es werden prachtvolle kleine Bastarde.«

Er versteifte sich ein wenig bei diesem Wort und entspannte sich nur mit Mühe wieder. »Sie sollten nicht ...«

»Dafür ist es doch nun ein bisschen zu spät. Und welcher Priester würde uns schon trauen? Ich bin Griechin, Schismatikerin. Nicht einmal um deinetwillen werde ich zu Rom konvertieren, Liebster.«

»Jehan wäre das gleichgültig. Er müsste morgen hier sein – vielleicht heute noch. Er wäre mehr als glücklich, uns ehrbar zu machen.«

»Jehan würde für dich durch die Hölle gehen, wenn du ihn darum bitten würdest. Aber du wirst ihn weder darum noch um unsere Trauung bitten. Ich bin nicht damit einverstanden.«

Er hob den Kopf. Er war weder verletzt noch verärgert, nur verwundert. »Warum?«

»Ich mache mit Genuss Skandal.«

»An diesem Ort«, meinte er, »fällt das nicht so leicht.«

»Natürlich nicht. Schließlich ist da schon Prinz Aidan. Er wollte eine richtige höfische Hochzeit. Und seine Braut ist eine wilde Sarazenin, eine grundehrliche Kriegerin. Es hat ihn zehn Jahre, fünf Päpste und seine ganze gewaltige Macht gekostet, seinen Willen zu bekommen. Dann wollte der Erzbischof die Trauung nicht vollziehen, und es gab die nächste königliche Schlacht. Um da mithalten zu können, muss ich mir schon alle Mühe geben.«

Er seufzte, stand auf und streckte sich. Er war groß; er konnte zerbrechlich wirken mit seinen langen Gliedmaßen und seiner mondhellen, blütenzarten Haut. Hin und wieder hielt ein Fremder ihn für leichte Beute, einen hübschen Jungen, der so lammfromm war wie ein Mädchen, reizte ihn und entdeckte schließlich den lauernden Leoparden. Der König hatte ihn schließlich nicht wegen seiner Gelehrtheit und nicht einmal wegen seiner Großtaten als Kanzler zum Ritter geschlagen.

»Ich wünschte, du würdest vernünftig werden«, sagte er.

Sie lächelte ihr gerissenstes Lächeln. »Jetzt verstehe ich. Du möchtest mich für dich alleine behalten. Pfui, schämt Euch, Herr! Ich bin eine freie Frau. Ich kann tun und lassen, was mir gefällt.«

Sein Blick ruhte auf ihr, so klar wie sonnenbeschienenes Wasser und ohne alles Unbehagen. »Das ist ein zweischneidiges Schwert, meine Dame. Treue will ich gern mit Treue beantworten. Wenn du dagegen als freie Frau dich entschließt, umherzuwandern ...«

»Das würdest du nicht tun.«

Er lächelte süßlich. »Gwydions Hofstaat ist der schönste der Welt. Keine der Damen übertrifft dich an Schönheit, aber eine oder zwei könnten dir gleichkommen.«

Sie fletschte die Zähne; ihre Augen wurden schmal und böse von der Wildheit einer Katze. »Ich werde ihr die Augen auskratzen!«

Trotz seiner Erheiterung griff er erschrocken nach ihr, denn sie begann zu wabern und zu verschwimmen. Einen Augenblick lang löste die Gestalt der Frau sich hinter der einer goldenen Löwin auf, die zum Sprung ansetzte. Doch das Bild verblasste. Thea stand in eigener Gestalt vor ihm, in ihrem schillernden bernsteinfarbenen Seidenkleid und sprühte Funken vor Temperament.

Er zog die Hand zurück. Nun konnte er weiteratmen.

Ihr Blick lag glühend auf ihm. »Zittere ruhig, mich so herauszufordern! Oder willst du, dass dein Sohn als Löwenwelpe geboren wird?«

Er sah ihr in die wilden Hexenaugen. Die seinen waren milder, doch ebenso wenig menschlich; er lächelte. »Das will ich für meinen Sohn ebenso wenig wie du für deine Tochter.«

»Vielleicht gedeiht es ihr zum Nutzen.«

»Ihm möglicherweise auch.« Alf ergriff ihre Hände und

küsste sie. »Meine liebreizende Dame, du hast keine Rivalin und du weißt es. Und du bist nur noch eine ganz kurze Zeit an diese einzige Gestalt gebunden. Sobald unsere Kinder geboren sind und du wieder bei Kräften bist, ziehen wir ein Weilchen umher. Eine Stunde, einen Tag. Wir werden wolfsgrau durch Broceliande streifen und auf Falkenschwingen fliegen. Wir werden wieder wie frisch Verliebte sein.«

Ihr Zorn kühlte etwas ab, schwelte aber noch. »Wir, Alf? Willst du schließlich doch deine Ängste vergessen und einen Gestaltwandel wagen?«

Er nickte langsam. »Ich bin bereit«, erklärte er. »Endlich. Ich glaube, wenn du dabei bist, kann ich mich fallen lassen.«

»Ich werde dich daran erinnern, Alfred.«

Sein Lächeln ließ nicht nach, auch wenn seine Finger kalt geworden waren. »Darauf bestehe ich.«

»Gut, denn nun hast du keine Wahl mehr.« Sie legte ihren Kopf leicht nach hinten, blickte zu ihm auf und machte kein Geheimnis daraus, wie sehr sie sich darüber freute. Seine Hände nahmen wieder ihre übliche Gluthitze an, die ihn unempfindlich gegen die winterliche Kälte machte. Er hatte seine Spannung, seine alte Furcht verdrängt, die tiefe Bedrohung, die er während des Wandels empfand, wenn kein Teil seines Körpers mehr fest und sicher war und sein ganzes Sein im Wind zu zerstieben drohte. Doch trotz all dieser Furcht war er ein bedeutender Magier, der es mit jedem ihrer Sippe aufnehmen konnte; außer vielleicht mit dem König.

»Und mit dir«, ergänzte er leise, in ihrem Denken verfangen wie sie in dem seinen.

»In einigen Künsten vielleicht«, gab sie zu. »In anderen überflügelst du uns alle.« Ihr Lachen war plötzlich zurückgekehrt und kräuselte wie kleine Wellen über ihn hinweg. »Wie kommt es dann, Herr Prophet, dass Ihr nicht sehen könnt, dass Jehan da ist? Schon seit über einer Stunde.«

»Du hast nie ...« Er verstummte. Er kannte sie. Allzu gut. »Hexe! Und du hältst uns hier auf.«

»Er hat eine Menge zu tun gehabt. Zuerst hat Gwydion ihn offiziell und anschließend persönlich begrüßt; und alle am Hofe nach ihm. Als Letztes sah ich, wie Anna auf seinen Knien saß und Nikki an seiner Schulter lehnte und er dem ganzen Hof Geschichten erzählte.«

Er übernahm das Bild in seiner ganzen Pracht aus ihrem Denken; was für ein köstlicher Anblick, wie die zur Frau herangewachsene Anna Chrysolora, die sonst so auf ihre Würde bedacht war, auf dem Schoß ihres geliebten Pater Jehan thronte.

Jehan war inzwischen Bischof, auch wenn das nicht auf den ersten Blick zu erkennen war. Er trug immer noch die härene, braune Kutte eines Mönchs vom heiligen Hieronymus; er wirkte größer als je zuvor, ein normannischer Hüne von einem Mann mit starkknochigem, krummnasigem, unverfroren schlichtem Gesicht.

Als es sich Alf zuwandte, erstrahlte es plötzlich auf wundersame Weise zur Schönheit. »Alf!« Jehan lachte vor Freude, während er den Freund auf Armlänge von sich hielt, um ihn zu begutachten. »Alfred, du Schurke, warum hast du mir nichts von Thea verraten?«

Sie waren alle zurückgetreten, der Hof, der König, selbst Thea, und beobachteten die beiden lächelnd. Alf nahm sie kaum wahr. »Ich wusste doch, dass du zu Weihnachten kämst«, antwortete er, »und das war bei weitem früh genug. Du wirst natürlich die Taufe zelebrieren.«

»Du hättest alle Mühe, mich davon abzuhalten.« Jehans strahlendes Lächeln wischte weitere Jahre von seinem Gesicht und brachte den Jungen zurück, der mit leuchtenden Augen von dem weißen Elfenmönch Philosophie gelernt hatte. Doch er trug einen Ring am Finger, Gold mit einem großen Amethyst. Alf verbeugte sich und küsste ihn.

»Meine Hochachtung vor dem Bischof von Sarum«, erklärte er.

Jehan verneigte sich seinerseits. »Und meine vor dem Kanzler von Rhiyana. Wir beide hatten es wohl sehr eilig, es in der Welt zu etwas zu bringen.«

»Jeder erhält seinen wohlverdienten Lohn«, bemerkte Alf. Der junge Bischof betrachtete ihn – etwas, wovon er in keinem Fall genug bekam – und lächelte. Alf sah großartig aus. Gelassen. Zufrieden. Als wäre er zu Hause und glücklich und in völligem Einklang mit sich und seiner Welt. Keine Sorgen, keinen Kummer. Keine Sehnsucht nach dem Kloster, das er aufgegeben hatte.

»Ich kann nun kaum dorthin zurückkehren«, sagte er, als er mit der Selbstverständlichkeit ihrer langen Freundschaft Jehans Gedanken las.

Jehan lachte und schaute zu Thea. »Wohl kaum! Sie würde es niemals zulassen.«

»Und ich auch nicht. Wir bekommen Zwillinge, weißt du. Einen Sohn für mich«, meinte sie. »Eine Tochter für sie selbst. Es wird erst die zweite Geburt im Gefolge von Rhiyana, das zweite Mal, dass zwei unseres Schlages zusammen ein Kind gezeugt haben.« Alf lächelte. »Prinz Alun ist aufgeregter als ich. So bekommt er zumindest noch Cousins seiner Art, solange er noch Spaß daran hat.«

»Wie alt ist er denn inzwischen – elf?«

»Zwölf seit Allerheiligen. Wir verwöhnen ihn alle schändlich, aber irgendwie schafft er es, unbeschadet daraus hervorzugehen. Das ist ein gutes Zeichen«, hoffte Alf, »für die zwei, die kommen.«

»Liebe hat noch niemanden verdorben«, meinte Jehan mit bischöflicher Sicherheit. Er kehrte zu dem Platz zurück, von dem er aufgestanden war, einer Bank vor einer mit Teppichen verhängten Wand. Der Hof zog sich zurück und ging wieder seinen eigenen Geschäften nach, der König ließ sich wieder auf dem Thron, mit der Königin an seiner Seite, nieder, und die Hochgestellten bewegten sich in bei Hofe althergebrachtem Muster, genau festgelegt und formal wie bei einem Tanz. Hinter dem Stimmengemurmel hatte leise Musik eingesetzt.

Alf setzte sich neben Jehan. Seine Augen, die so wechselhaft waren wie ein Wasserlauf, hatten sich zu fahlem Gold erwärmt; er legte seinen Arm um die breiten Schultern. Genauso hatten sie bei ihrer letzten Zusammenkunft gesessen – waren das wirklich schon fünf Jahre her? Und davor drei; und drei weitere. Die gleiche Bank beim ersten Mal, der gleiche kostbare Wandteppich mit der Darstellung von David mit der Harfe und Jonathan zu seinen Füßen, große, weißhäutige, schwarzhaarige Jugendliche, ein jeder mit dem gleichen adlerstolzen Gesicht. Nicht dass Jehan sie beim ersten Mal bemerkt oder sich die Mühe gemacht hätte, in ihnen den König und seinen Bruder als Modelle zu erkennen – er laborierte damals anlässlich der Feier seines Wiederauftauchens aus zweijähriger klösterlicher Abgeschiedenheit an einem kurz vorher erlittenen Nasenbeinbruch, und obgleich er fast verheilt war, schmerzte er unerträglich, wenn ein kalter Wind blies. Bis Alf seine wundervolle Heilkraft auf ihn wirken ließ und den Schmerz fortnahm, und er hätte eine umfassende Heilung bewirkt, wenn Jehan es zugelassen hätte. »Lass gut sein«, hatte er gebeten, damals ein stolzer Priester in Rüstung und im Auftrage des Papstes unterwegs. »Schließlich habe ich keine Schönheit zu verlieren; und ich habe den Streich verdient. Ich habe mich nach nur zwei Monaten Übung und zwei Jahren Verweichlichung in einer Bibliothek in ein Turnier gestürzt und bin gegen den besten Mann auf dem Feld zum Kampf angetreten. Ein Wunder, dass er mir nicht den Kopf heruntergeschlagen hat.«

Alf hatte gelächelt und es dabei bewenden lassen. Aber Jehan war sich im Klaren, dass Alf Bescheid wusste. Ohne Helm, taumelnd, halb an seinem eigenen Blut erstickt und mit Gott, dem Schicksal und seiner selbstgefälligen Haltung des gewohnten Siegers auf seiner Seite hatte er seinen Gegner zu Boden gerungen. Das Gerücht lief ihm voraus und wurde bereits zur Legende ausgeschmückt. Damen himmelten ihn an, als wäre er ebenso schön wie der Mann neben ihm, obgleich sein Gesicht ein einziger übler Bluterguss vom Kinn bis zur Stirn war.

Die Blutergüsse waren längst fort, und der gebrochene Nasenrücken konnte das Gesicht weder verschönern noch verunstalten. Die Wetterbräune des Soldaten erwies sich als stärker denn die Bleiche des Gelehrten, seine Züge waren fest und sein Haar begann zur Tonsur hin zurückzutreten. Doch er hatte noch alle Zähne, und die waren gut, kräftig und weiß; niemals hatte er größere Kraft besessen.

Er sog seine Lunge voll mit der sauberen Luft von Rhiyana, in der ein Hauch von Holzrauch, frischen Bächen und einer Spur – nur einer winzigen Spur – menschlichen Körpergeruchs hingen. Letzterer konnte, wie er wusste, nicht von seinem Begleiter stammen. Alf hatte selbst an Bord eines Schiffes, auf dem er einen Monat lang nur in Seewasser gebadet und sich an den Rudern abgerackert hatte wie alle Seeleute, nicht mehr Körpergeruch als ein Kind oder ein sauberes Tier.

Alfs Blick wanderte an Jehan vorbei und ruhte wie eine Liebkosung auf seiner Dame, die am Kamin verweilte. Lampen- und Feuerschein entzogen seinen Augen alles Menschliche, tauchten die großen Netzhäute in silbriges Gold und verengten die Pupillen zu Schlitzen. So konnte man selbst bei einem winzigen Kind seine Art erkennen, für welche die Menschen viele Namen hatten: Wechselbälger, Elfenbrut,

Feenleute. Kinder des Teufels, der alten, toten Götter oder der Jann; doch in Rhiyana zeichneten sie die Sippe des Königs aus. Es handelte sich dabei allerdings um keine Verwandtschaft, wie das Gesetz oder die Kirche sie anerkennen wollte, um keine Verwandtschaft durch Blut- und Familienbande, bis auf die beiden, die tatsächlich Brüder waren; Zwillinge, der König und der königliche Prinz: David und Jonathan auf dem Wandteppich, König Gwydion und sein Bruder Aidan. Die Übrigen waren wie Alf aus weit entfernten Ländern von der Präsenz des Königs angezogen in dieses Reich zusammengeströmt.

Es waren vielleicht zwanzig, alle groß gewachsen, obgleich einige Ritter am Hofe die größten noch überragten; sie waren von hellerer Hautfarbe als die meisten, einige sogar elfenbeinfarben. Männer und Frauen, oder eher Burschen und Mädchen, denn die ältesten schienen kaum mehr als zwanzig Jahre zu zählen, hatten alle den gleichen Gesichtsschnitt: schmal, mit hohen Wangen und großen Augen. Und die gleiche Schönheit – eine Schönheit, die Flotten in Bewegung setzen, Königreiche in den Untergang stürzen konnte, leidenschaftlich, lebhaft und strahlend wie Licht auf einer Schwertklinge.

Und ebenso wechselhaft und unveränderlich. Und gerade so war Alf gewesen, Mönch und Lehrer einer Abtei im Westen von Anglia, zum Priester geweiht, lange ehe Richard Löwenherz geboren wurde. Und er war noch derselbe gewesen in jenem Jahrzehnt, da der Kreuzzug gegen Byzanz geführt wurde, da die Hohe Stadt Konstantinopel fiel und ein fränkischer Kaiser über die Ruinen herrschte. Und genauso war er noch jetzt, da König und Kaiser in ihren Gräbern ruhten, und so würde er immer bleiben. Klinge oder Pfeil mochten seinem Leben ein Ende machen, nicht aber Alter und Krankheit.

Es hätte ein unerträglicher Gedanke sein müssen, vermutete Jehan. Doch er fand ihn tröstlich. Es war ein tief greifender, wärmender, weltlicher Trost, den sein Priestergewissen lieber weder gutheißen noch verurteilen wollte. Der Geist des Gelehrten erkannte seine Gespaltenheit an wie der alte Papst, der hingebungsvoll die Messen sang, um anschließend mit seinem Zauberbuch seine Geister zu rufen. Auf der einen Seite stand Gott mit der Kirche und allen Geboten. Auf der anderen Alfred mit seiner Art, seiner kunstvollen weißen Magie und seiner vollkommenen Beständigkeit. Was immer mit der Welt geschähe, er bestünde fort. Und würde immer am Rande von Jehans Bewusstsein als strahlende, starke Präsenz fortbestehen.

Seine körperliche Anwesenheit war etwas Seltenes und Kostbares, das man langsam und in Stille auskosten musste. Doch diesmal konnte das Vergnügen nicht von Dauer sein. Die Erinnerung strömte kalt und bedrohlich zurück. Jehans Muskeln verkrampften sich.

Alfs Griff wurde fester, wenngleich er noch immer zart war, ein bloßer Schatten seiner Kraft. Er sprach nicht. Wärme floss aus seinem Arm und seiner Hand – beruhigend, lösend, heilend.

Jehan biss die Zähne dagegen zusammen. »Du bist gefährlich, weißt du«, sagte er und gab sich Mühe, seinen Worten einen unbeschwerten Klang zu verleihen, »wie Lotosblüten oder Mohn. Willst du mich nicht ein wenig leiden lassen? Es ist gut für mein Seelenheil.«

»Tatsächlich?«, fragte Alf. »Nicht dass ich, der keine Seele hat, das beurteilen könnte.«

Sein Blick war strahlend und voller Spott, doch dahinter saß wie bei Jehan ein bitterer Kern, den dieser geradewegs traf. »Du weißt, dass das nicht stimmt! Ausgerechnet du, der das Buch verfasst hat, das allen unseren Theologen als Grundlage dient.«

»Sie nehmen jetzt Aristoteles als Grundlage«, entgegnete Alf, »und Lombards *Sinnsprüche.* Nicht mein *Gloria Dei.* Das vielleicht annähernd so bedeutend ist, wie die Schmeichler behaupten, doch es bleibt seinem Wesen nach Beleg des Hochmuts eines einzelnen Menschen. Sofern man ihn einen Menschen nennen kann – und als er es als bartloser, brillanter Junge von dreiunddreißig Jahren verfasste, wusste er bereits, dass er das nicht war.«

»Du warst gewissenhaft. Du hast die Seele nach Plato, Aristoteles, Boethius und Martianus definiert. Du hast die Heilige Schrift, die Kirchenväter und jede anerkannte Autorität bis hin zu Lombard zitiert. Du hast die Fehler der Philosophen richtig gestellt, du hast die Widersprüche der Kanonisten in Einklang gebracht. Doch nirgendwo«, erklärte Jehan, »hast du die Möglichkeit ausgeschlossen, dass du selbst in deinem unsterblichen Körper nicht doch eine unsterbliche Seele besitzt.«

»Damals hatte ich noch gewisse Hoffnungen auf meine Sterblichkeit. Nur Hoffnungen, aber sie waren zählebig. Und sie zerstreuten sich lange vor der Entbindung von meinen Gelübden.« Alf lächelte ohne ein Anzeichen von Anspannung. »Heute belustigt es mich eher. Was war ich doch für ein selbstgefälliger, naiver Kerl, die gesamte Theologie in einem Buch zusammenzufassen und meine erste Abschrift direkt an den Papst zu schicken. Als könnten alle die ärgerlichen und Ärgernis erregenden Fragen mit ihrer Beantwortung die Wirklichkeit Gottes erfassen – oder auch nur das Lächeln einer Frau.«

»Gott und die Frauen stellen große Rätsel dar. Doch in beantworteten Fragen liegt ein gewisser Trost, und mehr noch in deinem Buch, wie leichtfertig du es jetzt auch abtun willst.«

»Für mich nicht. Und auch nicht für die emsigen Schreiberlinge in den Schulen der päpstlichen Kurie. Sie mögen keine einfachen Lösungen und schon gar nicht meinen beklagenswerten Hauch von Mystizismus. Sie wollen die ganze Welt in ihre Kategorien aufteilen, und wer in keine hineinpasst, muss ein Verfluchter sein.«

Jehan schauderte tief und schmerzvoll. »Du stellst Prophezeiungen an. Weißt du das?«

»Diesmal ja«, antwortete Alf. »Sag mir, was du vorzubringen hast.«

»Wozu? Du weißt es doch schon.«

»Erzähl es mir.«

Aber Jehan, dessen Zungenfertigkeit berühmt war, konnte sich nicht überwinden anzufangen. »Der König ... weiß er ...«

»Er hört zu.«

Er saß auf seinem Thron in einem Kreis von Adligen und war mit einem würdevollen Prälaten, dem Erzbischof von Caer Gwent, ins Gespräch vertieft.

Er war der Elfenkönig. Er konnte hören, wozu kein Mensch in der Lage war.

Jehan sog langsam den Atem ein. *Töricht,* tadelte er sich. *So schrecklich ist es nun auch wieder nicht. Nun erzähl schon und bring es hinter dich.*

Seine Stimme hob stockend an. »Dieses letzte Jahr war bitter. John Ohneland von Anglia tot und begraben und ein Kind in Winchester gekrönt; doch wir stehen unter einer starken Herrschaft, und ich werde mein Land wiedersehen. Aber bete zu Gott, dass ich mehr als einen Monat ohne Unterbrechung dort bleiben kann. Das habe ich seit dem Tod von Richard Löwenherz nicht mehr geschafft, und das sind nun fast zwanzig Jahre her. Doch ich kehre in guter Verfassung zurück, habe ein Bistum aufzubauen und kann mich auf eine beachtliche Zahl von Freunden am Hofe und in der Kirche stützen. Ich werde gut zurechtkommen. Ich würde mir nur wünschen ...«

»Papst Innozenz wäre nicht unmittelbar nach dem König von Anglia gestorben«, fuhr Alf an seiner Stelle fort, als er nicht die rechten Worte fand, »als hätte die Beilegung ihres langen Streits um die Vorherrschaft der See von Canterbury beiden ihren Lebenssinn geraubt. Und du würdest wünschen, Innozenz' Tod hätte seine Bluthunde nicht von ihren Maulkörben befreit.«

»Gottes Bluthunde.« Ein bitterer Geschmack legte sich auf Jehans Zunge. »Der Orden des heiligen Paulus von der Straße nach Damaskus. Sie machten Jagd auf Kirchengegner. Richard hat sie um deinetwillen aus Anglia vertrieben; John hatte zumindest genügend Verstand, sie draußen zu lassen, und die Reichsverweser werden zusehen, dass sie auch dort bleiben. Anderswo sind sie auch nicht unbedingt gern gesehen. Als die Albigenser im Languedoc den päpstlichen Legaten ermordeten, rief Innozenz zu einem Kreuzzug gegen alle Ketzer auf, und die Pauliner strömten herbei wie Fliegen zu einem Kadaver. Doch jemand anderes war ihnen zuvorgekommen, dieser spanische Verrückte, Dominikus mit seinen Predigern. Das war Innozenz' Werk, der niemals viel für seine Bluthunde übrig hatte. Er fand sie unlenkbar.

Jetzt ist Innozenz tot und Honorius ist Papst, und Dominikus' Verstöße wurden abgesegnet und schriftlich niedergelegt: der *Ordo Praedicatorum* mit dem besonderen Auftrag, den verlorenen Schafen Roms das Evangelium zu predigen. Doch Honorius ist kein Dummkopf. Er weiß, dass er nicht dieselbe Macht oder auch nur die reine Bosheit besitzt, Gottes Bluthunde an der Leine zu halten; und sie kläffen ihm Tag und Nacht die Ohren voll. Languedoc? Was ist schon das, Languedoc? Ein paar Dörfer voller Albigenser und ein bis zwei Priester mit einem Harem um sich herum. Im Norden existiert ein besseres Ziel. Klein, aber sagenhaft reich, das nicht nur von einem sterblichen Ketzer, sondern von den Kindern des Teufels selbst regiert wird.«

»Rhiyana«, sagte Alf ruhig.

»Rhiyana«, wiederholte Jehan ohne Alfs Gelassenheit. »Oder Rhiyanon oder Rhiannon. Was könnte es mit einem solchen Namen anderes sein als ein Hort der Zauberei? Und mit solch einem König. Gwydion macht kein Geheimnis aus dem, was er ist, und er könnte es auch nicht. Die ganze Welt weiß, wie lange er schon seinen Thron innehat. Achtzig Jahre, dabei sieht er wie zwanzig aus und war bereits ein erwachsener Mann, als er sein Amt angetreten hat. Selbst der leitende Pauliner-Pater leugnet nicht, dass Gwydion den Thron von seinem gewiss sterblichen Vater übernommen hat. Mit seiner Mutter hat es sich dagegen schon wieder anders verhalten. Eine Frau von übernatürlicher Schönheit, die aus Broceliande kam, um einen jungen König zu lieben, ihm zwei Söhne gebar und eine Tochter – Letztere verschied als sterbliche Frau, worüber keiner viel Worte verliert – und ihre Schönheit ungemindert lange Jahre über wahrte; als ihr König starb, verschwand sie in dem geheimnisvollen Wald, um nie wieder gesehen zu werden. Ein hübscher Stoff für eine romantische Geschichte. Das gefundene Fressen für Gottes Bluthunde.«

Alf schwieg, sein klarer Blick zeigte keinerlei Furcht.

Jehans Hände ballten sich auf seinen Oberschenkeln zu Fäusten. »Rom ging mit Rhiyana immer sehr vorsichtig um. Dieses Reich hat niemals einen Überfall erlebt; es griff auch nie Nachbarländer an und mischte sich – öffentlich – in keinem einzigen Fall ein, zu dem man es nicht aufgefordert hatte. Sein König ist für seine ausnehmend harmonische Beziehung zu seinem Klerus bekannt und ist tatsächlich ein durch und durch christlicher Herrscher, der es weder an den nötigen Spenden noch Pflichten gegenüber Mutter Kirche mangeln lässt.

Gewiss hat er die Bluthunde aus seinem Herrschaftsbereich verbannt und hat streng auf die Einhaltung dieses Banns bestanden. Doch es sind nicht die Bluthunde selbst, die mir

Angst einjagen. Es ist nicht einmal das Gespinst von Lügen und verdrehten Wahrheiten, das sie um den Papst gesponnen haben; das haben sie schon seit ihrer Gründung getan.« Endlich ließ er es heraus. »Sie rufen zu einem neuen Kreuzzug auf.«

»Ach«, wiegelte Alf ab. »Es beschränkt sich auf nicht mehr als ein Gerücht in der Kurie. Es ist schon Markttratsch.«

»Es ist mehr als Markttratsch. Eine Abordnung soll die Kirche im Reich untersuchen, und es ist das Gekeife von Predigern, die in der Normandie, der Maine und der Anjou Männer anwerben. Bei allen euren Nachbarn; nicht eure bedeutenden Verbündeten, doch die kleinen Leute, die ihre Vasallen sind, die habgierigen Barone und die blutgierigen Söldner. Und die Armen und Frommen, die zwar davor zurückschrecken, ihre Mitmenschen abzuschlachten – wie sehr sie auch einer Irrlehre folgen –, die aber mehr als glücklich wären, die Welt von einem Hexenkönig zu befreien.«

»Die Abordnung, von der wir wissen«, erklärte Alf, »soll zum Dreikönigsfest eintreffen. Ein Legat des neuen Papstes mit einem Gefolge von frommen Mönchen. Sie wollen, so teilte uns Seine Heiligkeit mit, sich vergewissern, dass alles mit der Kirche in Rhiyana zum Besten steht, dass die Kleriker ihre Pflicht tun und der König weder Juden noch Ketzern Unterschlupf gewährt.«

»Zum Donnerwetter!«, rief Jehan. »Wie kannst du das alles nur so gelassen hinnehmen? Auch wenn Gwydion seine Abstammung nicht im Gesicht geschrieben stünde, so dass sogar jeder Blinde sie sehen kann, selbst wenn die Feenleute sich mit ihrer Zauberei zurückhielten und sich die Menschen den Inquisitoren des Papstes widersetzten, so werden sie schon um des Restes willen alles niederbrennen: Rabbi Gamaliel mit seiner Synagoge, in der Nähe der Seminare, die Häresiarchen, die mit den gelehrten Theologen über die Göttlichkeit Christi streiten, und Griechen und Sarazenen, die sich in den Straßen ungehindert unter gute Christen mischen. Dieses Königreich ist ein wahrer Sündenpfuhl.«

»Grauenvoll«, stimmte Alf ihm zu. »Wie der Verrückte, der – natürlich ein Ketzer und für alle rechten Lehren verloren – verkündete: ›Es gibt weder Juden noch Griechen, es gibt weder Leibeigene noch Freie, weder Mann noch Frau: Denn Ihr seid alle eins in Jesus Christus.‹«

Jehan bemerkte, dass er ihn mit offenem Mund angaffte. Er klappte ihn laut zu und lachte plötzlich. »Alf! Du bist gefährlich.«

»Das will ich hoffen. Denn unsere Feinde sind es ebenfalls. Sie stellen eine tödliche Gefahr dar; und trotz all unserer Macht sind wir von Gwydions Schlag sehr wenige. Wenn ich den Angriff mit meinem Verstand und meiner Zunge abwenden kann, glaube mir, dann werde ich das tun.«

»Aber er wird kommen. Ich bin nur ein Mensch und kein Prophet, aber das weiß ich. Ich fühle es in meinen Knochen.«

Alf erwiderte nichts. Sein Blick war zu Thea zurückgewandert. Er war so klar wie ein Schrei: Die Liebe, die er ihr und den ungeborenen Kindern entgegenbrachte, und die Angst, die er nicht zulassen wollte – oder konnte. Und er war ein Hellseher. Er wusste, was kommen würde.

Jehan packte ihn mit plötzlicher Heftigkeit. »Alf. Geh! Geh schnell! Geh *jetzt!* Geh dorthin, wo kein Mensch dir etwas anhaben kann!«

Seine schweren Hände hätten diese zarten Knochen zermalmen müssen, doch sie waren so geschmeidig wie Damaszener Stahl.

»Du kannst«, drängte Jehan auf Alfs Schweigen weiter, lockerte seinen Griff ein wenig, nicht aber die Dringlichkeit seiner Stimme. »Das sagtest du mir vor Jahren, als Gwydion dir Broceliande anvertraute. Es liegt jetzt nur halb in dieser

Welt – der Wald, die Ländereien und die Schlösser, selbst ein Teil der See. Du kannst es völlig abschließen hinter einer Mauer aus Magie ...«

»Macht«, berichtigte Alf ihn ganz leise.

»Ist das nicht alles das Gleiche?« Alfs Gesicht war undeutbar, sein Blick – nur wenig, aber erkennbar – erheitert. Jehan bohrte hartnäckig weiter. »Gwydion wurde im Wald geboren. Es war stets seine Bestimmung, dorthin zurückzukehren. König zu sein, solange er gebraucht wurde, und sich dann elegant zurückzuziehen und zur Legende zu werden. Das alles ist sehr hübsch, sehr edel und entspricht Gwydion ganz und gar. Doch selbst er – er ist klug, der klügste König der Welt –, doch selbst er hat meiner Ansicht nach zu lange gewartet. Wenn er jetzt geht, ehe die Abordnung eintrifft, wenn ihr jetzt alle geht, seid ihr in Sicherheit. Und Rhiyana hat nichts zu befürchten.«

»Wirklich nicht?«

»Wie sollte es? Ihr alle seid mit teuflischer Feigheit verschwunden. Rhiyana wird ein unweigerlich menschliches Königreich sein.«

»Und Rabbi Gamaliel? Und der Häresiarch Matthias? Hakim ben Ali und Demetrios Kantakouzenos und Jusuf von Haifa? Gar nicht zu reden von meinen lieben Geschwistern, den Letzten des Hauses Akestas – was wird aus ihnen? Sollen wir sie der milden Barmherzigkeit der Kirche überlassen?«

Jehans Furcht wandelte sich in reine Wut. »Erzähl mir nicht, du wüsstest nicht für jeden von ihnen mitsamt ihrem Hab und Gut schon einen Zufluchtsort.«

»Und selbst wenn«, erklärte Alf ungerührt, »würden wir nicht wie eine Herde aufgescheuchter Gänse davonrennen.«

»Nicht einmal um deiner Kinder willen?«

Alf wurde kreidebleich. Seine Augen waren wirklich gespenstisch, verschwommen und doch durchdringend, und erblickten, was kein anderer sehen konnte.

Plötzlich richteten sie sich wieder auf seine unmittelbare Umgebung. Jehan sah sich bleich und erschreckt in ihnen widergespiegelt, doch er ließ sich nicht abbringen. »Geh!«, forderte er. »Lass dir einen Tag Zeit, wenn es sein muss, bring deine Schar Freunde und Ungläubige in Sicherheit. Aber geh! Oder willst du miterleben, wie Rhiyana rund um dich her verwüstet wird, dein Volk unter das Interdikt gerät und auf jedem Marktplatz ein Scheiterhaufen errichtet wird?«

Alf lächelte. Doch die Farbe war noch nicht wieder in sein Gesicht zurückgekehrt. »Jehan, mein liebster Freund und Bruder, wir wissen genau, was wir tun. Vertrau uns. Trau zumindest Gwydion, der uns alle regiert. Er weiß schon seit langer, langer Zeit, was schließlich kommen muss als Preis für seine ganzen Jahre des Friedens. Und den zu zahlen, will er nicht seinem armen Volk überlassen, das ihn liebt, ihm vertraut und das seinen Schutz benötigt. Erst wenn seine Leute wirklich und endgültig sicher sind, wird er von ihnen gehen.«

»Aber er bringt sie doch erst in Gefahr. Ihr alle. Ohne euch ...«

»Ohne uns und nach dem Untertauchen aller Ungläubigen verliert der Kreuzzug seinen Zweck. Oder nicht? Das ist ein Land von sagenhaftem Reichtum, das von der langen Ruhe schlaff und fett geworden ist. Eine prächtige Beute für ein Heer von Verbrechern, entschieden verlockender als das arme, ausgeplünderte Languedoc. Wo, wie ich Euch, mein teurer Bischof, erinnern darf, die Albigenser nur den Vorwand dazu lieferten.« Vorsichtig und ohne erkennbare Mühe löste Alf sich aus Jehans Griff. »Ich gebe dir Recht, dass unsere Existenz, die Tatsache, dass wir zu lange in dieser Welt verweilt haben, der Auslöser für diesen Kreuzzug sind. Aber Kreuzzüge haben die Eigenschaft, ihren Initiatoren aus den Händen zu gleiten wie die Dämonen in den Märchen, welche die Zauberer, die sie riefen, vernichten.«

Jehan wusste das alles ebenso gut wie Alf. Er war in Konstantinopel dabei gewesen. Er hatte mitgeholfen, die Stadt in einem Krieg zu zerschlagen, der zur Befreiung des Heiligen Grabes begonnen worden war; er hatte jedoch seinen Zweck und sein Ziel geändert, und aus einem Kreuzzug gegen die Sarazenen war ein Feldzug zur Erringung eines Thrones für einen verstoßenen Byzantinerprinzen geworden und hatte sich schließlich zu einem reinen Eroberungskrieg gewandelt.

»Ja«, gab ihm Alf Recht, der seinen Gedanken folgte. »Aber das hier wird kein Byzanz. Nicht solange Gwydion König ist.«

»Oder Alfred Kanzler.« Jehan fühlte sich plötzlich sehr erschöpft. Er war den ganzen weiten Weg von Rom durch den tiefsten Winter geritten, um den Männern des Papstes zuvorzukommen. Er war nicht alt, aber auch nicht mehr so jung; und ihm stand ein langer Kampf in seinem eigenen Land bevor, wo ein Bistum errungen und verteidigt sein wollte und bei der Regierung des Königreichs geholfen werden musste. Und das hier war weder sein Land, noch waren es seine Leute – streng nach seinem Gelübde genommen, hätte er sie meiden müssen.

Und doch liebte er sie als der große, halbverrückte, lächerlich edelmütige Narr, der er war. Alf, Thea und die beiden jungen Griechen, die sie aus der zerstörten Stadt mitgebracht hatten; Gwydion und seine Königin und seinen leidenschaftlichen Bruder und seine ungestüme, zauberhafte Sippe. Sogar das Land selbst mit seinen wohlhabenden Städten, den grünen, blühenden Gehöften, den Wäldern und Feldern, den windigen Landspitzen und den Menhiren. Sicher war er ein schlechter Priester und höchstwahrscheinlich zur Hölle verdammt, aber er konnte nichts dagegen tun. Er wollte es ja nicht einmal.

Alfs Hände ruhten warm und fest auf ihm, seine Augen waren ebenso liebevoll wie fremdartig. »Gott weiß«, sprach er leise, »und Gott ist gnädig. Und niemals hat er aufrechte und freimütig geschenkte Freundschaft verdammt. Das für möglich zu halten würde heißen, ihn selbst zu verleugnen.«

Viel zu klug war er, um wie ein solcher Junge auszusehen.

Alf lachte. Jehan errötete, denn diesen Gedanken hätte Alf nicht lesen sollen. »Stimmt es nicht, Bruder?« Die kräftige schmale Hand zog ihn in die Höhe. »Komm! Du brauchst jetzt ein Bett, ausgiebigen Schlaf – und ein oder zwei Tage in Rhiyanas Frieden. So viel bleibt uns zumindest allen noch.«

2

Alles war Stille und strahlendes Licht.

Wenn Nikki wollte, konnte er es in Worte fassen. Hochstehende, kalte Sonne an einem blauen Himmelszelt. Brandende Wogen, meerblau und meerweiß, und die Weiße Feste, die auf der Landspitze leuchtete. Und ganz nahe in Reichweite seiner Augen die Stadt im Festtagstaumel. So bunt, wie die Häuser ohnehin immer waren, bemalt und vergoldet, strahlten sie jetzt flaggengeschmückt in der Wintersonne und blickten auf ein lebhaftes Schauspiel hinab. Adlige Damen und Herren mit ihrem Gefolge, zu Pferd, zu Fuß oder in Sänften, funkelnd von Edelsteinen und schillernd in kostbaren Stoffen. Ritter in blitzender Rüstung. Stadtbewohner, fein rausgeputzt wie Fürsten. Freie Bauern in ihrem ganzen Festtagsstaat. Huren wie Damen gekleidet und Damen fast so schamlos wie Huren, welche die Kälte verlachten. Gaukler und Akrobaten; dressierte Bären, Hunde und Affen, die für ein paar Münzen tanzten. Ein Seiltänzer, hoch über den Hausdächern, und Schauspieler, die von unten wilde Grimassen schnitten. Hanswurste im Narrenkleid und Bettelmönche in Lumpen und hie und da ein Auflauf, wo ein Minnesänger sang, ein Spielmann musizierte oder ein Geschichtenerzähler seine Fabeln zum Besten gab.

Seine Nase gab sich alle Mühe, seinen Augen zu folgen. Es roch nach Menschen, vom einfachen Leibeigenen bis zum hoch gestellten Edelmann. Weihrauch – eine Prozession war mit einer heiligen Reliquie vorübergekommen und hatte einen Großteil der Menge hinter sich hergezogen, bis irgendein neues Wunder sie ablenkte. Düfte und Gewürze, gebratenes Fleisch, frisch gebackenes Brot und alt gereifter Wein und vielfache Genüsse von der Bude des Zuckerbäckers ein paar Schritte weiter windaufwärts.

Eine Hand schüttelte ihn, als wollte sie ihn aus dem Schlaf reißen. Er blickte in ein lachendes, schelmisches Gesicht, das sich fast auf der Höhe seines eigenen befand, obgleich es weit jünger war: das Gesicht eines Jungen, eines Pagen, eine große, dünne Range von Kind mit Haaren wie Rotgold. »Träumst du, Nikephoros?«

Mit den Worten kam das Begreifen und mit dem Begreifen zugleich das ganze Getöse des Festes in seine Ohren. In Nikkis Kopf drehte sich alles.

Alun hielt ihn fest, lachte immer noch, aber schalt ihn bei all seiner Heiterkeit. »Das sollst du doch nicht.«

Nein, das sollte er wirklich nicht, aber die Stille hatte alles so wundervoll gemacht.

»Vielleicht«, meinte Alun mutmaßend.

Und Alun sollte es auch nicht. Nikki setzte sein bestes und strengstes Stirnrunzeln auf. Es wäre wirksamer gewesen, wäre er selbst größer oder seine Augen kleiner gewesen oder hätte sein Mund sich nicht so sehr zum Lachen verzogen. Wenigstens lag er altersmäßig im Vorteil – mit guten sechs Jahren – und ein wenig, was die Klugheit anging.

»Aber nur ein ganz klein wenig.« Alun strahlte vor Neckerei, war aber recht fügsam. Zumindest für den Augenblick. Er schob seinen Arm unter Nikkis und begann, ihn weiterzuziehen. »Komm, Vetter! Das ist kein Tag zum Träumen. Die Sonne lacht, die Stadt tobt und das Durcheinander regiert.« Er beugte sich mit leuchtenden grauen Augen zu ihm hinüber. »Ei, es heißt, der König selbst hätte die Krone abgesetzt und sich als einfacher Mann unters Volk gemischt – oder vielleicht hat er Narrenkappe und Schellen angelegt und verkündet vom Altar des heiligen Brendan seine Urteile.«

Nikki lachte und wand sich mit ihm aalgleich durch die Menge. Zuzuschauen – das war großartig. Dabei zu sein war die helle Freude. Sie jubelten dem Seiltänzer auf seinem hohen Seil zu. Sie verschlangen Fleischpasteten – für die sie mit Küssen bezahlten, denn die pralle Verkäuferin wollte von so hübschen Burschen kein Geld nehmen. Alun errötete wie ein Mädchen, zahlte aber zu Nikkis größtem Spaß mannhaft. Sie hörten einen Spielmann wehmütig von Liebe singen und einen Rezitator vom Krieg deklamieren. Sie wirbelten in einen Straßentanz und wieder heraus – atemlos und erhitzt, als hätten sie an einem Feuer gestanden.

Neben dem Tor zur Kathedrale zeigte ein Zauberer seine Kunst. Sie sahen ihm kritisch zu. *Ein mutiger Mann,* sagte Alun in Nikkis Denken, *mit seinen Taschenspielereien hierher zu kommen.*

Er war sehr geschickt, aber er hatte keine große Menge angelockt. »Ein Narr«, entschied Nikki, »zu glauben, seine Becher, Äpfel und Schals würden ihm in der Stadt des Elfenkönigs etwas einbringen.« Aber mutig war er schon und auch gutmütig, obgleich er aussah, als hätte er schon eine ganze Zeit lang nichts Anständiges zu beißen gehabt.

Nikkis Augen schielten zur Seite und begegneten Aluns entsprechendem Blick. *Sollen wir?*

Nikki zog die Unterlippe zwischen die Zähne. Alf wäre entsetzt.

Vater auch.

Sie blieben stehen. Das waren Namen, die Macht und Schrecken bedeuteten. Und keiner von beiden wäre so wenig feinsinnig, eine Tracht Prügel zu verabreichen. O nein. Der Kanzler und der König waren entschieden gefährlicher. Sie schlugen nicht mit dem Rohrstock zu, sondern mit Denken und Zunge.

Aber trotzdem.

Schließlich war es das Fest der Narren. Der einzige Tag im ganzen Jahr, da die Welt Kopf stand.

Alun lachte laut, Nikki schweigend. *Du zuerst,* sagte der Prinz großmütig.

Nikki verneigte sich zustimmend. Der Zauberer hatte sie nicht bemerkt. Sie waren nur zwei Jungen in der Menge, und er ließ gerade einen Schal in der Luft verschwinden. Er sollte als Zweig einer Stechpalme zurückkommen. Nikki musste lächeln.

Der Schal löste sich auf, wie er sollte. Der Mann fuchtelte kunstvoll mit den Händen. Als sein Schnickschnack den Höhepunkt erreichte, löste Nikki einen Energiestoß aus. Da lag in seinen Händen eine frisch erblühte Rose von der Farbe eines errötenden Mädchens.

Wirklich tapfer, der arme Zauberer. Er hielt nur inne, um kurz zu blinzeln, und fuhr fort, als wäre nichts schief gegangen.

Alun verbiss sich das Lachen. Der Palmzweig – jetzt eine Rose – sollte zu einer Tasse Wasser werden. Eine Tasse war es wirklich, aber sie dampfte und verströmte einen wunderlichen Geruch von Wein und Gewürzen. Das zog ein bis drei Vorübergehende an. Insbesondere, als der Wein abkühlte und Rankenblätter daraus wuchsen, die anschwollen, sich in die Luft wanden, erblühten und schließlich ganze Kaskaden blauroter Trauben hervorbrachten.

Der Zauberer dachte, er hätte den Verstand verloren. Doch der Becher war voller Münzen. Kupfer weitgehend; weder Nikki noch Alun konnten Gold ausgeben. Trotzdem war es mehr, als der Scharlatan in einem Monat seines Umherziehens verdient hatte; und mehr war auch in die Schüssel zu seinen Füßen geklimpert. Die Leute in Caer Gwent wussten zu schätzen, wenn sie richtige Magie zu sehen bekamen.

»War das Sünde?«, überlegte Alun, als sie in einer Schenke hinter der Kathedrale heißes Bier tranken.

Nikki zuckte mit den Schultern. Er hatte es nicht als solche empfunden. Und der Mann war glücklich und würde heute

Abend warm schlafen und gut essen; vielleicht würde er nicht einmal das ganze Geld auf einen Schlag vertrinken.

»Irgendjemand wird ihm verraten, was geschehen ist«, sagte Alun. »Einer hätte es ihm sagen müssen, ehe er hierher kam. Doch er hatte schnelle Hände. Ich frage mich, ob er das, was er tat, wirklich konnte?«

Es bedurfte nur der Übung. Wie Schwertkampf oder Schreiben.

Alun nickte. Er war in beidem recht geschickt. »Oder wie die Macht selbst.« Er schmiegte seine Hände um den Becher, um sie zu wärmen, und ließ den Blick der quecksilbrigen Augen flugs durch die Schenke schweifen. Die meisten Leute wussten, wer er war, doch aus Höflichkeit ließen sie ihn in Ruhe. Es reizte ihn ein wenig, denn er war stolz darauf, und gleichzeitig gefiel es ihm auch. Er rekelte sich wie ein Mann von Welt auf seinem Schemel, oder zumindest wie ein Knappe an seinem freien Tag.

»Und bald werde ich auch einer sein«, prahlte er.

In ein oder zwei Jahren vielleicht.

»Das ist nicht mehr lange.«

Nur eine halbe Ewigkeit.

Alun machte, als wollte er Nikki seinen Becher an den Kopf werfen. »Wirst du niemals Respekt lernen?«

Nikki grinste völlig reuelos.

»Unverschämter Grieche«, seufzte der Prinz aus vollem Herzen. »Daran sind nur die Frauen schuld. Sie verderben dich, hängen schmachtend an dir und flehen um einen Blick aus deinen schwarzen Augen. Wie viele Eroberungen sind es denn inzwischen, Nikephoros?«

Nikkis Grinsen begann zu schmerzen, doch er hielt hartnäckig daran fest.

»Unzählige«, beantwortete Alun seine eigene Frage. »Mehr Anbeterinnen als Sterne am Himmel, mehr Küsse als ...«

Das Schankmädchen, das mit einer Hand voll leerer Bierkrüge vorüberrannte, stolperte und ließ sich in Aluns Schoß fallen. Ohne nachzudenken und mit dem sicheren Instinkt ihres Gewerbes verabreichte sie ihm einen schmatzenden Kuss, kam schwungvoll wieder auf die Beine und ging weiter, als hätte sie niemals innegehalten.

Nikki spendete Beifall und formte in seinem Denken Worte, wie er sich selten die Mühe machte. *Bravo, Cousin. Bei der heutigen Geschwindigkeit wirst du mich bald überrundet haben.*

»Gott bewahre!«

Nikki lachte sein lautloses Lachen und leerte seinen Henkelkrug. Das Bier lag wohltuend und gut in seinem Magen; der Gasthof war sauber und nur wenig besucht, so dass seine Sinne nicht zu sehr belastet wurden. Und sein Begleiter ...

Des Königs einziger, innigst geliebter Sohn hatte sich wieder den Gesichtsstudien zugewandt. In das Denken der Menschen drang er nicht ein; das gehörte zur Höflichkeit seiner Art und galt als ungeschriebenes Gesetz. Aber sie beobachteten alle gerne ihre kurzlebigen Vettern, das Anders-Volk, das die Welt bevölkerte und sich brüstete, sie zu beherrschen.

Die einen und die anderen. Nikki betrachtete seine eigene Hand auf dem Tisch vor sich. Die Hand eines drahtigen, jungen Mannes, braun selbst im Winter, mit einem weißen Zickzack von Kratzern – er hatte vor kurzem eine kleine Meinungsverschiedenheit mit einer Katze gehabt. Die Katze hatte es fast auf der Stelle bedauert. Katzen waren von aufbrausendem Temperament.

Er selbst war nicht der langsamste, auch wenn die Leute ihn sanftmütig nannten. Es lag an seinem verfluchten Gesicht mit den Augen eines Kalbs und an seinem Schweigen. Gegen Ersteres vermochte er nichts, als sich eine schreckliche, beeindruckende Narbe einzuhandeln. Letzteres war ärgerlicher.

Seine Schwester tobte mit ihm. Sie war sichtlich und ungeniert aufbrausend und zungenfertig dazu. Es nützte wenig, Augen und Denken vor ihr zu verschließen. Sie pflegte ihn mit Fäusten zu bearbeiten, bis er sie aufmachte, oder ihm hinterherzulaufen; bis er sich stellte. »Idiot«, schrie sie. »Fauler, schlaffer Dummkopf! Mach den Mund auf und *rede!*«

Die erste Hälfte, zu der er gut im Stande war, wollte er nicht, sondern presste die Lippen in einem Starrsinn aufeinander, der dem ihren gleichkam.

Sie funkelte ihn wütend an. »Du könntest, wenn du es nur versuchen wolltest. Du weißt, wie es geht. Alf hat es dir beigebracht. Jahre brachte er damit zu, während du wie ein Holzklotz, starrsinnig wie ein Maultier und zweimal so faul dabeisaßt. Es wäre ja *Arbeit,* Worte zu bilden, selbst in deinem Kopf. Sie laut hervorbringen? Wer braucht sie schon?« Sein Blick entsprach ihrer Rede. Sie schlug nach ihm und schrie nun fast. *»Du* brauchst sie, Nikephoros Akestas. Sieh dich an! Bist schon erwachsen, drückst dich mit jedem Mädchen von Caer Gwent in den Ecken herum und bleibst stumm wie ein Fisch. Die Elfen bräuchten auch nicht reden, aber sie tun es. Alle. Und sie sind nicht einmal Menschen.«

Bin ich denn einer? Es war eine Art Geschenk, die Worte in ihr Denken zu übermitteln, selbst wenn der Ton bitter war.

»Ja, das bist du!« Sie packte ihn. Sie war sehr zart, ein kleines, braunes Vögelchen, ganz Knochen und Temperament. »Du bist ein Mensch, Nikephoros. Fleisch und Blut und Knochen – ein Mensch. Du isst und du schläfst und du läufst hinter Frauen her. Wenn du so weitermachst, wird dir eine einen strammen, schwarzäugigen Bastard bescheren, der ebenso Mensch sein wird wie du. Und wenn deine Zeit kommt, wirst du nicht mehr herumrennen; du wirst steif und alt und wirst sterben.«

Macht mich das zum Menschen?

Er lachte lautlos mit einem Unterton, der fast ins Schmerzliche kippte. Blut war das eine. Aber da war auch das Gehirn und was in seinem Innern ruhte. Er gab einen gut aussehenden jungen Mann ab, der seinem Knappendasein nicht gerade Schande machte und an Schnelligkeit aufwies, was ihm an Größe und Stärke abging; kein zu schlechter Philosophieschüler, auch wenn er sich zu rasch von Kleinigkeiten wie einem Mädchen, einer Katze oder einem neuen Zauberkniff ablenken ließ. Wer würde die Wahrheit glauben? Trotz aller Jugend, allen Stolzes, trotz seiner schwarzen Augen blieb er ein bedauernswertes Geschöpf, ein Halbmensch, ein Krüppel.

Anna versetzte ihm eine schallende Ohrfeige. »Du bist ebenso wenig ein Krüppel wie ich. Ich kann nur Geräusche wahrnehmen. Du hörst das Denken anderer. Und über sie auch Geräusche, wenn es dir passt, was immer deinen Ohren auch fehlen mag.«

Er konnte gegen sie niemals zurückschlagen. Es war keine Ritterlichkeit, es war schlichte Feigheit. In seinem Bewusstsein, und das zählte, war sie noch immer die große, schreckliche, allmächtige ältere Schwester; und er war fünf Jahre alt, ein Wirrwarr namenloser Gefühle, ein Augenpaar in einer Welt, die keine Worte besaß eine Stille, die einen Mangel bedeutete, aber einen Mangel, den er als solchen nicht empfand.

Bis jener kam. Vor den Namen oder Worten war er einfach nur *er*, der Fremde, der aus der weiten Welt jenseits des Tores erschien mit Haaren heller als Gold um ein schreckliches, sonnenverbranntes Gesicht. Doch er winkte. Er war anziehend. War unvergleichlich. Und als Nikki auf ihn zuging, begann die Welt sich um ihn zu drehen, aufzuspringen und sich zu öffnen. Und dann kamen Worte und Namen, Dinge, Taten, Gedanken, die ihn mit ihrer völligen Abstraktion niederschmetterten, eine ganze Welt, die sich in einem fremdartigen Wesen konzentrierte.

Geräusch: Alf schenkte ihm Worte, weil es Alfs Wesen war,

zu heilen und zu unterrichten, Bewusstsein und Körper alles zu erschließen, was sie erfahren konnten. Doch er hatte das Ausmaß seiner eigenen Macht nicht gekannt, bis Nikki – als sterblicher und ganz und gar erdgebundener Mensch – mit dem Erwachen von Worten auch das entdeckte, was sie hervorgebracht hatte. Macht. Zauberkraft. Weiße Magie. Die Heilung hatte im Bestreben, etwas Unheilbares wieder gutzumachen, an Stelle des fehlenden Sinnes einen neuen geweckt.

Der kleine, halbwilde Junge hatte nicht einmal erkannt, was es war. Eine kurze Zeit lang war er in seiner Ahnungslosigkeit sogar froh gewesen, da er geglaubt hatte, nun endlich wie alle anderen zu sein.

Der junge Mann wusste, dass es niemanden wie ihn gab. Er konnte nicht sprechen. Er konnte einfach nicht.

»Du willst nicht«, warf Anna ihm vor. »Es würde dein Spiel verderben.«

Manchmal, wenn er es nicht mehr ertragen konnte, schrie er sie an. Er besaß eine Stimme, o ja. Ein scheußliches, ersticktes Tierheulen von Stimme. Sie vertrieb Anna stets – oder ihn durch den widerlichen Klang in Annas Gehör.

Doch sie behielt stets das letzte Wort, das sie ihm nachschleuderte, egal ob er oder sie die Flucht ergriff. »Sie werden alle fortgehen, die Elfenleute, an die du dich so klammerst. Und was wird dann aus dir?«

Alun beobachtete ihn eingehend ohne alle Schüchternheit. Er hielt den Kopf leicht zur Seite geneigt und zog ein wenig die Stirn kraus, als er seine Gedanken mühelos las. »Du gehörst zu uns«, sagte er.

Nikkis Finger verkrampften sich. Plötzlich sprang er auf, grinste und zerrte Alun hinter sich her. Der Wirt fing die Münze auf, die er ihm zuwarf, verbeugte sich und strahlte, denn es war Silber. Nikki stürzte sich wieder in den Festtrubel.

3

Ein weißer, kalter Mond stand hoch am Himmel, der Wind pfiff wild über die Felsen. Weit drunten tobte die See und sprühte große Gischtschleier herauf.

Alf folgte der langen Reihe der Brustwehren und ging im Bogen zu jener Ecke, die sich wie der Bug eines weißen Schiffes hinausschob. Der Wind peitschte ihm die Luft aus den Lungen; er lachte ihm entgegen und stolperte plötzlich. Überrascht blickte er zu Boden. Sein Fuß hatte sich in einem kleinen, zerknitterten Schatten verfangen – Tuch, weicher Pelz, ein an der Brüstung zurückgelassenes Kleiderbündel.

Er lächelte schief, hob es auf und barg es unter seinem Umhang. Hoch über der Burg kreiste ein Seevogel, der in dieser stürmischen Nacht da draußen recht unwirklich wirkte.

Der Vogel segelte in Spiralen herab. Er flog sicher und mit kräftigem Flügelschlag im starken Wind. Alfs unmenschlich scharfe Ohren vernahmen einen hohen Jubelschrei. Sein Lächeln wurde inniger und breiter.

Schwingen flatterten über seinem Kopf. Die Gestalt einer Möwe, das Gefieder einer jungen Möwe, das im Mondschein dunkel schimmerte.

Weißes spross daraus hervor. Wo Krallen gewesen waren, setzten Zehen auf den Stein auf; Alun ließ die Arme sinken; er war außer Atem, sein Haar zerzaust, und er war nackt wie ein neugeborenes Kind.

Er tauchte in den Schutz von Alfs Umhang, drückte sich fest an ihn und grinste zu ihm hinauf. »Hast du gesehen, Alf? Hast du gesehen, was ich gemacht habe?«

»Es ließ sich kaum vermeiden«, antwortete Alf trocken. »Du bist also ein Gestaltwandler. Wie lange schon?«

»Seit Jahrhunderten.« Alf blickte streng drein; Alun lachte.

»Nun gut, Herr Lehrer. Seit just vor meinem Geburtstag. Dem einunddreißigsten Oktober: dem Vorabend von Allerheiligen.«

»Natürlich.«

»Natürlich! Es war ein Geheimnis, Mutter wusste es allerdings. Sie hat es mir beigebracht. Sie war dabei, als es zum ersten Mal passierte, weißt du. Wir spielten mit den Wolfsjungen, und ich dachte: *›Wie wundervoll müsste es sein, einer von ihnen zu sein!‹*, und schon war ich es. Ich war sehr ungeschickt – und völlig überrascht.«

»Das kann ich mir vorstellen.«

»Ich bin gerne ein Wolf. Eine Möwe zu sein, ist allerdings aufregender. Ich glaube, ich kann ganz gut fliegen.«

Alf half ihm, sich schnell anzuziehen, denn er war schon blau vor Kälte. Sobald er gut in Pelz und Leinen und schöne, dicke Wolle gemummelt war, dass die Wärme von der Haut nach innen strahlte, kehrte er wieder unter Alfs Umhang zurück. »Du hast es immer warm«, sagte er. »Wie machst du das nur?«

»Wie fliegst du?«

Alun dachte nach und nickte. »Ich verstehe. Nur dass ich es nicht ganz ... *begreife.*«

»Man muss es nur wollen. Immer die Wärme eines Feuers. Keine Kälte. Keine Unbehaglichkeit.«

»Nicht einmal im Sommer?«

Alun setzte einen großen, unschuldigen Blick auf. Alf knuffte ihn leicht. »Frecher, Knirps! Im Sommer denkst du natürlich an Kühle. Sonst leidest du wie jeder andere.«

»Das tue ich auch. Du bist natürlich unempfindlich gegen die Wechselfälle des Lebens.«

»Disziplin nennt man das. Was mich zu der Frage führt, ob eigentlich einer weiß, dass du dich zu so später Stunde noch hier draußen herumtreibst?«

»Nun ja ...«

»Ja?«

»Keiner hat es mir verboten.« Alun legte den Kopf zur Seite. Seine Augen funkelten. »Sollst du denn noch hier draußen sein?«

Alf lachte. »Gewiss nicht. Ich sollte auch gemütlich im Bett liegen. Aber ich konnte nicht schlafen, und Thea konnte es ausnahmsweise einmal.«

»Es ist wohl nicht leicht, ein Kind zu bekommen, wie? Insbesondere zum Ende hin.«

»Nein. Aber sie beklagt sich nicht.«

»Sie ist sehr stolz auf sich«, sagte Alun. »Und glücklich ... manchmal schaue ich sie an und sehe nur Licht.«

»Ich auch«, meinte Alf leise.

»Eure Kinder werden sehr schön und sehr stark und sehr klug sein. Wie deine Dame ... wie du. Siehst du, Alf? Er sieht wie ihr beide zusammen aus, aber sie hat dein Gesicht. Sie lacht, sie hat Blumen im Haar. Ich ...« Alun lachte atemlos. »Ich glaube, ich bin in sie verliebt. Und dabei ist sie noch nicht einmal geboren.«

Alf blickte in sein hingerissenes Gesicht hinab und empfand selbst Verzückung und eine Spur Ehrfurcht. Auch ein Hellseher, der in diesem Punkt weit deutlicher sah, als er es jemals vermocht hatte. Er strich das zerzauste Haar glatt und schlang seinen Umhang enger um den schmalen Körper. Alun hatte es nun warm, wurde schlagartig müde, wie es Kinderart war, und seine Augen leuchteten noch von seiner Vorhersage.

Sie konnte quälend sein, diese Gabe, die sie beide besaßen, die das Denken nach innen zog und alles offenbarte, das geschehen würde. Alles Schöne, alles Entsetzliche.

Alf hielt den Atem an. Es war dunkel. Stockdunkel und bitter kalt. *Gott sei Dank,* seufzte eine leise, lautlose Stimme, *dass ihm gegeben ist, die Schönheit zu sehen und nicht ...*

Er konnte nicht sehen. Konnte nur, wie ein Blinder das tat, in der Finsternis die leichte Jungengestalt erkennen, die, nur Haut und Knochen, er plötzlich kräftig an sich zog.

»Alf. Alf, was ist denn los?«

Langsam glühte ein Licht auf. Mondlicht. Kalter Sternenschein. Aluns Gesicht, schmal, weiß und sehr jung – und mutig, um den Anflug von Furcht niederzuringen. Seine Wangen waren steif vor Kälte.

»Du siehst wieder in die Zukunft«, vermutete er richtig. »All die schlimmen Dinge. Aber sie werden vorübergehen. Du wirst sehen.«

Alf erschauderte aus der Tiefe seines Innern. Diese Vision war nicht wie seine vorangegangenen; die waren brutal lebendig, wie Träume es sein können oder wahres Hellsehen. Wenn sein inneres Auge aber erblindete, dann war es wirklich Zeit, sich zu fürchten, dann wollte sein Denken nicht annehmen, was seine Macht vorhersah.

Doch Alun blickte darüber hinaus in die Sonne.

Alf sog langsam den Atem ein. Ging er denn seinem eigenen Tod entgegen? Er hatte sich niemals davor gefürchtet, hatte sich vielmehr in den langen Jahren im Kloster danach gesehnt, darum gebetet. Wie sehr sah es doch dem Himmel ähnlich, ihn jetzt zu gewähren, da er endlich etwas besaß, für das es sich zu leben lohnte.

Er lächelte Alun zu und wärmte das erstarrte Gesicht mit seinen Händen. »Ja«, stimmte er ihm zu. »Die schlimmen Dinge werden vorübergehen. Und danach gibt es nur Sonnenschein und die Blumen, die du im Haar eines Mädchens siehst.« Sein Lächeln wurde schelmisch. »Ich kann mir schon denken, wer sie hineinflechten wird.«

Aluns Wangen begannen, heißer zu glühen als Alfs Handflächen. Doch sein Blick war fest, das Mondlicht und seine Heiterkeit funkelten in seinen Augen. »Wirst du etwas dagegen haben?«

»Nur wenn sie etwas dagegen hat.«

»Das wird sie nicht«, antwortete Alun voller Gewissheit.

4

Schach«, erklärte Anna.

»Und matt«, antwortete der Bischof von Sarum.

Sie blickte von seinem bedrohten König zu ihrem geschlagenen und lachte laut. »Vater Jehan! Fast hätte ich es geschafft.« Ihre Erheiterung erstarb; ihre Brauen schoben sich unheilverkündend zusammen. »Oder hast du ...«

Er hob die gespreizten Hände, ein Bild empörter Unschuld. »Anna Chrysolora! Würde ich so tief sinken, dich gewinnen zu lassen?«

»Früher hast du das schon.« Doch sie glaubte es selbst nicht. Diesmal nicht. Sie hatte eine Schlacht geschlagen, die nicht ihresgleichen hatte, und ihn – fast – besiegt.

Er lachte sein tiefes, ansteckendes Lachen und winkte ihr mit ihrem Springer aus Elfenbein. »Nur Mut! Noch eine Partie, meine Dame?«

Als sie zum Nachdenken innehielt, verströmten Lautensaiten ihren Klang durch die Halle, eine Melodie wie das Rauschen von Wellen; drei Noten, die immer und immer wieder an- und abschwollen und kein Ende fanden. Eine Blockflöte nahm die Melodie auf, hoch und rein und trällernd wie Vogelgesang.

Die Königin selbst spielte auf der Flöte. Der Lautenspieler – oh, welche Seltenheit! – war der Kanzler des Königs höchstpersönlich. Er war entsetzlich schüchtern, was das Spielen und Singen in Gesellschaft anging, doch sein Talent war ebenso kostbar und selten wie seine Bereitschaft, es unter Beweis zu stellen.

Der Hof und alle Elfen scharten sich um ihn, Thea auf Polster gestützt zu seinen Füßen, Alun dösend an sie gelehnt, Nikki mit der lieblichen Tao-Lin auf dem Schoß, Gwydion wie ein Junge in einer Schar von Hunden und Feenvolk ausgestreckt.

Aus der Musik erklang Alfs Stimme weich und schmerzlich rein:

»›Chanson do Ih mot son plan e prim
farai pois que boton oill vim;
e l'auzor
son de color
de manta flot ...‹«

›Ein Lied will ich schreiben aus Worten schlicht und fein, denn Knospen sind an den Zweigen, und die Bäume tragen die Farben eines Blumenumhangs ...‹

Sie drückten ihren Dank mit einer Stille aus, die über zehn Atemzüge anhielt. Thea durchbrach sie mit einem zärtlichen und zugleich foppenden Lachen. »Mein Herr, mein Herr, Ihr quält uns – solche Sehnsucht nach dem Frühling mitten im tiefsten Winter.«

Sein Blick suchte den ihren; seine Augen strahlten. »Das passt schon«, erwiderte er, »und das eignet sich ebenfalls. Hört Folgendes wohl und nehmt es Euch zu Herzen, meine Dame«, und er sang plötzlich voll inbrünstiger Leidenschaft und spöttisch zugleich:

»›No voill de Roma l'emperi
ni c'om m'en fasse apostoli,
q'en lieis non aia revert
per cui, m'art lo cora e m rima;
e si l maltraich no m restaura
ab un baisar anz d'annou
mi auci e si enferna!‹«

›Nicht wollt ich Kaiser sein von Rom, noch machen mich zu seinem Papst, sonst könnt ich nimmermehr zurück zu ihr, die mir das Herz entflammt und bricht. Wenn sie von diesem Leiden mich nicht vor Neujahr wird mit einem Kuss erlösen, bringt sie den Tod mir und sich Höllenqualen.‹

»Bravo«, riefen sie alle, als die Laute ausklang.

»Du hast ihn gehört, Thea«, ließ sich Alun vernehmen. »Und jetzt ist fast schon Dreikönig. Du solltest dich lieber beeilen, bevor sich seine Prophezeiung bewahrheitet.«

Doch ehe sie sich aufrappeln konnte, hatte Alf sie gepackt und zog ihren schweren Leib auf seinen Schoß. Sie schaute ihn finster an. »Das ist Zwangsherrschaft«, erklärte sie grimmig. »Bedrängung durch Poesie. Grausam, ungewöhnlich ...«

Er seufzte wehmütig. »Ach, dann ereilt mich der Tod. Oder soll ich mich auf den Thron des heiligen Petrus flüchten?«

»Ich gebe nach, ich gebe ja schon nach!« Und nach einer guten Weile: »Das würdest du doch nicht tun.« Seine Augen funkelten. »Lieber Gott! Ich glaube, du würdest es doch tun.«

»Stell dir das vor«, sagte Jehan. »Papst ... wie? Innozenz? Bonifaz, mit diesem schönen Gesicht? Er wäre nicht der erste Zauberer auf dem päpstlichen Stuhl, und er kommt einem Heiligen näher als die meisten, die jemals darauf saßen.«

Annas Brauen zuckten in die Höhe. »Manche würden sagen, es wäre mit ›näher‹ nicht mehr zu beschreiben. Thea zum Beispiel. Obgleich meiner Ansicht nach der Abstand genau noch ihre Körperbreite ausmacht.«

Diese Bemerkung aus dem Mund einer Frau und noch dazu einer gebildeten störte den Bischof nicht im Geringsten. Vielmehr freute er sich darüber. »Anna, meine Liebste, wir sollten dich auf die Seminare schicken.«

»Lass es bleiben«, wehrte sie ab, »Sie würden es nicht überleben.«

»Ach, aber was für ein Genuss, sie durch den Verstand einer einzigen Frau untergehen zu sehen.«

»Arme, stolze Geschöpfe.« Sie nahm den Elfenbeinspringer aus seiner Hand und stellte ihn auf seinen Platz auf dem Brett zurück. »Mir tun sie eher Leid. Lehrer und Schüler, allesamt Geistliche, die ein Zölibat vorheucheln, das nur wenige einzuhalten sich bemühen – und dann wettern sie unaufhörlich über die weibliche Schwachheit. Sollte ich diejenige sein, die sie eines Besseren belehrt?«

»Es könnte ihnen nur gut tun.«

Sie schüttelte den Kopf. »Nein. Lass sie ihr Spielchen weitertreiben. Ich habe hier mit diesen ganzen wilden Hexenkindern genug zu tun.«

»Kinder.« Er lachte. »Einige darunter sind uralt.«

»Sind die Jahre bei ihnen von Bedeutung?«

Er betrachtete sie aufmerksam. Er hatte ein scharfes Auge und einen noch schärferen Verstand hinter seinem mitgenommenen Soldatengesicht. »Anna. Ist alles in Ordnung mit dir?«

»Natürlich.« Sie versicherte es deutlich, ohne zu zaudern, sogar mit einem Lächeln und schelmischem Blinzeln. »Lass mich mal raten. Du machst dir Sorgen. Die kleine Anna ist nicht mehr so klein. Und da lebt sie seit zwölf Jahren in Caer Gwent, studiert was und wann es ihr passt, reist umher, wenn sie der Drang befällt, und es fehlt ihr an nichts. Abgesehen davon, dass jede Frau ihres Alters, die etwas auf sich hält, gut verheiratet sein sollte, sei es mit einem passenden Mann oder aber mit Gott.«

»Möchtest du das?«, fragte er.

»Ich habe es nie gewollt. Ich möchte gerne so, wie ich jetzt lebe, ewig weiterleben. Außer ...«

»Außer ...?«

Sie schüttelte den Kopf. »Nichts. Das ist ein seltsamer Ort, um hier zu leben, verstehst du nicht? Mit der ganzen Magie. Den ganzen Elfenleuten – den Wundern, den Fremdartigkeiten. Man sollte glauben, ich wäre daran gewöhnt, nachdem ich über die Hälfte meines Lebens hier zugebracht habe. Aber das bin ich nicht. Ich kann mich erinnern, wie ich als kleines Kind in Konstantinopel lebte. An Mutter, Vater, Irene. Und Corinna – erinnerst du dich noch an sie? Franken haben sie umgebracht. Meine ganze Stadt haben sie vernichtet. Aber Alf und Thea brachten mich fort, nahmen mich auf, zogen mich groß, lehrten mich, behüteten mich und liebten mich. Sie haben mir so vieles gegeben – geben es immer noch grenzenlos. Ich glaube kaum, dass jemand solches Glück zuteil wurde wie mir. Aber, weißt du, es kann nicht von ewiger Dauer sein. Früher oder später werden sie weggehen müssen. Wahrscheinlich eher früher. Wo werde ich dann bleiben?«

»Wo alle Menschen bleiben, wenn sie erwachsen wurden.«

»Alleine?«

»Vielleicht alleine. Aber glücklicher als die meisten. Du bist wohlhabend und gebildet; du kannst das Leben führen, das dir gefällt.«

»Das kann ich, nicht wahr?« Sie nahm seine große Hand in ihre eigene, ganz zierliche. »Dann weiß ich allerdings, wen ich als meinen Ritter möchte.«

»Was? Keinen einzigen der hübschen Burschen hier?«

»Keiner von ihnen ist gleichzeitig Bischof.«

»Du bist wirklich gerissen, auf einen Streich nach Himmel und Erde zu greifen.«

»Warum nicht, wo es sich doch so günstig anbietet?«

Er lachte, verbeugte sich übertrieben und küsste ihre Hand. »Dann zu Euren Diensten, schöne Dame, und zwar mit Vergnügen.« Er stand auf. »Wollen wir für einen Tanz vom Schachbrett ablassen?«

Sie tanzten tatsächlich nach Musik und Schritten, wie sie neu von Paris gekommen waren; und mit Variationen, wie sie dem Wesen von Rhiyana entsprachen. Selbst die Menschen wiesen hier eine Ausstrahlung, eine Grazie auf, die nicht unbedingt ihrer Art entsprach, eine Spur von Magie. Sie gestaltete den Hof zum liebreizendsten auf der ganzen Welt; sie gestaltete ihren Tanz zu etwas Wundervollem.

Nikki wirbelte herum, ließ sich neben Thea zu Boden fallen und blieb einen Augenblick in einer schlichten Ekstase von Stille liegen. Er grinste sie an; sie lächelte zurück und tätschelte seine Wange. »Hübsches Bürschchen«, sagte sie. »Wenn ich die Läuterung von meiner letzten Sünde beendet habe, hilfst du mir dann, eine neue zu begehen?«

Er lachte. Allmählich bekam er wieder Luft. Er setzte sich auf, nahm einen Teil ihrer Kissen in Beschlag und ließ sich mit der Selbstverständlichkeit und Vollkommenheit einer Katze nieder. Der Tanz wirbelte weiter, würde die Nacht fast ohne Pause davonscheuchen, das alte Jahr verdrängen und das neue herauslocken.

Thea, die ihr Körpergewicht zu Boden drückte, konnte nur zuschauen. Sie spielte in Nikkis Haar, strich es glatt, versuchte, es zu bändigen. Es kräuselte sich, was der Mode entsprach; doch es waren störrische Locken, und das war wiederum keineswegs modisch. Die Frauen brannten stets darauf, es zu streicheln. Doch nur Thea durfte es, wann und wie sie wollte.

Er schaute sie an und unterdrückte ein Seufzen. Sie war so wunderschön. Sie machten sich ein wenig Sorgen, Alf und der König; sie war nicht günstig gebaut für eine Geburt, zu leicht, zu schmal. Aber sie war stark; sie hatte ihre Schwangerschaft mit Anmut und Stolz ertragen. Bis vor Weihnachten war sie noch geritten und hatte getanzt.

Er biss die Zähne aufeinander. Er betrachtete sie genauer. Sie war heute Abend ungewohnt ruhig und gab sich damit zufrieden, sich, hochschwanger, wie sie war, gelassen wie eine orientalische Königin zurückzulehnen. Aber Thea war niemals ruhig gewesen.

War sie nicht ein bisschen bleicher, als sie hätte sein dürfen?

Ihr Innerstes schien nichts als Vergnügen an seiner Anwesenheit und Beobachtung des Tanzes auszudrücken. Das schnelle Stampfen war weicheren Rhythmen gewichen. Eine fremdartige, kunstvolle Melodie, das Klappern von Rasseln, das Schlagen von Trommeln, der hohe, klagende Ton von Flöten. Gwydion hatte Thron und Krone zurückgelassen, um die neue Weise anzuführen; sein Ebenbild wirbelte hinter ihm in Gold und Scharlachrot, das sich von seinem Weiß und Gold abhob; beide zu beobachten rief ein Schwindelgefühl hervor: Mann und Spiegelbild, Zwilling und Zwilling. König und Kronprinz, in den Rhythmen des Tanzes gefangen.

»Sie tanzen für das Leben ihres Königreiches«, bemerkte Thea.

Nikki nickte langsam. Er konnte den raschen Puls so deutlich wie das Schlagen der Trommeln und so zart wie das Klagen der Flöten fühlen. Alle waren nun daran beteiligt außer ihr. Sogar Alf, der gertenschlanke Jugendliche mit silberblond wehendem Haar, hatte alle Zurückhaltung und Gelehrtenhaftigkeit vergessen und ließ seiner geschmeidigen Pantheranmut freien Lauf. Mit jeder Bewegung rückte er näher auf die Mitte, auf den König zu und half mit, das Muster zu bilden und zu festigen. Rädchen griffen in Rädchen. Menschliche Leiber, menschlicher Wille, menschliches Denken murmelten selbstvergessenes Zeug; doch im Kern ihres Gefüges drehte sich die Elfensippe des Königs.

Hier auf der Weißen Feste zum Jahreswechsel und unter der Herrschaft des Elfenkönigs bedeutete ihr Tanz Macht. Macht, weit größer als jedes einzelne Aufflackern von Hexerei; Macht, die Erde aus den Angeln zu heben oder sie in ihrem Lauf zu bestätigen; Macht, ihr Reich gegen alle Kräfte der Finsternis zu stützen.

Thea tippte Nikki zwischen die Schulterblätter, schob ihn leicht und zugleich gebieterisch von sich. »Geh schon. Hilf ihnen!«

Er zögerte. Er ... er gehörte nicht ...

»Mir zuliebe«, forderte sie mit funkelnden Augen.

Es tat sich ein Spalt auf, eine Lücke, eine Schwachstelle im Gefüge. Er ließ sich bereitwillig hineinziehen.

Eine weit massigere Gestalt nahm Nikkis Platz an Theas Seite ein. Jehan hatte Anna bei einer Schar junger Gelehrter zurückgelassen, die alle eifrig, zum Teil brillant waren und ihre Ehrfurcht vor dem königlichen Hof hinter einem Gehabe großer Langeweile versteckten. Die Anwesenheit eines Bischofs, eines Freundes des Papstes selbst, war entschieden zu viel für sie gewesen.

Thea erinnerte sich, wie er als Novize mit einer Tasche voll gestohlener Feigen im Heuschober die *Amalgest* gelesen hatte. Sie grinste ihn an, er grinste zurück.

»Heute Nacht liegt Zauberei in der Luft«, meinte er.

»Ach, Schande! Du bist kaum eine Woche hier und schon verdorben. Demnächst wirst du noch Zaubersprüche anstimmen.«

»Die Messe genügt für meine Bedürfnisse.«

»Was ist sie anderes als die allergrößte Verzauberung?« Sie rückte sich sacht ein wenig zurecht. Ohne erkennbare Hast war er da, stützte sie und entlastete sie etwas von dem hinderlichen Gewicht. Seine Augen blickten scharf und durchdringend.

Gereizt schob sie ihn fort. »Ich bin nicht zerbrechlich!«, fauchte sie.

Er war kein bisschen eingeschüchtert, obgleich sie ihn mit einem Gedanken niederschlagen konnte. Ruhig und kühn legte er die Hände auf ihren Leib. »Zerbrechlich nicht«, erklärte er heiter, »aber besonders behaglich fühlst du dich auch nicht. Wann hat es angefangen?«

Der Drang heftigen Leugnens flammte auf und erstarb. Er war ein Mensch, er besaß keine Macht, aber er war niemals ein Dummkopf gewesen. Sie senkte den Blick. »Es ist noch nicht schlimm. Nur ein kleines Ziehen hier und da.«

»Seit wann?«

»Vor dem Essen.«

Seine Finger tasteten vorsichtig und unaufdringlich und mit Besorgnis erregender Geschicklichkeit. Er verschwieg, was sie ebenso gut wusste wie er: dass einer der beiden kleinen Körper so lag, wie er sollte, der andere – die Tochter von der gleichen störrischen Willenskraft wie ihre Mutter – nicht.

»Du hattest deine Geisteswehr errichtet«, sagte er.

»Um meines eigenen Seelenfriedens willen. Je länger es dauert, ehe Alf sich aufregt, umso besser für uns alle.«

Er schüttelte den Kopf. Die Menschen hatten sich einer nach dem anderen aus dem Tanz gelöst. Nun tanzte nur noch das Elfenvolk und mit ihnen Nikephoros – klein, dunkel und irdisch, aber ganz und gar Teil von ihnen. Der König hatte die Mitte verlassen; dort drehte sich nun einer alleine, hielt das ganze Muster nur mit seinen langen weißen Fingern, die Macht glühte in ihm, um ihn, aus ihm heraus. Wenn sie ihm entglitt – wenn er nur ausrutschte –, würde alles zerfallen – Muster, Macht und das Bewusstsein jener, die beides formten.

Jehan atmete mit einem langen Zischen aus. »Gwydion sollte aber ...«

»Der König ist König von Rhiyana, des sterblichen und des anderen. Das«, erklärte Thea, »ist der Herr von Broceliande.«

Jehan verstand. »Gottes starker rechter Arm«, murmelte er. »Unser Bruder Alf, der Zaubermeister über sie alle.«

»Genau. Und heute Nacht, der Nacht aller Nächte, benötigt er seine ganze Macht. Keine Störungen, keine Ablenkungen.«

»Aber ...« Jehan war klug genug, den Mund wieder zu schließen und neu anzuheben. »Er baut eure letzten Abwehrkräfte auf. Ich dachte, sie befänden sich alle im Wald.«

»Gwydion würde niemals einen Teil seines Reiches ungeschützt lassen. Und Alf«, fügte sie hinzu, »ebenso wenig. Die beiden ergänzen sich zum vollkommenen Paar.«

Er lächelte nicht über ihre Spöttelei. Er war noch immer beschäftigt, das in sich aufzunehmen, was sie ihm erklärt hatte. »Ich wusste immer, dass er stark war. Aber so stark ... Wie habt ihr ihn nur dazu bewegen können, es einzugestehen?«

»Das haben wir gar nicht. Und er hat nichts eingestanden. Er tut lediglich, was er zu tun hat.«

Voller Leidenschaft und Schönheit; springend, sich drehend, schwebend wie ein Falke, herabsegelnd, die Erde selbst zu schlagen – schlug er sie, hielt sie und behütete sie und vertrieb all jene, die es wagten, sich dagegen aufzulehnen.

Thea biss die Zähne aufeinander. Jehan sah es. Gegen diese Augen und diese Hände gab es keine Geisteswehr. Sie packte ihn so fest, dass er zusammenzuckte. »Nicht ... *nicht* ...«

Es war ein Keuchen, doch es war laut und erschreckend. Die Musik hatte aufgehört. Die Tänzer standen in völliger Harmonie, das Muster war vollendet.

Es brach auf und löste sich. Seine Mitte blitzte wie Feuer, wie weißes Feuer durch einen Riss. Jehan wich davor zurück.

Thea beobachtete Alf ohne Furcht, ja sogar mit Erheiterung. »Liebster Dummkopf«, sagte sie, »es ist nur eine Geburt. Das geschieht jeden Tag.«

»Aber nicht bei dir.« Er hob sie empor. Er war atemlos, sein Haar zerzaust, die Wangen gleichzeitig erhitzt und bleich; er sah kaum alt genug aus, ein Kind gezeugt zu haben, geschweige denn, Stütze und Mittelpunkt von Rhiyanas ganzer Magie zu sein. Seine Augen leuchteten immer noch zu hell, als dass man seinen Blick hätte ertragen können. »Was ich mit dir anstellen sollte, dass du mich so getäuscht hast ...«

»Es hat allerdings seinen Zweck erfüllt, oder nicht?« Sie ließ ihren Kopf an seiner Schulter ruhen. »Nun, Lieber, wollen wir uns hier nun öffentlich zur Schau stellen, oder ziehst du eine gewisse Ungestörtheit vor?«

Einen Augenblick lang siegte die Aufregung über die Blässe. Er hielt sie fest an sich gedrückt, küsste ihren weichen Scheitel und schritt rasch auf die Tür zu.

5

Es dauert sehr lange«, meinte Alun.

Sie waren in Jehans kleinem Zimmer zusammengekommen: Alun, Nikki und Anna. Ein Grund war, dass es sich ganz in der Nähe von Theas Kindbett befand – es war die Kaplanszelle im Wohnturm des Kanzlers –, doch sie schienen auch aus der Anwesenheit des Bewohners selbst Trost zu schöpfen.

Keiner von ihnen hatte viel geschlafen. Alun sanken die Lider schwer herab, doch er saß aufgeregt wach am Ende des harten, schmalen Bettes. »Die ganze Nacht schon«, sagte er. »Das gefällt mir nicht.«

Anna schaute von dem Buch hoch, das sie bei Kerzenschein zu lesen versuchte. »Es dauert oft lange, insbesondere bei den ersten Kindern. Deine Mutter lag mit dir zwei Tage in den Wehen.«

»Ja, und es hat sie fast umgebracht!« Nikki nahm ihn beruhigend in die Arme; er machte sich los. »Wir sind nicht wie ihr. Wir sind in allem stark, außer darin. Es ist so schon schrecklich schwer, Kinder zu bekommen, und wir können sie kaum austragen. Als ob es uns nicht bestimmt wäre ...«

Jehan umfasste seine Schultern und hielt ihn fest. »Hör jetzt auf damit. Alf ist da, und deine Mutter und dein Vater sind ebenfalls anwesend. Sie werden nicht zulassen, dass irgendetwas geschieht.«

Alun kauerte sich zusammen. Er war zu mager, zu blass mit zu scharfen Gesichtszügen, so dass er die Schönheit seiner Art noch nicht entfaltet hatte; er bestand nur aus Augen und dünnen Gliedmaßen und bebte vor Aufregung. »Alf hat Angst«, stellte er fest.

Jehan lachte zu Aluns Empörung. »Natürlich hat Alf Angst! Ich bin noch keinem werdenden Vater begegnet, der keine hatte. Und je mehr er vom Hebammentum versteht, umso furchtsamer kann er sein, weil er von jeder Kleinigkeit weiß, die schief gehen kann.« Der Bischof streckte die Hände aus. »Kommt, Kinder. Lasst uns eine Messe für sie singen – und für uns natürlich, damit wir nicht länger an den Nägeln kauen.«

Alun schaute aufsässig drein. Anna zog die Stirn kraus. Nikki legte den Kopf zur Seite und lächelte nach einem kurzen Augenblick. *Ei,* sprach er deutlich in aller Denken, *wir feiern das Epiphanienfest. Dreikönige. Wir können die Heiligen Drei Könige bitten, Thea zu helfen.*

»Und das Christuskind.« Alun sprang auf. »Sie werden uns erhören, ich weiß es. Kommt, beeilt euch. Wir haben keine Zeit zu verlieren!«

Die Kapelle war klein, aber wunderschön, dem Evangelisten und Propheten Johannes und damit zufällig Jehans Namenspatron gewidmet. Als dieser Turm vor langer Zeit der der Königin gewesen war, hatte ihr auch diese Kapelle gehört. Alf hatte die jahrhundertealte Ausstattung beibehalten und nur um neue Messgewänder und ein neues Altartuch von seinem eigenen Webstuhl ergänzt. Denn er besaß auch die Gabe – eine seltene und wundersame Zauberkunst –, was er sah, in greifbare Formen zu verweben: Schnee und Mondschein für den Altar, sonnenbeschienenes Gold für das Messgewand und beides auf seidenem Schussfaden.

Die Kinder saßen nahe am Altar dicht beieinander, zwei dunkle Schöpfe und ein rotgoldener; zwei große schwarze Augenpaare, das dritte ebenso groß, aber regengrau. Alun, in ihrer Mitte, hielt jeweils eine Hand seiner Freunde.

Nur er sang die Antworten; Anna wollte nie und Nikki konnte nicht. Seine Stimme war beinahe Furcht erregend, als sie so hoch und schmerzhaft rein weit hinaufstieg, um dann ohne alle Vorwarnung und wohl beherrscht zum tiefen Bariton hinabzusinken. Selbst in seiner Besorgnis, oder vielleicht gerade ihretwegen, empfand er eine stille Freude an dieser Gabe und lächelte dem Mann am Altar zu.

Natürlich, dachte Jehan, der Junge war Alfs Schüler. Da war es kaum verwunderlich, dass er wie ein Engel sang – oder wie ein Hieronymiten-Novize. Die anderen waren schon ergriffen, aber er war verzückt. Als besäße das Messritual mehr als Worte und Gesten, eine Tiefe und Bedeutung, einen Kern, der aus reinem Licht bestand.

Was für einen Priester würde er abgeben!

Jehan seufzte selbst während der Messe leise. Was für einen Priester hatte Alf abgegeben und musste darauf verzichten, weil er sonst den Verstand verloren hätte. Und das hier war ein Kronprinz, rechtmäßiger Anwärter auf einen Thron, ohne seine Fremdartigkeit in Rechnung zu stellen. Die Kirche würde ihn verdammen, seiner Wesensart wegen völlig und unwiderruflich verdammen, denn er war Hexenbrut: Er würde nicht altern und nicht sterben.

Die Kirche ist eine recht blinde Einrichtung.

Nikephoros' Stimme, fern und ziemlich kalt.

Während Alun das *Agnus Dei* zu aufwühlender Schönheit gestaltete, suchte Jehan den festen, schwarzen Blick. Er bemühte sich nicht, eine Antwort zu geben. Nikki hatte alles, Vorwurf wie Verteidigung, unzählige Male gehört. Und als orthodoxer Grieche, der Rom duldete, ihm aber nicht verpflichtet war, konnte er gelassener urteilen als die meisten.

Und ich bin auch nicht ... ganz ... menschlich. Gewiss wurde ich mit einer Seele geboren; ob ich sie jedoch inzwischen verloren habe, ist strittig.

Noch einer von Alfs gerissenen Schülern.

Und Theas. Nikki hielt den Kopf gesenkt, den Blick auf den Boden geheftet. Sein ganzer Körper sprach ein Gebet.

Schmerz glühte scharlachrot, scharfkantig und feuergesäumt. Schmerz war etwas, das man aus großer Entfernung beobachtete und in seiner vollkommenen Scheußlichkeit sogar bewunderte. Aber man spottete nicht darüber. Nicht, wenn man sich so lange in seiner Gesellschaft befunden hatte.

Sie stellten eine ganz und gar unmajestätische Mannschaft dar. Ein schlankes Kind in einem Kittel wie der eines Dienstmädchens, mit einem hübschen, zarten, vor Erschöpfung spitz gewordenen Gesicht und elfenbeinfarbenem Haar, das sich aus einem Zopf löste. Ein großer junger Mann mit zusammengezogenen schwarzen Brauen, das feine Leinenhemd von der langen Mühe schwer zerknittert. Und Herz und Körper von allen am nächsten, ein junger Mann von der gleichen Größe wie der andere, der sich über den Schmerzherd beugte: ein nackter, geschwollener Leib, der mit sich selbst im Kampfe lag.

»Bei mir war es genauso«, erinnerte sich das Mädchen, das gar kein Mädchen, sondern eine Königin war. »Ein Kampf, Aluns Macht gegen die meine. Und da sind nun zwei, die noch stärker in ihrer geistigen Bindung sind, und kämpfen darum, in der Gebärmutter zu bleiben.«

Nein. Thea hatte keinen Atem, es laut zu sagen, nur ihrem Denken verblieb noch ein wenig Kraft. *Es ist nicht nur das. Ich bin zu schmal. Wehre mich dagegen. Alf, wenn du schneiden musst …*

Er schüttelte den Kopf und strich ihr das schweißnasse Haar aus dem Gesicht.

Mit dem Schmerz loderte Zorn auf. *Zum Teufel mit dir, Alfred! Ich bin erschöpft.*

»Nicht zu erschöpft, mich anzufauchen.«

Und er nahm den Schmerz und trennte ihn von ihr. Doch sie war jenseits von Bußfertigkeit. *Hinaus!*, rief sie auf dem Höhepunkt des Kampfes. *Hinaus mit euch!*

Da lag Macht darin, und sie war stark vor Furcht, ganz Instinkt, ganz Widerstand.

Alfs Hände legten sich erschreckend kühl auf sie. »Press!«, befahl er. Er griff mit seinem Geist zu, zog die anderen heran, zielte, lockerte.

Ein Schrei entriss sich ihr.

Er gab nicht nach. »Noch einmal!«

Oh, sie hasste ihn, sie hasste seinen Willen, sie hasste den Schmerz, den er ihr eingepflanzt hatte. Sie sammelte ihren ganzen Hass und stieß ihn nach unten.

Maura stand neben Alf. »Fest, Thea. Noch einmal. Nur noch einmal.«

Lügner. Es waren zwei von den kleinen Biestern.

Sie presste.

Etwas heulte.

Etwas anderes riss, wehrte sich.

Kleines Hexenluder. Willst wohl deine Mutter umbringen, wie?

»Dreh sie!« Gwydion war es, der sprach, doch er klang fremd, atemlos. Aufgeregt? Ängstlich? »Alf, dreh ...«

Wie ein Kalb in Steißlage.

Da war Alfs Schock und seine völlig unfreiwillige Erheiterung. Und seine Macht, die streckte und krümmte, drehte – und gleiten ließ.

Kräftige kleine Hexe.

Er hielt. Beruhigte. Lockerte, Zentimeter um Zentimeter. Runter, ganz herum.

Ah, *Gott!*

Geschafft.

Die Welt hatte stillgestanden.

Nein, nur der Schmerz.

Gwydion grinste, ein unmögliches, wunderbares Bild. Alf

war jenseits von alledem. Er legte ein doppeltes Bündel auf ihren entleerten Leib, rot und zuckend, hässlich und wunderschön und plötzlich, ein wahrer Segen, ganz still.

Sie sah in wolkenblaue Augen. Das war die kleine Hexe. Und der kleine Magier ohne Rüstung und Sporen, nur mit seinen kleinen Fersen und dunklem Flaum, der auf seinem Schädel trocknete. Seine Schwester hatte noch überhaupt keine Haare, das arme Kind.

Mit großer Vorsicht und nicht geringer Anstrengung strich Thea über die feuchte, weiche Haut. Wirklich, lebendig, atmend und stark. Stark genug, einen prachtvollen Kampf zu liefern und fast zu gewinnen. So erschöpft sie war, musste sie leise lachen. »Alf, schau doch. Sieh dir an, was wir fertig gebracht haben!«

Hatte er zuvor vor Freude gestrahlt, wenn die Kinder sich in ihrem Bauch bewegt hatten, so war er jetzt Feuer und Flamme. Seine Hand strich über sie, fand ihre Mutter und kehrte zu den kleinen, zuckenden Leibern zurück. Sie bewegten sich ziellos mit und suchten mit den Lippen. Er lachte kehlig, weich und wundervoll tief, drehte sie herum und legte sie ohne Mühe so, dass ein jedes eine Brust fand.

Auch das war Schmerz, aber süßer Schmerz, der zum Vergnügen anwuchs. Sie schmiegte um jedes einen Arm und stellte fest, dass sie lächelte – oder vielmehr wie eine Idiotin grinste.

Gwydion beugte sich herab und küsste sie auf die Stirn, beugte sich noch einmal herab, diesmal über ihre Lippen. Sie fühlte das Feuer, das in ihm schlief. »Nun«, gebot er, »gib ihnen um deines Königs willen Namen!«

Sie sah Alf in die Augen. Ihr Arm spannte sich um ihre Tochter. »Liahan soll sie heißen.«

»Und Cynan«, entschied Alf und wiegte seinen Sohn ganz vorsichtig.

»Gute rhiyanische Namen«, stimmte der Elfenkönig zu.

»Es sind rhiyanische Kinder.« Alfs Augen funkelten. »Was immer ihre Eltern sein mögen.«

»Eine griechische Hexe und ein abtrünniger sächsischer Mönch. Ein großartiger Stammbaum.« Thea gähnte unwillkürlich. Liahan begann sich unruhig zu drehen. Alf nahm sie geschickt mit einer Hand hoch. Ihre Mutter lächelte.

In Thea rührte sich etwas, als ob ein Damm bräche.

Ihre Arme waren leer. »Die Kinder ... wo ...«

»Maura hat sie.« Gwydion war totenbleich, aber gleich darauf wieder ruhig. Zu ruhig. Alf konnte sie nicht sehen. Sie hatte ihren Körper wieder verloren.

»Ich will meine Kinder haben. Warum habt ihr mir sie weggenommen? Ich will meine Kinder!«

Alf kehrte zuerst in ihr Denken, dann in ihr Blickfeld zurück. Seine Hände ...

Ein Lachanfall schüttelte sie – Hysterie. »Alf! Du hast jemanden umgebracht. Du bist voller Blut.« Sie konnte nicht klar sehen. Konnte nicht denken. Das Entsetzen packte sie. »Du hast sie getötet! Du hast ...«

Kräftige Hände hielten sie fest. Sie wehrte sich.

Alfs Stimme traf sie wie ein Peitschenhieb. »Hör auf!«

Der sanfte Alf, der nie laut wurde, jeglichen Streit vermied. Sie lag still und versuchte, ihn zu erkennen. »Alfred ...«

Er sprach wieder ruhig. Ganz ruhig, ganz gelassen. »Thea. Das Blut stammt von dir und nur von dir. Wenn du mich liebst, wenn du das Leben liebst, dann wirst du dich von mir heilen lassen. Willst du das, Thea? Kannst du es?«

Die Furcht war weit fort. Alf war als verschwommener weißer Fleck, als ein Schwall von Worten zu erkennen, die in ihrem Gehirn widerhallten: Ihre Macht war bohrend wie ein Schmerz. Er dämmte die Flut zurück. Hielt sie, aber mehr auch nicht. Ihre Schranken gegen ihn standen fest.

Er konnte in ihrem Bewusstsein leben. Konnte seine Saat in sie legen. Er durfte – nicht – auf diese Weise in sie eindringen. Indem er tief in ihren Körper griff, umformte, veränderte, als Fremder, Außenstehender, das durfte er nicht ...

»Thea!«

Seine Panik drang durch, wo sein Verstand es nicht konnte, und bohrte sich tief hinein. Erleichterung gleich Schmerzen; das Anschwellen seiner wundersamsten Kraft. Langsam wich sie vor ihm zurück.

Thea schlief. Alf wankte auf den Beinen. Selbst für einen seiner Art war er viel zu bleich.

Gwydion stützte ihn. Er ließ es nur einen Augenblick lang zu, zog sich hoch, festigte seine Haltung. »Sie ist jetzt außer Lebensgefahr«, sagte er, und es war kaum mehr als ein Seufzen. »Herr, wenn du gestattest, sollte ich sie nun waschen. Und das Bett, die Diener ... was wird Dame Agace sagen ...«

»Wir kümmern uns darum.«

Er erstarrte. »Ich kann jetzt nicht schlafen. Die Gesandtschaft von Rom ...«

»Dein Platz«, erklärte Maura, »ist hier.« Sie wand ihn aus Gwydions Händen und zog ihn mit sich. »Hier, setz dich. Wasser kommt gleich. Du kannst auch baden. Anschließend etwas essen. Und dann schlafen.«

Bad und Essen wollte er gerne annehmen; er konnte sogar zusehen, wie sein König und seine Königin die blutigen Laken abzogen und frische, mit Rosenblättern parfümierte, aufspannten. Aber er wollte nicht schlafen. Und er wollte auch nicht still dabeisitzen, während sie den bewusstlosen Leib seiner Dame wuschen, ihn, so gut es ging, bekleideten und in das saubere Bett legten. »Wenn ich Ruhe brauche«, wandte er aufrührerisch ein, »wie ist es dann mit euch?«

»Wir werden schon noch zu einem Stündchen kommen«, antwortete Gwydion, »aber nur, wenn du dich jetzt hinlegst.«

Alfs Augen glühten vor seltenem Zorn. »Erpressung!«

Die Königin lachte. »Aber gewiss doch. Leg dich hin, Bruder. Ich werde über euch alle wachen und die Mengen vor der Tür abweisen.«

»Und deinen Mann ins Bett schicken.«

»Das auch«, stimmte sie bereitwillig zu und lachte wieder, denn der König zog die Augenbrauen zusammen, als sein Widerstand anwuchs und dem seines Kanzlers um nichts nachstand. Aber er wusste es besser, als es aussprechen zu können. Stolz, aber nichtsdestoweniger gehorsam zog er sich zurück.

Die Königin schritt durch das Zimmer. Alf schlief zusammen mit seiner Dame ungestört hinter dem Vorhang ihres Bettes. Ihre Kinder atmeten ruhig in der Wiege, die einst Alun gehört hatte und immer noch mit dem geschnitzten gekrönten Seevogel des Königs geschmückt war; doch die Decke war neu und mit den Falken von Broceliande und dem weißen Jagdhund von Careol bestickt. Maura strich sie glatt und lächelte vor sich hin. Die Gesichter der Kinder verloren bereits die zornige Rötung von der Geburt und nahmen die Blässe ihrer Art an.

Am Kopfende stand ein mit Büchern beladener Tisch. Wo Alf sich aufhielt, waren immer Bücher. Er und Gwydion hatten gemeinsam die Bibliothek des Schlosses zu einem Paradies für Gelehrte gemacht, wo sich seltene und wunderbare Stücke fanden.

Sie nahm den Band von Ovid hoch. Er war kunstvoll und groß in Alfs deutlicher Mönchsschrift geschrieben und war hie und da mit Theas ungeduldig hingekritzelten Randbemerkungen, Kommentaren und akribischen Ergänzungen versehen.

Maura setzte sich an die Wiege, stieß sie mit dem Fuß zum Schaukeln an und begann zu lesen.

Die Tür öffnete sich leise, Maura schaute hoch. Ein Kopf tauchte auf, Augen wurden größer, als sie in die ihren blickten. Alun zögerte, wich zurück und schob sich mit schuldbewusster, aber entschlossener Miene ins Zimmer.

Seine Mutter streckte die Hand nach ihm aus und ließ ihr Lächeln erblühen. »Du bist ein bisschen spät dran«, bemerkte sie.

Als er sich in ihre Umarmung schmiegte, schien sich der Raum hinter ihm zu füllen – mit Anna, Nikki und Jehan, der sie alle überragte. Auf ihren Gesichtern mischten sich Freude, Besorgnis und ein bisschen Respekt vor der Erhabenheit der Königin.

Alun drückte alles in einem atemlosen Wortschwall aus. »Mutter! Was machen die Babys?«

»Beiden geht es sehr gut«, antwortete sie ihm. »Schau!«

Die Jungen drängten sich schweigsam und aufmerksam um die Wiege. Jehan wartete geduldig, doch sein Blick wanderte immer wieder zum Bett. »Thea?«, fragte er ganz leise.

»Schwach, aber wohlauf.« Seine Sorge war greifbar. Sie lächelte vor Freude, sie zerstreuen zu können.

Er blinzelte benommen und lächelte zurück. »Demnach ... war es ein schwerer Kampf.«

Alun drehte sich schnell um. »Und als ich helfen kommen wollte, hast du mich zu Boden gezogen und dich auf mich gesetzt.«

»Folglich«, meinte Jehan, »habe ich ein Verbrechen begangen. *Majestätsbeleidigung.*«

»Das gilt nur für Könige.« Vorsichtig, fast schüchtern setzte Anna die Wiege in Bewegung. »Es sind wunderschöne Kinder.«

Alun nahm wieder seinen Platz neben ihr ein. »Sie sind ganz rot.«

Nikki grinste. Alun hatte bei seiner Geburt genauso ausgesehen und lief immer purpurrot an, wenn er weinte.

Alun blickte finster drein, ließ sich aber nicht zu einer Erwiderung herab. Nikki grinste nur umso breiter.

Alf streckte seinen Kopf zwischen den Bettvorhängen hervor und betrachtete die Versammlung. Wenn es ihn überraschte, sie nach Mauras Versprechen alle hier zu sehen, ließ er sich nichts davon anmerken.

Das bisschen Schlaf hatte ausgereicht, ihm sein Strahlen wiederzugeben. Er stand vorsichtig auf, damit Thea nicht wach wurde, und schloss sofort alle freudig in die Arme. Sogar Jehan – gerade Jehan, der niemals großen Wert auf seine Würde gelegt hatte. »Jetzt müsste dich der alte Abt sehen«, neckte ihn der Bischof mit einem Grinsen. »Er würde kichern vor Vergnügen.«

»Ja, nicht wahr?« Alf lachte vor Freude bei dieser Vorstellung, beugte sich über die Wiege, hob seinen Sohn heraus und legte das in Decken gehüllte Bündel in Jehans Arme. Seine Tochter jedoch gab er mit einer leichten Verbeugung Alun. »Mein Herr, Eure Braut.«

Alun hielt sie steif und musterte ihr Gesicht in den Decken. Sie war wach und fühlte sich nicht ganz behaglich. Er nahm sie anders, leichter, und entspannte sich nach und nach. Sie blinzelte und bewegte sich, diesmal jedoch voller Wohlbehagen, und erfuhr diesen Körper in dieser neuen Welt, in der Kälte und dem hellen, plötzlich erschreckenden Licht.

»Ich kann mich erinnern«, erzählte Alun langsam. »Vor langer, langer Zeit ... alles war so fremd. So neu. Als hätte es niemals zuvor existiert, aber nun war es und würde immer sein.« Er blinzelte – hatte er es genau wie Liahan erlebt? – und schüttelte den Kopf. Alf lächelte ihm zu. »Ich kann mich entsinnen.«

»Ich glaube dir. Meine Erinnerung reicht nicht ganz so weit zurück, aber auch sehr weit.«

»Oh, aber du bist alt!«

Alf lachte. Niemand hatte ihn jemals so viel lachen hören. »Alt wie Methusalem und glücklich, dass ich singen könnte.«

»Mach das!«, rief Anna.

»Ja.« Theas Stimme ließ sie alle herumfahren. Sie klang ein wenig schwach, und Thea sah sehr bleich aus, doch sie saß aufrecht und lächelte. »Mach das, Alf!«

Seine Heiterkeit verflog. Wandelte sich zu einem Stirnrunzeln, als sie wankend aufstand und so weiß wurde wie ihr Nachthemd. Schneller, als man sehen konnte, war er neben ihr und hob sie hoch. »Ihr, meine Dame, werdet mindestens noch für einen Tag das Bett hüten.«

»Wirklich, mein Herr?« Sie verschränkte die Hände hinter seinem Nacken. »Bin ich denn ein solcher Schwächling?«

»Du wärst beinahe gestorben.«

»Nur beinahe.« Sie seufzte tief. Sein Blick war unnachgiebig. »Nun gut. Ich nehme an, ich kann mich deiner Anweisung fügen. *Wenn …«*

»Kein Wenn und Aber, Thea.«

»Wenn«, fuhr sie unerschüttert fort, »du darauf verzichtest, mir ständig Händchen zu halten. Solltest du nicht eine Gesandtschaft empfangen?«

»Du schickst mich jetzt fort?«

Er schaute fast verzweifelt drein. Ihre Augen funkelten. »Nicht auf der Stelle. Du kannst noch eine Weile um die Wiege schleichen. Und uns allen etwas vorsingen. Aber zuerst und vor allem anderen«, sagte sie und zog seinen Kopf herab, »kannst du mir einen Kuss geben.«

6

Alf blieb direkt vor dem Sonnensaal des Königs stehen. Nikki in seinem grauen Überrock mit dem Falkenemblem des Knappen zog die Amtskette des Kanzlers zurecht und strich seinen Umhang aus feiner Wolle und Feh glatt. Er versah die Aufgabe selbstvergessen, Ohren und Geist waren aufmerksam auf das gerichtet, was hinter der Tür vor sich ging.

Nikki lächelte schief. *Es hat einen Vorteil, zu spät zu kommen,* sagte er. *Auf diese Weise brauchst du nicht die übliche Zeremonie über dich ergehen zu lassen.*

Alf wandte ihm große, fahle Augen zu. Langsam richteten sie sich auf ihn. »Gwydion ist alleine dort drinnen.«

Allein mit seinem halben Hofstaat.

»Diener und Sekretäre.«

Und der Bischof von Sarum.

Aber keiner von seiner Art. Er hatte es angeordnet. Die Männer des Papstes hatten sie im Saal sehen können, groß gewachsene, hellhäutige Menschen, die sich ungehindert unter die Menschen mischten, doch zu näheren Begegnungen sollte es nicht kommen. Nicht, solange die Sicherheit des Reichs von der Gutwilligkeit der Gesandtschaft abhing.

Unvermittelt trat Alf nach vorn. Nikki gab sich Mühe, Schritt zu halten. Der Wachposten ließ sie mit einer Verbeugung ein.

Der Papst hatte seine Leute mit großer Sorgfalt ausgewählt. Der Legat selbst war, ein wenig überraschend, ein junger Mann für einen Kardinal, gewiss nicht über vierzig, dunkel und überheblich mit schwarzen, durchdringenden Augen. Aber er war kein Fanatiker. Nein, er war etwas viel Gefährlicheres. Ein wahrer und aufrechter Mann Gottes, in den

Gesetzen gleichermaßen bewandert wie in der Theologie und mit seltener Intelligenz begabt. Er nahm die Neuhinzugekommenen wahr, nahm sie auf, fällte aber noch kein Urteil, obgleich dem großen Adligen mit dem jungen Gesicht seine Art deutlich anzusehen war.

Seine Gefolgsleute waren weniger beherrscht. Die meisten von ihnen gewöhnliche Männer, die sich bereits in der Anwesenheit eines Mannes vom Hexenvolk unwohl fühlten. Sie bekreuzigten sich, als Alf an ihnen vorüberschritt, und gaben sich alle Mühe, ihn nicht zu begaffen, waren fasziniert, ängstlich, aber nicht offen feindselig. Doch einer oder zwei von ihnen trafen Nikkis Gehirn mit einem Hass, stark wie ein Keulenhieb. Er geriet davon ins Wanken.

Sie bemerkten es gar nicht. Er war nur ein Diener, ein Mensch, jung, ziemlich klein, den man nicht zur Kenntnis nahm.

Er straffte seinen Rücken und reckte das Kinn empor. Er konnte es fühlen, wer den Hass verströmte. Sie unterschieden sich nicht von den anderen in ihren Zisterzienser-Kutten und mit Augen und Mienen, die sorgsam denen ihrer Gefährten angepasst waren. Nur ihr plötzlicher Hass verriet sie, ein von Angst genährter Hass.

Gwydion schien nicht davon beeindruckt, saß auf eine Weise da, die gleichermaßen offiziell wie bequem schien, hatte den Umhang aus Hermelin und Samt über seinen hohen Stuhl gebreitet, die Krone jedoch aufbehalten. Er erhob sich, seinen Kanzler zu begrüßen, winkte den anderen, ihre Plätze beizubehalten, und streckte die Hand aus. »Mein Herr! Wie geht es Eurer Dame?«

Alf beugte sich anmutig wie ein Spieler und nicht minder ruhig über die Hand des Königs. »Es geht ihr gut, Sire, ich danke Euch für Eure Nachfrage.«

Der König wandte sich an den Legaten. »Wir haben Grund

zur Freude, mein Herr Kardinal. Seine Gnaden der Kanzler ist heute Vater geworden – von zwei prächtigen, kräftigen Kindern, just am Epiphanienfest geboren.«

Hätte Nikki gedurft, hätte er gelacht. Die armen Mönche waren entsetzt. Die Wölfe im Schafspelz waren wütend. Benedetto Kardinal Torrino war sichtbar und schmerzlich erheitert. »Meine Glückwünsche, mein Herr«, sagte er glatt und süßlich und untadelig höflich.

Alf verneigte sich. Der Kardinal betrachtete ihn unter langen Lidern hervor, dachte nach und streckte ihm den Rubin seines Rings entgegen. Alf küsste ihn demutsvoll.

Nikkis Denken spendete Beifall. Die Demut war ziemlich aufrichtig, das Schauspiel großartig. Ein guter, schlichter Mönch, der mehr um seines aufrechten Glaubens als um seiner Gelehrsamkeit willen ausgewählt worden war, erwartete, die Teufelsbrut in einer Schwefelwolke zur Hölle fahren zu sehen.

Alf zuckte nicht einmal mit der Wimper. Der Kardinal lächelte. »Ihr, Herr, seid also der Weiße Kanzler. Selbst in Rom hat man von Euren Taten vernommen.«

Und mehr als das, dachte Nikki.

»Euer Eminenz sind zu freundlich«, erwiderte Alf mit der angemessenen Bescheidenheit.

»Ich bin nur ehrlich. Ihr seid, so heißt es, ein Mann von außergewöhnlichen Gaben.«

Das helle, junge Gesicht war gelassen, die Stimme unerschüttert. »Ich bin nicht mehr als das, wozu Gott mich erschaffen hat. Und«, fügte er hinzu, »nicht weniger.«

»Der Teufel, so heißt es, vermag die Heilige Schrift zu zitieren.«

Das war durchaus bestimmt, gehört zu werden, und der Sprecher war einer der beiden Hasserfüllten. Er stand dicht hinter dem Legaten, ein Mann, dessen Gesicht man vergessen konnte und dessen Geist sich in schwärzestem Nebel verlor.

Nikkis Geisteswehr sprang hoch und schloss sich. Er stand in plötzliche Stille gehüllt. Alf nahm neben dem König Platz und schien die Bemerkung nicht zu beachten. Doch diese Einstellung war *falsch*. Nichts Menschliches konnte reiner Hass sein. Nichts Vernunftbegabtes ... nichts Natürliches.

Galle brannte ihm in der Kehle. Er legte Alf seine Hand auf die Schulter und öffnete einen winzig kleinen Spalt seiner Macht. Durch ihn hindurch strahlte Alfs Besänftigung: *Hier kann er uns nichts anhaben.*

Das brauchte er auch gar nicht. Etwas steckte in ihm. Etwas Starkes. Etwas mit Macht, jedoch nicht mit der Macht, wie Alf sie besaß, nicht mit der weißen Magie der Elfenart. Die hier war schwarz und blutrot.

Du brauchst nicht zu bleiben, übermittelte ihm Alf in Gedanken.

Nikki dachte mit einem Hauch Zorn eine Ablehnung.

Alf zuckte unter seiner Hand die Schulter, ohne dass einer es hätte sehen können. Die Entscheidung lag bei Nikki. Aber er sollte ihn zuhören lassen, ruhig bleiben und keine Angst haben.

Diesmal ließ der auflodernde Zorn Alf zusammenzucken. Nikki dämpfte ihn in plötzlicher Scham, doch er konnte seine Befriedigung nicht ganz unterdrücken. Er war besorgt, nicht zaghaft; und er war gewiss kein Schwächling.

***

Alun schüttelte sich kräftig. Die lange, schlaflose Nacht holte ihn ein. Anna saß an dem Platz, wo zuvor die Königin gesessen hatte, und las in dem Buch, das Maura zurückgelassen hatte. Thea döste in dem Bett mit Cynan neben sich gekuschelt. In seinen eigenen Armen dämmerte Liahan am Rande des Schlafes. Durch die Hexensicht sah er sie sanft leuchten, da die Macht so neugeboren war wie sie selbst und ein wenig aufflackerte, als er sie mit seiner eigenen, strahlenden Kraft streifte.

Irgendwann, sehr bald, würde sie hungrig werden. Er konnte es in seinem eigenen Magen fühlen, der in Wirklichkeit frisch und wohltuend gefüllt war. Er lächelte und berührte mit einem Finger den kleinen, runden Bauch mit dem Knoten der Nabelschnur.

Sie rührte sich. Sie war erstaunlich kräftig, bereits in der Lage, ihre Decken fortzutreten und lautstark zu beanstanden, wenn die kalte Luft ihre Haut streifte. Ihre Lungen waren noch kräftiger als ihre Beine.

»Komm«, sagte Thea, richtete sich auf und streckte die Arme aus, »lass mich sie stillen!«

Alun gab sie zu Theas Erheiterung nur höchst unwillig fort. Sie grinste noch mehr, als er zurückwich und heftig errötete und den Blick überall hinwandte, nur nicht auf die Wölbung ihrer nackten Brust, die ebenso weiß war wie ihre Milch.

Er ballte die Fäuste. Sie lachte. Natürlich lachte sie, die aus einem anglianischen Heiligen einen leidenschaftlichen Liebhaber gemacht hatte. Er überwand sich, auf sie zuzugehen, und setzte sich sogar neben sie aufs Bett, wo Cynan vor plötzlichem Hunger erwachte.

»Das könnte unbequem werden«, bemerkte Thea, als Alun ihr ihren Sohn in die freie Armbeuge legte. Er stützte sie mit Kissen hoch. Wenn sie nun auch zweifache Mutter war, ihr Lächeln war so schelmisch wie eh und je. »Gierige kleine Biester. Kein Wunder, dass vernünftige Damen ihre Kinder von einer Amme stillen lassen.«

Er hockte auf der Bettkante und zog die Füße hoch. Seine

Röte ließ nach. »Ich finde, dass du vernünftig bist. Solange du genug ... ich meine, weil es zwei sind ...«

»Ich glaube schon, dass ich genug Milch habe.« Thea setzte ihre charakteristische Miene auf – gleichzeitig liebevoll und leidenschaftlich. »Ich habe eine Menge auf mich genommen, die beiden kleinen Hexen zu bekommen. Da werde ich sie doch nicht jemand anderem zur Aufzucht anvertrauen.«

»Du hast es für Alf getan, nicht wahr?«

»Ich habe es für mich getan.« Sie wurde etwas milder. »Nun ja. Für ihn auch. Ziemlich weitgehend für ihn.«

»Ich weiß noch, wie er es erfahren hat.« Alun grinste. »Das war vielleicht etwas. Das ganze Schloss hat davon gebebt. Pauken und Trompeten und Engelschöre; du hättest eine Kapelle mit seinem Lächeln erhellen können.«

Sie lachte. »Nur eine Kapelle? Nein – eine ganze Kathedrale.«

»Er ist immer noch so glücklich wie damals«, meinte Alun. »Noch glücklicher.«

»Manchmal denke ich, wir sind alle zu glücklich.« Doch Anna lächelte, als sie das sagte, und tauschte ihr Buch gegen den milchgesättigten Cynan. »Aber ich rufe mir ins Gedächtnis, dass Freude niemals ungetrübt sein kann, wo Kinder sind. Insbesondere Hexenkinder.«

»Wann waren denn jemals ...« Alun verstummte und fuhr in spöttischer Empörung zu ihr herum.

Thea legte ihre Tochter in seine ausgestreckten Arme. »O ja, junger Mann, wir haben alle herzlich mit Euch gelitten. Jetzt hast du Gelegenheit, diese Schuld zu begleichen. Leg sie an deine Schulter! Ja, so. Und halte sie so.« Sie klatschte in die Hände. »Bravo! Du wirst eine gute Mutter abgeben.«

Alun erhob sich und schwankte ein wenig. Cynan lag schon in der Wiege und schlief. Vorsichtig legte der Prinz Liahan neben ihn. Ihre Augen waren geschlossen, ihr Mund zur Schnute zusammengezogen. Doch ihre umhertastende Hand fand seinen Finger und hielt ihn fest.

Er blickte in das herzliche Lächeln der Frauen hoch, wieder hinab, lächelte selbst ein wenig wehmütig vor sich hin und war völlig hingerissen. Und ihre ganze Spöttelei vermochte nichts daran zu ändern.

***

Der Kardinal nippte langsam und genießerisch. Der Wein des Königs war hervorragend. Er blickte über den Becher hinweg in Gwydions Gesicht und zur Seite in das des Kanzlers. Der Bischof von Sarum hatte es fertig gebracht, sich hinter Letzterem als gewaltiger Koloss mit steinerner Miene zu postieren.

Er setzte seinen Becher ab und verschränkte die Hände. Sie boten allesamt ein Bild guten Einvernehmens, wie sie um den runden Ebenholztisch mit Lapislazuli- und Silbereinlagen saßen, ein jeder von seinen getreuen Dienern flankiert. Allerdings konnten die Elfenherren im Gegensatz zu den unbedeutenden Mönchen des Kardinals jeder einen Bischof ins Feld führen – und der König noch zusätzlich den Erzbischof von Caer Gwent, den Kirchenobersten von Rhiyana. Der wandte sich an die römische Abordnung in seiner kennzeichnenden Art, langsam und wohl bedacht, jedes einzelne Wort erwägend: »Mein Herr Kardinal. Ihr sagt, Ihr kämt lediglich, dem König von Rhiyana die Grüße des Papstes zu entbieten. Ihr streitet ab, irgendetwas von Truppenzusammenziehung gegen uns zu wissen, geschweige denn von Truppen, die sich unter dem Zeichen des Kreuzes in Marsch gesetzt haben. Und, Euer Eminenz, meine Priester melden mir in den Sümpfen just solche Beobachtungen. Soll ich meinen Klerus der Falschheit bezichtigen?«

Der Legat erlaubte sich ein verhaltenes Lächeln. »Gewiss

nicht, mein Herr Erzbischof. Angesichts der beklagenswerten Ereignisse im Languedoc ist eine gewisse Besorgnis verständlich; wenn die Nachbarn zum Krieg rüsten, fürchtet natürlich jeder zuerst für sich selbst. Auch wenn diese Furcht grundlos ist.«

»Ist sie das?« Der Erzbischof beugte sich nach vorn. »Würden Euer Eminenz das bei den heiligen Gebeinen beschwören?«

»Ein getretener Hund bellt«, erklärte der Mönch zur Rechten des Kardinals. »Fürchtet Ihr Euch, weil Ihr Anlass zur Furcht habt?«

Alf hatte die ganze lange Stunde über geschwiegen, aufmerksam die Gesichter um den Tisch, die Stimmen, die schließlich von unbedeutenderen Dingen sprachen, und das Muster aus Holz, Stein und Silber unter seiner Fingerspitze studiert. Nun hob er den Blick. Sie schwiegen ein wenig zerstreut. »Ich schlage vor«, ließ er sich vernehmen, »die Präliminarien als abgeschlossen zu betrachten. Kommen wir nun zum eigentlichen Punkt! Ein Kreuzzug rüstet sich gegen Rhiyana. Sein Ziel habt Ihr hier vor Euch. Eure Aufgabe ist es, der kirchlichen Nachsicht einen Anlass zu bieten und Bedingungen zu liefern, unter welchen die Truppen aufgelöst und das Königreich erhalten werden kann.« Er senkte den Blick und zeichnete die Windung einer silbernen Ranke nach. »Ihr kommt, kurz gesagt, geradewegs zum Hauptgrund der Auseinandersetzung. Dem König von Rhiyana.«

»Es besteht keine Auseinandersetzung«, hob der Kardinal an.

Wieder schaute Alf hoch. Der Kardinal sog scharf die Luft ein. Große Augen, die hellgrau erschienen waren – sie waren überhaupt nicht grau, sondern von der Farbe mondbeschienenen Goldes. Und sie waren ebenso wenig menschlich wie die einer Katze. Alf lächelte ganz schwach. »Keine Auseinandersetzung, Eminenz. Kein menschlicher Grund, einen Kreuzzug zu predigen. Rhiyana ist ein friedliches Königreich und so glaubensstreng, wie ein Papst es sich aus tiefstem Herzen nur wünschen kann; seine Kirchen und Klöster sind voll, seine Menschen fromm und die Geistlichen eifrig auf die Erfüllung ihrer Pflichten bedacht. Und trotzdem, mein Herr Kardinal. Trotz allem. Wenn es keinen menschlichen Grund gibt, bleibt nur der andere. Wiederum mein König.«

»Nicht nur er«, warf der Mönch ein, der sich auch zuvor schon eingemischt hatte.

Alf zückte eine Braue in die Höhe.

»Er hat Sippschaft«, sprach der Mönch, »Geschöpfe seiner Art und gleichermaßen gezeichnet. Manche sogar deutlicher als er.«

»Tatsächlich, Bruder? Wie das?«

»Nehmt nur einen Spiegel und seht!«

Der Kanzler setzte sich wie zur völligen Behaglichkeit zurück. »Oh, ich bin ein durch und durch abscheuliches Ungeheuer, wie ich gerne zugestehen will. Aber er? Er ist das völlige Abbild seines Vaters, nach allem, was ich gehört habe; gewiss weist er große Ähnlichkeit mit seinen Neffen und Vettern auf.«

»Etwas entfernte Vettern und Großneffen dritten Grades.«

»Nun ja, Bruder. Er ist ja nicht der Einzige auf der Welt. ›Als Adam nun 130 Jahre alt war, zeugte er einen Sohn ihm gleich und nach seinem Bilde und nannte ihn Set. Nach der Geburt des Set lebte Adam noch 800 Jahre, und er zeugte Söhne und Töchter.‹«

»›Insgesamt lebte Adam 930 Jahre‹«, fügte der Mönch hinzu, »›dann starb er.‹«

»Das tat er«, bestätigte Alf, »und nach dieser Rechnung hat mein König noch eine Weile zu leben, ehe er sich als unsterblich herausstellt.«

»Ihr treibt Spott mit Gottes Wort.«

»Nein«, widersprach Alf leise. »Das tue ich nicht. Und ich bin auch nicht von Sinnen, besessen oder von Dämonen beherrscht. Und mein Herr ebenso wenig. Er mag lange regiert haben, doch hat er nicht gut regiert? Hat ein Mensch gelitten? Hat eine Frau Tränen vergossen, ist ein Kind gestorben, weil Gwydion die Krone von Rhiyana trägt?«

»Das Fleisch ist Staub und Asche, eine Lüge sein Trost. Nur die Seele kann leben.«

»Wie sie zweifellos im Languedoc lebt, wo ihre Heimstatt von Krieg und Hunger gepeinigt wird.«

Der Mönch richtete sich auf, sein Gesicht war weiß, rote Flecken breiteten sich auf seinen Wangenknochen aus. »Eure bloße Existenz ist eine Verderbnis für alle, die damit in Berührung kommen.«

Alf betrachtete ihn mit leicht schräg gestelltem Kopf. »Ihr denkt nicht«, hielt er ihm vor. »Ihr hasst nur. Ihr, der Ihr vorgebt, Gottes Liebe zu dienen. Obgleich Ihr mein Feind seid, empfinde ich Mitleid mit Euch.«

Der auflodernde Hass schlug Nikki blind. Nichts sehend und in Lautlosigkeit eingesperrt suchte er in der Luft nach Halt und fasste Holz und festes, in Feh gekleidetes Fleisch. Er konnte nichts sehen, nichts hören, nichts ...

***

Alun spannte seine Muskeln. Die Luft waberte; die Gesichter der Kinder verschwammen. Etwas griff nach ihnen. Sichtbare Dunkelheit. Umhertastender, zupackender Hass, schwarz und blutrot, ein weit aufgerissener Wolfsrachen, bereit zuzuschnappen, zu zerreißen und zu verschlingen.

Liahan!

Sie lag still. Sie hatte die Augen geöffnet und starr auf einen Punkt geheftet.

Er sammelte seine ganze Kraft. Irgendwo, schwach und weit entfernt, riefen Stimmen nach ihm. *Nein, Alun. Das ist zu mächtig für dich. Alun!*

Es hatte Liahan gepackt. Seine liebliche, lachende Dame mit den Blumen im Haar. Es hatte sie gepackt und hielt sie umklammert.

Er schlug mit jeder Unze seiner Macht zu.

Die Wolfsfinsternis zauderte erschreckt und wandte sich zu ihm um. Er lachte, denn er hatte ihm eine Wunde geschlagen, eine lange, brennend rote Wunde. Und wieder schlug er zu.

Der Widersacher setzte zum Sprung an.

Anna sah Alun aufrecht über die Wiege springen. Seine Gestalt verschwamm und verdunkelte sich. Und doch lachte er leicht und stark und frei. Die Finsternis schwoll wie Rauch an, kringelte sich um ihn, schmetterte ihn zu Boden.

Hinter Anna schrie Thea auf, es war ein heiserer, unmenschlicher, von Wut verzerrter Schrei. Anna wirbelte herum. Die Dame stand schwankend neben dem Bett. Anna fing sie auf. »Thea, nicht, Alf sagte doch …«

Anna griff in eine Zahnreihe, eine weiße Hündin mit blitzenden Augen: Von Thea war nichts mehr geblieben. Verbissen hielt sie sie fest. Die Finsternis jagte mit Wolfsrachen und höllisch glühenden Augen davon. Das Licht zog im Strudel von hinnen.

7

Nikki konnte wieder sehen. *Musste* sehen.

Alle starrten sie vor sich hin. Alf, in seiner unmittelbaren Nähe, dessen Umhang Nikki umklammerte – Alf saß kerzengerade und war totenbleich. »Nein«, hauchte er. »O nein.«

Nikki schüttelte ihn heftig. Er durfte jetzt keine Prophezeiungen ausstoßen: Gier stand in den Augen den Mönchs. Der Legat beobachtete ihn bedrohlich hingerissen.

Alf erhob sich unendlich langsam. Er war von dem Entsetzlichen, das nur er sehen konnte, völlig in Bann geschlagen. »Süßer, barmherziger Gott ...«

»Alun!«

Nicht er alleine schrie. Gwydion laut, Nikephoros lautlos: ein gewaltiges, kummervolles Heulen.

Nikkis Hände fassten in Pelz, der Umhang war leer, die Leute gafften. Er sah nichts von alledem. Er sah nur Finsternis und Licht und Gwydions Antlitz. Es war völlig ausdruckslos.

Und fort war der König, und Stimmengemurmel erfüllte den Sonnensaal.

Nikkis Innerstes war eine große Wunde, da alle Muster zerrissen und zerbrochen waren. Er erstickte das Gemurmel – schloss es willentlich mit einem Befehl aus. So viele Augen. Und er konnte sich nicht in Luft auflösen. Er wusste nicht, wie.

Mit einem letzten, hektischen Blick wirbelte er herum und schoss davon.

Jemand setzte schwerfällig hinterher. Vater Jehan, der die Mitra unter den Arm geklemmt und die steife Robe bis zu den Knien emporgerafft hatte. Hinter Nikkis Augen kicherte ein kleines, irres Wesen. Der massige Körper war niemals für ein wildes Rennen gebaut gewesen, und schon gar nicht im vollen Ornat.

Nikki fegte um eine Ecke. Seine Lungen hatten zu stechen begonnen. Seine Füße schlugen einen wirbelnden Takt. Zu spät – zu spät – zu spät.

Alun war fort. Anna war fort. Thea war fort. Die Kinder waren fort. *Tot, dahin. Tot, dahin. Tot ...*

Ein Schluchzen entfuhr ihm. Er warf sich nach vorn.

Es war still im Schlafzimmer des Kanzlers. Das Bett war durcheinander, verlassen. Die leere Wiege schaukelte, die Decke war wie von Klauen zerrissen und zerfetzt.

Alf stand wie eine steinerne Statue darüber. Zu seinen Füßen kauerte Gwydion, die schlaffe, leblose Gestalt mit den ausdruckslosen, starren, toten Augen in den Armen.

Die Königin, dicht neben ihn gekauert, weinte und streichelte Aluns Haar. Immer und immer wieder die gleiche Geste. Gwydion hatte keine Tränen. Er hatte gar nichts.

Nikki schmeckte Blut. Dann Schmerz, denn er hatte die Hand zwischen die Zähne gepresst. Sie pochte dumpf, als er sie fallen ließ und in das Zimmer stolperte. Die Luft biss in seiner Nase wie nach einem Blitzschlag, zur Mahnung an eine große, entfesselte Macht, die sich nun zurückgezogen hatte.

Alf sank unendlich langsam in die Knie. Seine Lippen bewegten sich und mit ihnen seine Hände, die das Kreuz schlugen. *»Kyrie eleison. Christe eleison.«*

Gwydion wandte den Kopf. Nikki zuckte zusammen, obgleich er sich außerhalb der Reichweite dieses Blickes befand. Alf traf dieser Blick voll. Die Stimme des Königs war so Furcht erregend wie seine Augen, hart, finster und alt und alles Menschlichen entleert. »Gott kennt keine Gnade.«

»Kyrie«, betete Alf, *»eleison. Pater noster, quis es in coelis ...«*

»Wir haben keinen Gott. Wir haben keine Seelen. Nur Fleisch und schwarze Erde.«

»... Sanctificetur nomen tuum; adveniat regnum tuum ...«

»Gottverdammter, vom Teufel besessener abtrünniger Priester.«

In den feuersteingrauen Augen war ein Funke aufgeblüht. Wurde größer, schwoll an, tobte und loderte mit seiner Stimme auf. »Was ist dein Gott, dass er mir meinen Sohn rauben kann?«

Die Königin streckte die Hand nach ihm aus. Blitze krachten; sie zuckte zurück und schlug die Hände vors Gesicht. Eine war rot verbrannt und von Pusteln bedeckt.

Alf griff seinerseits nach der verletzten Dame. Sie schüttelte ihn ab. Ihre Augen verströmten Tränen, doch ihr Blick war hart und furchtlos. »Das ist nicht Gottes Werk. Das stinkt nach dem Antichrist.«

»Sie sind ein und derselbe.« Gwydion erhob sich, der helle Haarschopf fiel leblos auf seine Schultern. »Sie müssen eins sein. Sonst wäre ich es, der hier in meinem ganzen Stolz und meiner ganzen Schuld liegt und nicht ...«

»Du in deiner ganzen Torheit.« Sie stand auf und trat ihm entgegen. Sie war sehr groß; sie musste die Augen nur wenig heben. Und doch sprach sie nicht zu ihm, sondern in die Luft. »Aidan. Tu, was getan werden muss!«

Feuer schoss aus Gwydions Augen so plötzlich wie ein Blitzstrahl. »Noch habe ich nicht den Verstand verloren!«

»Nein«, sagte sie. »Nur deinen Sohn.«

Er blieb völlig reglos stehen. Keine Falte mehr zog sich durch sein Gesicht, und doch zeigte es jeden Augenblick seiner hundert Jahre. »Nur meinen Sohn«, wiederholte er. »Nur ...« Er sog zitternd den Atem ein. »Lass mich vorbei.«

Sie trat zur Seite. Er setzte sich in Bewegung. Jehan wich zurück und gab ihm den Weg frei. Er folgte ihm Schritt für

Schritt, und hinter ihm die Königin. Ihr Rücken war aufrecht, ihr Kopf hoch erhoben. Nur wer die Macht besaß, wusste, dass sie immer noch weinte.

Nikki wagte sich vorsichtig in den Raum. Das Knistern der Macht ließ nach und war als Gemisch für seine Sinne so entfernt wahrnehmbar wie Düfte für Hundenasen. Maura, Gwydion ... Trauer und glühendes Eisen. Aidan erschreckend und ungewohnt kühl. Alf hinter einer steinernen Mauer. Und verwaschene Erinnerungen – Alun, Thea, der leicht süßliche Geruch der neugeborenen Kinder.

Alf war neben der Wiege aufgestanden. Der ganze Schmerz war in seinem Denken hinter einer starren Miene vergraben. »Sie sind fort«, sagte er fassungslos. »Völlig verschwunden, als wären sie tot – doch würde Thea gestorben sein, wäre ich es ebenfalls. O Gott, wie soll ich leben, da mir die Hälfte meines Innern entrissen wurde?«

Jehan stürzte an Nikki vorbei, warf Bischofsstab und Mitra hin und packte Alfs Schultern. Alf wurde steif. Seine Augen waren weit aufgerissen und wild, und ihr Blick erkannte nichts. Er war so reglos wie ein Panther auf der Lauer und ebenso gefährlich.

»Ich werde ihn töten«, gelobte er, ohne seinen Tonfall zu verändern. »Wer immer das getan hat ... ich werde ihn töten. Tod für Tod, Verstümmelung für Verstümmelung ...«

Jehan versetzte ihm einen schallenden Schlag. Mit raubtierhaftem Fauchen sprang er ihn an. Jehan fiel und wehrte sich ohne die geringste Absicht oder Hoffnung, ihn zu besiegen. In ihm steckte keine Vernunft mehr, nur noch Zorn und die Trauer um den bitteren Verlust.

Nikki warf den Kopf von einer Seite zur anderen. Alles strömte von allen Seiten auf ihn ein, Wahnsinn, Tod, Verlust und Hass und lähmendes Entsetzen. Alfs Geist, der aller seiner

Sperren enthoben eine offene Wunde war. Waren sie so schwach? Begriffen sie denn nicht? Sie hatten dem Feind voll in die Hände gespielt.

Sie rollten am Boden, Bischof und Kanzler, wie Hunde, die sich in ihrem Zwinger zankten. Narren. Kinder.

Nikki formte seinen Geist zu einer Peitsche und schlug mit aller Kraft auf sie ein. *Hört auf!*

Sie ließen voneinander ab. Er war sich dessen kaum bewusst. Der einzige Geruch, der lebensgefährliche, war nun so gut wie verflogen. Doch er konnte, musste den langen, gewundenen Pfaden des Geistes folgen. Der war stark und hochmütig in seiner Stärke. Er hatte keine völlige Geisteswehr errichtet, doch er überwältigte das Bewusstsein seiner Opfer vollständig.

Nikki war ihm dicht, ganz dicht auf den Fersen. Mauern und Heiligtümer. Mauern und Heiligtümer.

Schlangenschnell stieß der Geist zu.

Nikki tauchte langsam aus dem Dunkel auf. Alf stand über ihn gebeugt. Die Welt drehte sich, und er erkannte sie schließlich. Alf war leichenblass; ein Bluterguss schwoll an seinem Kinn an. Doch sein Blick war vernünftig.

Nikki packte ihn. *»Ich weiß es,* versicherte er. *Ich weiß, wo sie sind.«*

Die vernünftige Haltung geriet ins Wanken und festigte sich wieder. Die Stimme klang leise, doch der Geist war ein lauter, anschwellender Schrei. »Wo?«

In Rom. Durch eine Macht ...

Alfs Gesicht verschwamm. Nikki packte mit Geist und Händen zu. *Nein!* Er durfte nicht gehen, nicht wissen, nicht sehen ...

Alf war stark. Angesichts dieses höllenstarken Machtstreichs blieb er bei Bewusstsein, wenn auch wenig darüber hinaus.

Nikki blickte in das Gesicht neben sich. *Durch eine Macht,* fuhr er grimmig fort, *größer als irgendeine, die ich je erlebt habe. Sie ist nun wachsam; wir werden nicht näher an sie herankommen. Nicht von hier aus und nicht mit der Kraft, die uns innewohnt.*

Alf setzte sich vorsichtig auf, strich die Haare aus dem Gesicht, hielt sie dort fest und atmete zitternd ein. »In Rom«, murmelte er. »Von Rom aus, hatte er ... sie ... wer immer, was immer es ist, das getan.« Er schloss die Augen. »Gütiger Gott.«

»Ja wirklich, gütiger Gott.« Jehan kniete steif neben ihnen. Gegen Alfs einzigen Bluterguss hatte er ein Dutzend; ein Auge schwoll bereits zu. »Eine Macht, die alle Mauern Rhiyanas zu durchdringen vermag, Alun tötet, Anna, Thea und die Zwillinge holt und dich abwehrt ... das muss der Teufel selbst sein.«

»Oder einer seiner Gefolgsleute. Oder«, meinte Alf, »einer von uns.«

Nikkis Körper krümmte sich vor Widerspruch, doch sein Geist löste sich daraus. Ja. So schrecklich das war, es konnte wohl sein. Macht war es, die er gerochen, und Macht, die ihn gefällt hatte.

Doch das Elfenvolk war ein sanftmütiger Schlag. Sie hassten nicht, konnten nicht hassen wie dieser eine, so ohne alles Maß und Erbarmen.

»Nein?« Alf lächelte mit aller Traurigkeit der Welt. »Nikephoros, mein Kind, du hast mich vor wenigen Augenblicken erlebt. Und ich bin einer der sanftmütigsten von uns.«

Nikki griff nach seiner Hand und klammerte sich heftig zuckend daran. Als ob dieser eine schwache Griff eines Sterblichen ihn halten, alles ungeschehen machen und die Helligkeit zurückbringen könnte, welche die Welt gewesen war. *Thea wird stark sein. Ich weiß es. Wir werden sie zurückbekommen, oder sie kommt von allein, ganz und unbeschadet und Feuer speiend. Ei, sie könnte doch aus den Höllenteufeln selbst zitternde Feiglinge machen!*

Alf lächelte schwach, aber von Herzen. »Und der Himmel stehe jedem bei, der nur ein schwarzer Magier ist.« Er erhob sich schwankend und fand wieder Halt. »Was nun uns angeht, so werden wir vorläufig hier gebraucht.«

Das war ganz Alf, ganz Vernunft. Und doch starrten sie ihn fassungslos an. Dass er so ruhig, so gelassen sein konnte; dass er seine Schwester, seine Dame und seine Kinder so unvermittelt und vollständig ohne sichtbare Bedenken ihrem Schicksal überlassen konnte.

Seine Augen loderten wie Gwydions: tiefes Wasser an der Oberfläche und tobendes Feuer auf dem Grund. Er blickte zu Boden.

»Kommt!«, meinte er. »Wir haben viel zu tun.«

8

Für eine kurze Weile konnte man vergessen. Man konnte sich körperlich und geistig so antreiben, bis sich alles Denken verlor und sich das ganze Wesen auf die bevorstehende Aufgabe konzentrierte.

Bis man sich unsäglich erschöpft fühlte und nach dem starken, strahlenden Partner suchte, sich bereits gegen ihre Spötteleien wappnete und schon durch die Aussicht darauf aufgerichtet wurde – um dann niemanden vorzufinden. Sie war fort. Sie war nicht mehr da. Da war nur das Nichts, das nicht einmal mehr den Schmerz zuließ.

Alf konnte nicht schlafen. Das Bett, der ganze Turm war von ihrer Abwesenheit erfüllt. Die Wiege quälte ihn mit ihrer Leere.

Letztere sollte er aus dem Raum schaffen, und doch war er nicht dazu im Stande. Als ob die Handlung es erst wirklich und unwiderruflich machte. Sie waren fort; sie würden niemals zurückkehren.

Nein. Er würde sie finden. Er musste. Irgendwie. Wenn es einen Gott, wenn es so etwas wie Hoffnung gab.

In der Kapelle war es kalt und dunkel. Weder zu kalt noch zu dunkel für den früheren Bruder Alfred, aber der war tot. Der Kanzler von Rhiyana fand den Steinboden hart und den gekreuzigten Christus teilnahmslos.

Unter dem Schock des plötzlichen Todes von Alun hatte der Priester sich in seinem tiefen Grab gerührt. Er hatte die Worte für den Toten gesprochen; er hatte unnachgiebig dem schrecklichen Leid des Königs standgehalten.

Er war wieder gegangen, wie er musste. Alf sank auf seine Hacken zurück, die Augen auf das Kruzifix geheftet, aber den Blick nach innen gerichtet. Und sah: Gwydion im Saal mit

Alun auf dem Arm und eine undeutliche Menschenmenge; verwirrte, erschreckte, schrill klagende Stimmen. Die Männer von Rom, die allesamt verlegen waren, obgleich einige sich insgeheim freuten; der Kardinal, der sich mit freundlichen Worten, die man nur halb hörte und halb beachtete, entschuldigte, aber dessen Mitgefühl selbst bei einer Überprüfung durch die Macht sich als aufrichtig erwies. Der Erzbischof von Caer Gwent mit einem Gefolge von getreuen Mönchen, die allesamt ohne Scham weinten, flehten und schmeichelten und dem König schließlich befahlen, ihnen seinen Sohn auszuhändigen, damit sie sich um ihn kümmern könnten. Prinz Aidan ebenso weiß, still und Furcht erregend wie sein Bruder, der mit ätzender Grausamkeit schließlich ausrief: »Dann behalt ihn doch. Behalte ihn, bis er verfault.« Und in jedem machtbegabten Geist das brutale Bild, ein aufgequollener Leib und Gestank, Fleisch, das von Knochen fiel, Würmer ...

Gwydion war wie von Sinnen und zum Töten bereit auf ihn zugestürzt.

Liebevoll hob Aidan den Leichnam aus den Armen seines Bruders und legte ihn in die Hände der Mönche. Gwydion stand reglos dabei, als hätten Macht und Kraft ihn mit diesem einen, sinnlosen Anfall verlassen. Sein Blick konnte nicht einmal mehr den Brüdern folgen, als sie ihre Last von dannen trugen. Er war leer, gebrochen.

Der Prinz fasste nach der Schulter seines Freundes. Dessen eigene Hand fuhr ebenfalls empor. Es war gespenstisch, wie ein Spiegelbild. Derjenige im abgetragenen Jagdzeug, hatte seinen Tränen freien Lauf gelassen. Der andere dagegen war dazu nicht im Stande.

Und war es immer noch nicht, als Alf nicht schlafen konnte. Die Burg bebte von der Spannung, die sich nicht lösen wollte, von dem unerträglichen Schmerz. Nicht auf Anraten der Freunde, des Bruders, der Elfensippe, ja nicht einmal der Königin, wollte Gwydion von ihm ablassen.

Er hatte sie alle ausgesperrt. Maura wälzte sich in Aidans Bett herum, während der Prinz und seine Sarazenin sich abwechselnd bemühten, sie zu trösten. Sie war nicht so grausam, sie abzuweisen, doch nichts vermochte das Leid zu lindern, nicht einmal der Zauber der Stimme des Flammenträgers.

Alf ließ den Kopf sinken; ihn fröstelte. Einen halben Tag und eine halbe Nacht vergiftete diese Stimmung nun das ganze Schloss. Schlimmer noch: Vom Meer her war ein Sturm aufgekommen, so tosend und bitterkalt wie das Herz des Königs. Die Winde heulten herzzerreißender als alle Frauen in der Stadt; die Wolken trugen das Schwarz der Trauer.

Nicht wenige Leute vermuteten, das Unwetter stammte vom König selbst, er hätte es in seiner Raserei heraufbeschworen. War er denn nicht der größte Zauberer der Welt?

»So kann das nicht weitergehen.«

Alf schreckte beim Klang seiner eigenen Stimme zusammen. Er hatte unwillkürlich die Fäuste auf den Schenkeln geballt. Er betrachtete sie, als gehörten sie einem Fremden. »Das muss aufhören«, sprach er zu ihnen.

Selbstverständlich; und alle gaben ihm Recht. Aber niemand hatte etwas daran zu ändern vermocht.

»Jemand muss aber.«

Aidan selbst hatte es versucht und keinen Erfolg gehabt, dabei hatte er sonst selbst dort Einfluss auf seinen Bruder, wo die Königin keinen mehr besaß.

Alf schüttelte den Kopf. Sein Haar flog schwer herum, dass er nichts mehr sah. Es müsste geschnitten werden. Thea hatte es tun wollen, bevor ...

Er biss die Zähne aufeinander. Er war genauso von Sinnen wie der König, das wusste er. Doch er hatte ein größeres Geschick entwickelt, es zu verbergen.

Vielleicht war es das, was Gwydion brauchte. Geschicklichkeit. Eine Maske. Eine, die ausreichte, sein Reich zusammenzuhalten, ehe es auseinander brach.

Alf war aufgestanden und ging. Er ließ sich von seinen Füßen tragen, wohin sie wollten.

Wie der Kanzler hatte der König seinen eigenen Wohnturm dicht an der Vorderseite der Burg. Licht schimmerte in den hohen Fenstern, die sich fast im Dunkel des Sturmes verloren.

Alf erklomm die lange Wendeltreppe. Sie war stockfinster, er folgte dem Schein der Macht um seine Füße. So massiv die Steine waren, zitterten sie doch schwach vom tobenden Sturm; sein Kreischen erfüllte seine Ohren.

Die Tür zum obersten Raum war verschlossen, aber nicht verriegelt. Einen Augenblick lang zögerte Alf. Angst hatte er keine; doch es fiel ihm nicht leicht, die Schwelle zu überschreiten. Die einfachen Leute flüsterten, hier läge der Kern zu Gwydions Magie, dies sei ein Ort großer Zauberkraft und voller Wunderlichkeiten.

In Wahrheit war er recht schlicht. Ein rundes Zimmer mit schmalen, hohen Fenstern ringsum und einem herrlichen Ausblick über Land und See, wenn die Sonne hoch am Himmel stand. Er beherbergte einen Tisch, ein oder zwei Sessel und einen abgetretenen Teppich. Eine Büchertruhe – allerdings kein Zauberbuch darunter – Schreibzeug und ein oder zwei Nichtigkeiten. Eine sehr alte Bronzelampe. Einen Silberkrug in Form eines Löwen, dessen geöffnetes Maul den Ausguss bildete. Und den einzig möglichen Zaubergegenstand, eine Kristallkugel auf einem Ebenholzständer.

Die Fenster hoben sich schwarz im Lampenschein ab. Gwydion stand umrahmt von jenem, das bei Tag den Blick zur See freigab. Nachts war selbst für Hexenaugen nichts zu sehen.

Und doch starrte er aufrecht und ganz reglos hinaus in die Finsternis.

Alf schloss die Tür hinter sich, Gwydion sprach leise und ruhig. »Keine gute Nacht zum Reiten heute.«

»Würdest du es denn versuchen?«, fragte Alf gleichermaßen ruhig.

Er zuckte mit den Schultern. »Ich habe es zumindest einmal getan, wenn du dich erinnerst.«

Das war, als Alf den König von Rhiyana zum ersten Mal gesehen hatte. Ein höllischer Sturm, eine erschöpfte Stute, ein blutüberströmter Reiter, verschmutzt, geschlagen, gebrochen und doch unbezwingbar.

Die Wunden waren längst verheilt, die Knochen zusammengewachsen, selbst die zerschmetterte Schwerthand war wieder zu gebrauchen, obgleich für ein scharfes Auge die Verwundung noch als leichte Verdrehung und Steifheit beim Anwinkeln zu erkennen war. Er hatte niemals zugelassen, dass Alf sie vollständig heilte. Wie Jehan brauchte er diese Mahnung.

»Und ich beachte sie«, sagte er. Er drehte sich um. Sein Gesicht war ruhig, seine Augen brannten. »Ich habe mich in der Gewalt. Ich werde diese Mauern nicht über meinem Kopf vernichten.«

»Nein. Sonst reißt du nur das ganze Königreich nieder.«

Der König schwieg. Alf saß am Tisch und schloss die Augen. Jetzt, da er die größte Aufmerksamkeit brauchte – ausgerechnet jetzt hätte er wie durch eine Ironie der Natur schlafen können.

Als er die Augen aufschlug, stand Gwydion über ihm. Er lehnte den Kopf an die hohe Rückenlehne des Sessels. »Du kannst nicht so weitermachen«, ermahnte er den König. »Trauere, ja. Rufe Himmel und Hölle an. Schwöre ewige Rache. Aber nicht, wenn Rhiyana dich braucht.«

Immer noch keine Antwort. Er seufzte. »Ja. Alun ist tot. Dein einziger Sohn. Als wäre er alles, was du in den Äonen, die vor dir liegen, hättest hervorbringen können; als hätte er nach dir König werden können an Stelle des sterblichen Vetters, an den der Thron rechtmäßig gehen sollte. Als ob niemals ein anderer Mann in dieser finsteren, blutigen Welt jemals auf den dahingemordeten Leib eines Kindes geblickt – als ob Gott selbst nicht den Schmerz erlebt hätte, den du nun erfährst und den du nun uns allen aufzwingst ohne den geringsten Gedanken an unser eigenes Leid.«

»Wenn es dich stört«, flüsterte Gwydion kaum vernehmlich, »verschwinde aus meinem Denken.«

»Ich kann nicht. Du lässt mich nicht. Du möchtest mich leiden machen, wie du leidest, einen bitteren Tropfen um den anderen, bis der Becher völlig geleert ist.« Alf breitete weit die Hände aus. »Ganz Rhiyana muss unter deinem Kummer aufheulen, bis es zerstört ist. Der Kreuzzug wird einmarschieren. Die Kirche wird mit Blut und Feuer regieren. Alles, was du während einer langen Königsherrschaft aufgebaut hast, wird untergehen, verbrannt, geraubt, niedergemacht werden. War ein einziges Kind, wie sehr es geliebt wurde und wie viel versprechend es war, war ein halbwüchsiger Junge das alles wert?«

»Er war mein Sohn.«

»Er würde dich dafür hassen.«

Es trat ein Schweigen voll Eiseskälte und Feuersglut ein.

Alf ließ seine schweren Lider fallen. »Ich habe ihn auch geliebt«, versicherte er, »und nicht, weil er irgendein Prinz von mir war oder von zweien stammte, die ich liebe; Freunde, die mir mehr bedeuten als Blutsverwandte. Ich liebte ihn um seiner selbst willen. Und er ist tot, heimtückisch gemordet, meine Schwester entführt, meine Dame mir entrissen und meine Kinder vielleicht ebenso ermordet wie das deine.

Muss ich darüber hinaus noch deinen ganzen Kummer tragen?«

»Du weißt nicht, ob sie tot sind.«

»Ich weiß nicht, ob sie leben!« Alf kauerte sich dicht zusammen und zitterte ein wenig vor Erschöpfung und Kummer. »Wenn du dich nicht zusammennimmst, es zu ertragen«, sagte er vorsichtig, damit ihm nicht die Stimme brach, »dann warne ich dich aufrichtig, dass ich mein Bestes tun werde, dich zu zwingen.«

»Das würdest du nicht wagen ...«

Alf schaute ihn an. Schaute nur. »Versteh doch, Gwydion. Rhiyana, seine Bevölkerung, eben meine Sippe – letzten Endes bedeuten sie weniger als diese schlichte Wahrheit. Dein Selbstmitleid treibt mich zur Raserei.«

Gwydion blieb regungslos stehen. Sie waren einander körperlich und geistig ebenbürtig. Doch Alf hockte in dem hohen Sessel, und Gwydion stand bedrohlich und sprungbereit über ihm.

Der König hob die Hände. Alf zuckte nicht. Sie schlossen sich um sein Gesicht; die grauen Augen erforschten es kalt. Doch noch kälter, aber glühender war die Stimme in seinem Denken. *Du warst stets der vollkommene Kleriker. Ganz kriecherische Demut, doch darunter teuflischer Stolz.*

Was, entgegnete Alf, *ich stets zugegeben habe.*

»Bastard.« Es war ein Zischen. »Von niedriger Geburt, vaterlos, in einem Kuhstall geworfen – ich gab dir Ehre. Ich verlieh dir die Ritterwürde. Ich vertraute dir sogar die Erziehung meines Sohnes an. Und wozu? Dass er erschlagen werden soll bei der Verteidigung deiner schlecht geratenen Brut und du meine königliche Würde mit Gewalt bedrohst.«

»Da ist nun keine Würde«, murmelte Alf mit beherrschter Erregung. Er erhob sich, ein erzürnter Blick war auf den anderen geheftet. »Hast du nun genug? Oder musst du mich noch weiter geißeln? Du hast noch vergessen, alle meine Scharlatankunstgriffe anzuprangern.« Seine Macht ballte sich, spannte sich. Aber er sprach so leise wie immer im Ton gelassenen Spotts wie der Meister, der schließlich der Unverfrorenheit seines Schülers überdrüssig geworden ist. »Entweder du beherrschst dich selbst oder du lässt dich beherrschen. Was von beidem, ist mir gleichgültig, solange ich meinen Frieden habe.«

Es war die nackte Wahrheit. Für jeden Menschen eindeutig erkennbar, selbst für einen Elfenkönig in seinem Schutzpanzer von Raserei. Er sog scharf und schmerzhaft die Luft ein. Niemand, nicht einmal sein Bruder, war jemals so vor ihn getreten, hatte derartig mit ihm geredet und ihn so völlig ungeachtet seines königlichen Standes behandelt. »Ich verfluche den Tag, da ich dich meinen Gefolgsmann nannte.«

Alfs Lippen wurden schmal und sprachen von offener Verachtung. Gwydion schlug zu. Sie schwollen an, sprangen auf und bluteten. Die Augen darüber maßen ihn höhnisch. Er war kein König. Nicht einmal ein Mensch, dass er das Leid nicht ertragen konnte, das jeder gemeine Sterbliche überstand. Er suhlte sich darin; er ließ sich davon beherrschen.

Schwächling. Feigling. Dummkopf.

Er wirbelte herum, wandte sich ab. Er war stark. Er war König. Er würde befehlen ... erzwingen ...

Alf berührte seine Schulter. Es war eine leichte, fast zögernde Berührung, fast wie die einer Frau. Ach, er war so schön wie eine Frau mit diesem geschwollenen und bartlosen Gesicht. Mit gegen ihn gewappnetem Körper und Geist.

Sanft und unnachgiebig zog er Gwydion zu sich herum. »Bruder«, sagte er den Tränen nahe. »O Bruder, ich gäbe meine eingebildete Seele, um ihn wieder lebendig zu machen.«

Gwydions Macht bäumte sich auf wie ein erschrecktes Fohlen. Der, welcher der Peitsche standgehalten hatte, beugte sich dem seidenen Halfter: dieser sanften Hand, dieser brechenden Stimme, dieser Flut von Schmerz.

Sein Körper stand wie angewurzelt. Leichte Hände ruhten auf seinen Schultern, Tränen strömten bleiche Wangen hinab; große trauervolle Augen.

Sie verschwammen. Ein Speer stieß zu. Ein Damm brach. Irgendwo in weiter Ferne gellte ein lauter Schrei.

Gwydion blickte noch einmal in Alfs Gesicht. Es war so ruhig wie das seine, entleert, gelassen. »Bastard«, sagte er leichthin zu ihm.

Alf lächelte – unter Mühen, denn es tat weh. Gwydion fuhr ihm mit dem Finger über die Lippe und gewährte Linderung des unbedeutenden Schmerzes. »Sieh, deine Schönheit blieb unversehrt! Das ist entschieden mehr, als du verdienst.«

»Du bist wieder bei Verstand«, bemerkte Alf, »aber du redest wie dein Bruder.«

»Warum auch nicht. Ich fühle das Gleiche wie mein Bruder. Zorn.«

»Zum Glück.« Alfs Knie gaben nach; er sank überrascht nieder. »Hast du so hart gekämpft?«

Gwydion ließ sich neben dem anderen nieder. So unvermittelt, wie er geweint hatte, begann er zu lachen. Es war ein bekümmertes Lachen, aber trotzdem aufrichtig. »Eines Tages, mein Freund, wirst du auf einen stoßen, den du nicht nach deiner Lust und Laune behexen kannst.«

»Es gibt da schon eine Frau ...« Alf biss sich auf die Lippen und erhob sich. »Mein Herr ...«

»Jetzt heißt es wieder ›Mein Herr‹.« Gwydion packte ihn und hielt ihn. Er leistete Widerstand, der König spannte seinen Griff. »Nein, Alfred. Hier heilt man nicht mit Liebe und heißem Eisen und geht von hinnen, solange die eigenen Wunden noch bluten.«

»Sie sind verätzt«, antwortete Alf. »Mauras nicht.«

»Du bist stets gerüstet, mein Ritter von Broceliande.« Gwydion ließ ihn los und hielt inne. Eine Aufwallung der Trauer ergriff ihn, erschütterte ihn und ging vorüber. Er schluckte schwer. Seine Stimme war kaum die seine, als sie erklang. »Ja. Sie braucht mich dringender. Im Augenblick. Später ...«

»Später kommt, wenn es an der Zeit ist.«

»Und dann werden wir miteinander reden«, sagte der König immer noch mit scharfem Unterton, doch seine Augen waren von aller Raserei geläutert.

***

Nikki hatte sich in den Schlaf geweint und wurde vom Weinen auch wieder wach. Seine Augen brannten; die Kehle schmerzte ihn. Er fühlte sich geistig und körperlich zerschlagen.

Er rollte sich in der Mitte des Bettes zu einem Knäuel zusammen. Seine Gefährtin rührte sich, schob sich dichter heran und kuschelte sich warm an ihn. Sie sorgte sich nicht um Verlust und Kummer; sie wusste nur, dass er ihre Gegenwart brauchte. Nach kurzer Zeit, als er völlig leer geweint stilllag, begann sie zu schnurren.

Er streichelte das geschmeidige Fell. Er kam gut mit Katzen zurecht; die Leute nannten diese hier gerne seinen Schutzgeist, weil sie sich stets in seiner Nähe aufzuhalten schien. Manchmal hatte Thea mit ihren Hexentricks die schmale, schlanke Form mit den smaragdgrünen Augen angenommen und sich wie die richtige Katze jetzt gegen seine Bauchwölbung geschmiegt und gewartet, dass er kurz vor dem Einschlafen stand, um dann lachend in ihre eigene, nackte, geschmeidige Gestalt zu zerfließen.

Heute Abend war es nur eine Katze. Thea war fort, Anna

war fort, Cynan und Liahan waren dahin, Alun tot. Mit einem einzigen Machtstreich war die Welt zerbrochen und konnte nicht wieder völlig geflickt werden.

Ein leichtes Gewicht ließ sich auf seiner Bettkante nieder. Er schlug die Augen auf und sah in Alfs Gesicht. Es war dasselbe wie stets, allerdings müde, ausgezehrt und mit Ringen unter den Augen. Er lächelte sogar ein wenig, zur Begrüßung, zum Trost.

Nikki setzte sich auf und schämte sich plötzlich ein bisschen. Es war nicht so, dass ihm niemals bewusst war, dass seine Welt zerbrechen könnte. Sie war völlig in Scherben gegangen, als er sehr klein gewesen war, hatte sein Vaterhaus, seine Familie und seine ganze Stadt hinweggefegt; im Vergleich dazu war das hier unbedeutend.

»Aber es ist jetzt, und das andere liegt weit zurück.« Alf legte sich hin, als könnte er nicht anders, und bettete den Kopf auf seine Armbeuge. Die Katze entdeckte begeistert einen neuen Ruheplatz an seiner Seite. Ihr Körper bebte von ihrem lauten Schnurren.

Er streichelte sie träge, sein Gesicht war ruhig. Nikki beobachtete ihn. Er würde bald einschlafen. Offensichtlich konnte er sein eigenes Bett nicht ertragen.

»Nein«, sagte Alf, rührte sich aber nicht, um aufzustehen. »Ich habe nicht vor ...«

Es stört mich nicht, gab Nikki ihm zu verstehen.

Alf errötete ein wenig. »Es stimmt schon, dass ich lieber nicht ... Ich habe nicht mehr alleine geschlafen seit ...«

Seit er an Theas Bett getreten war. Nikki beherrschte seinen Gesichtsausdruck.

»Es wird zur Gewohnheit«, erklärte Alf nach einer Weile. »Einer gewissen Notwendigkeit. Selbst ... besonders ... für einen wie mich. Ich war so lange Priester ... Weißt du, dass ich niemals eine Frau begehrt hatte, bis ich sie sah? Sie war die erste Frau meiner Art, die mir begegnet ist. Die erste, die … jemals …«

Nikki nahm ihn in den Arm, solange er weinte. Es war kein heftiges Weinen. Das meiste war Erschöpfung und bis an die Grenzen ausgeschöpfte Macht.

Und doch schien es lange zu dauern, ehe er sich beruhigte. Als Nikki ihn losließ, legte er sich mit offenen Augen zurück.

Du wirst jetzt schlafen, sagte Nikki.

Er erstarrte: »Ich kann nicht. Ich darf nicht. Wenn irgendetwas … wenn Thea …«

Wir passen alle auf. Schlaf, drängte ihn Nikki. *Schlaf und sei stark.*

Ganz allmählich ließ der Widerstand nach. Seine Lider sackten herab; sein Atem ging leichter. Schließlich schlief er trotz seiner Abwehrhaltung ein.

9

Benedetto Torrino zögerte. Der Raum war sauber, aufgeräumt und ausgefegt und eigentümlich leer. Feuerholz war aufgestapelt, aber nicht entzündet, die Luft kalt. Irgendetwas ... irgendjemand ... hatte hier gelebt und geliebt. Leben hatte begonnen; und zumindest eines hatte geendet. Doch sie waren alle fort.

Er schüttelte sich. Es war der unablässige, verdammte Sturm, der Durchzug, den er zu hassen begann, und das Leichentuch der Trauer, das über dem gesamten Königreich lag. Das hier war nur ein Turmzimmer, ein recht kostbar, wenngleich nicht üppig ausgestattetes Zimmer, in dem es schwach nach Blumen duftete. Nach Rosen. Auf dem Tisch neben einem Stapel Bücher stand eine Schale mit trockenen, staubig süßen Blütenblättern, einem Hauch von Sommer mitten im freudlosen Winter des Nordens.

Seine Hände waren steif vor Kälte. Auf dem Kaminabsatz fand er Wetzstahl und Feuerstein. Das Feuer schwelte, flammte auf und loderte hoch. Er hockte sich davor, spreizte die Hände und sog die Wärme in sich auf.

Nach einem kurzen Augenblick richtete er sich auf. Er hatte sich kein Feuer mehr selbst gemacht seit ... wie lange? Seit Jahren. Das war Dienstbotenarbeit, und er war ein Kirchenfürst. Mit einem halben Dutzend Päpsten verwandt und vermutlich selbst eines Tages Papst, wenn er das Spiel der Höfe und Könige spielte und den zahlreichen Kirchenklüngel überlistete.

Und wenn er diese Mission überlebte.

Er dachte darüber nach, wie er Rhiyana beim Durchreiten erlebt hatte. Kein großes Königreich, aber ein freundliches, selbst im Winter. Die Straßen waren in ausgezeichnetem

Zustand und sicher zu bereisen. Die Leute hatten ein Lächeln auf den Lippen. Hätte er sich in einem anderen Reich der Welt oder auf irgendeiner anderen Gesandtschaft befunden, hätte er glauben können, in ein glückliches Land ohne Krieg und Hungersnot, ohne Feuersbrunst, Sturmflut oder finstere Pestilenz zu kommen, mit einem Wort, in ein friedliches Königreich.

Unter einem Hexerkönig. Und das war Gwydion, daran bestand kein Zweifel. Sein Atem selbst war Magie. Man brauchte ihn nur anzusehen, den großen, jungen Mann mit dem leichten, stolzen, königlichen Gebaren, dem blassen Adlergesicht. Aber die Augen waren jahrhundertealt und jahrhundertetief.

Er war eigentümlich; er konnte Furcht erregend sein. Doch er weckte kein Grauen. Keiner von ihnen. Torrino wusste, dass sie sich verborgen hielten, und er konnte sich denken, weshalb; doch er hatte sie hie und da aus er Ferne gesehen, groß, hellhäutig und herzergreifend schön. Es war keine Stunde her, dass sie sich unter die Menge im Wachraum gemischt hatten, einige nahe genug, dass er sie hätte berühren können, und sie hatten den beiden zugejubelt, die heftig in ein spielerisches Gefecht verstrickt waren. Wenn die Kämpfenden in Kettenzeug und Helmen auch nicht zu erkennen waren, so handelte es sich doch eindeutig um den Kanzler und einen Prinzen. Sie waren von gleicher Größe, gleichem Gewicht und annähernd gleich geschickt; leichtfüßig, blitzartig schnell und – stark wie eine Stahlfeder. Gemeinsam boten sie einen prächtigen Anblick.

»Stell dir das vor«, sprach er laut ins Feuer. »Ein geborener Sieger – er erwirbt Geschicklichkeit, verfeinert und vervollkommnet sie, wird älter, büßt sie ein und stirbt. Wenn er aber nicht stürbe, welche Grenze wäre dann der Vervollkommnung seiner Kunst gesetzt?«

»Nun, gar keine.«

Er drehte sich mit der gebotenen Gelassenheit um. Der Kanzler steckte noch in seinem schweren, blitzenden Haubert, doch er trug keinen Helm, und die Kettenhaube hatte er auf die Schultern zurückgestreift. Seine Wangen waren gerötet, das Haar klebte ihm feucht auf der Stirn. Er sah wie ein groß gewachsenes Kind aus; ein Knappe, der gerade von der Waffenübung kam. Selbst der wahre Knappe sah älter aus, der dunkle Knabe, den Torrino zuvor schon gesehen hatte, der mit dem Schwert in der Scheide und dem Helm an ihm vorübertrat und dem Kardinal einen giftigen, sengenden Blick zuwarf.

Torrino ließ sich in dem einzigen Sessel nieder. Es war fast eine Unverschämtheit. Der Kanzler zog die Braue in die Höhe, doch seine Worte klangen leicht und kühl. »Guten Tag, Eminenz. Wenn Ihr mich entschuldigen würdet …«

Er konnte die anmutige Handbewegung des Legaten nicht sehen, da er in der Taille vornübergebeugt stand, um nach Ritterart in dieser komisch-hilflosen Haltung sein Kettenhemd abzulegen, wobei der Knappe zerrte und er sich wand, um sich aus dem Leder- und Stahlpanzer zu befreien. Als er sich in dem gepolsterten Gambeson aufrichtete, ging sein Atem schnell. Auch der Gambeson fiel in die Hände des dunkelhäutigen Jungen. Er wirkte in seinem Hemd weniger schmal als in seiner Amtstracht und gleichzeitig weniger wuchtig als in seiner Rüstung, war breitschultrig und schmalhüftig und hatte kein Gramm Fleisch zu viel.

Zwei Diener brachten eine große Holzwanne herein; Pagen folgten mit dampfenden Eimern. Das alles wirkte wie ein Ritual. Torrino konnte in den Gesichtern lesen: Zweifel an dieser eigentümlichen, ungesunden Gewohnheit, tiefer Respekt vor dem, der ihr frönte, mit einer Spur Verehrung beim jüngsten Pagen. Für ihn hatte Alf ein Lächeln und ein, zwei Worte übrig, nichts Bedeutendes, doch genügend, dass das Kind fröhlich zur Tür hinaushüpfte. Die anderen folgten bis auf den

Knappen, der Alfs ganze Rüstung verstauen und seine Hand an das Hemd darunter legen musste. Der Kanzler ließ es sich ausziehen.

Torrino stockte der Atem. Irgendjemand hatte irgendwann eine Peitsche über diesen Rücken gezogen. Und fast die ganze Haut vom Nacken bis zu den Hinterbacken zerstört, dass eine Spur von weißen, knotigen Narben zurückblieb. Es war erschreckend, abstoßend – und am schlimmsten war, dass es selbst mit dieser Entstellung noch der schönste Körper war, den der Legat jemals gesehen hatte.

Er wandte mühsam den Blick ab. Er war nicht wie so viele innerhalb und außerhalb der Kurie. Er hatte seine Gelübde eingehalten; er hatte sich Frauen versagt und den Notbehelf verworfen, der für einen Geistlichen so nahe liegend und so einfach wegzudiskutieren war.

Die braunen Hände des Knappen fuhren über die bleiche Haut. Alf stand still, hielt den Kopf wie vor Erschöpfung gesenkt und ließ das Wasser die Spuren des Kampfes fortspülen.

»Ich verstehe«, sagte Torrino langsam. »Ich beginne zu verstehen.«

Alf rührte sich nicht. Der Knappe warf dem Kardinal einen harten Blick zu, den dieser erwiderte, und schauderte. Das war wirklich ein Junge von menschlicher Herkunft, wenn auch auffallend fremdartig, dunkelhäutig, schmal und schnell. Italiener, Grieche, Levantiner ... jedenfalls war er niemals in diesem kalten, stürmischen Land geboren. Und doch hatte er einen Blick, als ob er mehr oder deutlicher sähe, als jeder sterbliche Mensch das vermochte.

Torrino stellte fest, dass er nickte. »Da liegt der Grund zu aller Furcht. Nicht im Bösen, nicht einmal in der Hexerei. Durch Eure bloße Existenz erschüttert ihr die Welt in ihren Festen. In unserer Philosophie besteht kein Raum für Euch.«

Alf trat aus der Wanne und ließ sich trockenreiben. Er war wirklich zu dünn. Man konnte seine Rippen zählen und den Verlauf der Adern unter der durchscheinenden Haut verfolgen. Doch es steckte Kraft in ihm, die nun deutlicher erkennbar war, als wenn er Rüstung trug.

»Betrachtet Euch doch nur selbst«, fuhr Torrino fort. »Ihr besitzt alles: Jugend, Schönheit, große Magie. Alles, was ein einfacher Mensch kann, könnt Ihr besser. Und Ihr werdet niemals älter und sterbt.« Er seufzte. »Engel können wir hinnehmen – sie sind reine Geisteswesen, unsichtbar und unfühlbar. Die Heiligen mögen wir am liebsten, wenn sie, mit allen menschlichen Unzulänglichkeiten geboren, nach langem Kampf den Sieg erringen. Helden sind am besten und am günstigsten tot. Ihr ... Ihr seid hier und greifbar und somit dreimal schwerer zu ertragen.«

»Neid ist eine Todsünde.«

»Tödlich«, meinte der Legat, »ja.«

Alf war nun mit weißem Hemd, schwarzem Tappert, schwarzer Hose und Kapuze finster wie ein Mönch gekleidet, und im Gegensatz zu der trostlosen Kleidung wirkte sein Gesicht noch bleicher. »Wollt ihr demnach Eure Hunde auf uns hetzen?«

Torrino betrachtete seine Hände. Sie waren sauber, wohl gepflegt, ohne Makel oder Narbe. An einem Finger glühte der Rubin seines Amtes. »Einige meiner Mönche wurden ... anderweitig untergebracht. Nach allem, was ich gehört habe, auf Befehl des Königs.«

»Es widerspricht jeder klösterlichen Regel, dass ein Mönch eine andere Tracht als seine eigene trägt. Und«, fügte Alf gelassen hinzu, »der König hat dem Pauliner-Orden den Zutritt in sein Reich verwehrt.«

»Die weltlichen Herrscher sollen sich nicht in die Belange der Kirchensöhne mischen.«

»Doch die Kirche mag sich mit ihren eigenen begnügen und weltliche Hilfe erbitten, wo sie welche benötigt.«

»Oder wo sie dazu gezwungen ist.«

Alf setzte sich auf die Kaminplatte. Seine Augen, in denen sich das Feuer spiegelte, leuchteten glutrot. »Der Erzbischof von Caer Gwent brauchte keinen Zwang. Vielmehr kostete es eine Menge Überredungskunst, dass er seine Gefangenen am Leben und unverletzt ließ.«

»Und unverhext?«

Unter den schrecklichen Augen blitzte ein Lächeln auf. »Unsere Künste hinterlassen keine Spuren an Leib und Seele.«

»Ihr habt nichts gefunden.« Torrinos Stimme war ausdruckslos und fand keinen Gefallen an der Erkenntnis.

»Zu diesem Zeitpunkt«, antwortete Alf, »gab es auch nichts mehr zu finden.«

»Und auch nicht zuvor.«

»Nein?«

Torrino beugte sich nach vorn. »Ich bedauere den Tod des Prinzen zutiefst. Er wurde höchst grausam und zum unglücklichsten Zeitpunkt ermordet. Aber, Herr, es ist kein Geheimnis, dass er durch Zauberei starb. Und Rom hat mit solchen Künsten nichts zu schaffen.«

Alf schwieg, sein Blick war fest. Ein Schauer lief Torrinos Rücken hinab, ein Gefühl gleich einer körperlosen Berührung, die wie ein Falterflügel über ihn hinwegstrich. Die Lider senkten sich über die Glutaugen. »Und doch kam Prinz Aluns Tod von Rom.«

»Von Rom vielleicht. Doch gewiss nicht vom Lateran. Der Papst geht gegen Hexerei nicht mit Hexerei vor.«

»Der Papst vielleicht. Andererseits ... wäre der Ausgang gut, würden nicht wenige sich um die Mittel scheren?«

Torrino lehnte sich vorsichtig zurück. »Es ist möglich. Ich kann nicht sagen, dass es so ist.«

Alf wandte das Gesicht dem Feuer zu und näherte ihm kurz darauf auch seine Hände. Die Flammen neigten sich seinen Fingern entgegen, leckten an ihnen, harmlos wie Sonnenschein. Er nahm eine Hand voll, flocht sie nachdenklich und nahm einen Strang Dunkelheit und einen Warp Kühle dazu.

Torrino saß ganz still und schaute zu. »Euer König hat Eure Leute gebeten, sich und ihre Zaubereien verborgen zu halten. Und Ihr betreibt hier offene Magie. Würde ich es darauf anlegen, könnte ich glauben, Ihr wärt der Mörder, der Rhiyana vernichten will.«

»Mitsamt meiner Dame, meiner Schwester und meinen neugeborenen Kindern.«

»Vielleicht sind sie nur versteckt, um die Täuschung glaubhaft zu machen.«

Alf lachte, dass er erschrak. »Oh, wirklich gerissen, Euer Eminenz! Doch all Eure Mutmaßungen laufen ins Leere. Ihr kennt meine Dame Althea nicht. Sie würde nicht einmal scheinbar verschwinden, um mir den Anschein einer ritterlichen Rettung zu gewähren.«

»Noch«, sprach der Kardinal, »würdet Ihr einen bösen, heimtückischen Mord begehen.«

Alf erhob sich mit einem Ruck und schleuderte den geflochtenen Strang mitten ins Feuer. »Eure falschen Zisterzienser wussten nichts. Gar nichts. Sie waren ahnungslos, unschuldig, völlig sauber. Und doch weiß ich, dass die Macht sich ihrer als Brennpunkt bediente, als Alun starb. Sie lauschte, bespitzelte, suchte sich ihr Ziel und schlug mit tödlicher Kraft zu. Und hinterließ ihre Instrumente, wie sie sie vorgefunden hatte: als verängstigte Männer, die man hassen gelehrt hatte, was sie nicht verstanden.«

»Waren? Verstanden? Sind sie tot?«

»Nein«, erwiderte Alf. »Wir schickten sie fort, wo sie keinen Schaden mehr anrichten können.«

»Ihr werdet verzeihen, wenn ich frage, wohin?«

»Ihr werdet verzeihen, wenn ich es Euch nicht sage. Sie wurden benutzt und weggeworfen. Mit Euch mag man ähnlich verfahren; und was Ihr nicht wisst, könnt Ihr auch nicht verraten.«

Stolz straffte den Rücken des Kardinals. »Keiner würde wagen ...«

»Jener hat gewagt, einen Kronprinzen zu ermorden.«

»Einen Hexer und Sohn eines Hexers.«

Alf verneigte sich mit ironischer Anmut. »Wohl und schnell gekontert, Eminenz. Doch wenn der Feind von unserem Blute ist, wie ich befürchte, dass er sein muss, ist er mit Sicherheit wahnsinnig und leidet an einem Wahn, der allen Hexen den Tod gelobt, doch Eure Art als einfache, sterbliche Tiere verachtet. So leichtfertig, wie er mich töten würde, würde er Eure Augen und Euer Gehirn benutzen, ohne Euch auch nur um Erlaubnis zu bitten.«

Torrino setzte sich hochmütig auf. Doch das Entsetzen verdüsterte sein Denken. Benutzt wie eine Keule, geschwenkt und danach einfach weggeworfen ...

Hände packten ihn, stützten ihn, während die hellen Augen in die seinen sahen und die klare Stimme ihn aufrichtete. »Wir werden nach unseren besten Kräften kämpfen, und nicht nur um unseretwillen. Glaubt mir, Herr Kardinal. Wir sind keine sterblichen Menschen, wir sind wahre und mächtige Zauberer, doch wir haben mit der Hölle nichts zu schaffen. Kein Mann, keine Frau und kein Kind in diesem Königreich soll um unserer Art willen leiden.«

Torrino betrachtete ihn mit größer und weiter wachsender Traurigkeit. »Mit Eurem eigenen Munde habt Ihr Euch verraten.« Er wand sich; Alf ließ ihn los. Er stand auf. »Als ich hierher gebracht wurde, hoffte ich, die Erzählungen würden sich als falsch oder maßlos übertrieben erweisen, oder Ihr würdet um des Friedens willen verbergen, was verborgen bleiben muss. Doch Ihr wart aufrichtig. Ihr ließet mich sehen, was Ihr seid. Ihr habt mir keine Wahl gelassen.«

»Wirklich?«

Dies war der Platz des Kanzlers, und an der Tür stand sein Knappe und versperrte sie mit den Händen am Griff des großen Schwerts in seiner Scheide. Torrino blickte in Alfs Gesicht empor. »Ihr habt ein oder zwei Auswege. Euer ganzes Volk kann sich in unsere Hände überantworten, um ohne Schaden für Menschen und Reich abgeurteilt zu werden; oder Ihr könnt die Flucht ergreifen.«

»Und wenn wir ausharren und kämpfen?«

»Interdikt. Mit – unausweichlich – dem Aufbruch des Kreuzzuges.«

Alf nickte einmal. »Ich verstehe. Ihr seid wohl durch die Kirchengesetze und den Befehl des Papstes gebunden. Armut und Keuschheit, die lassen nach und verlieren sich. Gehorsam dagegen ist von Bestand.«

»Was Gott befiehlt, muss der Mensch ausführen.«

»Gott!« Alfs Stimme krächzte vor plötzlichem, bitterem Zorn. »Ihr gehorcht dem Papst, der den Zuflüsterungen von Dummköpfen gehorcht, von Menschen, die entstellt sind durch Hass und Machtgier. In nichts von alledem ist Gott – es sei denn, wie bei Hiob, er hat es dem Widersacher überlassen, seinen Willen zu vollziehen.«

»Ihr seid nicht böse«, stellte Torrino fest, »doch das Gesetz ... die Heilige Schrift ... Es mag wohl sein, dass das Böse nicht in Euch liegt, sondern in dem, was Ihr seid und bei uns bewirkt. Der Wolf an sich ist ein unschuldiges Geschöpf, das seiner Natur gehorchend jagt und tötet. Doch wenn er ein Schaf tötet, muss er seinerseits sterben, damit nicht alle Schafe verloren gehen.«

Der Zorn war verflogen und ließ Alf kalt und ruhig zurück.

»Wie sollten Rhiyanas Schafe verloren sein? Sie sind alle gläubige Kinder der Kirche. Sie beichten ihre Sünden, sie hören die Messe, sie werden geboren, heiraten und sterben, wie Christen das sollten. Welchen Schaden haben ihre Seelen daran genommen, dass ihr König ein Elfenkönig ist?«

»Sie lassen einen Zauberer am Leben.«

»Sie essen auch von unreinen Tieren, arbeiten am Sabbat und haben den Beschneidungsbrauch aufgegeben. Sollen wir denn alle zu dem veralteten Gebot zurück?« Alf lachte ohne Heiterkeit. »Aber mein Rücken kann sich wohl erinnern – einige Gesetze sind vorteilhafter als andere. Ich sollte einmal verbrannt werden, bis einem gewissen Bischof einfiel, dass ich in der Gunst des Königs stand. So ließ man mich am Leben, wenn auch nicht mit heiler Haut.«

Torrino gab sich alle Mühe, ruhig zu atmen und gelassen zu sein. Dieser ... Mann ... hatte viel erduldet. Und auf Grund dessen, was er war, stand ihm noch mehr bevor. Und es gab keine Möglichkeit ...

»Wenn Ihr schwören könntet«, versprach der Legat, »wenn Ihr all Eure Zauberkünste ablegen und Euch ganz von der Menschheit zurückziehen und einsam und bußfertig leben würdet, ließe ich Euch am Leben. Ohne Interdikt; ohne Kreuzzug.«

Alfs Lächeln war sanft und auf seine Weise so schrecklich wie das Feuer in seinen Augen. »Ihr besitzt einen weisen und mitfühlenden Geist. Unglücklicherweise ... Wir haben tatsächlich vor, uns zurückzuziehen. Völlig, wie Ihr sagt. Endgültig. Die Menschen schaden unserem Frieden ebenso sehr wie wir dem ihren. Aber unsere Macht, unseren Stolz werden wir nicht aufgeben. Unser König wird nicht als Büßer mit Asche auf dem Haupt gehen und das bereuend, was für ihn nicht Sünde ist.«

»Nicht einmal um des Königreiches willen?«

»Das ist es«, sprach Alf, »worum wir kämpfen werden.«

»Wie wir das auch müssen. Die Kirche lässt sich nicht verhöhnen.«

»Sie ist ebenfalls stolz. Wir sind alle stolz; unnachgiebig.« Alf schloss für einen Moment die Augen. »Verzeiht, Eminenz. Ich bin mit meiner Weisheit am Ende; ich besitze weder den Willen noch den Verstand, Euch zu behandeln, wie es Euer Amt erfordert. Falls das überhaupt beizulegen ist, vielleicht ... Werdet Ihr nicht auf der Stelle Euer Urteil verkündigen?«

»Ich muss mich an die vorgeschriebene Prozessordnung halten«, antwortete der Legat. »Ich werde es nicht hinauszögern, doch ich werde es auch nicht beschleunigen.«

Alf nickte. »Mehr können wir nicht verlangen. Ich bitte Euch nur um meines Königs willen, gestattet seinem Sohn ein christliches Begräbnis.«

»Kann ich es verhindern?«, fragte Torrino.

Ihre Blicke begegneten sich. Alf verneigte sich leicht. »Dafür, Eminenz, meinen Dank.«

Es gab, dachte Torrino, sehr wenig, wofür er ihm sonst hätte danken können. Er verbeugte sich voller Achtung und Bedauern und wandte sich zum Gehen. Die Tür stand offen, der Knappe war gegangen. Mit steifem Kreuz und erhobenem Kopf verließ er den Raum.

10

Prinz Alun lag feierlich aufgebahrt vor dem Hochaltar der St.-Brendans-Kathedrale. Das Licht vieler Kerzen spiegelte sich in den Silberstickereien seines Leichentuchs, funkelte in den Edelsteinen seines Stirnreifs und ließ sein Haar feurig golden leuchten. Jehans Blick verschwamm. Er blinzelte gereizt. Es waren genug Tränen vergossen worden, ein ganzes Königreich voll. Er musste *sehen*.

Ein schlafender Junge. Nicht schön, nicht kräftig; stets zu bleich, bläulich weiß nun, dass sich die Knochen scharf unter der dünnen Haut abzeichneten. Nachdem sein quecksilbriges Temperament erloschen war, wirkte er tatsächlich stolz mit dem hohen gewölbten Nasenrücken seines Vaters und den schmalen, edel geformten Lippen, die über dem größten aller Geheimnisse geschlossen blieben.

Langsam bekreuzigte sich Jehan und kniete neben der Bahre. Die Luft war von Gesang erfüllt, von den getragenen, tiefen Stimmen der Mönche gleich dem endlosen Rauschen des Meeres. Er ließ sein Gebet von ihnen sprechen.

Tag und Nacht hatten die Menschen von Rhiyana bei ihrem Prinzen gewacht. Schwarz verschleierte Frauen, Männer in dunklen Kapuzen waren gekommen, ihn anzusehen, zu beten, zu weinen oder sich schnell abzuwenden. Im Laufe der Nacht wurden es weniger; und von jenen wenigen nahmen einige Zuflucht in Seitenkapellen und beteten wie Jehan leise, während die Mönche sangen.

Vielleicht hatte er mit auf dem Sargrand verschränkten Armen und auf sie gestütztem Kopf gedöst. Steif reckte er den Hals in die Höhe.

Andere waren schweigend gekommen, nahmen Aufstellung um ihn herum und standen als Kreis verhüllter Gestalten hoch und schwarz und konturlos am Rand des Lichtscheins. Der Gesang war verstummt. Das einzige Geräusch war sein eigener Atem, der laut und schnell ging. Eine Kapuze nach der anderen wurde zurückgeschlagen. Alf kniete mit plötzlich leuchtender Blässe auf der anderen Seite der Totenbahre, Aidan neben ihm und Nikephoros neben Jehan. Zu Aluns Füßen stand der König; am Kopfende die Königin.

Die Stimmen der Mönche erschallten erneut.

»›Dirige, Domine, in conspectu tuo viam meam.
Introibo in domum tuam;
adorabo ad templum sanctum tuum in timore tuo.
Domine, deduc me in iustitia tua;
propter inimicos meos dirige in conspectu
tuo viam meam …‹«

»›Wegen meiner Feinde …‹«, sprach Alf leise, aber deutlich. »Es sind viele, und es ist nur einer, der mit Macht zu töten vermag.«

»Vielleicht war es nicht seine Absicht zu töten«, murmelte die Königin.

Aidans Augen funkelten grün. »Ah, nein. Er wollte uns nur foppen, um unsere ganze Macht zu verhöhnen und unversehrt und unbesiegt davonzukommen. Wer anders als ein Tor würde so wenig wagen, wo es so viel zu gewinnen galt?«

»Was immer seine Absicht war«, erklärte Alf, »dies hat er getan. Von Rom aus, ganz plötzlich und mit todbringender Mühelosigkeit. Ich bin recht stolz, Vettern, doch ich gebe offen zu, dass ich Angst habe.«

»Wie wir alle.« Mauras Hand ruhte leicht und liebevoll auf Aluns Wange. Doch ihr auf Alf gerichteter Blick war ruhig. »Gott allein weiß, wann er wieder zuschlägt und wo und wie.«

»Wir sind nun vorbereitet auf ihn«, stellte Aidan fest. »Einmal durchstieß er unsere Schutzwehren, die alle nicht gesichert waren. Doch niemals wieder.«

»Können wir dessen gewiss sein?« Alf klang unaussprechlich müde. »Ich habe unseren Feind erlebt. Nur aus der Ferne und nur für einen kurzen Augenblick; so stark, wie ihr alle behauptet, dass ich sei, so ausgebildet und verfeinert im Umgang mit meiner Macht, so ist er doch weit stärker als ich, wie die Sonne stärker ist als der Mond. All die sorgfältig gewebten Stränge unserer Magie sind für ihn nichts als Spinnweben; die er nach seiner Lust und Laune zerreißen kann.«

Er hasst uns, sagte Nikki. *Ich habe das gefühlt, als ich ihn entdeckte.* Gräuel *nennt er uns.*

Aidan schüttelte in heftiger Ungeduld den Kopf. »Ein Streich, und schon gebt ihr euch von ihm geschlagen. Er mag der größte aller Zauberer sein oder Fürst Luzifer persönlich, aber er ist allein. Wir sind immerhin zwanzig. Wir können uns doch gewiss gegen ihn zusammentun.«

»Wie und wann«, fragte Alf, »und für wie lange? Zwanzig ist eine sehr geringe Zahl, wenn die Hälfte unausgebildet oder verhältnismäßig schwach und einer der stärksten bereits ebendiesem Feind zum Opfer gefallen ist.«

Und wenn wir ... ihr euch zusammenschließt, wie ihr sagt, was wird dann aus Rhiyana? Es braucht jetzt unsere Körper, vorzugsweise in Rüstung, und so viel von unserem Denken, wie wir erübrigen können.

Der Prinz sprang auf und begann auf und ab zu gehen, und sah in Altar und Weihegegenständen nur noch Hindernisse beim Umhergehen. Sie beobachteten ihn alle mit einem gewissen Maß an Nachsicht. Er war so unstet wie das Feuer, nach dem er benannt war, und stets in kleinen wie in großen Angelegenheiten leicht aufbrausend. Maura lächelte sogar, als empfinge sie Trost aus seiner Ruhelosigkeit.

Sein Umhang wirbelte auf, als er stehen blieb. »Was Rhiyana angeht, sind einige vom Elfenvolk nutzlos im körperlichen Kampf, nämlich die meisten der Frauen. Akiva die Gelehrte. Unsere schöne Jongleurin. Doch viele von ihnen besitzen große Macht. Sollen sie sich in Broceliande verschanzen. Wir übrigen, die gleichermaßen mit dem Körper wie mit dem Geist zu kämpfen verstehen, können für Rhiyanas Verteidigung sorgen.« Er fletschte die weißen Zähne zu einem Grinsen. »Wollen wir doch mal sehen, was ein Haufen Krautjunker und Söldner gegen meine Dame von den *Hashishayun* vermag!«

»Ganz zu schweigen vom Flammenträger persönlich.« Mauras Lächeln erlosch. »Ich weiß, wie wir uns der Bedrohung durch Kirche und Kreuzzug entgegenstellen wollen; das war vor langer Zeit beschlossen. Doch diese neue Gefahr kann schlimmer als die beiden anderen sein. Unsere Heere können Eindringlinge zurückschlagen; unser Klerus kann sich mit dem Gesandten des Papstes auseinander setzen. Doch wie sollen wir uns gegen den Zauberer wehren? Sein Körper liegt in Rom, viele Meilen entfernt. Seine Macht kann uns einen um den anderen niedermachen. Und können letztlich, wenn wir alle aus dem Weg geräumt sind, Rhiyanas Priester und Soldaten standhalten?«

»Nicht unter einem Interdikt.« Alf, auf dem alle Blicke ruhten, senkte den Kopf und hob ihn fast widerwillig wieder. »Warum starrt ihr mich so an? Natürlich wird die Kirche diese wirksamste ihrer Waffen einsetzen. Keine Messe, keine Sakramente. Keine Kirchenfunktionen mehr, solange der Papst seinen Bann aufrechterhält.«

»Ohne uns«, erklärte Aidan mit einem Hauch Bitterkeit, »gäbe es einen solchen Bann nicht.«

»Vielleicht doch«, murmelte die Königin, »wenn der Widerstand anhält – um des Stolzes und der Ehre willen. Vergiss nicht, Bruder. Vergiss nicht Languedoc.«

»Wenn«, erklärte der Prinz, »der Hexer uns alle bedroht,

dann wollen wir auch gemeinsam gegen ihn kämpfen. Nach Rom ziehen, ihn herausfordern und niederringen. Dann können wir uns wieder der Aufgabe zuwenden, unser Königreich zu verteidigen.«

»Es ist ein Monatsritt nach Rom«, murmelte Jehan.

Aidans Lachen war wie ein Peitschenhieb. »Für uns, teurer Bischof, eine Augenblicksreise mit der Schnelligkeit eines Gedankens.«

Das setzt voraus, dass man ihn sofort finden kann, Nikki errötete ein wenig unter dem Blick des Prinzen, da sein eigenes heftiges Temperament dem seinen kaum um etwas nachstand. *Er verhöhnt uns; er ließ mich die Form seiner Stadt erkennen, doch nicht seinen genauen Aufenthalt, und er will auch nicht, dass wir ihn herausbekommen. Und Rom ist eine große und verwinkelte Stadt.*

»Ich würde ihn aufspüren können«, erklärte Aidan.

Könntet Ihr ihn auch vernichten?

»Friede«, gebot der König. Er sagte nur das, doch bei jedem erloschen die Zornesfunken; Jehans Nackenhaare legten sich wieder, nachdem er sich mittendrin dort befunden hatte, wo zu beiden Seiten Funken stoben.

Sie sahen Gwydion an. Fast hatten sie seine Anwesenheit vergessen, wie er in seinem persönlichen Kummer versunken die ihre vergessen hatte. Sein Gesicht war wächsern bleich, doch sein Blick war klar und ruhig. Er wanderte von einem zum anderen und hinauf zum Altar, zum goldenen Strahlen des Kreuzes. »Jene vom Elfenvolk, die kein Schwert führen können, ziehen nach Broceliande. Die Übrigen bleiben wie beschlossen hier, ein Teil von ihnen reitet mit dem Heer in die Sümpfe, der andere wird unter dem Oberbefehl der Königin zum Schutze von Caer Gwent eingesetzt.« Keiner sprach ein Wort der Zustimmung oder des Protestes. Mit erschreckender Plötzlichkeit umfasste sein Blick Alf. »Ihr geht nach Rom, du und Nikephoros. Ich beauftrage dich, deine Dame, deine Schwester und deine Kinder zu suchen, den Feind in seinem Unterschlupf ausfindig zu machen, mit ihm nach deinem Gutdünken zu verfahren, und schließlich vor Seine Heiligkeit den Papst zu treten. Er hat diesen Krieg ausgelöst. Soll er mit uns direkt und ohne Mittler verhandeln und ihn beenden.«

»Aber«, wandte Alf in der fassungslosen Stille ein, »ihr braucht mich hier. Meine Macht, mein Schwert ... Der Blick des Königs war teilnahmsvoll, doch seine Worte hart wie Stein. »In deinem jetzigen Zustand nützt du uns nicht viel. Du führst gewiss ein geschicktes Schwert und gehst ebenso geschickt mit der Macht um. Ein Mensch könnte fast dadurch getäuscht werden. Doch du bist nicht, was du einmal warst. Du bist von launenhaftem Temperament; du mühst dich ab, deinen Geist klar und deinen Körper stark zu halten. Du stehst bedenklich kurz vor dem Zusammenbruch.«

Alf schüttelte stumm den Kopf.

Gwydions Augen ließen ihn nicht los. »Hinter deiner Geisteswehr ist dir dein halbes Ich entrissen. Du kämpfst, hältst stand, doch verblutest du langsam und unausweichlich. Ich befehle dir, die einzig mögliche Heilung zu suchen. Finde Althea und die Kinder, die sie dir geboren hat. Räche sie und deine Schwester und meinen Sohn. Und sprich am Thron von Petrus für Rhiyana.«

Oder stirb bei dem Versuch. Das stand deutlich wie ein Schrei in ihrer aller Denken.

Langsam sackte Alf zusammen, krümmte sich, schlug die Hände vors Gesicht. Jehan bemerkte zum ersten Mal, wie dünn diese Hände waren, bis auf die Knochen abgemagert. Alf war schrecklich und erschreckend zerbrechlich; er begann zu zerbrechen.

In Aidan spannte sich jeder Muskel vor Widerspruch. Maura war bleich und schwieg. Nur Nikki schien sich zu freuen. Er war auserwählt worden; er durfte gehen, etwas unternehmen, siegen oder sterben. Er war wirklich und richtig jung, wie keiner der anderen es sein konnte.

Alf richtete sich auf. Seine Hände sanken herab, sein Kopf kam hoch. Er schien sichtlich an Breite und Kraft zuzunehmen – ein Wunder, ein unwahrscheinliches Wunder. Er sah dem König in die Augen und lächelte wild entschlossen. »Ja«, sprach er mit kräftiger, sicherer Stimme. »Ja, Gwydion. In Rom hat es seinen Anfang genommen, in Rom soll es enden. Alun wird seinen Blutlohn bekommen und ich meine Familie. Das gelobe ich Euch bei Gott und allen Seinen Heiligen.«

Jehan hätte ihn am liebsten geschlagen. »Ich weiß, dass du gehen musst. Ich weiß, dass du dich in ständiger, unergründlicher Gefahr befinden wirst. Ich *weiß,* dass du vermutlich umkommst. Und ich. Ich gehe mit. Mit dir.«

Alfs Kraftstrom war versiegt. Er lag auf Nikkis Bett; Nikki ruhte neben ihm, das Gesicht zur Wand gekehrt, Ohren und Denken verschlossen und schlief tief und fest. Er selbst hätte auch gerne dieses segensreiche Vergessen gesucht, wäre Jehan nicht so hartnäckig gewesen. »Jehan«, betonte er mit einer Erschöpfung, die der Verzweiflung nahe kam, »ich liebe dich sehr. Du warst mir stets ein Bruder, ein Sohn. Ich weiß, dass du freudig für mich in den Tod gingest, wie ich es für dich täte. Das ist keine Mission für einen sterblichen Menschen, geschweige denn für einen gesalbten Bischof. Selbst wenn es dir gelingen sollte, an Körper und Geist unbeschadet daraus hervorzugehen, was wird dann aus deinem Leben? Du wirst mehr als entehrt sein. Dir wird das Priesteramt entzogen werden, du wirst exkommuniziert. Mit einem Wort: vernichtet.«

Jehan biss die Zähne aufeinander. »Ich werde dir kein Klotz am Bein sein. Ich kenne Rom. Vergiss nicht, ich habe mit

Unterbrechungen über zwanzig Jahre dort gelebt. Ich kenne Leute und Plätze ...«

»Die nützen uns nichts.« Alf setzte sich auf und packte Jehans Handgelenke. Seine Finger glühten wie Feuer. »Wir müssen den Feind zuerst und völlig unbemerkt ausfindig machen, sonst kann er rasch zuschlagen und uns zerschmettern. Wenn wir dich bei uns haben, so bekannt, wie du in der Stadt und bei der Kurie bist, und ohne alle Macht, müssen wir uns doppelt so vorsichtig verstecken.«

»Was wäre in der Ewigen Stadt unauffälliger als ein Hieronymiten-Mönch mit zwei Pilgern im Schlepptau?«

»So gut wie alles, wenn der Mönch der sehr kräftige, sehr berühmte und sehr vornehme junge Bischof von Sarum ist.«

»An meinem Körperbau«, knurrte Jehan, »kann ich nichts ändern. Aber in einer abgetragenen Kutte mit einem zottigen Bart ...«

Alfs Blick sprach Bände. Jehan schnitt eine Grimasse. »Nun ja. Er ist fast einen Tag alt. Mit etwas Nachhilfe deinerseits ...«

Alf lachte widerstrebend. »Du bittest mich, dein Kinn bewachsen zu lassen, wo ich es nicht einmal an meinem eigenen schaffe?«

Jehans Handgelenke waren immer noch umklammert, sonst hätte er Alf jetzt tüchtig geschüttelt. »Du könntest, wenn du wolltest, und du weißt es. Hör jetzt mit dem Unfug auf und denk nach. Wer soll sich um dich kümmern, wenn du in deine Trancezustände fällst?«

»Nikki ...«

»Nikephoros ist ein reizender Junge, ein hervorragender Knappe und ein passabler Schüler. Aber kann er sich auf einen Markt stellen und um den Preis einer Rübe feilschen?«

»Er bräuchte niemals ...«

Jehan schnaubte verächtlich. »Vielleicht nicht. Seine Augen sind für jede Frau tödlich. Aber er kann nicht sprechen, und sehr wahrscheinlich wird er sich ebenfalls in Trance befinden. Du brauchst jemanden ohne Macht, der auf eure Körper aufpasst, während eure Seelen ihre Kämpfe austragen.«

»Dich.« Alf ließ ihn los und seufzte. »Das werden wir noch alle bedauern.«

Ein Grinsen drang an die Oberfläche. Jehan erstickte es. »Bislang war das nie nötig.«

»Dank Gott und unserem Glück.«

»Dann werden wir unsere Gebete sprechen und unser Bestes tun, damit das Glück uns gnädig bleibt. Wann brechen wir auf?«

Alf schüttelte den Kopf und lächelte. »Geduld, Geduld, mein Herr Bischof. Wenn Alun in seinem Grab ruht und ich meine Angelegenheiten geregelt habe, dann reisen wir.«

»Zwei Tage«, überlegte Jehan. »Höchstens drei. Gut. Ich werde bereit sein. Und gnade dir Gott, wenn du versuchst, ohne mich aufzubrechen.«

11

Langsam kehrte das Licht zurück. Unendlich langsam. Sein Kern war vage, eher eine Andeutung als eine wirkliche Form: eigenartig gewölbt, eine Kettenschlaufe und ein zusammengedrängter Schatten, vom Flammenschein umrissen. Eine Lampe – mehrere Lampen in einem Eisenrad. Doch nur eine war entzündet, jene genau über ihr.

Anna blinzelte. Sie kannte diese Lampe nicht. So etwas befand sich in keinem der Räume, in dem sie hätte schlafen können. Aber schließlich geschah es auch selten, dass ihr beim Erwachen so viel an so vielen Stellen wehtat und es in ihrem Kopf ebenso hämmerte, wie es in ihren Händen pochte.

Sie hob eine Hand. Sie war steif, gewickelt, verbunden. Der Ärmel gehörte zweifellos ihr: Es war ihr enges, weißes Leinenhemd und der bestickte, goldrote Saum ihrer drittbesten Jacke.

Ihre Hand fiel zurück auf ein sauberes, derbes Laken, eine schwere, ordentlich gewebte, wenn auch nicht kostbare Decke, die ihr völlig fremd war. Unter ihr befand sich ein Strohlager, nackter Fußboden, neben ihr eine Wand aus glattem, hellem Stein. Vier Wände, eine schwere Tür – nichts davon war ihr bekannt.

Etwas rührte sich zu ihren Füßen. Sie zuckte zurück und kauerte sich in der Ecke zusammen.

Es war nur ein Hund. Eine weiße Jagdhündin, deren Ohren eher rot als braun waren, duckte sich am Fußende der Pritsche wie Anna am Kopfende. Eine schwere Eisenfessel schloss sich um ihren Hals, von der eine Kette zu einem Eisenring an der Wand führte; beide Kettenenden waren festgeschmiedet. Selbst wenn das Tier es versucht hätte, wäre es nicht bis zu Anna gekommen; die Kette war zu kurz.

Annas Herz schlug allmählich langsamer. Sie hatte keine Angst vor einem Hund. Der hier war sehr schön. Er ... sie. Eine Hündin, ihre Zitzen von Milch geschwollen, ihr Bauch aufgebläht, als hätte sie kürzlich Welpen geworfen. Im Schutz ihres Körpers bewegte sich etwas, ein Schwänzchen, eine rosa Nasenspitze. Zwei halbblinde, halbfertige Geschöpfe, die jedes die Nahrung aus einem Nippel suchten. Eines war ein Rüde, rotohrig wie seine Mutter. Das andere, ein Weibchen, war ganz silberweiß. Oder nein, blassgolden. Genau die gleiche Farbe wie ...

Anna federte aus ihrer Hocke hoch. Helle Hexenaugen leuchteten eigentümlich in den Tiergesichtern. Sie gehörten Thea, Cynan und Liahan. Thea knurrte wütend in ihrer geschnürten Kehle. Die Fänge waren tödlich scharf; Annas Finger unter den Verbänden hatten die Erfahrung gemacht.

Trotzdem ließ sie sich in Reichweite auf die Knie fallen und fasste nach dem Halsband. Es bestand aus massivem Eisen und war zugeschweißt; wenn es auch nicht gerade erstickend eng war, so lockerte es sich - auf Annas Zerren hin - doch um keinen Zentimeter. Ihre Finger fanden den Beweis, dass Thea es auch schon vergeblich versucht hatte: abgewetztes, aufgerautes Fell, wund gescheuerte Haut.

Anna konnte nicht richtig atmen. Plötzlich stand sie an der Tür, trommelte dagegen, erhielt jedoch keine Antwort. Sie war so fest verriegelt wie ein Burgtor. Das Gitter über ihrer Augenhöhe ließ nur Finsternis jenseits erkennen. Sie zog sich an den Gitterstäben hinauf, baumelte dort einen langen Augenblick und unterdrückte ein Aufheulen. Dann ließ sie sich fallen und drehte sich um.

Thea hatte sich nicht gerührt. In ihren Augen funkelte Spott.

Anna stellte sich wieder vor sie. »Das ist ein Scherz«, sagte sie. »Das Elfenvolk spielt wieder Streiche. Morgiana ... das sind Dinge, über die eine Amazone nur lachen kann, selbst eine zahme Amazone ...«

Thea zog die Lefzen hoch. Wut, Spott oder beides. »Es ist ein Scherz«, wiederholte Anna hartnäckig. »Es kann nicht das sein, als was es erscheint. Wir waren im Turm und Alun verliebte sich hoffnungslos in seine eigene Prophezeiung und ...«

Ein bohrender Schmerz ließ sie innehalten. Diesmal hatte Thea keine Haut durchbissen, nur heftig danach geschnappt. Anna schlug nach ihr.

Versuchte es. Man konnte nicht Luft und Feuer schlagen. Nicht einmal Luft und Feuer in einem Eisenband, mit angelegten Ohren und gefletschten Zähnen.

Ganz langsam sank Anna nieder und kuschelte sich in ihre Röcke. Sie fror, und nicht nur von der feuchten Kälte des ungekachelten, unbedeckten Bodens, ohne Kamin und Feuer, sie zu wärmen. Zorn brachte nichts. Sie hatte sich in der Weißen Feste befunden, glücklich und warm, und nun war sie anderswo. Und Thea – Thea war eine Gestaltwandlerin, das war ihre Natur und die weiße Jagdhündin ihre liebste Verkleidung; aber nicht mit Halsband und Kette und sichtbarem Unbehagen, vielleicht sogar Schmerz und mit ihren gleichermaßen verwandelten Kindern; nicht, nachdem sie so lange ihrer wahren Natur widerstanden hatte, um sie in ihrer wirklichen Gestalt auszutragen.

»Thea«, wandte sich Anna so ruhig, wie sie nur konnte, an sie. »Thea, wenn das kein Scherz und kein Spiel ist, solltest du ihm besser ein Ende machen. Deine Kinder sind zu klein für einen Gestaltwandel.«

Wenn Theas Augen zuvor geleuchtet hatten, so blendeten sie jetzt; ihr Knurren war zu einem Donnergrollen angeschwollen.

Anna hielt sie fest, ehe sie losspringen konnte – dumm, es

war einfach dumm; aber ihre Hände waren fest verbunden und geschützt.

Allmählich beruhigte sich Thea. Sie hockte sich zitternd und nach Luft schnappend nieder; ihr kurzes Fell sträubte sich. Unsicher strich Anna es glatt. *Du kannst nicht,* übertrug sie ihr. Sie fühlte sich schwach und benommen. Die Elfenart war mächtig und unbezwingbar. Nichts vermochte sie zu halten, nichts sie zu zwingen. Keine Gebete, kein kaltes Eisen, kein Menschengefängnis. Es gab *nichts,* zu dem sie nicht im Stande waren.

Thea stieß ein leises, verbittertes Geräusch aus, halb Winseln, halb Knurren.

»Aber was? Wer? *Warum?*«

Thea konnte nicht antworten. Sie konnte nicht einmal ihre Stimme in Annas Denken übertragen; und das war schlimmer als alles Übrige zusammen.

Anna war nie eine sehr weibliche Frau gewesen. Unter Belastungen weinte und tobte sie nicht und betrug sich auch sonst nicht, wie man es ihrem Geschlecht zuschrieb. Nein; sie wurde sehr ruhig und dachte nach. Brütete, mochten manche sagen, nur dass sie ihre Vernunft nicht von Rachegefühlen ausschalten ließ. Sie kehrte zu der relativ behaglichen Pritsche zurück, breitete die Decke über sich und ihre Gefährten und gab sich alle Mühe, die Wärme und einen klaren Kopf zu behalten.

Es war grauenhaft schwer. Immer wieder sah sie Alun fallen und Thea sich verwandeln, um dahinzuschmelzen und in das rasende Tier zu schrumpfen. Dann Finsternis und das hier. Was immer es sein mochte.

Zuerst glaubte sie, sie hätte es sich eingebildet. Schritte. Ein Licht am Gitter. Ein Scharren an der Tür.

Sie besaß keine Waffe, nicht einmal das Messerchen, mit dem sie gewöhnlich Federn anspitzte. Theas Kopf war hochgefahren, sie stellte die Ohren auf, und ein lautloses Knurren ließ ihre Kehle zittern.

Die Tür öffnete sich fast geräuschlos. Die Angeln waren gut geölt. Eine Kerze flackerte. Ein schmaler Körper schob sich durch den Spalt. Schlank, dunkel, schnell; eine gewaltige Mähne schwarzen Haars und das Funkeln schwarzer Augen, die so wachsam waren wie die eines Tieres. Das Gesicht war nicht jung, aber vielleicht auch nicht so alt, wie es aussah, da es so mager, faltig, von Haaren beschattet und mit altem Dreck beschmiert war. Anna zog bei seinem Geruch die Nase kraus; Thea nieste.

Der Mann setzte die Last ab, die er trug: eine Schüssel, zwei Krüge, einen Teller. Die Schüssel enthielt blutig rohes Fleisch; der Teller einen harten Brotkanten und ein Stück Käse, eine Zwiebel und eine Handvoll Oliven. In einem Krug schwappte Flüssigkeit; der andere war leer, doch seine Form und Größe sprachen für sich.

Annas Körper verkrampfte sich von der Kehle bis zu den Schenkeln. Ihr war nicht klar gewesen, dass sie inmitten eines solchen Albtraums so viele körperliche Nöte gleichzeitig haben konnte.

Der Fremde richtete sich auf, so weit er konnte. Er hatte einen krummen Rücken. Er ließ kein Auge von den Gefangenen, während er zur Tür zurückwich.

Anna beherrschte sich, keine plötzliche Bewegung zu machen oder laut zu sprechen: »Bitte, Herr. Könnt Ihr uns sagen, wo wir hier sind?«

Nichts tat sich. Kein Funke der Erkenntnis glühte in seinen Augen auf, und er hielt auch nicht auf seinem Rückweg inne. Sie hatte Rhiyanisch gesprochen; nun wechselte sie zu Nordfranzösisch. Er war fast draußen. »Wo?«, fragte sie auf Provenzalisch, Sächsisch, Lateinisch und schließlich als Letztes angesichts der Tür, die hinter ihm ins Schloss fiel, auf Griechisch.

Die Tür hatte sich mit einem Poltern geschlossen; geräuschvoll wurden die Riegel vorgeschoben. Sie sprang am Gitter hoch und klammerte sich fest. Der Wärter war ein Schatten mit einer Kerzenflamme auf einem langen, dunklen Gang. »Warte!«, schrie Anna ihm immer noch in ihrer Muttersprache Griechisch nach. *»Wo sind wir?«*

Genauso gut hätte sie eine Wand oder Thea anbrüllen können, die zumindest wahrnahm, dass sie etwas sagte.

Ihre Hände brannten vor Schmerzen; sie ließ los, fiel die Handbreit auf den Boden zurück. In dem kleineren Krug war Wein, saurer, stark verdünnter, aber immerhin trinkbarer Wein. Sie schluckte einen Mund voll hinab, zwei, drei, ehe sie zu würgen begann.

Thea verschwamm vor ihren Augen. Anna vertrug keinen Wein; ihr war jetzt schon schwindelig. Sie blinzelte heftig. Die Hündin war auf den Beinen, das Wackeln lag nicht nur an Annas Sicht.

Anna hob die Schüssel auf. Es war überraschend gutes Fleisch. Sie stellte es innerhalb Theas Reichweite.

Der Hexenhund schnüffelte daran, schüttelte sich und wandte den Kopf ab.

»Du musst essen«, gebot Anna.

Theas Augen waren so gelb wie die einer Katze und hatten Katzenpupillen, die in diesem Gesicht noch fremdartiger wirkten als in ihrem eigenen.

»Iss«, befahl ihr Anna. »Früher, als du deine Kraft zu nichts anderem als zum Spielen brauchtest, warst du auch nicht so zimperlich. Iss!«

Thea gehorchte nicht unbedingt. Sie entschied sich eher, das Angebot zu prüfen.

Anna war weniger zurückhaltend. Sie musste sich Mühe geben, nicht alles auf einmal zu verschlingen. Wie der Wein und das Fleisch war das Essen lieblos angerichtet, aber hinreichend und entschieden besser als jede Gefängnisverpflegung, von der sie jemals gehört hatte. Was immer aus ihnen allen würde, verhungern sollten sie jedenfalls nicht.

Nachdem Anna gegessen und getrunken und den Nachttopf seiner Bestimmung zugeführt hatte, fühlte sie sich etwas gestärkt. Thea hatte die Schüssel schließlich leer gefressen und ausgeleckt, bis sie stumpf glänzte; sie wandte sich wieder ihrem fiependen Nachwuchs zu und begann, ihn und sich zu putzen. Und das überlegte Anna, war ein gewaltiger Fortschritt; sie mochte zur Sprachlosigkeit verdammt sein, doch sie wäre zumindest sauber.

Sie konnte auch im Gegensatz zu Anna von einem Augenblick auf den anderen fest und tief schlafen. Anna streichelte ihre Flanke und nach einer Pause die kleinen, an sie geschmiegten Leiber. Sie waren warm, weich, zart, noch ein wenig feucht vom Sauberlecken und atmeten sacht. Ganz vorsichtig nahm Anna eines hoch, das silbrig goldene Geschöpf, das Liahan war, und drückte sie an sich. Sie passte gut in ihre beiden Hände, die in ihrer anderen Gestalt einen guten Arm voll ausgab. Anna schluckte schwer. Die kleinen Dinge waren immer am schwersten zu ertragen. »Wir werden hier herauskommen«, flüsterte sie in das zuckende Ohr. »Irgendwie. Wir werden hier herauskommen. Ich verspreche es dir.«

12

Prior Giacomo war in keiner guten Stimmung.

Dabei spielte es keine Rolle, dass es ein strahlender Tag war, der wie eine neu geprägte Münze leuchtete und schon einen Hauch zarter, flüchtiger Frühlingswärme aufwies. Es war gleichgültig, dass er frei war, sich daran innerhalb gewisser, wohl erträglicher Grenzen zu erfreuen – der Dispens des Abtes, sich außer Haus zu bewegen, die nette Gesellschaft des jungen Bruders Oddone und ein mühelos und schnell ausgeführter Auftrag, die Eintreibung einer jährlichen und rein symbolischen Miete für das Haus eines kleinen Fürsten. Das zerfallene alte Rom wirkte fast frisch, auch wenn das Grün noch winterlich gedämpft schien; der Gestank vom Tiber juckte nur leicht in der Nase. Die Pilger strömten scharenweise herbei, einige sangen, ein bis zwei sogar richtig:

›O Roma nobilis, orbis et domina,
cunctarum urbium excellentissima ...‹

Prior Giacomo schnaubte verächtlich und versteckte seinen Kopf in der Kapuze.

Gleiches wurde mit gleichem vergolten: Bruder Oddone ließ seine Stimme zu ebenso unsicherem wie bereitwilligem Klang ertönen:

›Roseo martyrus sanguine rubea,
albis et virginum liliis candida ...‹

»Man sollte meinen«, bemerkte Giacomo bissig, »dass nach sieben Jahren Kloster selbst eine Katze gelernt haben sollte, in der richtigen Tonart zu singen.«

Oddone klappte mitten in einer Note den Mund zu und schrumpfte sichtlich in sich zusammen. Doch nichts vermochte Bruder Oddone lange zu dämpfen. Nach einem angemessenen Augenblick sagte er: »Bruder Prior, du solltest es wirklich nicht so schwer nehmen.«

Giacomos finsterer Blick mit den herabgezogenen Augenbrauen über einer Nase, die ebenso vornehm römisch war wie seine Ahnentafel, hätte den Abt selbst in die Flucht gejagt. Oddone hielt ihm tapfer und mit dem besten Willen der Welt stand. Sein Prior war schwer in Versuchung, ihn zu schlagen.

Aber Giacomo hatte Disziplin gelernt. Nicht leicht, aber mittlerweile sehr gründlich. Er beherrschte sich bis auf ein Knurren und eine leichte Beschleunigung seines Schritts. Nein, er sollte es nicht so schwer nehmen. Schließlich war weder die Welt untergegangen noch ein Einfall der Barbaren erfolgt, noch hatte seine Familie den Rest ihres traurigerweise zerfallenden Besitztums verloren. Seine Schwester hatte also den Schleier genommen. Er sollte sich freuen, dass ein weiteres Mitglied seiner Familie sich berufen fühlte und auch noch seine Lieblingsschwester, sein Schätzchen, die hübsche Fioretta.

Dass sie ins Kloster gegangen war, hätte er noch verkraften können, nicht aber, dass sie darüber den Verstand verlor. Er hätte sie in jedem Konvent Roms unterbringen und noch dafür sorgen können, dass sie dort gut behandelt wurde. Er hätte sogar ihre Abreise anderswohin ermöglichen können, falls eine Cotinelli davon träumen würde, ihre Stadt zu verlassen, wenn sie nur zufrieden dabei gewesen wäre.

Aber das. Fioretta entschied sich weder für die gelehrten Nonnen von St. Benedikt noch für die frommen Schwestern der heiligen Anastasia, noch für die klösterliche Abgeschiedenheit eines heiligen Antonius. Nein, nichts so Schlichtes und so Ruhiges. Fioretta hatte sich den neuen Irren angeschlossen, Clara und ihren barfüßigen Schwestern, den Schlachtenbummlern der Franziskanermönche. Ihr Schleier war ein Fetzen, und ihre Füße waren bloß, und wenn sie nicht an der Landstraße bettelte, dann sorgte sie für jene, die es taten. Und sie war beileibe nicht zufrieden. Sie war erschreckend, strahlend und wahnsinnig glücklich.

»Die Pest wünsche ich ihr an den Hals!«, platzte er heraus. »Warum konnte das Mädchen sich denn nicht mit etwas weniger Tiefgreifendem zufrieden geben?«

»Hätte sie das«, meinte Oddone mit süßer Logik, »wäre sie nicht deine Schwester.«

Giacomo war ein halbes Dutzend Schritte weitergestapft, ehe der Stachel einsank. Oddones Gesicht war die leibhaftige Unschuld, seine Augen völlig arglos.

Sein Prior blieb unvermittelt stehen. Die Menge der Vorüberziehenden zog weiter. Oddone war schon fast in ihr untergetaucht und nur noch als schmächtige Gestalt in brauner Kutte mit dem blassen Kreis der Tonsur zu sehen.

Mit einem prustenden Lachen stürzte Giacomo hinter ihm her. Giacomo war zwar nicht groß, aber stämmig und stellte selbst im Mob des Marktgewühls eine stattliche Gestalt dar. Oddone war weder groß noch beleibt und kein bisschen muskulös. Nachdem die Strömung ihn einmal erfasst hatte, trug sie ihn davon wie Treibgut. Giacomo packte einmal zu, erwischte die falsche Kapuze und starrte in erschreckte Augen. Weibliche Augen – und männliche daneben, die ihn bedrohlich anfunkelten.

Es kostete ihn einige Zeit, sich herauszureden; als er sich wieder umsah, war Oddone verschwunden. Ein halbes Dutzend Tonsuren wackelte in seiner Reichweite und die Hälfte von ihnen über Hieronymiten-Kutten, doch keine gehörte Bruder Oddone.

Der abgesehen von seiner körperlichen Zartheit bekanntermaßen grundlos ohnmächtig wurde, einmal sogar auf offener Straße. Doch es hatte weder solcher Betrieb noch solches Gedränge auf ihrem Weg geherrscht. Und es war nicht so weit von seinem Kloster entfernt gewesen; und er hatte einen scharfen Verstand und die Hand eines Künstlers, aber er besaß nicht den geringsten Orientierungssinn.

Ihm blieb nichts anderes übrig, als in der gleichen Richtung wie Oddone weiterzugehen, die Augen aufzusperren und den Hals zu verrenken, um ihn zu suchen. Pilger, Mönche, Matronen, Pilger, Müßiggänger, Markthändler und Bettler, Diener, Pilger. Kein Oddone. Ein kleiner Fürst und seine Anhänger. Eine Dame in einer Sänfte. Ein Kardinal in Amtstracht. Keine Spur von Oddone. Und ganz Rom, wo er sich verlaufen konnte, und vor dem Sucher ein Platz, von dem große und kleine Straßen wie Speichen eines Rades abzweigten.

Hier drängten sich die Menschen nicht so dicht auf dicht. Die Straße hatte sie eingepfercht; hier hatten sie Raum, sich zu verteilen. Pilger scharten sich um die Statue an einer Ecke, ein Standbild aus dem alten Rom: Dionysos in seinem Gewand aus Rehleder und Weinblättern, gekrönt und mit einem Leoparden zu seinen Füßen. Führer schworen stets, es wäre ein Heiliger in der Arena, der das wilde Tier zähmte, das ihn hätte töten sollen. Einer schwor es jetzt gerade in schlechtem Normannisch. Giacomo verstand genug, um dessen sicher zu sein.

Kein Oddone hier. Das waren lauter blonde Normannen mit einer Schar von Straßenhändlern, die ihre Reliquien und Andenken anpriesen, und Bettlern um sie her. Giacomo machte einen Bogen um sie und stieg über sie hinaus, denn sie überfluteten den Platz um das Standbild und ergossen sich die Stufen zu der kleinen Kirche hinauf, die natürlich St. Bacchus hieß. Von oben konnte er vielleicht seinen Weg überblicken.

Während er aufmerksam über die Köpfe hinwegspähte, stieß er gegen ein unerwartetes Hindernis. Es grunzte und sagte mit vertrauter, unmelodischer Stimme: »Prior Giacomo, sieh doch. Sieh doch nur!«

Giacomo packte ihn, als wollte er ihn schütteln, halb vor

Erleichterung, halb vor Wut. Seine ganze Sorge und Verzweiflung, und Oddone tat nicht einmal überrascht, dass er ihn wiedergefunden hatte. Der hatte nur Augen für eine alte Statue, die Hunderten anderer Standbilder in dieser Stadt aus Marmor und Erinnerungen glich: Sie war vielleicht schön, doch von einer Schönheit, deren man überdrüssig geworden war. Oddones schmales Gesicht war verzückt, Röte war in seine fahlen Wangen gestiegen. Er sah fiebrig aus. »Bei allen Heiligen«, hauchte er. »Dieses Gesicht muss ich malen!«

Giacomo seufzte heftig. »Dann male es. Oder irgendein anderes von seinen tausend Ebenbildern.«

Das schreckte Oddone zwar auf, doch auch nicht so weit, dass er den Blick hätte lösen können. *»Zwillinge?* Bruder Prior, dergleichen kann es nicht noch einmal auf der Welt geben. Seht es Euch doch nur an.« Oddone packte Giacomos Arm mit erstaunlicher Kraft und schwenkte ihn kühn herum. »Schau!«

Da stand der heilige Bacchus, dem die Ringellöckchen den Nacken hinabfielen, sein Gesicht war nicht zu sehen. Da lag der Leopard mit seinem zähnefletschenden Grinsen. Da drängten sich Pilger, eine Reihe hinter der anderen. Nicht alle waren schließlich Normannen. Einer unter ihnen, wie ein Kind in einem Kornfeld, hatte den schwarzen Lockenkopf entblößt der Sonne zugewandt, und seine schwarzen Augen funkelten spöttisch, als der Führer weiter abschweifte. Sein Gesicht war dunkelhäutig, jung und leidenschaftlich, ziemlich hübsch und so völlig unnormannisch, wie es nur möglich war. Levantiner, hätte Giacomo vermutet, oder Grieche.

Oddone schüttelte seinen Prior ein wenig. »Siehst du ihn jetzt? Hast du jemals seinesgleichen erblickt?« Und als er endlich die Geduld verlor, deutete er auf den Gegenstand seiner Verzückung. »Bei allen Engeln, Bruder Prior, bist du blind?«

Sein Finger zeigte genau rechts neben den Jungen auf eine

der beiden hohen Gestalten, die ihn flankierten. Dieser, so sah Giacomo, stand etwas abseits, möglicherweise eine Handbreit oder eine ganze Welt. Von der Treppe sah es aus, als befände er sich fast Angesicht zu Angesicht mit der Statue, ein Pilger wie jeder andere, gekleidet mit Hut und Kapuze, Umhang, Tasche und Stab. Doch er hatte das Antlitz gehoben, als wollte er Blicke mit dem marmornen Gott wechseln ...

Giacomo schluckte. Niemand dürfte ein solches Gesicht haben. Weiß wie Marmor, aber lebendig, atmend, wie es sich nun über des Jungen Kopf hinweg einem der flachsköpfigen Normannen zuneigte, verhalten lächelte und etwas murmelte, das zu leise war, als dass man es hätte hören können.

»Ich muss ihn malen«, erklärte Oddone. »Für meinen Erzengel.« Er hielt inne und holte tief Luft. »Bruder Prior! Könnte er ... könnte er vielleicht wirklich ...«

»Das Zeitalter der Wunder ist vorüber.« Sobald Giacomo es ausgesprochen hatte, wünschte er, er hätte es nicht gesagt. Nicht dass er Oddone gekränkt hätte – der Bursche war längst darüber hinaus – aber weil er vielleicht gelogen hatte.

Oddone sah aus, als wollte er sich wieder losreißen, doch diesmal zumindest mit erkennbarem Ziel. Giacomo bekam gerade noch seinen Gürtel im Rücken zu fassen. Oddone schien das Gewicht, das er hinter sich herzerrte, kaum zu bemerken.

Doch sobald er erst bei seiner Beute angelangt war, zauderte er. Schüchtern, dachte Giacomo, doch dann sah er sein Gesicht. Es trug den gleichen Ausdruck, wie wenn er mit dem Pinsel in der Hand und dem Modell vor sich dastand und Blatt oder Leinwand auf den ersten Strich warteten.

Der Führer hatte seine Ausführungen beendet, sammelte seine Herde und trieb sie samt denen, die sich angeschlossen hatten, auf die Kirche zu. Nur drei waren nicht vom Fleck zu bewegen, der dunkle Jugendliche, der große Normanne mit dem zottigen, rotbraunen Bart und Oddones Erzengel. Der

Junge trat an das Standbild und tastete den Sockel mit behänden Fingern flüchtig ab. Der Normanne, der als Einziger keine Kapuze, sondern nur einen Hut trug, nahm ihn von seinem tonsierten Haupt ab und sagte in hervorragendem Latein: »So, Brüder, was jetzt?«

Keiner seiner Begleiter antwortete. Der Junge schenkte ihm nicht die geringste Beachtung. Der andere wandte den Kopf von einer Seite zur anderen, als suchte er etwas. Seine Augen waren riesenhaft und farblos wie Wasser. So weiß, wie er war, hätte er Albino-Augen haben müssen; er hätte weder Brauen noch Wimpern besitzen dürfen und nackt und unvollendet erscheinen müssen. Doch seine Brauen waren zart und deutlich und eindeutig schräg gestellt und goldfarben angehaucht; die Wimpern waren dicht und lang. Seine ganze Blässe trug einen Schimmer wie in Alabaster geformt. Neben ihm war der marmorne Dionysos ein stumpfes, lebloses Ding.

Der Normanne seufzte. »Ich persönlich«, erklärte er mit mühsam aufgewandter Geduld, »würde gerne wissen, wo ich heute Nacht meinen Kopf zur Ruhe bette. Und womit wir uns inzwischen die Zeit vertreiben.«

Oddone hatte seinen Einstieg gleich einem Fingerzeig vom Himmel bekommen. »Ei, gute Pilger, wenn euch das bekümmert, weiß ich wohl einen Platz für euch.«

Der große Mann schaute erschrocken zu der Stimme hinab, die neben seinem Ellbogen zu vernehmen war. Er hatte ein zerschlagenes Soldatengesicht, doch seine Augen waren blau wie Kornblumen. Sie musterten Oddone vom Scheitel bis zur Sohle und zurück, was kein weiter Weg war. Überraschung und Misstrauen hatten sein Gesicht versteinert; nun wurde es milder, und sein Blick drückte Verwunderung aus. »Tatsächlich, Bruder? Und wo sollte das sein?«

»Nun«, antwortete Oddone schnell, »in unserem eigenen Haus San Girolamo. Wir führen keine regelrechte Herberge, doch wir verfügen über ein Gästehaus, klein, aber sehr behaglich mit eigenem Garten. Und einem Bruder unseres eigenen Ordens mit seinen Begleitern können wir einen herzlichen Empfang bereiten.«

Giacomo gaffte fassungslos. Der scheue Bruder Oddone, der sonst vor Schüchternheit den Tränen nahe war, sprach nicht nur einen Mann an, der dreimal so groß war wie er, sondern bot noch im Namen seines ganzen Klosters Unterkunft.

Der Normanne war interessiert, sogar ein wenig erheitert. »Ist dies San Girolamo, welches in der Nähe vom Palatinum liegt? Das mit dem hübschen Glockenturm?«

»Ja«, rief Oddone erfreut. »Bruder, ihr müsst kommen, du und die anderen. Nicht wahr, Bruder Prior?«

Jetzt endlich gedachte er seines eigenen niedrigen Ranges – nun kamen alle seine Sünden ans Tageslicht. Giacomo gab sich keine Mühe, sein Gesicht zu glätten, obgleich er wusste, dass er furchtbar aussah. »Prior Giacomo«, stellte er sich mit aus Misstrauen geborener Förmlichkeit vor, »von San Girolamo.«

»Bruder Jehan«, antwortete der andere, »von Anglia.« Wenn Giacomos Auftreten ihn einschüchterte, ließ er sich jedenfalls nichts davon anmerken. »Ich selbst würde gerne das Angebot deines Bruders annehmen, wenn du einverstanden bist. Für meine Begleiter kann ich freilich nicht sprechen.«

Langsam drehte sich der Fremde um. Sein Ausdruck war zurückhaltend, ja kühl, doch sein Blick recht klar. Den Prior schauderte, als er über ihn hinwegstreifte. Er schien körperlich fühlbar, wie ein Windhauch, gleichzeitig heiß und kalt. »Mir wäre es recht«, sagte er. Sein Latein war untadelig, seine Stimme so gespenstisch wie sein Gesicht. »Sofern der Prior zustimmt.«

Giacomo blickte noch finsterer drein. Oddone zitterte wie ein Welpe vor seinem Herrn, nicht recht wissend, ob er nun eine Belohnung oder eine Tracht Prügel verdient hatte. Die beiden großen Männer warteten, der Junge trat mit neugierigen Augen zwischen sie, sprach jedoch kein Wort.

Schließlich antwortete Giacomo. »Selbstverständlich bin ich einverstanden. Es steht in unseren Ordensregeln, aus christlicher Barmherzigkeit Gastfreundschaft allen zu bieten, die an unsere Tür klopfen. Unser Abt wird keine Einwände haben.«

Oddone klatschte in die Hände. »Dann kommt mit! Wir nehmen einen gemütlichen Rückweg. Wisst ihr, wir haben frei und brauchen uns nicht zu beeilen. Seid ihr hungrig? Durstig? Gibt es etwas Bestimmtes, das ihr gerne sehen würdet?«

Ein Grinsen verzog Jehans Gesicht und wischte volle zwanzig Jahre fort. »Entscheide du, Bruder. Wir sind ja noch weniger gebunden als ihr – sozusagen beschäftigungslos! Wir folgen dir, wohin du uns führst.«

Und das tat Oddone dann mit dem Geschick, mit dem er alles, seit er zur St.-Bacchus-Kirche gelangt war, bewältigte, schwatzte fröhlich mit dem normannischen Mönch, was der junge Grieche mit schweigender Teilnahme belauschte, und war kein bisschen bekümmert über die Zurückhaltung seines fremdartigen Gastes.

Giacomo trödelte hinter der eigentümlich zusammengewürfelten Gruppe her. Nach einiger Zeit stellte er fest, dass er seine Geschwindigkeit der des weißen Fremden anpasste und schon eine ganze Weile neben ihm hergegangen war. Sie folgten den anderen mit geringem Abstand auf dem alten, gepflasterten Weg, einer Straße, die wie ein grüner Tunnel durch eine der vielen Wildnisse Roms führte. Hier fiel keine Sonne herein; Menschen und Gebäude ließen sich nur düster und entfernt wahrnehmen. Und doch führte Oddone sie mitten durch die Stadt vom gewaltigen Festungsbau des Kolosseums auf den Palatin-Hügel zu und daran vorüber nach San Girolamo in der Senke dahinter. Dies hier war kein wirkliches Ödland, wie es in Rom existierte mit weiten Flächen offenen Feldes, wucherndem Gestrüpp und Malariasumpf, aus dem Ruinen ragten wie Knochen aus einem Schlachtfeld, sondern eher ein verwilderter Garten. Durch die verschlungenen Schilfrohre spähte ein blasses, verwaschenes Gesicht, ein alter Gott oder ein alter Römer, den man vor langer Zeit hier aufgestellt und längst vergessen hatte.

In Reichweite des Standbildes verlangsamte Giacomos Begleiter seinen Schritt. Er nahm seinen Hut ab, als ob der ihn juckte, und schlug die Kapuze zurück, um eine beachtliche Menge wintergoldenen Haares auszuschütteln. Die Gebärde weckte irgendetwas in Giacomo und machte ihm bewusst, dass er hier keinen lebenden Menschen vor sich sah, sondern nur eine zeitlose, entrückte Schönheit. Die Schönheit war nicht minder geworden, doch irgendetwas, vielleicht die grüne Einöde, hatte das Eis schmelzen lassen; der marmorne Engel war zum Menschen geworden, zu einem sehr jungen zudem, einem prächtigen jungen Mann, der sich umschaute, als würde er sich jetzt erst all dessen bewusst. Seine Augen waren, wenngleich noch hell, doch dunkler geworden, von klarem Silbergrau, lebhaft, wachsam und sehr, sehr scharf blickend.

Sie fanden die zerfallende Statue, betrachteten sie eingehend und wanderten um des lebenden Gesichts willen daran vorbei. So hell die Augen auch waren, der Furcht erregende Glanz war erloschen; sie sahen nicht mehr, als jedem anderen gestattet war.

Giacomo richteten sich die Nackenhaare auf. Er war kein marmorner Römer, um sich so viele Herzschläge lang über eine elegante Nase hinweg begaffen zu lassen.

Doch trotz allen Stolzes war es kein hochmütiger Blick; er besaß eine eigentümliche Klarheit, eine Unschuld, die keine

Entschuldigung verlangte und nicht im Traum daran dachte, eine zu brauchen.

»Nun, Herr«, brach der Prior das Schweigen, das sich mehr und mehr in die Länge zu ziehen drohte, »findet ihr mein Gesicht so hässlich, dass es Euch derartig fasziniert?«

Der Pilger senkte den Kopf. »Um Vergebung, Bruder Prior, ich wollte nicht unhöflich sein.«

»Ich kann Euch wohl verzeihen. Ihr seid in Eurem Land ein Edelmann, nicht wahr?«

Er wirkte fast peinlich berührt. »Ist das so augenfällig?«

»Ziemlich«, entgegnete Giacomo.

»Wie eigenartig«, murmelte der Pilger. Er ging noch langsamer und grübelte. Giacomo hätte glauben können, er wäre nicht bei Verstand oder geistig etwas schwerfällig; Ersteres hätte er gewiss gefolgert, hätte sein Instinkt sich nicht dagegen aufgelehnt. Dieser junge Mann hatte etwas ausgesprochen Vernünftiges an sich, wenn es auch nicht die unter Menschen gängige Vernunft war. Sie glich vielmehr stark der von Oddone. Brillantes, zielgerichtetes Denken, das allem anderen wenig Beachtung schenkte.

Unvermittelt wandte Alf seine Aufmerksamkeit Giacomo zu; fast ebenso unvermittelt stellte er sich vor: »Ich heiße Alfred – oder Alf, wenn Ihr mögt. Wie mein Freund komme ich aus Anglia.«

»So«, antwortete Giacomo. »Dann hatte Oddone fast Recht. Nur dass Ihr kein Engel, sondern ein Engländer seid.«

Alf lächelte ein wenig wehmütig. »Das hatte ich wohl verdient, wie?« Und einen Augenblick später: »Euer Gesicht ist keineswegs hässlich, doch faszinierend finde ich es wohl.«

»Ganz Rom in einer Nase«, meinte Giacomo halb verärgert, halb belustigt. »Ihr seid nicht zufälligerweise auch Künstler, oder?«

Alf schüttelte mit einer Spur Bedauern den Kopf. »Ich bin

nur ein armseliger Student der Welt und ihrer Gesichter. Manchmal, wie Ihr festgestellt habt, bis zur Grobheit.«

»Sie ist Euch vergeben«, meinte Giacomo.

Als sie sich sputeten, die anderen einzuholen, die sie inzwischen aus den Augen verloren hatten, stellte er fest, dass seine ganze schlechte Laune verflogen war. Nicht einmal Oddones unmelodischer Gesang konnte sie zurückbringen.

›O Roma nobilis, orbis et domina,
cunctarum urbium excellentissima ...‹

Es gab nur eine vernünftige Gegenwehr. Mit mehr gutem Willen, als er sich selbst zugetraut hätte, fügte er in seinem volltönenden Bass hinzu:

›Roseo martyrus sanguine rubea,
albis et virginum liliis candida ...‹

Neue Stimmen fielen ein, ein kräftiger, geübter Bariton mit normannischem Akzent und plötzlich ein durchdringend süßer Tenor.

›Salutem dicimus tibi per omnia,
Te benedicimus – salve per saecula!‹

Sie gaben einen ordentlichen Chor ab, wenn man einmal von Oddone absah. Und während der Lärm Roms um ihn heraufstieg, stellte Giacomo fest, dass er lächelte.

13

Für ein Gefängnis, so vermutete Anna, war dieses hier ziemlich luxuriös. Es war sauber; und war es auch nicht gerade warm, so doch auch nicht unerträglich kalt; außerdem hatte sie eine Decke. Das Essen war genießbar, wenngleich etwas eintönig. Ihre Hände verheilten gut. Sie hatte, nach den Besuchen des Wärters zu schätzen, vor kurzem die Verbände abgenommen. Er brachte seinen Schützlingen regelmäßig zu essen, leerte den Nachttopf und füllte die Lampe auf. Er sagte niemals etwas und reagierte auf keine Ansprache; als Anna ihn in ihrer Verzweiflung einmal zu packen versuchte, wich er ihr mit der Leichtigkeit und Furchtsamkeit eines Tieres aus.

Inzwischen hatte sie begriffen. Er konnte ebenso wenig sprechen, wie er die Worte hörte, die sie ihm an den Kopf warf.

Sie hockte am Kopfende ihrer Pritsche, ging in der Zelle auf und ab oder spielte mit den Kindern. Sie weigerte sich, sie Welpen zu nennen, und hielt sich eisern daran. Und doch waren es Welpen. Anfänglich ziemlich dumm wie alle neugeborenen Geschöpfe, war ihr ganzes Sein auf Fressen und Schlafen ausgerichtet. Doch im Laufe der Zeit wuchsen sie und veränderten sich mit der Schnelligkeit der Tierart. Sie lernten ihre Augen zu gebrauchen, sie lernten laufen, erst ein tapsiges, dickbäuchiges Watscheln, dann allmählich ein tollpatschiges Rennen. Sie entdeckten ihre Stimmen vom schrillen Kläffen bis zum bösen Knurren und das Spielen in allen schillernden Varianten. Nur ihre Augen verrieten ihre wahre Art durch Katzenpupillen und die blaue Tönung, die allmählich zu Weißgold verblasste und hie und da von gespenstischer Hellsichtigkeit gezeichnet war.

Thea an ihrer Kette war ihnen gleichzeitig Amme und Zuflucht, und zu ihrem Glück waren ihrem Unmut Grenzen gesetzt. Anna war ihre Freundin, Spielkameradin und sogar Lehrerin. Denn sie unterhielt sich mit ihnen. Sie redete ständig. Sie erzählte ihnen von ihrem Vater, ihrem Elfenvolk und ihrer ererbten Macht. Von Rhiyana und Broceliande und der weiten Welt. Von Zauberei und Kirche, Orthodoxie und Ketzertum, Philosophie und Theologie und allen geistigen Lehren, die das Gefängnis ihr vorenthielt.

»Langeweile«, pflegte sie zu sagen, wenn Liahan mit dem böse knurrenden Cynan um den Platz in ihrem Schoß focht, »das ist das Schicksal der Gefangenen, schale Luft, mattes Licht, ständige räumliche Beschränkung – was bedeuten sie für den regen Geist? Gar nichts. Aber steck ihn in eine Zelle ohne Buch, Feder und Pergament, ohne Gespräche, Spiele, wo er nichts tun kann, als die Risse in der Mauer zählen, Stroh aus dem Lager ziehen, sich mit vorgestellten Philosophen streiten und zunehmend erfindungsreiche Phantasiegebilde errichten. Damit verfällt er unausweichlich. Hätte ich nicht euch kleinen Knirpsen nachzulaufen, würde ich vermutlich meine Seele verkaufen, damit ich einen Blick in ein Buch werfen könnte. Oder«, fügte sie sehnsüchtig hinzu, »für ein Bad.« Denn das war am schlimmsten von allem, schlimmer noch als die langen Stunden ohne Buch, so unzureichend gekämmt zu sein und sich nur oberflächlich und klebrig mit ihrem Hemdenzipfel und Wein waschen zu können, was ihr nichts anderes einbrachte als einen zunehmend schmutzigen Saum. Wenigstens hatte ihre Monatsblutung noch nicht eingesetzt, was gegen die Ewigkeit zu sprechen schien, die sie schon hier zu sein glaubte; sie wollte erst gar nicht darüber nachdenken, was geschehen würde, wenn es so weit wäre.

Sie träumte immer noch von Befreiung. Das ganze Elfenvolk in einem Feuersturm. Vater Jehan in weißer Rüstung mit einem Kreuz auf der Brust. Alf, der ruhig hereingeschlendert kam und ihnen die Freiheit brachte. Sie machte fest die Augen zu, um ihn sich besser vorstellen zu können. Er lächelte. Sein Körper verströmte einen leichten Schimmer, wie er das nachts manchmal tat, als ob der Mond sich auf seine Haut gelegt hätte und dort verbleiben wollte. Seine Augen glühten wie Kohlen, wie in silbernes Feuer gefasste Rubine; eine weiße Aura von Macht kränzte seinen Kopf.

Sie seufzte, drehte sich in eine andere Lage und stöhnte leise. Ihr Hals war steif geworden. Unwillig schlug sie die Augen auf.

Er war da. Lebendig, atmend, im fahlen Schimmer, ganz in Weiß und Silbergrau und schaute auf sie herab. Ihr ganzes Sein sammelte sich, sich ihm in die Arme zu werfen.

Verspannte sich dann. Verkrampfte sich. Schreckte zurück.

Es war Alf. Und es war *nicht* Alf. Groß und blass, ja. Wunderschön, ach ja, schöner, als irgend jemand sein durfte, und dabei unmissverständlich Mensch blieb. Aber es war nicht Alf. Das Gesicht war einen winzigen Hauch breiter. Das Haar nur golden ohne einen silbernen Schimmer. Die Augen waren von hartem Hellgrau wie Kiesel. Und auf den schmalen jungen Wangen stand ein leichter Bartschatten.

Sie versuchte zu schlucken. Ihr Mund war heiß und trocken. Dieser Nicht-Alf, dieses Wesen, das ihm so ähnlich war wie ein Bruder, war wirklich Bruder mit deutlicher Tonsur und Kutte in – unmöglich, grauenvoll! – Grau auf Weiß. Ein Pauliner-Mönch, der sie überhaupt nicht beachtete, sondern nur Augen für die Hündin hatte, die still zu ihren Füßen lag. Thea war wach, wie versteinert und jedes einzelne ihrer Haare sträubte sich.

Unter ihr brach ihr Sohn hervor und stürzte sich mit kindischem Gekläff auf den Fremden. Die Augen des Mönchs blitzten. Anna standen ebenfalls die Haare zu Berge, als der Strahl vorüberzuckte. Cynan rannte voll gegen eine Mauer, die keiner sehen konnte, überschlug sich, knurrte aber in nicht zu bezähmendem Zorn weiter. Die Vorderpfote seiner Mutter hielt ihn zu Boden gedrückt; er wehrte sich wild dagegen.

Theas Stimme erklang in Annas Denken. *Teufel. Feigling. Judas. Halte mich in deinem Bann, schlag mich, zwinge mich in das Denken eines Hundes – welchen Verrat du auch erwartest, weder ich noch eines meiner Kinder werden nachgeben.*

Er betrachtete sie aus ausdruckslosen grauen Augen, die nichts verrieten. Hinter ihm tauchte ein zweiter Pauliner-Mönch auf: im Vergleich zum ersten ein ganz normaler Mönch, ein schwerfälliger Mann von rötlicher Gesichtsfarbe, eindeutig ein Mensch. Und doch, so sah Anna mit bitterer Deutlichkeit, war er kein Dummkopf. Trotz des trägen Blicks durch die schweren Lider blickten die Augen scharf und funkelten belustigt. »Tapferkeit«, sprach er in Nordfranzösisch, »ist stets zu bewundern, selbst bei deiner Art. Aber Tapferkeit lässt sich brechen.«

Oder geradewegs ersticken. Theas Gelassenheit war tödlich. *Ihr habt uns in eurer Macht, das will ich zugestehen, und das ist keine leichte Aufgabe. Aber für wie lange?*

»Solange es uns gefällt.« Der Mönch verschränkte die Arme und lächelte. »Legst du Wert darauf, uns auf die Probe zu stellen?«

Wenn Theas Augen auch leuchteten, ihre lautlose Stimme klang kühl. *Ich bin keine völlige Närrin. Lässt das Gleiche sich von euch behaupten? Es ist deutlich genug, worauf ihr heiligen Bluthunde aus seid – Netze auszulegen, in denen Hexen sich verfangen, und euren eigenen zahmen Hexer als Köder aufzustellen. Ihr habt uns in einem Augenblick der Schwäche überwältigt. Ihr werdet keinen zweiten bekommen.*

»Wir haben schon drei.« Der blasse Mönch klang sogar wie Alf, zum Teufel mit ihm – die gleiche klare, leichte, melodische Stimme. »Einen Weiteren haben wir getötet. Die Welt jubelt, von ihm befreit zu sein.«

Anna schmeckte Blut. Sie hatte sich auf die Lippe gebissen. Trotzdem fühlte sie keinen Schmerz.

Alun, klagte Thea traurig, aber gleichzeitig voller Zorn. *Ihr habt ihn ermordet.*

»Einen Zauberer hingerichtet«, verbesserte der weltliche Geistliche.

Mörder, wiederholte Thea leidenschaftlich mit auf den anderen, den Schönen fixiertem Blick. *Er stammte von deiner eigenen Art.*

»Er war ein Gräuel«, erwiderte die Verzerrung von Alfs Stimme, wenn nicht gar von seinem Akzent. Sie war fremd und doch vertraut, mit ihrer weichen Abrundung der Vokale und der Beschleunigung des Wortflusses. »Ein Höllenspaß, ein Kind des ...«

Dann bist du das Gleiche.

Seine Augen wurden starr und begannen zu leuchten. »Er war widerlich. Er stank zum Himmel. Ich streckte die Hand aus; ich rief meinen Gott an. Er fuhr herab und schmetterte ihn nieder.«

Du hast ihn umgebracht. Du hast mit Hilfe der Macht getötet.

Seine Hand fuhr hoch, als wollte er zuschlagen. Thea duckte sich über ihre Kinder und knurrte leise und bedrohlich. »Gott zerschmetterte ihn«, wiederholte er. »Gott wird dich ebenfalls vernichten, die du vor der Gerechtigkeit in einem Tierkörper Zuflucht gesucht hast.«

»Vielleicht besser darin als in einer schillernden Verzerrung von Menschlichkeit.« Der irdische Mann klang nicht so, als ob er daran glauben würde; eher so, als wäre es eine Idee, mit der er spielte und deren Bedeutung er abwägte. Er betrachtete die Hexenhündin mit einem Hauch Bedauern und mehr als einem Hauch Befriedigung. »Du bist für eine Hündin ein anziehendes Wesen, wenngleich deine Augen ziemlich beunruhigend sind.

Aber das, so sagte Bruder Simon, wird im Lauf der Zeit anders. Jetzt ist das Denken in diesem eleganten Kopf recht klar und hexenhaft genug, wenn es energisch in Schach gehalten wird. Wie lange wird es dauern, ehe die Veränderung einsetzt? In deinen Welpen kann ich sie schon erkennen, denn sie haben vergessen, dass sie jemals eine andere Gestalt als diese besaßen. Du wirst es ihnen bald nachtun. Dein Geist wird sich verdunkeln, die Ränder werden sich trüben, die komplizierteren Gedanken verlangsamen. Die Willenskraft sackt in den Bauch. Die gelben Teufelsaugen werden sanft und braun und tierhaft, um das innere Wesen schließlich dem äußeren anzupassen. Du wirst keine Hexe mehr sein mit den Kunstkniffen einer Frau, sondern eine richtige Hündin, die weder die Erinnerung noch die Zauberei besitzt, dich zu befreien. Oder«, sagte er nach wohl bedachter Pause, »deinen Nachwuchs. Sofern es für ihn, wie durchaus möglich, nicht ohnehin zu spät ist.«

Die Hündin schüttelte merkwürdig ungelenk den Kopf, eine menschliche Geste, die schlecht zu dem nichtmenschlichen Körper passte. Doch Theas Augen waren noch ihre eigenen, und sie sprachen Bände. *Niemals,* flackerten sie. *Niemals!*

Der Mönch lächelte. »Du kannst uns so viel trotzen, wie du willst. Das ändert nichts. Tobe nur, drohe, schmähe uns! Sieh zu, wie deine Kinder immer tiefer in die animalische Finsternis versinken. Aber ...« Er beugte sich nach vorn, fast in Reichweite ihres Sprungs. *»Aber.* Das muss nicht so sein. Sie können frei sein, in ihrer wirklichen Gestalt zu leben, und du mit ihnen. Frei und unbehelligt.«

Tot, erwiderte Thea.

»Nicht tot. Lebendig und unversehrt.«

Zu welchem Preis? Mord und Körperverletzung? Oder nur Verrat?

»Kein Preis. Nur die Anerkennung von Gottes Willen. Bislang sind wir sanft mit dir verfahren; wir haben dich lediglich an die Gestalt gebunden, die du selbst gewählt hast, und dir genügend Zeit zum Nachdenken gegeben. Nun musst du dich entscheiden. Du kannst als Frau aufstehen oder so bleiben, wie du bist.«

Und wenn ich mich einverstanden erkläre? Worauf lasse ich mich dann ein? Was wird aus meinen Kindern?

»Ah«, gab der Mönch zur Antwort und zog sie in die Länge. »Deine Kinder. Du verteidigst sie sehr tapfer und, so folgere ich, mit größerer Entschiedenheit, als Bruder Simon das erwartet hat. Letztlich aber umsonst. Er hat nicht die Absicht, ihnen das mindeste Leid zuzufügen, doch er wird es tun, wenn du ihn dazu zwingst.«

Sie stand über ihnen, über Cynan, der vorsichtig, aber nicht eingeschüchtert war, und Liahan, die alles aus Augen beobachtete, die zu groß und klarsichtig waren sowohl für das Kind, das sie war, wie für den Welpen, als der sie erschien. *Berühre sie,* sagte die Mutter, *sende nur einen Gedanken nach ihnen aus, und du wirst erfahren, wie stark ich wirklich bin.*

»Wir werden sie bekommen«, erklärte Bruder Simon leichthin, kühl und unbeteiligt, »Satans Umklammerung ist bei ihnen noch schwach. Wir werden sie der Erlösung zuführen.«

Der andere nickte mit eher speichelleckerischer als schmeichelnder Zustimmung. »Ja, der Erlösung. Dem Licht des wahren Gottes. Sie werden leben und wachsen und so stark werden, wie du es dir nur wünschen kannst. Es wird nicht nötig sein, sie dir zu entreißen. Solange sie dich brauchen, können sie bei dir bleiben, vorausgesetzt allerdings, du versprichst, ihnen keine schwarze Magie beizubringen. Du wirst die Ernährerin und Mutter sein, als die Gott dich erschaffen hat. Ihre Aufzucht werden andere übernehmen.«

Du, sagte Thea. *Simon. Simon der Magier. Simon der Reine. Simon der Schlichtmütige. Glaubt ihr, ich könnte mir nicht vorstellen, was ihr mit uns vorhabt? Ihr habt einen zahmen*

Hexer. Jetzt habt ihr zwei weitere in der Hand, die jung genug sind, dass ihr sie nach euren Wünschen formen könnt, und mächtig genug, dich zum Herrscher der Welt zu machen. Selbstverständlich, nachdem du dieses unbedeutende Hindernis aus dem Weg geräumt hast. Sie verzog die Lefzen zu einem zähnefletschenden Grinsen. *Ich bin doch nicht so unbedeutend, wie? Er wird nicht an meine Kinder kommen, solange ich entschlossen bin, ihn abzuwehren, und ich bin keine solche Närrin, auf eure Überredungskünste hereinzufallen. Ihr seid an einem toten Punkt angelangt.*

»Nein«, widersprach Bruder Simon. »Wenn du mich zwingst, werde ich dich vernichten.« Er bewegte sich schneller, als die Augen ihm folgen konnten, schneller als Theas Kiefer und schnappte die reglose Liahan mit ihrem fassungslosen Blick. Er hielt sie sachkundig sanft, streichelte ihre hauchdünnen Ohren und wich ihrem schnappenden Maul ebenso mühelos aus wie dem ihrer Mutter. »Du kannst ihr Denken in deinen ganzen Trotz einmauern. Aber kannst du ihren Körper verteidigen? Schließlich liegst du an der Kette ...«

Thea sprang, drehte sich und fiel mit gesträubtem Fell zu geduckter Haltung hinab. Die Kette hing schlaff durch. Ihre Augen leuchteten grün auf; die Halsfessel schlug mit eisernem Klappern auf den Boden auf. Ihre Muskeln ballten sich, spannten sich zum Sprung.

Seine ruhige Stimme fuhr fast ohne Pause fort. »Greif an, und ich schlage zu. Das ist ein zartes Hälschen; wie leicht, es zu brechen. Und ich bin schneller als du.«

Thea sank mit angelegten Ohren und zu Schlitzen verengten Augen zu Boden. *Gib mir meine Tochter wieder.*

»Nenn mir deine Entscheidung. Deine Kinder jetzt und untere deiner Obhut oder später und gegen deinen Willen.«

Anna konnte es nicht länger ertragen. »Nein!«, schrie sie. »Es gibt kein Später. Es gibt nur ein Jetzt!«

Sie starrten sie an, die beiden Pauliner-Brüder, als wäre sie aus heiterem Himmel auf sie herabgestürzt. Vielleicht war es für sie so. Sie war nur ein Mensch, und sie hatten drei Hexen zu verbrennen.

Es scherte sie nicht mehr. Sie fuhr rücksichtslos fort, tat, als existierte der Dicke gar nicht, und richtete die ganze Gewalt ihres Zorns auf den anderen. »Simon der Magier, Simon der Verräter, selbst ich als geringe, sterbliche Frau kann die Wahrheit erkennen. Du brauchst diese Kinder, und du brauchst sie jetzt; und du bekommst sie ebenso wenig, wie du Rhiyana bekommst. Und die Zeit drängt. Jeden Augenblick kann der Papst den Kreuzzug abblasen oder das Elfenvolk eine Möglichkeit finden, dich zu überwinden und uns zu befreien.«

»Gott ist mit Seiner Heiligkeit. Deine hellhäutigen Teufel, der dunkle König und der Weiße, der vielleicht mehr als ein König ist ...« Simons Gesicht erstarrte, er kniff die Augen zusammen. Aber er lachte, und es war ein sorgloser, Furcht erregender Laut, der da aus diesem Gesicht aus Eis und Kiesel brach. »Der hat seinen eigenen Größenwahn. Ich denke, ich habe ihn ein wenig ernüchtert. Sein ganzes Feuer und sein Zorn haben mich gerade ein wenig gekitzelt. Habt ihr mächtiges Elfenvolk nichts Besseres ins Feld zu führen?«

Wenn Anna sich fürchtete, war sie auch sehr wütend. »Er hat dir Angst eingejagt, nicht wahr? Er war nicht darauf vorbereitet, auf wirkliche Macht zu stoßen. Er hatte nicht seine ganze Kraft abrufbereit. Du hast ihn geschlagen, aber es hat dich seinen Preis gekostet. Nun bist du aus Rhiyana ausgesperrt, und Thea hält dich hier, in Schach – was bleibt da anderes als ein paar als Drohungen getarnte Bitten?«

»Ich werde nicht in Schach gehalten.« Er klang keineswegs zornig. Er klang eher erheitert. Simon setzte Liahan vor die Füße ihrer Mutter, wo sie verharrte und ihn beobachtete.

»Deine Sippschaft, meine Kleine, hat sich in ihre Mauern geflüchtet, kluge Geschöpfe. Das würde ich auch tun, wenn ich mich gegen meinesgleichen zu wehren hätte.«

»Du würdest unter deinem Bett schlottern hinter einem Wall von Decken.«

»Du bist ein wildes, zänkisches kleines Luder«, bemerkte der Mönch mit der roten Gesichtsfarbe. Anna lächelte süßlich; er erwiderte es gleichermaßen. »Du bist ohne jede Bedeutung. Nur Treibgut, das im Netz mit heraufgezogen wurde. Und Dinge ohne Bedeutung wirft man schnell fort.«

Thea bewegte sich mit einer eher der Katze als dem Hund eigenen Geschmeidigkeit, als sie sich zwischen den Mönch und die Frau setzte. *Fass sie an,* drohte sie ganz leise, *und ich verspreche dir, dass ich auch ohne die Macht und Schnelligkeit, um mit deinem Hexer mitzuhalten, noch vollkommen in der Lage bin, dir deine fette Kehle durchzubeißen.*

»Nur«, sprach der namenlose Mönch, »wenn der Magier dort es zulässt.«

Sie schlich auf ihn zu. Ihr Blick ließ den seinen nicht los, ihre Augen leuchteten. Sie verschwamm. Er stieß einen lauten Schrei aus. Sie setzte sich behaglich zurecht und leckte sich die Lippen. Aus einer kleinen Bisswunde quoll ein Tropfen Blut und sickerte den dicken Hals hinab, um zwischen dem Schultertuch zu verschwinden.

Du schmeckst scheußlich, sagte sie zu ihm.

Doch Anna und vielleicht auch Thea hatten ihn falsch eingeschätzt. Sein Gesicht blieb völlig ruhig, nachdem alles Blut daraus gewichen war. Tief in Annas Innern stellte ein scheues, losgelöstes Ich fest, dass er einmal ein auffallend gut aussehender Junge gewesen sein musste. Die Knochen unter dem aufgedunsenen Fleisch waren zart, die Stirn breit und klar, das Profil gut geschnitten, wenn es jetzt auch unter den fleischigen Wangen und dem schweren Doppelkinn verwischt wirkte.

Er blickte völlig ausdruckslos auf Thea hinab; und das war weniger eine Maske, als seine Heiterkeit es gewesen war. »Du hast deine Drohung nicht wahr gemacht. Ich bezweifle sehr, dass du es überhaupt kannst.«

Thea ließ sich nicht aus der Ruhe bringen. Sie setzte sich wieder, wachsam, doch in aller Ruhe auf und hatte ihre Kinder fast gemütlich an sich gedrückt. *Um auf den entscheidenden Punkt zurückzukommen, Mönch: Wenn man alles in Erwägung zieht, bin ich eine recht beachtliche Beute, und wir haben noch die Frage der Jungen zu regeln. Meine Schwester hat damit nichts zu tun. Du tätest gut daran, sie gehen zu lassen.*

Der Mönch lächelte. »Das glaube ich nicht, verehrte Hexe.«

»Warum?«, fragte Anna. »Weil du glaubst, ich wäre die am leichtesten zu treffende Schwachstelle bei ihr?«

Natürlich, fuhr Thea fort, *und er kann dich nicht bedrohen, ohne sich selbst in Gefahr zu bringen. Andrerseits besteht die Möglichkeit immer. Man gibt nicht einmal eine potentielle Waffe freiwillig aus der Hand.* Sie legte den Kopf schief und betrachtete ihn. *Weißt du, Waffen lassen sich auf beiden Seiten eines Kampfes einsetzen. Pass auf, dass du dich hier nicht plötzlich an dessen falschem Ende findest.*

»Ich habe nicht die Absicht.« Er betrachtete sie erneut eingehend, als könnte er sie dadurch einschüchtern. Sie krümmte nur den Rücken und streckte sich wie eine Katze. Er biss die Zähne aufeinander. »Auf die eine oder andere Weise werden wir alles bekommen – dich, deine Welpen und Rhiyana selbst. Die Art und Weise kannst du entscheiden, entweder die Rettung deiner Kinder und ein schnelles, gnädiges Ende für deine Sippe oder ein langsamer, lang währender tödlicher, geistig und körperlich geführter Krieg. Bruder Simon stellt eine größere Macht dar, als einer von euch sie aufbieten kann, und Gott steht auf seiner Seite; er kann nur gewinnen. Mit deiner Hilfe geschieht das schnell und sauber. Ohne sie kann ich nur Qualen versprechen. Für dich, für deine Sippe und für deine Kinder.«

Darin besteht also meine Wahlmöglichkeit. Zwischen schnellem und langsamem Sterben. Was macht letztendlich den Unterschied aus?

»Die Schmerzen«, antwortete Bruder Simon so plötzlich, als spräche ein Stein.

Ein Grund mehr, meinem Volk Zeit zu geben, sich gegen euch zu wappnen.

»Das wird ihnen nicht gelingen. Sie können mich nicht einmal finden. Ich dagegen finde sie völlig mühelos. Soll ich meine Kraft an ihnen erproben?«

Thea war aufgesprungen, doch der namenlose Mönch stellte sich ihr in den Weg. »Noch nicht, Hexendame: Du hast noch eine Entscheidung zu treffen. Schnell jetzt, ehe wir sie für dich fällen.«

Sie stand in Lauerstellung und zitterte unmerklich. *Sie ist gefallen,* erklang die Stimme in ihren Köpfen, *dreifach gefallen. Nein, nein und abermals nein. Lieber den Tod in dieser Gestalt als euresgleichen Sklavin.*

»Warten wir es ab«, sagte er, »wie lang das hübsche Schauspiel deines Widerstandes dauern kann.« Er zog sein Schultertuch mit umständlicher Geste hoch. »Prüfe dein Herz gründlich, teure Hexe. Sofern du überhaupt eines besitzt.«

14

Zuerst schien Thea nur glücklich, von ihrer Kette los zu sein. Sie schoss durch die Zelle und spottete der verriegelten Tür mit jeder Faser ihres Körpers.

Doch schließlich beruhigte sie sich und ließ sich nach Luft schnappend neben dem Bett zu Boden fallen. Sie grinste Anna an, die ihren Blick ruhig erwiderte und feststellte: »Es ist zwecklos, nicht wahr? Du kannst uns nicht befreien.«

Noch nicht, antwortete Thea, inspizierte ihre beiden Kinder eingehend und leckte Liahan von Kopf bis Fuß, bis die Erinnerung an Simons Berührung weggewaschen war. *Aber er ist übermütig. Er lässt mich hier ziemlich frei, obgleich jede Mauer zugleich eine Mauer von Macht ist. Das soll ihm noch Leid tun.*

»Möglicherweise belauscht er dich jetzt.«

Ich weiß, dass er das tut. Thea sprang auf, als hätte ihre lange Gefangenschaft in einer fremden Gestalt ihr Bedürfnis nach Ruhe gestillt. Sie lief durch die Zelle und blieb unter der mehrflammigen Lampe stehen. Ihre Augen funkelten. Plötzlich loderten die Lampen hell auf. Sie stand darunter und beobachtete sie, während Cynan in ihren vielfachen Schatten schlich.

Das Licht verlosch. Thea schloss die Augen; sie schien dahinzuschwinden, in sich selbst zu schrumpfen. *Er ist stark,* musste sie zugeben. Langsam sank sie zu Boden.

Ein wenig Wasser war übrig geblieben. Anna schüttete es in sich hinein. Es schien sie zu kräftigen; sie hob den Kopf und atmete tief ein. *Ich bin nicht gerade in bester Verfassung für diesen Kampf.*

»Wer ist das schon?«

Ich habe es aber vor zu sein. Ich werde diesen verfluchten

Bluthunden nicht weichen und habe auch nicht die Absicht, dabei mein Leben zu lassen.

»Vielleicht holt uns jemand hier heraus«, meinte Anna.

Thea ging um sie herum. *Bete darum, wenn du willst, aber lieg nicht müßig da und warte darauf. Wir sind hier gut versteckt. Wir befinden uns nicht einmal mehr in Rhiyana.*

So viel hatte Anna sich schon gedacht. Es jedoch ausgesprochen zu hören machte es erst zur Wirklichkeit, dass ihr Magen sich vor Schmerz zusammenkrampfte. »Aber wo ...«

Rom, antwortete Thea. *Im alten Rom, und das ist mehr als groß genug, uns zu verstecken, falls uns jemand überhaupt bis hierhin folgen kann. Und das weiß der, welcher uns gefangen hält. Er suhlt sich genüsslich in seiner eigenen Gerissenheit.*

»Er ist ein Scheusal. Sich Simon zu nennen nach dem berühmten Zauberer, dem ersten Ketzer ...«

Oder aber nach dem Apostelfürsten. Nein; er hat uns nicht in seine Gewalt gebracht, er hält uns nur gefangen. Ich meinte den anderen. Den treibenden Geist in Verkleidung eines dicken Dummkopfs. Bruder Paul, wie sein Geist mir so laut zuposaunte, dass du gewiss sein kannst, dass es nicht der Name ist, auf den er getauft wurde. Er ist derjenige, den man im Auge behalten muss. Er ist der böse Geist, der hinter dieser Sache steckt.

»Aber er ist nur ein Mensch.«

Thea lachte mit bitterem Unterton. *Arme Anna! Wir haben dich verdorben. Unsere ganze sichtbare Macht, unsere abstoßend schönen Gesichter, unsere hartnäckige Weigerung, uns von der Zeit verändern zu lassen – wir haben dich glauben gemacht, wir wären vollkommen oder zumindest so vollkommen, wie die Erde das nur gestattet. Wir haben es völlig versäumt, dir etwas anderes beizubringen, das noch viel wahrer ist. Keiner ist nur ein Mensch, Anna. Er mag so hässlich sein wie der Teufel selbst; er wird in hundert Jahren gewiss nicht mehr leben, und er besitzt nicht die Spur unserer Magie. Aber er hat etwas, das mächtiger ist als alles andere. Er hat ein Gehirn. Ein denkendes Gehirn. Ob nun durch Zufall oder durch seine üble Scharfsichtigkeit, jedenfalls hat er einen von uns erwischt, ihn zum Lockvogel ausgebildet und jagt mit ihm allzu erfolgreich. Du kannst sicher sein, dass er keine Ruhe geben wird.*

Anna schüttelte starrsinnig den Kopf. »Der Dicke erteilt vielleicht die Befehle, aber der andere lässt ihn nur gewähren. Wenn er wirklich so viel Macht besitzt ...«

Er besitzt mehr. Kannst du dich erinnern, wie Alf in jener Nacht den Tanz anführte – Theas Stimme stockte für den Bruchteil eines Augenblicks –, *in der Nacht, als die Kinder zur Welt kamen? Weißt du noch, wie er war? Der Herrscher des Kreises, der Meister der Zauberwesen – wie Bruder Simon selbst sagte, mehr als ein König. Denk nun an das schlimmste und verzerrteste Bild, das du von dir selbst hast. So viel schwächer ist Alf im Vergleich zu diesem zweiten Zauberer Simon.*

»Wie sollte ihn dann jemals jemand beherrschen, geschweige denn dieser fette Wüstling von einem Mönch?«

Ich weiß es nicht, gab Thea zu, *aber dieser Paul ist dazu im Stande. Und er tut es.*

Nun war es an Anna, mit Cynan im Schlepptau in der Zelle auf und ab zu gehen, und Thea war es jetzt, die sie schweigend beobachtete. Nur dass Thea es nach ein oder zwei Runden sein ließ und ihre Aufmerksamkeit wieder Liahan zuwandte. Die kleine Hexe hatte sich nicht gerührt, seit Simon sie abgesetzt hatte, nicht einmal, um gegen die raue und gründliche Säuberung zu protestieren. Ihre Augen waren immer noch weit aufgerissen, leuchtend und starr. Doch als Thea sie anschubste, blinzelte sie und wedelte zum Zeichen, dass sie sie wiedererkannte, leicht mit dem Schwanz.

Anna blieb besorgt stehen. »Was hat er mit ihr angestellt? Hat er ihr etwas getan?«

Theas Antwort kam langsam. *Nein, ich glaube nicht ... das würde er nicht wagen ...* Sie zog die Lippen kraus. *Er würde es nicht wagen!*

Anna kniete sich neben sie. Liahan zuckte nicht zusammen und schnappte auch nicht, als Anna sie emporhob. Sie fühlte sich wie immer an, warm und seidig, und kuschelte sich ein wenig an Annas Schulter. »Ihr Bewusstsein«, befürchtete Anna. »Ihr Verstand. Hat er ...«

Er kann nicht, schnauzte Thea. Cynan kletterte eifersüchtig an Annas Knie hoch; seine Mutter packte ihn so grob am Nackenfell, dass er erschrak, und drängte ihn zum Säugen. Ihr Kopf flog wieder zu Anna herum. *Ich bin nichts im Vergleich zu diesem kraftstrotzenden Turm, doch ich habe diese Kinder in meinem Leib ausgetragen. Solange ich noch einen Hauch von Macht besitze, darf er sie nicht anrühren.*

»Der andere ... Paul ... er sagte doch ...«

Ich bin noch weit davon entfernt, meinen Verstand zu verlieren. Liahan ... Thea warf den Kopf mit einer sehr menschlichen und doch auch ganz hündischen Geste zurück. *Ich kann ihr Denken nicht erreichen. Es ist vermauert und geschützt. Doch das stinkt nicht nach Simon dem Zauberer. Andrerseits ist sie aber zu jung. Sie kann nicht wissen, wie man eine Geisteswehr aufbaut. Nicht so. Und nicht gegen mich.*

Anna streichelte das Hundekind, streichelte ihre liebsten Stellen hinter den Ohren und über dem Rückgrat. Liahan wand sich vor Vergnügen, kletterte noch höher und vergrub ihre kühle, feuchte Nase in Annas Hals. »Liahan«, forderte Anna sie auf, ungeachtet, ob es etwas nutzte, »er ist fort. Du kannst dein Inneres wieder öffnen.«

Thea stieß ein leises verächtliches Schnauben aus. *Reden. Als ob sie das verstehen könnte.*

Anna beachtete sie gar nicht. »Hexenkind, Geisteswehren sind außerordentlich nützliche Dinge, und du bist hochbegabt, dass du, in so zartem Alter schon eine errichtet hast, aber es macht deine Mutter wütend. Öffne wenigstens einen Spalt und lass sie ein.«

Liahan erstarrte ein wenig. Anna wiegte sie und hielt sie vor ihr Gesicht. Ihre Augen waren ganz golden, wintergolden wie die Alfs, und verstrahlten den gleichen Schein wie die seinen, wenn er seine Macht ausübte. »Ach, du bist ganz das Kind deines Vaters. Das deiner Mutter freilich auch, starrsinnig und frech, wie du bist. Willst du deinen Schild nicht senken? Nur so zum Üben?«

Die kleine Hexe blinzelte. Anna wurde plötzlich schwindelig. Diese Augen ...

Liahan! Theas Wille war schneidend wie ein Schwert und zerschlug den Bann. Ja, Liahan lachte sogar jetzt, da sie getadelt worden war, versuchte, Annas Wange zu lecken, und bettelte, abgesetzt zu werden. Sobald sie frei war, machte sie sich ans Trinken, als wäre sie nie etwas anderes gewesen, als was sie erschien, ein kleiner und sehr hungriger Jagdhundwelpe.

Hexe, sagte Thea halb stolz und halb verzweifelt. *Anders geboren und aufgezogen und fest entschlossen, so zu bleiben. Da könnte mir unser armer Feind fast Leid tun.*

»*Der* Leid tun?«, rief Anna.

Ja, der, bestätigte Thea. Sie machte sich daran, ihren Sohn zu waschen, der gesättigt war und kurz vor dem Einschlafen stand. Anna sah schweigend zu, bis sie fast so etwas wie Frieden erfüllte.

Lärm machte ihn zunichte. Die Riegel wurden zurückgeschoben. Die Tür öffnete sich einen Spalt. Der elendste ihrer Gefängniswärter kroch herein, der Bucklige, der Taubstumme. Er kam wie unter Zwang herein, tat aber nur zwei Schritte.

Gerade genug, die Mahlzeit, die er trug, abzustellen und hinauszuschießen, als jagten alle Höllenhunde hinter ihm her. Die Tür fiel krachend zu.

Man könnte glauben ... überlegte Thea. Sie schüttelte sich. *Nein.*

»Was?« Anna stieß das Wort heftig hervor.

Thea legte den Kopf zwischen die Pfoten und dachte nach. *Simon der Zauberer ist ein Zufall. Natürlich muss ein Mann des Elfenvolkes, wenn er groß, helläugig und weißblond ist, Alfred unheimlich ähnlich sehen. Es ist der Gesichtsschnitt – er ist uns allen gleich. Der hier ... dieses Tier in einem menschlichen Körper ... das muss Gottes schwarzer Humor sein.*

»Er sieht wie Nikki aus, nicht wahr?«

Thea ließ sich durch eine gleichgültige Miene nicht täuschen. Nicht, dass es eine Rolle gespielt hatte. Thea hatte niemals jemandes Willen durch offenkundiges Mitleid geschwächt. *Er sieht Nikephoros kein bisschen ähnlich. Er ist ein Zerrbild, eine Karikatur. Der Albtraum einer Mutter, was aus ihrem Kind werden könnte.*

»Der Albtraum meiner Mutter. Ich weiß noch, was sie manchmal sagte, wenn sie nicht wusste, dass ich sie hören konnte. Ehe Alf kam und alles veränderte. Man hatte ihr geraten, meinen Bruder wie ein Fohlen oder einen jungen Hund aufzuziehen, weil er sich nicht weiter zum Menschen entwickeln könnte; sie konnte ihn vielleicht zähmen, und sie sperrte ihn ins Haus und brachte ihm bei, anständig zu essen. Aber zum richtigen Menschen würde er nie werden.«

Er wäre niemals wie dieses Geschöpf geworden.

»Woher willst du das wissen?«, fauchte Anna sie an. »Wie willst du dir vorstellen, zu was er herangewachsen wäre? Du weißt, was für geistige Fähigkeiten er hat. Alf hat sie freigesetzt. Und wenn er niemals gekommen wäre? Vielleicht wären wir dann alle umgekommen, als die Stadt fiel. Es wäre eine

Gnade gewesen. Wenn aber nicht, wenn Nikki herangewachsen wäre, eingesperrt und auf die einzige Weise behandelt, die den Leuten einfällt – und der ganze Verstand und das ganze ungezügelte Temperament keinen Weg nach außen gefunden hätten und nichts zu ihm hineingedrungen wäre ...«

Ich kann es mir vorstellen.

Theas innere Stimme war so ausdruckslos, dass Anna innehielt. Sie erinnerte sich an Theas Lage und fühlte, wie die Röte ihr in die Wangen stieg. Sie hatte ihre Zunge wieder einmal nicht im Zaum gehalten. Sollte sie es denn niemals lernen?

Thea beschloss, sich nicht daran zu stören. *Nikephoros wäre keine widerliche Ratte geworden. Ein Wolf vielleicht, aber nichts anderes.*

»Manchmal denke ich, wenn du Alf jemals leid würdest, verginge keine Stunde, ehe du Nikki im Bett hättest.« Nein. Anna würde es niemals lernen.

Eine Stunde? Thea lachte. *So lange? Anna Chrysolora, du billigst mir zu große Zurückhaltung zu.*

»Deshalb willst du also meinen älteren Bruder nicht heiraten. Du hast ein Auge auf den jüngeren geworfen.«

Natürlich. Würde ich mich nicht selbst verleugnen, wenn dem nicht so wäre?

Trotz all ihrer Sorgen und ihrer üblen Laune musste Anna lachen. Thea besaß den Blick und die Zunge einer notorischen Hure, doch trotz allem war ihr Herz so treu und fest wie die Wurzeln von Broceliande. Sie konnte Blicke werfen, lachen und foppen; doch sie konnte ebenso wenig von ihrem Liebsten ablassen, mit dem sie seit zwölf Jahren zusammen war, wie sie eine sterbliche Frau werden konnte.

Nicht im Augenblick zumindest, stimmte sie ihr zu. *Hier mangelt es entschieden an Gelegenheit. Was den Bruder Zauberer angeht ... Hattest du jemals eine Ahnung, wie wenig ich mir aus bartlosen, blonden Jungen mache? Mir steht der Sinn eher nach schönen, dunklen Augen, warmer, brauner Haut und einem üppigen Lockenbart, in dem man spielen kann.*

»Nikki hat nicht genug, mit dem ...«

Das kommt noch, wenn er ein bisschen älter ist. Nein, Anna. Ich verabscheue hellhäutige Männer. Du kannst dir vorstellen, wie erschrocken ich war, als ich feststellte, dass ich mich in den hellhäutigsten von allen verliebt hatte. Alles, was er an Empfehlenswertem vorzuweisen hatte, waren einigermaßen breite Schultern – und er schaffte es auch immer noch, die zu verstecken – und eine gewisse, unbestimmbare Art. Dieses Abbild von ihm besitzt offenbar keines von beidem.

»Wie kannst du das behaupten, wo er unter der Kutte steckt?«

Theas Augen funkelten schelmisch. *Woher konnte ich es bei Alf wissen? Manchmal vergesse ich, dass du ihn nie als Bruder Alfred gekannt hast. Er war der hübscheste Junge, der jemals eine Kutte anzog, das unschuldigste weiße Lamm, das sich jemals vor einem Altar niederlegte. Niemals hat ein vollkommenerer Mönch eine Abtei geziert. Doch hie und da, wenn er am ahnungslosesten war, bekam ich es mit. Einen Blick, ein Wort, der Hauch von etwas anderem. Und da waren immer diese Schultern; ganz zu schweigen von ein bis zwei anderen Körperteilen, nachdem ich ihm erst einmal die Kutte ausziehen konnte.*

Wenn Bruder Simon wirklich zuhörte, machte ihn das gewiss rasend. Anna prüfte das Essen, das der Wärter zurückgelassen hatte, stellte fest, dass es ein wenig durcheinander geraten, jedoch nichts übergeschwappt oder zerbrochen war. Sie brachte Thea das Fleisch und machte sich über den Rest her. Zwischen zwei Bissen bestätigte sie weise: »O ja. Diese Körperteile.«

Thea knabberte mit leuchtendem, belustigtem Blick am Rand ihrer Portion. *Ich gebe allerdings zu, dass ich nach meinem ersten gründlichen Blick mehr als ein schmächtiges Jüngelchen erwartete ... Ich war damals eine Hündin; er badete und bemerkte nicht einmal, dass ich da war. Was war das für ein herrlicher Anblick! Dann sah er mich, oder vielmehr hörte mich hecheln, und tat nichts von allem, was ich erwartet hätte, außer dass er an den reizvollsten Stellen errötete. Er wusch sich einfach weiter, schenkte mir hartnäckig nicht die geringste Beachtung und sprach kein Wort. Beeilte sich allerdings auch nicht im Geringsten, irgendetwas zu verstecken. Da wurde mir klar, dass ich ihn haben musste. Mit seiner weißen Haut, dem weißen Haar und allem.* Sie seufzte und ließ das Fleisch in die Schüssel zurückfallen. *Mein armer Liebster. Ganz allein, und Alun dahin, der ihm ein zweiter Sohn hätte werden können ... Zur Hölle mit diesen teuflischen Mönchen!*

15

Es war sehr ruhig in San Girolamo. Eigentümlicherweise, wenn Alf innehielt und darüber nachdachte; Hieronymiten folgten keinem andauernden Schweigegelübde, und vor der Tür lag Rom mit seinen Glocken und seinem Lärm. Doch die Mauern waren hoch und dick, das Kloster selbst etwas abseits in einer Talmulde erbaut. Von seinem Turm aus konnte man den Palatin mit seinen weißen Ruinen aufragen sehen, die Stadt, die sich dicht gedrängt zum Fluss hin ausbreitete, den Hauptteil des zerstörten Circus, das grüne Ödland in seiner Mitte und in seiner Krümmung auf der anderen Seite die Zinnen einer Burg. Doch innerhalb der Klostermauern hätte man sich in einem anderen Land, einem Reich der Stille befinden können. In einem vom Klingen der Glocken geprägten Tagesablauf gingen die Mönche leise auf ihren Sandalen ihrer Beschäftigung nach.

Nicht, dass sie geschlichen wären und geflüstert hätten. Sie sprachen und lachten ziemlich hemmungslos; die Novizen tollten bisweilen ungestüm herum, und die Messen wurden gut und laut gesungen. Doch keinerlei menschlicher Aufruhr schien in der Lage, die Ruhe der alten Steine zu stören.

Sie machte sich in ihm breit. Er war mit tiefen Zweifeln, ja Befürchtungen gekommen. Er schalt sich einen Narren – er war just an einem solchen Ort aufgewachsen und seither in vielen anderen zu Gast gewesen, sowohl als Pilger wie als Adliger in Rhiyana – doch er zitterte immer noch, denn er hatte St. Ruan weit hinter sich gelassen und doch niemals ganz die Sehnsucht danach verloren. Doch wie leicht war es schließlich, durchs Tor zu treten, mit dem sanften, älteren Abt Höflichkeiten auszutauschen, sich im Gästehaus einzurichten, das alles bot, was Oddone versprochen hatte, und mehr. Wie einfach doch, nach der Teilnahme an der Messe, welche die Höflichkeit gebot, auch den Offizien beizuwohnen, selbst denen um Mitternacht und bei Tagesanbruch, denn die Glocken waren aufdringlich, und Schlaf war ihm fremd geworden. Und wenn er schon dabei war, musste er unwillkürlich in die Gebete und Gesänge mit einstimmen, holprig zu Anfang, doch bald flüssig, nachdem die Erinnerung zurückgekehrt war. Innerhalb von ein oder zwei Tagen stellte er fest, dass er – ohne jemals genau sagen zu können, wie das kam – nicht mehr in die hinteren Bankreihen der Kapelle zu den Gästen, Pilgern und römischen Matronen in ihren schwarzen Schleiern verbannt war. Er hatte einen Platz im Chor zwischen Jehan und Bruder Oddone mit Prior Giacomo in seinem Chorstuhl dahinter.

Mit der gleichen unmerklichen Mühelosigkeit fand er sich mit den Brüdern im Refektorium und nahm am gemeinsamen Essen teil. Jehan, der wohl Bischof war, gab sich als einfacher Mönch aus; er konnte nicht guten Gewissens dreimal täglich am Tisch des Abts speisen. Und seine Gefährten wollten auch nicht köstliche Fleischgerichte und Wein zu sich nehmen, während er sich von dunklem Brot und Refektoriumsbier ernährte; so leisteten sie ihm bei den Mönchen Gesellschaft und nahmen ihre Mahlzeiten schweigend zum Klang der Stimme des Vorlesenden ein.

»Ihr fügt euch gut in unser Leben«, stellte Prior Giacomo fest.

Nach tagelangem Regen war die Sonne endlich wieder herausgekommen. Zur Feier des Tages hatte Oddone Alf in eine Ecke des Klosters geschleppt, ihn hingesetzt und ihn unter den aufmerksamen Blicken des Priors zu zeichnen begonnen. »Ihr seid erst so kurze Zeit hier«, fuhr Giacomo fort, »und seid schon zu einem von uns geworden.«

Auf Oddones Bitte hob Alf das Kinn ein wenig. Ein unstetes Lüftchen spielte in seinem Haar. Zwar war er zum Bruder

Tonsore gegangen, es sich schneiden zu lassen, und hatte den Mann angewiesen, kein Erbarmen zu zeigen, doch es war kaum drei Zentimeter kürzer. Es war zu hübsch, hatte der Friseur ihm mit feinsinniger italienischer Logik erklärt, und er war kein Mönch, dass er mit dem Aussehen eines solchen herumlaufen müsste.

Als er daran dachte, trat ein schwaches, schiefes Lächeln auf seine Lippen, und er entgegnete: »Ich versuche, ein guter Gast zu sein.«

»Bislang«, meinte Giacomo, »betragt Ihr Euch kaum als solcher. Bruder Marco erklärte mir, Ihr hättet im Skriptorium die Arbeit für einen Tag geleistet.«

»Er schien Hilfe brauchen zu können.« Und es machte den Tag leichter. Nikki jagte sowohl geistig wie körperlich umher und durchstreifte mit Jehan wie einem scharfen Wachhund auf den Fersen die Straßen der Stadt. Alf konnte nicht auf diese Weise suchen. Er stolperte, tastete wie ein Blinder umher und vergaß schließlich ganz weiterzugehen. Aber im Schreibzimmer im Duft von Tinte, Staub und Pergament, wo die einzigen Geräusche das Kratzen von Federn und das gelegentliche Umblättern von Seiten waren, konnte sein Körper für sich sorgen. Die Worte flossen vom Auge über die Hand zum Pergament; so dehnten sich die Linien, ein schneller, sorgfältiger Buchstabe nach dem anderen; und seine Gedanken nahmen ihren freien Lauf und durchstreiften das Dickicht ihrer eigenen, fremden Welt.

Prior Giacomo setzte sich auf eine Steinbank und achtete darauf, Oddone nicht ins Licht zu kommen. Bei all seiner schroffen Art war er eine angenehme Gesellschaft, ein Hauch von Freundschaft. Alf ließ sich davon entspannen. Sein Interesse war noch immer eine offene Wunde; die Sonne war, wenn auch noch winterlich fahl, kräftig, seine Geisteswehr dagegen wankend. Einmal vor langer Zeit hatte er, nachdem

Thea in der Folge eines bitteren Streits von ihm gegangen war und ihm ihren Geist verschlossen hatte, sich dem freien Willen der Sonne ausgesetzt. Sie hatte ihn für seine Torheit schrecklich verbrannt. Und damals war er noch nicht einmal Theas Liebhaber, sondern nur ihr Freund und Mitpilger gewesen.

Wenn dies auch nicht die sengende Augustsonne an den Ufern des Bosporus war, so war sie doch stark genug, einem Wesen wie ihm etwas anzuhaben. Sie senkte sich täuschend sanft auf seinen Kopf nieder. Beschirmt vermochte er sich ihrem Licht zu stellen, ohne dass seine Augen – Nachtaugen, Katzenaugen – blinzelten. Unbeschirmt ...

Licht bohrte sich bis in seine Seele. Seine Geisteswehr richtete sich auf und schloss sich so selbsttätig, wie seine Augen zwinkerten. Selbst ein so kurzer Augenblick hatte sie fast zerstört; er konnte fühlen, wie die Haut sich anspannte und die Schmerzen einsetzten.

Für den Mönch und den Prior war es nur kühler, schwacher Sonnenschein. So musste er auf seinen Widersacher wirken: schwach, ohnmächtig, unwert, ihm Beachtung zu schenken.

Der Prior beobachtete ihn; er sah sich in den verdunkelten Augen widergespiegelt. Gewöhnliche Gesichter, mit wie viel Makeln sie auch behaftet sein mochten, waren zumindest aufrichtig, indem sie die Palette der Gefühle offen und deutlich darlegten. Das seine war wie eine Maske – weiß, vollkommen, gelassen. Einen heftigen Augenblick lang hasste er es.

Giacomo sprach wieder. Alf zwang sich, den Sinn der Worte zu erfassen. Er befand sich hier nicht in Caer Gwent, wo man die eigentümlichen Stimmungen der Elfensippe kannte und hinnahm. Doch der Mann sprach im römischen Dialekt, der die alte lateinische Sprache zu etwas Fremdem abrundete und verwischte, und Alf konnte seine umherwandernden Gedanken nicht dazu bringen, sich an seine Regeln zu erinnern.

Er konnte sich ja kaum noch des sauberen und ordentlichen Lateins der Seminare entsinnen.

Er musste aufgestanden sein. Er wusste nicht, ob er sprach: Sonne und Kloster waren fort; Kühle umgab ihn, die alte, alte Zuflucht der Kapellenmauern. Diese hier waren fremd und grellbunt mit ihren glitzernden Mosaiken, doch der Altar war immer noch der Altar, und der sterbende Christus hing auch hier an dem vertrauten Kreuz. Ein Mensch, der für Menschen starb; was kümmerten ihn die Qualen des einen, der vor ihm kniete? Qualen, die ihren Ursprung in Todsünden hatten: Zauberei, außerehelichem Verkehr, Abkehr von den Gelübden, die ihn für immer zum Priester gemacht hatten.

Ja, tödlich in jeder Hinsicht. Sein ganzes Sein schrie vor Schmerz auf, doch nicht das winzigste Stückchen davon kannte die geringste Reue. Er war kein Mensch, der sich menschlichen Lehrsätzen von Sünde und Erlösung hätte beugen müssen. Zur Zauberei war er geboren; es war seine Natur und so sehr Teil von ihm wie seine Augen oder seine Hände. Für den außerehelichen Geschlechtsverkehr würde er Buße tun, fände er jemals etwas Böses daran, hätte er ihm jemals etwas anderes als Freude geschenkt. Zur Aufgabe seiner Gelübde besaß er den Dispens des Papstes, der unterzeichnet und versiegelt in einer Truhe im Hause des Falken sicher aufbewahrt lag.

So leicht entledigte sich ein Kirchengelehrter seiner Sünden. Er sank auf seine Fersen zurück und barg das Gesicht in seinen Händen. Dunkelheit war kein Ausweg. Sie wurde tiefer, breiter, klaffte weit, ihn zu verschlingen. Es war nicht sein eigener Tod, sondern Aluns, den er gesehen hatte. Nicht die Vernichtung seines Körpers, sondern die Zerschlagung seines Geistes.

Er konnte Thea, seinen Sohn und seine Tochter nicht finden. Trotz allem, was seine Macht von ihnen wusste, hätten sie ebenso gut niemals existiert haben können. Er konnte nicht einmal ihre Nähe fühlen – nicht einmal die Nähe der Macht, die sie ihm entrissen hatte.

Seine Finger spannten sich, krümmten sich zu Klauen. Er konnte nicht sehen. Er konnte nicht *sehen*. Alles Prophetentum war aus ihm gewichen. Es herrschte nur höhlenhafte Finsternis. Er stieß in sie hinein, prallte ab, versuchte, sie niederzureißen; wütend, halb von Sinnen, wohl wissend, dass es zwecklos war, und ohne sich darum zu kümmern.

Er schlug nach Luft und Schatten. Der letzte wich ungreifbar und doch todbringend wie der fiebergeschwängerte Dunst von Rom. Sein Innerstes drehte sich, kippte, fiel.

Stimmen erklangen. Licht flackerte. Er schreckte zurück. Bedeutung sickerte durch seine Sperren. »Signore. Signor Alfred. Bitte, ist Euch schlecht? Signore!«

Eine zweite Stimme, tiefer und derber, fiel der anderen ins Wort. »Ich glaube, er hat einen Anfall. Geh, hol Bruder Rafaele. Ich werde mich um ihn kümmern.«

Alf wehrte sich, griff nach einem zurückweichenden Schatten und hielt ihn von sich. Der Schatten nahm Gestalt an. Bruder Oddone gaffte auf ihn herab und war plötzlich weit größer als er; er selbst lag auf dem Steinboden, dessen Kälte durch seine schwere Kutte kroch, und hielt den Saum der Kutte des Jungen in tödlicher Umklammerung. »Nein«, versuchte er zu sagen. »Ich bin nicht ...« Oddones Verständnislosigkeit ließ ihn innehalten. Wieder verschwamm ihm alles vor Augen. Er zwang sich, deutlich zu sehen. Er hatte eine Sprache gesprochen, die kein Römer verstehen würde, nämlich das Sächsisch seiner Kindheit.

Er getraute sich nicht, seinen Kopf mit Italienisch zu belasten. Er suchte nach lateinischen Worten und fand sie schließlich. »Bitte, Bruder. Bemüht Bruder Rafaele nicht.«

Die Hände, die ihn am Boden hielten, gehörten Prior Giacomo, doch als er versuchte, sich aufzusetzen, beeilten sie sich, ihm zu helfen. »Wir werden den guten Bruder wohl bemühen, Herr, und keinen Widerspruch. Was immer es war, das Euch niedergeworfen hat, es ist noch nicht vorüber.«

Alf machte sich unsanft los und kam wankend auf die Beine. Völlig grundlos glühte er vor Zorn. »Habt Ihr keine Ohren? Ich will nicht auf Eure Krankenstation geschleppt werden!«

»Dann schleppt Euch selbst«, fuhr Giacomo ihn an und beantwortete bösen Blick mit bösem Blick und Zorn mit Zorn. »Wenn Ihr nicht krank seid, wird Rafaele das feststellen. Wenn aber doch, wird er wissen, was dagegen zu tun ist.«

»Blutegel. Abführmittel. Unsinniges Zeug.«

»Wenn Ihr es so viel besser wisst, was krümmt Ihr Euch dann unter Zuckungen auf dem Kapellenboden?«

Alfs Körper fuhr mit einem schmerzlichen Ruck hoch. Wut durchströmte ihn. Ahnungsloser Schwätzer, sterblicher Dummkopf. Wie konnte er es wagen ...

Zuckungen?

Giacomo hatte ihn am Arm gepackt. Es war die reine Arglosigkeit des Mannes, so völlig furchtlos mit ihm umzugehen. Doch er folgte ihm gehorsam, alle Kraft, Macht und Kampfestüchtigkeit waren vergessen, dahin mit dem Rest seines wahren Ichs.

Er zwang seine Füße, stehen zu bleiben, seinen Körper zu widerspenstiger Steifheit, seine Stimme zu gelassenem Ton. »Es gibt nichts, was ein Arzt für mich tun könnte. Ich weiß es. Ich bin selbst einer gewesen.«

Der Prior blickte finster drein.

Zum zweiten Mal machte Alf sich los, diesmal vorsichtig und mit beherrschtem Zorn. »Eure Besorgnis spricht für Euch, Bruder Prior, doch für meine Krankheit gibt es kein irdisches

Heilmittel. Für den Augenblick ist es vorüber. Lasst es gut sein.«

Giacomo hätte bittere Worte ausstoßen mögen. Doch Oddone, den man beiseite gedrängt und gar nicht mehr beachtet hatte, mischte sich beflissen ein. »Ist dem so, Signore? Seid Ihr deshalb nach Rom gekommen? Um durch ein Wunder Heilung zu suchen?«

Alf wandte sich leicht erschreckt um. Wie stets löste Oddones schmales, ausdrucksloses Gesicht eine gewisse Wärme in ihm aus; er musste fast lächeln. »Ja. Ja, deshalb bin ich nach Rom gekommen.«

»Ich werde beten«, versprach Oddone. »Ich werde so inbrünstig beten, wie ich nur kann. Gott wird es erhören.«

Das Lächeln setzte sich durch. Alf umfasste leicht die schmale Schulter.

Finsternis heulte auf.

Alf taumelte. Giacomo geriet über diese Bestätigung in Wut. Alf wich seinen Händen aus. Einen Augenblick lang hatte er wieder mit seiner ganzen klarsichtigen, Furcht erregenden Macht, die ihm in ihrer Gewaltigkeit schwindelig hatte werden lassen, wirklich *gesehen*. Doch in dieser plötzlichen, großartigen Erlösung lag keine Freude. Selbst für einen sterblichen Menschen war Oddone zerbrechlich. Der Tod hockte ihm wie ein schwarzer Vogel auf der Schulter. Seine Helfershelfer zogen durch seinen Körper, machten sich in den Lungen breit, griffen das Herz und das unschuldige, brillante Gehirn an. Sie hatten sich schon lange in ihm eingenistet, vom schwachen Säugling über das kränkliche Kind bis zum zarten, furchtlosen Mann. In kurzer Zeit würden sie ihn überwältigen.

Alf schüttelte den Kopf, warf ihn von Seite zu Seite. Sein Gesicht war starr, Furcht erregend, doch Oddone kannte keine Furcht. Die braunen Augen waren groß und vertrauensvoll, und in ihnen stand die Sorge um ihn, die Befürchtung, er könnte Schmerzen leiden.

Der Tod würde von keinem sterblichen Wesen ablassen, nicht einmal auf Befehl der Elfenart. Doch seine Helfershelfer besaßen nicht solche Stärke. Alf rief die ganze herrliche Kraft seiner Macht. Und sie kam. Ein wenig hinkend, verwundet, aber sie kam.

Oddone blinzelte. Alf löste die Umklammerung von der Schulter des Mönchs. »Guten Tag, Bruder«, sagte er. »Betet für mich.« Er verneigte sich vor dem Prior, beugte das Knie vor dem Altar und ließ sie alle stehen.

»Wie eigentümlich«, murmelte Oddone. »Wie höchst eigentümlich.«

Giacomo sah aus, als würde er am liebsten ausspeien. »Eigentümlich? Der Mann ist völlig verrückt!«

Der andere hatte ihn nicht einmal gehört. »Ich empfinde Wärme. Insbesondere, wo er mich berührt hat. Er ist überraschend stark. Hast du das bemerkt?« Er schüttelte sich ein wenig. »Ich muss zurück an meine Zeichnung. Sein Blick, als er mich berührte – falls ich das schaffe –, ein oder zwei Linien, denke ich, ein Hauch Licht, Farbe ...«

Und schon war er auch verschwunden, murmelte vor sich hin und ließ Giacomo allein mit dem Altar, dem Kreuz und den strahlenden Engeln. »Ist eigentlich die ganze Welt verrückt«, fragte er sie, »oder bin ich es nur?«

Sie antworteten nicht. Er richtete sich auf, unterdrückte seine Verwirrung, machte auf dem Absatz kehrt und folgte den anderen. Wie weit sie ihn auch geistig zurückgelassen hatten, sein Körper konnte ihnen zumindest auf ihrem Weg folgen.

16

Das führt uns doch nicht weiter!«

Jehan stapfte in dem Zimmer, das sie gemeinsam im Gästehaus bewohnten, von einem Ende zum anderen. Es war ihnen alleine überlassen; es war recht geräumig, die Wände waren mit verblassten Landschaften bemalt, und in der Mitte stand eine Kohlenpfanne, um die winterliche Kälte zu vertreiben. Nikki saß mit übergeschlagenen Beinen auf dem Bett, das Jehan und Alf sich teilten, und flickte einen Riss in seinem Umhang. Alf saß auf einem Schemel an der Feuerstelle und blätterte in einem Buch, das er in der Bibliothek entdeckt hatte. Beide hatten hochgeschaut, als Jehan sprach, und ihn aus schwarzen und aus silbrigen Augen angesehen.

Jehan blieb knapp vor dem rissigen Bild eines Granatapfelbaums stehen und wirbelte herum. »Jetzt sind wir einen vollen Monat hier. Bald wird es Frühling. Und was haben wir vorzuweisen? Eine Abschrift von Silvestrias *Cosmographia*. Und zwei Paar blasige Füße.«

»Fünfzehn Seiten Evangelium in leicht veralteter Form.« Alfs Ironie war nicht deutlich wahrnehmbar. Er klappte sein Buch zu, ließ es in seinem Schoß liegen und betrachtete Jehan mit kühlem, festem Blick.

Der Bischof von Sarum fuhr sich mit den Fingern durch den Bart. Seit seiner plötzlichen, unheimlichen und heftig juckenden Entstehung hatte er sich von selbst gut weiterentwickelt, allerdings bezweifelte er doch, ob er eine so gute Tarnung darstellte. Dass er in den langen Tagen des Umherziehens so wenigen vertrauten Gesichtern begegnet war und niemand ihn beim Namen gerufen hatte, war vermutlich weit mehr Gottes Gnade als seinen eigenen Verkleidungskünsten zu verdanken. »Ich weiß, dass ihr alles tut, was ihr könnt«, sagte er zu den beiden, die ihn erwartungsvoll ansahen, »oder zumindest alles, was euch in den Sinn kommt. Aber es nützt nichts.«

Nikki nickte. Es stimmte. Sein Bewusstsein war so wund wie seine Füße, und er hatte keine Spur vom Feind entdeckt, geschweige denn von jenen, die sie suchten. Er war nicht einmal über etwas gestolpert, was an sie hätte erinnern können, eine Spur in einem menschlichen Gehirn, die bestätigte, dass die Gesuchten existierten. Rom war groß und weitflächig, voller Ruinen und Kirchen, mit vielen Menschen, die sich um die Brennpunkte am Fluss scharten, dem Palast des Papstes im Lateran und der leonischen Stadt jenseits St. Angelo. Aber da waren keine Anna, keine Thea und keine Kinder; keine tobende, starke Macht.

»Und in Rhiyana bleibt die Welt nicht um unseretwillen stehen«, gab Jehan zu bedenken. »Die Untersuchung des Kardinals mahlt so unausweichlich wie Gottes Mühlen, nur erheblich schneller. Der König ist in die Sumpfgebiete gezogen; der Einmarsch hat begonnen, und man hat Menschen gesehen, die das Kreuz tragen und dem Hexenkönig schreiend den Tod geloben.«

Nikki setzte die Litanei fort. *Der Häseriarch von Caer Gwent wurde von Priestern festgenommen. Griechen und Sarazenen haben festgestellt, dass dringende Geschäfte sie nach Hause rufen. Ein jüdisches Kind wurde ermordet vor einer der Kirchen der Stadt aufgefunden.* Seine Augen funkelten; er schleuderte seinen geflickten Umhang von sich. *Es muss doch noch etwas geben, was wir tun können!*

»Wir können zum Papst gehen«, erklärte Jehan. »Ich weiß, wie man zu ihm vordringt. Vor seiner Berufung waren wir befreundet. Er selbst hat mich zum Bischof geweiht. Er wird uns nicht auf eine Audienz warten lassen.«

Ich würde gerne beim Papst vorsprechen, versicherte Nikki.

»Wir hätten geradewegs hingehen sollen, als wir kamen. Das hier ist ein hervorragendes Kloster, und durch ein Wunder hält sich hier keiner auf, der mich kennt, aber wenn wir bleiben, werden wir nichts finden.«

Alfs Augen hatten das Gespräch verfolgt, jedoch nichts von ihrer Kühle eingebüßt. Seine Stimme war noch kühler, fast kalt. »Wir haben die Jagd ja kaum begonnen. Würdest du das Wild aufschrecken, noch ehe du den Bogen ausgepackt hast? Und genau das machst du, wenn du jetzt zum Papst gehst. Ob Freund oder nicht, er steht unter der Macht der Hunde; er wird gewiss von unserem Feind beobachtet. Wenn er von uns und unseren Schwierigkeiten erfährt, selbst wenn er zur Nachsicht geneigt ist, werden wir unsere Familie wirklich verlieren. Denn der Feind wird niemals von seiner Wachsamkeit ablassen.«

Wohin ich gehe, erinnerte Nikki, *kann niemand uns folgen. Was ist dabei, wenn er unablässig auf der Lauer liegt? Er wird niemals herausfinden, dass ich da bin, um gegen ihn auf der Hut zu sein.*

»Nikki kann Seine Heiligkeit abschirmen«, meinte Jehan, »genau wie er uns jetzt abschirmt. Der Widersacher bräuchte es niemals erfahren – und dem Papst wird wohl bekannt sein, wo die Bluthunde ihren Unterschlupf haben.«

Alf schüttelte sogleich den Kopf. »Nichts von alledem wird er wissen. Und wenn der Feind wachsam ist, nützt uns die Unsichtbarkeit nichts; eine Wand ist undurchdringlich, ob man den Eindringling sehen kann oder nicht. Er ist völlig sorglos und glaubt uns alle sicher hinter Rhiyanas Mauern verschlossen. Dann vielleicht schiebt er die Riegel am Hintereingang ein wenig zurück.«

»Bislang hat er nichts dergleichen getan.«

»Bislang hat er nicht die Zeit dazu gehabt.«

»Bei Gott! Es ist mittlerweile einen Monat her. Kriege wurden in entschieden kürzerer Zeit gewonnen und verloren!«

»Dieser Krieg steckt noch in den Kinderschuhen.«

Jehans Hände ballten sich zu Fäusten; er ragte hoch über Alf empor, der ihn nur ungerührt anschaute. »Vor dreißig Tagen – vor einer Woche noch sagte ich dir, du lässt den Mut nicht sinken, weil du dir vormachst, es würde dich nicht bekümmern. Aber diese Art von Mut hat Grenzen. Ich glaube, du hast sie überschritten.« Alf rührte sich nicht um Haaresbreite. »Oh, du sorgst dich immer noch, ob deine Familie noch am Leben ist oder nicht. Das wühlt dein Herz auf. Aber du kümmerst dich *nicht* mehr darum, sie aufzuspüren! Du hast aufgegeben. Du hast dich gefügt. Du hast dem Feind den Sieg überlassen.«

»Du hörst mir nicht zu«, bemerkte Alf mit eisiger Deutlichkeit. »Also zum dritten Mal: Wir haben erst angefangen ...«

»Haben wir nicht! Mit unserem ersten Einfall sind wir gescheitert. Wir haben keine Ausweichtaktiken. Und du strengst dein berühmtes Gehirn nicht einmal an, eine zu finden.«

»Wir brauchen keine. Wir müssen nur weiterjagen; unseren Geist offen und unsichtbar halten. Und warten.«

»Nikki jagt. Nikki hält uns unsichtbar. Du tust nichts anderes als warten.«

Alf stand auf. Er hatte niemals viel überflüssiges Gewicht gehabt, und jetzt war es so gut wie dahin. Und doch erschien er Nikki nicht zerbrechlich, sondern eher wie eine Stahlklinge. »Warten«, erklärte er, »ist auch als Weisheit bekannt!«

Ich nenne es Untätigkeit. Mir macht es nichts aus, wenn du dich hier vergräbst; du warst nie besonders begabt, in Trance herumzulaufen. Aber du kannst nicht die Hände in den Schoß legen und auf das Schicksal vertrauen. Die Zeit wartet nicht. Der Krieg wird seinen Ausbruch nicht so lange verzögern, bis du deinen Ansatzpunkt gefunden hast. Und, fügte Nikki grimmig hinzu, *Gott alleine weiß, was dieser Irre mit seinen Gefangenen anstellt, während wir im Dunkeln tappen.*

»Sie sind am Leben«, versicherte Alf mit ausdrucksloser Stimme.

»Das hoffst du.« Jehan gab sich alle Mühe, seine Wut zu zügeln und ruhig zu sprechen. »Alf, wir können nicht wie bisher weitermachen, indem wir immer der Nase nach gehen und hoffen, von etwas Nützlichem Witterung zu bekommen. Wir müssen einer anderen Spur folgen. Nicht der zum Papst, wenn du es rundheraus ablehnst, aber es muss noch einen anderen Weg geben, diese Beute zu schlagen. Kannst du uns denn nicht bei der Suche helfen?«

»Es besteht keine Notwendigkeit.«

»Alf ...«

Und die lautlose Stimme: *Alf, um des Himmels willen ...*

Er schnitt ihnen beiden das Wort ab. »Wenn ihr dieses scheinbar sinnlose Unterfangen leid seid, braucht ihr es nicht weiter zu verfolgen. Ich führe die Jagd alleine fort. Mein Herr Bischof, Ihr braucht nur ein Wort zu sagen, und ich kann Euch an jeden beliebigen Ort befördern, sogar geradewegs zu Eurer Sarumsee. Nikephoros, der König wäre dankbar für deine Hilfe in diesem Krieg; oder du könntest der Königin bei der Verteidigung des Waldes beistehen. Nichts verpflichtet euch, hier zu bleiben.«

Sie starrten ihn sprachlos an. Er redete wie ein Fremder, und er sah auch so aus.

Ja, dachte Nikki. *Seit Thea mit den Kindern, die sie ihm geboren hat, verschwunden ist, hat er sich verändert. Und San Girolamo hat diese Wandlung nur noch beschleunigt. War sein Körper zuvor dünn gewesen, so ist er jetzt hager; sein Bewusstsein hatte sich zurückgezogen und in sich selbst gekehrt. Die Augen waren fahl und vage; nicht feindselig, ja nicht einmal unfreundlich, doch ganz und gar nicht die Augen dessen, der sie beide wie Brüder geliebt hatte.* »Ihr könnt gehen«, wiederholte er, »ohne die geringsten Schuldgefühle. Ich komme hier schon zurecht.«

Sie schauten einander an. Jehans Blick war ein wenig wütend. Nikki vermutete, dass es sich mit seinem nicht anders verhielt. Er wusste, dass er am liebsten um sich geschlagen hätte, aber Alf war keine gute Zielscheibe. Selbst in seiner neuen Stimmungslage blieb er doch einer der Elfenart, dessen Kraft und Schnelligkeit eher der eines Tieres als eines Menschen entsprach.

Nikki beobachtete, wie Jehans Geist andere Möglichkeiten erwog. Dieser Denkvorgang war angenehm zu betrachten, schnell und klar, aufrecht und trotzdem feingeistig, und in der Lage, den geübten Körper des Kämpfers in der Gewalt zu behalten. Dieser Körper drängte ihn, Alf besinnungslos zu schlagen in der Hoffnung, ein so wuchtiger Hieb brächte ihn wieder zu Verstand. Doch das Denken war klüger und hielt ihn davon ab. Es erwog logische Argumente, Überredungskünste, flehentliche Bitten und Zorn.

Und schließlich beruhigte es sich. Öffnete die geballten Fäuste und seufzte tief. »Sei kein Narr«, meinte Jehan erschöpft und gereizt. »Ich habe mich selbst in diese Sache eingemischt und ich werde sie bis zum Ende durchstehen. Ob nun mit deiner Hilfe oder ohne.«

Alf verschwieg, was er über Jehans Tauglichkeit als Schattenjäger hätte sagen können. Das war für den Augenblick schon genug der Gnade. Er kehrte an seinen Platz zurück und schlug das Buch wieder auf. Jehan trat zurück, blieb kurz wortlos stehen und wandte sich dann ab.

Ohne ihn schien der Raum viel größer, doch zugleich auch beengender. Alf verlor sich, und wie man hätte meinen können, ganz absichtlich in den Mysterien der Welterschaffung. In seinem düsteren Pilgergewand wirkte er viel eher wie ein

Mönch als der Mann, den er eben in die Flucht geschlagen hatte.

Nikki konnte es ebenso wenig ertragen wie Jehan. Er flüchtete ebenfalls, nur erheblich schneller.

Die Sonne stand noch hoch am Himmel. Er blinzelte halb erschreckt in ihr helles Licht. Er hatte halbwegs erwartet, der Himmel müsste so düster sein wie seine Stimmung anstatt blau wie das Mittelmeer mit einem Wolkenfetzen hie und da. Die Luft war so warm wie der Frühling von Rhiyana; Gras spross grün um graue Mauern und war mit kleinen weißen Blüten gesprenkelt, als wäre frischer Schnee gefallen.

Einen Augenblick lang war sein Heimweh nach Rhiyana ebenso heftig wie sein Kummer. Aber das ging vorüber; er atmete vorsichtig ein und stellte zu seiner Überraschung fest, dass ihm die Sicht vor Augen verschwommen war. War er denn so müde?

Er schüttelte sich. Es lag nicht nur an der sinnlosen, langen Suche und nicht einmal an dem bitteren Streit. Er war einfach nicht dafür geschaffen, sich in Klostermauern einschließen zu lassen. Vater Jehan besaß eine Begabung: sich überall gerade dort in seinem Element zu fühlen, wo er sich befand. Alf war in einem Kloster aufgewachsen, und das wurde mit jedem Tag, den er in San Girolamo zubrachte, deutlicher. Aber Nikephoros Akestas war ein durch und durch weltliches Geschöpf. Glocken, Kerzen, Gesang und Weihrauch schmiedeten Glieder der Kette; sie zerrten an ihm und saugten ihm seine Kraft aus.

Er stellte fest, dass er sehr schnell ging, ja, fast rannte. Es war keine Furcht. Es war die Schnelligkeit des Falken, den man von seinen Lederriemen geschnitten hatte. Keiner verfolgte ihn. Keiner setzte ihn darauf an zu jagen, Knappendienste zu verrichten oder so zu tun, als ob er betete. Er war frei. Er lachte und tanzte, stolzierte wolken- und schattenhaft die leere Straße hinab und scheuchte eine Schar Spatzen auf. Doch dann rief er sie reumütig zurück und tat Abbitte mit den Krumen eines Stückchens Brot, das er noch in seiner Tasche fand.

Als die Via di San Girolamo in den breiteren, bunteren und weit betriebsameren Streifen des Corso übergegangen war, hatte Nikki seine ganze schlechte Laune vergessen. Er ließ seine Füße ihn tragen, wohin sie wollten, und seine Augen endlich einmal die Wunder dieser eigentümlichen, halb zerfallenen, halb erblühenden Stadt aufnehmen. Einiges war neu und reizlos, eine Anhäufung bewehrter Türme und ein dichtes Gedränge von Kirchen, Häusern und Palästen. Vieles war alt, weitgehend mit den Ziegeln und dem Marmor des alten Roms neu aufgebaut, einiges sogar auf alten Bauwerken, wo die Leute nun wie Vögel in den Höhlen von Riesen hausten.

Doch genau solche Leute, behauptete Alf, hatten einst eben diese Bauwerke errichtet. Kleine, dunkelhäutige Männer und Frauen mit scharfen Gesichtszügen, die nach Olivenöl und Knoblauch rochen, unablässig schwatzten und unvermittelt zu singen begannen und die vor ihren zusammengestoppelten Häusern lebten, liebten, stritten und sogar starben. Nikki fühlte sich, als er zwischen ihnen umherging, wie stets ein wenig fremd. In Rhiyana fiel er durch seinen zierlichen Wuchs, seine dunkle Haut und sein byzantinisches Gesicht mit den großen Augen sogleich als Ausländer auf. In Rom blieb er völlig unbemerkt. Nun, dachte er mit einem kleinen Schauer der Verwunderung, er war nicht einmal besonders klein. Vielmehr war er gemessen an den Vorübergehenden und denen, die er von San Girolamo kannte, von durchschnittlicher Größe. Es war eindeutig angenehm, einmal über die Köpfe erwachsener Männer hinwegsehen zu können.

Er erstand bei einem Verkäufer eine heiße, würzige Pastete und ließ sich auf einer Treppe nieder, um sie zu verzehren. Die

Treppe gehörte zu einem römischen Haus, einem verschachtelten Bauwerk mit einer Fassade alter Säulen, von denen sich nicht zwei glichen und unter und hinter denen sich eine wilde Mischung von Läden erstreckte. Bei dem nächsten handelte es sich um einen Lieferanten von Tinte, Pergament und wenigen Büchern; das daneben war eindeutig ein Weingeschäft.

Die Pastete war köstlich und mit Aal gefüllt, der mit Zwiebeln und kostbarem Pfeffer gut gewürzt war. Als er daran knabberte, bekam er Gesellschaft von einer hübschen, bunt gescheckten Katze, die um seine Knöchel strich und ihn mit katzenhafter Höflichkeit bat, sie an seinem Vergnügen teilhaben zu lassen. Zum Dank bot sie ihm ihren geschmeidigen Körper, ringelte sich in seinem Schoß zusammen und schnurrte laut hörbar.

Er stimmte ihr zu, dass das ein fairer Handel war, und teilte die Überreste der Pastete. Falls es seine neue Gefährtin überraschte, von einem sterblichen Menschen so deutlich angesprochen zu werden, war sie doch viel zu sehr Katze, sich etwas anmerken zu lassen. Sie nahm nur ihren Anteil entgegen und verzehrte ihn schnell. Danach putzte sie sich hingebungsvoll, während er sich die Finger sauber leckte.

Was ihn hochschauen ließ, wurde ihm niemals klar. Seine Sinne waren auf ihn selbst, seinen gefüllten Bauch und seine neue Freundin gerichtet; der einzige darüber hinausgehende Gedanke galt einem Becher Wein, um die Aalpastete hinunterzuspülen. Als er den Blick hob, verließ ihn auch jener letzte kleine Rest von Vernunft.

Er war an Schönheit gewöhnt. Ihrer vielleicht sogar überdrüssig. Er war mit Elfenvolk aufgewachsen; und auch die sterblichen Frauen von Rhiyana standen ihnen letztendlich nicht um vieles nach. Er hatte in Rom nichts gesehen, was auch nur mit einem der beiden zu vergleichen gewesen wäre.

Das Mädchen auf der Treppe unter ihm war nicht von ins

Auge springender Schönheit. Sie hatte selbst in dem Zopf und unter dem Schleier schönes Haar. Ihr Gesicht war hübsch mit feinen Zügen und Augen, so tief und träumerisch blau wie der Abendhimmel. Sie war sehr reizvoll, aber neben Thea oder der Königin oder der mandeläugigen Tao-Lin mit ihrer makellosen goldweißen Haut war sie nichts.

Und doch war er an Ort und Stelle wie vom Donner gerührt. Es war nicht das Ausmaß ihrer Schönheit, sondern die Art. Ihre Art zu stehen, das Kinn zur Seite zu neigen, ihn unter den kräftigen, dunklen Brauen hervor anzusehen, das alles überwältigte ihn mit seiner genauen und vollkommenen Übereinstimmung. Nicht zu keck, nicht zu zurückhaltend, offen und ehrlich und von scharfem Verstand.

Er erhob sich mit der Katze auf dem Arm. Es schien selbstverständlich und natürlich das Tier mit einem freundlichen Tätscheln abzusetzen, sich aufzurichten und das Mädchen von einigen seiner unhandlichen Bündel und Päckchen zu entlasten. Sie wehrte sich nicht dagegen, zog allerdings ein wenig die Stirn kraus. Er war für sie schließlich völlig fremd. Doch er lächelte und verbeugte sich schwungvoll mit allen Paketen; sie schmolz dahin. »Ihr seid sehr freundlich, Herr«, sagte sie.

Er schüttelte ein wenig den Kopf, lächelte aber immer noch, trat zurück und ließ sie vorbeigehen. Sie blieb stehen, die Katze zu begrüßen, die sich auf ihre Art freute, sie zu sehen; ihr Blick schweifte zu Nikki hinüber. Sieh an, er war ein Fremder und doch schon gut Freund mit Arlecchina; ein Mann konnte schlechtere Fürsprecher haben.

Sie schritt vor ihm her die Stufen hinauf. Ihr Rücken war aufrecht, der Haarzopf schaukelte dick und lang und liebreizend unter dem Rand des Schleiers just an der Stelle, an die er gerne seine Hand gelegt hätte.

Er blieb fast dankbar stehen, als sie nach einer Tür in Eisenangeln fasste. Sie war verriegelt, jedoch nicht verschlossen. Sie öffnete sich mühelos in einen kleinen, schlecht erleuchteten Gang, der nach Knoblauch, Alter und Katzen roch. Dort drehte sich das Mädchen um und wollte ihm freundlich danken und ihn verabschieden. Diesmal lächelte er nicht. Er wusste, was jeder von seinen Augen sagte; er setzte sie schamlos ein.

Sie versuchte, sich dagegen zu verwahren. Ihre Gedanken waren offenkundig. Ging sie auch alleine und ohne Begleitung, so war sie doch keine Hure und kein Dienstmädchen, um sich auf eine Tändelei mit einem Fremden einzulassen, einem Pilger von Gott wusste, woher. Zweifellos hatte er mit diesem Gesicht schon viele Bekanntschaften gemacht, sie bezaubert, erobert und verlassen – und sie war ganz alleine, da die Nachbarn bei der Arbeit, der Onkel ebenfalls und die alte Bianca stocktaub und vom Fieber geschüttelt ans Bett gefesselt waren, warum sie überhaupt alleine hatte zum Markt gehen müssen. Und warum sie, um ganz ehrlich zu sein, überhaupt gegangen war. Sie wollte ohne Begleitung sein und tun, was ihr gefiel, ohne dass jemand sie beobachtete und tadelte.

Der, den sie sich dabei eingehandelt hatte, umfasste ihre Einkaufspakete fester und hob die Brauen. *Demoiselle,* sprach er mit deutlichster innerer Stimme. *Ich weiß, was Ihr denkt. Ich versichere Euch bei jedem Heiligen, den ihr anführen wollt, dass ich keine bösen Absichten auf Eure Tugend habe. Wenn Ihr mich den Rest des Weges Eure Pakete tragen lasst, so verspreche ich, werde ich Euch nicht einmal mit einem begehrlichen Blick belästigen.*

Seine Augen hielten ihrem Blick stand; sie sah nicht, dass seine Lippen sich gar nicht bewegten. Für ihre Ohren war seine Stimme eine ganz gewöhnliche Jungmännerstimme in römischem Dialekt. Sie lächelte über die Worte, ohne sich dessen recht bewusst zu werden, ebenso wenig, wie ihr klar war, dass ihre Augen zu leuchten begonnen hatten. Sie gab sich alle Mühe, ihre Stimme streng klingen zu lassen. »Herr, Ihr seid freundlich, aber ich komme schon zurecht. Es ist nicht mehr weit, und die Dienerin erwartet mich.«

Nikki lächelte. *Mein Name ist Nikephoros. Wie Ihr seht, bin ich Pilger. Ich wohne bei den Mönchen in San Girolamo drunten im Velabro. Ich habe noch nie zuvor eine Jungfrau verführt, geschweige denn, eine vergewaltigt; ich glaube kaum, dass ich heute damit den Anfang machen werde. Ich weiß, mein Aussehen spricht gegen mich, doch könnt Ihr in Eurem Innern nicht feststellen, dass Ihr mir trauen könnt? Nur ein kleines bisschen?«*

Das Funkeln ihrer Augen war nun deutlich zu sehen und sogar zu hören. »Ihr redet genau, wie das ein junger Mann angeblich tut, ehe er seine Verführungskünste einsetzt. Was Euer Aussehen angeht ...« Ihre Wangen erröteten; sie biss sich auf die Lippe und sprach ein wenig zu schnell weiter: »Mein Name ist Stefania. Eurer ist recht ungewöhnlich. Seid Ihr Grieche?«

Er nickte.

»Warum«, fragte sie mit plötzlicher Schärfe, »führt Euch Eure Pilgerfahrt von allen möglichen Orten ausgerechnet nach Rom?«

Kann nicht auch ein ketzerischer Byzantiner einmal die Stadt des Heiligen Petrus sehen wollen? Wie bedauernswert, fügte er trocken hinzu, *die Verirrungen ihres Bischofs auch sein mögen.*

So schnell ließ sie von ihrem Angriff nicht ab. »Euer Akzent ist nicht griechisch.«

Ich bin in Rhiyana aufgewachsen. Mein Lehrer war und ist Anglianer.

»Das alles«, meinte sie, »ist verworren genug, um der Wahrheit zu entsprechen. Sagt etwas auf Normannisch zu mir.«

Nikki schluckte. Er hätte nicht entscheiden können, ob vor

Lachen oder vor Entsetzen. Er konnte Normannisch, diesen aus dem Nordfranzösischen entwickelten Dialekt; er konnte ihn lesen und schreiben. Er konnte auch ein wenig Sächsisch. Er wusste nicht, ob er eins von beidem mit Akzent sprach, denn er hatte niemals zuvor ein Wort in irgendeiner menschlichen Sprache gesprochen.

Sie blickte wieder finster drein. Er schluckte und versuchte sein Bestes. *Schöne, unbarmherzige Dame, stellt Ihr so jeden auf die Probe, der an Eure Tür tritt?*

»Nur Fremde, die mich hindurchbegleiten wollen.« Sie wurde sichtlich, jedoch ohne Reue, milder. »Habt Mitleid mit mir, Herr. Da steht Ihr, ein junger Mann, was schon genug der Gefahr darstellt. Ein geborener Grieche, die Schismatiker und für ihre Schlauheit bekannt sind – was ich wohl wissen muss, bin ich doch selbst zur Hälfte Griechin. Und dann von einem vom Volk der Eroberer im Land von Zauberern aufgezogen. Kann es Euch da verwundern, wenn ich Euch auf die Probe stelle?«

So gesehen nicht, gab er diesmal wieder in Italienisch zu. Er sank auf ein Knie hinab, ohne sich um seine Pakete und Bündel zu scheren. *Schöne Dame, darf ich bitte eintreten? Ich schwöre feierlich: Ich werde keine Ketzereien predigen, keine Kunstgriffe anwenden und keine – unerwünschten – Eroberungen machen.*

»Und keine Zaubersprüche?«

Keine Zaubersprüche, versicherte er.

Sie nickte gnädig wie eine Königin. »Nun gut. Ihr mögt eintreten.«

So wenig anziehend der Gang erschien, die Wohnung selbst war sehr hübsch. Sie bestand aus zwei Etagen über dem Schreiberladen, der von Stefanias Onkel geführt wurde. »Er verkauft kein Pergament«, erklärte sie. »Er verkauft die Beschriftung. Er ist ein öffentlicher Schreiber, ein Notar; wenn es möglich ist, arbeitet er im Hause, meistens aber muss er anderweitig Briefe schreiben und als Zeuge bei irgendwelchen Vorgängen tätig sein.«

Sie führte ihrem Gast nicht das obere Stockwerk vor, wo die Schlafzimmer und Lagerräume lagen. Nicht nur wegen der Gefahr, die daraus erwachsen könnte, einem Mann zu zeigen, wo sie schlief, als vielmehr wegen Bianca, die glücklicherweise nicht ahnte, was eine Etage tiefer vor sich ging. Es handelte sich um einen großen Raum mit Fenstern zu einem Innenhof, dessen Läden weit offen standen, um die Wärme einzulassen. Dahinter lag die Küche, wo Nikki auf Stefanias Geheiß das meiste seiner Bürde abgestellt hatte. Hier standen ein Tisch und ein, zwei Stühle, eine Bank, eine Truhe, ein Geschirrschrank und ein hohes Schreibpult mit schräg gestellter Platte, wie er es im Skriptorium von San Girolamo gesehen hatte. Ein Schemel war an das Pult herangezogen, ein Buch lag aufgeschlagen darauf mit einem Stapel Pergamentbögen daneben, gefaltet, geordnet und schreibbereit. Nikki reckte den Hals, um besser zu sehen. Das Buch, das kopiert werden sollte, schien in Griechisch geschrieben zu sein. Er trat näher hinzu. Tatsächlich Griechisch, in Versen abgesetzt und wohlklingend abgefasst, was die ein bis zwei Zeilen, die er lesen konnte, versprachen.

»Pindar«, erklärte Stefania. »Ein heidnischer Poet, ein großer Dichter, wie mein Onkel sagt, und äußerst schwierig.«

Schreibt er das Buch für einen Kunden ab?

»Nein«, antwortete sie fast bissig. *»Ich.«*

Nikki verströmte sein herzlichstes Lächeln. Sie schaute trotzig und überrascht drein. Er hätte verstört, wenn nicht gar entsetzt sein müssen, einer Frau zu begegnen, die schreiben konnte. Mehr noch: einer Frau, die Griechisch schreiben konnte.

Ich kann es auch, und das macht mich auch zu einem seltsamen Vogel.

»Ihr seid ein Mann. Ihr könnt machen, was Ihr wollt. Eine gelehrte Frau dagegen«, stellte Stefania mit mehr als einem Hauch Bitterkeit fest, »kommt für die Mehrheit der gelehrten Männerschaft einer Beleidigung gleich.«

Natürlich tut sie das. Denn gewöhnlich ist sie weit besser auf ihrem Gebiet. Nikki hockte sich auf das Fenstersims zwischen Arlecchina und eine wohlduftende Schale mit Kräutern, die grün im Sonnenschein wucherten; er verschränkte die Arme und betrachtete Stefania mit deutlichem Wohlgefallen. *Ich bin gegen solche Angriffe abgehärtet. Meine Schwester ist nicht nur eine Gelehrte, sie ist Philosophin.*

»Nein«, rief Stefania.

Doch, gab er zurück. *Sie wäre auch gern Theologin, doch in diesem Teil der Welt besteht keine große Nachfrage nach der griechischen Version. Außerdem, fügt sie gerne hinzu, ist immer noch Platz für einen Naturphilosophen mehr; und die Welt wäre nur allzu voll von keifenden Theologen.*

Stefania lachte. »Endlich eine Frau nach meinem Herzen!«

Sie hatte ihren Schleier abgelegt und ihren Umhang aufgehängt. Ihr Kleid war von fast strenger Schlichtheit, doch vom gleichen tiefen Blau wie ihre Augen; ihr Körper darin war schlank, aber wohl proportioniert. Sie war erheblich kleiner als er. Wenn sie einander gegenüberstanden, reichte ihr Kopf just an sein Kinn. Selbst die kleine Anna war ein Stück größer.

Und wie aufrecht hielt sie sich doch in diesem schlichten, behaglichen Raum, mit den Füßen fest auf dem gewebten Teppich, und in dem blauen Kleid, das sich strahlend von der weiß getünchten Mauer abhob ... Es bestand nicht der geringste Zweifel daran, dass sie völlig nach seinem Geschmack war.

In der Stille unter seinem festen Blick geriet ihre Sicherheit ins Wanken. Sie bewegte sich ein wenig zu schnell und sprach zu hastig. »Hättet Ihr gerne einen Becher Wein? Er ist sehr gut. Einer von Onkels Kunden treibt Handel damit; wir bekommen jedes Jahr ein Fass als Entlohnung. Es ist Falerner, wie in den Gedichten.«

Er war kräftig, tiefrot und köstlich wohlschmeckend. Sie hatte ihn in einem Glaspokal serviert, der gewiss der beste war, denn sie selbst hatte einen aus einfachem Holz. Sie tat nur so, als ob sie davon tränke. Nach ein oder zwei Schlucken wiegte Nikki den Becher in den Händen und sagte: *Ich halte Euch von der Arbeit ab.*

Sie versuchte nicht, es zu leugnen. »Ich muss noch eine Seite abschreiben, und der ganze Haushalt wartet, da Bianca krank ist ...«

Ich kann fegen, versuchte er sein Glück. *Ich könnte schrubben lernen.*

Sie schreckte zusammen und lachte verwundert. »Ihr stellt ein Naturwunder dar. Und großzügig seid Ihr außerdem, wenngleich umsonst. Ich habe heute früh gefegt und gescheuert; um unser Essen muss ich mich kümmern, mein ganzes Zeug forträumen, und wenn ich nicht bald nach Bianca sehe, wird sie wissen, dass man mir auf der Straße aufgelauert hat.«

Er nickte langsam. *Darf ich wiederkommen? Morgen vielleicht? Ihr solltet nicht allein zum Markt gehen; und Ihr wisst, wie geschickt ich alles tragen kann.*

Der Funke leuchtete wieder in ihren Augen auf. »Ihr seid hartnäckig, Messer Nikephoros.«

Macht es Euch etwas aus?

Sie dachte darüber nach. »Nein«, entschied sie, »ich glaube nicht.«

Er verabschiedete sich in voller höfischer Manier, als wäre sie die Königin von Rhiyana, doch seine Augen zwinkerten. Sie nahm seine Artigkeit mit dem gleichen gespielten Ernst an. »Ei, Herr! Habe ich meine Grenzen überschritten? Solltet Ihr gar ein verkleideter Prinz sein?«

Leider nicht. Nur ein ganz kleiner Edelmann und ein ganz unerfahrener Knappe.

Sie war keineswegs unangenehm berührt, ihn doch zumindest so nahe mit dem Königshaus verbunden zu wissen. »Bis morgen«, sagte sie leichthin und spröde, und es war gleichzeitig ein Versprechen und eine Verabschiedung.

Er antwortete darauf mit einem schnellen Lächeln, einem strahlenden Lächeln, das für ihre mühsam errungene Haltung tödlich war.

17

Sie folterten Thea. An sich selbst dachte Anna nie; sie bekam zu essen, hatte es einigermaßen warm, und man beachtete sie gar nicht. Thea war diejenige, die litt, da sie in eine fremde Gestalt gepresst war, um ihre Willenskraft und ihren Verstand rang und ihre Geisteswehr hoch zwischen dem Feind und ihren Kindern aufbaute.

Das war schon schlimm genug. Doch als die Stunden sich träge dahinzogen, begann Simon seine Gefangenen heimzusuchen. Je häufiger Anna sein Gesicht sah, umso geringer erschien ihr die Ähnlichkeit zu Alf. Es war grober; derber; mal war es glatt rasiert, mal mit Bartstoppeln bedeckt. Jedes Mal, wenn sie wach wurde, schien er anwesend zu sein, anfänglich indem er nur durchs Gitter spähte, doch nach einer Weile, indem er die Zelle betrat. Er war stets allein und stets mit der grauweißen Kutte bekleidet. Er stand immer regungslos und begaffte mit ausdruckslosen Augen Thea oder die Kinder.

Manchmal ließ er ihren Geist in Frieden. Oftmals schaute er, hob die Hand, und sie stand oder saß oder lag geistig wie körperlich still und konnte ihn nur noch mit ihrem Blick verfluchen. Nach einem Augenblick oder einer Stunde kehrte er ihr schließlich den Rücken und ließ sie allein. Dann konnte sie sich wieder bewegen, von Geist zu Geist sprechen und am Spiel der Kinder teilhaben. Sie wirkte unerschrocken, doch Anna hatte Angst um sie. In ihren Augen brannte fieberhafte Wut; ihre Rippen traten deutlich unter der gespannten Haut hervor. Wenn sie schwieg, wusste Anna, dass sie gegen die Macht kämpfte, die sie gefangen hielt. Wenn sie sprach, war es nur ein neues Gefecht des Krieges, bei dem jedes Wort wohl erwogen war, um ihren Gegner bis ins Mark zu treffen. Wenn sie schlief, was selten vorkam, dann wie eine Tote.

Während eines solchen Schlafes, da Anna neben ihr saß und über sie wachte, veränderte sich plötzlich die Luft im Raum. Simon stand vor ihnen beiden. Einen Augenblick lang empfand Anna nackten Hass. »Satanas!«, fauchte sie. »Weiche von uns!«

Er rührte sich nicht. Für ihn existierte sie gar nicht. Nur Thea war real, Thea und die Kinder, die ihn von dem geschützten Platz an ihrer Seite anstarrten. Langsam sank er auf ein Knie hinab. Anna spannte ihre Muskeln, um ihn anzuspringen. Doch sie konnte sich nicht bewegen. Sie konnte kaum atmen, da die mächtige, unsichtbare Hand sie umklammert hielt.

Zögernd strich er mit einem Finger über Theas Flanke. Ihre Gestalt zerfloss; sie schmolz und verwandelte sich. Dann lag sie als bewusstlose Frau mit zwei kleinen Tieren im Arm. Seine Augen waren nicht mehr leer, sondern aus Feuerstein und Stahl. »Böse«, murmelte er. »Tochter des Bösen, Lilith, schön und dem Untergang geweiht.« Der gleiche Finger fuhr über ihre Wange, streichelte sie fast. Sie rührte sich im Schlaf und wand sich der Berührung entgegen wie der Liebkosung ihres Liebsten.

Er ballte die Faust auf dem Oberschenkel. »Schön, o Gott im Himmel, du bist schön und in deiner Schönheit verflucht. Träumst von den Gräueln, den Geschöpfen, die du geboren hast, die in übler Finsternis empfangen und durch schwarze Magie von dem einen ans Licht gezerrt wurden, vom Sohn der Hölle, dem weißen Dämon. Mönch war er, Priester Gottes, Spötter, Gotteslästerer ...« Die Maske war gefallen, seine Augen hatten Feuer gefangen. Das Gesicht war von Hass verzerrt. »Ein *Priester* wagte er zu werden, sich vor den Altar des Herrn selbst zu stellen und die heiligen Worte zu sprechen. O Entsetzen, namenloses Entsetzen ...« Er warf seinen Kopf herum, riss mit krallenartigen Fingern daran, zerkratzte ihn, dass sich lange Schwielen auftaten. Doch wie eine sich öffnete, schloss sie sich auch schon wieder auf wunderliche, Furcht erregende Weise.

Plötzlich war es still. Die Hände sanken gefaltet herab. Sein Gesicht wurde ruhig. In diesem Augenblick begriff Anna, dass er wirklich und unheilbar verrückt war. »Ich bin kein Priester«, bekannte er. »Ich bin Gottes Diener. Gottes Sklave. In seiner Gnade duldet er mich. Ich versuche ihn nicht, indem ich Hand an den Leib seines Sohnes lege.«

»Nein. Nur indem du Unschuldige ermordest.« Thea war nun wach und bei vollem Bewusstsein, und in ihren Augen glühte ein Feuer, das dem seinen um nichts nachstand.

»Ich führe Gottes Willen aus«, erklärte er.

»Das hat König Herodes zweifellos ebenfalls von sich behauptet.«

Sein Gesicht spannte sich. Theas Körper waberte, doch schmolz noch nicht. Sie war weiß vor Anstrengung.

Er schüttelte den Kopf, als wollte er ihn klären. Mit einem gellenden Aufschrei zerfiel Thea, floss dahin, wehrte sich, wurde von der Frau zur Hündin zur weißen Wölfin und zur goldenen Löwin. Aus dem verblassenden Gold erhob sich ein großer Gerfalke, spreizte weiße Möwenschwingen und erblühte zu so strahlender Schönheit, wie die Welt sie außerhalb eines Traumes noch nie erlebt hatte. Doch die Schönheit raste, der Schnabel hatte einen bronzefarbenen Rand und hackte nach dem Feind.

Simon klatschte in die Hände. Thea fiel plump herab, als wollte sie zu seinen Füßen kriechen, und war bis auf den Schleier ihres Haars völlig nackt.

Er betrachtete sie voll kalter Verachtung. »Warum leistest du mir so hartnäckigen Widerstand? Ich bin unbezwingbar. Keine Macht dieser Welt übersteigt die meine.«

Sie stützte sich auf steife Arme hoch. »Du gibst es also zu. Du bist der Herr der Welt. Selbst die schlichten sterblichen

Menschen sind aufgerufen, dir zu widerstehen. Sollte ich mich mit Geringerem zufrieden geben?«

»Deine Zunge«, erwiderte er, »würde einer Schlange alle Ehre machen. So sei denn eine; passe dein Aussehen deinem Wesen an.«

Thea lachte ihm ins Gesicht, ein wenig laut vielleicht, dass es in das Bellen einer Hündin überging. Als solche duckte sie sich schließlich angriffsbereit vor ihn. Doch er musterte sie nur ausdruckslos. Endlich sagte er: »So wollte Bruder Paul dich haben. Vergiss nicht, dass du dich aus freien Stücken dazu entschieden hast.«

Er blieb eine segensreiche Weile fort. Doch er kehrte zurück, als gehorchte er einem inneren Zwang, stand da und gaffte und ballte und löste die Fäuste an seinen Seiten. Anna erzählte den Kindern eine Geschichte; keiner von ihnen gestand ihm die Befriedigung zu, dass von seiner Anwesenheit Notiz genommen würde, nur hin und wieder strauchelte Annas Stimme. Sie war gerade mitten in dem Epos des heidnischen Wanderers Odysseus, das sie in dessen eigenem jahrhundertealten Griechisch erzählte, was seine fanatische Seele zweifellos noch mehr erzürnte.

Die schönen alten Worte flossen unablässig dahin. Anna hatte einen trockenen Mund bekommen. Simon stand wie der Schatten des Todes daneben.

Mitten im Wort schnürte sich ihr die Kehle zu und wollte sich trotz aller Anstrengung nicht mehr öffnen. Wut schwoll an, die entschieden zu groß war, um irgendwelche Furcht zuzulassen. Wie konnte er es wagen, ihr seine Macht aufzuzwingen, als wäre sie nicht mehr als ein lästiges Insekt? Er schaute sie dabei nicht einmal an. Sie bezweifelte, dass er auch nur einen Gedanken an sie verschwendete, außer dass er sie als Ärgernis wie das Gekrächze einer Krähe wahrnahm.

Sie konnte aufstehen. Sie konnte, wie sie feststellte, die Hand heben und eine Faust machen. Die Wahnwitzigkeit des Ganzen wurde ihr blitzartig bewusst, etwa als geriete eine kleine braune Maus in Raserei und griffe den Teufel selbst an. Sie schlug so fest, wie sie konnte, und so hoch, wie sie konnte, zu. Nicht sehr fest und nicht sehr hoch, doch es zeitigte seine Wirkung. Er blickte verwundert hinab. Der Zeitpunkt, da sie von Furcht hätte befallen werden können, war längst vorüber. Während er sie gar nicht beachtet hatte, war sie vor dem Zugriff seiner Macht sicher. Diesen Vorteil opferte sie nun. Jetzt sah er sie; sie konnte beobachten, wie er sie in dem ganzen Zorn ihrer Ohnmacht und allem endlich in Rechnung zog. Sie machte sich auf den herabstoßenden Blitz gefasst.

Er zog verwundert und ein wenig schmerzlich die Stirn kraus. »Ei, Kind«, ließ er sich mit so sanfter Stimme vernehmen, dass sie auf der Stelle erstarrte, »was bekümmert dich? Hat dir jemand etwas zu Leide getan?«

Sie blinzelte. Das Kinn fiel ihr herab. Sie zwang sich, den Mund wieder zu schließen. Sie durfte nicht vergessen, dass er wahnsinnig war. Und doch wirkte er so vernünftig, so freundlich und so wohlwollend, wie er sich auf ein Knie niederließ, um in ihr Gesicht zu sehen. »Wie heißt du?«, fragte er sie.

Er hatte Alun getötet und versucht, Liahan und Cynan zu knechten. Er quälte Thea. Anna brachte ihm dauerhaften und leidenschaftlichen Hass entgegen.

Versuchte es zumindest. Auch das war Zauberei. Der Zauber einer Sanftmut, die Alfs würdig gewesen wäre. Sie straffte ihren Rücken. »Du weißt, wie ich heiße, du Teufel. Greif dir den Namen aus meinem Denken.«

Schmerz verzerrte die Linien seines Gesichts. »Du hasst mich. Du auch. Alle hassen sie mich, alle. Warum? Ich habe niemals jemandem etwas zu Leide getan. Doch sie verletzen mich so sehr. Sie zerren an mir. *Warum?* Gott ist voller Liebe.

Gott gebietet, dass wir nicht nur ihn, sondern auch einander lieben. Warum also hasst du mich?«

Er hatte ihre Hand ergriffen. Sie bekam eine Gänsehaut bei der Berührung, doch sie besaß nicht die Kraft, sich loszumachen. Sie war gerade noch stark genug, ihm zu antworten. »Weil du Leid zufügst. Weil du zerstörst. Weil du tötest.«

Er warf verneinend den Kopf herum. »Nicht ich bin das«, rief er. »Ich nicht! Es ist das Andere, das in mir, hinter meinen Augen lebt. Dieses um sich greifende Feuer. Es besitzt eigenen Willen und Kraft – lieber Herrgott, Kraft, ganze Welten zu zerreißen. Aber es hat keine Seele, keinen Geist, der es lenken könnte. Der meine reicht nicht aus, hat niemals ausgereicht. Ich versuche es ... kämpfe dagegen an. Manchmal weicht es zurück, manchmal tobt es ohne mich und verfährt ganz nach seinem eigenen Willen. Als schöpfende Kraft. Häufiger als zerstörende. Sie ist es, die tötet. Mir bleibt nur, darunter zu leiden.«

Er sprach, als wäre es die Wahrheit. Vielleicht war sie das auch für ihn in diesem Augenblick. »Du bist nur einer«, sprach Anna nun kalt und ruhig. »Du kannst Macht und Bewusstsein nicht trennen. Offenbar hast du es nie gelernt, eins von beidem zu beherrschen, und das ist mehr als tragisch. Es ist eine tödliche Gefahr.«

Die großen Augen glichen denen eines Kindes, weit aufgerissen und vor Tränen leuchtend. »Ich weiß. Gütiger Gott, ich weiß es. Mein ganzes Leben lang habe ich gekämpft und kämpfe noch; doch immer, wenn ich glaube, die Macht in der Gewalt zu haben, schwillt sie an, wächst und entschlüpft mir. Sie ist wie ein Ungeheuer in mir gleich dem scheußlichen Ding, jenem Unglück, das die Ärzte den Krebs nennen, der alles verschlingt, was er zu fassen bekommt. O Kind mit den schönen Augen, wenn du nur die geringste Klugheit besitzt, so sag mir, was ich tun kann, es zu bezwingen!«

Anna war ebenso über alle Verwunderung wie über alle Furcht hinaus. Sie betrachtete ihn. Wenn er kniete, war er nicht ganz so groß wie sie, und sein Gesicht war von Qualen gezeichnet. Sein Griff war wie eine Zwinge und kurz davor, schmerzhaft zu sein; sein ganzer Körper war ein einziges Flehen. Er ähnelte Alf so sehr, nicht dem strahlenden, freudigen Herrn von Broceliande, nicht einmal dem geliebten Gast von Byzanz, sondern dem Alf, den Anna nur aus Erzählungen kannte, dem Mönch aus Anglia mit all seinen Zweifeln und Qualen.

Noch einmal straffte sie ihren Rücken. Das war nicht Alf, es sei denn ein Alf, dem ein entscheidender Punkt fehlte. Eine gewisse Stärke, eine Art Spannkraft. Der stählerne Kern. Der hier bestand nur aus Stein, Feuerstein, der springen und brechen konnte, mit einem Innersten aus gefährlichem, unbezwingbarem Feuer. »Ich kann nicht deine Macht für dich meistern«, entgegnete sie. »Das vermagst nur du selbst.«

»Ich bin nicht stark genug.«

»Sie blickte ihn finster an. »Natürlich bist du das nicht, solange du dir das selbst immer wieder einredest. Oder darüber winselst, sollte ich wohl besser sagen. Du bist kein Mensch, dass du dir Trägheit oder Feigheit zugestehen könntest. Leg sie ab, und du hast, worum du mich bittest.«

»Nein«, widersprach er. »Vielleicht früher einmal ... bevor ... Nein. Sie ist zu groß geworden. Ich habe mit diesem Wachstum nicht Schritt gehalten. Die Macht ist mein Herr, und ich bin ihr Sklave.«

»Weil du es zulässt.«

Seine Augen verdüsterten sich, als sei ein Schleier über sie gefallen. Er gab ihre Hand frei. »Vielleicht. Vielleicht ist Gott der Herr. Er spricht zu mir gleich Donnergrollen und das Flüstern des Windes im Gras. Er befiehlt mir: ›Fahr fort, sei stark, erobere in meinem Namen. Lass nicht zu, dass ein Mensch mir

Widerstand leistet.‹« Er erhob sich in der Umnachtung seines Wahns. »Kein Mann, keine Frau, kein Geschöpf der Finsternis. Ich bin in der Schmiede geformt worden. Ich bin Gottes Hammer.«

»Du bist verrückt.«

»Ja«, stimmte er bereitwillig zu. »Es ist Gott, verstehst du? Er ist zu mächtig, als dass das Fleisch ihm standhalten könnte. Die alten Heiden wussten es. Sie sagten es schon, und ich habe es als wahr erkannt. Wen die Götter zu sich nehmen wollen, den treiben sie zuerst in den Wahnsinn.« Seine Hand ruhte kurz und leicht auf ihrer Schulter. »Ich würde es bedauern, wenn ich könnte. Ich füge nicht gern Schmerz zu, auch nicht im Namen Gottes.«

Anna schüttelte den Kopf. Sie konnte – wollte – nicht gegen den Wahnsinn argumentieren.

Er lächelte das erste Lächeln, das sie jemals auf seinem Gesicht erblickt hatte. Es war traurig und sehr süß. Sie kehrte ihm den Rücken zu. Ehe sie sich nach einer guten Weile wieder rührte, war er fort.

Zu ihrer Überraschung und sehr zu ihrem Unbehagen stellte sie fest, dass sie weinte. Aus Zorn. Aus Erschöpfung. Aus einfachem Mitleid.

18

Anna. Anna Chrysolora.«

Sie schlug die Augen auf und blinzelte in das unveränderliche Licht. Fast hätte sie laut gestöhnt. Simon saß neben ihr und sprach ihren Namen, mit leisem und fast irrwitzigem Wohlgefallen.

Sie fauchte ihn an, weil die Benommenheit vom Schlaf und das Mitgefühl, das er ihr aufdrängte, sie böse machten. »Weißt du nichts Besseres mit dir anzufangen?«

»Nein«, antwortete er unbeeindruckt.

»Keine Messen? Keine Offizien zu singen? Keine anderen Gefangenen zu quälen?«

»Die erste Prim ist just vorüber. Du weißt, dass hier keine anderen Gefangenen sind. Nur du und die Welpen und die andere, die da hinten in der Ecke hockt und darauf lauert, in meiner Macht eine Schwachstelle zu finden. Es wird ihr nicht gelingen.«

»Du bist hochmütig.«

»Ich spreche die reine Wahrheit.«

Anna setzte sich auf und rieb sich die letzten Sandkörner vom Schlaf aus den Augen. Sie fühlte sich schmutzig; alles tat ihr weh. Sie hatte endlich ihre Menstruation bekommen, was an diesem Ort, im Angesicht dieses Ungeheuers ein rechter Gottesfluch war.

Er hatte die Arme um die Knie geschlungen. Es war eine wenig Furcht einflößende Haltung, die tatsächlich bubenhaft wirkte mit dem klaren, jungen Gesicht darüber. »Bruder Paul kommt«, verkündete er. »Er wird ungeduldig. Wir machen keine Fortschritte, solange die Hexe dort mir widersteht.«

»Ich hätte gedacht, ihr haltet uns als Geiseln. Damit würdet ihr möglicherweise wenigstens etwas erreichen.«

»Wir haben angefragt. Wie es scheint, war der Preis wohl zu hoch.«

Anna schluckte. Plötzlich war ihre Kehle staubtrocken.

Er vernahm die lautlose Frage. »Wir verlangen nicht einen einfachen Schutz in Münzen und Edelsteinen. Wir wollen alle Hexen der Gerechtigkeit der Kirche zuführen und Rhiyana unter Gottes Herrschaft stellen.«

»Und zweifellos in der päpstlichen Kurie die Vormacht über die Emporkömmlinge von Predigern.«

»Du bist ein kluges Kind«, anerkannte er. »Unser Orden ist älter als der von Dominikus und hat seinen Auftrag eindeutig von Gott empfangen; allzu oft und völlig zu Unrecht wurde er geschmäht. Siehst du, nun liegt es in unserer Macht, ein ganzes Königreich dem Heiligen Stuhl zu Füßen zu legen und ein ganzes Volk zu vernichten, das von des Teufels Händen geschaffen wurde.«

»Das ist Ketzerei«, erklärte Anna.

Seine Augen funkelten. »Es ist die Wahrheit. Sie sind böse. Sie üben die Macht der Finsternis aus; sie knechten die Menschen nach ihrem Gutdünken.«

»Du bist einer von ihnen.«

Er sprang auf die Beine. »Ich bin ein Diener Gottes. Er schuf mich, die Welt von dieser unmenschlichen Brut zu befreien.«

»Hexe dir einen Spiegel herbei. Betrachte dein Gesicht. Erinnere dich an Theas Gesicht. Denk an die Macht, die sie hat, und an die deine. Vielleicht graduell verschieden, aber eindeutig von derselben Art.«

»Das bin ich nicht. Ich gehöre Gott. Er stellte mich zwischen Menschen, die kaum mehr als Tiere sind. Er versuchte mich und stählte mich und kräftigte mich im Feuer ihres Hasses. *Zauberer* nannten sie mich. Ungeheuer. Katzenauge, Magier, Teufelsbrut. Auf der Straße warfen sie mir Steine nach; dann kamen sie in der Dunkelheit zu mir geschlichen und flehten mich an, meine Macht für sie einzusetzen. Um zu heilen oder zu schaden. Um einen gebrochenen Topf zu flicken oder das Schicksal eines Kindes vorherzusagen oder einen Feind mit einem Fluch zu belegen. Gott kam über mich. Ich tat, wie er mich geheißen, und häufig, worum sie mich baten. Bis der Priester, angetrieben vom Widersacher, gegen mich zu Felde ziehen wollte. Er war ein mürrischer alter Mann, ein Trunkenbold und Bastardzeuger. Er schleppte seine Glocke, sein Buch und seine Kerze und seine ganze, schwarze Sündenlast mit sich. Er kannte keine Gnade mit einem Kind, dessen Mutter gestorben war und dessen Vater niemand kannte. Er wollte mir meine Macht entreißen. Er wollte mich verbrennen.« Simon schauderte angesichts der Erinnerung, doch sein Blick war starr, furchtlos und schrecklich. »Ich verbrannte ihn. Er nannte mich Hexer und Teufel; Gott brannte in mir und durch mich, ich wurde erhöht und der falsche Priester verzehrt.«

Seine Augen bewegten sich, verschwammen. Ein kleiner Seufzer entfleuchte ihm. »Ich hatte nicht gewusst, wessen ich fähig war. Nicht alles. Nicht das. Ich glaube, vorher war ich wahnsinnig – sicher hatte ich immer aus zwei Persönlichkeiten bestanden, dem kleinen Kind, das gerne ein Mensch sein wollte, und dem Ich, das ganz aus dem Feuer der Macht bestand. Im Sterben ließ der Priester die Macht die Oberhand gewinnen. Danach hatte das Kind nicht mehr die geringste Hoffnung, sich durchsetzen zu können.

Die Macht vertrieb mich vom Ort meiner Geburt, einer kleinen unbedeutenden Stadt in den Bergen der Toskana. Sie trieb mich dazu, als sorgloser Wirrkopf durch die Welt zu wandern und Gott zu preisen. Damals mied ich die Kirche, denn ich kannte nichts anderes von ihr als diesen schlechten Priester. Ich lebte von den Früchten der Macht, außer wenn mir hie und da ungebetene Gastfreundschaft zufiel oder das

Feuer in mir die Notwendigkeit irdischer Kraft sah. Ich heilte einen Leprösen in der Blumenstadt. Ich tanzte auf dem Licht über den Bergen der Lombardei. Ich wurde stärker und stärker, und als ich schließlich in sterbliche Augen blickte, wurde mir verwundert klar, dass ich hell und strahlend geworden war.

Da war eine Frau. Ein Mädchen; sie war kaum älter als ich. Sie arbeitete auf dem Feld, als ich vorüberkam. Irgendwie hatte ich meine Kleider verloren; ich hatte mir neue aus Sonnenlicht geschaffen. Sie sah und bewunderte mich, ich blieb stehen. Sie war schön, ganz dunkel und zierlich und hübsch im Vergleich zu meinem mageren, blassen Körper. Im Begegnen unserer Blicke lag großer Zauber.

Es war eine große Sünde. Wir wussten es nicht. Doch trotzdem wurden wir nicht verschont. In der Nacht, da wir uns mit Freuden der Verdammnis hingaben, schlug Gott zu. Er bediente sich meiner Macht, wie er sich des Blitzes bedient; er traf sie, noch während ich an ihrer Seite lag. Zwar erwachte ich unter schrecklichen Schmerzen, doch sie rührte sich nicht wieder.

Ich tobte. Ich schrie Himmel und Hölle zusammen. Ich warf mich den Sternen entgegen; ich hämmerte auf die Erde, bis sie unter mir bebte. Und da lag ich, während über mir die Sonne mit dem Mond im Gefolge ihre Kreise zog; die Sterne starrten mich mit ihrem millionenfachen Blick, ungerührt von meiner ganzen Raserei, an. Da erfasste mich ein böser Traum.

In ihm war ich ein Wanderer. Wohin ich zog, wie lang ich auch umherreiste, werde ich nie erfahren. Ich weiß, dass es ein langer, weiter Weg war. Als ich erwachte, war ich mir selbst fremd, groß, mit tiefer Stimme, hartem Körper und Bartstoppeln gleich Flaum auf meinem Gesicht. Der Platz, an dem ich lag, hatte einen Geruch, der mir nicht bekannt war, voller Stein und Süße und dem Klang vieler Stimmen.

Dort sprach Gott zu mir. Ich wusste, dass er es war,

obgleich er mit der Zunge und den Lippen eines Menschen redete. ›Erwache, mein Sohn‹, befahl er mir. ›Erwache und sei stark. Ich habe eine Aufgabe für dich.‹

Ich konnte nicht sprechen, sondern ihn nur anstarren.

Gott lächelte mir durch sein Werkzeug zu. ›Ein Wunder Gottes hat dich hier zu den Schülern des heiligen Paulus geführt, Kind der Macht, das du bist. Steh auf und sage Dank; hier endlich hast du dein Schicksal gefunden. Keine Macht der Hölle wird dich hier überwinden.‹

Noch immer schwieg ich. Alle Worte waren mir entfallen. Ich wusste, ohne wirklich zu begreifen, dass ich in die Arme der Kirche gefallen war, der ich so lange entflohen war, sie hatte die Arme ausgestreckt, mich zu umfangen. Ich war zu benommen, um mich zu fürchten. Aber ich konnte mich bewegen, erhob mich von meinem Lager und verneigte mich tief.

Gott erhöhte mich. Erhöhte mich, hob mich empor, enthüllte mir meinen Lebenssinn. Ihm zu dienen und meine Macht in seinem Namen einzusetzen.«

»Nicht Gott«, widersprach Anna grob. »Irgendein verderbter Mönch, der eine Waffe erkannte, deren er sich bedienen konnte. Hast du ihn auch getötet?«

Er schüttelte den Kopf – weder traurig noch erzürnt. »Er ist verderbt, ja, und er benutzt mich, doch Gott hat ihn erwählt. Seine Befehle stammen aus dem Willen des Einen, der ihn beherrscht. Und«, fügte er ganz ruhig hinzu, »er sah seine eigene Schläue stets mit zu viel Selbstgefälligkeit, um sich vor mir zu fürchten.«

»Ich fürchte mich auch nicht.«

»Ich weiß.« Er lächelte sein seltenes, unerträglich süßes Lächeln. »Sie ähnelte dir sehr, das Mädchen vom Feld. Nur war sie nicht so widerborstig und nicht so klug. Aber sie war auch jünger und wusste nicht, was ich war, außer dass ich einzigartig war in ihrer Welt. Sie hielt mich für ein Wunder. Sie sollte niemals die Gelegenheit bekommen, mich zu hassen.«

»Ich hasse dich ... nicht unbedingt.« Es stimmte, wie Anna nun bewusst wurde. Ihr gefiel der Gedanke nicht, aber sie vermochte nichts daran zu ändern. »Ich kann niemanden hassen, den ich kenne. Nur abstrakte Begriffe wie Krieg, Ungerechtigkeit, Verdorbenheit. Die Gewalt, die ein Kind tötete, nur um seiner Existenz willen.«

Simons Gesichtsausdruck wechselte mit der vertrauten Schnelligkeit. Sein Lächeln war längst erloschen. Seine Hände rissen an Haut, die nicht verletzbar war, an Stoff, der zumindest zerfetzt blieb. So schwer er war – dickes, starkes Wollgewebe –, so brach er wie altersmürbe Seide. Darunter klaffte grobes Dunkel. Natürlich musste dieser wahnsinnige Diener eines wahnsinnigen Gottes ein härenes Kleid tragen. »Hass!«, schrie er. »Ich ... hasse ... Ich bin ein Gräuel. Mit einer Berührung, einem Gedanken töte ich. Der Priester war nicht der erste, bei weitem nicht der erste. Meine Mutter hat mich nie gewollt, nie lieben wollen, schlug mich, wenn ich weinte, bis ich lernte, nicht mehr zu weinen, fütterte und versorgte mich nur, weil die Pflicht es ihr aufzwang. Sie schlug mich. Ich war stets dort, wo sie mich sehen konnte, und sie gab mir den Stock zu spüren, nur weil ich existierte. Dann wogte es in mir empor, dieses Ding, dieses Andere, entfesselte sich und schlug schließlich zu. Es tötete. Ich wollte nur, dass der Stock beiseite bliebe. Aber es wollte mehr haben. Ich hasse es. Ich hasse ...«

Anna presste sich die Hände an die Ohren.

Er kniete vor ihr. War wieder ruhig, wieder sanft. Ihre Hände vermochten seine leise Stimme nicht auszusperren. »Verstehst du: Ich habe keine Gewalt über das Andere. Ich kann nur nach meinen Befehlen handeln.«

»Nach den deinen oder jenen deiner Bluthunde von Herren?«

»Nach denen Gottes.« Er hockte sich auf die Fersen zurück, seine Hände ruhten leicht auf seinen Schenkeln.

Anna ließ die eigenen Hände herabsinken. Sie war sehr erschöpft. Gelangweilt sogar, trotz seines ganzen theatralischen Gehabes. Es war nur immer und immer wieder dasselbe. Gott und Wahnsinn und ein tiefer, schwärender Selbsthass. Ihr Mitleid verlor seine Kraft; bald würde sie gereizt sein. Glaubte er denn, er hätte als Einziger jemals ein Leid erfahren? Manche vom Elfenvolk hatten weit Schlimmeres erduldet und waren aufrecht daraus hervorgegangen. Selbst sie hatte solche Qual erlebt; sie war darunter nicht zerbrochen. Welches Recht hatte er, um seines geringen Schmerzes Welten zu vernichten?

Er wandte sich unbekümmert und scheinbar achtlos gegenüber ihrem Zorn ab. Nach sehr langer Zeit hörte Anna das Scharren von Riegeln. Ihr Blick streifte ihn, blieb hängen und verharrte. Sein Gesicht war starr, ernst und strahlte doch aus seinem Innern ein solches Gemisch von Hass und Spott, Furcht und Selbstaufgabe und etwas Ähnlichem wie Verehrung aus, wie Anna es sich nicht hätte träumen lassen. Innerhalb eines Augenblicks war es hinter der marmornen Maske verschwunden; Bruder Paul füllte den Türrahmen aus.

Anna hatte ihn nur einmal gesehen und damals nur vage im Widerschein seines Begleiters. Es war ihr nicht aufgefallen, dass er so massig war. Er war ungefähr so groß wie Alf und fast so breit wie Vater Jehan. Doch er besaß nicht die muskulöse Festigkeit des Bischofs; sein Fleisch wurde schwabbelig. Seine Augen wirkten so träge wie je in dem vollen, geröteten Gesicht, als er die Szene in sich aufnahm; Thea lag zusammengeringelt mit ihren Jungen in einer fernen Ecke, Anna saß aufrecht auf der Pritsche und Simon unbekümmert daneben. »Bruder?«, fragte er schließlich.

Simon straffte sich. »Die Frau gibt nicht nach.« Seine Stimme klang wieder ausdruckslos.

Bruder Paul trat ein oder zwei Schritte vor, verschränkte die Arme und blickte auf Thea hinab. Sie würdigte seine Anwesenheit nicht einmal mit einem Knurren. »Dein König und sein rasender Bruder haben gekämpft. Nicht gut gekämpft, nach allem, was ich gehört habe. Vielleicht stört es sie, dass man ihren Zauberkünsten etwas entgegensetzt, dass sie wie schlichte Sterbliche leben und kämpfen müssen. Einer ist sogar verwundet worden, welcher, weiß ich nicht genau. Sie sehen sich so sehr ähnlich, sagen die Leute; hin und wieder vertauschen sie die Wappen. Der Mann, der fiel, kämpfte unter dem Zeichen des gekrönten Seeadlers.«

Annas Atem keuchte in ihrer Kehle. Thea schien unbeeindruckt und starrte ungerührt zu dem Mönch hinauf.

Er schüttelte den Kopf in gespielter Traurigkeit. »Es wäre eine schlimme Sache, wenn euer König stürbe. Noch ist er nicht tot, sagt Bruder Simon; er kann seine Zauberkräfte nicht einsetzen, sich selbst zu heilen. Er schwebt zwischen Leben und Tod. Nehmen wir nun einmal an, du wärst gewillt, dich zu fügen«, lockte er. »Bruder Simon ist ein wahrer Wunderheiler; man könnte ihn überreden, ein weiteres Wunder herbeizubeten.«

Thea gähnte und sagte kühl: *Du lügst. Selbst wenn Simon der Zauberer Rhiyanas Abwehr durchbrechen kann – und ich gestehe, dir zu, dass er stark genug dafür ist –, so vermag selbst er nicht Gwydion und Aidan gleichzeitig zu überwältigen: Sie sind Zwillinge; zusammen sind sie weit stärker als die bloße Summe ihrer Macht.*

»Zusammen mag das wohl sein. Sie hatten keine Zeit, es zu beweisen. Schmerz ist ein starker Zerstörer aller geistigen Abwehrkraft.«

Wenn es so lächerlich einfach ist, uns zu überwinden,

fragte Thea immer noch ungerührt, *wozu bedarf es dann meiner Unterwerfung? Warum nicht uns dann alle gleichzeitig niedermachen?*

»Es ist nicht leicht«, antwortete Simon angespannt. »Euer dunkler König stand mir offen, da er am Rande seines Reiches kämpfte und von einem plötzlichen Pfeil getroffen wurde. Gott lenkte diesen Pfeil und mich. Auf einer Suche zwischen Schmerzen gleich Feuer und Flut entdeckte ich jenen Teil von ihm, der zu heilen vermag; ich verschloss ihn unter meinem Siegel. Nur ich kann ihn wieder lösen.«

Du bist unsäglich, sagte Thea ohne jede Betonung, was auf seine Art schlimmer war als ein Wutanfall.

»Ich tue, was ich tun muss. Keiner in der Umgebung deines Königs besitzt irgendwelche Heilkräfte, und kein solcher vermag sich ihm zu nähern, solange ich das nicht *will.* Er altert nicht, aber er kann sehr wohl sterben. Möchtest du ihn retten? Dann ergib dich nun.«

Thea war völlig unerschütterlich. *Welchen Sinn sollte das haben? Wenn es nach euch geht, stirbt er ohnehin. So geht es wenigstens ein bisschen schneller.*

»Das Herz einer Hexe«, stellte Bruder Paul fest, »ist aus Eis und Stahl. Warst niemals Ehefrau, eine klägliche Mutter und erweist dich jetzt noch als jämmerliche Vasallin.«

Was, wenn ich mich ergebe?, fauchte sie plötzlich erhitzt. *Was dann? Ich will nicht leugnen, dass ich meinem König recht am Herzen liege, doch er wird nicht sein ganzes Volk auf mein Geheiß hin opfern. Ich bezweifle sogar, dass er das für seine Königin tun würde. Und ihr habt seinen Sohn ermordet.*

Simon sprach leise, mehr zu sich selbst als an sie gewandt. »Unsere Leute haben eine Anzahl Ketzer in eurer Hauptstadt angeklagt und abgeurteilt. Einige davon haben sich nicht mehr zuschulden kommen lassen, als zu glauben, ihr König und seine Sippschaft seien eher Kinder des Himmels als der

Hölle. Das ist das Böse, doch es ist fast beneidenswert, wie getreu eure Rhiyaner sind. Morgen sollen sie verbrannt werden. Die Königin hat nicht die Macht, das zu verhindern.«

Und der Legat des Papstes anscheinend ebenso wenig. Ihr könnt mir nicht weismachen, er würde solchen Irrsinn gutheißen.

»Seine Befugnis betrifft nur deine Leute. Was ich berichtet habe, geschah auf Anweisung unseres Ordens mit der Vollmacht Seiner Heiligkeit. Wir scheiden eure Spreu vom Weizen, Hexe; wir jagen unsere sterbliche Beute. Bald werden sie nach eurem Blut schreien, anstatt um euretwillen noch mehr zu erdulden. Dann wird der Legat gezwungen sein, seine Pflicht zu tun. Er hat bereits genug erlebt, euch dreifach zu verdammen – und es war dein eigener Liebhaber, der euch verraten hat.« Simons Augen glitzerten vor Verachtung. »O ja; er betrieb vor den Augen des Kardinals Zauberei und gab alle Geheimnisse deines Volkes preis; er plapperte wie ein Kind oder ein übler Verräter. Doch ich würde gnädig sein. Ich würde es als Torheit und Gewissheit der Macht seiner eigenen Schönheit bezeichnen, selbst gegenüber einem Mann, der mächtig stolz auf seine Keuschheit ist. Solche Männer sind letztendlich leicht vom Weg abzubringen. Er wusste es. Er war auch so einer.

Doch der Kardinal hat gegen ihn ausgesagt. Ich habe dafür gesorgt. In einer Woche oder innerhalb von vierzehn Tagen wird das Interdikt verhängt werden, und die Menschen werden sich erheben.«

Mit deiner Hilfe, nehme ich an. Obgleich sie sich alle Mühe gab, klang ihre innere Stimme rau. *Dein Weg steht fest. Du kannst mich nicht zu der Annahme verleiten, ich könnte dich davon abbringen, selbst nicht, wenn ich dir zu Füßen kröche. Ich trauere um meinen König und mein Volk; ich trauere um mein Land. Ich werde mich dir aber nicht unterwerfen, und das wird auch keiner der anderen, wie sehr du sie auch quälen magst.*

»Sie werden vor mir niederfallen. Gott hat es so gesagt.«

Sie lachte kalt und klar. *Wenn du auf deinem Thron über dem verwüsteten Land sitzt, das du geschaffen hast, schau dich um, denk nach und gib der Stimme, die aus dir spricht, einen Namen. Gott. Oder Satan.*

»Du bist schlecht.«

Nimm dich in Acht, Bruder Zauberer. Vielleicht werde nicht ich es sein, die unter der Last der Wahrheit zusammenbricht, sondern du.

Simon schaute sie lange an, seine Augen waren fast schwarz, sein Gesicht leichenblass. »Du«, sagte er schließlich, »würdest selbst einen Engel in den Mord treiben. Und doch ist alles nur Großsprecherei. Ich durchschaue dich nun. Ich erkenne, wie du tief in deinem Innern zitterst, um deinen König und dein Volk weinst und dich nach deinem weißäugigen Liebsten sehnst. Es verdrießt dich nicht einmal, hilflos zu sein, nicht tief in deinem Herzen. Da warst du stets wie alle anderen Frauen, sanft und zerbrechlich, und unbedingt auf die Kraft eines Mannes angewiesen, um deine Widerspenstigkeit zu zügeln.«

Sie lachte wieder, diesmal frei heraus mit aufrichtiger Belustigung. *Bruder, du hast eine gewisse Begabung, doch du wirst niemals einen Folterknecht abgeben. Ich habe die eine oder andere Schwäche, das weiß ich wohl, und die schlimmste davon ist meine Liebe, die du so sehr und aus so wenig ersichtlichem Grund hasst. Doch was den Rest betrifft ..., Simon Zauberer, ich bin eine Frau, und bin stolz darauf, und ich habe oft genug den Körper eines Mannes getragen, um zu wissen, ich bevorzuge den, in welchem ich geboren wurde. Er ist unverhältnismäßig stärker.*

»Du betest darum, befreit zu werden. Du träumst von den kräftigen Händen eines Mannes.«

Ja, selbst an einem solchen Ort Dinge zu tun ... Ei, Bürschchen, du errötest. Habe ich dich schockiert, armes, scheues Geschöpf? Wünschst du, jemand würde dich all meiner Verruchtheit entheben?

Simon beugte sich selbst mit seinen glühenden Wangen tief zu ihr hinab. »Worte, nichts als Worte. Deine ganze Stärke liegt in deiner Zunge. Ich höre dich in den Nächten. Ich höre dich weinen und den Namen des Liebhabers schreien.«

Ich höre dich, schoss sie zurück, *wie du nach deiner Mutter winselst. Aber sie ist tot. Du hast sie umgebracht. Ich habe wenigstens einen lebendigen Mann, nach dem ich mich verzehren kann.*

Seine Faust packte sie. Fleisch hieb Ekel erregend auf fellbespanntes Fleisch; etwas krachte, als ob Knochen brächen. Sie fiel schlaff zurück.

Anna sprang durch weißen Nebel des Entsetzens. Thea lag totenstill. Kein Atem rührte ihren Körper; kein Puls schlug trotz Annas hektischer Suche.

Innerlich war sie außergewöhnlich gelassen. Sie konnte nur an Alf denken – wie die Trauer ihn um den Verstand bringen würde. Bis er zumindest ebenso wahnsinnig wäre wie Simon. Und dann käme eine Rache, wie die Welt sie noch nie erlebt hatte. *Lass es bald geschehen,* dachte sie und beobachtete ihre Hände. Die törichten Dinger; sie versuchten, Theas Fell glatt zu streichen und ihre Gliedmaßen bequemer zu betten, als ob das noch eine Rolle spielen könnte.

Simons Schatten verdunkelte die Welt. Er starrte auf seine Hand. Sie sah seltsam aus, geschwollen, ein wenig verdreht. »Eis«, murmelte er. »Stahl.«

Thea rührte sich, warf sich herum. Sie flüsterte leise wie unter Schmerzen. Zwinkernd schlug sie die Augen auf. Annas Schrei blieb ihr in der Kehle stecken. Die Stimme in ihrem Geist war eher ein drängendes Flüstern und hatte doch die

Gewalt eines Zurufs. *Jetzt tu etwas, solange er sich in seinem Schmerz ergeht!*

Simon wankte. Paul wirkte benommen, ziellos. Die Tür hinter ihm stand offen. War das schon von Anfang an so gewesen, ohne dass sie es bemerkt hätten?

Geh!, trieb Thea sie an.

Sie fuhr mit einem Ruck hoch. Sie konnte nicht ... Thea durfte nicht ...

Eine Kraft schob sie wie eine Hand seitlich um die Mönche herum und auf den Weg zu, den Thea ihr eröffnet hatte. Plötzlich sprang sie wie ein verschrecktes Kaninchen darauf zu.

Der Gang war lang und kahl, eine Steinwand mit geschlossenen Türen, kalt wie der Tod. Sie dachte an nichts anderes als an Flucht, doch irgendwo tief in ihrem Innern tobte ein Feuer der Auflehnung. Wohin konnte sie gehen, was konnte sie tun, was würden sie mit Thea anstellen?

Mauern aus Luft schlossen sich um sie. Sie prallte mit voller Wucht gegen die vorderste, taumelte und fiel; sie war viel zu erschreckt, um zu verzweifeln. Simon sprach über ihr kühl und gelassen. »Ein beherzter Versuch. Aber nicht klug.« Sie hörte ihn zurücktreten. »Steh auf.«

Sie wollte nicht. Zum Teil lag es schlichtweg an ihrem Zusammenbruch; ein größerer Teil war Trotz.

Er hob sie mühelos und trotz ihrer Gegenwehr. Ein Blick in sein Gesicht brachte sie völlig zum Stillhalten. Es war wie so oft ausdruckslos, doch etwas darin ließ ihr das Blut in den Adern gerinnen.

Er steckte sie in die Zelle. Die Tür war geschlossen. Thea kauerte zitternd und mit umwölktem Blick. Ein leises, scharfes Jaulen entfleuchte ihr.

Simons Hände um Annas Arme waren so grausam wie eiserne Fesseln. »Mit mir treibt man keinen Spott«, drohte er. Er warf sie nieder; sie keuchte, als ihre Knie und dann ihre

Hände auf Stein schlugen. Doch diese Strafe erschien ihr nur als leichter Klaps, als nun ihr ganzes Wesen in sengendem Schmerz zerbarst. Und der wollte auch nicht so gnädig wie körperliche Qualen nachlassen. Er dauerte fort und fort und dehnte sich in die Ewigkeit.

Und das alles um einer so geringen Sache willen.

19

Durch den Regen und den hereinbrechenden Abend wirkte Rom düster und nicht ganz wirklich. Nikki nahm seinen Weg durch eine Wüstenei von Ruinen vorbei an den dunklen Büschen von Zypressen; seine Füße fassten voller Unbehagen auf der voll gesogenen Erde Tritt. Der Dunst, der um ihn her aufstieg, trug einen leichten Verwesungsgeruch, eine Warnung von den Fiebern, die darin lauerten.

Wenn diese Suche jemals endete, würde sein Geist sie zweifellos nach einem festen Gewohnheitsmuster fortsetzen. Manchmal sah er sich als Spürhund durchs Dickicht schleichen; manchmal war er als Katze einer Beute auf der Fährte, die er schon fast sehen konnte. Heute Abend war er ein Falke auf den Winden seiner Gedankenwelt, ließ sich in trägen Spiralen von ihnen tragen und dorthin bringen, wo es ihnen gefiel. Und doch war er sich auch und stets seines Körpers bewusst, des kalten Kusses, den der Nebel ihm ins Gesicht hauchte, der Feuchtigkeit, die durch seinen Umhang kroch, und der zunehmenden Nässe seiner Füße. Sie würden froh sein, am Kohlekessel in Stefanias Haus auszuruhen; sie würde darauf bestehen, dass er eine Weile blieb, und die alte Bianca, die inzwischen genesen und seinen schwarzen Augen völlig erlegen war, würde ihm zu essen und zu trinken aufdrängen und Onkel Gregorios ihn zum Bleiben auffordern aus lauter Freude, als ausgewanderter Grieche auf einen Landsmann gestoßen zu sein.

Wie selbstverständlich sie ihn aufgenommen hatten, wenngleich, um sicherzugehen, nicht ganz ohne Misstrauen. Selbst auf seiner Suche lächelte er bei der Erinnerung an die erste Begegnung mit Bianca – als er an jenem zweiten Tag mit Stefania vom Markt zurückgekehrt war und die Dienerin nicht nur auf den Beinen, sondern als altehrwürdige, knorrige Frau vorzufinden, die so winzig war wie der alte Tithonus, der in der Unsäglichkeit seines unsterblichen Alters zu einem Grashüpfer schrumpfte. Doch sie besaß die Stimme und die Willenskraft einer Riesin, und so nutzlos ihre Ohren waren, umso durchdringender scharf waren ihre Augen. Sie konnte einen hübschen jungen Mann ganz gut sehen und ihn laut brüllend als Wüstling und Mädchenschänder bezeichnen, um dann zu schnurren, wenn er sein bestes und strahlendstes Lächeln aufsetzte. Obgleich sie nichts traute, was zugleich jung und männlichen Geschlechts war, und dem auch niemals trauen würde, hatte man sie zugeben hören, dass dieses besondere Exemplar weniger gefährlich schien als die meisten. Insbesondere unter ihrer aufmerksamen Beobachtung.

Er stolperte. Seine Macht plusterte sich federnspreizend auf und rang um die Beherrschung, um dann in die Höhe zu streben. Eine Bö ergriff sie, trug sie empor und als sie sich zu gemütlichem Gleitflug bereitmachen wollte, schleuderte sie sie wie rasend dem Himmel entgegen.

Über ihm breiteten sich riesige Flügel aus. Ein monströses Geschöpf erfüllte den Himmel, ein Adler, ein Roch, ein Drache. Seine Krallen waren gekrümmte Blitze, sein Schrei zerschlagene Sterne.

Das Wesen konnte ihn nicht sehen. Das war seine einzige große Begabung, die nur ihm eigen war, nämlich unbemerkt jeder Macht zu entgehen. Nach dem Gedankenlesen war es seine erste Kunstfertigkeit gewesen; er hatte es niemals erlernen müssen und war auch nicht in der Lage gewesen, es jemanden zu lehren. Wenn er sich dieser Kunst bediente, war er selbst vor dieser unermesslichen Macht, die da drohend über ihm schwebte und deren Flügel sich von Pol zu Pol breiteten, sicher.

Und doch machte er sich so klein, wie es nur ging, klein wie ein Merlin, wie ein Spatz, wie ein Kolibri. Sein Körper bebte vor Entsetzen; in seinem Kopf drehte sich alles. Wenn er nur dicht dranbleiben, ihm folgen könnte.

Ein Auge, dem Mond gleich, richtete sich auf ihn. Wurde größer und heftete den Blick fest, *sah*. Unmöglich, unmöglich. Er war unsichtbar, keiner konnte ihn sehen, solange er es nicht wollte.

Der grausame Schnabel tat sich auf. Schrilles Gelächter ertönte, hoch, kalt und grauenvoll. Die Klauen schlugen zu.

Mitten hindurch floh Nikki, versengt durch die Glut ihrer Nähe und von Schmerzen gequält. Doch er war frei und floh in sein Versteck, hinter die hohen Mauern seines Denkens.

Es herrschte Totenstille. Die Welt war wie ein Bild hinter Glas, klar und wirklich und doch fern, so dass selbst der Regen und die Kälte ihn nur vage berührten. Er schwebte hindurch, ohne sich groß zu sorgen, wohin; er konnte keinen klaren Gedanken fassen. Als er es versuchte, stieß er nur auf die Erinnerung an fremdartiges Gelächter.

Stefania war fest entschlossen, sich nicht zu ärgern. Sie war eine Frau von gesundem Menschenverstand und von Klugheit; sie hatte die Absicht, Philosophin zu werden, was immer die Welt und die Kirche sagen mochten. Und eine wahre Philosophin durfte sich nichts daraus machen, ob oder wann ein hübscher Bursche es vorzog, sie mit seiner Anwesenheit zu beglücken. Selbst wenn er versprochen hatte, vor Einbruch der Dunkelheit zu kommen, und das Stundenglas sich schon einmal geleert hatte, seit das letzte graue Licht geschwunden war. Auch nicht, wenn er bislang niemals zuvor versäumt hatte, just zu der Zeit zu erscheinen, die er angekündigt hatte. Was wusste sie letzten Endes von ihm? Vielleicht hatte er ein anderes, hübscheres Mädchen gefunden, das er besuchen wollte.

Bianca hatte ihn verflucht, üble Beschuldigungen ausgestoßen und sich Sorgen gemacht. Jetzt endlich war sie in die Küche verschwunden, um dort mit lautem Geklapper zu hantieren. Onkel Gregorios war zu irgendeinem dringenden Geschäft außer Haus gerufen worden. Stefania hatte lediglich sich selbst, eine halbe Seite Pindar und einen Fleck auf dem Pergament, den sie nur hilflos anstarren konnte.

Er war nur ein Junge. Vielleicht ein Freund. Amüsant, hübsch anzusehen und ganz nützlich zum Päckchentragen, Pergamentbeschriften und Theologiedebattieren. Er lauschte herrlich aufmerksam und zeigte nie die geringsten Anzeichen von Entsetzen, obgleich sie selbst manchmal entsetzt war, wie viel sie ihm anvertraute. Sogar ihren Traum, so frevelhaft und wahnwitzig und vermutlich auch ketzerisch er war, einen Traum, ein eigenes Haus zu haben, das nur ihr allein gehörte und in dem kein Mann den Herrn spielte und in dem sie mit Frauen ihresgleichen zusammenlebte, Frauen, die eine gewisse Bildung besaßen und mehr anstrebten. Wie Nonnen vielleicht, doch weder eingesperrt noch durch Gelübde gebunden, nicht Bräute Christi, sondern der Philosophie, wo jede bereit war, den anderen zu vermitteln, was sie wusste.

Nikephoros hatte über diese wilde Phantasie nicht einmal gelächelt. Natürlich hatte er gesagt, es wäre wie jedes andere Seminar, nur dass sowohl Lehrer wie Schüler Frauen waren. Und soweit sie das erkennen konnte, hatte er sich auch nicht über sie lustig gemacht. Und sie vermochte ihn recht gut einzuschätzen, er war so herrlich einfach zu durchschauen.

Sie schob Buch und Abschrift beiseite und stand auf. Er kam nicht. Er war Gast in einem Kloster; er hatte Gefährten, die ihn vielleicht aufgehalten hatten. Sein Bruder war krank, wie sie sich nun zu erinnern glaubte. Vielleicht war eine Krise eingetreten.

Er hätte ihr eine Nachricht zukommen lassen können.

Sie schüttelte sich. Das war schändlich. Eine Stunde des Wartens auf einen Fremden, den sie kaum zwei Wochen kannte, und sie war zu nichts anderem imstande als auf und ab zu gehen.

Ihr Umhang fand seinen Weg um ihre Schultern. Sie riss die Kapuze hoch und trat zur Tür.

Letztlich hatte sie nicht weit zu gehen. Arlecchina miaute laut auf der Treppe über der Straße, das Licht aus dem Weinladen sprenkelte ihr Fell. Hinter ihr bewegte sich taumelnd und schlingernd etwas Dunkles. Stefania straffte sich. Ein Betrunkener oder ein Landstreicher, und sie war unbewaffnet, und die Tür hinter ihr stand weit offen. Der Schatten streckte eine Hand aus. Selbst in der fast umfassenden Finsternis erkannte sie sie sowohl durch ihre Bewegung wie durch ihre Form. Es folgte Nikkis Gesicht, sein Hut und die Kapuze waren ihm vom Kopf gefallen, seine Augen weit aufgerissen. Sein Gewicht drückte sie nach hinten.

Irgendwie kamen sie beide die Treppe hinauf und durch die Tür. Er war bei Bewusstsein, atmete laut und keuchend und stolperte trunken dahin. Doch sie konnte keinen Weingeruch wahrnehmen.

Wärme und Lampenschein schienen ihn etwas wiederzubeleben. Er machte sich los und setzte sich halb fallend in Onkel Gregorios Sessel. Er war völlig durchnässt, zitterte krampfhaft, und sein Gesicht schimmerte grünlich bleich.

Stefania machte sich an seiner Mantelspange zu schaffen. Er unternahm nichts, ihr dabei zu helfen. Seine Hände waren schlaff; seine Augen blickten leer und verständnislos.

Die Spange löste sich. Der Umhang fiel herab. Sie redete ihm gut zu, zog ihn aus seinem Gewand, befreite ihn von seinen durchnässten Stiefeln und nach drei Atemzügen des Zögerns von seinem Hemd. Er war gut gebaut, wie sie nicht umhinkonnte wahrzunehmen, mit einem winzigen, netten Hauch jungenhafter Ungeschicklichkeit.

Schnell schlang sie ihren eigenen Umhang um ihn und häufte in Sorge um ihn völlig verschwenderisch Kohlen in den Kessel. Er wies kein Anzeichen einer Verletzung auf, sie hatte mehr als genug gesehen, um das zu beurteilen; er war also nicht von einem von Roms Wegelagerern angegriffen oder geschlagen worden. Demnach war er krank. Er hatte sich mit Fieber angesteckt.

Oder aber ...

»Was ist denn das?«, kreischte Bianca. »Was ist denn das? Wo hat der Junge sich herumgetrieben? Hat sich die Seuche eingehandelt, wie ich mit bloßem Auge sehen kann. Beweine ihn nicht, Kind, er ist so schon nass genug. Sorg dafür, dass er trocken wird; ich werde ihm einen Molketrank bereiten. Diese närrischen Pilger, sie müssten wissen, dass die Luft nur so wimmelt von Dämonen wie die Kurie von Fliegen.«

Stefania weinte nicht. Allerdings hätte es nicht mehr viel dazu bedurft. Bianca nahm ihr Geklapper in der Küche wieder auf, jetzt allerdings sehr gezielt und voll böser Vermutungen. »Alte Guhlin«, murmelte Stefania.

Nikki schlang sich in ihren Umhang. Sein Zittern hatte aufgehört. »Nikephoros«, sagte sie, »du hättest mit Fieber niemals hierher kommen dürfen.«

Er antwortete nicht.

Sie zog die Stirn kraus. »Ich weiß. Du dachtest, es wäre nichts. Nur eine kleine Erkältung vom winterlichen Frost. Also verließest du das Haus, bist wirr im Kopf herumgelaufen und hast dich vielleicht verirrt. Es ist ein Geschenk Gottes, dass du die richtige Richtung eingeschlagen hast.« Sie fasste in sein Haar, das zu trocknen begonnen hatte. Er fuhr heftig auf, dass er sie fast umgestoßen hätte. Seine Augen waren weit aufgerissen und wild, und sie erkannten sie. Er tastete fast blindlings nach ihr.

Sie musste das Gleiche getan haben. Hand ergriff Hand und hielt sie fest umfangen. Seine Finger waren warm, aber nicht fiebrig. Der grüne Schimmer war aus seinem Gesicht gewichen. Er sah fast wieder wie er selbst aus; er versuchte sogar zu lächeln.

Er hatte den Umhang fallen lassen. Sie betrachtete ihn; sie war keine Heilige, dass sie solcher Versuchung widerstanden hätte. Ja, sein ganzer Körper war schön, schlank und olivenglatt, und sein einziger Makel bestand in einem kleinen, rotbräunlichen Fleck auf der Schulter. Er hatte die Form eines Sterns oder einer kleinen, geöffneten Hand. Er forderte sie geradezu auf, die Lippen darauf zu drücken. Seine Haut war seidig, darunter jedoch hart und hatte nichts Frauliches oder Kindliches an sich. Sie schmiegte ihre Wange dagegen. »Du hast mir Angst gemacht«, sagte sie. »Es wird nicht mehr lange dauern, glaube ich, dann werde ich ärgerlich. Es sei denn, du stürzt gleich mit einem Anfall zu Boden.«

Sie trat ein bisschen zu schnell zurück. Er versuchte nicht, sie zu halten. Sie griff nach dem Umhang, schüttelte den Kopf und nahm Onkel Gregorios' Hausmantel vom Haken. Er war warm und weich und nur ein bisschen zu kurz. Sie wusste nicht, ob sie froh oder traurig war, ihn bekleidet zu sehen, wie er nun wieder saß, sich gefügig Biancas emsiger Pflege unterwarf und es sogar unterließ, angesichts des Geschmacks ihres Tranks eine Grimasse zu schneiden. Sein trocknendes Haar war ein Durcheinander von Locken; sie hätte sie gerne gestreichelt.

Bianca brabbelte unablässig, hoppelte herum, brachte Essen und Trinken und stocherte in den Kohlen. Nikki aß recht bereitwillig, ja sogar hungrig, zur offenkundigen Zufriedenheit der alten Frau. »Aha, also fehlt dir nichts als dieser Regen, die Kälte und das Klosteressen – bah! Essen nennen sie das, es ist nicht besser als Abfälle, da muss ein gesunder junger Mann ja verhungern. Kein Wunder, dass du auf der Türschwelle zusammengebrochen bist.«

Stefania unterdrückte ein ganz und gar unphilosophisches Kichern. Sie konnte nur kichern oder aber hinausschreien. Sie kannte ihn seit vierzehn Tagen, hatte sich einen Abend lang um ihn gesorgt, und es schien, als wäre es völlig um sie geschehen. Genau wie die kluge Eloise im fernen Frankreich, deren ganze Gelehrtheit auch von einem schönen schwarzen Augenpaar zunichte gemacht worden war.

Sie betrachtete ihn und tat, als nippte sie von Biancas duftendem Kräuterwein. Nikki war noch etwas erschöpft und ein wenig finster, wie er in seinen eigenen Becher starrte. Sorge kam in ihr auf. »Erzähl mir, was los ist«, bat sie.

Er hörte nicht zu. Sie zügelte ihr Temperament, griff nach dem Krug und füllte seinen Becher auf. Daraufhin schaute er hoch. »Erzähl es mir«, wiederholte sie.

Sie sah, wie ein Krampf sein Gesicht erfasste. Schmerz. Enttäuschung. Eine plötzliche, tief gehende Verzweiflung. Er schüttelte seinen Kopf heftig, noch heftiger und richtete sich auf. Seine Lippen bewegten sich unbeholfen und lautlos. »Ich ... Ich muss ...«

»Du wirst warten, bis deine Kleider trocken sind. Wenn es sein muss, die ganze Nacht.«

Wieder schüttelte er den Kopf. Schon hatte er den geborgten Hausmantel abgeworfen und hielt sein Hemd in der Hand. Er zog sich rasch an, verhedderte sich vor Hast, lief aber nicht einfach fort. Im Augenblick, ehe er das Haus verließ, hielt er inne. Er sah Stefania an; er beugte sich hinab und ergriff ihre Hände. In jede zitternde Handfläche drückte er einen Kuss. Versprach nichts. Und versprach doch alles.

Narren waren sie. Alle beide.

20

In den Tiefen von Broceliande war selbst der Sonnenschein fremdartig, verzaubert, eher Nebel als Licht. Er lag sanft auf Alfs bloßer Haut mit nur einem Hauch seiner wahren, versengenden Kraft; Wärme, keine Hitze, die tief in seine vom Winter erschöpften Knochen drang. Er streckte sich wie eine Katze, lang, träge und sehnig und atmete den süßen Duft zerdrückten Grases und Farns ein.

Eine leichte Hand strich seinen Körper hinab. Er drehte sich um und sah in Theas lachende Augen. Seine Freude stieg himmelhoch; Furcht zerrte sie herab. Seine Hand zitterte, als er sie berührte. Sie war wirklich, fest. Seine Finger erinnerten sich an jede ihrer weichen Linien; seine Lippen streiften die Wölbung ihrer Wange, des Halses und der Schulter, verharrten auf der üppigen Schwellung ihrer Brüste und kosteten ihre reiche Süße. Langsam, zärtlich ließ er von ihnen ab, folgte dem Rippenbogen, der sanften Kurve ihrer Hüfte, den Hügeln und Senken ihres Bauches und kam schließlich zur Ruhe, wo ihre Oberschenkel zusammenstießen.

Er hob trunken von Leidenschaft und Zärtlichkeit den Kopf. Sie rutschte herab, neben ihm zu liegen. Ihre Finger huschten über das Narbengeflecht seines Rückens und folgten den Mustern, die Zeit und Liebe dort gefunden hatten, um den genüsslichen Schauer zu wecken, den sein Rückgrat hinabkroch. Jeder Nerv, jede Sehne seines Körpers vibrierte. »›Du hast mich beherzt gemacht, meine Schwester Braut, du hast mich beherzt gemacht durch ein einziges deiner Augen, durch ein einziges Kettchen deines Halsschmucks. Wie ist so schön deine Liebe, wie viel köstlicher ist deine Liebe als Wein und der Duft deiner Salben als sämtlicher Balsam!‹«

Moschus und Seide, Sonne und Salz und der scharfsüße

Duft von Farn. Ihre Augen leuchteten golden, doch weich, wie stets – und ausschließlich – für seine Liebe. Herz und Körper taten sich auf, ihn zu umfangen.

Liebe und Licht brachen gleichzeitig in Scherben. Er lag in der Finsternis und bebte unter den letzten Zuckungen seiner Leidenschaft. Keine Sonne strahlte herab, keine Blätter raschelten, kein warmer Frauenleib lag in seinen Armen. Es herrschte nur Dunkelheit, um ihn her war Stein und ein letzter Hauch Weihrauch.

San Girolamo. Der Name brachte alles Übrige mit einem Rest Sehfähigkeit zurück, gerade genug, die Form des Raumes und das dunkle Bündel zu erkennen, wo Nikki auf seiner Pritsche lag, die breite, warme Fläche in seinem Rücken war Jehan, der tief schlief und leise schnarchte.

Alf setzte sich auf. Er hatte sich selbst besudelt wie irgendein unreifes Jüngelchen, das erfolglos von Verlangen träumte. Er stand voller Übelkeit und angewidert auf und brachte es nicht fertig, seinem Zittern Einhalt zu gebieten. Niemals in seinem Leben ... *niemals* ...

Zuerst waren da seine Gelübde gewesen, und sein Körper war noch nicht zur Leidenschaft erwacht. Dann war Thea gekommen. Erst Unschuld, dann süßes und beständiges Wissen. Niemals diese demütigende Scham, in die sich höchst grausam Trauer über ihren Verlust, Wut über seine Schwäche und die Mattigkeit mischten, die stets auf die Liebe folgte.

Thea hätte ihn mit Spöttelei aufgerichtet. Die Worte des Hohenlieds trällerten zusammenhanglos in seinem Kopf: »›Stärkt mich mit Weinbeeren, erquickt mich mit Äpfeln, denn krank vor Liebe bin ich.‹«

»Salomo«, rief er, »Salomo, wenn du hättest wissen können, welche Art von Wesen deine Worte um den Verstand bringen ...« Seine Stimme hallte laut durch die Dunkelheit. Keiner seiner Gefährten rührte sich. Jehan, der nun alleine im Bett lag, hatte es ganz für sich eingenommen. Eine großartige Männergestalt mit einer wahren Löwenmähne; seine Träume waren wie die eines Kindes, unschuldig und sonnig.

Alf wich vor ihnen zurück. Er wusch sich mit Wasser aus dem Becken und schrubbte sich brutal, als wäre der geringfügige Schmerz die Strafe für den Verrat seines Körpers. Niemals hatte er wirklich Krieg gegen ihn führen müssen oder ihn der wahrhaft heiligen Verwahrlosung anheim fallen lassen.

Mit einem Ruck riss er den Kopf hoch. Sollte er denn jetzt? Kein Gelübde band ihn. Er war ein weltlicher Mann, ein Adliger mit Reichtum und Macht und ohne eine Todesfurcht, die ihn reumütig hätte machen können. Er konnte nach keinem Himmel streben, und es gab keine Hölle für ihn als diese Erde, da seine ganze Freude zerschlagen ward. Falls sie tot waren und Hoffnung und Suche nicht mehr als die Raserei eines Trauernden darstellten, dann würde er wissen, dass es für seinesgleichen keinen Gott gab. Dann war es so, wie die Bluthunde behaupteten: dass sie dem Teufel angehörten.

Nein. Er konnte nicht glauben, dass sein Volk dem Bösen angehörte. Nicht Thea. Nicht die sanfte, kindhafte Maura mit ihrem stählernen Kern. Nicht Gwydion – Gwydion, der verletzt jenseits aller Heilkunst lag und von seinem Bett aus und durch den Mund seines Bruders das Heer befehligte. Aidan hätte mehr gegeben, hätte sich in den zerschlagenen Körper versetzt und Gwydion seine ganze Kraft mit einer Selbstlosigkeit überlassen, die so rein war wie die jedes sterblichen Heiligen.

Noch nass vom Waschen schlenderte Alf in den Innenhof. Die Luft war rau und kalt, begriff er wie einer, der in schwere Kleider eingewickelt war. Nun würde bald die Glocke zum Nachtoffizium rufen. Die Mönche kämen blinzelnd und gähnend von ihren Betten herangewankt. Einige würden während der Feier im Stehen schlafen und darauf vertrauen, dass das schummrige Licht und die Schläfrigkeit des Superiors es unbemerkt ließen. Alf hatte diese höchst nützliche mönchische Kunst niemals beherrscht. Er hatte sie nie gebraucht.

Ihn schauderte. *Ei,* dachte er überrascht, *ich friere.* Er griff eine Hand voll Schatten, hielt inne, streckte seinen Geist dann aber nach einem richtigen Menschengewand. Ohne Hemd und Hosen scheuerte die derbe Wolle des Pilgergewands fast wie ein härenes Kleid, was er allzu gut kannte, hatte er doch so die Kutte des Hieronymiten-Mönchs getragen.

Er schlüpfte wieder in diese Rolle. Jehan bemerkte es und war besorgt. Nikki gefiel es ganz und gar nicht. »Sie begreifen es nicht«, sagte Alf. »Ich bin Gottes Paradoxon. Kind der Kinder dieser Welt und zum Himmel emporgehoben; mir wurde die Welt mit all ihren Freuden gegeben, damit ich erleben muss, wie sie mir in einer Nacht entrissen wird und ich ins Kloster zurückgeschleudert werde, wo ich meinen Anfang genommen habe. Mein Körper war für dieses Leben nie geschaffen, auch wenn er sich ihm demütig fügte. Mein Geist ... Lieber Herrgott, bis auf eine einzige irdische Liebe war ich doch stets nur der deine gewesen. Und auch sie ist bei all ihrer Spöttelei dein, Teil von dir; die Liebe zwischen uns ist deine eigene, auch wenn die Kirche das Ketzerei nennen würde. Dein ist sogar ... was mich von meinem Bett auffahren ließ. Sogar das.«

Und wenn sie tot war, was dann? Dann war er allein. Ohne sie und Liahan und Cynan mit einem ganzen unsterblichen Leben vor sich, öde und leer und bitterer als alle Höllenqualen der Sterblichen. Doch wenn sie lebten – wenn er sie zurückbekäme –, könnte nichts sein wie zuvor. Mit Theas Hilfe hatte er zu vergessen gelernt, was er war. Das ging nicht mehr. Ihr Liebster, der Vater ihrer Kinder. Und auf ewig Priester.

Die Wahrheit traf ihn mit solcher Wucht, dass er vor Schwindel zu Boden stürzte. Gottes Wahrheit, Gottes Hand.

Gottes bitterer Scherz, dass ihm das Gelächter in den Ohren hallte. Priester wessen? Einer Kirche, die für die Menschheit erbaut worden war und niemals für seinesgleichen; eine Messfeier und ein Dogma, in denen es keinen Raum gab für solche, deren Körper nicht sterben wollten, und die alle seine Gaben als finsterste Magie verurteilten!

Finsterste Unwissenheit.

»Paul«, sinnierte er weiter, »dessen Mönche uns so weit und so eifrig gehetzt haben, wird auch der Apostel der Heiden genannt. Was bin ich dann? Ich bin weder Heiliger noch Wanderprediger. Nur ein Rohr in Gottes Wind.« Und was für ein Rohr. Barfuß, ohne Gürtel und Hut, zog er eine leere Straße hinab und wusste nicht einmal mehr, wie er aus dem Innenhof von San Girolamo an diesen unbekannten Ort gelangt war. Die Sonne würde bald aufgehen. Er konnte es als Prickeln in seinem Blut, als Schrumpfen seiner Haut fühlen.

Propheten waren irrsinnig. Das lag in ihrem Wesen. Er war ein Seher, obgleich ihn seine Gabe schon vor der Überwältigung seines Volkes verlassen hatte – seit dem Zeitpunkt, da er mit Alun auf der Weißen Feste stand. Doch auch als Blinder blieb er ein Irrer und ein Mystiker.

Die schmale Straße verbreiterte sich. Eine Piazza, wie die Römer sagten: ein Platz mit der unvermeidlichen Kirche. Hier stand nun kein Bacchus, waren keine Pilgerschlangen zu dieser finsteren Stunde vor Tagesanbruch versammelt, war kein Bruder Oddone, der in bloßer körperlicher Schönheit das Abbild Gottes erkannte. Würde er sie so sehr verehren, wenn er glaubte, sie selbst zu besitzen? Er konnte seine eigene Seele nicht sehen; er konnte nicht wissen, welcher strahlende Glanz darin herrschte.

Die Kirche lag einsam und verlassen. Sie war sehr alt und sehr schlicht. Was sie zu etwas Besonderem machte, war der Schein von Gold und Kristall unter dem Altar, der eine fremdartige Reliquie umschloss, kaltes Eisen, derbe Ketten. Einst hatten sie Petrus selbst in Ketten gelegt, den Fischer, welcher der Fürst der Apostel werden sollte. Noch ein Paradoxon; noch einer, der Qualvolles erlebt, seinen Christus verraten hatte und schließlich zu seinem inbrünstigen Verfechter geworden war.

»Die Welt ist ein Paradoxon«, überlegte Alf, »und der Mensch darin verloren. Was ist die Philosophie anderes als ein Kampf, Ordnung ins Chaos zu bringen? Was ist die Theologie anderes denn ein Kind, das in der Dunkelheit umhertastet? Jesus, Maria, Gott im Himmel, was seid Ihr für mich und mein Volk?«

Die Echos verhallten langsam. Er erwartete keine Antwort. Vielleicht gab es keine.

Er sank auf dem Steinboden auf die Knie. »Mein Herr«, fuhr er fort, als träte er mit irgendeinem Menschen ins Gespräch, »die Welt ist in ihrem vollen Ausmaß dein. Ich erkenne dich darin, wenngleich düster, mit Augen, die für einen solchen Anblick niemals geschaffen waren. Ich weiß, dass ich dein Werk bin; du strahlst aus meinem Volk. Und doch, mein Gott, wenn ich dir vor ihnen dienen soll – wie kann ich das tun? Die Kirche schwankt unter der Last ihrer Menschlichkeit. Ihre Häretiker bieten nur noch strenge Gesetze und einen noch härteren Weg zum Himmel. Moses, Mohammed und Gautama, all die Götter und Propheten haben uns keine Hilfe zu bieten. Uns nicht, mir nicht. Ich stehe allein.« Das Wort bebte in seiner Kehle. »Allein. Sollen wir denn sterben? Hast du den Blick auf uns gerichtet, uns sündhaft gefunden und deine Bluthunde zu unserer Vernichtung eingesetzt? Wir sind arme Geschöpfe, weder Mensch noch Engel, weder Geisteswesen noch wahrhaftig aus Fleisch und Blut. Und doch leben wir; wir dienen dir, so gut wir es vermögen. Müssen wir dafür mit unserem Untergang bezahlen?«

Er schüttelte den Kopf. »Nein. Das hieße verzweifeln. Wir werden geprüft. Spreu vom Weizen geschieden. Du zeigst uns unseren Weg. Aber ach, lieber Gott, die Prüfung ist hart und die Scheidung gnadenlos, und der Weg ... ich sehe nur ein Stück davon, das in Finsternis liegt ..., und ich habe Angst.«

Aus der Dunkelheit erklang eine Stimme. Sie war ruhig, ein wenig schüchtern; sie wirkte aufrichtig bekümmert. »Aber Bruder, du sollst auch Angst haben.«

Alf fuhr herum. Er wusste, dass er sich mit der Anmut eines Tiers und damit für menschliche Augen erschreckend bewegte, doch diese hier sprachen weder von Furcht noch von Rückzug. Sie gehörten einem Mann, der weder groß noch klein, hinfällig bleich und ausgezehrt war, als sollte er verhungern; seine Augen schimmerten dunkel und mit einer gewissen Heiterkeit; vernachlässigte Bart und Tonsur. Sicher ein Bettler, ein Bettelmönch, zerzaust und seit langem ungewaschen, aber von außergewöhnlich klarem Auge und Verstand.

Er maß Alfs Gesicht und Gestalt und lächelte wunderlich süß. »Bruder, dich anzusehen ist eine Freude, selbst in deinem Kummer. Wirst du mir verzeihen, dass ich dich belauscht habe? Ich sprach in der Kapelle dort mein Gebet, als deine Stimme wie ein Schrei vom Himmel zu mir drang.«

»Oder zum Himmel hinauf«, korrigierte Alf. Dieser Mann war kein großes Vergnügen für Nase und Auge, und doch erhellte er Alfs Geist durch seine bloße Anwesenheit. Er besaß eine Kraft; die Gabe, Freude zu schenken.

»Ja, zum Himmel«, stimmte er zu. »Würde ein guter Mensch denn die Hölle anrufen?«

»Vielleicht, wenn er sehr verzweifelt ist.«

»Ich glaube«, antwortete der Fremde, »dass Gott es in einem solchen Fall hören würde. Du bist gewiss der gleichen Meinung, sonst hättest du die Hölle angerufen.«

Alf verzog schmerzlich den Mund. »Ich bin verzweifelt,

aber ich bleibe ein vernünftiges Wesen. Das ist einer der Flüche, die auf mir lasten.«

»So sind es denn mehrere?«

»Bei welchem irdischen Wesen verhielte es sich anders?«

»Bei keinem. Doch man sollte sie niemals auflisten. Die Segnungen, die zähle ich gerne mit. Bruder Sonne und Schwester Mond, Mutter Erde mit all ihren Jahreszeiten, ihren Früchten und Tieren, ja sogar ihrem Menschenvolk. Insbesondere mit ihm. Sie tragen so viel Scheußliches, aber so viel mehr Wunderschönes in sich, wenn man es nur zu erkennen weiß.«

Alf nickte ein Mal, ein zweites Mal. »Da werde ich dir gewiss nicht widersprechen. Und ich koste auch die Aufzählung meines ganzen Unglücks nicht aus, aber ich muss es mir wohl bewusst machen, um nicht durch meine Unachtsamkeit umso mehr zu leiden. Gott erlaubt es keinem Geschöpf, unablässig glücklich zu sein.«

»Natürlich nicht. Glück bedarf der Traurigkeit, um als solches erlebbar zu werden. Wolltest du dich einzig und allein von Honig ernähren?«

»Ebenso wenig wie mir eine Gallendiät schmecken würde. Ich habe mich an Süßem überreichlich gelabt; nun überschwemmt mich Bitterkeit.«

Der Fremde hockte sich neben ihn. »Ist dem so? Das tut mir Leid. Und wahrscheinlich ist es dir kein großer Trost, wenn ich dir sage, dass das Süße wiederkommen wird.«

»Das ist es nicht.« Alfs Kopf sank auf seine Brust; er saß auf seinen Fersen und war unsäglich erschöpft. »Wenn ich es sehen, wenn ich es bereits *wissen* würde, gäbe mir das mehr Kraft.«

»Kein Mensch weiß, was kommen wird. Er kann nur hoffen und auf Gott vertrauen.«

»Früher einmal«, erklärte Alf, »wusste ich es. Doch diese

Gabe hat mich verlassen. Es gab Zeiten, da hätte ich gejubelt, wenn ich sie nicht mehr besessen hätte; aber das Fleisch ist nie zufrieden. Versteh mich richtig, ich will sie nicht zurück. Nicht diese anfallartigen Visionen, die mir immer wieder in die Quere kamen. Nicht die Vorwarnungen vor Kriegen, Seuchen oder Unglücksfällen. Nicht einmal ein paar Blicke ins Licht, die unvermeidlich einen so grausam hohen Preis forderten. Nur ein einziges Bild würde ich mir wünschen. Sonnenschein, Wärme und ein Kinderlachen. Nur das. Das gäbe mir die Kraft weiterzumachen.«

»Es wird nach Gottes Willen geschehen«, antwortete der Fremde. »Er ist sehr stark in dir, weißt du das? Du strahlst wie der Mond.«

Alf riss den Kopf in die Höhe. »Das ist nicht Gott.«

»Ei, gewiss ist er es«, sprach die sanfte, wohlklingende Stimme. »Ich bin sicher, dass du eines seiner liebsten Kinder bist. Er würde dich nicht so hart prüfen, liebte er dich nicht in solchem Übermaß.«

»Diese Auffassung entspricht nicht der Kirchenlehre, Bruder.«

»Sie ist die Wahrheit.«

Alf lachte laut auf. »Was ist Wahrheit? Nach Kirchengesetz bin ich vom Augenblick meiner Empfängnis an verdammt.«

»Nein, Bruder. Jemand hat dich Falsches gelehrt. Kein Mensch kann von ...«

»Aber ich bin kein Mensch.«

Der Bettelmönch blinzelte ihn an.

»Ich bin kein Mensch«, wiederholte Alf. »Ich bin weder menschlich noch sterblich. Die Kirchenlehre behauptet, ich besäße weder eine Seele noch die Hoffnung auf Erlösung. Selbst zum günstigsten Zeitpunkt und für die Ungläubigsten unter uns kein erfreulicher Gedanke. Doch jetzt ist kein solcher Zeitpunkt und ich bin alles andere als ungläubig. Und ich glaube ... ich weiß, dass ich berufen bin. Ein Teufel mit einer Berufung; ein Elfenfürst, der zum Priesterdasein geboren wurde. Fühlst du nicht, wie viel Spaß Gott daran hat?«

»Gottes Lachen ist nie grausam«, erwiderte der andere. Alf konnte in ihm kein Anzeichen von Überraschung oder Ungläubigkeit finden. »Ich wusste, dass du aus Rhiyana kommst; dein Gesicht ist unverkennbar. Demnach stimmt es, was man von deinem Volk erzählt.«

»Weitgehend. Vielleicht sogar ganz, wenn du uns als Teufelsbrut sehen möchtest.«

Die dunklen Augen maßen ihn. »Das will ich nicht. Mutter Kirche mag mich auch nicht besonders gern, weißt du; sie findet, dass ich schwierig zu leiten bin. Ich sage die Wahrheit, wie ich sie sehe, und das ist nicht immer ihre Wahrheit, und ich denke zu viel an den Herrn Jesus und zu wenig an die kanonischen Vorschriften. Sie tut ihr Bestes, mich im Griff zu halten, und ich versuche, ihr zu gehorchen. Doch wenn die Wahrheit auf der einen und die Kirche auf der anderen Seite steht, fällt es mir wahrlich alles andere als leicht zu entscheiden, was ich tun soll.«

»Es ist mehr als schwer. Es ist geradezu unmöglich. Da kann man nur die Augen schließen, Gott um Führung bitten und tun, was einem das Herz vorschreibt.«

»Mein Herz sagt mir, dass ich dich wahrhaftig erkenne. Was dich bekümmert, ist der Kreuzzug, nicht wahr? Krieg ist kein Mittel, den Glauben zu verbreiten. Ganz im Gegenteil.«

»Mein Volk bedarf keiner Bekehrung. Unser Feind weiß das. Sie beabsichtigen, uns zu vernichten. Zum größten Ruhme Gottes.«

»Ich wollte gehen«, meinte der Bettelmönch. »Ich wollte gehen, jenen den Glauben zu predigen, die noch nie dafür eingetreten sind. Zu den Sarazenen, den Völkern weit in den

Seidenländern – eine ganze Welt entbehrt noch der Wahrheit, dorthin wollte ich ziehen und dich in Gottes Frieden lassen.«

»Aber man lässt dich nicht.«

»Ich hatte schon einmal die Erlaubnis. Und ich werde sie wieder bekommen, wenngleich vielleicht auch nicht so bald. Seine Heiligkeit ist sehr freundlich, doch die Welt bedrängt ihn; die Kirche wird zu groß, und mit ihrer Größe wird sie hochmütig. Manchmal ... das ist keine Nächstenliebe, Bruder, aber manchmal denke ich, es täte uns gut, wenn der Herr Jesus wiederkäme, diesen Tempel zu säubern, der in seinem Namen errichtet wurde.«

»Tust du nicht genau das?«

Der Bettelmönch seufzte. »Ich besitze nicht das Geschick, Tempel zu säubern. Selbst wenn ich dazu gezwungen bin, verrichte ich es schlecht. Ich würde lieber Gottes mildtätigere Werke ausführen. Heilen, lehren, den Armen beistehen.« Er seufzte wieder und hustete so schwer, dass es ihn bis in seine zarten Knochen erschütterte. »Aber man tut, was getan werden muss. Manchmal ergreift man dann die Flucht und versucht, in der Einsamkeit seiner selbst Heilung zu finden.«

»Ich halte es ebenso«, sagte Alfred. Ihm wurde bewusst, dass er zaghaft und ein wenig schmerzlich lächelte. »Du hast mir ein klein wenig Heilung gebracht. Und du hast mich etwas gelehrt.«

»Tatsächlich?«, fragte er überrascht. »Ich hatte gar nicht die Absicht. Ich habe kaum etwas getan, als über mich zu plaudern.«

Alfs Lächeln wurde breiter. »Das ist doch eine hervorragende Lehrmethode.«

Der Bettelmönch blickte ihn strahlend in so herzlicher Freude an, dass Alf sie wie die Wärme eines offenen Feuers fühlte. »Sucht die Not nicht auch Gesellschaft?« Er wurde plötzlich wieder sachlich. »Ich fürchte nur ... ich wollte niemals, dass es so weit geht. Es war nur eine Angelegenheit zwischen mir und Gott. Dann kamen meine Brüder, Gott mit mir zu teilen und mir zu helfen, seine Werke zu tun; zuerst nur wenige, doch es sprach sich herum, und um sie alle in einer gewissen Ordnung zu halten, bedurfte es einer Art von Regel, und jedermann forderte, der Papst selbst sollte ihr seinen Segen geben. Und plötzlich waren wir ein Orden wie die Benediktiner oder die Hieronymiten, und es musste durch die Tonsur und das dreifache Gelübde besiegelt werden. Um uns nicht in Gefahr zu bringen, wie es Seine Heiligkeit ausdrückte. Und ich wollte doch nur in Frieden die Armut unseres Herrn leben und seine Anweisungen nach bestem Wissen befolgen. Was ist das nur in der Welt, das alle Einfachheit vereitelt?«

»Die menschliche Natur«, antwortete Alf sanft. »Aber es gibt viel Gutes, das deine Brüder in ihrer jetzigen Lage bewirken können, sie und ihre Schwestern. Der Tempel wird gesäubert werden. Die Kirche wird sich selbst reinigen. Doch es wird lange, lange dauern ...«

Er hielt die Hände des Mannes in den seinen. Sie waren spindeldürr und in Verbände gehüllt, die zwar blutig, doch etwas sauberer waren als sein übriger Körper. Alf stockte der Atem, als ihn der Schmerz mit der plötzlichen Einsicht überflutete. »Giovanni Bernardone, wenn du am Throne Gottes stehst, wirst du ein Wort der Fürsprache für mein Volk übrig haben?«

»Ich glaube nicht«, antwortete der Bettelmönch, »dass du auch nur meiner bescheidenen Fürbitte bedarfst. Doch um deinetwillen will ich deinen Wunsch erfüllen, falls ich dorthin gelange.« Er blickte auf seine Hände hinab, die Alf ergriffen hatte, als ob Marmor Lehm umschlösse. »Deine Berührung bringt Frieden.«

Der Schmerz war schrecklich. Nägel, die in seine Hände getrieben waren, die seine Füße durchbohrten. Und an seiner

Seite unterhalb des Herzens etwas – wie ein Speer, wie ein Schwert. Wie konnte der Mann nur gehen, sprechen, lächeln, ja sogar lachen, da jeder Augenblick ihn zermalmte?

Dafür konnte es keine irdische Heilung geben. Alf verneigte sich tief und tiefer. »*Sanctissime.* Allerheiligster Vater.«

Fra Giovanni zog ihn verlegen hoch. »Bitte nicht. Niemand soll davon erfahren. Ich kann es nicht haben, wenn sie sich alle verbeugen und mich als Heiligen behandeln. Und du am allerwenigsten, der du selbst wirklich einer bist.«

Alf war so fassungslos, dass er keine Worte fand. Da war ein Heiliger, der sich selbst trotz des bedeutenden Zeichens nicht die geringste Beachtung beimaß. Fünf Wunden. Fünf Stigmata. Und er selbst glaubte zu wissen, was Schmerz bedeutete.

Er hob den Kopf und zeigte alle Ruhe, die er aufbringen konnte. »Gott führte uns hier zusammen, zu lindern und Linderung zu empfangen. Was immer sie wert sein mögen, ich gebe dir meinen Dank und meinen Segen.«

»Sie sind mehr wert als Königreiche.« Das unfassbar süße Lächeln kehrte wieder, obgleich in den dunklen Augen Traurigkeit stand. »Geh mit Gott, Bruder. Möge er dein ganzes Volk beschützen und vor Schaden bewahren und letztendlich in sein Reich heimführen.«

21

Wenn Anna sehr vorsichtig war, konnte sie sich bewegen. Sie wusste nicht einmal, dass sie es wollte. Selbst ihre Augenlider stachen und brannten; sie konnte nur durch einen blutroten Schleier sehen.

Simons Stimme sprach. Sie schien von überall gleichzeitig zu ertönen, war leise wie ein Flüstern und hallte doch tief in ihrem Kopf wider. »Sieh, Frau. Sieh, was deine Torheit dir eingebracht hat.«

Es war gleichzeitig wie ein Traum und auch wieder nicht. Es war zu klar, zu deutlich, viel zu unbarmherzig. Es schien, als stände sie, nachdem sie so lange von Mauern umschlossen gewesen war, unter freiem, unermesslich weitem Himmel, und als schiene die Sonne und die Möwen schrien. Unter ihnen dehnte sich wie ein Teppich das Königreich Rhiyana. Schwärzlich, grau und braun, weiß vom Schnee, grün von Kiefern und Fichten und von Straßen durchzogen, die alle auf die weiße Perle Caer Gwent und die blaue glitzernde See zuzulaufen schienen. Diese wirkte harmlos und ruhig, in einem schwach goldenen Schimmer, nur an den Ufern schäumte und brodelte sie. Dort war der Farbton dunkler und wie von Flammen durchwirkt, und doch ließ irgendetwas daran sie an Simons Augen denken.

Das Land schwoll an und dehnte sich und lag deutlich unter ihr. Sie hätte ein Falke oder eine Möwe sein können, die über dem groben Kreis einer kleinen Stadt schwebte. Ameisen wimmelten darin herum, Menschen, durch Höhe und Entfernung zusammengeschrumpft, die Waffen schwenkten, die gewiss viel zu winzig waren, um eine tödliche Gefahr darzustellen. Schwerter und Speere ... nein. Jemand floh vor ihnen, eine kleine, zerfetzte, davonstürzende Gestalt mit dünnem, wirrem weißem Haar und schwachen Augen, die blutrot und irre aus der Mähne hervorstarrten. Der Mob kläffte ihm hinterdrein. »Hexer! Hexer! Teufelsbrut! Zauberer! Gottesfluch ...«

Anna wollte aufschreien. Doch wie in einem Traum war sie stumm, machtlos. Die arme, bleiche Kreatur stolperte und stürzte. Die Menge fiel über den Unglücklichen her. Ein dünner Angstschrei stieg zum Himmel auf.

Hufe dröhnten. Eine kräftige, klare Stimme geißelte das Knurren der zu Bestien gewordenen Menschen. Eine Gruppe Ritter und Feldwebel teilte die Menge, und an ihrer Spitze strahlte scharlachrotes Feuerglühen, dass Anna vor Freude hätte jubeln können. Prinz Aidan ritt in Rüstung, doch aus Hast oder Unbekümmertheit hatte er sowohl auf Helm wie auf Kettenhaube verzichtet. Sein rabenschwarzes Haupt war unbedeckt, sein Gesicht aschfahl vor Zorn. Er schlug mit der Breitseite seines Schwerts um sich. Im Kern des Sturms herrschte Stille. Der unglückliche Albino lag unmöglich gekrümmt am Boden, sein farbloses Haar war blutrot gefleckt. Der Prinz sprang neben ihm vom Pferd ab, kniete nieder und strich mit sanfter Hand den Staub von dem zerschlagenen Körper. Sein stahlgrauer Blick schweifte über die versammelten Gesichter. »Der hier«, sagte er bedrohlich leise, »war ebenso wenig ein Hexer wie jeder von euch.« Er stand auf. Auch wenn ein oder zwei annähernd so groß waren wie er, überragte er doch alle; sie wichen zurück und duckten sich. »Ja«, zischte er, »fürchtet euch nur. So dankt ihr eurem König die langen Jahre und die Liebe, die er euch geschenkt hat; eure Gabe an ihn ist diese Woge von Angst und Hass.«

Anna fühlte es. Er dagegen konnte nicht. Seine Blässe war nicht allein auf den Zorn zurückzuführen; er hielt sich nur noch mit reiner Willensstärke und ohne Kraft auf den Beinen. Er konnte nicht fühlen, wie die Emotionen sich ballten, ihr

Ziel suchten und in ihrer ganzen Bitterkeit losgelassen wurden. Stein und Hass trafen ihn gleichzeitig. Seine Augen weiteten sich vor Erstaunen. Er taumelte.

Er fiel nicht. Blut strömte ihm das Gesicht hinab, so dass er nichts mehr sehen konnte. Er achtete nicht darauf. Seine Hand streckte er aus. Sein Geist griff zu, packte, glitt ab, versagte. Die Meute schob sich heran, ihn niederzuschmettern.

Annas Kehle war rau vor Zorn. Sie warf sich auf Simon; er hielt sie mit verächtlicher Mühelosigkeit ab. »Zwei«, sagte er, »sind geschlagen. Ein dritter fällt mir geradewegs in die Hände. *So.*«

Sie wehrte sich; sie kämpfte. Sie befahl ihren Augen, nichts zu sehen. Zwecklos. Vor ihr entfaltete sich Rhiyana und flog immer näher heran, bis Caer Gwent selbst um sie her erstand. Die Straßen waren dicht bevölkert, obgleich die brache Zeit des Frühlings herrschte, als hätten Adlige und einfache Bürger gleichermaßen fern vom Kreuzzug Zuflucht gesucht. Händler tätigten gute Geschäfte mit Zierrat und Lebensnotwendigem gleichermaßen. Sänger trällerten. Spieler führten ihre Künste vor der Kathedrale auf. Doch der Lärm der Seminare war verstummt, der Eingang zur Synagoge verbarrikadiert, die schlichten Häuser der Anhängerschaft des Häretikers leer und stumm. Nur ein Mann wagte vom Vorbau einer der kleineren Kirchen zu predigen, ein Franziskanermönch in zerfetztem Grau, der die Armut Christi verkündete.

Überall wimmelte es von weißen Kutten mit grauen Schultertüchern. Wie hatten nur so viele trotz des Kirchenbanns so tief in Rhiyana eindringen können? Wie konnten sie es wagen? Sie gingen wie Herren umher, sich ihrer Macht wohl bewusst. Die Menschen gaben ihnen den Weg frei.

Anna stürzte so schnell an ihnen vorüber, dass es ihr fast den Magen umdrehte, und raste auf das Schloss zu. Unvermittelt befand sie sich in seinem Innern. Der vertraute Anblick brach ihr schier das Herz. Da war der Donjon des Kanzlers, wo sie immer wohnte, wenn sie sich in Caer Gwent aufhielt. Dort der Stall, wo der hitzköpfige kleine Wallach unruhig stampfte, den Alf ihr erst zu ihrem letzten Namenstag geschenkt hatte. Und da war der Garten der Königin, der deutlich den Stempel ihrer Zauberkunst trug und so angelegt war, dass er von innen weit größer wirkte als von außen. Rosen blühten. Kleine, bunt gefiederte Vögel zwitscherten Frühlingslieder, ohne sich an den Tieren zu stören, die am Boden faulenzten. Bei einigen handelte es sich um Geschenke aus fernen Ländern, und sie hatten sich aus Liebe zur Königin entschlossen, Freiheit und Heimat aufzugeben. Andere waren aus der Wildnis freiwillig hierher gekommen, eine weiße Hirschkuh mit ihrem roten Kitz, eine Bache mit ihren Frischlingen, Dachse, Kaninchen und schlanke rote Füchse.

Und die Wölfe. Keine grauen Wölfe aus den Wäldern, sondern weiße Wölfe aus dem Wald von Broceliande, groß wie römische Kampfhunde, das Elternpaar mit seinen tobenden, halbwüchsigen Jungen. Die Königin saß im Gras, der Kopf der Wölfin ruhte auf ihrem Schoß. Sie passten wunderbar zusammen, die Dame in ihrem weißen Kleid mit der Elfenbeinhaut und den bernsteinfarbenen Augen und die Wölfin mit dem reinweißen Fell und den goldenen Augen. »Schwester«, sprach die zarte, kindhafte Stimme der Dame, »du verhältst dich nicht klug. Beim folgenden Sonnenaufgang werden die übrigen Wildtiere in ihre eigentliche Heimat zurückkehren. Du solltest nicht zaudern, gerade du nicht, welche die Menschen meine Anverwandte und Vertraute nennen. Sie werden euch ebenso mit Freuden vernichten wie mich und keine Spur weniger grausam.«

Anna vernahm die Antwort durch eine raue Stimme gleich der eines Mannes, die aber doch etwas entfernt Weibliches an sich hatte. *Wir kamen, als du kamst. Und wir gehen, wenn du gehst.*

»Dann schick doch wenigstens deine Kinder ...«

Sie bleiben.

Mauras Finger gruben sich in den dicken Pelz. Ihre Augen zeigten den harten Glanz von einem, der das Weinen unterdrücken will. »Erinnerst du dich noch«, murmelte sie, »wie Alun genau dort spielte, wo sich jetzt deine Welpen tummeln? Und als wir wieder hinsahen, waren es statt dreier junger Wölfe plötzlich vier, doch der größte und tollpatschigste von ihnen sah uns aus erschreckten grauen Augen an. Diese Begabung, die Wolfsgestalt, hatte er von mir, doch er war geschickter damit. So wie bei Thea stellten seine Kenntnisse die einzige Beschränkung seiner Fähigkeiten dar.« Sie schüttelte den Kopf und brachte ein Lächeln zu Stande. »Und es führte ihn in so manche heikle Lage. Einmal ging er als Kater um und stieß auf eine erhitzte Katze ... seine Verletzungen waren nichts, aber er hatte einen tief greifenden Schock. Katzen sind schließlich Geschöpfe der Venus, und wenn man ihre Gestalt annimmt, nimmt man damit auch ihr Wesen an.«

Der Blick der Wölfin war klug und auf eigentümliche Weise mitfühlend. *Er hat hervorragend gejagt. Wir trauern um ihn, wenn der Mond am Himmel steht.*

»Ich trauere unablässig um ihn. Unablässig. Aber ich muss stark sein. Ich muss den Kopf unter der Krone aufrecht halten. Sie ist eine so drückende Bürde, Schwester. Eine so ungeheuerlich drückende Bürde.« Sie senkte noch beim Sprechen den Kopf, richtete sich aber mit sichtbarer Willensanstrengung wieder auf und erhob sich. Ihr schwerer Zopf floss dick wie Honig zu ihren Fersen hinab; sie zog den düsteren Mantel wieder um, den sie abgelegt hatte, und nahm Kopftuch und Schleier, wie sie einer würdigen Dame und Königin anstanden. Langsam streifte sie das dunkle, mit Marderfell gesäumte

Obergewand über. Als sie das Kopftuch zusammenzulegen begann, ließ ein Geräusch sie herumfahren.

Die Tiere waren erregt, die scheueren hatten sich bereits versteckt, die Raubtiere lauerten wachsam und knurrten leise. Doch auch ohne ihr Verhalten hätte sie gewusst, dass menschliche Füße den Garten betreten hatten. Der Legat des Papstes schritt im grellen Scharlachrot seines Standes zwischen den Rosen hindurch. Er bewegte sich langsam, atmete tief die kühle, klare Luft ein, doch trotz des köstlichen Friedens des Gartens war sein Gesicht finster.

Als er die Königin erblickte, nahmen Freude und Grimmigkeit gleichzeitig zu. Er verbeugte sich tief vor ihr. Sie neigte – ganz Königin – den Kopf. »Eminenz«, begrüßte sie ihn.

»Euer Majestät«, antwortete er. Er schaute sich um, als könnte er nicht anders, und sein Blick wanderte schließlich zu seinem Ausgangspunkt zurück, um auf ihr zu verharren. Bedrücktheit zeichnete sein Gesicht; seine Worte waren jedoch leise. »Majestät, verzeiht mir mein Eindringen.«

»Es ist verziehen.« Sie klang kühl und distanziert, ungerührt von jeglicher Kümmernis.

Das Schweigen zog sich in die Länge. Die Tiere hatten sich niedergelegt; die Wölfe saßen oder lagen im weiten Kreis um den Kardinal und die Königin, und selbst die Jungen waren still und aufmerksam.

Benedetto Torrino seufzte leise. »Ich weiß, wie selten Eure Augenblicke des Friedens sind«, fuhr er fort. »Die Krone lastet selbst auf einem, der wohl dafür geschaffen ist, schwer; und was haben wir über dieses Königreich gebracht ... Hohe Dame, ich bedaure, dass wir Euch Leid beschert haben und noch mehr bescheren müssen.«

»Müssen, Herr Kardinal? Ist es Gottes Gebot, dass die Kirche uns in den Tod und unser Reich in den Untergang treiben muss?«

»Es ist das Gesetz der Welt, dass der Wille zum Guten häufig alles ins Böse kehrt. Seine Heiligkeit möchte die Welt nur von Makeln befreit und zu Gott zurückgeführt wissen. Seine Diener geben sich alle Mühe, ihm und Gott nach ihren besten Kräften zu Willen zu sein.«

Sie lachte kalt und rein. »Glaubt Ihr das? Dann seid Ihr wahrhaft ahnungslos. Wir leiden und sterben, damit ein einziger kleiner Kreis käuflicher Männer mehr Macht in der Kurie erhält als einer seiner Rivalen.«

»Nicht ganz, hohe Dame, nicht ganz.«

»Aber weitgehend.« Sie hatte das Kopftuch in den Händen zerknüllt und ließ es nun fallen. »Ich bin müde, Herr Kardinal, und es hat den Anschein, als sollte ich selbst hier, wo nur meine liebsten Angehörigen mich aufsuchen dürfen, keine Ruhe finden. Warum habt Ihr Euch Strafen und Kirchenbann widersetzt?«

»Ich hatte keine Wahl.« Torrino zog ein gefaltetes Schriftstück aus seinem Ärmel. »Das habe ich erhalten. Ich denke, Ihr solltet davon erfahren.«

Sie nahm es an sich und betrachtete es. Ihre Finger spannten sich fester darum. Sie öffnete die Botschaft und las langsam. Nichts in ihrer Miene oder ihrer Haltung änderte sich, doch die Luft wurde finster und reglos wie vor einem Gewitter.

Sie schaute hoch. Ihre Augen waren schwefelgelb. »Damit ist Euer Auftrag beendet. Ihr müsst nach Rom zurückkehren. Ein Mann von stärkerer Willenskraft und größerer Demut gegenüber Gott und Mutter Kirche wird Euren Platz einnehmen. Dabei wird es sich selbstverständlich um einen Mönch des heiligen Paulus handeln.«

»Das ist nicht der ... genaue ... Wortlaut des Briefes.«

»Das ist seine Aussage.« Sie drehte ihn in ihren Händen. »Das hat Papst Honorius niemals zu Gesicht bekommen.«

»Er hat es unterzeichnet. Da ist sein Siegel.«

»Und sein geheimes Zeichen, die exakte Anzahl der Barthaare vom heiligen Petrus.« Sie schüttelte leicht und fast ein wenig belustigt den Kopf. »Mein Herr, es gibt einen uralten Trick. Ein Stapel Dokumente, ein hoher Herr in Eile, und der grausame, verräterische Erlass wird so versteckt, dass nur der untere Rand für die Unterzeichnung frei ist. Es kamen schon viele Menschen auf diese Weise zu Tode, wie es uns vielleicht auch ergehen wird. Denn ich bin fest davon überzeugt, dass Seine Heiligkeit zusammen mit diesem Dokument die Ernennung eines neuen Legaten unterschrieben hat, der den Bluthunden Gottes umfassende Macht und umfassende Diskretion bei der Marterung Rhiyanas zugesteht.«

»Ich kann nicht glauben ...« Torrino verstummte. Langsamer und leiser sagte er: »Doch, ich kann. Gott steh mir bei. Gott stehe uns allen bei.«

»Ihr handelt zu langsam, um die Blutgier eines Spürhundes zufrieden zu stellen. Ihr habt noch nicht einmal den Kirchenbann verhängt; nicht auf Euren Befehl wurden Menschen auf den Marktplätzen und vor den Kirchen verbrannt. Die Bluthunde und der Kreuzzug haben ohne Euch gewütet.«

»Ich habe aber auch keine Anstrengung unternommen, sie aufzuhalten.« Torrinos Stimme klang belegt.

»Ihr wart machtlos. Ich ebenfalls. Habe ich den Bann erwirkt, als die grauen Kapuzen urplötzlich und mit unverfrorener Kühnheit in jedem Weiler, ja selbst in meiner eigenen Stadt auftauchten?«

»Doch nicht in Eurem Schloss oder an Eurem Hofe.«

»Sie werden ihre Heiligkeit nicht durch meine Anwesenheit besudeln. Nicht, bevor sie nicht siegesgewiss kommen, mein Leben zu fordern.«

»Hohe Dame«, entgegnete er, »glaubt mir. Ich kam gerüstet mit Rechtschaffenheit auf der Suche nach einem Stamm von

Dämonen. Ich fand Ordnung und Frieden, einen gerechten König und ein Volk, das nicht schlechter ist als jedes andere auf dieser Welt. Ich glaube nicht, dass Ihr mich getäuscht habt oder ich mir selbst etwas vorgemacht habe. Eure Hexereien, die Ungläubigen unter euch ... sie sind nicht die Todesstrafe, nicht einmal das Interdikt wert, und schon gar nicht ohne ordnungsgemäßen Prozess. Ich hätte Euren Leuten den Prozess gemacht, ihnen Zeit gelassen, zu ihrer Verteidigung zu sprechen, um sie einzeln und gerecht ohne Gefahr für Euer Reich abzuurteilen.«

»Was man tun möchte und tun muss, deckt sich nur selten. Wollt Ihr Euren falschen Befehlen Folge leisten, mein Herr?«

Er nahm sie ihr aus den Händen. Mit einer plötzlichen, heftigen Bewegung riss er das Blatt entzwei. Die Fetzen raschelten wie Blätter, als sie fielen. Doch er bemerkte gelassen: »Möglicherweise habe ich keine Wahl, doch ich werde nach besten Kräften Widerstand leisten. Briefe können verzögert oder fehlgeleitet werden; das Königreich befindet sich in Aufruhr, die Straßen sind durch Schlamm und Räuber gefährdet.«

»Wie das seit der Jugend des Königs nicht mehr der Fall war.« Ihre Heftigkeit glich wie die seine einer rasch gezogenen Klinge, doch sie hielt sie gezückt und blitzend fest. »Benedetto Kardinal Torrino, Ihr wisst, dass alleine Eure Anwesenheit hier Verrat an Eurem Amt bedeutet.«

»Mein Amt ist das eines Richters und Gesandten; meine Berufung ist die eines Priesters Christi. Das alles werde ich nicht für eine Lüge opfern.«

»Vielleicht ruht die Lüge in uns.«

Er betrachtete sie. Sie stand ebenso groß wie er, doch schlank wie ein Kind und mit dem Antlitz eines jungen Mädchens vor ihm. Ihre unverschleierten Augen waren ganz und gar unmenschlich. »Und doch«, flüsterte er, »sind sie nicht böse. Niemals.«

»Sie werden behaupten, ich hätte Euch behext.«

»Vielleicht habt Ihr das. Ihr seid wunderschön, ihr Angehörige der Sippschaft des Elfenkönigs, Ihr jedoch, hohe Dame und Königin, am hervorstechendsten von allen. Niemals habe ich eine schönere Frau als Euch erblickt.«

»Der weiße Kanzler übertrifft mich, Herr Kardinal, und ich weiß es wohl.«

Er lächelte mit überraschender Herzlichkeit. »Aber er ist ein Mann, hohe Dame; und selbst als solchen würde ich ihn nicht höher einstufen. Ich bedaure es zutiefst, dass wir uns erst jetzt und unter so bösen Umständen begegnet sind, doch dass wir uns begegnet sind, kann ich nicht bedauern.«

»Und ich«, überlegte sie, »letztendlich ebenso wenig.« Ihr Lächeln hätte ihn fast zu Fall gebracht. Ihm wurde schwindelig; sie fing ihn in seiner großen Bestürzung auf. »Verzeiht, Herr, ich dachte nicht daran ...«

Die Königin war fort. An ihrer Stelle stand das Mädchen, das zwei Prinzen geliebt und sich schließlich für den einen um seiner Sanftmut willen entschieden hatte, ohne zu wissen, dass er König werden sollte. Doch die Königin wusste, was das Mädchen niemals vermutet hatte, dass ihr Gesicht selbst bezaubernd und ihr Lächeln mit Macht ausgestattet war. Sie sah mit sichtbarem Kummer auf dieses neue Opfer und hielt ihn mit zwei Händen, als könnte die körperliche Kraft allein ungeschehen machen, was sie bewirkt hatte.

Er fasste sich ziemlich schnell. Er war ein Mann von starker Willenskraft; in gewisser Weise schützten ihn seine Gelübde. Doch er blieb ein Mann. Er schluckte schwer. »Eure Majestät, ich muss gehen.«

»Ja«, sagte sie, »Ihr müsst.«

Sie blickten beide zu Boden. Sie hielten sich fest bei den Händen. Keiner von beiden fand die Kraft, sie zu lösen.

»Euer König ...« Es war ein Stöhnen. »Euer Mann. Wie ich

gehört habe, erholt er sich; durch eine von Eurer Art – sie verriet mir, wo Ihr zu finden wärt –, ich danke Gott, dass er nicht sterben wird.«

»Noch ist nicht gewiss, ob er überlebt. Aber wir beten. Mehr lässt er nicht zu. Nicht einmal mich ... er will mich nicht zu sich kommen lassen, und ich kann nicht einfach wie unsere Leute gehen. Ich habe einen Thron für ihn zu halten. Ach Gott, ich verabscheue die Fesseln des Königinnentums.«

»Ihr liebt ihn.«

»Auf höchst sündhafte Weise, mit Leib und Seele.« Endlich konnte sie eine Hand lösen, doch nur, um über sein Bischofskreuz zu streichen. »Ich habe es niemals als Sünde empfunden. Ich habe ihm das einzige Kind geschenkt, das ich gebären konnte; ich würde ihm mit Freuden noch eines, zwei, ein Dutzend geben. Wie er sie mir schenken würde ... aber verwundet und vor mir zurückgezogen, wie er ist ... ich fürchte, er enthält mir vor ..., dass er vielleicht ...«

Seine Arme schlossen sich um sie so unausweichlich wie die Fluten des Meeres. »Er bekam einen Axthieb in den Oberschenkel, aber nicht so hoch und so gefährlich, wie Ihr befürchtet. Ich weiß es von Zeugenberichten. Ich weiß, dass es stimmt. Vielleicht kehrt er lahm, doch er kehrt als Mann zurück.«

»Oder tot.« Sie ließ den Kopf auf seine Schulter sinken; er hielt sie fest umschlungen. Sein Gesicht war verzückt, strahlend, ein wenig von Sinnen. Er vergrub es in der seidenen Masse ihres Haars.

***

»Drei«, sagte Simon, »oder noch wahrscheinlicher vier. Wer hätte sich träumen lassen, dass ein Kirchenfürst so leicht fiele. Ich musste den Köder ja kaum auslegen.«

Anna wusste nicht, ob sie ihn hassen, bemitleiden, fürchten oder verspotten sollte, und das alles vollständig und gleichzeitig. Es nahm ihr den Atem; sie stand fassungslos da, gaffte und schüttelte langsam den Kopf, ohne wieder aufhören zu können.

Er würdigte sie keines Blickes. Thea lag flach mit gesträubtem Nackenfell und zum Knurren geschürzten Lefzen zu seinen Füßen. »Die Welt wird von deinesgleichen gesäubert«, erklärte er. »Einer nach dem anderen werden sie fallen. Selbst jene, die du sicher in eurem Wald wähnst – ich habe sie gezählt; meine Macht hat einen jeden von ihnen gezeichnet. Weißt du, sie wächst. Je mehr sie eingesetzt wird und siegt, umso gewaltiger schwillt sie an. Keine Mauer mag sie aussperren, keine Magie ihr standhalten, keine Kraft sie überwinden.« Er streckte die Hand wie nach etwas Greifbarem aus und lächelte mit erschreckender Sanftheit. »Wie herrlich, wie ein Lichterturm. Wie zerbrechlich, wie leicht niederzureißen.«

Thea spannte sich, als wollte sie zum Sprung ansetzen. Er hob die Hand. Sie erstarrte. Ihr Knurren verstummte. Das Funkeln ihrer Augen verlosch zu Asche. Sie schrumpfte in sich zusammen.

»Dein teuflischer Liebster«, fuhr er fort, »ist tot. Er wagte es, mir entgegenzutreten. Ich schlug zu, und er fiel hinab in die Finsternis, die jene erwartet, die keine Seele besitzen.«

»Nein«, flüsterte Anna. »Nein.«

Simon drehte sich zu ihr um. »Doch. So gewaltig der Satansfürst, der er hinter seiner Maske von Frömmigkeit war, auch sein mochte, konnte er sich nicht mit mir messen. Die Welt ist von ihm befreit.«

»Nein«, wiederholte sie. »Er kann nicht tot sein. Vor langer Zeit hat er es mir in Konstantinopel versprochen. Mir versprochen. Solange ich ihn brauchte, würde er nicht ...« Sie konnte nicht zu Ende sprechen. Nicht vor Trauer, die kam noch nicht.

Aber vor Zorn. Mit heftig auflodernder Wut trat sie jenem entgegen, der sie gefangen hielt. »Wie konnte er es wagen zu sterben? Wie konntest du es wagen, ihn zu töten?«

Er wich zurück. Sie geruhte nicht, davon erstaunt Kenntnis zu nehmen. »Zum Teufel mit dir! Zum Teufel mit dir, Simon Zauberer. Welches Recht hast du, uns leiden zu lassen? Wer verlieh dir die Macht, über Leben und Tod zu gebieten? Wie konntest du es wagen, meinen Bruder umzubringen?«

»Gott«, keuchte er. »Gott ...«

»Gott verdammt dich, du Höllenhund. Mörder, dessen Macht so groß ist ... erwecke unsere Toten wieder zu Leben! Töte dich an ihrer Stelle!«

»Das ist verboten. Gott verbietet ...«

»Wer durch das Schwert lebt, soll durch das Schwert sterben. Wer mit der Macht mordet, muss durch sie den Tod finden. So lautet das Gesetz deiner Art.«

»Mich bindet kein anderes Gesetz als das Gottes.«

»Umso besser.« Anna hob die geballten Fäuste. »Ich verfluche dich, Simon Zauberer. Ich verfluche dich im Namen deiner eigenen Macht!«

Er wich weiter zurück. »Nein. Nein, ich bitte dich, ich befehle dir ...«

»Ungeheuer. Feigling. Du fürchtest den Tod. Du weißt, was dich erwartet. Der Höllenschlund. Fürst Satan. Ewiges Feuer. Sofern«, fügte sie hinzu, »sofern du eine Seele hast.«

Er schlug schwach und vor Entsetzen bleich nach ihr; all sein Glanz war dahin, und ihn regierten nur noch Zaghaftigkeit und Wahn. Bis er innehielt. Seine Hand, zur Abwehr erhoben, erstarrte. Plötzliche Blitze zuckten aus seinen Augen. Wieder schlug er zu mit einem heftigen ausholenden Schlag, der ihr den Boden unter den Füßen wegriss.

22

Der Fall dauerte endlos, ewig! Thea schoss an ihr vorbei: Anna griff, nach ihr, bekam sie zu fassen. Auge sah in Auge. Theas waren stumpf, verlöscht: trübe, braune Tieraugen. Doch für den Bruchteil eines Augenblicks leuchteten sie grün auf. Ihr Körper war fort, an seiner Stelle lagen zwei kleine Tiere und füllten Theas Arme. Eines schlüpfte oder fiel herunter. Das andere drückte sie erstickend eng an sich, während sie immer weiter fiel und fiel und ins Nichts trudelte.

Sie schlug auf Stein auf. Er war feucht. Und er war kalt. Etwas winselte und drückte sich an sie. Mit leisem Keuchen stemmte sie sich auf die Arme hoch.

Beinahe wäre sie wieder gestürzt. Cynan drängte sich durchnässt und zitternd unter sie, doch es war nicht die Kälte, die ihn bis auf die Knochen erbeben ließ. Es waren keine Mauern da. Keine *Mauern.* Grünes Gestrüpp, ausgetretenes, fahles Pflaster, ein strahlend helles Himmelszelt.

Es verschwamm. Sie versuchte, die Tränen zu unterdrücken; doch sie kamen nur noch heftiger.

Nadelspitze Zähnchen schlossen sich, allerdings vorsichtig, ganz vorsichtig um ihre Hand. Cynan ließ los, schwankte auf seinen Beinchen und sah ihr in die Augen. Seine Entschlossenheit überstieg seine Furcht. Etwas drängte sie, allerdings nicht körperlich: innerlich vielmehr, wie eine Erinnerung, die sich müht, an die Oberfläche zu steigen. Ein Wort oder ein Wunsch. *Hoch.* Und: *Geh!*

Auch er hatte die Augen seines Vaters in silbrigem Gold. Sein Vater ...

Ein Aufheulen stieg aus ihrer Seele. Sie presste die Kiefer aufeinander, es zu ersticken. Sie kämpfte sich in eine wenig anmutige Hocke hoch und war sich, wie man das in einem

Albtraum ist, ihrer schmutzigen Kleider, ihres stinkenden Körpers und ihres zottigen Haars bewusst, das ihr über Gesicht, Schultern und Rücken hing. »Dein Vater«, sprach ihr Mund, »ist tot. Alun ist tot und wir ...«

Cynan schnappte den herabhängenden Zipfel ihres Ärmels und zog daran. *Geh,* drängte er sie. *Geh!*

Ihr Körper ließ sich nicht mehr von ihrem Geist lenken. »Ich habe ihn geliebt. Und er hatte mir versprochen ... hatte mir versprochen ...«

Ein plötzlicher Schmerz brachte sie wieder zur Vernunft. Cynan duckte sich außerhalb der Reichweite ihrer zerbissenen Hand an den Boden und knurrte. Sie taumelte hoch. Noch gab er sich nicht zufrieden. Er zupfte an ihrem Saum. Sie wankte nach vorn; er stand auf und folgte ihr.

Langsam festigte sich ihr Schritt, und ihr Denken klärte sich. Cynan war zwar tapfer, aber doch noch sehr klein; sie zog ihn hoch, ehe er müde wurde. Sein Gewicht war wie ein Schild, ein Schutz gegen die Panik. Diese Straße, diese Luft, dieser Himmel waren wirklich. Sie war frei. Sie hatte Simon zum Äußersten getrieben, und er hatte sie nicht getötet; er hatte sie von sich geschleudert. Liahan, Thea ...

Mit ihrer ganzen Kraft bekam sie sich in die Gewalt. Sie hatte Cynan und er war gesund und munter. Als Nächstes mussten sie klären, wo sie sich befanden. Trotz der Wildnis ringsumher war die Straße nicht von Pflanzen überwuchert, und zwischen dem Gestrüpp am Wegesrand schimmerten hie und da zerfallende Marmorstandbilder. Anna ging an ihnen vorüber und holte zu weiteren Schritten aus. Ihr Herz schlug nun nicht mehr so schnell. Keine Mauern schlossen sich um sie, kein Simon tauchte auf, ihr den Weg zu versperren.

Die Straße machte eine scharfe Biegung. Die Bäume lichteten sich. Vor ihnen dehnte sich eine ganze Welt. Eine Stadt mit Hügeln und Sümpfen und einer breiten Flussbiegung, und dazwischen erhoben sich Mauern und ragten riesenhafte Bauwerke empor.

Ihre Knie wurden weich. Sie zwang sie, nicht nachzugeben. Nach ihrem ganzen Schrecken und ihrer Weigerung, über die Möglichkeiten nachzudenken, war sie doch nicht weit fortgeschickt worden. Sie befand sich immer noch in Rom.

Zu Pferd und mit reichlich Vorräten eine einmonatige Reise von Rhiyana aus. Sie kannte keinen Menschen hier, sah wie eine Bettlerin aus und besaß weder Geld noch Lebensmittel, sich weiter durchzuschlagen. Und zur Gesellschaft hatte sie einen Welpen, der noch nicht einmal der Mutter entwöhnt war.

Cynan widersprach heftig mit Körper und Geist. Er hatte schon die ersten Versuche an der Fleischschüssel seiner Mutter unternommen. Und er war ein geborener Zauberer; er besaß Macht. Er konnte ihr helfen.

Ein Lächeln fühlte sich eigentümlich auf ihrem Gesicht an. »Das kannst du. Es sei denn ...« Sie schloss den Mund. Man nannte den Teufel nicht beim Namen. Wenn sie überhaupt weitergehen wollte, musste sie so tun, als wäre sie wirklich frei. Sie besaß einen regen Verstand und hatte einen Gefährten, und keiner hatte ihr den kleinen Schatz, die goldenen Ohrringe, abgenommen. Gewiss könnte sie sich damit Essen, ein Dach über dem Kopf und vielleicht – sie zitterte bei der bloßen Aussicht – ein Bad leisten.

Die Sonne war noch recht tief am Himmel gestanden, als sie ihren Weg begonnen hatte; während sie ging, stieg sie höher. Der Bogen, den sie zog, war entschieden höher, als sie es in Erinnerung hatte, da der Winter nun in den Frühling überging, und die Luft war wundervoll warm. Trotzdem war sie für das Pelzfutter ihrer Jacke dankbar. Ihre weichen Schuhe, niemals für weite Wanderungen gedacht, waren von den vielen Pfützen völlig durchnässt; sie wollte nicht darüber nachdenken, dass ihre Füße allmählich wund wurden.

Wie riesig Rom doch war. Wie erschreckend mit dem Menschengewimmel und wie Furcht erregend gleichermaßen auf den großen, öden Weiten, wo kein Mensch zu sehen war. Sie fühlte sich wie eine Gänsemagd, die misstrauisch in ein königliches Schloss spähte, wie sie zwar für ein rhiyanisches Schloss gekleidet, aber schmutzig wie eine Kanalratte war und einen ganz kleinen Jagdhund auf dem Arm trug. Er war starr vor Angst, beobachtete doch alles mit fassungsloser Faszination und nahm es in sich auf, da er zuvor nichts anderes als die Stille einer Gefängniszelle gekannt hatte.

Sie wagte aus Furcht, ihn zu verlieren, nicht, ihn laufen zu lassen. Und er verlangte es auch nur ein einziges Mal. Da waren zu viele Füße und zu viele Hunde, dürre, bösartige Geschöpfe, die ausgehungert nach einem so zarten Häppchen, wie er es war, Ausschau hielten. Doch der eine, der sich zu nahe heranwagte, verlor fast ein Stück seiner Nase; die übrigen, Tiere wie Menschen gleichermaßen, hielten Abstand.

Anna wusste, dass sie ein Ziel für ihren Weg festlegen musste. Einen Goldschmied oder einen Pfandleiher, der ihr einen angemessenen Preis für ihre Ohrringe zahlen würde. Einen Gasthof, wo sie schlafen, ihre fünf Sinne zusammennehmen und einen Weg nach Hause finden konnte. Doch der Gedanke, sich wieder hinter Mauern einzuschließen, selbst hinter Mauern, deren Tor offen stünde, ließ sie erschaudern.

Die Sonne hatte den Zenith überstiegen und senkte sich nun dem Abend entgegen. Cynans Gewicht lastete schwer auf Annas Armen. Und er wurde allmählich hungrig. Sie könnte im Notfall fasten, wie unerquicklich das auch wäre, doch er war dafür entschieden zu klein.

Schließlich machte sie an einem kleinen, eigentümlich in die Wand eingelassenen Brunnen halt. Aus dem Maul eines von der Zeit abgerundeten Löwengesichts ergoss sich ein dünnes Rinnsal und sammelte sich in einem langen, schmalen Becken. Das Wasser war kalt und süß. Sie tauchte ihr Gesicht hinein und vergaß für eine kurze Zeit alles außer dem Genuss ihrer Sinne.

Cynan, den sie auf dem Brunnenrand abgesetzt hatte, trank gierig. Als Anna keuchend und prustend wieder auftauchte, war er fort. Sie sah sich zuerst mit übersteigerter Sorge um. Die Straße war verhältnismäßig schwach bevölkert; sie hatte sich doch nur für ein, zwei Augenblicke aus der Welt zurückgezogen. Es dürfte nicht schwierig sein, einen weißen Jagdhundwelpen wieder ausfindig zu machen.

Dürfte es nicht. War es aber. Er war verschwunden.

Sie blieb stehen, triefte immer noch vor Nässe, doch der aufwallende Zorn wärmte sie. »Zum Teufel mit allen Hexen«, fluchte sie zähneknirschend. »Verdammt, verdammt, *verdammt!*«

Etwas Blitzendweißes zog ihre Aufmerksamkeit auf sich. Sie schoss darauf zu. Unter einem nach Fisch stinkenden Karren rührte sich eine kleine Gestalt. Eine Katze.

Anna ging weiter, weil sie nicht wusste, was sie sonst hätte tun sollen, rief ohne viel Hoffnung Cynans Namen und verfluchte ihn in blumigem Griechisch. Leute starrten sie an. Sie sah wie eine Verrückte aus, und sie fühlte sich auch so.

Sie blieb mit dem Saum hängen. Sie zerrte daran. Es zerrte zurück. Sie fuhr herum. Cynan grinste mit heraushängender Zunge und wedelte wie wild mit dem Schwanz. Sie drohte ihm mit der Faust. »Du *Racker!* Wo hast du gesteckt?«

Er lief ein, zwei Schritte fort und kehrte wieder um. *Komm mit,* befahl er. *Schau mal!*

Anna stöhnte laut. »Was soll ich anschauen? Bist du nicht hungrig? Möchtest du nicht essen? Schlafen? Sauber sein?«

Wieder packte er ihr Kleid. *Komm und schau!*

Mit einem tiefen Seufzen ließ sie sich von ihm führen. Er war schließlich ein Hexenkind. Sie hoffte, dass seine Macht ihn antrieb. Sie ließen den Brunnen hinter sich, gingen beim Fischhändler vorbei. Sie kamen an der Werkstatt eines Goldschmieds vorüber, aber Cynan wollte nicht zulassen, dass sie stehen blieb.

Die schmale Straße mündete in eine andere, etwas breitere und stärker belebte. Menschen strömten an einer langen Doppelreihe von Buden vorüber, in denen alles feilgeboten schien, was man sich nur wünschen konnte. Der Geruch von Bratfisch, Gewürzen und frisch gebackenem Brot drehte Anna mit plötzlichem Schmerz den Magen um.

Cynan zog sie weiter. Sie standen zwischen der Bude des Bäckers und einer, wo hoch aufgestapelt Bücher lagen. Das bedeutete für Anna neuen Schmerz, einen Drang, den nächstbesten staubigen Band zu packen und sich in eine Ekstase von Worten zu stürzen. Cynan schien just darauf im ganz wörtlichen Sinne aus zu sein. Er sprang in den offenen Laden, und Anna folgte ihm gezwungenermaßen mit mühsam beherrschtem Zorn.

Nach dem strahlenden Sonnenschein wirkte es hier drinnen schummrig. Anna machte die dunklen Umrisse von Büchern aus, ein Schreibpult und einen Mann, der aufmerksam über seine Arbeit gebeugt saß. Der Buchhändler, um den es sich vermutlich handelte, bedachte Anna mit einem abschätzigen Blick, ehe er sich wieder seiner Seite zuwandte. Seine einzige Kundin wirkte etwas verwunderlich, ein Mädchen, etwas jünger als Anna, über alle Maßen schön, geschmackvoll, aber höchst einfach gekleidet. Zu ihren Füßen stand völlig vergessen ein Korb, der von Früchten, die sie am Tagesmarkt erstanden hatte, überquoll, während sie ein dicht beschriftetes Buch durchblätterte.

Cynan schoss geradewegs auf sie zu, tollte um sie herum,

zerrte das Abdecktuch von ihrem Korb und verhedderte sich darin, bis er nur noch zappeln und grinsen konnte.

Das Mädchen legte das Buch beiseite, noch ehe seine Possen recht begonnen hatten. Als sie lachte, schien der ganze, dicht gedrängte Raum zu strahlen. Sie fischte das Bündel hoch, zu dem Cynan sich zusammengerollt hatte, und drückte ihm, nicht unbedingt zu seinem Wohlbehagen, einen Kuss auf die spitze Schnauze. »Na, kleines Ungeheuer«, foppte sie ihn, »wieder zurück, mich zu ärgern? Oder geht es um den Fisch in meinem Korb?«

Er strampelte. Sie wickelte ihn aus und setzte ihn zu Boden. Er kehrte zu Anna zurück und wirkte sehr selbstzufrieden. *Schau,* sagte er. *Essen und eine Freundin. Hast du mich lieb, Anna?*

Sie schüttelte ihn und drückte ihn an sich. Sie begegnete dem Blick des Mädchens, so kühn sie es nur vermochte, aber auch mit einer berechtigten Spur von Entschuldigung. »Verzeih«, sagte sie auf Lateinisch, »falls der Schlingel dich belästigt hat.«

»Demnach gehört er dir?« Die Fremde musterte sie ohne erkennbaren Abscheu und lächelte sogar ein wenig.

»Ich habe ihn in Pflege«, antwortete Anna, »Gott steh mir bei.«

Das Mädchen lachte. »Er ist der nackte Schrecken, wie? Er ist prächtig.« Sie kraulte seine Ohren, ohne den Blick von Anna zu wenden. »Du sprichst ein wundervolles Latein. Solltest du gar selbst ein Wunder darstellen? Eine gelehrte Frau?«

»Als solche schätzt man mich ein«, antwortete Anna langsam.

»Solltest du etwas von Dialektik verstehen? Hast du jemals philosophische Texte gelesen? Kennst du Aristoteles, Plato, Epikur?« Sie beherrschte sich und kicherte wie ein albernes Mädchen. »Ich rede wieder zu viel! Es ist nur, wenn ich dich

Latein sprechen höre und noch dazu so gut, galoppieren meine Wünsche einfach mit mir davon.«

Cynan strahlte vor Zufriedenheit. *Hexenbrut,* dachte Anna an ihn gewandt ohne sichtbare Wirkung. Sie stellte fest, dass sie lächelte. »Anna Chrysolora«, stellte sie sich vor.

»Stefania di Ravenna.« Ihr eigenes Lächeln war ebenfalls strahlend. »Solltest du gar Griechin sein? Meine Mutter war eine. Und mein Onkel kommt von dort. Wenn du ihn fragst, nennt er mich Stefania Makaria.«

»Ich bin in Konstantinopel geboren.«

»Und ich in Ravenna. Bist du als Pilgerin in Rom? Oder lebst du hier?«

»Eine byzantinische Pilgerin in Rom?«

Einen Augenblick lang verdüsterte sich Stefanias Gesicht. »Ich kenne einen. Ich kannte ...« Sie schüttelte sich heftig. »Natürlich nicht. Aber wenn du hier lebst ...«

Anna blickte an ihrer desolaten Aufmachung hinab und wieder hoch in die klaren Augen. Sie waren so blau wie der Abend, wie das Feld von Gwydions Banner und der Saphir in seiner Krone. »Ich lebe nicht hier.« Die Mauern rückten näher. Oder lag es nur am schwindenden Tageslicht? »Ich habe keinen Platz, mein Haupt zu betten. Meine Welt war vermauert und verriegelt, und er warf mich hinaus, weil ich wagte, die Wahrheit zu sagen. Er sagte ... er sagte, mein Bruder ...«

Der Rest war verwaschen. Anna wusste, dass sie ging. Stefania trug den Korb. Cynan saß obenauf. Hexengöre. Er hatte das alles geplant.

Er konnte keine zwei Monate alt sein. Eigentlich nicht viel älter als einen.

Frühreif. Vielleicht nannte sie ihn so. Sie befand sich auf der Straße. Dann auf einer Treppe, wo sie sich alle Mühe gab, nicht zu fallen. Sie stand in einem warmen, freundlichen Zimmer und sah sich dem Zorn in Gestalt einer uralten Frau gegenüber. »So ein *Dreck!«*, kreischte sie. *»Und wie sie stinkt!* Wasser, Stefania. Seife. Handtücher. Aus dem Weg, Hündchen.«

Ein Bad. Reine Seligkeit. Sauberes Haar, sauberer Körper, saubere Kleider, wenn auch etwas zu kurz, ein Bett und eine Decke, Cynan warm und wohlgenährt neben ihr und endlich Schlaf und Frieden. Sie schloss sie alle vor inbrünstiger Freude in ihr Herz.

23

Nikki stapfte im Kloster San Girolamo von einem Ende zum anderen. Die Mönche, unter ihnen Alf und Vater Jehan, sangen das Mittagsoffizium. Er hatte das Kloster mit seinen Ziersäulen und dem sorgsam gepflegten Rasen, wo Anemonen wie Sterne das Grab eines längst vergessenen Abtes umstanden, für sich allein.

Irgendwann in der Nacht war seine Macht zurückgekehrt. Er konnte wieder hören, wenn er wollte. Im Augenblick wollte er nicht. Er war für die Stille, als Gefangener seines eigenen Denkens geboren. Seine Augen waren nur Fenster, die ihm Sicht, aber kein Begreifen gewährten.

Stefania wusste es nicht. Sie konnte es nicht einmal erraten. Oh, er hatte es klug angestellt, sich dessen zu vergewissern, indem er ihre Augen überallhin lenkte außer auf seine reglosen Lippen und immer sehr sorgfältig in Worten sprach, niemals in seiner Geheimsprache von Gesichtsausdruck, Körper und Willenskraft. Sie hielt ihn für einen Mann wie jeden anderen. Sie glaubte ihn zu lieben.

Sie liebte eine Lüge. Die Wahrheit würde sie niederschmettern, erst vor Ungläubigkeit, dann vor Furcht. Und dann, und das war am schlimmsten, vor Mitleid. Denn ohne den Panzer seiner Macht war er ein armes Geschöpf, stumm und in Schweigen eingemauert.

Er konnte lesen und schreiben. Das war eine gewisse Hoffnung. Er war kein richtiger Mann.

Und? Musste sie es jemals erfahren? Er war ein Dummkopf gewesen, sie nach dem Angriff des Feindes überhaupt aufzusuchen; er war halb von Sinnen gewesen und wusste erst, was er tat, als es schon geschehen war. Niemals zuvor hatte er eine Frau begehrt, wie er sie jetzt begehrte. Sie war für ihn geschaffen. Sie war vollkommen. Vielleicht ... es konnte sehr wohl sein, dass er sie liebte.

Sie war bei weitem von schärferem Verstand. Er hatte niemals vorgegeben, ein Gelehrter, geschweige denn ein Philosoph zu sein. Das Lernen fiel ihm leicht, und mit Alf als Lehrer musste er unweigerlich zum gebildeten Mann heranwachsen, doch sein Verstand besaß weder Tiefe noch Brillanz. Wohin sie ihn führte, konnte er ihr nur mit gewissem Abstand folgen.

Sie wusste das; es kümmerte sie nicht. Sie liebte sein Gesicht und seinen Geist, so wie er war, und ganz offen auch seinen Körper: seine Gesamtheit, so wie sie sie kannte.

Sie musste es erfahren. Er durfte sie nicht weiter täuschen. Wenn er sie verlöre ...

Seine Schritte wurden länger und schneller. Seine Finger zuckten, verkrampften und lösten sich. Eigentlich sollte er nach Anna, Thea und den Zwillingen suchen. Und nicht seufzend nach einer hübschen, halbgriechischen Philosophin schmachten.

Er blieb unvermittelt stehen. Er würde es ihr sagen. Jetzt. Heute. Vielleicht würde es ihr gar nichts ausmachen. Möglicherweise würde er durch das gleiche Wunder sogar sprechen lernen. Er drehte sich um und tat erschreckt einen Sprung zurück. Prior Giacomo stand kaum einen Meter weit entfernt und trug seinen gewohnten, Furcht erregenden Blick zur Schau. Seine Lippen bewegten sich. Nikki zwang sich unter Mühen zu hören. »... besorgt. Kann ich dir irgendwie helfen?«

Nikki gaffte. Fast hätte er gelacht. Helfen? Wie sollte irgendein sterblicher Mensch einem von ihnen helfen können? Einem geborenen Zauberer, einem ausgebildeten Zauberer und einem Mann, der verrückt genug war, sie beide zu lieben; dieser hervorragende Mönch konnte sich nicht vorstellen, unter welchen Schwierigkeiten sie zu leiden hatten.

Prior Giacomo hielt sich ein wenig zurück. Er wusste nicht,

dass er Nikkis wortlose Ansprache verstand; er glaubte, in des Jungen Gesicht zu lesen und dort die Verzweiflung zu finden, die wirklich war, und den Spott, der seinem eigenen Missverstehen entstammte. »Ich weiß, dass ich aufdringlich bin«, sagte er steif, »aber ich kann nicht umhin, um das Wohlergehen eines Gastes besorgt zu sein.«

Nikki schüttelte den Kopf von einer Seite zur anderen. Seine Lippen waren fest aufeinander gepresst und schweigsam verschlossen. Um Giacomos Seele willen durfte er ihm nicht alles verraten. Sein eigener, bescheidener Kummer war ohne Bedeutung. Er war verliebt, was er nicht sein sollte, nicht sein durfte. Was war das im Vergleich zu den Ungeheuerlichkeiten, die ihn hierher geführt hatten?

Er sah, wie Erkenntnis in den Augen des Priors aufleuchtete. »Ich habe dich niemals sprechen gehört«, sagte Giacomo leise. Er betrachtete Nikki eingehend. »Du kannst nicht sprechen, nicht wahr? Und ich habe Antworten verlangt. Ich verdiene die Peitsche!«

Nikkis Macht schwoll fast schmerzhaft an und schleuderte ihn kopfüber in Giacomos Inneres. Dort herrschte eine Flut von Ärgerlichkeit und Beschuldigungen, die er beide gegen sich selbst richtete. Neugier und Schuldgefühle ihretwegen. Mitgefühl. Aber nichts so Grässliches wie klägliches Mitleid. »Wahrscheinlich kannst du mir nicht erklären, warum.«

Nikki fasste an sein Ohr. Giacomo blickte finster drein. »Du bist nicht taub.« Er hielt inne. »Vielleicht doch. Ich kannte einmal eine Frau. Eine Base meiner Mutter. Sie war von Kind an taub; sie hatte gelernt, vom Mund und den Gesichtern abzulesen. Manchmal war es unheimlich, wie viel sie verstehen konnte.«

Ihm war nicht behaglich zu Mute mit seiner Entdeckung, wie sehr er sich auch einen Narren schalt. *Jetzt lösen sie alle Unbehagen in mir aus*, dachte er, und hätte es fast ausgesprochen. Er hasste Unbehagen; es beeinflusste die ganze Stimmung. Aber diese Pilger, die schon so lange in Rom waren und nicht die geringsten Anstalten zur Abreise machten, hatten eindeutig etwas Eigentümliches an sich.

Er biss die Zähne aufeinander. Es hatte keinen Zweck, den Jungen auszufragen. Der andere Bursche, dessen Gesicht so glanzvoll auf Oddones Leinwänden Gestalt annahm, wäre auch nicht hilfreicher, so verträumt und geheimniskrämerisch und halb verrückt dazu, wie er war. So blieb noch der Mönch; und der war im Vergleich zu den anderen zu bestechend normal, als dass man ihm glauben könnte.

Nikki schlich sich davon. Giacomo nahm keine Notiz davon. Er war gut, wenn nicht hervorragend abgelenkt.

Es war nicht schwer, Bruder Jehan zu finden. Er war jedoch beschäftigt, und wie es aussah, nicht zu seinem Vergnügen. Einer der zahllosen Amtsträger der Kurie hatte es sich in den Kopf gesetzt, seinen Onkel, den Abt, zu besuchen; nachdem er mit sichtbarer Ungeduld und umherschweifendem Blick das Offizium gehört hatte, war er keinen Schritt von dem Normannen gewichen. Sie befanden sich noch im Kirchenschiff: Löwe und Kater; Archidiakonus Giambattista sprach in lautem, empörtem Ton. »Aber Bruder, ich könnte schwören, Ihr seid das getreue Abbild von ...«

Mit Jehans Höflichkeit war es bald zu Ende. »Verlasst Euch drauf, wir Normannen ähneln uns alle.«

»Aber in diesem Maße? Bruder, selbst Eure Stimmen sind die gleichen.« Giambattista erblickte Giacomo. »Bruder Giacomo, würdet Ihr mir glauben, dass ich dieses Gesicht ebenso gut wie mein eigenes kenne? Doch als ich es zum letzten Male sah, gehörte es einem Bischof.«

»Der arme Mann«, meinte Jehan mit mühsamer Leichtigkeit. »Hat er davon geheilt werden können?«

Giambattista schien es nicht gehört zu haben. »Die Stimme, der Rumpf, die Nase. Die Nase ist unverkennbar. Ei, ich erinnere mich genau an den Tag, da es geschah bei jenem gottlosen Turnier in Mailand ...«

»Der Abt will Euch sprechen«, erklärte Giacomo unvermittelt in einem Ton, der dem Schwätzer das Wort abschnitt und ihn dazu brachte, sich rasch zurückzuziehen. Offenbar war es Giacomos Tag, um Grünschnäbel in die Flucht zu schlagen.

Es trat ein Augenblick gesegneter Stille ein. »Ich gestehe«, meinte Jehan schließlich, »einen schrecklichen Fehltritt in christlicher Nächstenliebe.«

»Wäre ich dein Beichtvater, würde ich dir auf der Stelle die Absolution erteilen. Der Bursche war schon in der Wiege die reine Pest.«

»Von der aus er zweifellos das Turnier in Mailand verfolgt hat.«

»So jung ist er nicht mehr.« Nach einem Augenblick fügte Giacomo hinzu: »Sofern du vom gleichen Turnier sprichst wie ich. Das kann nicht länger als zehn Jahre her sein.«

»Elf. Warst du dabei?«

»Ich habe davon gehört. Von Giambattista. In aller Ausführlichkeit. Der Sieger war sein erster, leibhaftiger Held.«

Jehan rieb sich die zerschlagene Nase. Als er Giacomo ansah, ließ er die Hand sinken.

»Der Sieger«, berichtete Giacomo, »war ein junger Hüne, ein Normanne. Er gewann wider alle Hoffnung und nach einem Hieb, der ihm eine fast ebenso imposante Nase wie die meine zerschmetterte. So hat Giambattista es zumindest immer erzählt. Der Ritter war ebenfalls Priester, einer von Papst Innozenz' Günstlingen, sein Beschützer, Freund, Gesandter und Privatsekretär in einem. Nach allem, was ich weiß, hat er es inzwischen weit gebracht. Das Letzte, was ich hörte, war seine

Ernennung zum Bischof irgendeines unaussprechlichen Meeres am Ende der Welt.«

»Selbst das Ende der Welt mag ein oder zwei Vorteile aufweisen«, meinte Jehan.

»Es ist nicht Rom.« Giacomo verschränkte die Hände in den Ärmeln und sah in das ausdruckslose Gesicht hoch. Die eisblauen Augen erwiderten seinen Blick. Ob einfacher Mönch oder geweihter Bischof, mit diesem Mann ließ sich nicht spaßen.

Sie gingen nebeneinanderher, Giacomo holte weiter aus, und Jehan verkürzte seinen Schritt auf erträgliche Länge. Helles Tageslicht umflutete sie; sie schlugen den Weg zum Gästehaus ein. »Erstaunlich«, überlegte der Prior, »wie genau du wusstest, wovon der Archidiakon sprach. Ich nehme an, du willst nicht weitere Mutmaßungen anstellen. Denk dir mal einen Bischof, der als einfacher Mönch des heiligen Hieronymus angesehen werden möchte. Es ist so viel leichter; niemand steht voller Ehrfurcht vor Rang und Heiligkeit stramm, keiner versucht, jede Stunde mit festen Zeremonien auszufüllen. Und mit etwas Glück errät auch keiner die Wahrheit.«

»Interessant«, gab Jehan zu, »aber warum sollte er solchen Wert darauf legen, nicht erkannt zu werden?«

»Wer weiß? Vielleicht hat er eine Mission, von der niemand etwas erfahren soll. Vielleicht hat er Gefährten, die ein wenig der Erklärung bedürfen. Möglicherweise versucht er nur der Aufmerksamkeit Giambattistas und seinesgleichen zu entgehen.«

Jehan lachte zwanglos. »Wenn ja, hat er gewiss das falsche Versteck gewählt. Innerhalb einer Stunde wird die ganze Kurie die Geschichte kennen.«

Die Tür des Gästehauses stand angelehnt, das Haus war leer; im Augenblick beherbergte es außer seinen wundersamen Gästen niemanden. Giacomo nahm auf Jehans Einladung einen Stuhl am Feuerkessel ein und schaute sich in dem Raum um, den die Pilger sich teilten. Er war peinlich sauber, und es lag keinerlei persönliche Habe herum bis auf die in einer Ecke zusammengestellten Pilgerstäbe, der am Fußende des Bettes zusammengefalteten Umhänge und ein kleines Bündel obenauf. Sie waren mit wenig Gepäck gereist, diese merkwürdig zusammengewürfelten Wallfahrer.

Giacomo wärmte sich die Hände über den Kohlen. »Um diese Jahreszeit friere ich immer.«

»Es ist Frühling. Buße ist eine frostige Angelegenheit.«

»Wie sollte es anders sein, wenn man nichts als Fisch essen darf?« Giacomos Zorn verrauchte ebenso rasch, wie er aufgelodert war. Er maß Jehan mit kühlem, festem Blick. »Verstehe bitte«, entschuldigte er sich, »es ist nicht meine Gewohnheit, in die Räume meiner Gäste einzudringen. Aber manchmal scheinen die Umstände es zu erfordern.«

Der Normanne ragte bedrohlich wie ein Turm empor, doch sein Gesicht zeigte nur höfliche Aufmerksamkeit. Die Hände hielt er auf dem Rücken verschränkt, wo sie nicht zu sehen waren. Vielleicht hatte er sie zu Fäusten geballt.

Der Prior fuhr hartnäckig fort. »Eure Führung hier war beispielhaft. Ich kann wahrheitsgemäß versichern, dass Eure Anwesenheit San Girolamo – bislang – zum Vorteil gereicht hat. Was weiter geschieht, dem sehe ich zugegebenermaßen mit gewisser Besorgnis entgegen. Nicht weil du ein berühmter und hoch stehender Kirchenfürst bist; das kann ich glauben und als aufrechten Akt der Demut nicht verurteilen. Doch deine Freunde beunruhigen mich allmählich.«

»Wie das?«

Das war nicht der Ton des demütigen Mönchs. Giacomo gestattete sich ein angespanntes kleines Lächeln. »Ich kann nichts beweisen. Ich kann nur sagen, dass ich Unbehagen empfinde. Ein Byzantiner und ein ... Sachse? Wie es scheint,

Burschen im gleichen Alter, ein gebrechlicher, mönchischer Gelehrter und ein weltzugewandter junger Mann mit strahlenden Augen, zwischen denen Welten liegen und die sich doch nahe stehen wie Brüder. Der Sachse leidet an einer Art Fallsucht. Der Grieche ist taubstumm, obgleich man es nicht gleich bemerkt. Keiner der beiden hat die geringsten Anzeichen gezeigt, irgendwelche Schreine aufzusuchen, um ein Wunder zu erbitten.«

»Weil«, ertönte eine leise, klare Stimme, »das Wunder nicht zwischen staubigen Reliquien und den Gräbern von Heiligen zu finden ist. Ich bezweifle, dass die Kirche es überhaupt gutheißen würde.«

Alf trat neben Jehan, dass sie Schulter an Schulter standen. Der Gegensatz war nicht so überwältigend, wie Giacomo ihn vielleicht erwartet hatte. Der weiße Junge war eine Spur kleiner, mit einem Drittel der Leibesfülle, abgemagert wie ein gemalter Engel, und stand doch aufrecht wie ein Schwert neben einem großen Eisenklotz. Weniger massig, aber von todbringender Geschmeidigkeit. »Guten Tag, Signore«, grüßte Giacomo gelassen.

Alf neigte den Kopf just angemessen tief. »Guten Tag, Bruder Prior. Ich bedaure, dass unsere Anwesenheit Euch bekümmert. Wenn Ihr es wünscht, können wir uns anderweitig nach einer Unterkunft umsehen.«

Giacomo riss den Kopf hoch, seine Nasenflügel blähten sich. »Wir fechten hier mit Beleidigungen, Herr Pilger.«

»Im Angesicht Gottes?«, fragte Jehan.

»Im Angesicht Gottes stehen wir für unsere Ehre ein. Von Abreisen kann keine Rede sein.«

Alf zückte eine schmale Braue in die Höhe. »Sind wir Gefangene?«

»Ihr wisst, dass dem nicht so ist. Ich bitte nur um eine einfache Zusicherung. Wenn Ihr eine Zuflucht sucht oder erwartet, in Zukunft eine zu benötigen, so werdet Ihr uns das wahrheitsgemäß zur Kenntnis geben. Wir können Euch Gottes Schutz bieten, doch nur, wenn Ihr darum nachsucht.«

»Auch vor dem Teufel höchstpersönlich?« Alf wartete erst gar nicht auf eine Antwort. Er schien sich zu sammeln, um eine unerwartete, schmerzliche Entscheidung zu fällen. »Bruder Prior, wir brauchen nicht mehr, als wir bereits empfangen haben, was seinerseits weit mehr ist, als wir jemals zu erhoffen wagten. Unser Verbrechen besteht einzig und allein in unserer Existenz; und dafür gibt es kein Versteck. Unser Wunder ist durch und durch irdisch und liegt jenseits des Wirkungskreises Eurer Abtei: Wir haben einen Feind, der uns zutiefst hasst. Durch seine Macht und unsere Nachlässigkeit hat er unsere Familie geraubt. Meine Schwester, meine Dame. Und meine neugeborenen Kinder.«

Giacomo war voll von Worten, doch keines wollte ihm über die Lippen kommen.

»Meine Kinder«, wiederholte Alf leise. »Er hat sie geraubt. Wir haben ihn bis in diese Stadt verfolgen können. Er ist hier, davon sind wir überzeugt, aber er hat sich und seine Gefangenen so gut versteckt, dass wir sie nicht finden können. Das ist das Wunder, um das wir beten. Das ist der Grund meiner Krankheit.«

»Dann«, meinte Giacomo, »kann ich vielleicht doch von Nutzen sein. Wer ist dieser Feind? Wenn er ein adliger Herr oder ein Fürst ist, kennt meine Familie ihn vielleicht. Und wenn es sich um einen Kirchenmann handelt, glaube ich schon, dass ich ihn aufspüren kann.«

Alf schüttelte den Kopf. »Nein. Ich danke Euch. Der Mann ist wahnsinnig. Wenn er erfährt, dass wir ihn suchen, wird er seine Gefangenen gewiss töten. Er machte bereits einen nieder, der ihn aufzuhalten suchte, einen unbewaffneten Jungen; er wird auch mit Frauen und Kindern kein Erbarmen kennen.«

»Vielleicht sind sie schon tot. Doch auch wenn sie es nicht sind, muss er gefunden und bestraft werden.«

Alfs Augen glühten. »Sie sind am Leben. Aber nicht lange mehr, wenn er Witterung von uns bekommt. Ihr seid großzügig, Bruder Prior, und tapferer, als Euch bewusst ist, doch ich bitte Euch, nicht weiter darüber zu sprechen. Wir werden ihn finden. Und wir werden dafür sorgen, dass er den vollen und angemessenen Preis zahlt.«

»Nur ihr drei?«

»Drei werden genug und schon viel zu viele sein. Reicht nicht ein Gott für alle Rache?«

»Das klingt ein wenig blasphemisch.«

»Zweifellos. Aber was das angeht, ließe sich schon meine Existenz als Blasphemie betrachten.« Alf trat an den warmen Kessel, schürte die Kohlen und legte eine Hand voll neue auf. Das rötliche Licht zeichnete sein Gesicht nach, vertiefte die Höhlungen unter Augen und Wangenknochen und verwandelte die glatten, jugendlichen Züge in eine zeitlose Maske. »Ihr könnt uns immer noch auffordern zu gehen, und wir werden dem ohne Klagen Folge leisten. Wir hatten niemals vor, Eure Gastfreundschaft so lange in Anspruch zu nehmen.«

»Ich erklärte Euch schon, dass davon keine Rede ist. Außerdem wäre Bruder Oddone völlig niedergeschlagen, wenn Ihr gingt. Ich glaube, er hat als Nächstes vor, ein Standbild zu schaffen. St. Raphael, der Heiler.«

Alf lächelte fast unmerklich. »Vielleicht werde ich sein erstes Wunder werden.«

»Das ist nicht sehr unwahrscheinlich. Oddone beansprucht diese Ehre bereits für sich. Er schwört, seit dem St.-Benedikt-Tag hätte ihn kein Husten und kein Frösteln mehr geplagt.«

»Das freut mich. Ihr solltet ihn wertschätzen, Bruder Prior. Er besitzt seltenes und großes Talent. Und er wird auch nicht lange leben, nicht einmal mit Hilfe des heiligen Raphael. Gottes Hand ruht auf ihm.«

»Ich nenne es Schwindsucht«, meinte Giacomo schroff, »und ich sehe es sehr wohl. Die Wahrheit ist, dass Oddone behauptet, Ihr hättet ihn geheilt. Er ist überzeugt, dass Ihr ein verkleideter Erzengel seid.«

Alf lachte aufrichtig belustigt. Für einen Augenblick sah er wieder wie ein Junge aus, da die Schatten in den Höhlungen um seine Augen schwanden. »Bruder, Ihr lindert meinen Kummer, Ihr und Euer geliebter Künstler.« Er nahm vom Bett, was ihn offenbar hierher geführt hatte, den zusammengefalteten Umhang. Er verbeugte sich zu Giacomo hin, lächelte Jehan zu und wandte sich zum Gehen.

Der Prior hob eine Hand. Alf hielt mit gezückten Brauen inne. Giacomo winkte ihm mit enttäuschtem, finsterem Blick nach.

24

Jetzt würde er es tun. Jetzt würde er es ihr sagen. Jetzt sollte sie erfahren, was es mit ihm auf sich hatte.

Nikki sagte sich das in einer Litanei auf, während er blindlings durch die inzwischen vertraut gewordenen Straßen schritt und Bewundernswertes wie Alltägliches gleichermaßen unbeachtet ließ wie ein Einheimischer. Seine Nase und seine Füße führten ihn zwischen ihnen hindurch an der Taverne vorbei zum Geschäft des Schreibers. Dort wollten ihn seine Füße nicht weitertragen. Er konnte die Treppe nicht erklimmen. Er konnte nur in den Laden gaffen und sich ganz langsam zu Bewusstsein kommen lassen, dass es sich bei dem fahlen Schimmer um den Widerschein einer Kerze auf Onkel Gregorios' kahlem Haupt handelte. Der Schreiber arbeitete an einem Stapel Dokumente.

»Noch immer nicht fertig«, richtete er das Wort zur Begrüßung an ihn, »dank dem ganzen Wirbel mit den Eheverträgen. Hast du es schon gehört? Nein. Herminia Capelli sollte Pietro Brentano heiraten, was sehr zum Vorteil beider Familien und ganz nach dem Geschmack des Brautpaares war. Doch sie war eine Witwe mit einem kleinen Sohn, und sie musste im Namen des Jungen Besitztümer verwalten; und irgendeiner fand irgendwo im Kontrakt dieser ersten Ehe irgendeinen Formfehler, der die Erbschaft und möglicherweise auch die Rechtmäßigkeit der ersten Verbindung in Frage stellte. Wenn die Ehe aber unrechtmäßig geschlossen und der Junge somit unrechtmäßig gezeugt war ...«

Gregorios' Worte fluteten über Nikki deutlich und doch eigentümlich besänftigend hinweg und kosteten nicht mehr als ein gelegentliches Nicken. Nikki ging in der voll gestopften Enge des Ladens auf und ab und scheuerte einen Bogen

Pergament mit Bimsstein, bis er wie Rohseide schimmerte, schnitt die Federn an, die zu diesem Zweck in einem Kästchen lagen, kratzte die Wachstafeln glatt, die Gregorios zu Notizen und zum Anlernen der Schüler benutzte, die morgens zu ihm kamen, um ein wenig Griechisch zu lernen. Eine Tafel trug nichts als Reihe um Reihe krakeliger Alphas; Nikki musste unwillkürlich lächeln. Gewiss ein neuer Schüler. Fast tat ihm der Strich leid, mit dem er die Tafel zu wächserner Anonymität glättete.

Die Stimme war verstummt. Gregorios hatte mit seiner üblichen Spitzfindigkeit Text und Erzählung gleichzeitig beendet; er hielt ein Wachsstäbchen in die Kerzenflamme und ließ jeden blutroten Tropfen auf den Fuß des Pergamentblattes fallen. Nikki drückte ihm das schwere Notarsiegel in die Hand; er nickte zum Dank. Sein Gesicht ließ kaum die Verwandtschaft zu Stefania vermuten. Er war ein wenig kleiner als Nikki, weder dick noch dünn, und hatte ein rechteckig geschnittenes Gesicht mit einer kräftigen, stumpfen Nase. Seine Brauen waren – als wollten sie die Kahlheit seines Schädels aufwiegen – dicht, schwarz und lang genug, sich zu kräuseln, um so schwer über dem unerwartet strahlenden Blau seiner Augen hervorzuragen. Und sein Bart sprang, obgleich er kurz geschoren war, mit einer eigenen Entschiedenheit und Nachdrücklichkeit vor. Er sah ein wenig beängstigend aus und fiel Nikki trotzdem, ebenso wie Stefania, wegen seiner völligen Ausgewogenheit auf. Er konnte gar nicht anders sein, als er war. Für den Pflegesohn eines Zauberers vergaß Nikki erschreckend häufig die Macht von Namen. Als er sie gerade im Geiste nannte, stand sie auch schon da, hielt den Vorhang auf, hinter dem sich die Treppe zur Wohnung verbarg, und betrachtete sie beide ohne die geringste Überraschung. Doch ihre Erleichterung war nur ein Beigeschmack wie Honig, Freude stieg in ihr auf, als sie Nikki wohlbehalten dort stehen sah, wie er das Siegel ihres Onkels hielt. Genau wo er hingehörte, dachte sie beinahe. Aber eben nur beinahe.

Er hätte laut hinausschreien mögen. Er hätte die Flucht ergreifen sollen.

Gregorios murmelte etwas von Abendessen und ob es tatsächlich schon so spät wäre. Er drückte sich an Stefania vorbei und stieg die steile, schmale Treppe hinauf.

Sie stand da, wachsam und bereit davonzustürzen. Röte färbte ihre Wangen. Ihre Stimme war zuverlässiger; sie ließ sie leichthin und unbekümmert klingen. »Du siehst gut aus, Nikephoros. Du bleibst natürlich zum Essen; selbst wenn der Onkel dir eine Ablehnung verzeihen würde, Bianca nie.«

Er trat auf sie zu. Sie wich nicht zurück. Er legte ihr seine Hände auf die Schultern. Zitterte sie? Er machte ihr Angst; sie dachte, dass er möglicherweise doch krank war.

Nein, antwortete er. *Nein, Stefania.*

Sie schaute ihn direkt an. Sie sah es nicht. Er küsste das Lid eines jeden, wunderschönen, blinden Auges. Ganz zärtlich führte er seine Lippen an ihre Stirn. *Meine liebe Philosophin, ich fürchte, ich fürchte sehr ...*

»Liebe ist natürlich und unausweichlich.« Sie sprach es ein bisschen schnell aus, ein bisschen atemlos.

Auf welche Geistesgröße berufst du dich mit dieser Erklärung?

»Auf mich selbst.« Ihre Finger verfingen sich in seinem Haar. Sie neidete ihm, was sie in seinem schmerzlichen Schweigen zu erkennen glaubte. »Zweifellos hast du sie schon oft so erlebt. Als natürlich und unausweichlich.«

Er schüttelte langsam den Kopf, ohne etwas zu leugnen, und rang darum, zu tun, was er tun musste, und zu sagen, was er sagen musste. Er hatte sich alles vorformuliert und zurechtgelegt. *Stefania Makaria, du darfst mich nicht lieben. Du weißt nicht, was ich bin. Ich bin ein Lügner. Ich habe dir etwas vorgespielt. Diese Worte sind falsch und eigentlich gar keine Worte, sondern reine Zauberei. Ich bin ein Hexer, ein Zauberer, ein Schöpfer magischer Bannsprüche. Ich wurde als taubstummer Krüppel geboren und bleibe trotz all meiner Hexereien so. Ich kann niemals der Liebste sein, den du verdienst.*

Er kam nur bis zu ihrem Namen. *Stefania ...*

Sie löste sich von ihm, aber weit mehr noch von einem wachsenden Verlangen. Ihn dort zu küssen, wo eine schwarze Locke quer über seine Stirn fiel. Ihn dort zu küssen, wo Haar sich mit jungem, flaumigem Bart mischte und sich um seinen Ohrbogen schmiegte. Und ihn dort auf seinen fein gezeichneten Mund zu küssen, wo er am wärmsten wäre bis auf ...

Wo lernte ein junges Mädchen solche Dinge? Doch gewiss nicht bei Aristoteles.

Sie glaubte, sie hätte unbewusst gesprochen und er darauf geantwortet. Ihre Wangen waren blutrot angelaufen. »Komm hoch zum Essen«, schlug sie vor, »ehe es kalt wird.«

Er griff wieder nach ihr. Seine Hand sank schlaff herab. Warte, ja, und sag es ihnen allen, unterziehe sie alle dieser Prüfung, lass den ganzen Schmerz auf einmal über dich ergehen, damit du es hinter dir hast. Er blies die Kerze aus und folgte ihr aus dem Laden.

Bianca quoll von senilem Unsinn über. Stefania schwatzte unablässig und ziellos. Gregorios überfuhr sie gelegentlich beide mit Worten, die nichts bedeuteten. Nikki musste genickt, gelächelt und angemessen geantwortet haben; keiner schien irgendwie besorgt. Sein Körper war hungrig genug, um Bianca zufrieden zu stellen. Er schmeckte nichts. Vielleicht wurde er ein wenig betrunken. Sie hatten um seinetwillen den Falerner hervorgeholt, und sein Becher war immer voll.

Der kleine Hund tauchte irgendwann zwischen dem Auftragen des Fischs und dem Verzehr des letzten Stückchens auf; denn dieses letzte Bröckchen kühlte in Nikkis Fingern ab, und die nadelscharfen Zähne nahmen es bereitwillig, während deren Besitzer sich genüsslich in Nikkis Schoß zusammenkringelte. Er schien schon eine gute Weile hier zu sein. Ein hübscher Welpe, ein reinrassiges Tier, wie Nikki wusste, der an keiner Hundehütte achtlos vorübergehen konnte. Bis auf seine Augen. Irgendetwas stimmte nicht mit ihnen. Sie konnten sehr gut sehen, daran bestand kein Zweifel. Sie strahlten vor Intelligenz und beobachteten wachsam jede Bewegung.

Sie waren silbern. Sie waren golden. Sie hatten Pupillen wie eine Katze.

Wie eine *Katze.*

Nikki packte den quirligen, kleinen Körper. *Wo habt ihr diesen Welpen her*?, fragte er über den Gesprächsfluss hinweg. *Von wo stammt er?*

Sein Ton ließ sie alle verwundert innehalten. »Nun«, antwortete Stefania, »er lief uns zu. Hast du denn nicht zugehört? Er stieß auf dem Markt zu mir, oder besser gesagt zu meinem Korb. Er machte mich mit seiner Gefährtin bekannt. Eine arme Frau, sie sah aus, als wäre sie in einem Verlies gefangen gehalten und dann auf ihr Betteln hin freigelassen worden, aber sie sprach ein hervorragendes Latein, und es stellte sich heraus, dass sie ebenfalls Philosophin war. Sie kam mit mir nach Hause, zusammen mit diesem Schlingel; sie ist sehr krank, sonst wäre sie hier unten, um mit uns ...«

Nikki bekam den Rest nicht mehr mit. Er war schon fort.

Das Bett gehörte Stefania und wirkte nüchtern mit dem blauen Überwurf. Anna schlief darin in tiefer Erschöpfung. Vielleicht war sie ein wenig dünner, als er sie in Erinnerung hatte; dabei war an ihr ohnehin nie mehr Fleisch gewesen als an einem Vögelchen. Ihre Haut wies den fahlen Ton auf, den sie immer bekam, wenn sie zu lange nicht in die Sonne gekommen war. Selbst im Schlaf wirkten die fest aufeinander gepressten Lippen energisch.

Der kleine Hund kletterte aus dem gelockerten Griff auf das Bett. Im Gegensatz zu allen anderen jungen Tieren, die Nikki jemals erlebt hatte, knuffte er Anna nicht wach. Er schaute Nikki an und sagte ganz deutlich: *Du bist mein Onkel. Mutter hat es mir erzählt. Ich habe dich in ihren Gedanken gesehen, in denen des Mädchens mit dem Korb und dem Fisch. Sie ist ganz von dir erfüllt.*

Du, gab ihm Nikki zu verstehen, *kannst nur Alfs und Theas Sohn sein. Was machst du in diesem Körper?*

Er betrachtete eingehend jede Pfote, seinen Bauch, sein Hinterteil und den weißen Peitschenschwanz. *Es ist mein Körper. Demnach weißt du nicht mehr ...* Nikki sprach nicht weiter. Cynans Verwirrung war offenkundig. Nikki schnürte es die Kehle zu. Seine gelassene Neugier war an der Woge seiner Gefühle zerschellt. *Alf,* raunte er schwach. *Alf. Um Gottes willen, Alf.* Sein Ruf verhallte ungehört und unbeantwortet in der Leere.

Der Raum erstrahlte in unerträglicher Helligkeit. Nikki riss den Kopf in die Höhe. »Was stehst du hier im Dunkeln herum?«, verlangte Stefania zu wissen. Sie stellte die Lampe auf den Tisch neben dem Bett, nahm Cynan hoch und kraulte ihn an den Ohren, bis er vor Wohlbehagen stöhnte. »Kennst du diese Frau?«

Ja, antwortete Nikki knapp, um nicht zusammenzubrechen und laut hinauszuschreien. *Das ist meine Schwester. Von der ich dir er zählt hatte.*

Sie blinzelte. »Bist du sicher?«

Ich kenne doch meine Familie! Er schnappte Cynan und setzte ihn so ruckartig auf den Boden, dass der ins Wanken geriet. *Wo hast du sie gefunden?*

»Ich war drüben in der Nähe von St. Angelo im Fischgeschäft, als der Welpe hinter mir herzulaufen begann und mich auf sich aufmerksam zu machen versuchte. Dann lief er fort, und ich schaute bei Rocco hinein, ob er irgendwelche neuen Bücher für mich hätte. Und dann kam der Schlingel mit Anna zurück. Alles Weitere habe ich dir erzählt.«

Ich habe sie gefunden, berichtete Cynan. *Denk bloß nicht weiter, ich wäre zu klein. Außerdem hab ich auch Macht.*

Dann sag mir wie, wo und wann … Nikki zitterte vor Eifer und vor Angst. Dies könnte eine Falle sein. Oder ein Trugbild; oder ein Traum, der gleich zum Albtraum würde.

Cynan kauerte auf dem Bettüberwurf neben Annas Hand und hatte die Ohren flach angelegt. *Ich darf es nicht verraten,* meinte er ganz kleinlaut. *Er lässt mich nicht.*

Wer?

Ich weiß es nicht. Mutter hat es mir aufgetragen, aber er ist zu stark. Er lachte, als er mich gehen ließ. Cynan schnappte böse in die Luft. *Ich hasse ihn.*

Mehr wollte er trotz Nikkis Drängen nicht äußern. Er stellte die Nackenhaare und duckte sich; er wappnete sich mit Kraft und Geschick und wirkte wild in seinem Entsetzen.

Nikki durfte ihn nicht so quälen. Er nahm den kleinen Tierkörper mit dem gewaltigen Feuer seiner Macht und versuchte, Ruhe, Wohlbehagen und Befreiung von der Angst in ihm zu erwecken. Doch dahinter hallte ein beständiger Schrei wider: *Alf! Warum kommst du nicht?*

Ich bin da. Es klang kräftig und süß wie Glockenklang durch den Raum. Die Tür war für Alfs Körpergröße zu niedrig; er bückte sich hindurch. Stefanias Augen wurden immer größer, als ihr Blick an ihm hinaufwanderte. Zum einen stockte ihr der Atem, weil er so groß war; zum anderen, sehr deutlich, wegen seines Gesichts. Er sah sie nicht einmal.

Anna fuhr mit einem hohen, schrillen Schrei auf. Cynan schoss wie wild vor und riss an der Hand, die sich ihm entgegenstreckte. Nikki schwankte zwischen dem Hexenkind und seiner Schwester hin und her, packte sie und schüttelte sie so fest er es nur ertragen konnte. Sie wollte nicht aufhören zu reden: »Ich will nicht zurück. Ich will nicht, ich will nicht!«

Anna, wirkte Nikki mit aller Kraft auf sie ein. *Anna, ich bin es, Nikki. Du bist frei. Alf ist auch hier. Er lässt dich nicht fort.*

»Das ist nicht Alf. Das ist Simon, Simon der Zauberer. Ich kann es nicht ertragen ...«

Alf schüttelte sie viel heftiger und durch seine Kraft weit rücksichtsloser, als Nikki das getan hatte. »Schau mich an, Anna. Schau mich an!«

Sie hatte keine andere Wahl, als zu gehorchen. Ihre Augen funkelten im Lampenschein. Ihr Gesicht zuckte. »Du ... du bist es nicht ... du kannst es nicht sein. Du bist *tot!*«

»Nur halb«, antwortete er völlig ernst. »Anna, ist Thea ...«

»Sie lebt.«

»Sie lebt«, wiederholte er so leise wie ein Gebet. Er atmete tief ein. »Gott sei Dank! Als Nikki mich rief, als ich erfuhr ... ich dachte, alles wäre zu Ende. Ich dachte, sie wäre tot. Mein Sohn, meine Tochter ...«

»Cynan ist hier.« Der saß steif auf dem Boden, starrte ihn an, als könnte er nicht mehr aufhören, und begann zu zittern.

Alf näherte sich ihm langsam. Cynan legte sich flach auf den Boden, ließ sich aber von Alf hochheben, dessen magere Hände noch nicht wieder ganz ruhig, doch dessen Gesicht und Stimme sorgsam gefasst wirkten. »Ach, Kind, hast du denn Angst vor mir?«

Cynan wand sich in Alfs Armbeuge und starrte immer noch vor sich hin. *Ich erinnere mich,* sagte er. *Ich erinnere mich. Er versuchte, es mich vergessen zu machen.* Schnell und mit völlig ungewohnter Schüchternheit schob er seine Nase in Alfs Hand. *Du warst dabei, als die Welt geboren wurde.*

Alf war fast an die Grenze dessen gelangt, was er ertragen konnte. Nikki trat zu ihm, ehe er zusammenbrechen konnte, war zu angespannt, sich zu fürchten, und griff zu, die stahlharte Schulter zu rütteln. *Du hast ihn zurückbekommen,* beschwor er ihn eindringlich. *Ihn und Anna. Die anderen sind am Leben. Wir werden sie bald finden. Ich weiß es.*

»Das will ich hoffen«, sagte Anna. So forsch ihre Worte klangen, ihre Hände zauderten, als sie nach Alf griff, so als würde er sich bei ihrer Berührung in Luft auflösen. »Du bist es. Du bist es tatsächlich. Was machst du in Rom?«

»Euch suchen.«

Sie fuhr wütend hoch. »Du hast Rhiyana im Stich gelassen? Just zu dem Zeitpunkt, da es dich am nötigsten brauchte? Gwydion könnte inzwischen tot sein. Aidan *ist* tot. Und du bist ...«

Aidan ist tot? Nikki packte sie wieder, diesmal wirklich kräftig und ohne jedes Mitleid mit ihren misshandelten Schultern. *Woher weißt du das?*

»Sie weiß es nicht«, widersprach Alf. Er klang erschöpft, aber ruhig und hatte sich völlig in der Gewalt. Er würde später seinen Preis dafür zahlen, doch im Augenblick war Nikki froh darum. »Der euch gefangen hielt, hat gelogen, was meinen Tod anging. Warum nicht auch bei Aidans?«

»Ich habe es gesehen. Ich habe gesehen, wie er fiel. Warum warst du nicht bei ihm?«

»Ich bekam den Befehl, ich hatte keine Wahl.«

Sie kehrte ihm den Rücken zu.

Nikki hätte sie am liebsten geschlagen. Dass sie nicht vernünftig war, schien verständlich – sie war in Gefangenschaft gewesen, hatte gelitten und wusste nicht wirklich, was sie tat. Aber das hier war grausam.

Er legte sich harte Worte zurecht und wollte jedes durch den steinernen Wall ihres Innern stoßen. *Gwydion hat ihn* hierher geschickt. Es gibt nun kein Zurück. Die Mauern sind zu dick und zu hoch, und der eine lauert unterwegs.

Sie wirbelte zu ihm herum. »Was weißt du denn von diesem Ungeheuer?«

Ich habe mit ihm gekämpft.

Das überraschte sie. *»Du?«*

Ich. Zorn funkelte in seinen Augen und um die Schärfe seiner Worte. *Ich weiß, was es mit seiner Macht auf sich hat. Und was ist mit dem Mann?*

Anna begann zu zittern. Sie konnte nicht damit aufhören. »Ich ... ich kann nicht ...« Sie schlug im Aufwallen ihrer Enttäuschung die Hände zusammen. Nun strömten die Worte, als wäre ein Bann gebrochen. »Er heißt Simon. Er ist ein Pauliner-Mönch. Er könnte Alfs Bruder sein, so sehr ähneln sich die beiden; doch seine Macht übersteigt alle Maßen, und sie hat ihn in ihrem Bann. Ist es wahr – hat er Alun getötet?«

Alf nickte einmal.

»Ich habe noch gar nicht um ihn geweint«, vertraute sie ihm an. »Diese Befriedigung wollte ich unseren Kerkermeistern nicht zuteil werden lassen. Da war noch ein zweiter, ein dicker, voller Selbstgefälligkeit und Grausamkeit. Thea meinte, er wäre der Kopf des Ganzen; Simon wäre nur die ausführende Hand.«

Alf setzte sich aufs Bett, legte Cynan in seinen Schoß und griff nach ihren Händen. Sie reichte sie ihm aus freien Stücken und umklammerte die seinen so fest, dass es dem mutig gefassten Gesichtsausdruck widersprach. »Lässt du es mich sehen?«, bat er sie.

Sie zögerte. Alf war es, der die Bitte vortrug. *Alf.* Und trotzdem ...

»Ja«, keuchte sie. »Aber schnell. Solange ich es noch ertragen kann.«

Er nahm ihr Gesicht in seine Hände. Seine Berührung war

zart, sein Blick fest und wasserklar. Sie beugte sich ihm entgegen; es schloss sich um ihren Kopf. Die Furcht schwand, Trauer schwoll an, brach und verebbte, Zorn erlosch zu glühender Asche.

Zu spät fiel es ihr wieder ein. Sie wollte nicht, dass er sah, wie ...

Sein Gesicht erfüllte die Welt. Sie hatte vergessen, wie jung es war. Niemals zuvor hatte sie es so schmal gesehen. Hager. Erschreckend, jetzt da sie wieder begriff, was sie sah. Ihr Finger zeichnete seine hohle Wange nach; sie schürzte die Lippen. »Thea wird wütend sein, wenn sie dich so sieht.«

»So wütend wie du?«

Er foppte sie, aber nur liebevoll, damit sie endlich lächelte. Sie fasste nach einer Locke seines Haars und zog daran, bis er zusammenzuckte. »Weißt du, du bist einfach zu schön. Selbst jetzt, wo du nur noch Haut und Knochen bist. Viel schöner«, fügte sie hinzu, »als Simon der Zauberer.« Ganz plötzlich und ohne jede Vorankündigung brach sie in Tränen aus.

Er nahm sie auf seinen Schoß, schob Cynan beiseite und wiegte sie, als wäre sie noch ein Kind. Wie sie es, so war ihr in ihrer völligen Verzweiflung klar, immer für ihn sein würde. Er hatte nicht gesehen, was es in ihrem Innern zu sehen gab; er hatte keine Augen für etwas so Törichtes wie unerwiderte Leidenschaft. Er betrachtete sie mit tiefer und rein brüderlicher Besorgnis, besänftigte und heilte sie, wie er es mit jedem Geschöpf machen würde, das seiner Pflege bedurfte. Cynan gab sich ebenfalls alle Mühe, leckte ihre Hand und drängte sie, sich trösten zu lassen.

Sie zog das Hexenkind auf ihren Schoß und teilte ihre Tränen zwischen seiner Flanke und Alfs Schulter. Ihre Verzweiflung verebbte. Es war ihr fast angenehm, ihrem Körper seinen Willen und die Tränen dorthin fließen zu lassen, wohin sie wollten, ohne sich um ihren Stolz zu sorgen.

Nikki kam, den Kreis zu schließen, der die Welt aussperrte. Er war wirklich brüderlich, eine Mischung aus Verärgerung und Mitgefühl, er stützte sie und gab ihr Kraft. Sie richtete sich zitternd auf. Beide Brüder lockerten ihren Griff. Cynans Rute schlug gegen ihren Oberschenkel. Sie lachte, noch immer unter Tränen, und drückte das feuchte Bündel an sich. »Ihr Männer! Könnt ihr denn eine Frau sich nicht in Ruhe ausweinen lassen?«

Es ist nass, bemerkte Cynan.

»Das ist es, Schlingel. Und du auch.« Anna machte sich von allen Händen frei, stand mit Cynan auf und griff nach einem Zipfel des Lakens, um ihn trockenzureiben.

Stefania hatte kein Wort von alledem verstanden. Es war – irgendwie – fast so, als ob vier Leute gesprochen hätten. Und doch waren sie nur zu dritt und der kleine Hund dabei. Und was sie redeten, ergab keinerlei Sinn. Es hatte etwas mit Rhiyana, der Kirche, Gefängnissen, Wahnsinn und Tod zu tun; und doch konnten sie zwischen Tränen lächeln, lachen und scherzen. Menschen wie sie kamen in ihrer Philosophie nicht vor.

Der Blonde, den sie Alf nannten, hatte Anna den Welpen abgenommen und ihr befohlen, sich wieder hinzulegen. Nach kurzem Aufbegehren gehorchte sie. Er war bereits ganz in den kleinen Jagdhund versunken, betrachtete ihn, als ob er selbst am liebsten geweint hätte, und redete ihm nicht auf Griechisch zu, wie er das getan hatte, seit er im Türrahmen erschienen war, sondern in einer anderen, fremden Sprache, die zugleich hart und melodisch klang. Sie verstand nur den Namen Cynan und den Ton, der ebenso liebevoll wie ernst war.

Nikephoros versperrte ihr den Blick, bloß ein vertrauter Mensch neben all diesen strahlenden Wunderlichkeiten. Einen Augenblick lang wünschte sie nur, er wäre fort.

Ihr Denken klärte sich. Er hatte es gesehen; seine Brauen waren finster zusammengezogen, er presste die Kiefer aufeinander. Sie schlang schnell die Arme um ihn.

Einen langen Augenblick befürchtete sie, er würde sich losmachen. Dann lockerte sich seine starre Haltung; er erwiderte ihre Umarmung. Sein Seufzen klang laut in ihren Ohren, seine Stimme leise. *Ich glaube, wir sollten besser gehen.*

Sie trat zurück, um in sein Gesicht blicken zu können. Ausnahmsweise vermochte sie einmal überhaupt nicht, es zu deuten. »Warum? Ist irgendetwas, das ich nicht sehen soll?«

Sie war der Wahrheit sehr nahe gekommen, wie sie an dem Zucken seiner Augen und an seiner schnellen Antwort bemerkte. *Ich kann es jetzt nicht erklären. Kannst du mir vertrauen, Stefania? Für eine Weile?*

Sie zog die Stirn in Falten. Offenbar war es ihm ernst. »Du weißt, wie ich mit Geheimnissen umzugehen pflege«, hielt sie ihm entgegen. »Ich löse sie.«

Ich werde es dir sagen, ich verspreche es. Aber nicht jetzt. Er zog sie mit sich, fort von den anderen.

Sie erwog davonzulaufen. Sie erstarrte und wollte nicht weitergehen. »Wer ist dieser Mann? Kannst du mir wenigstens das verraten?«

Er ist mein Bruder.

Das brachte sie völlig zum Schweigen. Sie befand sich auf der Treppe, ehe sie es wusste, ging, ohne nachzudenken, und versuchte mühsam, sich die beiden zu einer Familie zugehörig vorzustellen. Selbst einmal abgesehen von seiner Schönheit war dieser andere ebenso wenig Grieche, wie er Äthiopier war. Sie blieb mitten auf der Stufe stehen, so dass Nikki mit einem Ruck hinter ihr anhalten musste. »Das ist er nicht«, erwiderte sie.

Es war zu dunkel, um Nikkis Miene zu sehen, doch in seiner Stimme lag ein Lächeln, eine Spur Schalkhaftigkeit. *Mein*

Vater hat es so gewollt, und ich war nicht in der Lage, dem zu widersprechen. Es war eine völlig rechtmäßige Adoption.

Stefania schlug nach ihm. Er lachte, sie schlug noch einmal zu; aber irgendwie hielt sie seinen Kopf plötzlich zwischen ihren Händen, und ihre Lippen lagen auf den seinen. Das brachte das Lachen schließlich zum Verstummen.

Sie schob ihn von sich, allerdings nicht grob. »Du bist unerträglich, weißt du das? Ist er das wirklich?«

Ich habe es zumindest immer geglaubt.

Er war nicht so unbeschwert, wie er sich gab. Eifersucht? Sie kam zu dem Schluss, dass es das nicht war. Es war etwas Tiefergehendes. Etwas, das mit Anna und dem Gespräch zu tun haben musste, das sie nicht verstanden hatte.

Und mit dir. Sie konnte ihn kaum hören. Und wie hatte er überhaupt etwas sagen können? Wahrscheinlich hatte sie gar nichts gehört.

Sie hatte es sich eingebildet. Sie drehte sich um und schritt sicher in der Finsternis die Treppe hinunter.

25

»Ich kann es nicht«, sagte Alf.

Jehan dachte, sie hätten es ohne seine Hilfe geschafft. Anna war noch bei den Leuten, die sie aufgenommen hatten und die dank Gottes Hilfe gute Bekannte von Nikki waren; der Junge war allerdings ebenso wenig ein Spielball des Zufalls wie alle anderen von Gwydions wahrer Sippe, und schon gar nicht, wo eine Frau im Spiel war. Cynan war hier in San Girolamo und schlief tief und behaglich von Nase bis Schwanz zusammengeringelt in seines Vaters Schoß. Dort lag er, seit Alf ihn gebracht hatte, hellwach anfänglich, und er hatte Jehan mit bewundernswerter Höflichkeit und noch bewundernswerterem Wortschatz begrüßt.

Aber natürlich, hatte er gesagt, als Jehan sich erstaunt zeigte. *Mutter hat es mir beigebracht, es war ein Geheimnis. Er sollte uns für geistlos halten.* Er konnte, ebenso wie Nikki, im Geiste lachen; nach außen erschien es als breites, zähnefletschendes Grinsen. *Und das hat er auch. Anna ebenfalls. Sie war überrascht, als ich zu sprechen begann.*

Nicht sehr, bemerkte Nikki ziemlich treffend, als Jehan zu denken aufhörte. Keiner von ihnen konnte oder wollte ein gesprochenes Wort vorbringen. *Sie kennt doch Thea.*

Nikki hatte ihnen alles erzählt, und Cynan war ihm ein bisschen behilflich, bis der Schlaf ihn übermannt hatte. Alf hatte geschwiegen und zurückhaltend gewirkt, wie häufig bei Beratungen oder in Gesellschaft, und das Tier gestreichelt, das sein Sohn war.

Als Nikki schließlich zu Ende war, brach er das kurze Schweigen und ergriff das Wort. Nikki legte Kohlen in dem Kessel nach. Er hielt mitten in der Bewegung inne. Jehan, der gerade begonnen hatte, über die ganze eigentümliche

Geschichte nachzudenken, schaute mit einem Ruck hoch. »Ich schaffe es nicht«, wiederholte Alf. »Cynan will sich nicht verwandeln. Dank der Macht meiner Dame ist sein Denken ziemlich unbeschadet, aber sein Körper erinnert sich an keine andere Gestalt als diese. Er will sich nicht in jene zurückverwandeln, die er bei seiner Geburt hatte.« Er lachte kurz und schmerzlich auf. »Er ist wirklich durch und durch mein Kind. Ich wollte auch keinen Gestaltwandel vornehmen, nicht einmal, um mein Leben zu retten. Ich hatte ihr allerdings versprochen, wenn sie wieder ausreichend bei Kräften wäre ...«

Er stand noch dichter vor einem Zusammenbruch als damals an Aluns Bahre, als Gwydion ihm diese Aufgabe übertragen hatte. Jehan versuchte, ihm zu helfen. »Spielt es denn eine so große Rolle? Du hast ihn wieder, und bis auf diesen einen Umstand wirkt er doch ziemlich wohlbehalten. Wenn du Thea findest, kann sie doch sicher ...«

Er hob den Kopf. Seine Augen waren weit aufgerissen und leuchteten blutrot. »Thea hatte dabei nicht die Hand im Spiel. Es war der Feind; dabei war sein Einwirken gar nicht nötig. Cynan hält an der Gestalt fest, die er als seine eigene betrachtet, und wird sie auch nicht gewaltsam verändern lassen. Und wenn er sie beibehält, wird er – wie gewitzt und mächtig er auch sein mag – so enden, wie der Feind das will, nämlich als bloßes Tier. Nur ein sterbliches Tier.«

»Aber ...«

»Je länger wir warten, umso schwieriger wird sich der Gestaltwandel erweisen. Das ist kein sechs Wochen alter Säugling, es ist ein junger Hund. In einem Jahr ist er erwachsen und in zehn Jahren wird er sterben. Doch seine Macht wird er schon lange zuvor eingebüßt haben. Schon bevor er erwachsen ist. Die Zeit eilt dahin so schnell für dich, der just eben noch ein Novize war, der sich mit einem eigenwilligen

Mönch befreundete und jetzt ein gesalbter Bischof ist. Wie viel schneller muss sie für einen Hund verstreichen?«

Jehan sprach vorsichtig und erwog jedes Wort, ehe er es aussprach. »Du sagst, es wäre keine Zeit zu verlieren. Dass Cynan jetzt oder nie seine Gestalt wechseln muss. Wenn das aber stimmt, sind Liahan und sogar Thea ...« Er verstummte. »Alf, welche Versuche hast du unternommen?«

»Überredungskünste. Flehentliche Bitten. Druck. Er lässt mich bereitwillig und gerne in sein Denken eindringen. Er würde mir seine Seele selbst anvertrauen. Doch sein Körper gibt nicht nach.«

Vielleicht, meinte Nikki, *steht dem deine eigene Furcht im Weg. Falls du dich verändern würdest, könnte ihn das vielleicht überzeugen, das Gleiche zu tun.*

Alf rührte keinen Muskel, aber Cynan fuhr knurrend hoch. Mit größter Sanftheit liebkoste ihn sein Vater, bis er sich beruhigte. Doch Cynan schlief nicht wieder ein. Er beobachtete sie alle, und seine Augen schimmerten wie die Alfs feurig und silbern.

Er ließ sich von Jehan streicheln. Und was noch weit überraschender war, Alf erlaubte, dass Jehan ihm den Kleinen abnahm und ihn auf dem Arm hielt. Über seinem Kopf gebeugt bemerkte der Bischof: »Nikki hat vielleicht Recht. Nicht dass ich viel davon verstünde, aber Thea hat immer betont, dass du die gleiche Begabung wie sie mitbekommen hättest, wenn du nur davon Gebrauch machen wolltest ... Natürlich kannst du die Suche beschleunigen und sie finden, ehe es für alle zu spät ist und solange sie die Kinder noch zurückverwandeln kann.«

»Ich werde sie finden. Ich muss sie finden. Aber sie besitzt die Fähigkeit, den Geist auch in einem veränderten Körper unbeschadet zu bewahren. Ich nicht. Ich fühle schon, wie das Hundegehirn sich verschließt und die Tiergedanken zunehmen. Ich weiß nicht, wie ich diese Entwicklung aufhalten kann.«

»Du musst!«, platzte Jehan heraus. »Du besitzt die größte Macht von Rhiyana, wenn nicht überhaupt. Das hat Thea selbst mir gesagt. Und sie ist gewiss keine Frau, die sich in blinder Verehrung gegenüber einem Geliebten ergeht.«

Nikkis belustigte Zustimmung sollte die Spannung lindern. Doch sie verebbte und ging in Alfs aufbrausender Ablehnung unter. »Bloße Macht bedeutet gar nichts. Da steht keine Mauer, die ich einreißen müsste; es ist ein einzelner Faden in einem höchst empfindlichen Gewebe, der auf eine ganz bestimmte Art und Weise gesponnen, eingefärbt und verwebt werden muss, weil sonst der ganze Stoff ausfranst und zerreißt.«

»Dann finde heraus, wie das zu machen ist«, forderte Jehan.

Alf stand auf. Tief in seinem Innern erbebte Jehan; die Prügel, die er im Turm des Kanzlers bezogen hatte, waren eine sanfte Liebkosung im Vergleich zu dem gewesen, was ihm hier bevorstand. Es war ein schwacher Trost, dass er Cynan als Schild hatte; das alles war zu leicht aus dem Weg zu räumen, selbst wenn der kleine Zauberer nicht beschloss, auf der Seite seines Vaters zu kämpfen.

Es hagelte weder Schläge noch Blitze. Alf ging langsam durchs Zimmer, ohne einen von ihnen anzublicken. Eigentümlich, wie selten einem seine raubtierhaften Bewegungen auffielen. Die Anmut, ja, sie war unübersehbar, aber es war die Anmut eines lauernden Panthers.

Es war sein Gesicht. Er sah immer so jung und so sanft aus. Lammfromm wie ein junges Mädchen, meinten die Leute. Jetzt war er alles andere als lammfromm. Er hielt die Kiefer fest zusammengepresst, seine Nüstern blähten sich, seine Augen wurden groß und starr. Er blieb stehen und wirbelte herum. »Falls es mir nicht gelingt, die Verwandlung zu erzwingen, bringe ich ihn um.«

Das wirst du nicht, erwiderte Nikki. *Eher würdest du dich selbst umbringen.*

Jehan nahm wortloses, formloses Grauen wahr, ohne zu wissen, von wem das Bild kam. Er schrie auf.

Alf lächelte. Sein Lächeln hatte just die Krümmung eines orientalischen Säbels. »Das werde ich, Nikephoros. Ich danke dir – daran hatte ich schon gar nicht mehr gedacht. Und ihr werdet zurückbleiben, die ihr so viel erfolgreicher gesucht habt als ich. Vielleicht ist letztendlich auch gar nichts zu verlieren.«

»Gewiss ist es das«, knirschte Jehan, »wenn du schon mit selbstmörderischem Vorsatz an die Arbeit gehst.«

Alfs Lächeln wurde herzlicher und weicher, war schließlich wieder das seine. Doch seine Augen strahlten hart wie Diamanten. »Jehan, mein teuerster Freund, es gibt keinen anderen Ansatzpunkt. Nicht für mich. Meine Macht lässt sich nur an der scharfen Kante des Todes wetzen.«

»Jetzt weiß ich es gewiss. Du suhlst dich darin.«

»Wieso nicht? Ich schärfe meine Zähne am Leben der Märtyrer.«

Cynan gähnte geräuschvoll. *Meine Zähne würden gerne Fleisch beißen, wenn ich welches hätte.*

Alf nahm ihn schwungvoll hoch. »Du wirst bald welches bekommen, wenn du dich in der Lage befindest, noch welches zu mögen.«

»Willst du es jetzt tun?«, schrie Jehan.

»Soll ich warten, bis mich der Mut wieder verlässt?« Alfs Blick gestattete keine Antwort. Er setzte Cynan aufs Bett, hielt inne und schöpfte tief Luft. »Nikephoros, du solltest besser Wache stehen. Jehan, du brauchst nicht zuzuschauen. Es wird auch nicht viel zu sehen geben bis zum Ende. Gleichgültig, wie es ausgeht. Wenn du willst, kann ich dich solange in Schlaf versetzen.«

»Ich werde zusehen«, erklärte Jehan fest.

Alf machte den Mund auf und wieder zu und zuckte leicht mit den Achseln. »Dann halte dich von mir fern. Und was immer geschieht, fass mich nicht an. Versprich es!«

»Bei meinem Gelübde«, sagte Jehan und bekreuzigte sich.

Alf nickte. Unvermittelt umarmte er seinen Freund; ebenso unvermittelt ließ er los und stieß Jehan hinter den glühenden Kohlekessel. »Denk daran«, gebot er.

Cynan wartete gespannt, ruhig und furchtlos. Doch hinter der Kühnheit gerade noch an Alfs Horizont, schwebte der leise Hauch einer Vorahnung. *Wird es wehtun?*

»Nicht, solange ich die Macht habe, es zu verhindern«, erklärte Alf, der seine eigene Furcht hinter einer steinernen Mauer aussperrte. Er ließ seine Kutte fallen, spürte Nikkis mühsam gewahrte Gleichgültigkeit und hörte Jehans laut eingesogenen Atem; er blickte an sich hinab und schnell wieder hoch. Ihm war nicht bewusst gewesen, dass er so mager geworden war.

Er fühlte sich ziemlich gut. Er legte sich neben Cynan zurecht, als wollte er schlafen, und blieb gerade so weit von dem geschmeidigen Fell entfernt, dass er den Körper nicht berührte. Er gestattete sich nur ein knappes Streicheln über die Ohren seines Sohnes, mehr nicht. Fest entschlossen machte er die Augen zu.

Nachdem seine körperliche Sicht ausgeschlossen war, nahm die geistige deutliche Schärfe an. Jehan war eingedämmtes Feuer, eine Glut von Willenskraft und Liebe und Intelligenz, in die sich Besorgnis mischte. Nikki war eine weiße Flamme von Macht in Menschengestalt, doch mit weit gespannten Flügeln, die sie alle umhüllten und die Kräfte der Finsternis bannten. Alf hielt inne, verwundert, über ihn nachzudenken. Da stand ein Mensch, als Sterblicher geboren, der seiner eigenen großen Kraft gegenüber blind war.

Sein Geist streifte kurz Alfs; seine Macht griff zu, wie Alf nach Cynan gegriffen hatte – beruhigend, liebevoll. Als er zurückwich, loderte sein Feuer gleißend hell auf, wurde tiefer, breiter und verlosch. Ihre Schilde standen. Und solange sie nicht wankten, konnte kein Feind sich ihnen nähern.

Alf fühlte sich, als wäre er in Kristall eingebettet. Sein Körper war weit fort, dieses Ding aus Fleisch und Blut und Knochen, das da nackt auf einem Bett lag und dem trotz der Winterkälte warm war. Der Körper atmete; hätte Alf es gestattet, wäre er auch hungrig gewesen. Er sog tief und dem Trugbild entsprechend wie ein Schwimmer den Atem ein. Seine Lungen dröhnten von den Winden von Welten; sein Herz schlug in kräftigem, unablässigem Rhythmus; sein Blut rauschte wie die See. Er tauchte tiefer und tiefer, fiel senkrecht wie ein Stein, hinab durch den Wind, die Gezeiten und das geistige Feuer in einen Bereich der Stille.

Hier lag der Kern seines Ichs. Hier befand sich das Zentrum seiner Macht. Von hier stammten alle seine Künste und Zaubereien, die Heilkraft, die Sehergabe, das Weben, die innere Sprache und die vielen unbedeutenderen Hexenkünste. Und hier lag auch ein zerklüfteter Kern von Finsternis. Einst hatte Thea ihn ausgefüllt, Thea mit der wachsenden Anwesenheit seiner Kinder. Cynans Rückkehr, seine unmittelbare Nähe, waren nur ein Lodern an den Rändern.

Die Finsternis war mehr als Abwesenheit. Sie bedeutete Angst. Und dahinter oder in ihrem Innern schimmerte ein einzelner Funke. Die Kunst des Gestaltwandels, die Thea am vollendetsten beherrschte, war in ihm nur als Möglichkeit angelegt.

Das Flämmchen, das Cynan war, begann zu schwinden und zu schrumpfen und fiel auf den Kern der Finsternis zu. Er faßte wild und vergeblich danach. Er hatte keine Hände. Keine Finger zuzupacken, keine Füße, ihn dorthin zu tragen, wohin sein Sohn gegangen war. Nichts. Er besaß keine Macht. Sie war dahin, vergeudet, dem Entsetzen ausgeliefert.

Tod. Todsünde. Hexe, Dämon, Bestie, Kind der Finsternis.

Die Dunkelheit begann sich zu drehen. Er sah Licht. Düster und fern, doch ganz deutlich erkennbar, ein Bild in einem Glasgefäß: graue Mauern und grauer Nebel, der gedrungene, dunklere Umriss eines Dornbaums, ein hoch aufragender Meneth. Namen drangen durch sie hindurch. Die St.-Ruan-Abtei von Ynys Witrin im Königreich Anglia. Er hatte die ganze Zeit eines sterblichen Lebens dort zugebracht und war, von allem abgeschlossen und unschuldig, leise und unmerklich verrückt geworden.

Die Sonne stand noch tief am Himmel, der Nebel lag über allem wie graues Glas, löste sich auf und schmolz dahin, um das grüne Wogen von Marschland und Wäldchen freizugeben. Die Männer waren Riesen in braunen Kutten, die freundlich, streng oder gleichgültig mit dem kleinsten Waisenkind des Klosters umgingen, das nur aus dünnen Gliedmaßen, Augen und Fragen zu bestehen schien. Der Junge, mittlerweile zu groß für eine Amme und noch zu klein für einen Lehrer, hatte keinen festen Platz im Plan der Dinge; er war so frei, wie er es stets gewesen war und vielleicht jemals sein sollte. Frei und fremd, doch keines von beidem war ihm wirklich bewusst. Er begriff nur, dass manche Leute vor ihm zurückschrecken und ihre Gedanken sich verdüsterten und verzerrten, wenn er in der Nähe war. Doch andere sahen ihn nur als junges Lebewesen, als mögliche Lärmquelle, als unbedeutend an. Und ganz kostbar und selten waren jene, die wie Wärme, Musik und grüne Stille waren, und sie machten ihn alle anderen vergessen.

Er schaute Bruder Radbod zu. Bruder Radbod war einer der Herzlichen, ein dunkelhäutiger, pockennarbiger Mann mit ständig entzündeten Augen, der jedoch der beste Illustrator der Abtei war. Er trug Blattgold auf eine kunstvoll geschmückte Seite auf, ein kostbares Fleckchen um das andere, und schuf ein goldenes Wunder auf den gemalten Wundern in Blau, Scharlachrot und Grün, Weiß, Gelb und königlichem Purpur. Er war sich seines Zuschauers bewusst, ließ sich aber nicht ablenken, obgleich der ihm dabei fast auf dem Schoß saß. Es war ein neues Spiel, schöner noch, als Wolken zu rufen und sie regnen zu lassen, oder Mondscheinleitern emporzusteigen oder mit Kühen zu reden. Er schaute eine der ineinander verflochtenen Gestalten auf der Buchseite oder plötzlich eine der vielfältigen Formen von Blättern und Ranken an, und seine Gedanken drehten und reckten und spannten sich, *so*, und die Hand auf seinem Knie war eine Klaue, eine Pfote oder eine sich kräuselnde Ranke. Letztere war am eigentümlichsten, besaß eigenen Willen, und der ließ sie nach dem Sonnenlicht streben.

Mit ein wenig Bedauern lenkte er die Spannung in sich selbst zurück. Die Ranke schrumpfte, wurde breiter und teilte sich zu einer Hand. Es war seltsam, wieder Haut und Knochen zu fühlen, die Kühle der Luft und die Wärme des Blutes.

Er beobachtete Bruder Radbods schnelle, sichere Finger. Sie trugen Flecken auf die Flanke eines Leoparden auf, während Bruder Radbods Denken von Leoparden erfüllt war. Er hatte einmal einen gesehen, in einem warmen, weit entfernten Land, ein prachtvolles gesprenkeltes Geschöpf, das festgekettet schlief und doch Kraft und Gefahr ausstrahlte.

Es war entschieden einfacher, sich ganz zu verwandeln als nur eine Hand. Das Bild stand vor ihm, *so*. Der Wille beugte sich, die Welt verschob sich. Alles war größer. Er sah nur düster, alles in Grau- und Schwarztönen; Gefühle kamen gedämpft durch dickes Fell. Doch Geräusche und Gerüche brachen wie eine Woge noch berauschender über ihn her als damals nach dem Spiel in Bruder Aimerys Denken, bei der Rückkehr in sein eigenes; alle seine Sinne waren Schwindel erregend scharf gewesen, obgleich Bruder Aimery jung und stark war und man ihm ausgesprochen scharfes Gehör, klare Sicht und guten Geruchssinn zusprach. Doch selbst Alfs Ohren und Nase ließen sich nicht mit denen eines jungen Leoparden vergleichen.

Er winkelte die Finger an. Krallen krümmten sich aus einer samtenen Pfote. Seine Ohren ließen sich bewegen und wandten sich dem Geräusch entgegen; er wedelte mit dem Schwanz und streckte jeden seiner heftig vibrierenden Muskeln. Sein genüssliches Murmeln erklang als schnurrendes Knurren.

Bruder Radbod drehte sich um. Für Leopardenaugen war er ein düsterer Umriss und ein Rascheln, eine Beschleunigung des Herzschlags, eine plötzliche, scharfe Ausdünstung. Alf hustete angesichts des beißenden Geruchs. Sein Rücken prickelte; sein ganzer Körper wollte zum Sprung ansetzen. Seine Kehle verlangte nach warmem, durststillendem Blut, wie es üppig und süß aus einer zerrissenen Kehle quoll.

Bruder Radbod stand riesenhaft groß vor ihm. Alf *spannte* sich, und die Welt war wieder sie selbst; außer dass er irgendwo seine Kittelbluse verloren hatte. Bruder Radbods Gesicht war gelbgrün; er bekreuzigte sich und wich zurück. Selbst Alfs abgestumpfte Nase nahm seinen Körpergeruch wahr. Alfs Denken, das verwundert umhertastete, fand keinerlei Herzlichkeit. Keine Liebe, keine Nachsicht, kein stilles Vergnügen an seiner Anwesenheit. Nur einen kalten Luftzug des Grauens.

Tod. Todsünde. Hexe, Dämon, Bestie, Kind der Finsternis.

Alf versuchte, ihn zu umarmen, damit er aufhörte. Doch Radbod schreckte heftig zurück. »Du Gräuel! Höllenspross, hebe dich hinweg von mir, *in nomine Patris, in nomine Filii, in nomine Spiritus Sancti* ... Ihr Engel und Heiligen, wehrhafter St. Michael, St. Martin, St. Georg, o gütiger Jesus, wenn ich euch jemals geliebt habe ...«

Tod, Todsünde. Hasse sie, treib sie aus, schließe sie weg, verriegle sie und verbanne sie auf ewig. Aber Bruder Radbod wollte weder flehentliche Bitten noch Versprechungen hören. Er sollte sich nie wieder für ihn erwärmen.

»Jetzt erinnere ich mich«, rief Alf oder keuchte es vielmehr. *»Jetzt weiß ich es wieder!«*

Das Fenster war dunkel, die Vision erloschen. Doch die Erinnerung war zurückgekehrt. Das Bild, das präzise Drehen der Macht um ihren Kern. Es sperrte sich, schlüpfte fort, begann zu verblassen. Er ließ es los. Ja, er ließ los. Es enthielt nur Schmerz, höllentiefe Ablehnung. Er war schon so Ungeheuer genug. Er brauchte es nicht weiter zu steigern.

Cynan. Der Name stach ihn wie eine Nadel. *Cynan ...Cynan zuliebe.*

Er hatte die Fähigkeit. Sie hielt kurz still, als ob er eine Seite aus einem Zauberbuch umklammert hielte. Selbst so konnte er sie lesen. Doch er vermochte es nicht in die Wirklichkeit umzusetzen. Allein schon die Vorstellung war bohrender Schmerz.

Cynan.

Thea. Thea als verschwimmende Formen – Wölfin, Hündin, Löwin, Schoßkatze. Falke und Taube, Stute und Delphin, Waräger und Byzantiner. Und stets blieb sie ungeachtet ihrer äußeren Erscheinung sie selbst, ohne Sünde und Schuld, ja ohne eine Spur von Furcht.

Er hatte es ihr versprochen. Sie würden als Wölfe Broceliande durchstreifen und als Falken über dem Haus des Falken kreisen. Er konnte es nicht.

Cynan.

Er konnte doch ... *so.*

Er schlug die Augen auf. Die Welt war ganz in Grau getaucht, alle Farben flossen in Gerüche und Geräusche. Sein Körper pulsierte heftiger und leidenschaftlicher vor Leben, als er jemals dafür gebaut war. Als er einen Arm ausstreckte, bewegte der sich merkwürdig und fuhr krumme Krallen aus.

Er blinzelte. Erkenntnis strömte aus ihm unbekannter Quelle. Eine gedankliche Halbdrehung, eine Anspannung seines Willens. Und er sah, wie er stets gesehen hatte, doch aus unvertrautem Winkel. Sein Arm, zum Vorderlauf geworden, war weiß, doch dunkel und silbrig gesprenkelt. Er hob den Kopf.

Sie starrten alle drei verwundert und mit einem Hauch Ehrfurcht. Er erhob seinen neuen Körper, glitt vom Bett zu Boden und erprobte seine Fähigkeit. Er erblickte sich selbst durch Jehans offenes Bewusstsein als großen, mondbleichen Leoparden mit den Augen eines Zauberers.

So wie die Erkenntnis gewachsen war, schwoll nun Freude an. Es war so einfach, so herrlich, das Geschöpf seiner eigenen Seele zu werden. Dann das andere, sein Wappentier …

Er lachte, und es war der Schrei eines Falken, der seine Flügel weit im Hochgefühl der Freude spannte. Ein kurzes Auflodern der Macht; seine Stimme war wieder seine eigene. Er senkte den Arm und drehte sich um. »Siehst du«, sprach er zu seinem Sohn. »So leicht geht das. Komm. Möchtest du das Spiel nicht mit mir zusammen spielen?«

Tapferes Kerlchen; es lachte hinter dem Hundegesicht und tauchte nach innen. Alf begleitete ihn, festigte ihn, obgleich er es kaum brauchte. Er war ebenso stark, wie er tapfer war. Gemeinsam stießen sie zum Kern vor. Die Mauer hatte ein Tor bekommen, und das tat sich langsam auf. Cynan zögerte für einen ganz kurzen Augenblick. Dann löste er, was sich im Innern befand.

Alf blickte hinab. Ein Fremder sah zu ihm empor, ein Junge von vielleicht zwei Sommern oder etwas weniger. Ein sehr kleiner Junge. Sein Haar war lang, glatt, fein und kastanienbraun; seine Augen strahlten weißgolden. So klein er war, hatte er Theas spitzes Gesicht und ihr schalkhaftes Lächeln. *Magst du mich so lieber, Vater?*

»Ich könnte dich nie lieber haben, als ich das ohnehin tue«, antwortete Alf, so ruhig er konnte, »aber ich bin überglücklich, dein richtiges Gesicht wiederzuerkennen.«

Es ist ein merkwürdiges Gefühl, bekannte Cynan. Er bewegte sich und erkundete die Möglichkeiten seiner neuen Gestalt. Sie war unbeholfen; sie war ein wenig abstoßend, so glatt und unbehaart, wie sie war. Doch die Hände waren die reinste Verzückung. Er brachte eine dazu, hochzufahren und das Gesicht seines Vaters zu berühren. Seine Lippen verzogen sich wieder zu dieser Eigentümlichkeit, die Lächeln hieß, und seine Zunge hielt inne, die breiten, stumpfen Zähne abzutasten. Seine andere Hand folgte ihrem Gegenstück, um Alfs Hals zu umschlingen, er stand benommen auf, bis er sich auf gleicher Höhe wie Alf befand, dessen Arme schützend um ihn lagen.

Alf weinte und lachte zugleich. »O ja, ich mag dich sehr, so wie du jetzt bist. Aber selbst als Hundewelpe kannst du noch nicht so alt sein.«

Ich möchte nicht allzu klein sein. Cynan wand sich nur um des Gefühls willen. *Kann ich nun etwas essen?*

So hungrig er war, musste er doch mit dem Käse und dem in Milch eingeweichten Brot spielen, das Jehan brachte und Alf ihm fütterte. Für diesen Körper schmeckte Essen anders, vielseitiger und köstlicher, und seine Hände konnten es auf so viele erstaunliche Arten fassen. Hände, dachte er, waren es wert, dass man den Rest ertrug.

Er schlief mit einer Brotkruste in der kleinen Faust ein. Er kümmerte sich nicht um die Geisteswehr, die sich um sein Denken schloss, und sah auch nicht, wie sie sich alle um ihn versammelten, um ihn zu betrachten und – zaghaft – zu streicheln. Doch noch im Schlaf hörte er die Stimme seines Vaters behütende und tröstende Worte murmeln. Er lächelte, umklammerte den Brotkanten fester und verlor sich in seinem Traum.

26

Stefania wusste, dass sie träumte. Sie lag in ihrem eigenen, vertrauten Bett, wie stets nackt unter dem Überwurf, den ihre Mutter für sie gefertigt hatte. Anna atmete leise neben ihr und Bianca dahinter. Die Kerze brannte, obgleich sie sich vage erinnerte, sie ausgepustet zu haben, sobald sie ihre Gebete gesprochen hatte. Doch der sicherste Beweis, dass sie träumte, war Nikephoros, der sich über sie neigte. Ganz abgesehen von der Unmöglichkeit seiner Anwesenheit trug er nicht den Pilgermantel, in dem sie ihn immer gesehen hatte, sondern den vollen Putz des Adligen aus dem Norden. Er sah prachtvoll aus in Scharlachrot.

Sie streckte ihre Hand aus, den kostbaren Stoff zu fühlen. Er beugte sich noch tiefer. Seine schwarzen Locken fielen nach vorn und streiften ihre Wangen. Sie zog ihn den letzten entscheidenden Fingerbreit herab. Da es ein Traum war, durfte sie getrost so kühn sein, wie sie es immer ersehnt hatte. Sie durfte, ja, sie durfte sich ungehindert ihrer Begierde hingeben.

Wie wirklich alles war. Die Decke war um ihre Taille herabgezogen, ihre Haut genoss die Liebkosung der Seide mit dem Körper des jungen Mannes dahinter. Seine Wange pikte ein wenig, wo sie frisch rasiert war, und schmeckte nach Salz und Sauberkeit. Seine Lippen brannten, als sie sie wieder fand.

Schließlich ließ sie ihn los. Er schwebte, auf die Hände gestützt, über ihr. Die flackernde Kerze ließ seine Augen funkeln. Sie blinzelte und sah näher hin. Sein glänzendes Wams war verschwunden. Er war wieder als Pilger gekleidet, und sie fror, obgleich sie glühte. Ihre Brüste hatten die Seide vergessen; sie erinnerten sich an das raue Kratzen von Wolle.

Sie fasste wild zu, griff nach den Decken und wich so weit zurück, wie er und das Kopfende des Bettes es gestatten wollten. Sie war hellwach, und er ganz leibhaftig gegenwärtig, und es war nur allzu klar, dass sie auch alles Übrige nicht geträumt hatte. Bis auf das Wams. Das war ein schwacher Trost. Würde sie die Schande jemals überleben?

Sie öffnete den Mund. Seine Hand legte sich darüber. Er warf einen mahnenden Blick zu ihren Zimmergefährtinnen, die sich die ganze Zeit über nicht gerührt hatten; seine freie Hand hielt ihr das dunkle, weiche Nachthemd hin. Sie riss es ihm fort, zog es über, stand auf, es hinabzustreifen und legte sich eine Schimpfkanonade zurecht. Seine Finger, die sich um ihr Handgelenk schlossen, hielten sie noch einmal zurück.

Bis er sie in den Raum unten geführt, eine Lampe entzündet und den Kohlekessel geschürt hatte, war sie bedeutend ruhiger geworden. Schließlich war nicht er es gewesen, der sein Verlangen ausgelebt hatte. Wenn sie sich recht erinnerte, hatte er vielmehr große Augen gemacht, als sie ihn zuerst berührte. Er war nicht im mindesten abgeneigt, doch es hatte ihn ganz offensichtlich überrascht.

Nun denn, es war geschehen, und es ließ sich nicht rückgängig machen. Sie rief ihre Gedanken zur Ordnung und sprach den willkommenen, wenngleich völlig unschicklichen Gast an. »Hat man Euch niemals gesagt, Messer Nikephoros, dass es sich für einen jungen Mann nicht gehört, ein achtenswertes junges Mädchen aus dem Bett zu reißen?«

Er lächelte knapp, es war kaum mehr als ein Aufzucken. Er hatte wieder diesen scheuen, ein wenig irren Blick. *Ich musste dich sehen,* gestand er ihr. *Ich konnte es nicht aushalten.*

»Selbstbeherrschung ist die oberste Tugend des Philosophen.«

Er warf den Kopf wie ein unruhiges Füllen herum. *Schleudere mir keine Schimpfworte an den Kopf, Stefania. Halte mich nicht länger für einen der üblichen Männer auf Frauen-*

jagd. Ich gebe zu, dass ich dich begehre. Ich will dich und werde dich immer wollen, aber ich kann nicht ertragen ...

»Nun komm«, lenkte sie ein. Er bebte unter ihren Händen, wie sie am gleichen Abend unter den seinen gebebt hatte. Hatte er sich auch so mächtig und so durchdringend zärtlich gefühlt? *Bei allen Heiligen,* dachte sie und war sich nicht ganz sicher, ob es kein Gebet war, *ich liebe diese törichte Schönheit von einem Jungen.* Laut drängte sie ihn wieder. »Nun komm, *caro mio,* was gibt es da zu ertragen? Du hast, wie ich wohl weiß, andere Frauen vor mir geliebt, wodurch du mir ein gutes Stück voraus bist; und erzähl mir nicht, es sei niemals so wie jetzt gewesen.«

Es war aber nicht so!, schrie er. Er wich zurück. *Sie wussten ... sie glaubten nicht, ich wäre ... Sie kannten die Wahrheit.*

»Welche Wahrheit ist das? Dass du jünger bist als ich? Das weiß ich. Du hast es mir gesagt. Dass du von vornehmerer Herkunft bist, als du vorgibst? Das habe ich mir schon längst gedacht.«

Er packte sie. *Schau mich an, Stefania. Schau mich an.*

Das war niemals eine Schwierigkeit gewesen. Sie strich die wilde Locke aus seiner Stirn. Ihre Augen strahlten. *Schau mich an,* wiederholte er. *Sieh hin. Sieh, wie ich zu dir spreche. Mach die Augen auf; hör auf, es zu verleugnen. Sieh hin.*

Sie wurde ganz still. Nein. O nein doch. Seine Lippen hatten sich bewegt. Gewiss hatten sie das. Was für einen Scharlatanstrick führte er ihr da vor?

Er zog ihre Hände hoch, eine auf seinen reglosen Mund, die andere an seine stumme Kehle. *Ich spreche nicht wie andere Menschen. Ich kann nicht. Ich bin nur halbfertig geboren, ganz hübsch anzuschauen, aber ohne Ohren, die hören könnten.*

»Aber deine Augen ...«

Ich erzählte dir doch, dass ich in Rhiyana aufgewachsen bin. Weißt du denn nicht, was das bedeutet? Ich bin einer von ihnen. Ein Hexer. Ein Zauberer. Man schätzt mich als ziemlich begabt ein. Ich kann dich glauben machen, ich wäre ein Mensch wie jeder andere. Ich kann in deinem Denken umhergehen. Ich kann mich in deine Träume hineinversetzen.

Sie schüttelte den Kopf. »Nein. Es ist unmöglich. Die Vernunft, die Logik ...«

Vernunft und Logik haben bei meiner Art keinen Platz. Hast du dich nicht gefragt, warum weder Bianca noch dein Onkel ein Wort über meinen Bruder verloren haben?

»Er kam und ging durch die Hintertür über den Innenhof.«

Er kam und ging mit Hilfe von Zauberei. Der kleine Hund, über den er so bekümmert war, das war sein Sohn, der durch Hexerei verwandelt war. Er ist ein sehr mächtiger Zauberer, Stefania. Er hat mich unterrichtet. Er hat mich zu dem gemacht, was ich bin. Weißt du, ich bin nicht von seinem wahren Blut. Das meine ist so menschlich wie deines; oder war es vielmehr, ehe er mich verändert hat. Ohne ihn wäre ich ein Nichts geblieben, ein Taubstummer wie jene bedauernswerten Geschöpfe, die auf dem Markt betteln, ein Tier in Menschengestalt.

Eigentümlich, wie man sich an Dinge gewöhnen konnte. Ein oder zwei Minuten mit dem Unmöglichen, und schon war es nicht mehr unmöglich; es wurde zu einer unumstößlichen Tatsache wie die Existenz Gottes. Sie hatte logische Argumente für die Nichtexistenz von Hexen gefunden, hatte darauf eine ganze, wenn auch bislang ungeschriebene Abhandlung begründet und war dafür eingetreten, dass die Beobachtung die Welt als *solche* und nicht anders erwies. Zweifellos hätte sie nach angemessener Zeit behauptet, Gott selbst wäre ein Geschöpf der übermäßig fruchtbaren Phantasie des Menschen und wäre dann wegen Häresie auf den Scheiterhaufen gekommen. Zu Recht: Denn wenn es Hexen gab, konnte es auch Gott geben.

Nein, tadelte sie sich. Das war alles reiner Unfug. Sie hatte um der Lust am Spiel willen mit solchen Argumenten gespielt, ihnen jedoch niemals Glauben geschenkt. Um genau zu sein, wollte sie nicht glauben, dass dieser bestimmte Hexer existierte. Dieser Hexer *per rem, per speciem*. Dieser Junge, der auf ihrer Türschwelle erschienen war und ihr Herz erobert hatte. Es ohne alle Hoffnung auf Erlösung verhext hatte.

Darin lag die Unmöglichkeit. Dass er ein verlorenes und verdammtes Kind des Teufels und willfährige Beute für jeden getreuen Sohn der Kirche war. Er konnte kein schwarzer Magier sein. Nicht Nikephoros.

Sie fühlte seinen Kummer, als wäre es ihr eigener, in den sich schwache, bittere Belustigung mischte. *Wenigstens siehst du in dieser Hinsicht klar, meine arme Liebste. Diese Art von Hexer bin ich nicht. Ich gehöre der anderen Gruppe an, den weißen Magiern. Der Kirche ist das allerdings völlig gleichgültig. Für sie bin ich so oder so Anathema.*

»Zum Teufel mit der Kirche!«

Es trat eine lange, verwunderte Stille ein. Stefania brach das Schweigen mit Lachen. Sie konnte nicht anders. Er sah so reizvoll lächerlich aus, mit den großen, schwarzen, verwunderten Augen und dem Mund, der ihm vor Schreck offen stand. Sie küsste ihn, damit er sich schlösse. Sie konnte sich nicht vor ihm fürchten; dazu war es viel zu spät oder viel zu früh. Insbesondere als er, völlig überrumpelt, ihren Kuss mit unverhohlener Leidenschaft erwiderte.

Nur für einen Augenblick. Dann machte er sich los. *Es ist nicht nur das, Stefania. Ich habe gelogen. Ich ließ dich in dem Glauben, ich sei ein ganzer Mann.*

Ihre Augen wanderten an ihm hinab und verharrten auf halber Strecke. »Bist du das denn nicht?«

Er errötete tatsächlich. Sie musste ihn voll Reue wieder küssen. »Nikephoros! Nichts von alledem ist von Belang.«

Es wird von Belang sein, sobald du Zeit hast, darüber nachzudenken. Ich tat, als gehörte ich in deine Welt. Das stimmt aber nicht. Ich kann es nicht. Der Streich Gottes, der mich gezeichnet hat, und der Streich von Zauberei, der mich geheilt hat, sie haben mich von allem abgetrennt. Ich werde niemals so Mensch sein wie du. Und ehrlich gesagt, kann ich es nicht einmal wünschen. Sie brauchte ihm nicht zu widersprechen und bekam auch nicht die Zeit dazu; er ging darüber hinweg. *In jener Nacht, da ich dich so erschreckt habe, hast du mich gesehen, wie ich wirklich bin. Ich hatte damals meine Macht verloren. Ich verlor in der Stille den Verstand. Ich könnte es nicht ertragen, immer so zu leben, nicht einmal um deinetwillen.*

»Glaubst du, ich würde dir das jemals aufzwingen?«

Glaubst du, du könntest dein Leben in Kenntnis dessen, was ich bin, weiterleben? Meine Kinder könnten ebenso werden. Könntest du das ertragen?

»Es fällt mir nicht schwer, dich zu ertragen.«

Und was ist mit deinem Onkel? Mit Bianca? Mit deiner Verwandtschaft, deinen Freunden, den Menschen, die du auf der Straße triffst und mit denen du dich unterhältst? Was würden sie sagen, wenn sie es wüssten?

»Müssen sie es denn überhaupt erfahren?«

Du denkst nicht. Du liebst mich nur.

»Natürlich. Es ist das einzig Vernünftige, was ich tun kann.«

Er packte sie, schüttelte sie. *Stefania Makaria, ist das dein Ernst?*

»Mein völliger Ernst.«

Dann, sagte er, *komm mit. Einer meiner Freunde ist ein Bischof. Er wird uns heute Abend trauen. Wir müssen nur zu ihm gehen und ihn darum bitten.*

Das tat seine Wirkung. Sie wich ein oder zwei Schritte

zurück; sie schlang fröstelnd ihr Hemd um sich und bemerkte, dass sie barfuß und der Boden kalt war. Jener kalte Teil ihres Denkens, den er wachzurütteln versuchte, die kluge Denkerin, die Philosophin, sagte genau, was er ihn sagen hören wollte. Er prüfte sie. Zu Recht. Er war nicht der, für den sie ihn gehalten hatte. Wenn er durch ihr Denken streifen und Gott weiß welche Geheimnisse sehen konnte, stand zu erwarten, dass er noch ganz andere, weit weniger erfreuliche Dinge vermochte. Und der Mann, der er von Natur aus war – falls man ihn überhaupt so bezeichnen konnte – hatte eine schwere Missbildung.

Andrerseits, wenn er ihr Böses gewollt hätte, wäre es ihm längst möglich gewesen, auch ohne dieses herzzerreißende Geständnis, sie zu überwältigen. Er hätte sie packen, ihren Geist mit ihrem Körper überrumpeln, sie nehmen und verlassen können. So hatten sich die Zauberer nach den Legenden immer verhalten.

Aber vielleicht war das hier nur eine feinsinnigere Tortur, eine Eroberung, wie sie die schwarze Kunst mehr befriedigte.

Und doch ...

Sie warf ihre verdammenswerte Logik zu Boden und setzte den Fuß darauf. »Du weißt sehr gut, Nikephoros, dass, wenn einer von uns bereit ist zu heiraten, das vermutlich nicht gerade heute Nacht geschehen muss. Zum einen haben wir Angehörige, die gerne hinzugezogen würden. Zum anderen befinden wir uns weder körperlich noch geistig in der Verfassung, eine so schwerwiegende Entscheidung zu treffen.«

Sag es!, schrie er. *Nun sag schon, dass du kein solches Ungeheuer wie mich haben willst!*

Ihr Kinn fuhr in die Höhe. Sie wusste, dass ihre Augen funkelten; sie fühlte den Zorn in ihnen. »Nikephoros Akestas, wofür hältst du mich?«

Für eine überaus vernünftige Frau. Zum Teufel, Stefania, ich bin ein grundehrlicher, völlig reueloser praktizierender Magier.

»Zumindest siehst du wie einer aus mit der Schnittwunde von der gestrigen Rasur am Kinn. Und dein Saum ist auch schon wieder zerrissen. Was stellst du eigentlich damit an? Führst ihn durch Dornenhecken spazieren?«

Ach, nein. Sie schätzte ihn falsch ein. Nun war er nicht wieder zum Lachen zu erweichen. Oder lag es daran, dass er in ihr etwas sah, was sie hartnäckig zu sehen sich weigerte? Er klatschte in die Hände, und sie hörte es wie Donner. Blitze schossen aus seinen emporgereckten Handflächen: Sie schlangen sich zischend um ihn, Feuerschlangen sprossen daraus hervor, und er stand die ganze Zeit über unbeschadet und furchtlos mittendrin. Gewiss war es nur ein Trugbild; ebenso gewiss wie es – ob Täuschung oder nicht – ihr jedes einzelne Körperhaar zu Berge stehen ließ.

Das ist es nicht, Stefania, sagte er, und die Stimme war zugleich die seine und auch nicht, leise und inwendig, fern und doch körpernah. Er zog die Beine unter sich an; er saß bequem auf einem Luftpolster. Der Blitz verlosch. Oder vielleicht kroch er in ihn zurück. Er glühte sanft wie eine von Pergament beschirmte Lampe in einem Licht, das selbst durch seine schwere Kutte drang und nur wenig der Vorstellung überließ.

»Was geschieht, wenn du hungrig wirst?«, fragte sie ihn.

Ich habe genügend Übung, nicht die Gewalt darüber zu verlieren.

Selbst jetzt war er anscheinend noch stolz darauf. *Wir sind nicht wie die Zauberer in den Geschichten. Wir sind in vielerlei Hinsicht stärker. Und maßvoller. Moralischer, würdest du sagen.* Er warf seine wilde Mähne zurück. Seine Brauen schoben sich zu einer einzigen schwarzen Linie zusammen. *Du solltest diese Sache nicht so gelassen betrachten!*

»Nun denn, das tue ich gar nicht. Soll ich vielleicht hysterisch werden? Würde das einen Sinn haben?«

Es würde dich vor mir retten.

»Mir scheint es«, entgegnete sie, »wenn es wirklich irgendwie deine Absicht gewesen wäre, hättest du mich am ersten Tag auf der Türschwelle stehen lassen oder mir an Ort und Stelle die Wahrheit bekennen sollen, ehe ich mir eine unerschütterliche Meinung über dich gebildet hatte.«

Was ...

»Ich halte dich für einen höchst moralischen Zauberer, der zufällig auch ein sehr junger und ziemlich törichter Knabe ist. Es ist *gleichgültig,* Nikephoros. Wirst du das denn nicht hinnehmen?« Sie stand so dicht vor ihm, wie dies möglich war, ohne ihn zu berühren, und schaute ihm in die Augen. Sie konnte es sich eingestehen; sie waren jetzt anders als die ihren. Sie waren viel tiefer und viel bestechender. »Ich glaube nicht, dass ich eine gewöhnliche Frau bin. Deine beständige Nähe hat mich vermutlich verdorben. Oder vielleicht ist es auch die ganze Lernerei: Jedenfalls hat sie mich um den ganzen gesunden Menschenverstand gebracht.«

Er schüttelte heftig den Kopf. *Warum kannst du nicht so sein, wie man es von dir erwarten sollte? Wüten, toben, mich hinauswerfen. Oder zumindest mir sagen, dass das alles zu viel für dich ist; dass du gehen und nachdenken musst. Warum bist du so unbekümmert? Habe ich ... hat meine Macht dich deines Willens beraubt?*

Sie legte ihre Hände auf seine Schultern. Trotz ihrer Entschlossenheit zuckte sie ein wenig zusammen; sie fasste sich und hielt ihn fest. Er fühlte sich nicht anders an. Und sie auch nicht. Sie wollte ihn noch immer, nicht gerade wie von Sinnen, aber leidenschaftlich genug, dass ihre Knie weich wurden. »Verstehst du denn nicht, Liebster? Du bist für mich geschaffen. Nichts, was du bist oder tust, vermag mich im Geringsten zu erschüttern.«

Du bist verhext. Er setzte die Füße auf den Boden. *Ich hätte es wissen müssen. Entweder die Menschen hassen uns so inbrünstig, dass sie uns vernichten wollen, oder sie lieben uns über alle irdische Vernunft hinaus. Es muss Teil der Macht sein, wie die Wärme, die ein Feuer ausstrahlt.*

Sie nickte. Es war logisch. Es würde ihnen zu einem längeren Leben verhelfen, wenn mehr Menschen sie mochten, als sie hassten. Aber gewiss liebte ihn nicht jeder, wie sie ihn liebte. Es musste mehr daran sein. Nackte Lust; reine Liebe. Was immer den Mann und die auserwählte Frau zusammenführte.

Noch einen Augenblick und sie würde zum Minnesänger. Sie strich mit den Händen über seine verkrampften Muskeln und lockerte sie ein wenig. »Ich bedauere nicht, dass du es mir erzählt hast. Es ist mir lieber, Bescheid zu wissen, als wach zu liegen und mich nach dir zu sehnen.«

Tust du das?

»Wenn du in meinem Denken umhergehst, musst du doch ...«

Das mache ich nur, gab er mit gesenktem Blick zu, *wenn du direkt an mich denkst und ich nichts dagegen tun kann.*

»Gehört das auch zu deiner Moral?« Sie fühlte seine Bestätigung eher, als dass sie sie hörte. Sie lächelte und foppte ihn liebevoll. »Willst du damit sagen, dass ich dir vertrauen kann?«

Das Funkeln in seinen Augen verschlug ihr den Atem. Er war nicht harmlos, ebenso wenig wie ein junger gezähmter Wolf. Und das an sich war schon aufregend zu wissen, die Macht war da, ein nach geheimnisvollem Gesetz gezügelter Blitz. Zu wissen, dass er sie nicht verletzen würde. Ihm vollständig zu vertrauen, aber stets mit diesem Beigeschmack des Wissens um das, wessen er fähig war.

Nun gut; das traf auf jeden Mann zu. Das traf ja sogar auf ihren eigenen Körper zu.

Welcher, wenn sie ihn nicht bald zur Ordnung riefe, die Angelegenheit in die eigenen Hände nähme. Sie war nackt unter ihrem Hemd und wusste, was hinter dem seinen verborgen lag, und sie waren ganz allein. Seine Zauberkunst könnte ihnen die Sicherheit verschaffen, dass es so bliebe und sie nicht im unglücklichen Moment gestört würden.

Er bewegte sich, ehe sie es tat, trat von ihr zurück, verdarb es jedoch, indem er ihre Hände ergriff. *Stefania.* Seine Lippen folgten den Silben und machten ihre Sache nicht zu schlecht. *Was tun wir nun?*

»Ich sollte wohl besser in mein Bett zurück und du in das deine. Oder würdest du dich wohler fühlen, wenn du hier bleiben könntest? Ich kann dir ein Lager auf dem Boden machen.«

Nein. Nein. Ich sollte gehen. Aber er blieb reglos stehen. *Stefania …*

Sie wartete. Er schüttelte den Kopf, alle Worte waren ihm entfallen; er riss sie vom Boden, wirbelte sie einmal im Kreis und setzte sie wieder ab. Er grinste wie ein Dummkopf.

Alf bemerkte, wie Nikki aufstand, sich anzog und hinausschlüpfte. Der Kummer des Jungen war so deutlich wie eine Schürfwunde. Alf konnte ihm nur wenig helfen, und dieses wenige hätte Nikki zurückgewiesen. Die Akestas waren ganz abscheulich eigenständig.

Alf gab sowohl den Versuch auf, den Schlaf zu erzwingen, wie ihn vorzutäuschen. Er fühlte sich selbst eigenartig, da seine neue Macht sich in ihm rührte und ihn drängte, ihr wieder freien Lauf zu lassen. Nur für einen Augenblick; nur zu ihrem Vergnügen. Er musste fast lächeln. Das war die erste Gefahr, der jeder seiner Art zu begegnen lernte, der ersten hellen Begeisterung für eine neue Kunst, da der kleinste Vorwand für ihre Anwendung auszureichen schien. Wie spät er auch zu seinem Volk gestoßen war, wie stark er sich seither entwickelt hatte, wie weise ihn die langen Jahre gemacht hatten, so war er doch ebenso wenig wie jedes Kind immun gegen das Hochgefühl neu erwachsener Magie. Doch ein Kind hatte angeborene Abwehrmechanismen, die dem erwachsenen Mann abgingen; es ermüdete schnell und schlief, wie Cynan nun schlief, und all sein Feuer war eingedämmt und behütet.

Alf stützte sich auf einen Ellbogen hoch. Jehan schnarchte leise, Cynan kuschelte sich wie der kleine Hund, der er gewesen war, in die Wärme. Sein Daumen hatte den Weg in seinen Mund gefunden.

Liebe konnte tatsächlich so bohrend sein wie ein Schwert, und die andere Schneide war der Verlust. Dass er seinen Sohn zurückgewonnen hatte, machte ihm das Fehlen seiner Dame und seiner Tochter nur umso deutlicher bewusst. Es schob den Panzer beiseite, den er so sorgsam aus Hoffnung und Geduld geschmiedet hatte; es bohrte sich tief in das weiche Herz darunter.

Hoffnung und Geduld hatten ihm etwas eingetragen. Er hatte Anna. Er hatte Cynan. Eine Laune des Wahnsinnigen hatte sie so leichtfertig hinausgeschleudert, wie sie sie ihm entrissen hatte. Und Simon der Zauberer wusste nicht, dass sein stärkster Feind noch am Leben war. Er glaubte, nun keinen Gegner mehr zu haben, keinen, der ihm mehr in die Quere kommen könnte, nur Spielzeuge, die sich quälen ließen wie eine Maus von der Katze.

Aber Thea war in der Lage gewesen, ihn zurückzuhalten. Es war ihr nicht geglückt, ihn so weit zu bringen, dass er beide Kinder wegschleuderte. Was würde er nun mit ihr anstellen? Schlimmer noch: Was würde er Liahan antun?

Alf war auf den Beinen. Auf vier Beinen. Die Macht hatte sich, da ihr Meister geistig abgelenkt war, durchgesetzt. Die

Muskeln des Leoparden ließen ihn ruhelos durch den Raum schleichen; die Instinkte des Leoparden trieben ihn an, endlich ernsthaft mit der Jagd zu beginnen. Aber wo?, fragte das Gehirn des Zauberers. Weder Anna noch Cynan wussten, wo sie gefangen gehalten worden waren. Es gab keine Witterung zu verfolgen, keine Spur, die ihn zu seiner Beute führte. Oder doch?

Er kehrte zum Bett zurück, legte sein Kinn auf die Kante und maß die Schlafenden mit seinem Blick. Cynan beantwortete das Streifen seiner Macht mit einem schwachen Schauer von Wohlbehagen und nahm ihn in einen Traum von Wärme und Frieden auf; seine Finte erfüllte diesen Traum bereits als hoch aufragende, mit Licht bewaffnete und gerüstete Gestalt. Ganz vorsichtig löste er sich aus dem Traum und drang tiefer ein. Der Weg, den er zuvor eingeschlagen hatte, ebnete sich klar für ihn, aber auch nur für ihn. Einmal fühlte er einen Eindringling, den Vorstoß von etwas Fremdartigem, das zu schnell verdrängt wurde, als dass er es hätte erkennen können. Es hätte Simon der Zauberer sein können. Vielleicht war es auch nur ein flüchtiger menschlicher Gedanke, der sich im Schlaf unbemerkt losgerissen hatte.

Tiefer und tiefer drang er ein. Dort wartete der junge Jagdhund, regte sich, als Alf näher kam, und löste sich in eine Vielfalt von Formen auf. Er machte vorsichtig einen Bogen. Der Hund versuchte, ihm zu folgen, konnte aber mit dem schnellen Schritt des Leoparden nicht mithalten. Mit sichtlichem Bedauern kehrte er um.

Alf musste nun nicht mehr weit gehen. Noch tiefer, und er säße fest, würde auf ewig eingeschlossen in Cynans Gehirn oder aber mit einer Macht herausgeschleudert, die sie beide vernichten könnte. Er musste sich an die Spur halten, die so schmal war wie eine Schwertschneide, und ihr mit größter Vorsicht folgen. Wenn sein Wissen und sein Instinkt ihn richtig leiteten, befand sich irgendwo ein Faden. Ein Band gleich einer Nabelschnur, zart wie gewebtes Mondlicht und stark wie Stahl. Alun hatte es besessen. Gwydion und Aidan – sie hatten es noch, obgleich es im Laufe der Zeit dünner und schwächer geworden war, dieses Band eines im Leib einer Elfenfrau geborenen und mit Macht gezeugten und ausgetragenen Kindes. Thea hatte es gewiss verstärkt, da sie ihre Kinder gegen den Feind verteidigen musste, und vielleicht wusste Simon davon. Es lag zu tief und dehnte sich zu dünn, als dass es leicht zu entdecken gewesen wäre.

Da. Mondlicht und Stahl, ja; ein Glitzern von Bronze. Eine Substanz, die – zum Verrücktwerden schwach – Thea war.

Er schwankte auf der Schneide des Schwertes und wankte vor Sehnsucht nach ihr. Wild entschlossen zwang er sich zur Ruhe. Ein Fuß glitt ab. Er krallte sich irgendwo fest, um nicht den Halt zu verlieren. Erwischte den Faden selbst, klammerte sich daran. Er begann nachzugeben. Mit seiner ganzen inneren Kraft warf Alf sich zurück und hinaus, ohne jedoch jemals das Band loszulassen. Es war dünner als ein Faden, feiner als ein Haar, feiner noch als Spinnfäden. Ein Fehlgriff und es wäre unwiederbringlich verloren.

Er hatte es. Die Hundegestalt schoss vorüber. Die verschiedenen Ebenen von Cynans Bewusstsein flackerten höher und höher und wurden heller und seichter, während er weiter emporkletterte. Am Rand von Cynans Traum zwang er sich innezuhalten. Vorsichtig und sehr behutsam wand er den Strang um seinen Leib. Dann erst schwebte er vom Geist in veränderte Körperlichkeit.

Erschöpfung drückte ihn nieder. Eile trieb ihn in die Höhe und zur Tür. Sie war nicht verriegelt. Er stieß sie mit der Schnauze auf.

Menschengeruch erfüllte seine Nüstern. Ihm stellten sich die Nackenhaare; er zog die Lefzen kraus. Ihm war vage bewusst, dass er sich zurückziehen und seine eigene Gestalt annehmen sollte. Doch der Leopardenkörper hatte ihn bereits in den Innenhof geführt und schlich von Schatten zu Schatten. Seine Willenskraft reichte nur aus, ihn in tiefere Dunkelheit, zum Seiteneingang der Kapelle zu treiben. Jemand hatte die Tür einen Spalt offen stehen lassen, entweder aus Nachlässigkeit oder zu einem Stelldichein. Vorsichtig spähte er um die Türfüllung. Die ganze Welt stank nach Menschen und Weihrauch. Er sah niemanden, hörte niemanden. Fingerbreit um Fingerbreit schob er sich in eine Nische, einen Mauerwinkel zwischen dem vordersten Chorstuhl und der untersten Altarstufe. Ein Instinkt, der ebenso tief war wie die Vorsicht des Tieres, hieß ihn hier Halt machen, beten und sich den Segen des Himmels zu seiner Suche erbitten.

Er schlich in den schwachen Schein eines ewigen Lichts. Das Bewusstsein des Tieres meldete dringend eine drohende Gefahr; der Mönch wurde dabei nur stärker und umso entschlossener, die Jagd mit gläubigen Worten abzusegnen. Er kniete nieder, so gut das ging, kauerte sich mit dem Kopf zwischen den Vorderpfoten zu Boden und hob den Blick zum Kreuz. Es schimmerte wie der Pfad, dem er folgen musste. *Lass mich sie finden,* flehte er es an. *Hilf mir.*

Oddone erwachte zu früh fürs Nachtoffizium, wollte aber nicht mehr im Bett liegen bleiben. Er stand auf, zog seine Kutte über und ging in die Kapelle, um dort zu meditieren, bis die übrigen Brüder kämen.

Einer, so schien es, war schon da, der als verschwommene, helle Gestalt vor dem Altar auszumachen war. Doch die Kutte der Hieronymiten war braun. Und das war nicht ganz ... Er kniff die kurzsichtigen Augen zusammen; er ging darauf zu. Nein, das sah nicht wie ein Mensch aus. Ganz und gar nicht. Es sah aus wie ...

Sein Atem zischte laut durch die Stille. Das Geschöpf schoss plötzlich herum, wie eine Katze das tun würde. Eine Katze, groß wie eine Bulldogge und weiß und silbern gesprenkelt wie der Mond.

Oddone war viel zu erstaunt, um sich zu fürchten. Man hörte von Heiligen, die Waldtiere an ihren Altären zum Gebet vorfanden, insbesondere am Weihnachtsabend. Aber nicht im Frühling und nicht in Rom und gewiss kein so unheimliches Geschöpf wie dieses. Es musste ein Leopard sein, falls Leoparden so riesig und hell sein konnten.

Er bekreuzigte sich langsam, vor allem, um zu sehen, was geschehen würde. Doch das Tier brach nicht in einem Funkenschauer auseinander. Nicht, dass er ernstlich damit gerechnet hätte. Er war überzeugt, dass es gebetet hatte.

Es griff nicht an. Es beobachtete ihn vielmehr, wenn nicht mit Wohlwollen – dafür waren seine Augen viel zu wild –, so doch zumindest ohne Feindseligkeit. Er kniete mit großer Vorsicht nieder, so nahe er es nur wagte, und bekreuzigte sich erneut. Er senkte den Kopf und sammelte seine Gedanken. Schließlich war er zum Beten gekommen und nicht, um ein Wunder zu begaffen.

Seine Gedanken sammelten sich und zerstreuten sich immer wieder. In ihrer Mitte ragte hoch der Leopard auf. Seine Kehle wusste genau, wo seine Fänge sich schließen würden, falls er sich entschlösse, lieber ein guter Leopard als ein guter Christ zu sein. Oddone war nicht aus dem Stoff, aus dem Heilige gemacht waren, die sich in Gottes Schutz sicher wähnten; sein Verstand war sich dessen wohl bewusst, doch seine Instinkte ließen sich nicht so leicht überzeugen. Seine Augen öffneten sich wie von selbst und warfen einen Blick zur Seite.

Kein Leopard. Kein ...

Ein Mensch. Er hockte auf den Fersen, als wäre er erschöpft, hielt Kopf und Schultern gebeugt, und langes, fahles

Haar verdeckte sein Gesicht. Doch Oddone brauchte ihn nicht zu sehen, und er war auch nicht überrascht, als er sich erhob und sich zu erkennen gab. »Signor Alfred«, sagte er ganz ruhig.

»Bruder«, lautete die gelassene Antwort. Alf bekreuzigte sich, verbeugte sich tief zum Altar, zerfloss und schmolz. Seine Augen, so bemerkte Oddone, waren bei Tier und Mensch die gleichen. Die Lider senkten sich darüber hinab; das große, fremdartige Geschöpf drehte sich um und verschwand in der Dunkelheit. Oddone schickte ihm aus christlicher Nächstenliebe ein Gebet nach.

27

Die Erde bebte. Türme brachen nieder; Berge barsten und spien Feuer. »Jehan!«, brüllten sie. »Vater Jehan, um Himmels willen!« Er wurde so plötzlich aus dem Schlaf gerissen, dass sein Herz vor Aufregung raste; er war hochgefahren. Die Welt um ihn war ganz still; das Bett hatte zu beben aufgehört. Anna sah aus, als wollte sie mit Hilfe eines wild dreinblickenden Nikki gleich wieder zu rütteln beginnen; Jehan sah jemanden hinter ihnen, ein Mädchen, das er nicht kannte, das zwar auch etwas aufgeregt, aber entschieden vernünftiger als die Übrigen wirkte. Er sprach es mit aller Höflichkeit, die er so kurz nach dem Erwachen aufbieten konnte, an. »Verzeiht mir, Demoiselle, aber was ist eigentlich los?«

Die ihm Unbekannte verstand das alte Nordfranzösisch, doch sie antwortete auf Latein, wahrscheinlich weil sie sich in dessen Anwendung sicherer fühlte. »Ich bin mir nicht sicher, ob ich es weiß, Vater. Wir unterhielten uns in meinem Haus, als Nikki plötzlich ganz außer sich geriet; er holte Anna aus dem Bett und lief hierher.«

Nikkis Ungeduld war so heftig wie eine Ohrfeige. *Es ist wegen Alf. Er ist fort. Verschwunden, verloren. Ich kann ihn in meinem Innern nirgendwo finden.*

Jehan schaute sich um – etwas dümmlich, wenn er sich die Zeit ließ, darüber nachzudenken. »Er ist nicht da. Wo ...« Endlich holte sein Gehirn seine Zunge ein. Er schüttelte seinen schlaftrunkenen Kopf und gähnte, bis sein Kiefer knackte. Es half ein wenig. »Fort, sagst du? Wie meinst du das?«

Er war stets in meinem Denken, sagte Nikki, *er stand so fest wie eine Mauer am Rand meiner Wahrnehmung. Aber plötzlich, vor einer kleinen Weile, verschwand er. Einfach so. Vollständig.*

»Er war hier.« Jehan, der hatte aufstehen wollen, hielt inne. Stumm drückte Anna ihm sein Hemd in die Hand. Er zog es über den Kopf und erhob sich, seine Kutte überzustreifen. Die Fremde, bei der es sich wohl um Nikkis Stefania handelte, betrachtete den Rumpf des Riesen mit großer Achtung, doch sie beantwortete sein Lächeln mit einem, das gleichzeitig zart und furchtlos war. »Vielleicht ist er einfach nur in die Kapelle gegangen. Es ist fast die Zeit fürs Nachtoffizium; und du weißt doch, wie tief er sich in seine Gebete versenken kann.«

»Wir haben nachgesehen«, erklärte Anna ruhig. »Er ist nicht dort.«

Und wenn er betet, ist er mir stärker gegenwärtig als sonst. Nikkis innere Stimme erklang mit plötzlicher Heftigkeit. *Cynan! Wo steckt dein Vater?*

Strahlende Augen blickten aus einem Nest von Decken hoch. In ihnen stand keine Schläfrigkeit und keine Besorgnis. *Fort,* antwortete Cynan. *Er sucht nach Mutter.*

Jehan packte Nikki, ehe er davonstürzen konnte, und hielt ihn fest. Der Junge war schnell wie eine Katze, doch geballter normannischer Muskelkraft hatte er nichts entgegenzusetzen. »Beruhige dich, Bursche. Mit deinem Zorn wirst du ihn auch nicht zurückbekommen.«

Als Nikki über viele Atemzüge hinweg stillgehalten hatte, setzte Jehan ihn ab. Der Blick unter seinen herabgezogenen Brauen verkündete blutige Rache. Aber nicht auf der Stelle, wohl erwogen und deutlich sagte er. *Mein Bruder hat den Verstand verloren. Selbst wenn er Thea finden kann und die Spur keine Täuschung ist, wird der Feind gewiss bemerken, dass er auf der Suche ist. Er hat mich und meine Kunst nicht zu seiner Verfügung. Er kann sich selbst nicht unsichtbar machen.*

»Genau das scheint er aber getan zu haben«, gab ihm Jehan zu bedenken.

»Dann ist er in der Gewalt von Simon dem Zauberer.« Anna sank auf das zerwühlte Bett nieder und rieb sich die Schläfen, als ob sie schmerzten. »Das hatte ich befürchtet. Er hat uns zu leicht gehen lassen. Ich vermute, wir waren nur die Köder. Oder Cynan war es.«

Er tauchte auf allen vieren neben ihr auf und kletterte auf ihren Schoß. Unbeholfen tätschelte er ihren Oberschenkel. *Weine nicht, Anna. Er ist stark. Er wird nicht zulassen, dass die anderen gewinnen.*

Er wird keine große Wahl haben, erwiderte Nikki bitter. Stefania trat schweigend zu ihm. Er barg sein Gesicht in ihrem Haar.

Eine neue Stimme brach in das Bild ein, eine schwache, unmelodiöse Stimme, die vor Schüchternheit zitterte. »Bitte«, ließ sie sich vernehmen. »Bitte, Bruder Jehan, ich ...«

Oddone sah wie ein erschrecktes Kaninchen aus, das beim Anblick der beiden Fremden so entsetzt war, dass es sich nicht rühren konnte. Zwei Frauen hier, die ihn angafften, dass er kaum noch denken konnte. Doch er besaß seinen eigenen Mut. Er wiederholte Jehans Namen, wenngleich mit ersterbender Stimme.

»Bruder Oddone.« Jehan sprach so sanft wie zu einem Tier und achtete sorgsam darauf, sich weder Überraschung noch Unbehagen anmerken zu lassen. Gott allein wusste, was der Mann mit angehört hatte, und nur Gott wusste, was er davon hielt. »Komm herein, Bruder, hab keine Angst. Das ist Nikephoros' Schwester und das seine Freundin, eine Dame aus deiner Heimatstadt. Sie haben Neuigkeiten gebracht, die nicht bis zum Morgen warten konnten.«

Als wären Jehans Worte winkende Hände, wagte Oddone sich in den Raum. Einen Schritt, zwei Schritte, drei. Ein tiefer Atemzug; er brachte die ganze Strecke bis zum Kohlekessel hinter sich, wo rechts und links die beiden Frauen standen. Er wurde abwechselnd rot und bleich. Er hielt den Blick auf Jehan geheftet, der massig, männlich und vertraut war. »Bruder, ich hörte, was ihr gesagt habt ... Über Herrn Alfred. Dass er auf der Suche wäre. Ich sah ihn gehen.«

Nikki machte einen Schritt auf ihn zu. Stefania hielt ihn zurück. Er blieb stocksteif stehen.

Der Mönch blinzelte. Seine schwachen Augen sahen aus wie geblendet; er lächelte angesichts seiner Erinnerung. »Er war wundervoll anzuschauen. Er betete, und ich weiß, dass Gott ihn erhört hat. Ich sah, wie er sich verwandelte. Handelt es sich denn um eine Beute, die er als Leopard besser jagen kann?«

»Als *was?*«, platzte Jehan heraus, ehe er nachdachte.

»Ein Leopard«, wiederholte Oddone geduldig. »Ich sah einen Leoparden in der Kapelle beten. Dann war er Signor Alfred und dann wieder ein Leopard. Er wirkte tief bekümmert, aber ich glaube, Gott hat ihn ein wenig getröstet.«

»Aber Alf kann doch nicht ...«, hob Anna an.

Er kann es jetzt. Nikki kaute auf seiner Lippe. Er wirkte jetzt etwas ruhiger. *Vielleicht hat es geklappt. Vielleicht.*

»Was?«, stellte Jehan die Frage für alle anderen.

Nikki schüttelte den Kopf, um ihn zu klären. *Wenn eine Person – ein Hexer – eine andere Gestalt annimmt, erscheint er manchmal, wenn er sehr vorsichtig ist, Geist und Auge als Tier. Es handelt sich dabei um keine Unsichtbarkeit, doch es kommt ihr sehr nahe.* Sein Gesicht spannte sich wieder an. *Aber es kann nicht gut gehen. Ein Leopard, der durch Rom schleicht – warum war er bloß nicht so vernünftig, eine gewöhnliche Katze zu werden?*

Eine Katze ist zu klein, warf Cynan ein.

Aber ein Leopard ist entschieden zu groß. Besonders der hier. Ein rechter Albino, mitten in der Nacht, der die Stadt in Furcht und Schrecken versetzt ... Zum Teufel mit diesem liebeskranken Narren.

»Noch ist die Stadt nicht in Furcht und Schrecken, oder?« Jehan musste einen kühlen Kopf behalten. Sonst könnte er sich nur noch hinlegen und losheulen.

Nikki setzte sich neben seine Schwester. Oder vielmehr ließ er sich fallen, weil er nicht genügend Kraft zum Stehen hatte. *Ist das der Weg, den wir alle gehen werden? Einer nach dem anderen ohne Hilfe, ohne Hoffnung. Vielleicht sollte ich mich einfach stellen. Simon wird euch anderen nichts anhaben, denke ich. Er ist nur auf die Hexen aus.*

Jehan blickte finster drein und zupfte an seinem Bart. Selbst Cynan schien Nikkis Verzweiflung wahrgenommen zu haben, denn er sank mit leichtem Frösteln in Annas Schoß zusammen. Sie schlug mit gedankenloser Fachkundigkeit ihren Umhang um ihn.

»Die ganze Sache«, erklärte Stefania deutlich, »ist nun weit genug gegangen. Nicht, dass ich genau verstünde, was vor sich geht, aber ich habe den Eindruck, dass ihr keinen ernsthaften Versuch macht, euch zur Wehr zu setzen.«

Wir können nicht, murmelte Nikki.

»Habt ihr es denn versucht?« Sie wandte sich an Jehan. »Pater, würdet Ihr mir bitte erklären, was das alles zu bedeuten hat?«

Jehan zögerte nur kurz. Sie wusste bereits zu viel; der Rest konnte auch nicht mehr schaden. Vielleicht war er sogar von Nutzen. Sie sah wie eine außergewöhnlich intelligente Frau aus. Schnell und knapp erzählte er die Geschichte; nachdem er so weit gekommen war, wie er konnte, fuhr Anna fort. Nichts von alledem schien Stefania zu erschrecken, aber schließlich wusste sie das Schlimmste bereits.

Sie hatte beim Erzählen Alfs Stammplatz, den Sessel am Kohlekessel, eingenommen. Dort blieb sie auch sitzen, als sie ans Ende gelangt war. Wenn sie nachdachte, waren ihre Augen tiefblau, fast schwarz; sie hätte abweisend gewirkt, würde sie nicht wie ein kleines Mädchen am Ende ihres Zopfes geknabbert haben. »Dieser Simon«, sagte sie langsam. »Anna, hast du jemals jemand anderen als ihn, seinen Herrn und ihren Diener gesehen? Hat niemals jemand hereingeschaut oder stand draußen, während die anderen bei Euch waren?«

»Nein«, antwortete Anna. »Nein.« Beim zweiten Mal klang sie weniger sicher. »Ich habe niemals jemand anderen zu Gesicht bekommen.«

Stefania runzelte die Stirn. »Das ist höchst eigenartig, weißt du. Sie hielten euch so lange gefangen, ehe sie sich überhaupt sehen ließen, und dann war Simon fast ständig anwesend. Aber ihr wurdet nicht in einer Hütte irgendwo weit draußen gefangen gehalten. Du sagst, der Gang war lang und voller Türen.«

»Und an seinem Ende ist ebenfalls eine Tür.«

»Offen?«

»Offen.« Das fiel Anna jetzt erst auf. Sie setzte sich aufrechter hin und zog die Stirn kraus, als sie die Erinnerung zurückrief. »Dahinter sah ich Licht. Es sah aus wie Tageslicht, war allerdings düster. Wir hätten uns tief unten in einem Verlies befinden können. Aber ich verstehe nicht ...«

»Die anderen Türen – wie waren die?«

»Gewöhnliche Türen. Alle auf einer Seite, nämlich der gleichen wie die unsrige. Nur dass die unsere einen Riegel besaß. Die anderen hatten nur Klinken. Sie sahen nicht aus, als ob sie jemals gebraucht würden.«

»Als ob ihr euch in der Ecke von ... irgendetwas befunden hättet. Wohin sonst niemand zu gelangen schien.«

»Eine Festung«, meinte Jehan.

»Oder eine Ruine.« Anna blickte finster drein. »Sie schien alt zu sein. Aber nicht baufällig. Ihr dürft nicht vergessen, dass ich bei meiner Flucht nicht viel sehen konnte, und das

Licht war auch schlecht. Rom ist voll von gut erhaltenen Gebäudeüberresten.«

Stefania nickte. »Das ist wahr. Doch kein Baudenkmal, das so weit hergerichtet ist, steht herrenlos. Wenn wir in Erfahrung bringen könnten, wo die Pauliner ihre Häuser haben ...«

»Es muss sich ja nicht um einen Besitz der Pauliner handeln«, wandte Jehan ein. »Der Orden verfügt über eine Anzahl mächtiger Freunde. Aber wir haben seit Wochen jede mögliche Straße erkundet. Wenn irgendein Mensch wüsste, wo unsere Leute sich aufhalten, wenn irgendein Fürst oder Prälat unseren Feinden gestattet hätte, auf seinem Gebiet Gefangene zu halten, wüssten wir das längst.«

Sofern Simon es nicht verhindert hat. Nikki richtete sich auf. *Macht sich eigentlich keiner von euch Gedanken, was Alf so plötzlich hinausgelockt hat, ohne dass er auch nur mich um Hilfe gebeten hat? Er wäre nicht so davongestürzt. Er muss gewusst haben, wohin er ging.*

»Vielleicht hat Simon ihn einen Blick auf Thea werfen lassen«, vermutete Anna. »Simon hasst ihn, das wisst ihr. Vielleicht, weil sie sich so ähnlich sind. Könnten sie Brüder sein, Vater Jehan? Alf wusste niemals etwas über seine Eltern, und Simon weiß nicht, wer sein Vater war.«

Jehan fröstelte. Irgendwie mochte er sich nicht ausmalen, dass ein abtrünniger Zauberer durch die Welt streifte, Söhne zeugte und sich niemals dafür interessierte, was aus ihnen wurde. Nicht einmal dann, wenn einer davon zu Alf herangewachsen war. Es war einfach zu achtlos. Zu unmenschlich.

Nikki sah ihm in die Augen. *Unmenschlich? Wie viele sterbliche Herren haben genau das getan? Ganz zu schweigen von Legionen von Soldaten, Wanderern und Geistlichen.*

Bei Gott, dachte Jehan. Ein umherziehender Zauberpriester ohne Grundsätze und Skrupel – das war eine Vorstellung, die einen starken Mann erschüttern konnte. »Und es ist zwecklos.

Wo immer sie herstammen, wir haben uns mit den erwachsenen Männern abzugeben, und ich denke, wir können davon ausgehen, dass sie einander gegenübertreten, falls es noch nicht geschehen ist. Was ist also zu tun? Woher wusste Alf, wohin er sich wenden sollte?«

Er ist in mir, bekundete Cynan. Als sich alle zu ihm umdrehten, schreckte er zusammen und fletschte die Zähne wie der Hund, der er gewesen war. *Er folgt dem Geburtsband. Dem Band, das mich mit meiner Mutter vereint. Ihr dürft ihm nicht nachgehen und ihr könnt das Band nicht finden. Es ist zu tief unten und viel zu dünn. Er gab die Anweisung, ihr sollt hier warten und Geduld haben; wenn er euch braucht, wird er es euch wissen lassen.*

Er sagt? Er befiehlt? Nikki hatte ebenfalls die Lippen zurückgezogen. *Was glaubt er eigentlich, was wir sind?*

Menschen. Cynan sprach es ohne Hohn, aber auch ohne Freundlichkeit aus. Es war eine schlichte Tatsache. *Schleudere mir gedanklich keine Schimpfwörter entgegen. Es wird nichts nützen.*

Wirklich nicht?

Jehan baute sich groß zwischen ihnen auf. »Lass den Jungen in Ruhe, Nikephoros. Er gehorcht nur seinem Vater. Wie wir andern das wohl auch müssen, so wie es den Anschein hat. Ich denke, während wir warten, können wir auch beten.«

Wir können immer beten, knurrte Nikki, doch er ließ Cynan in Ruhe. *Nun haben wir dein ganzes verdammtes Nachtoffizium hindurch geredet. Willst du uns jetzt alle zur Frühmesse schleppen?*

»Nur die, die es nötig haben«, erwiderte Jehan ungerührt. »Bruder Oddone, es tut mir Leid, dass wir dich hier aufgehalten haben.«

Die Augen des Mönchs schrumpften endlich zu ihrer normalen Größe zurück; er lächelte sogar. »O nein, Bruder, es ist meine Schuld. Ich habe die Glocke schon gehört, aber es war alles so fesselnd ... Macht es dir etwas aus, wenn ich noch ein bisschen bleibe? Wenn ich darf, würde ich gerne sehen, was geschieht.«

»Bleib und sei von Herzen willkommen«, entgegnete Jehan. Und er meinte es auch so, was ihn selbst ein wenig überraschte. Der Mann war schwach und sterblich, und vermutlich waren seine Gelübde, wenn nicht gar sein Seelenheil, in großer Gefahr. Doch es lag ein unbegreiflicher Trost in der Anwesenheit einer anderen Kutte unter diesen Griechen und Hexern. Es war eine Art Glücksbringer. Ein Schild gegen das Unheimliche.

Oder doch wenigstens einer, mit dem man reden konnte, während Nikki brütete, Cynan döste und die Frauen flüsterten und kicherten – über nichts anderes als Plinius den Älteren. Nicht dass Jehan der Naturphilosophie abgeneigt war oder nichts von ihr verstanden hätte, doch nicht in der dunklen Stunde vor Tagesanbruch, da Alf fort war und keine Hoffnung in Aussicht stand, ihn zurückzubekommen. Oddones leiseres Geplapper bedeutete Ruhe und Erleichterung und war in dieser dunklen Stunde segensreicher als Schlaf.

28

Alf verfolgte die Spur und nahm kaum etwas anderes wahr. Wie im Schreibzimmer ließ er seinen Körper nach dessen eigenem Willen verfahren, und der besagte nun, dass er nach Art einer Großkatze jagte, von Schatten zu Schatten schlich und dabei selbst lautlos wie ein Schatten blieb. Falls jemand ihn sähe, würde er ihn für einen Traum halten oder aber in abergläubischem Entsetzen die Flucht ergreifen. Der Leopard hätte mit Genuss getötet, wenn schon keinen Menschen, so doch den Esel, der scheute, an seinem Zaumzeug riss und den Karren umkippte, oder einen der Hunde, die kläffend vor ihm davonschossen; doch der Zauberer versprach sich, am Ende der Jagd köstlichere Beute.

Die Spur war angewachsen, bis sie so breit wie eine Landstraße und so gleißend hell wie ein Blitzstrahl geworden war. Selbst wenn er gewollt hätte, hätte er sich nicht mehr davon abwenden können. *Thea.* Ihr Name vibrierte in seinen Knochen. *Thea Damaskena.* Bald würde er sie gefunden haben. Bald wäre seine Macht wieder vollkommen, er würde geheilt, kräftig, wie neu geboren sein. Dann sollte Simon der Zauberer machen, was er wollte.

Sein Körper lief leichtfüßig dahin und genoss die geschmeidige Schnelligkeit. Er war nun seinem Ziel ganz nahe. Der Geruch war so deutlich, dass er ihn schmecken konnte, und fast unerträglich süß. *Thea. Thea Damaskena.*

Die Vorsicht des Leoparden veranlasste ihn innezuhalten. Der Instinkt ließ ihn eins werden mit der tiefen Finsternis. Geist und Körper prallten mit schmerzlichem Schock zusammen; er duckte sich flach zu Boden, ein jeder seiner Sinne zwang sich zur Wachsamkeit. Ihm wurde vage bewusst, dass nicht nur die Augen seine eigenen waren; er hatte wieder seine ursprüngliche Gestalt angenommen. Irgendwann in unmittelbarer Zukunft musste er diese neue Macht in die Gewalt bekommen.

Er lag in einem wirren Gestrüpp. Um ihn her war Ödland, das sich dunkel unter dem kalten Glitzern der Sterne erstreckte. Vor ihm ragte ein großer, schwarzer Umriss empor. Er schärfte seinen Blick. Da erhob sich finster eine Burg, derb, roh und neu, doch von alten römischen Mauern geschützt und bewacht. Ein Teil von ihnen war zerfallen, doch die meisten standen noch fest und beschrieben einen Umriss, der ihm vertraut war.

Er schluckte bitteres Lachen hinunter. Häufig hatte er vom Glockenturm von San Girolamo direkt in dieses offene Grasland mit dem langen Maueroval geblickt. Es war einst die große Arena der Stadt gewesen, sein Dickicht hatte ihren Mittelpunkt dargestellt und an ihrer steinernen Wendemarke waren so viele heranpolternde Wagen gescheitert. Und dort am Ende der Biegung stand die Feste, deren Turm ihn wie ein unbeholfenes illegitimes Kind des alten Roms angestarrt zu haben schien. Irgendwo dort drinnen oder in der unmittelbaren Nähe befanden sich, schon lange von ihm geahnt, seine Dame und seine Tochter.

Die Frangipani-Fürsten schliefen, umgeben von ihren starken Mauern. Keiner schien zu wissen, welche Gefangenen sie beherbergten. Und auch nicht, wer sich ihnen näherte, ein Mann, der sich wie ein Leopard bewegte und dessen Haut von Schlamm und Sternenschein gesprenkelt war. Die Witterung führte ihn um die Festung herum, vorbei am finsteren Anblick des Tores und auf die älteren Mauern zu. Die Sitzreihen waren fort, zerfallen oder gestohlen, doch das Gerippe hatte überdauert. Und es war stärker, als es den Anschein gehabt hatte. Natürlich; in seinem Innern hatte sich ein Gespinst von Gängen und Kammern, Ställen und Lagerräumen für Dürrfutter und Zaumzeug befunden. Es war vielleicht nicht gerade das riesige Labyrinth des Kolosseums, von dem Nikki eines Nachts in einem Fieber aufregender Entdeckungen berichtet hatte, doch es war mehr als genug Platz, zwei Frauen und zwei Kinder zu verstecken. Und wer musste schon jemals davon erfahren? Die Frangipani nicht, die sicher in ihrer Festung saßen. Auch nicht die wenigen Leute, die hier am Rande der dicht bevölkerten Plätze lebten. Nicht einmal die ganz in der Nähe untergebrachten Jäger, die niemals vermuteten, dass ihre Beute in unmittelbarer Sichtweite lag.

Er hielt im Schutz der Mauer inne. Von hier wirkte sie unermesslich lang, hoch und verschachtelt. Der Geruch, der so stark gewesen war, ließ schnell nach. Die Spur war wieder zum spinnenfeinen Faden geschrumpft. Er raste daran entlang und kümmerte sich nicht um Vorsicht und Geheimhaltung. Als Tier käme er schneller voran, im Flug noch schneller. Er stieß sich von der Erde ab und schwang sich – flügellos und doch schneller als jeder Vogel – in die Luft.

Fast wäre er über das Ziel hinausgeschossen: ein Bogen weit unten an der Mauer über dem Feld jenseits der Stelle, wo er begonnen hatte. Von den vielen Bögen lockte einzig und allein der ihn mit seinem Schrei; die Öffnung klaffte ihm schwarz entgegen und erhob sich mannshoch und höher vom Boden. Er schwebte vor ihr und schuf Licht, um ins Innere zu blicken.

Eine Tür fiel zu, ein Beil sauste nieder. Eine gewaltige Kraft trennte Faden und Macht. Er fiel wie ein Stein und blieb benommen, blind und taub liegen.

Mit unendlicher Langsamkeit kehrte seine Sehkraft zurück. Er konnte sich bewegen. Nichts war gebrochen, obgleich jeder Knochen sich anfühlte, als wäre er auf der Streckbank gemartert worden. Er zog sich auf Hände und Knie hoch, erhob sich und stand wieder auf den Beinen. Der Bogen spannte sich über ihm. Die Wand darunter bot mit ihren Rissen und Spalten Halt für Hände und Füße. Grimmig nahm er sie in Angriff.

Diese Finsternis war keine natürliche Lichtlosigkeit. Der Sternenschein hätte für Katzenaugen ausgereicht und musste für Hexenaugen mehr als genug sein. Er aber war so blind wie jeder gewöhnliche Mensch und tastete sich seinen Weg einen steinernen Gang entlang, ohne dass die Macht ihn geleitet hätte. So also war es, ein Mensch zu sein? Blind, taub, in Stumpfheit gehüllt.

Der Boden sackte vor ihm weg. Wieder fiel er, wieder lag er am Rand der Bewusstlosigkeit, bis der Schmerz ihn zurückzerrte. Dieser Anstieg war weit schwerer; er hinkte beim Gehen. Doch auch diesmal waren seine Knochen unversehrt geblieben, und sein Schritt wurde sicherer, als die Pein nachließ und zu dumpfem, erträglichem Schmerz wurde. Er ging nun langsamer und vorsichtiger. Ein weiterer Sturz konnte vielleicht wirklich sein Ende bedeuten; und so wie er war, würde er keinen schnellen Tod erleiden. Er konnte lange Jahre unter Schmerzen liegen, ehe sein Feind käme, ihn zusätzlich zu quälen, oder ehe der Tod ihn endlich ereilte.

Licht.

Seine Augen weckten trügerische Hoffnungen. Nein. Es wurde größer. Es flackerte. Fackellicht. Zuerst sah er vage, dann deutlicher, was um ihn her lag. Ein langer, etwas über zwei Ellen breiter Gang, der ein wenig höher war, als dass er hinaufreichen konnte. Das war nicht der von Anna beschriebene Gang; keine Türen durchbrachen die konturlosen Wände. Ihm blieb nicht genügend Vorstellungskraft, sich auszumalen, was er gewesen sein mochte und wozu er gedient hatte.

Er wankte auf das Licht zu. Es erhellte eine Treppe, die ein kurzes Stück hinabführte. Die Fackel war alt, stand kurz vor dem Verlöschen, doch er zerrte sie aus dem Spalt, in den man sie geklemmt hatte. Sobald er sie in der Hand hielt, fühlte er sich ein klein wenig stärker. Er konnte schneller gehen, ja, er musste es sogar, ehe das Licht ausging.

Noch eine Treppe. Nach oben. Endlich eine Tür, verriegelt. Mit skrupelloser Gewalt riss er Bolzen und Riegel aus ihren Nuten. Die Befriedigung wärmte ihn und überstieg sein Bedauern; wenigstens hatten seine Muskeln ihre Kraft nicht eingebüßt, was immer aus seinem Verstand und seinen Sinnen geworden war. Er schritt durch die erbrochene Tür.

Nun war er nicht mehr weit entfernt. Dies musste einst ein Zugang zur Arena gewesen sein, ein weiterer, mit Bögen begrenzter Raum. Einer dieser Torbögen war mit Kies und rauem Backstein vermauert. Der zweite war zwar unten verbaut, ließ aber oben einen schmalen Halbkreis freien Himmels erkennen. Alf hielt inne, sog die reine Luft in seine Lungen und nahm Kraft auf. Er schritt sicherer als zuvor in einen Gang, der merkwürdigerweise weniger dunkel wirkte. Es dauerte nicht lange, dann war er überzeugt. Seine Macht kehrte zurück. Noch ehe seine Fackel ein letztes Mal aufloderte und dann erstarb, benötigte er sie schon nicht mehr; er sah deutlich genug.

Doch eine weitere Treppe führte unter die Bodenebene hinab, aber ihre Decke war ein schräger, sternenüberdachter Schacht. Der Gang an ihrem unteren Absatz endete vor einer zweiten Tür. Diesen Bolzen schob er fast sanft zurück, wusste er doch, was ihn dahinter erwartete.

Das war Annas Korridor. Die glatte Mauer lag nach außen hin und bildete die Umfriedung des Circus. Die Türen würden zu Kammern und weiteren Gängen führen. Es waren nicht so viele Türen, wie sie, vielleicht unter Simons stillschweigender Duldung, in Erinnerung hatte: drei oder vier höchstens, und die eine, die zählte, mit einem Gitter darin, das goldenes Licht an die gegenüberliegende Wand warf.

Alfs Herz klopfte wie rasend. Seine Handflächen wurden kalt, sein Kopf leicht. Falls dies alles eine böse Enttäuschung war, falls sie fort oder niemals dort gewesen waren ...

Die Zelle, die gewölbte Decke, der mehrarmige Leuchter, er hatte sie durch Annas Augen gesehen. Die Pritsche stand dort, wo sie sie in Erinnerung hatte. Und darauf ...

Er sollte sich niemals erinnern, wie die Tür sich öffnete. Vielleicht hatte er sie mit reiner Willenskraft überwunden. Thea schlief oder war bewusstlos in ihrer eigenen, wunderschönen Gestalt, ihre weiße Haut schimmerte, ihr Haar war ein Gespinst von bronzefarbener und goldener Seide. Langsam ging er auf sie zu. Sein Geist entrollte einen Fühler, erwartete einen weiteren magischen Angriff, stieß jedoch auf keinen. Mit unendlicher Zartheit berührte er sie.

Ihre Augen öffneten sich, ganz golden. »So früh?«, murmelte sie noch halb im Schlaf und griff benommen nach ihm, ihn herunterzuziehen. Als ihre Lippen sich berührten, war alle Müdigkeit verflogen. Ihr Griff wurde stählern; ihre Wärme zu loderndem Feuer. Sie umklammerte ihn mit der Kraft der Leidenschaft, doch nicht leidenschaftlicher und nicht stärker als er, als könnte nur eine Umarmung in wahnsinniger Freude all die Tage der Trennung auslöschen.

Keiner wusste, wer von ihnen zuerst wieder zur Vernunft kam, er oder sie. Noch lagen sie Körper an Körper, ein glühender Leib am anderen, doch ihre Blicke begegneten sich mit zurückgedämmter Leidenschaft. Er lag auf ihr, strich ihr das Haar aus dem Gesicht. Sie zeichnete seine Wange nach; runzelte die Stirn, folgte der langen geliebten Linie Hals, Schultern und Brust hinab, um eine jede der hervorstehenden Rippen zu zählen. »Alfred von St. Ruan«, fragte sie in scharfem Ton, »was hast du mit dir angestellt?« Sie wartete nicht auf eine Antwort, als ob es eine darauf geben könnte. Sie stieß ihn von sich herunter, rollte sich ihrerseits auf ihn und blickte finster auf ihn hinab. »Sieh dich an. Ein Skelett. Und kommst hierher. Du Idiot. Du völliger, hoffnungsloser Idiot.«

Trotz all ihres Zorns – und der Zorn war echt – hatten sich ihre Augen mit Tränen gefüllt und waren übergeflossen. Er küsste die Tränen fort. Sie ohrfeigte ihn; er küsste ihre Handflächen: »Du *Dummkopf!* Genau dazu hat er dich doch bringen wollen.«

»Und ich dich.« Nicht alle Tränen stammten von ihr. Er lachte unter Tränen. »Thea. Thea Damaskena. Ich war dem Tod nahe, und jetzt lebe ich wieder.«

»Nicht mehr lange«, fauchte sie. »Er hat den Köder ausgelegt und du hast wie ein großmächtiger Dummkopf angebissen. Und nun kannst du an nichts anderes denken als an das Feuer zwischen deinen Beinen.«

»Natürlich. Es bringt ihn zur Raserei.« Alf wölbte seine Hände um ihre Brüste. Sie waren noch voller, als er sich erinnerte, und unendlich reizvoll. »Er wird bald hier sein. Wollen wir ihm etwas zu sehen bieten?«

»Du bist verrückt.«

»Ich fordere ihn heraus.«

»Du suchst wohl deinen Tod.« Er lachte; sie schlug erneut und ernsthaft nach ihm. »Er hat Liahan. Er kam, erlöste mich aus meinem Hundekörper und nahm sie mit.«

Das ließ sein Lachen, wenn nicht gar seine Leidenschaft vergehen. »Wann?«

»Nachdem er Anna und Cynan mit ihr hinausgeworfen hatte. Seinen Köder ausgelegt, würde ich sagen. Liahan ist seine Geisel. Er wird sie umbringen, wenn du ihn bedrohst.«

»Vielleicht auch nicht.« Er fasste sie bei den Hüften und zog sie auf sich herunter. Sie keuchte, halb vor Widerstand, halb vor Verlangen. Und mit dem wachsenden Verlangen erstarb der Widerstand. In ihrer körperlichen Vereinigung sah sie, was er sah, wand sich in sein Innerstes und erfüllte seine

Leere. So wie er die ihre körperlich und seelisch erfüllte. Sie waren beide wieder heil im Hochgefühl ihrer berauschenden Freude, und auch seine neu zu Leben erwachte Sehergabe konnte sie nicht zerschlagen.

In ihrer Vereinigung hielten sie Simon fern; ihr Liebesakt wehrte ihn vollständiger als jeder Machtschild und auf viel befriedigendere Weise ab. Aber selbst Hexenkraft genügte nicht, ihre Vereinigung viel länger als bei Sterblichen fortdauern zu lassen. Sie lagen gelöst nebeneinander und genossen das Nachgefühl umso mehr, als es vielleicht das letzte sein sollte, und lächelten jenem entgegen, der kam, sie zu vernichten.

»Hure. Wüstling.« Seine Stimme klang in Alfs Ohren nicht wie seine eigene, aber das bewies nichts. Gewiss klang sie leicht für die eines Menschen und klang reiner als eine solche, selbst jetzt, da sie vor Empörung belegt war. Und ja, das Gesicht glich jenem, das ihm im Spiegel begegnete, nur war es älter, kräftiger, weniger mädchenhaft schön. Das hier war zum erwachsenen Mannsbild herangereift und war nicht kurz davor in der Entwicklung stehen geblieben, ewig gefangen zwischen Junge und Mann.

Körperlich vielleicht. Im Geiste aber ...

Alf stand auf und trat ihm Auge in Auge gegenüber. Simons Nüstern blähten sich dünn und weiß. Er schleuderte Alf etwas ins Gesicht, ein Knäuel, das sich zu zwei Kutten aus ungebleichter Wolle löste. Sie waren entschieden feiner als Pilgerkutten. Alf zog die größere über, die gut passte, und wartete, während Thea in die kleinere schlüpfte. »Die letzten Bluthunde Gottes, die mich gefangen nahmen, wollten diese Tracht nicht dadurch besudeln, dass ich sie trug«, bemerkte er.

»Die Vorschriften haben sich etwas gelockert«, meinte Thea kühl, »seit einer unserer Art mehr oder weniger rechtmäßig Eingang in den Orden gefunden hat.« Sie schlang ihre Arme um Alfs Taille, lehnte sich in selbstverständlicher Vertraulichkeit an ihn und streichelte die weiche Wolle, die an seinem Schenkel klebte. »Die Pauliner müssen zarte Haut haben. Dagegen fühlt sich die Hieronymiten-Kutte wie Sackleinen an.«

»Die Brüder des heiligen Hieronymus neigen zu etwas strengen Auffassungen.« Alf betrachtete Simon mit einem angedeuteten Lächeln. »Der heilige Paul war dagegen ein Meister der Mäßigkeit. In jeder Hinsicht.«

»Du bist widerlich.« Simon sah aus, als kämpfte er heftige Übelkeit nieder. »Wie konntest du *das* ...«

Das Lächeln wurde deutlicher. »Ganz mühelos nach einer solchen Trennung, zumal meine Dame lange Zeit zuvor schon viel zu schwanger war zum ...« Er verstummte und errötete leicht. »Ach, Bruder, verzeih. Ich lebe schon so lange in der Welt, dass ich die wahre priesterliche Zurückhaltung vergessen habe.«

»Nichts hast du vergessen.«

»Letztendlich vielleicht wirklich nicht.« Das Lächeln war verloschen. Alfs Blick war kühl, seine Stimme ebenmäßig. »Ich habe sehr wenig vergessen. Versöhnlichkeit ist eine andere Frage.«

»Glaubst du, du könntest mich herausfordern?«

»Gewiss. Genau das. Ich fordere dich heraus, Bruder Simon vom Orden des heiligen Paulus. Ich gebiete dir, meine Dame und meine Tochter freizugeben. Ich befehle dir, mit der Folterung meines Volkes aufzuhören.«

»›Kannst du den süßen Einfluss der Plejaden binden, die Bande des Orion lösen? Kennst du des Himmels Bräuche? Kannst du ihnen auf Erden an die Macht verhelfen?‹«

Alfs Augen funkelten; er lachte. »Bist du demnach so mächtig, Verwandter meiner Art? Hast du denn einen Arm wie Gott? Kannst du wie er mit donnergleicher Stimme sprechen?«

»Ich bin die Stimme Gottes.«

»Stolz, mein Bruder, hat schon bedeutendere Kräfte als die deinen zu Fall gebracht.«

»Ich werde dich bezwingen, Dämon, wie sehr du dich mir auch widersetzen magst.« Simon trat von der offenen Tür zur Seite. Dort stand Bruder Paul, gleichgültig wie stets, und hielt die reglose Gestalt von Liahan im Arm. Ihre Augen standen offen, waren aber stumpf. Der Jagdhundkörper hing schlaff herab. Der Mönch streichelte sie ständig und begann zu lächeln, als Alf ihn begaffte. »Guten Morgen, Herr Kanzler«, begrüßte er ihn.

Alf stand angespannt, sah ihn kaum, nur seine Kutte, seine Absicht und das Wesen, das er so trügerisch liebevoll im Arm hielt. »Wenn Ihr meiner Tochter etwas angetan habt ...«

»Ja«, schnitt ihm Bruder Paul geringschätzig das Wort ab. »Wenn. Was dann, mein Herr? Was könnt Ihr tun? Ich kann Euch versichern, dass die alten Zeiten vorbei sind. Hier hält Euch nicht ein einfacher Mensch gefangen; kein König wird zu Eurer Rettung herbeigaloppieren. Diesmal wird der Orden endlich seine Rache bekommen.«

»Ihr habt ein höchst unchristliches Gedächtnis für Kleinigkeiten.«

»Kleinigkeiten, Herr? So schätzt Ihr das ein? Ihr seid schuld, dass wir aus ganz Britannien verbannt sind; Eurem Zutun ist zu verdanken, dass wir Rhiyana nicht betreten dürfen. Ihr spieltet keine unbedeutende Rolle bei der Unterdrückung unseres Ordens, Alfred von St. Ruan.«

»Ich würde lügen, wenn ich behauptete, ich bedauerte es.«

Alf richtete den Blick auf das rötliche Gesicht über der Kutte. Anna war übermäßig voreingenommen gewesen; es war ein hübsches Gesicht, wenn auch ganz anders als der Schlag der Elfensippe. Der Akzent, so fiel ihm auf, war anglianisch, was jedoch den Mann anbetraf: »Gewiss seid Ihr nicht alt genug, als dass Ihr einer meiner Verhörsführer wart.«

»Ich gebe zu, diese Ehre niemals gehabt zu haben. Aber ich wohnte ihm bei.« Bruder Pauls Lächeln quoll vor Boshaftigkeit über. »Bruder Reynaud hat sich mit der Peitsche gut bewährt. Er lebt noch, wisst Ihr. Lacht immer noch, außer gelegentlich, wenn er wie ein Tier heult. Wenn unsere Bewerber wissen wollen, was aus der Menschheit unter Eurer Herrschaft würde, werden sie zu ihm geführt. Das ist eine heilsame Lehre. Die Schwachen fliehen unsere Mauern aus Furcht vor einem ähnlichen Schicksal. Die Starken gewinnen nur an Entschlossenheit, Eure Art zu vernichten.«

»Falls Ihr dabei wart, wisst Ihr, dass nichts von alledem meine Schuld war.«

»Nein? Ich habe einmal eine Prüfung gewagt. Ich brachte einen Mann dazu, Simon anzugreifen. Er starb; aber schließlich ist Simon stärker als Ihr. Und, wie ich meine, aufrichtig barmherziger. Ich würde den Tod gewiss dem Leben vorziehen, das Reynaud seit der Begegnung mit Euch geführt hat.«

Alfs Augen hatten sich zu Schlitzen verengt, während der Mönch sprach. Eine Erinnerung stieg auf und wischte Jahre fort. Um das Grauen einer Wahrheit zu verdrängen, hatte er niemals erfahren oder in Erfahrung bringen wollen, dass er als Entgelt für die Narben auf seinem Rücken einen Mann um den Verstand gebracht hatte.

Diese Wahrheit war eine Falle, die seinen Willen brechen sollte. Er ließ nun die Einsicht zu und fand so auch den Namen, den dieser Mönch damals getragen hatte. Er war ein dunkelhaariger, schlanker junger Mann mit trägem Blick und voller Boshaftigkeit gewesen. »Joscelin. Joscelin de Beaumarchais.« Er schüttelte den Kopf, nicht eigentlich ungläubig, aber sehr verwirrt. »Ich dachte, Ihr hättet Euch für die Benediktiner entschieden. Wegen des Weins, der Frauen und der Knaben, die Ihr dort nach Lust und Laune haben konntet. Was hat Euch nur veranlasst, zu den Paulinern zu gehen?«

Bruder Paul, der einst Edelknappe bei Löwenherz gewesen war, lächelte das Lächeln, an das Alf sich so gut erinnerte. Die Jahre hatten ihm nichts von seiner Boshaftigkeit genommen. »Der Wein und die Frauen erwiesen sich nicht als so leicht verfügbar, und an Knaben verlor ich bald den Geschmack. Auch das ist Eure Schuld, Herr Zauberer. Ein hübscher Junge war nicht mehr so hübsch, nachdem Euer Gesicht mir nicht mehr aus dem Kopf gehen wollte, und kein Mann kam dem König gleich, den Ihr mir gestohlen hattet. So musste ich schließlich eine neue Lust entwickeln. Ich suchte die Macht. St. Benedikt, so schien es mir, fehlte es an Würze. Dagegen bot St. Paulus Macht einer ganz besonderen Art, die Macht, über menschliche Seelen zu urteilen; und er verlangte nicht von mir, dass ich mich als barfüßiger Fanatiker aufführte.«

»Und er führte dich zu einem anderen hübschen Jungen«, warf Thea ein.

Der Mönch lachte leise. »Er führte mich zu einer Macht, von der ich nicht zu träumen wagte. Stellt Euch meine Gedanken vor, als da ein Landstreicher in das Kloster, wo ich lebte, gestolpert kam, kaum vierzehn Tage nach meiner Aufnahme in meinen neuen Orden; und dieser umherziehende Irre war ganz offensichtlich und unmissverständlich ein Zauberer. Ein junger ohne jeden eigenen Willen. Er hielt mich für Gott. Und das glaubt er immer noch und will sich nicht davon abbringen lassen.«

»Du warst ein nichtswürdiger Junge. Du bist zu einem bösen Mann herangewachsen.«

Er betrachtete sie, wie sie mit trotziger Miene vor ihm stand und Alf hielt, als würde sie gleichermaßen beschützt und beschützen. »Du könntest sagen, ich bin ein Werkzeug von Gottes Willen. Simon behauptet das unablässig. Ich gebe mich damit zufrieden, nach meinem Gutdünken zu verfahren. Aber letztendlich, wer weiß? Auf den Heiligen Stuhl werde ich nicht gelangen, aber das Amt des Superiors der Brüder von St. Paul liegt in meiner Reichweite.«

»Es sei denn«, meinte Alf leise, »Euer Packesel dort hinten wirft Euch ab.«

»War ich einem guten Glücksspiel jemals abgeneigt?«

»Aber das Glück war Euch, wenn ich mich recht erinnere, niemals besonders hold. Der schafsköpfige kleine Mönch, den Ihr Euch als Gefährten ausersehen hattet, wurde böse und sorgte für Euren Sturz.«

»Aber jetzt habe ich ihn wieder und hege nicht die Absicht, ihn mir entwischen zu lassen. Ihr habt mir auf Eure krumme Weise schon einmal Glück gebracht. Das werdet Ihr wieder.« Bruder Paul hob die Hand, mit der er Liahan getätschelt hatte. »Simon. Ergreif ihn.«

So wachsam Alf gewesen war, schleuderte ihn die Wucht von Simons Macht doch zu Boden. Trotz seines starken Widerstands wirkte er wie die Stoffpuppe eines Kindes, die man zum Kampf gegen das Meer antreten ließ. Seine Schilde waren nutzlos, seine Abwehr vergeblich. Der andere war ihm haushoch und hoffnungslos überlegen.

Irgendwo weit entfernt hörte er Thea sprechen. Sie spie Worte des Trotzes und Verwünschungen aus. So leicht, wie ein Mann zwei neugeborene Kätzchen trennt, hielt Simon sie von ihrem Liebsten fern.

Alf rollte sich auf den Rücken. Simon blickte ausdruckslos auf ihn hinab. »Steh auf«, forderte er ihn auf.

Alf gehorchte, ohne dass es sein eigener Wille war. Er konnte nur den Kopf aufrecht halten und dafür sorgen, dass seine Stimme nicht zitterte. »So also bedrohst du deinen Bruder?«

»Wir sind nicht verwandt«, antwortete Simon. Versagte seine Stimme nicht ein klein bisschen?

»Wir sind Brüder, wenn nicht dem Blute nach, so nach der Art: Sieh mich an, Simon. Begreife, dass es die Wahrheit ist.«

»Ich begreife nur, dass du nicht gegen mich ankommst. Du kannst nur betteln.«

Alf spreizte die Hände. »Dann vernichte mich. Befinde ich mich nicht völlig in deiner Gewalt?«

»Völlig.« Simons Gesicht zuckte. Ein Schauer überlief ihn. »Du bist mir so ...«

»So ähnlich. Erschlag mich, Bruder. Hat Gott es nicht befohlen? Wirf mich ins ewige Feuer.«

»Bring ihn zum Schweigen«, befahl Paul knapp. Seine Stimme schien aus großer Ferne zu kommen. »Er hat Erfahrung, mein Sohn, Erfahrung mit dem Bösen. Bring seine Schlangenzunge zum Schweigen, damit sie dich nicht vom Angesicht Gottes abkehren lässt.«

Alf fühlte, wie sich seine Kehle zuschnürte und seine Zunge erstarrte. Aber er konnte lächeln. Er konnte seine Hände auf die Schultern des anderen legen. Sie waren schmaler als die seinen, obgleich der Mann recht kräftig wirkte, eher geschmeidig als schlank. *Bruder,* sprach sein Wille, *Bruder.*

Simon schlug die Hände fort, warf Alf auf die Knie. »Ähnlich«, flüsterte er, »so ähnlich.« Er beugte sich hinab und studierte das emporgewandte Gesicht. Seine Faust schlug zu. Es schwankte, hielt wieder still, blinzelte Tränen des Schmerzes fort. Der Bluterguss zeigte sich trotz der hellen Haut nicht schnell genug. Seine Macht löste sich. Sie packte gleichzeitig zart und brutal zu. Sie spannte sich, zuckte.

Alf stockte der Atem, mehr vor Überraschung als vor Schmerz. Er konnte nicht fühlen ... er fühlte ...

Sein Gesicht juckte. Ein geringes Ärgernis; er war völlig fassungslos. Simon beobachtete ihn mit Frucht erregender

Hingerissenheit. Er hob eine zitternde Hand. Seine Haut war rau geworden. Nein. Dort war ... dort wuchs ...

Er lachte vor lauter Heiterkeit. Nach all den langen Jahren, den vielen Foppereien und Zweifeln und der hart errungenen Anerkennung, spross ihm endlich ein Bart. Ein weicher Bart, wie es üblich war, aber dicht und immer kräftiger so wie Jehans in jener Nacht auf Caer Gwent.

Simon nahm seine Belustigung nicht wohl auf. Schon deshalb behielt er sie bei. Seine Stimme klang tiefer. Seine Haut fühlte sich derber an. Wurden seine Knochen schwerer? Seine Hände waren noch schmal, aber nicht so schmal wie zuvor. Sie wurden zu Männerhänden. Fahles Haar verdichtete sich auf den Handrücken. Er wurde ein wenig größer, ein wenig breiter. Sein Bart wuchs, kräuselte sich so weißgolden wie das Haar auf seinem Kopf.

Sein Lachen verhallte. Die Knie taten ihm weh. Sein Rücken stach, nicht nur die narbige Haut, sondern die Knochen im Innern. Die Haut seiner Hände wurde immer grober. Die Gelenke schwollen an. Adern und Sehnen zeichneten sich deutlich ab. Ein Zahn begann zu schmerzen. Die umhertastende Zunge stellte fest, dass er locker war. Er wurde alt. Wie ein sterblicher Mensch, nur schneller, viel schneller, ein ganzes Leben in einem Augenblick. Augen und Ohren wurden stumpf. Der Kopf war zu schwer für seinen Hals. Nachdem er erst gewachsen war, schrumpfte er nun und zitterte vor Altersschwäche.

Sein Gesichtsfeld begann sich zu drehen, geriet ins Wanken und verschärfte sich zu bitterer Klarheit. Simon hatte ihm seine Augen geliehen. Auf dem Boden kauerte ein uralter Mann, ein Mann, der jedes einzelne von Alfreds vielen Jahren gelebt hatte.

Und doch war er nicht bedauernswürdig. Er war – ja er war immer noch hübsch, und die Augen in dem von Alter zerfurchten Gesicht hatten zwar nachgelassen, bewahrten aber noch viel von ihrem alten Glanz. Es stand keine Furcht in ihnen.

Er kehrte wieder hinter sie in das Wrack seines Körpers zurück. Auch jetzt noch kein hässlicher Körper und noch keine völlige Ruine. Er konnte unter größter Anstrengung aufstehen. Er konnte lächeln. Er konnte sich einer Stimme bedienen, die nicht übermäßig schwächer und tatsächlich auch nicht viel höher als zuvor geworden war. »Leider, Bruder Simon, wirst du meine Eitelkeit erst dann abtöten, wenn du mich tötest.«

Simons Zorn loderte als blutrotes Feuer über ihn hinweg. Alf taumelte hin und her, war völlig hilflos, aber bei Gott nicht einmal ängstlich.

Die Hand, die ihn vom Boden abstützte, war wieder seine eigene glatte und langfingrige. Seine Wangen trugen nur den flaumigsten Hauch von einem Bart. Seine Zähne saßen fest an ihren Plätzen; seine Stimme war zwar etwas brüchig, doch immer noch ein reiner, junger Tenor. »Meinen Dank, Bruder. Trotz seiner Nachteile ziehe ich dieses Aussehen vor. Und jetzt«, sprach er, erhob sich und verhärtete seinen Ton, »und jetzt finde ich, muss mit diesem Spielchen genug sein. Simon von Montefalco, Mönch des heiligen Paulus, Artverwandter des Königs von Rhiyana, ich rufe dich zur Abrechnung.«

Das überrumpelte Simon völlig. »Du hast keine Macht ...«

»Ich habe das Recht. Die Kirche verweigert niemandem einen rechtmäßigen Prozess, nicht einmal einem wie mir. Und zwar soll der Prozess, wie ich das vorschlage, durch einen Kampf entschieden werden.«

»Du kannst unweigerlich nur verlieren.«

»Wenn«, erwiderte Alf, »dann mag es so geschehen. Ich möchte weit lieber im Kampf als auf dem Scheiterhaufen sterben.«

Thea warf sich neben ihm auf die Knie. Keiner hielt sie davon ab. Simon blieb unbewegt und unergründlich; Paul zog die Stirn kraus, suchte ganz offenkundig nach einem Trick, fand aber keinen. Sie packte Alf mit der Kraft der Leidenschaft bei den Schultern. Obgleich ihr klar war, dass Simon mithörte, sprach sie kaum lauter als ein Flüstern in Alfs Ohr. »Hast du denn die Kinder vergessen? Hast du mich vergessen?«

»Niemals«, antwortete er ebenso leise. »Thea, es ist auf die eine oder andere Weise ohnehin um uns geschehen. Aber ich werde nicht gefügig in den Tod gehen. Ich will zumindest versuchen, ihn zu zeichnen, ihm eine Wunde schlagen, an der er leiden wird.«

Ihr Atem zischte zwischen ihren Zähnen. Sie schaute ihm böse in die Augen, und die ihren waren so feurig dunkel wie alte Bronze. Er versuchte, unterhalb der Gedankenebene zu ihr zu sprechen, an jenem Ort in seiner Seele, der ihm und ihr allein gehörte. Ein Bild einer von einem Sturmbock bedrängten Lehm- und Weidenhütte; ein Bild einer Frauenhand, die Blütenblätter auf einen Wandbehang stickte. Und, so deutlich er wagte, ein kleines Nagetier, das die Wurzeln einer Eiche durchknabberte.

Verzweiflung schüttelte ihn. Sie begriff nicht. Ihr Denken und ihr Blick enthielten nur Wut, Fassungslosigkeit und Enttäuschung. »Ich werde an deiner Seite kämpfen«, erklärte sie und stieß jedes Wort heftig hervor. »Du kannst mich nicht davon abhalten.«

Er hob eine Schulter. Sein Finger strich über ihre fest zusammengepressten Lippen. Sie wollten nicht weicher werden. »Was immer nun geschehen wird, Thea Damaskena, wisse, dass ich nicht einen Augenblick all unserer gemeinsamen Jahre bereue.«

»Nicht einen, Alfred von St. Ruan?«

»Letztendlich«, beteuerte er und erwog jedes Wort, »nicht

einen.« Er küsste sie leicht, dann inniger. Als er aufstand, verharrte sie mit starrem, aschfahlem Gesicht auf den Knien. Er wandte sich an Simon. »Ich bin bereit.«

Eine ewige Weile blieb Simon einfach stehen. Vielleicht betete er. Vielleicht hoffte er, Alf zu einem Angriff zu reizen. Alf ließ sich jedoch nicht provozieren. Sein übliches Gebet war längst gesprochen, der Rest lag bei Gott. Die Furcht war zu einem beständigen Dröhnen unter der Oberfläche seines Gehirns abgeklungen. Er wartete einfach nur, wie er so lange gewartet hatte, aufmerksam und geduldig. Seine Geisteswehr war – allerdings nur leicht – aufgebaut. In ihrer Mitte strömte stark, hell und pulsierend seine Macht zusammen.

Er veränderte seinen Blickwinkel. Die glatte Halbkugel seiner Augen schwoll an und rundete sich. Doch er sah weder mehr noch besser. Simon erfüllte die Welt wie die aus ihrer Bahn befreite Sonne und wütete von Pol zu Pol. Sie hatte ihr eigenes Zentrum, den beherrschenden Willen, verzehrt. Sie verzehrte den Körper, der ihn trug. Würden ihr keine Grenzen gesetzt, könnte sie alles Bestehende vernichten. Könnte; obgleich sie bei diesem Vorgang auch sich selbst zerstören würde.

Alfs Furcht heulte in ihren Ketten auf, schwoll zu Entsetzen an. Niemals war er dem Tod so nahe gewesen. Hatte sich niemals, nicht einmal angesichts des Scheiterhaufens träumen lassen, der Auflösung so nahe zu kommen.

Er war niemals einer Macht begegnet, welche die seine überstieg. Er ließ das Staunen die Furcht übersteigen, sich von ihm tragen und sogar beschützen. Wenn diese mächtige Kraft sich zähmen ließe, welches Wunder würde das bedeuten; welche Pracht ginge daraus hervor. Er verlieh dem Staunen und der Vision Gestalt. Er formte sie zu einem Speer, dessen Heft und Spitze aus Licht geschaffen waren. Er schleuderte sie mit der ganzen Wucht seines Mitleids von sich.

Simon schlug zu, wie ein Mensch nach einem Insekt schlagen mochte, mit einer Beiläufigkeit, die an Verachtung grenzte. Alfs Geisteswehr schloss sich; er geriet ins Wanken, verlor jedoch nicht seinen Halt. Sein Pfeil hatte sein Ziel durchbohrt. Das sonnengrelle Licht verdüsterte sich: Bald war es nur noch ein kaum zu erkennendes Flackern mehr.

Die Macht brach in einem plötzlichen Wutausbruch los. Alf warf die Schilde von sich und floh. Wohin er sich auch wandte, erwartete ihn die Macht. Er warf sich ihr entgegen: nicht als Speer, nicht als Schwert, sondern als ein Schwall von Sanftmut, ein sanfter Wind, ein Wasserfall. Er flüsterte durch die Mauern. Er strömte um die Hand des Angreifers. Er nahm in einem Bereich der Stille inmitten der Feuerwände Gestalt an.

Dort wartete Simon, wie er in der Welt gewartet hatte, welche die Menschen die wirkliche nannten. »Wohin du auch gehst«, sagte er, »bin ich gegenwärtig.«

Alf trat nach vorn. Simon rückte näher. Alfs Körper, obgleich ein Trugbild, das seine Willenskraft gestaltet und gestützt hatte, löste sich von den Rändern her auf. Genauso war es gewesen, als er den Schlüssel zum Gestaltwandel verloren hatte, als seine Form sich dehnte und zitterte, sein ganzes Wesen ins Wabern geriet und gefährlich am Rand zur Formlosigkeit wankte. Die gleiche Furcht; die gleiche nackte Panik, die anschwoll, sich seiner zu bemächtigen, ihn zurückzuschleudern und Körper und Seele gleichermaßen in unwandelbaren Stein zu verwandeln.

Das Gestein selbst geriet in Fluss wie Wasser, das Wasser löste sich in Luft auf, Luft läuterte sich in Feuer. Er saß in der Falle, im Zentrum von Simons Macht. Es gab keinen Halt, nichts Greifbares, Festes, keine Form, keinen Kern, keine Mitte. Tod – nicht den Tod, wie die Kirche ihn voraussagte, da die Seele gänzlich und ruhmreich vom hinderlichen Körper befreit wurde. Das hier war der Tod der Seelenlosen. Zerfall, Auflösung, Asche zu Asche, Staub zu Staub, und ein Feuersturm fegte die letzten schwachen Teile fort. Doch nicht in Vergessenheit, nichts so Einfaches und Gnädiges. Er wäre sich dessen bewusst. Verloren, verstreut und in Millionen Bruchstücken wäre er sich dieses Zustandes noch bewusst, wüsste, dass er litt, und wüsste, dass er es wusste.

Von den schillernd bunten Bruchstücken, die das Ich mit Namen Alfred ausgemacht hatten, haftete ein einziges noch an Licht und Willenskraft. Es war nicht mehr als ein Gedanke, ein wortloses Bewusstsein. Zwar gab es für seine Art wohl keine Hoffnung auf den Himmel, doch die Hölle, so schien es, erwartete sie ebenso wie die sterblichen Menschen. Hätte das Wortlose sich in Worte kleiden können, hätte es wie ein Kind aufbegehrt. *Das ist nicht gerecht!*

Ein zweites Stäubchen schwebte auf das erste zu. *Gerecht,* klagte es, *nicht.* Ein drittes. Ein viertes. *Nein.* Ein fünftes. Zehn, zwanzig, hundert. *Gerecht,* Fünfhundert. *Ungerecht.* Tausend. *Warum für uns nur die Hölle? Warum wird uns der Zugang zum Himmel verweigert?*

Ein Gedanke brachte den nächsten hervor. Ungeschliffener Einspruch wandelte sich in Logik. Logik brachte Vernunft hervor, und aus Vernunft erwuchs Erinnerung. Erinnerung und frisch auflebender Schmerz. Er hatte wieder Gestalt angenommen, und diese Gestalt war ein Aufschrei.

Der Schmerz war wirklich. Schmerz bildete einen Kern. Auflösung, Aufgelöstes kämpfte gegen Festigkeit. Er klammerte sich daran und wuchs in diesem Prozess; und der Schmerz wuchs, schwoll zu unerträglicher Pein an und von ihr zu durchdringender Freude.

Er musste durchhalten. Er wusste nicht, warum. Er wusste nur, dass. Obgleich es sein neugeborenes Ich vernichten wollte und mit ehernen Klauen daran riss, obgleich es ihn anbrüllte loszulassen, klammerte er sich nur um so entschiedener fest.

Er war ganz schmerzgeplagter Geist. Er war Körper. Er war gehäutetes Fleisch; und darum schloss sich eine Hand, die Schmerz weckte, wie er jede Freude überstieg: unaussprechlich, unerträglich, und er konnte kein Bewusstsein verlieren; er besaß keines. Er konnte nicht einmal verrückt werden.

Die Hand spannte sich fester. Er wand sich in der Umklammerung und tat am Rande zur reinen Qual etwas ganz Einfaches: Er wünschte sich fort.

Das Fehlen von Schmerz war weit erschreckender als seine ewige Präsenz. Er besaß einen Körper; der lag keuchend am Boden. Er schlug schmerzende Augen auf.

Die Hände, die ihn hielten, lockerten ihren Griff, ließen aber nicht los. Theas Hände. Noch war er in Macht gehüllt und sie mit ihm, und sowie ihre Blicke sich begegneten, wurden sie eins. Doch ohne Furcht, voll freudiger Entschlossenheit. Geist mit Geist, Körper mit Körper, er und sie, sie beide eines Geistes und einer Macht. Gleichermaßen ein Körper, er und sie, der sich bewegte, beruhigte, *sie*. Doch die Augen waren die seinen; die Hand ebenso, die für einen Augenblick die fremdvertraute Gestalt erkundeten, vertraut durch ihre lang währende Liebe, fremd dadurch, dass er jetzt in ihrem Innern hauste. Er fühlte, wie seine – ihre – Lippen sich zu einem Lächeln verzogen. Zu ihrem Lächeln. Gemeinsam boten sie ihre Macht auf.

29

Die Stunde der Frühmesse war gekommen und verstrichen. Jehan war nicht gegangen, bei den Offizien zu singen, Oddone ebenso wenig. Anna und Stefania, die eine feste Freundschaft geschlossen hatten, waren endlich ruhig geworden, Anna döste, und Stefania schien neben dem auskühlenden Kohlekessel zu schlummern. Nikki wusste, dass es nur den Anschein hatte, dass sie ihn beobachtete, dabei ebenso achtlos tat wie er, und grübelte. Sie überlegte, in was sie da geraten war, kämpfte gegen schlichte Ungläubigkeit. Es konnte nicht so sein, wie sie es sich vorgestellt hatte. Da schlief Anna, der Mönch und der Priester standen kurz vor dem Einschlafen, und Nikephoros tat, als ob er schliefe.

Doch Cynan war hellwach und spielte am Boden mit einem Schatten und einem Stückchen Schnur. Der Schatten besaß in seiner Hand Substanz, kaum ließ er ihn los, war es wieder nur ein Schatten. Und wenn er sich der Lampe zuwandte, verfing deren Licht sich in seinen Augen, und sie loderten auf.

Nikki stand ohne nachzudenken vom Bett auf, trat auf Stefania zu und setzte sich zu ihren Füßen. Sie lächelte und strich mit einer Fingerspitze über seine Wange. Er legte seinen Kopf in ihren Schoß. Er tat das ganz selbstverständlich, und sie nahm es ganz selbstverständlich hin. Doch sie grübelte weiter, und das Lächeln auf ihrem Gesicht war rasch erloschen.

Nikki fuhr mit einem Ruck hoch. Cynan hatte ihn auch gehört, diesen Schrei unaussprechlicher Qual. Die Gestalt des Kindes flimmerte. Nikki stürzte sich darauf. Verschwommen und entfernt nahm er den Schreck wahr, wie ein gewaltiges Gewicht auf ihn fiel. Dann waren Gewicht und Welt dahin, fortgeweht.

Cynan wehrte sich und protestierte. *Warum fallen die Leute eigentlich immer auf mich?* Nikki, zusammengequetscht, wie er war, hatte weder genügend Luft noch die geistige Ruhe, ihm zu antworten.

Das Knäuel löste sich. Das Gewicht war Vater Jehan, der in die Höhe taumelte und benommen den Kopf schüttelte. Die Welt war fremd, doch auf vertraute Weise fremd: Es war Annas früheres Gefängnis. Mit den Neuankömmlingen und jenen, die zuvor schon hier gewesen waren, schien es fast zum Bersten gefüllt. Alf und Thea, gleichermaßen in üppiges Weiß gekleidet, lagen Seite an Seite mit einem Unbekannten mit Alfs Gesicht. Über ihnen allen und mit erstauntem Blick auf die Neuankömmlinge stand Bruder Paul, in dessen Armen sich Liahan wand.

Sie machte sich los, schlich um die bäuchlings ausgestreckten Leiber. Cynan sprang ihr entgegen. Ihre Leiber schlangen sich ineinander, verschwammen und vermischten sich. Ein Jagdhund, ein kleiner Junge; ein kleines Mädchen, eine Jagdhündin; zwei Hunde, Zwillingskinder Seite an Seite, sie mit der Hand auf ihrer Mutter Stirn, er mit der seinen auf der seines Vaters. Der Geruch der Macht war erstickend stark.

Jehan, der sich niemals Zeit zum Nachdenken ließ, wenn es klüger war zu handeln, stürzte sich auf Bruder Paul. Nikki konnte den großartigen Kampf nicht lange verfolgen. Macht, die Macht, der er zweimal zuvor und zu seinem Nachteil entgegengetreten war, hatte sich gegen ihn erhoben. Der vierfache Wille von Hexen und Hexenkindern bot kein so verlockendes Ziel wie ein einziges verwirrtes menschliches Geschöpf, dem man Macht verliehen hatte, für die es, durch Sterblichkeit gezeichnet und geprägt, niemals geboren war.

Die Macht präsentierte sich unermesslich stark und unermesslich grausam. *Mensch,* verhöhnte sie ihn. *Sterblicher Mensch.* Sie führte ihm ihn selbst im Spiegel und doch wirklicher als jedes gläserne Abbild vor: eine Form aus Erde und Lehm, schlecht gestaltet, unvollständig, als Bruder des stummen Tieres. Doch selbst ein Tier besaß fünf vollständige Sinne.

Sein Abbild duckte sich. Es strotzte vor Dreck. Ein ersticktes Stöhnen entwich ihm, ein unschönes Geräusch, dem aller menschlicher Wohlklang abging; und er selbst war noch weniger schön; ein Haufen Knochen und Haar, ein anhaltender, ekliger Gestank, ein Hauch des Todes, der nur darauf wartete, ihn zu holen. Und ganz rechtens. Es wäre ein Glück für die Welt, sich seiner zu entledigen.

Tief drunten in der Grube, die seine Seele gewesen war, rührte sich etwas. Es sah wie er selbst aus, aber es war nicht das jämmerliche Geschöpf, das der Spiegel ihm vorgeführt hatte. Es war jenes, von dem Stefania geträumt hatte. Es hob den Kopf; schüttelte ihn erst langsam, dann heftiger. Es reckte starrsinnig das Kinn vor. Stückchen um Stückchen und mit einer Anstrengung, unter der er die weißen Zähne fletschte, stand er auf. Hob die Arme. *Verweigerte sich.*

Die Macht, die als riesige schwarze Hand über ihm schwebte, hielt im Herabsinken inne. Nikephoros war überwältigt. Wie konnte er es wagen, sich zu widersetzen?

Er war ein Mensch. Er musste unwillkürlich Widerstand leisten. So ein ohnmächtiger Halbkrüppel, der er war, warf er sich doch der Hand, dem Spiegel, den sie hielt, und dem verlogenen Bild entgegen.

Das aus Fleisch und Blut war. Das wirklich war. Das zitterte, sich niederkauerte und wimmerte und keinen Versuch unternahm, sich zu verteidigen.

Es war nicht er selbst. Es war nicht einmal sein Zerrbild. Er zuckte, nicht nur vor Abscheu, zusammen. Zorn flutete als blutrote Woge empor. Er warf sein wirres Haar zurück; er drehte sich halb geduckt mit suchendem Blick um und ließ seine Wut anschwellen. Vater Jehan hielt den fremden Mönch mit dem Knie im Kreuz am Boden, dass der Mann keuchend um Gnade flehte. Alle Übrigen hatten sich nicht bewegt.

Er war vergessen. Sein Sieg war kein wahrer Sieg gewesen; der Feind hatte ihn zu Gunsten eines stärkeren Gegners aufgegeben. In dem Augenblick der Ablenkung hatte das vierfache Bewusstsein seiner Familie Simon an sich gerissen und bestürmte ihn nun mit einer Macht, die nicht einmal er unbeachtet lassen konnte.

Nikki erprobte erst gar nicht seine eigene, angeschlagene Kraft. Sein Zorn wuchs und läuterte sich zur Vollkommenheit. Er sollte nur ein Mensch sein? Er sollte ein Krüppel sein? Aber er besaß Hände. Und er hatte eine Waffe. Keine Klinge mit gefürchtetem Namen, kein Schwert eines Helden, nur das kleine Messer mit Silberheft, das er zum Fleischzerteilen benutzte, doch es war aus Damaszenerstahl, schmal und todbringend scharf. Alf hatte es ihm geschenkt, als er vom Pagen zum Knappen geworden war; in seine Klinge war ein Falke eingraviert. Er zog sie, bemühte sich weder um Lautlosigkeit noch um Geheimhaltung und näherte sich damit Simon. Keine Blitze trieben ihn zurück. Kein gewaltiger Machtstoß schleuderte ihn zu Boden. Er kniete sich neben den leblosen Körper. Man hätte glauben können, er schliefe. So hatte Alun auf seiner Bahre ausgesehen, nur dass Aluns Brust sich nicht beim langsamen Einatmen gehoben hatte. Alun war durch den Willen dieses Mannes gestorben, und es hatte keinen anderen Grund gegeben als seine bloße Existenz.

Nikki hob sein Messer. Lampenschein funkelte auf der hochglänzenden Klinge. Er kniff die Augen zusammen und verschob das Heft in seiner Hand. Das war eine gerechte Hinrichtung. Das war Rhiyanas Rettung. Er stieß mit ganzer Kraft zu.

Stählerne Finger schlossen sich um sein Handgelenk. Simon betrachtete ihn kühl, seine Augen waren ganz auf Nikki gerichtet. Die Macht führte Krieg gegen Rhiyana, schirmte sich vor rhiyanischer Vergeltung ab und spielte mit den kleinen Geschöpfen, die ihr in ihrem eigenen Lager trotzten. Doch sie verlor allmählich die Geduld. Ihre Beute hatte gelernt, sie nicht anzugreifen; foppte sie, entfloh ihr und machte aus sich vier, zwei, einen und mehr als einen. Kraft spielte in einem solchen Kampf eine geringe Rolle. Mit Feinsinnigkeiten hatte sie sich nie befasst. Dazu hatte niemals eine Notwendigkeit bestanden.

Nikki, der sich vergeblich gegen die Umklammerung wehrte, sah, wie Simons Blick sich verschärfte, fühlte, wie die Macht zwanzig unbedeutende Dinge abschüttelte: ein Dutzend Streifzüge gegen Rhiyanas Mauern, eine Handvoll Spione in Caer Gwent, ein Gedanke, der im Gehirn eines Kardinals heranreifte. Hier hatte er eine Besonderheit vor sich. Einen Menschen mit Macht. Ein Lebewesen, das es wagte, mit Stahl gegen die Hand Gottes vorzugehen. Das es wagte und bei dem Versuch nicht ums Leben gekommen war.

Er sollte aber sterben. Langsam. Durch mühelose, unbarmherzige Kraft. Simon brach das Handgelenk des Jungen.

Und schrie. Nikkis ganz aus Schmerz bestehendes Bewusstsein hatte sich weit geöffnet; und das Auge von Simons Macht war auf ihn gerichtet. Der Schmerzenspfeil bohrte sich tiefer und tiefer und tiefer. Simon überschlug sich beim Sturz, dass all seine vielfältigen Zauberkünste in sich zusammenbrachen und im Körper wie im Geiste nichts anderem Raum ließen als dem Widerhall des Schmerzes.

Nikki fiel in gnädige Bewusstlosigkeit. Nicht so Bruder Simon. Der Schmerz hielt ihn in endlosem Kreis gefangen. Es gab kein Entfliehen. Er konnte den Schmerz nicht heilen. Der Körper war nicht der seine; selbst in der Bewusstlosigkeit wies Nikkis Willenskraft ihn mit blindwütiger Hartnäckigkeit ab.

Alf riss sich aus seinem Albtraum zurück. Sie lagen alle auf einem Haufen, er, seine Dame und seine Kinder. Sanft, aber entschieden löste er Liahans Arme von seinem Hals. Hexenkinder waren niemals schön; das kam, wenn sie zu Mann oder Frau erblühten. Doch sie war ein nettes Kind mit silberfeinem Haar um ihr ernstes Gesicht. Armes Kind, es hatte niemals lächeln gelernt. Er küsste seine Tochter und legte sie zu ihrem Bruder auf den Schoß ihrer Mutter.

Sie waren alle dicht ineinander verwoben in seinem Innern, als er über Simon gebeugt niederkniete. *Nun können wir ihn überwältigen,* erklärte Thea, und Cynan war genauso beflissen wie sie. Liahan war wortloser Widerwille. Alf blickte auf den Körper des einen hinab, der so viel Unglück bewirkt hatte, und erwog, was gerecht wäre. Zog Rache in Betracht. Erinnerte sich des Mitleids.

Er darf nicht weiterleben!, schrie Thea. *Begreifst du das denn nicht? Er löst alles auf. Die Erde zittert. Die Sterne beginnen, auf ihrer Bahn ins Wanken zu geraten. Wenn er frei ist, wird unser aller Tod das Geringste sein, was er bewirkt!*

Er wusste es. Er besaß wieder seine seherischen Fähigkeiten; er sah deutlich, was sie nur erahnen konnte. Simons Zorn, der jenseits aller Hoffnung auf Heilung zum Wahnsinn geworden war, würde sich nicht mit geringer Rache zufrieden geben. Er würde um sich greifen. Er würde zuschlagen. Was er Alun angetan hatte, würde er mit der Sonne selbst tun. Und dann käme in einem Feuersturm der Weltuntergang.

Er schüttelte den Kopf. Er wusste nicht, was er damit ablehnte. Es war zu viel ... es war zu entsetzlich. Er war nicht stark genug, das zu tun, was er tun musste. Nicht einmal zum einfachsten ... Nikkis Dolch lag einsam am Boden. Er konnte ihn nicht aufheben.

Theas Wille schlug nach ihm. Ein Narr war er; er hatte schon vor langer Zeit in St. Ruan für den Mord eines einzelnen Menschen Rache genommen. Warum zögerte er jetzt, da es sich um so viel finsterere Verbrechen handelte?

Der andere Verbrecher war ein eindeutiger Feind und dazu ein Mensch gewesen. Der ... der hier hätte er selbst sein können. Wenn er wie Simon aufgewachsen wäre, wenn er nicht den mystischen Frieden von Ynys Witrin erfahren hätte, der selbst Elfenblut heiligen und es vor menschlichem Hass schützen konnte. Man hatte ihm auf den Dorfstraßen Steine nachgeschleudert, und er hatte mehr als einen Bruder Radbod erlebt, doch er hatte immer diesen Felsen gehabt, die Gewissheit, dass man ihn liebte. Seine Amme hatte ihn auf ihre Weise geliebt; danach ein bis zwei Brüder, ein Lehrer und ein sehr weiser Abt und ein rothaariger Novize, der mit ihm gleichzeitig Mönch und Priester wurde, als Abt über ihn aufstieg und durch die Hände eines Wahnsinnigen starb, dem er schließlich den Tod gebracht hatte. Doch Alf war nicht einsam fortgegangen; er hatte Jehan, hatte König Richard, Gwydion und Thea gehabt. Es hatte ihm niemals an Freunden gefehlt. Und nicht an Liebe.

Simon dagegen hatte nichts. So schrecklich das schon für einen sterblichen Menschen war, für seine Art war es jenseits des Erträglichen. Kein Wunder, dass er von Sinnen war. Kein Wunder, dass er versucht hatte, sein eigenes Volk zu vernichten.

»Aber«, sprach Alf, als der lange Körper sich unter Krämpfen wand, *»ich* liebe dich.« Und er stellte einigermaßen überrascht fest, dass dies sogar die Wahrheit war. Er streckte die Hände aus. Er wusste sehr wohl, dass, wenn er Simon berührte, er damit die Macht wecken würde; er würde sterben, sie beide würden sterben, doch der Krieg wäre beendet.

Thea stand entsetzt in seinem Innern. Mit aller Sanftheit schob er das Bewusstsein seiner Kinder auf sie zu und sperrte sie aus. Wie einsam es ohne sie war, wie leer. Er fühlte das warme Kribbeln der Macht in seinen Fingern. Er legte sie auf Simons Brust. Jehan sah ihn niederknien, sah ihn wie in Gedanken hinabblicken, sah ihn die Hand ausstrecken und wusste mit Sicherheit, was das zu bedeuten hatte. Als Hände das weiß bekleidete Herz berührten, spannte sich Alfs Körper wie ein Bogen. Seine Haut begann gleißend hell zu leuchten; im Innern zeichneten sich deutlich die dunklen Knochen ab.

Thea rührte sich schon wieder und trommelte gegen die starken Sperren. Doch Jehan besaß keine Macht, ihn aufzuhalten. Er stemmte seinen Körper ab, nahm sich ein Ziel und schoss los. Er flog auf den Dolch zu, riss ihn hoch und brauchte einen endlosen Augenblick, sein Ziel anzuvisieren. Schnell wie eine Schlangenzunge und so sauber wie der Fang einer Viper stieß die dünne Klinge in Simons Kehle.

Die Welt geriet ins Wanken. Die Sterne taumelten. Der Mond ging auf, erlosch und erschien erneut.

Stille kehrte ein wie die Stille nach dem Sturm. Jehan lag flach, aber ungebrochen, nur erschöpft und voller Prellungen am Boden. Er setzte sich benommen auf. Er war völlig blutbesudelt; er wischte es sich aus den Augen. Weiteres tropfte herab – sein eigenes. Er hatte sich in die Stirn geschnitten.

Er hätte heulen mögen. Das Ungeheuer war immer noch am Leben. Alf, Gott sei Dank, ebenso, doch sie schienen in einen Kampf verwickelt, der so tief gehend wie ein Liebesakt und so geschmeidig-starr wie auf einem Marmorfries wirkte. Wogen der Macht strömten zwischen ihnen hin und her, und das war alles, was in Bewegung war, alles, was zählte.

Irgendjemand, vielleicht Gott, vielleicht Thea, gab Jehan Augen zu sehen. Sie kämpften mit und um ihr Leben. Simons verebbte mit dem Blut, das aus seiner Kehle sickerte, so dass nicht einmal ein Wunder ihn mehr heilen konnte. Doch Alfs flackerte noch glutschwach, alles Übrige war in der Feuersbrunst der feindlichen Macht zu Asche verbrannt. Was zwischen ihnen blieb, reichte gerade noch für einen aus.

Und sie, die wahnsinnigen Heiligen, kämpften ein jeder um den Tod, damit der andere leben könnte. Alfs Hände, die ihn zu würgen schienen, gaben sich alle Mühe zu heilen; Simons versuchten, zu Fäusten geballt, Leben und Kraft in einen schwächer werdenden Körper zu zwingen. Zwang sie rücksichtslos und unausweichlich gegen einen Widerstand, der in dem Maße wuchs, wie das Leben zurückkehrte. Schlug schließlich tief und grausam mit den Gesichtern zweier Kinder gegen ein vernichtetes Land zu. Mit einem wortlosen Schrei riss Alf sich los, doch nur um den fallenden Körper seines Bruders zu fangen. Ob er nun tatsächlich ein Bruder durch Blutsbande oder nur durch die äußere Ähnlichkeit und ein Bruder im Geist war, spielte jetzt keine Rolle. Graue Augen blickten in silberne, Tod in Leben. Ein letztes, völlig sinnloses Mal griff Alf mit der Heilkraft seiner Hände zu.

Jetzt ist es zu spät, sagte Simon mit seiner inneren Stimme mit letzter Kraft. *Was nur gut für dich und umso besser für mich ist. Die Macht ist mir entfleucht, doch nicht bis zum Tod. Ich muss gehen, solange ich mir noch selbst helfen kann.*

»Bruder ...«

Ein Lächeln streifte die weißen Lippen, halb sanft, halb bitter. *Was für ein guter Priester du bist. Du liebst deinen Feind wie dich selbst.*

»Weil er und ich ein und derselbe sind.«

Simon schüttelte gerade noch merklich den Kopf. *Du bist zu weise, mein Bruder. Siehst du – ich gebe es zu. Wir sind von der gleichen Art. Ich wollte dich, und dich vor allen anderen, vernichten, doch als die Zeit gekommen war, war auch ich machtlos. Es bedurfte zweier sterblicher Menschen, den toten Punkt zu überwinden.*

Alf sprach schnell und drängend: »Simon, du kannst leben.

Wir können dich heilen. Du kannst einer der unsrigen werden. Die Vergangenheit ist nicht von Bedeutung; nur die Gegenwart und die Macht.«

Die Macht, wiederholte Simon, *ja. Um ihretwillen muss ich sterben. Glaub mir, Bruderherz, ich habe keine andere Wahl. Schließ die Augen gegenüber der Hoffnung, setze deine Sehergabe frei. Lass mich gehen, ehe ich die Welt zerschlage.*

Alf senkte den Kopf. Aber er beharrte trotzig. »Ich kann dich heilen.«

Du stolzer, stolzer Heiliger. Segne mich, Bruder. Ich werde es brauchen. Ich werde als Mörder, Selbstmörder und vermutlich seelenlos dahingehen.

»Dir ist vergeben.« Alf bezeichnete ihn mit dem Kreuz: Augen, Ohren, Nasenlöcher, Lippen und die kalten Hände, jedes Tor zu den Sinnen wurde versiegelt und geweiht. Simon schloss die Augen, als Alf sie bekreuzigte; er seufzte. Und ebenso leichthin und entschieden, als wollte er tatsächlich Welten zerreißen, ließ er seinen Geist fahren.

Ein solcher Tod war für einen sterblichen Menschen eine Reise in strahlende Pracht. Simon fiel in weiches Dunkel. Doch an seinen Rändern schimmerte Licht, und das Ganze war nicht von Vergessenheit und Höllenpein geprägt, sondern von sich ausbreitendem Frieden.

»Ich glaube«, sprach Alf voll tiefer, verwunderter Freude, »ich glaube, lieber Gott im Himmel, ich glaube, selbst uns sind Seelen verliehen.«

»Du bist der Einzige, der jemals daran gezweifelt hat.« Thea erhob sich steif und fing Alf auf, der langsam zusammenbrach. Selbst in seiner Ohnmacht war sein Gesicht zu strahlend, als dass menschliche Augen es hätten ertragen können. Sie, die nicht menschlich war, blickte darauf hinab und sagte: »Manchmal, Liebster, weiß ich nicht, ob du mich mit Ehrfurcht oder mit Wut erfüllst.«

»Du auch?« Jehan ließ den Blick über das Bild schweifen: ein toter Mönch, ein Gefangener, zwei bewusstlose Zauberer; eine Hexe, die bei all ihrem Mut doch selbst kaum bei Sinnen war, zwei Kinder und schließlich und fast vergessen, der stumme Diener. Jehan seufzte tief. »Wie, um Gottes willen, schaffe ich uns bloß hier weg?«

»Meine Macht wird uns tragen.«

Er sah sie voller Zweifel an. »Uns alle?«

»Nicht Simon den Zauberer.« Sie beugte sich mit unlesbarem Gesichtsausdruck über ihn. Mit fast zärtlichen Händen legte sie seine Gliedmaßen zurecht, faltete seine Hände auf der stillen Brust und strich sein zerzaustes Haar glatt. »Dies soll seine Gruft sein.«

Er schwieg viele Augenblicke lang. Sie war nicht so hart und rücksichtslos, wie sie sich immer gab. Und er im Übrigen auch nicht. »Es ist angemessen«, stimmte er zu. Er hielt inne. Nach einer kleinen Weile sprach er mit deutlicher, fester Stimme die Worte, die ihm in den Sinn kamen. »Lamm Gottes, das du hinwegnimmst die Sünden der Welt, gib ihm die Ruhe. Gib ihm die Ruhe. Gib ihm die ewige Ruhe.«

30

Oddone schrie verwundert auf, als sie alle um ihn herum auftauchten; und er schrie erneut, als er sie genauer ansah. Ohne ein weiteres Wort drehte er sich um und schoss davon.

Stefania wäre am liebsten hinterhergerannt, doch einer der beiden leblosen Körper war Nikephoros. Sein Gesicht war graugrün; eine Hand lag in unnatürlichem Winkel.

Sie zog die Nase kraus. Jemand hockte über Nikki gebeugt, fauchte, als sie sich näherte, und wirkte eher wie ein Wildhund als wie ein Mensch. Doch er ließ zu, dass sie ihren armen Liebsten anfasste, der so stoßweise atmete, als litte er unter einem Albtraum. Seine unversehrte Hand verkrampfte und löste sich, er warf den Kopf herum und schnappte nach Luft. Aber er gab keinen Laut von sich. Das machte es für sie mehr als alles andere, was er ihr gezeigt oder erzählt hatte, zur Wirklichkeit. Er war ein Zauberer. Sie waren alle Zauberer.

Sie sahen alle aus wie Krieger nach dem Armageddon, voller Narben, wankend und bleich vor Schreck. Die schlanke Frau, deren goldbronzene Schönheit scharf wie ein Schwert schnitt, hob Alf auf, als handelte es sich nur um einen Kinderkörper, legte ihn aufs Bett, schob ihn zurecht und hielt mit gesenktem Kopf inne, als sammelte sie erneut Kraft. Jehan fasste nach ihrem Arm, um sie zu trösten, sein eigenes Gesicht war steif und starr. Sie schüttelte ihn ab. »Ich kann selbst für mich und meinen geliebten Dummkopf sorgen. Kümmere du dich um Nikki.«

Er schwankte zwischen ihnen hin und her. »Nun geh!«, fuhr sie ihn an. Benommen wandte er sich ab.

Doch er war ziemlich gefasst, als er sich neben Nikki niederkniete; es war eine wild entschlossene Selbstbeherrschung, die kurz und schrecklich ins Wanken geriet, als er seine Hand ausstreckte und sah, dass sie über und über mit Blut besudelt war. Trocknendem Blut, das sich in Falten und Furchen verkrustete.

Das Waschbecken stieß sanft an sein Knie. Der Taubstumme huschte zurück und nahm in einer Ecke Zuflucht. Jehan wandte den Blick von ihm ab und wieder Nikki zu. Stefania hielt seinen Kopf in ihrem Schoß. Seine Augen standen offen und waren von Schmerzen umschattet. Sie hefteten sich fest und leidenschaftlich auf Jehan; Nikki versuchte, sich aufzusetzen. Er musste wissen ... er musste ...

»Simon ist tot«, erklärte Jehan ohne besondere Betonung. »Ich habe zu Ende geführt, was du begonnen hast.«

Nikki brauchte alle Kraft, sich aufrecht zu halten, selbst mit Stefanias Stütze. Alf. Das Wort kam unter großer Anstrengung. Alf ... *ich kann nicht ... Macht ...*

»Alf lebt. Du bist der einzige Verwundete. Jetzt leg dich hin, Junge, ehe du umkippst, dann werde ich einmal sehen, was ich in der Krankenstation auftreiben kann.«

»Nicht nötig«, verkündete Prior Giacomo von der Tür aus. Bruder Rafaele trat mit seinem schlaksigen, storchenbeinigen Gang vor. Oddone zockelte mit einem Arm voll Flaschen und Verbandszeug hinterdrein. Ohne ein Wort machte der Heilkundige sich an Nikkis Arm zu schaffen.

Der Junge wurde gut versorgt und war bis auf die Schmerzen, die sie alle gerettet hatten, wohlauf. Jehan schlenderte zu Alf zurück. Dort stand schon Prior Giacomo mit verschränkten Armen und blickte finster drein. Thea hatte sich neben ihren Liebsten gelegt, dass ihr Kopf auf seiner Brust ruhte, und die beiden Kinder an seine Seite gebettet. Jehan trat besorgt hinzu, blieb dann aber unvermittelt stehen. Sie atmeten. Sie sahen aus, als ob sie schliefen. Doch von dem Kribbeln in seinem Nacken wusste er, dass sie Hexenwerk vollbrachten.

»Also«, bemerkte Giacomo, »habt ihr sie gefunden.«

Jehan nickte. Er hatte seine Hand immer noch nicht gewaschen. Giacomo starrte erst die Hand, dann Jehan selbst an. Dessen Gesicht war starr. Das Blut dort hatte er ganz vergessen. Er zwang sich zu sprechen. »Es gab ... einen kleinen Kampf.«

»Das sehe ich«, antwortete Giacomo. Er streckte die Hand aus.

»Nicht!«, rief Jehan.

Ein Funke sprang von Alfs Stirn zu der ausgestreckten Handfläche. Giacomo zuckte unwillkürlich zurück. Er biss die Zähne zusammen und zog die Stirn kraus. Er versuchte es erneut. Eine Handbreit von der Haut entfernt zuckte der Blitz. Er erschreckte ihn, aber verbrannte ihn nicht. Vorsichtig nahm er seine Hand zurück und verschränkte wieder fest die Arme; er holte tief Luft.

»Fass sie nicht an«, warnte Jehan leise.

Giacomo schauderte. In der Stille kam Anna mit einer Schüssel, einem Tuch und einem Stuhl. Sie nahm Platz und machte sich daran, das Blut von Jehans Gesicht und Hand zu waschen. Es war ein ziemlich komischer Anblick; Giacomos Mund zuckte unwillkürlich. Jehan lächelte breit in einer Erleichterung, die nicht weit von Hysterie entfernt war. Er stand unter Schock – er hatte genug Schlachten miterlebt, um das zu wissen –, doch im Augenblick konnte er sich nicht darum kümmern. Sie hatten es alle lebend überstanden, und der Feind war tot ... durch seine Hand ... durch ...

Er ließ der Erschütterung freien Lauf. Anna war fertig und legte ihren Kopf kurz an seine Schulter; sie drückte ihn an sich, was ein seltenes Zugeständnis bedeutete. »Jetzt wird alles wieder gut«, sagte sie. »Dank dir.«

Jehan zog sie vom Stuhl herunter. »Noch ist es nicht vorbei.« Sein Blick fiel auf den Letzten von ihnen, der wie ein zu Boden geworfenes Bündel aussah. Bruder Paul hielt die Augen geschlossen, sein Gesicht war rot-weiß gefleckt, doch die Anspannung seiner Schultern war deutlicher Beweis, dass er bei Bewusstsein war und sich noch lange nicht geschlagen gab. Joscelin de Beaumarchais hatte wie eine Katze die Gewohnheit, auf die Füße zu fallen.

Vielleicht war er das schon wieder. Giacomo, der sich über ihn beugte, um ihn zu untersuchen, schaute zu Jehan hoch. »Darf ich fragen, was euch einfällt, einen Sekretär des Superiors der Pauliner niederzuschlagen und zu fesseln?«

»Ein alter Feind von uns. Man wird sich mit ihm befassen, zu gegebener Zeit und auf rechtmäßige Art.«

Giacomo zückte die Brauen. »Auf der Stelle?«

»Ein Bischof«, erklärte Anna laut und deutlich, »darf unter gewissen Umständen die volle Amtsgewalt über einen einfachen Mönch ausüben. Wenn dieser Mönch auch eigentlich nicht der Gerichtsbarkeit Seiner Exzellenz untersteht, so hat er sich ihr doch durch seine Taten unterstellt. Dazu gehören der Befehl zur Entführung und Einkerkerung einer Adligen und ihrer beiden Kinder; die, wenngleich mittelbare, Anstiftung zur Ermordung eines königlichen Prinzen und der versuchte Mord an einem hoch gestellten Edelmann.«

»An einem Hexer.« Paul hatte es aufgegeben, den Bewusstlosen zu spielen. Er konnte sich nicht aufsetzen, vom Aufstehen ganz zu schweigen, doch seine Stimme war deutlich vernehmbar. »Es sind allesamt Zauberer, guter Bruder, Elfenvolk aus Rhiyana, alle verdammt gemäß päpstlichem Edikt.«

»Noch nicht, meines Wissens«, widersprach Anna.

»Noch nicht«, bestätigte Jehan, »und vielleicht wird es niemals so weit kommen. Auf jeden Fall nicht ohne einen ordentlichen Prozess. Auf dem ich zumindest für mich bestehen werde.«

»Ihr und Eure zahmen Hexen. Sarum wird seinen Bischof

wohl nie mehr sehen, selbst wenn Rhiyana seinen Kanzler zurückerhält.« Paul rückte sich zurecht. Keiner unternahm etwas, es ihm bequemer zu machen. »Derweil, Bruder, habe ich den Eindruck, dass Ihr unter falschen Voraussetzungen hier Gäste aufgenommen habt. Wusstet Ihr, was für erhabene Persönlichkeiten unter Eurem Dach Zuflucht gesucht haben? Und sündig sind sie auch, es sei beklagt! Eine Hure mit ihrem Zuhälter und ihren kleinen Bastarden.«

Jehans Faust brachte ihn abrupt zum Schweigen. Doch die Stimme des Bischofs klang milde, tödlich milde. »Kannst du deine Zunge hüten, Bruder, oder muss ich es für dich tun?«

Die Augen des Mannes funkelten, doch er schwieg fürderhin. Und Giacomo behielt seine Gedanken für sich. Bruder Rafaele, der Nikkis Arm geschient und verbunden und ihm ein mit Wein vermischtes herzstärkendes Mittel eingeflößt hatte, schwankte sichtbar zwischen Pflicht und Neugier. Schließlich wandte er sich mit gewissem Bedauern wieder seiner Pflicht zu. »Dem Jungen müsste es nun so weit gut gehen, Bruder Prior. Die anderen, fürchte ich, liegen ein Stück jenseits meines Vermögens.«

»Das hatte ich schon vermutet«, antwortete Giacomo trocken. »Vielen Dank, Bruder; falls wir dich später brauchen, werden wir dich holen lassen.«

»Wir, sagtet Ihr?«, erkundigte sich Anna, als Rafaele die Tür von außen geschlossen hatte.

Giacomo sah sie an. »Wir, Madonna. Ich fürchte, ich habe mehr erfahren, als mir gut tut, was hoffentlich nicht für Euch gilt. Und ich habe Eure Verwandten hierher gebracht. Also fühle ich mich auch verantwortlich. Ich möchte sichergehen, dass sie keinen Schaden genommen haben.«

»Und San Girolamo nicht durch ihre Anwesenheit«, meinte sie.

»Das auch«, stimmte er ihr ungerührt zu.

Die Morgendämmerung, für sich betrachtet, ist ein gewaltiges Wunder. Allerdings ein stilles Wunder. Keine Trompeten kündigen sie an, keine Blitze begleiten sie. Sie kommt einfach sanft und unaufhaltsam. Und so erwachten die vier Schlafenden, als wäre es ein Morgen wie tausend andere. Cynan verkündete lauthals und Liahan wortlos, wie ausgehungert sie waren. Thea setzte sich auf, gähnte, streckte sich und schüttelte ihre seidige Mähne aus. Alf schlug nur die Augen auf, blieb liegen und tastete die Ränder seines Geistes und seines Körpers ab. Zum ersten Mal seit undenklichen Zeiten fühlte er sich vollständig. Es war ein an Schmerz heranreichender Genuss, da sich Vertiefungen schlossen, die wie Wunden geklafft hatten, verlorene Kräfte wiedererlangt und jederzeit verfügbar waren. Er griff mit Körper und Geist um sich, und sie war da, ihre Kinder nicht mehr in ihrem Bauch, sondern dicht an sie geschmiegt, und jedes saugte an einer Brust. Sie lächelte über ihren Köpfen hinweg. »So groß, wie sie sich entwickelt haben, sollte ich ihnen meine Hand zu spüren und jedem einen Teller Haferschleim geben.«

Er lachte und wusste ebenso gut wie sie, dass sie nichts dergleichen täte. Seine Heiterkeit hielt für einen Augenblick an einer Erinnerung inne: Simons Gesicht, den Zerfall, gegen den er vor seinem Tod angekämpft und die gewaltige Buße, die er geleistet hatte – dann schüttelte er sie ab und wandte sich ganz dem gesegneten Augenblick zu. Etwas mühsam setzte er sich auf. Schwindelgefühl erfasste ihn und verging. Er wurde sich bewusst, dass er mindestens ebenso ausgehungert war wie die kleinen Hexenkinder. Er konnte sich nicht erinnern, wann zuvor er jemals so hungrig gewesen war.

Doch zuerst verlangte Schmerz heftig nach Heilung. Er ging an strahlenden, besorgten und ausdruckslosen Gesichtern vorüber. Er legte seine Hände auf Jehans Schultern.

Jehan wand sich weg. »Hör auf«, verlangte er barsch. »Hör auf damit.«

»Du hast Schmerzen«, hielt ihm Alf so unumwunden wie ein Kind entgegen. Doch er ließ die Hände herabsinken.

»Nikki leidet Schmerzen. Ich habe eine Angelegenheit mit meinem Beichtvater zu regeln. Lass es darauf beruhen.«

Alf war nicht dazu bereit. Vielleicht hätte es einen Kampf gegeben, denn Jehan war unnachgiebig, doch Nikki trat zwischen sie. Selbst durch Rafaeles Droge benebelt, konnte er noch eine Geisteswehr um seinen Schmerz, oder was das Stärkungsmittel davon übrig gelassen hatte, errichten. *Bruder,* sagte er zu Alf, *geh und iss. Oddone hat die Klosterküche für euch geplündert. Du auch, Vater Jehan. Ihr könnt euch noch später streiten.*

Sie blickten mit dem gleichen Hochmut, der gleichen Unnachgiebigkeit drein. Nikki lachte über die Ähnlichkeit. Wodurch deren ganzer Zorn über sein Haupt kam, doch er lachte nur umso heftiger. In Wirklichkeit brach er zusammen und war außer Stande, von dem Kichern abzulassen, bis Stefania ihn schüttelte, damit er aufhörte.

Bischof und Kanzler standen über ihn gebeugt. Er grinste ohne die geringste Reue. Alf seufzte. Jehans Mund zuckte. Alf mahnte: »Du auch, du Kindskopf. Weißt du denn nicht, dass es gefährlich ist, Macht einzudämmen?«

Wir Menschen können für uns selbst sorgen. Nikki äußerte das mit neu erwachsendem Stolz. *Geh und gib deinem Magen etwas zu tun, Alfred. Er knurrt ja wie ein ausgehungerter Wolf.*

Er war ein ausgehungerter Wolf, und es kostete entschiedene Beherrschung, ihn nicht bis zum Erbrechen voll zu stopfen. Alf tröstete sich ein wenig damit, dass er darauf achtete, dass kein anderer hungrig blieb, insbesondere nicht Nikki, der sich mit einem Becher Wein zufrieden gegeben hätte. Sogar Paul bekam seinen Anteil; sogar der Namenlose, der vor jedermanns Berührung außer Nikkis zurückschreckte und von niemandem außer Nikki und nach einiger Überlegung von Stefania Essen annahm. Den beiden gelang es, ihn nicht nur hierzu zu bewegen, sondern ihn mit Jehan als Bewacher und dessen starkem Arm zum Badehaus zu schleppen. Da das Badehaus für Gäste im Garten Wand an Wand zu dem Raum lag, wo die Übrigen sich versammelt hatten, waren die Geräusche des Kampfes deutlich zu hören.

Sie kehrten durchnässt, aber siegreich zurück und führten einen sehr niedergeschlagenen und sehr veränderten Mann mit sich. Ohne die Maske von Schmutz und Haaren bot er bei weitem keinen üblen Anblick und schien auch nicht mehr so sehr alt. Höchstwahrscheinlich älter als Anna, aber jünger als Jehan und mit etwas dunkelhäutigerem und entschieden hitzigerem Gesicht als Nikki. Trotz all seiner Niedergeschlagenheit stand er aufrechter, fast so aufrecht wie Nikki und trug Nikkis zweites Hemd, das ihm einigermaßen passte.

»Sein Name ist Mehmet«, erklärte Stefania. »Nikephoros hat es in seinem Innern gesehen. Er stammt von einem Ort, wo es nur Hitze und Schläge gibt; er kann sich an Flucht und Rettung erinnern; an eine Schar Männer in Grau und Weiß, ein Schiff und Übelkeit und lange Knechtschaft.«

»Er ist ein Heide?« Oddone beäugte ihn, als wären ihm Federn gewachsen, weniger abgestoßen als hingerissen.

Er ist nichts, fauchte Nikki. *Er weiß ebenso wenig wie ein Hund.* Seine Laune hatte sich verschlechtert. Er ergriff einen Becher, füllte und leerte ihn, ehe die zungenfertige Thea sich eine Antwort ausdenken konnte. *Simon der Zauberer ist tot. Rhiyana ist von seiner Macht befreit. Was nun?*

»Rhiyana ist noch nicht endgültig frei.« So satt und ausgeruht Alf war, wirkte er doch noch erschöpft. Er hatte seinen Sessel am Kohlekessel wieder eingenommen, und Liahan saß halb eingeschlafen auf seinem Schoß. Ihr Profil, das sich von seiner Kutte abzeichnete, war das seine, nur durch ihr kindliches Alter und ihr Geschlecht gerundet und verfeinert. Er legte seine Wange auf ihr Haar, das so weich war wie das Fell eines Kätzchens. Seine Stimme klang ruhig, aber ernst. »Der Kreuzzug tobt. Der Kirchenbann wurde verhängt. Der König wird vielleicht nie wieder gesund. Und doch«, fügte er hinzu, »mag ich die Hoffnung noch nicht aufgeben. Hört nun zu, was wir tun werden.«

Nikki zog seine Kapuze enger ums Gesicht und wünschte, Thea würde das ebenfalls tun. Oder dass sie zumindest ihren Kopf in der angemessenen Demut senken würde. Wenn sie darauf bestand, sich ins Mutterhaus des heiligen Paulus zu begeben, anstatt sich hineinzuwünschen, und das nur um ihrer Liebe zu dramatischen Auftritten willen und weil gerade eine Stunde Zeit war, so könnte sie zumindest darauf verzichten, Neugier zu erwecken. Insbesondere, da sie nichts zu ihrer Verkleidung getan hatte, als ihren Leib in Umhang und Kapuze zu hüllen, die zwar recht dunkel, aber für seine Augen nicht besonders täuschend waren. Sie war immer noch eine anmutige Hexenfrau mit dem Gebaren einer Königin. *Hör auf, dich verrückt zu machen, Kind,* tadelte sie ihn lautlos. *Kein Mensch kann bei solcher Dunkelheit etwas erkennen.*

Ich schon, murmelte er. Doch er entspannte sich so weit, dass er den Kopf heben und festeren Schritts gehen konnte. Nun befanden sie sich ganz in der Nähe des Platzes, den sie suchten, einer von einem Kreuz gekrönten Festung, die just außerhalb des Schattens vom Kastell St. Angelo lag. Jetzt gab es allerdings nicht den geringsten Schatten, da die Sonne längst untergegangen war und es zum Komplet geläutet hatte, und weder Mond noch Sterne erhellten den Himmel. Thea schritt gelassen auf das verriegelte Tor zu und machte sich mit

Hand und Macht daran zu schaffen; es öffnete sich lautlos in Dunkelheit und den Geruch nach kaltem Gestein. *Kalte Herzen,* dachte Nikki, als Thea ihn durch den Torbogen führte. So lautlos, wie es aufgegangen war, schloss sich das Tor nun wieder.

Einen Augenblick lang arbeiteten seine Lungen schwer und vermeldeten heftig, dass hier keine Luft war. Er keuchte und mühte sich um Ruhe. Thea war ihm bereits ein ganzes Stück voraus. Er musste sich sputen, sie einzuholen.

Wenn San Girolamo in Nikki einen verzweifelten Freiheitswunsch erweckt hatte, so rang ihm San Paulo Apostolo ein von Herzen kommendes Gelübde ab. Niemals wieder, nicht einmal als Gast, würde er sich hinter Klostermauern einschließen lassen. Er wollte seinen Gott unter freiem Himmel oder, wenn es sein musste, in Kirchen finden, wo die Türen niemals geschlossen wurden. Nicht in diesen Gefängnissen des Leibes, die sich allzu oft in Seelengefängnisse verwandelten.

Thea wirkte unbeeindruckt, schritt ohne jede Heimlichtuerei durch kalte Hallen und kalte Höfe, lampenbeschienene Treppen hinauf, vorbei an den verdunkelten Zellen der Mönche und den dicht mit Novizen belegten Schlafsälen zu jenem Flügel der Festung, von der aus der Superior seinen Orden befehligte. Alles war ruhig, selbst die Schreiber und Sekretäre schliefen, und kein einziger Wachposten trat den Eindringlingen entgegen. Solcher Hochmut, ganz auf die hohen Mauern und die päpstliche Gunst zu vertrauen! Nikkis Verachtung ließ ihn fast vergessen, mit wie viel panikartigem Hass ihn dieser Ort erfüllte.

Die päpstliche Gunst ist keine Kleinigkeit. Thea öffnete eine Tür gleich einem Dutzend anderer auf dem Gang, die in eine Zelle von der Kargheit einer Büßerzelle führte. Sie besaß nicht einmal ein Bett, nur ein Kruzifix, und darunter lag, ausgestreckt wie ein Gekreuzigter, ein Mann, der weder besonders groß noch dick war und weder durch Schönheit noch durch Hässlichkeit ins Auge stach. Sein Gesicht war von Pockennarben gezeichnet, die ein spärlicher brauner Bart nur schlecht verbarg. Sein Körper sah mager aus unter der weißen Kutte, die Füße waren bloß, knochig und nicht übermäßig sauber. Doch auf seinem Gesicht und in seinem Denken strahlte ein weißes Licht.

Nikki schüttelte den Kopf. Dieser Mann betete genau wie Alf völlig konzentriert und in einer Ekstase der Verbundenheit. Doch wofür er betete und was er vertrat, stand im krassen Gegensatz zu allem, was Alf verkörperte.

»Vater Alberich«, wandte sich Thea an ihn. Ihre Stimme klang wie eine Glocke. »Vater Alberich von Hohenheim, man ruft Euch.«

Die ausgestreckten Arme schmiegten sich an den Körper. Die stillen Züge erwachten zum Leben; die Lider öffneten sich, graugrüne Augen begannen zu funkeln, als sie sich auf ihr Gesicht richteten. Ihr Blitzen traf sie wie ein Schlag. Doch viel schlimmer war ihre schreckliche Sanftmut. Selbst Thea erblasste ein wenig bei diesem Anblick. Sie reckte das Kinn empor, legte Umhang und Kapuze ab. Darunter war sie in prachtvoller Schlichtheit gekleidet: Sie trug ein dunkelgrünes Kleid und Übergewand, und ihr Haar war in einem goldenen Netz zusammengefasst. »Einer Eurer Brüder ist tot«, sagte sie, »ein anderer gefangen genommen. Man ruft Euch zu ihrer Verteidigung.«

Vater Alberich erhob sich. »Wer ruft mich?«

»Die Gerechtigkeit.«

»Und wenn ich nicht kommen kann?«

»Ihr werdet kommen.«

Er lächelte. Er empfand keine Angst, die Nikki hätte wahrnehmen können, und wenn irgendwelcher Hass ihn streifte, so ging der in seiner Bewunderung für ihre Schönheit unter. »Ach, hohe Dame«, sprach er mit einem Seufzen, »es ist ein schrecklicher Jammer, dass Ihr zu den Kindern des Teufels gehört. Solche Schönheit müsste Gott geweiht sein.«

»Wie das? Mit abgeschnittenem Haar, den Körper in Sackleinen gekleidet und von Geißelungen entstellt?«

»Gewiss nicht, denn dann wärt Ihr nicht so schön. Obgleich man anführen könnte, dass die Schönheit Eurer Seele die Eures Körpers um vieles aufwiegt.«

»Abgesehen davon«, wandte sie ein, »dass ich nach Eurer Philosophie keine Seele besitze, die ich verschönern könnte. Aber das mag ebenso töricht falsch sein wie alles Übrige. Euer Zauberer Mönch ist tot. Ich bin nicht befugt, aber einer war dabei, der bezeugen kann, dass er in etwas anderes als die Vergessenheit einging.«

»Ein Zauberer-Mönch, Dame? Von allen Orden können nicht ausgerechnet wir dergleichen gehabt haben.«

Nikki schnaubte verächtlich. Thea lachte kurz und heftig. »Belügt Euch nicht selbst, Vater Superior. Ihr wisst, was Bruder Simon war, Ihr habt es stets gewusst, wie sehr Ihr es auch zu verheimlichen suchtet. Ein Heiliger und Wundertäter, ein Mystiker und Kind Gottes – er stammte von meiner Art.«

Völlig gelassen stimmte Vater Alberich zu: »Vielleicht war er das. Ich bedauere, dass er tot ist. Er war ein großer Kämpfer Gottes.«

»Er war wahnsinnig und litt schreckliche Qualen. Was Eure Schuld ist, Vater, und ebenso die des niedrigen Geschöpfes, das ihn beherrschte. Ihr unternahmt nichts, dieses Verhältnis zu lösen. Ihr stärktet es vielmehr und ließt sie alles Unheil anrichten, dessen sie fähig waren. Wir sind Euch etwas schuldig, wir von Rhiyana. Und diese Schuld wollen wir nun begleichen.«

»Wenn ich auch sterbe, unsere Arbeit wird fortgesetzt.

Rhiyana ist unser; es wurde in die Hände Gottes zurückgelegt. Keine Zauberei vermag es uns zu rauben.«

»Rhiyana ist in der Tat Euer, wenn Hass und Krieg, Tod und Zerstörung und die Ausbreitung von Ödland Euer sind, wo früher Friede und Wohlstand herrschten«

Seine Augen waren traurig, seine Stimme sanft vor Gram. »Krieg ist immer schrecklich, und der Krieg um Seelen der schrecklichste von allen. Doch eine Wüste kann wieder erblühen, wenn menschliche Seelen aus der Finsternis errettet werden.«

»Und wenn dort niemals Finsternis herrschte? Was dann, Priester Gottes?«

»Nacht ist der Tag des Satans und Finsternis sein Licht. Du versuchst mich, schöne Teufelin, und vielleicht unterliege ich dir, doch der Orden hat diesen Kampf in einem langen Krieg gewonnen. Nichts, was Ihr tut, vermag daran etwas zu ändern.«

»Wirklich nicht?« Sie streckte ihm die Hand entgegen wie einem widerspenstigen Kind. »Kommt zur Urteilsfindung, Vater Alberich.«

Für einen, der Konstantinopel vor seinem Fall gesehen hatte, den Mittelweg hinabgegangen und die Schönheit der kaiserlichen Paläste betrachtet hatte, wirkte der Wohnsitz des Papstes wie ein Widerhall und eine Herausforderung jener herrlichen Pracht. Seine Beschützer waren Sinnbilder des alten Roms, die nach der Auffassung mancher Leute noch etwas von ihrem alten Zauber besaßen: die Wölfin des Kaiserreiches, Kopf und Hand eines vergessenen Riesen, ob nun Samson, Apollo oder Kaiser Konstantin, dessen Finger die Weltkugel umschlossen; und auf einem bronzenen Hengst die Rechte beschwörend oder gebieterisch erhoben, das Abbild, welches Pilger Marcus oder Theoderich und die Römer Konstantin nannten und der einer von beiden sein mochte oder auch nicht, doch dessen Stolz der Stolz der Päpste Roms war. Hinter dem hochmütigen Rücken erhob sich ein Bronzeturm.

Der Chalke von Konstantinopel, das große Tor und der Turm, der zwischen den christlichen Kaisern und der Welt gestanden hatte; und hinter dem Turm der Lateran.

Er erhob sich aus einer Stadt inmitten und abgetrennt von der Stadt Rom und befand sich an den Hängen und auf dem Gipfel des Caeliushügels in der Nähe der Ostmauern. Östlich davon erstreckten sich Felder, Gehöfte und die Mauern selbst; im Westen dehnte sich Ödland bis zum Kolosseum und den Grenzen der lebendigen Stadt. Römer und Pilger hielten sich lieber dort auf, Erstere an den Ufern des Tiber unter ihresgleichen, Letztere um die St.-Peter-Basilika in der leoninischen Stadt.

»Papst Innozenz war klug«, hatte Jehan einst zu Alf gesagt, als sie genügend freie Zeit hatten, über Nichtigkeiten zu sprechen. »Er errichtete eine Festung auf dem Vatikanhügel im Borgo San Pietro, die groß genug ist für einen Palast und stark genug für eine Belagerung. Ich glaube, das wird noch Folgen haben. Es war keine weise Entscheidung, den Versuch zu unternehmen, eine Stadt Gottes so weit entfernt von den Überresten des alten Roms und seiner Bewohner zu bauen, da St. Peter seinen eigenen Anspruch über St. Angelo hinaus erstreckt.«

Aber der heilige Johannes vom Lateran bestand auf seinen Ehren, und wo der Papst sich aufhielt und seit fast tausend Jahren gesessen hatte, da befanden sich auch die Kurie und das Herz der Kirche. Ein Herz aus Silbermünzen, würden manche sagen, aber die Wahrheit dauerte fort. St. Peter mochte sich Oberhaupt aller Kirchen, *omnium ecclesiarum caput* nennen. St. Johann war *caput mundi*, das Oberhaupt der Welt.

Jehan stand mit Alf zusammen innerhalb der Tore des Lateran, ein Schatten unter vielen im Schlafzimmer des Papstes. Ungesehen und ungehört konnten sie hören und sehen, was in dem Arbeitszimmer draußen vor sich ging.

Cencio Savelli, Papst Honorius, hatte wenig Ähnlichkeit mit dem kräftigen jungen Mann, der vor ihm geherrscht hatte. Er war alt, sein Haar rund um die Tonsur grau und dünn; er war einst groß gewesen für einen Römer, doch die Jahre und die Sorgen hatten ihn gebeugt. Er wirkte bei weitem zu zerbrechlich für die Bürden seines Amtes, das ein heiliges Paradoxon war, höchster Fürst der Kirchenfürsten und Diener der Diener Gottes zu sein. Und doch hatte er Innozenz' ganze Brillanz und Jugend überlebt. Als diese in ihrem eigenen Feuer zu Asche verbrannt waren, hatte er sich seinerseits auf den Heiligen Stuhl geschwungen. Weder jung noch brillant, Ersteres nicht mehr, Letzteres nie gewesen, führte er auf seine ruhige, bedachte Weise fort, was Innozenz begonnen hatte.

»Nein«, sagte er sanft, aber unerschütterlich. »Nein, Bruder, das geht nicht. Wir brauchen dich hier.«

Der andere war ebenso sanft, ebenso hartnäckig. »Gott braucht mich bei seinen Armen.« Er kniete zu Füßen des Papstes; er hob verbundene Hände, deren Verbände entschieden sauberer waren als alles Übrige an ihm. »Heiligkeit, ich habe geträumt. Ich war hinausgeschickt worden. Ich weiß, was ich tun muss, und das heißt nicht, in der Kurie, wie hochgeehrt auch immer, zu verweilen.«

»Cencios frommer Heiliger.« Honorius lächelte ein wenig traurig. »Fra Giovanni, auch ich habe meine Träume und meine Pflichten, wie sehr sie auch durch diesen hohen Rang verschleiert sein mögen. Das Elend des Geistes haust nicht nur in den Hütten; viel davon hat sich unter den Kirchenfürsten breit gemacht.«

»Habe ich denn keine Brüder, die ihnen durch Wort und

Bild eine Lehre erteilen können? Darf ich denn nicht wenigstens in meine Heimatstadt Assisi zu Gottes Elenden dort zurückkehren, und sei es nur für kurze Zeit?«

»Das«, antwortete der Papst langsam, »will ich in Erwägung ziehen.« Hoffnung war in den großen braunen Augen aufgeglüht; der Papst legte seine Hände auf den schlecht barbierten Kopf. »Mein Sohn, mein Sohn, wir alle bedürfen deiner so sehr, und doch ist dein Heilmittel für unsere Schmerzen zu stark, um auf einmal angenommen zu werden. Die ganze Welt in Frieden, im Glauben und in der Armut der Apostel – eine Vision, wie sie unseres Herrn würdig, aber nicht so leicht zu verwirklichen ist.«

»Sie wird Wahrheit werden«, flüsterte Giovanni. »Gott hat es versprochen. Es wird kommen.«

»Aber nicht zu bald«, antwortete Honorius, halb aus Voraussicht, halb zur Mahnung.

Stille trat ein. Der Papst überlegte. Der nicht zum Gehen entlassene Giovanni senkte den Kopf zum Gebet. Plötzlich hob er ihn. Er blickte mit klaren, sehenden Augen zur Tür zum angrenzenden Raum. »Heiliger Vater, glaubt Ihr an Engel?«

Honorius schreckte aus seiner Träumerei hoch. »Engel, Fra Giovanni? Gewiss doch.« Er sagte es, als wollte er ein ganz kleines Kind beruhigen. »Sie stehen in der Heiligen Schrift. Aber was ...«

»Einer ist gekommen, mit Euch zu sprechen. Wie großmütig vom Himmel, einen weiteren und weit höheren Bittsteller zu schicken.«

»Ein Geschöpf des Himmels bin ich nicht«, stellte Alf richtig. Er hatte den Raum betreten, wie kein Sterblicher das vermochte, nämlich durch die geschlossene Tür, und verstrahlte sein eigenes schwaches, silbriges Licht. Er war ganz in Grau gekleidet, fast wie ein Franziskaner, doch kein armer Bruder Christi hätte so weiche Wolle und silberne Spangen und Gürtel getragen. Er beugte gehorsam das Knie vor dem schweigsam und verwundert dreinblickenden Papst und verharrte in dieser Haltung, wie Fra Giovanni das ebenfalls tat. »Die Erde hat mich hervorgebracht und die Erde trägt mich weiter; ich war niemals ein Sendbote Gottes.«

»Nein, Bruder?«, murmelte Giovanni.

Er erwartete keine Antwort und sollte auch keine bekommen. Der Papst blickte von Alfs emporgewandtem Gesicht zu dem des Mannes, der, als er sich schließlich vom Schrecken von Alfs Verschwinden erholt hatte, auf menschlichere Weise den Raum betrat. Ein Funke des Erkennens glühte in seinen Augen auf, die Verblüffung ließ nach. »Jehan de Sevigny, hatte ich Euch nicht entlassen, Euer Bistum am Meer von Sarum zu übernehmen?«

Jehan, den die ungeduldige Handbewegung des Papstes davon abhielt, mit den anderen niederzuknien, blieb aufrecht stehen und fand seine Stimme wieder. »Das habt Ihr, Eure Heiligkeit. Ich wurde verhindert.«

»So hat es den Anschein.« Honorius' Augen kehrten zu Alf zurück. Die Verwunderung darin war weder durch Furcht noch durch Hass gefärbt, obgleich er wohl wusste, wer da so lammfromm zu seinen Füßen kniete. »Es scheint auch, dass diese beiden Männer Euch kennen. Wird mir die Ehre auch zuteil?«

»Alfred von St. Ruan«, stellte Jehan vor, ehe Alf etwas erwidern konnte. »Kanzler von Rhiyana und Gesandter des Königs.«

Honorius erhob sich von seinem Stuhl. Er ließ kein Auge von dem schönen, eigentümlichen Gesicht. »Der Weiße Kanzler. Wir haben von Euch gehört, hoher Herr. Wir haben Gerüchte vernommen, Ihr wärt einst einer der Unseren gewesen. Unmöglich, wärt Ihr ein sterblicher Mensch; verwirrend, wenn Ihr das Wesen seid, von dem man erzählt.«

»Wenn der Teufel die Schrift zitieren kann«, entgegnete Alf, »darf man daraus schließen, dass ein Gefolgsmann des Teufels durchaus ein Gelehrter der Theologie wird. Insbesondere wenn er sehr jung und zu stolz auf seine Gelehrsamkeit ist.«

»Aber rechtgläubig«, grübelte der Papst. »Höchst rechtgläubig. Ich glaube, mein Vorgänger kannte die Wahrheit über Euch. Er las gerne das *Gloria Dei,* so vollkommen es war, so prägnant und voll göttlicher Inspiration. Doch er musste stets lächeln, wenn er von seinem Verfasser sprach.«

»Und Ihr, Heiliger Vater? Lächelt Ihr? Oder knirscht Ihr mit den Zähnen?«

»Ich teile nicht Innozenz' Neigung zu Paradoxa. Er war ein bedeutender Mann; ich bin nur ein gewöhnlicher Mensch. Ich vermag nicht mehr, als mich von den Kirchenlehren leiten zu lassen.«

»Selbst wo sie nicht von Gott, sondern aus menschlicher Furcht stammen?«

»So spricht das Ketzertum, Herr Kanzler.«

»Oder die Weisheit«, warf Fra Giovanni mit ungewohnter Heftigkeit ein. »Heiliger Vater, hört die Geschichte an, die er zu erzählen hat. So viel darf jedes Lebewesen von Euch verlangen.«

Papst Honorius hielt inne und schwankte zwischen Zorn und unumstößlichem Gerechtigkeitssinn. Er war mit etwas überrannt worden, das nur Zauberei sein konnte und mit einer Unverfrorenheit vorgetragen wurde, die des Zauberers offensichtliche Demut um nichts mildern konnte. Und nun hatte der beste der Franziskaner, dieser sanfte Dorn in der Seite der Kirche, sich mit dem Feind verbündet. Honorius ließ sich wieder auf seinen Stuhl sinken und mühte sich nicht im Mindesten, seine Erschöpfung zu verheimlichen. »So erzählt mir Eure Geschichte«, forderte er ihn auf. »Aber erzählt sie rasch.«

Alf beugte zustimmend den Kopf. Als er ihn wieder hob, begann die Luft zu wabern und zu strahlen. Aus ihr hervor traten Thea und Nikephoros, die den Superior des heiligen Paulus führten. Dieser tapfere Mann vergeudete keine Zeit mit Verwunderung oder Entsetzen; er kniete vor dem Papst nieder.

Nun knieten drei, und drei standen, ein Bild, das in seiner Symmetrie fast bedrohlich wirkte. Die Gegenwart von Pater Alberich bedeutete geringen Trost. Er hatte den Gesichtsausdruck eines Märtyrers vor dem Scheiterhaufen – bleich und frohlockend. Honorius überlegte kurz, was seine Miene wohl verriet. Alf schaute ihm in die Augen; er erschauerte. Das war kein menschlicher Blick, und doch drückte er große, große Ruhe aus. Wie es das wohl auch war. Der Heilige Stuhl bot wenig Schutz gegen solche Kraft, wie dieses Geschöpf sie besaß.

Alf schüttelte langsam den Kopf. »Solange mein Volk in dieser Welt lebt, muss es die Macht Eures Amtes anerkennen. Bedenkt, wie wenige wir sind im Vergleich zu den vielen Seelen Eures Volkes, über die Ihr herrscht.«

Dem Papst lief ein Schauer über den Rücken. Heute Abend waren nicht einmal seine Gedanken sein eigen. »Wenn Ihr es wolltet, würdet Ihr über sie alle herrschen.«

»Das ist nicht unser Wunsch. Wir träumen nicht einmal davon. Der Einzige unserer Art, der das doch tat, ist tot; und er war unser Feind, die treibende Kraft hinter dem Kreuzzug, ein Mönch vom Orden des heiligen Paulus.«

Das ließ Honorius in die Höhe fahren. Er hatte es nicht gewusst. Und er glaubte es nicht. So ließen Gott und die Kirche sich nicht verhöhnen.

»Sein Name«, sprach Alf leise und unerbittlich, »war Simon von Montefalco. Er besaß Macht in einem Ausmaß, wie wir es noch nie erlebt hatten und wohl nicht wieder zu erleben hoffen dürfen. Sie trieb ihn in den Wahnsinn; sie fraß ihn auf.

Hört nun, was er vollbrachte, er und jene, die sich seiner bedienten.«

Die Darstellung der gesamten Vorgänge, wie diese sanfte Stimme sie erzählte, war schrecklich; und sie war auf entsetzliche Weise glaubhaft. »Ohne Bruder Simon«, führte Alf weiter aus, »wäre der Kreuzzug zweifellos zu jener Flut angewachsen, die das Languedoc zerschmetterte. Aber Rhiyana hätte ihr standgehalten und sie ohne Blutvergießen abwenden können. Das Volk hätte keinen Krieg und keinen Kirchenbann erleiden müssen.« Er sog langsam den Atem ein. »Was geschehen ist, ist geschehen. Simon starb reumütig; Gott hat ihn zu sich genommen, er ruht in Frieden. Nicht dagegen jene, die sich seiner bedienten. Sie hatten gelobt, allem Zauberwerk ein Ende zu machen, und schickten dazu den mächtigsten Zauberer der Welt aus; in ihrem Eifer, ihrem Orden die Vorherrschaft über alle anderen zu verschaffen, griffen sie just auf die Macht zurück, gegen welche sie wetterten. Im Namen Gottes beschritten die Bluthunde Gottes die Wege und Künste des Widersachers.«

»So würden sie zumindest vorgeben.« Thea stand hinter Alf, ihre Hände ruhten auf seinen Schultern, ihr Blick auf dem alten Mann in dem hochlehnigen Stuhl. »Wie sie auch behaupten würden, dass der Zweck die Mittel heiligt. Ein gefährlicher Grundsatz. Er lässt im Namen der Fortentwicklung des Ordens Mord, Plünderungen und schwarze Magie zu. Der Erste unserer Art, der ums Leben kam, war noch ein Kind. Der Junge glaubte aufrichtig an Gott und das Evangelium. Er hörte jeden Tag die Messe. Niemals vernahm ich, wie er Schlechtes über jemanden sagte, noch hat er meiner Kenntnis nach jemals Mensch oder Tier ein Leid getan. Trotzdem starb er. Wäre er nicht getötet worden und wäre alles nach dem Willen unserer Feinde gegangen, hätte man ihn bei lebendigem Leib verbrannt.«

Honorius wandte mühsam den Blick von ihr. Sie war nicht sanft; sie war nicht ruhig. Sie kochte vor Wut. Und zu Recht, sprach der unbeteiligte Richter in ihm, wenn sich alles zugetragen hatte, wie sie es berichtete. »Welchen Beweis könnt Ihr erbringen?«, wollte er wissen. »Woher soll ich erkennen, dass Ihr die Wahrheit sprecht?«

»Seht den an«, antwortete sie.

Noch eine weiße Kutte, noch ein graues Schultertuch. Bruder Paul stand benommen und verwirrt, aus tiefem Schlummer gerissen, vor ihnen unter den Augen zweier Mönche, zweier sterblicher Frauen und zweier Hexenkinder. »Bruder Paul«, erklärte Thea, »war der Kopf zu Simons Hand. Sein reger Geist fand den wirrköpfigen Jungen, erkannte ihn als das, was er war, und machte ihn zum Obersten aller Bluthunde Gottes.«

»Nicht ganz.« Sogar Thea blickte Pater Alberich verwundert an. Er hatte schweigend zugehört und sich bis auf seine blitzenden Augen nicht gerührt; er sprach ebenso gelassen, wie Alf das getan hatte. »Bruder Paul besaß das Geschick, ihn zu finden, doch nicht ihn zu formen. Das war mein Werk. Ebenso wie Simon erkannte ich, dass Gottes Hand Simon zu uns geführt hatte; ich erkannte das Wirken von Gottes Willen. Da war das Schwert, um das wir gebetet hatten, eine scharfe Waffe gegen die Kräfte der Finsternis; hier war zugleich unser Schutz und unsere Burg.«

»Ihr wusstet, was er war. Ihr nahmt ihn auf. Ihr habt ihn benutzt. Seid Ihr auch nur um einen Deut weniger schuldig als der König von Rhiyana?«

»Es war Gottes Wille.« Alberichs Worte waren wie ein Tor, das sich schloss. »Euer Heiligkeit, wenn Bruder Paul bestraft werden soll, möchte ich daran erinnern, dass mir die volle und einzige Gerichtsbarkeit über meine vom Weg abgekommenen Brüder untersteht.«

Jehan trat vor. »Ich verlange Freistellung vom Kirchenrecht. Dieser Mönch hat schwere Verbrechen an einem ganzen Königreich begangen.«

»Nicht an dem Euren, Bischof von Sarum«, widersprach Bruder Paul schleppend.

»Für die Dauer dieses Auftrages sehr wohl«, erwiderte Jehan, »gemäß Kapitel III der Synode von Poiotesme, das besagt ...«

Honorius klatschte in die Hände. »Meine Herren! Meine Herren! Ich bin keineswegs damit einverstanden, dies hier zu einem päpstlichen Tribunal werden zu lassen. Es zeigt sich, dass wir im Begriffe sind, die Schuld des Ordens vom heiligen Paulus in einem Fall von Mord und Hexerei zu prüfen. Oder aber die des Königs von Rhiyana und eines Teils seines Adels im Fall von Zauberei? Oder geht es um beides?«

»Wir leugnen weder den Besitz noch den Gebrauch jener Macht«, erklärte Alf, »welche die Menschen Magie und Hexerei nennen. Wir bestreiten jedoch, dass diese Macht von Gottes Widersacher kommt oder seinen Zwecken dient. Und wir erheben Anklage, dass unser Königreich grund- und rechtlos überfallen wurde, dass die Schuld nicht bei uns, sondern den Aufhetzern zum Kreuzzug liegt. Wir haben unser Leben nach bestem Glauben zwischen den Gesetzen der Kirche und jenen der Natur geführt. Dafür ging man mit Waffen und Zauberkraft gegen uns vor, unsere Kinder wurden ermordet oder geraubt, unsere menschlichen Untertanen verdammt, um unsretwillen zu leiden, einzig und allein um unserer Existenz willen.«

»Ihr existiert«, griff Bruder Paul seine Worte auf. »Darin liegt der Kern. Ihr lebt. Und Ihr sterbt nicht.«

»Es sei denn durch Gewalt.«

»Genau.«

Thea warf den Kopf herum. »Ihr steht vor einem rechten

Dilemma, Herr Papst. Wir sind gewiss von Gott geschaffen, es sei denn, Ihr schließt Euch der Behauptung an, der Teufel könnte das getan haben, und das wäre Ketzerei. Er schuf uns so, dass wir immun sind gegen Alter und Krankheit. Wenn wir also sterben sollen, gibt es nur zwei Möglichkeiten: Mord oder Selbstmord. Letzterer ist durch die Kirche untersagt. Das gilt freilich auch für den Ersteren, es sei denn, man nennt es Krieg. Oder Kreuzzug. Oder Ausrottung einer Pestilenz.«

»Ihr dürft nicht leben«, bemerkte Pater Alberich leidenschaftslos. »Ihr widersprecht der Natur. Alle Dinge auf Erden welken und sterben. Nur der Geist ist unsterblich.«

»Was für hervorragende geistliche Logik. Es existiert. Es dürfte nicht existieren; also verleugne und vernichte es. Seid Ihr völlig überzeugt, Pater Superior, dass Ihr klar seht? Dass Eure Sicht nicht vom Neid umwölkt wird?«

»Ich sehe, was Ihr seid: schön. Verführerisch. Todbringend.«

»Todbringend wofür? Für Euer Überlegenheitsgefühl?«

»Ihr seid keinem Menschen überlegen.«

Sie klatschte in die Hände. »Bravo, Pater! Das sind wir wirklich nicht. Aber wir sind auch nicht weniger wert. Wir sind eine andere Seite von Gottes Schöpfung und weder besser noch schlechter als unsere menschlichen Vettern. Überlegt einmal, was uns zu etwas Besonderem macht: unsere Gesichter, unsere Macht, unsere Unsterblichkeit. Habt Ihr denen nichts entgegenzusetzen? Denkt nach, Pater Alberich! Habt Ihr nichts?«

Er bekreuzigte sich andächtig und hielt den Blick von ihrem strahlenden Gesicht abgewandt. Für ihn war sie als Hexe und Frau gewiss doppelt schrecklich, zumal sie für ein weibliches Wesen viel zu klug war. Teuflisch klug.

»Teuflisch wahrheitsgemäß«, fuhr sie fort. »Sagt mir, was Ihr habt, das wir nicht hätten. Sagt mir, weshalb ein guter

Christ in einem langen Leben eine schlimmere Strafe sehen sollte als im irdischen Tod. Ihr habt sechzig Jahre, vielleicht mehr, wahrscheinlich weniger. Wir haben ungezählte Jahre und sind fern vom Antlitz Gottes an die Erde gebunden.«

Fra Giovanni entfleuchte ein leiser Schrei. »Ich verstehe. Oh, ich verstehe! Er gibt Euch das Übrige, die Gaben, um die der Mensch Euch so bitterlich beneidet als Ausgleich für jenen einen großen Kummer. Meine Dame ... wie könnt Ihr es nur ertragen?«

»Mühelos!« Bruder Pauls Hand fuhr hoch und wies auf sie, die so nahe bei ihrem Liebsten stand und unbewusst sein Haar streichelte. »Könnt Ihr glauben, dass sie leiden? Seht sie doch nur an! Vielleicht haben sie keine Hoffnung auf den Himmel, aber sie müssen auch nicht die Hölle fürchten. Er kann priesterliche Gelübde verwerfen, Bastarde zeugen und fröhlich und ungestraft sündigen. Sie kann just so verfahren, wie ihre Teufel es ihr eingeben. Und glaubt es mir, Heiliger Vater. Diese hübsche Gestalt ist beileibe nicht ihre bevorzugte. Wie immer sie aussehen mag, ihr Wesen und ihre Instinkte sind die einer läufigen Hündin.«

Alf riss sich in seinem Zorn mühelos aus Theas Griff los und stürzte auf ihn zu. Trotz seines Mutes – und was immer seine Fehler waren, davon besaß er eine Menge – erblasste Bruder Paul. Er war einer der wenigen, die Alf jemals zornig erlebten; und damals wie jetzt hatte er es verschuldet und musste später teuer dafür bezahlen.

Alfs süßes Lächeln wirkte durch den Gegensatz zum weiß glühenden Zorn in seinen Augen umso furchterregender. »Bruder, Bruder«, tadelte er, »Euer Wortschatz passt ganz und gar nicht zu dieser Tracht und in diese Gesellschaft. Wollt Ihr es nicht wieder gutmachen? Sagt Seiner Heiligkeit doch ein oder zwei wahre Dinge. Sagt ihm, wozu Ihr meinen armen Bruder benutztet, der nun tot ist.«

»Den Ihr getötet habt.«

»Er führte seinen Tod herbei, um nicht weitere Zerstörung zu bewirken. Erzähl es ihm, Joscelin.«

Der Mönch umklammerte Honorius' Knie. »Ich lege falsches Zeugnis ab, Heiligkeit! Er zwingt mich durch Zauberei.«

Alf machte ein ernstes Gesicht. Er wollte es nicht sagen. Er wollte nicht zulassen, dass Thea es an seiner Stelle sagte. Jehan war es, der vortrat, den Mann beherzt in die Höhe riss und ihn wie einen widerspenstigen Welpen schüttelte. »Das ist nicht wahr. Tu, was er von dir verlangt hat, Mönch. Ein Wort wird genügen. Zwei. Macht, Eifersucht. Du verfügtest über eine Waffe gegen die Welt und bekamst die lang ersehnte Gelegenheit, dich an dem zu rächen, um dessentwillen dein Liebhaber dich vergessen hatte. Schlimmer noch – du hieltest ihn für willfährige Beute, und er besaß die Kühnheit, dich zu besiegen.«

Honorius erschreckte sie alle; er erschreckte sogar sich selbst. Er lächelte. So streng, wie er konnte, gebot er: »Lasst ihn herunter, Jehan.« Der Bischof gehorchte. Pauls Blick verschoss tödliche Pfeile – er wollte sich später rächen, wenn sie nicht gestört würden.

Der Papst legte die Fingerspitzen gegeneinander und schloss die Augen. Nicht aus Erschöpfung, das nicht mehr, doch um in Frieden, ohne dass die vielen Gesichter ihn ablenkten, nachzudenken; insbesondere diese beiden herzzerreißend schönen Gesichter, die so jung und doch so weise waren. Ohne sie zu kennen, war es so erschreckend einfach gewesen, als Pater Alberich und seine Mönche ihre Beschuldigung herausposaunt hatten. Ein Volk von Zauberern hatte sich in den Randgebieten Frankreichs niedergelassen; einer hatte gewagt, sich zum König über eine christliche Bevölkerung zu krönen und den Thron anschließend weit über die Lebenszeit eines sterblichen Menschen innezuhaben. Wie gut er auch regierte, vermochte er doch an der Wahrheit nichts zu ändern. Er war ein Geschöpf der Dunkelheit, ein Kind Liliths oder anderer Wesen der Heiligen Schrift, den Söhnen Gottes, die zu menschlichen Frauen niedergestiegen waren und mit ihnen Mischlinge gezeugt hatten. Die Kirche hatte seine Anwesenheit viel zu lange geduldet. Die Kirchengesetze und das Wohl menschlicher Seelen ließen keinen Raum für irgendwelche Zweifel. Er und seine ganze Art mussten von der Erde gefegt werden.

Nun waren zwei seiner Art gekommen, um ihre Sache zu vertreten; und sie waren genauso gefährlich, wie die Schüler des heiligen Paulus ihn gewarnt hatten; allerdings nicht genau auf die Weise, wie er nach ihren Berichten erwartet hätte. Die Frau war ein wildes Geschöpf, deren Zunge so scharf war wie die Schneide eines Rasiermessers, doch sie hatte eine höchst verwirrende Angewohnheit, die Wahrheit zu sprechen. Der Mann war noch schlimmer. Er war scharfsinnig, ja geradezu brillant; er war so augenfällig ein Geschöpf Gottes, dass es wehtat, ihn zu betrachten, wie es wehtat, Fra Giovanni anzusehen. Wäre er sterblich gewesen, hätten die Leute gesagt, er sei nicht für diese Welt geschaffen; Gott könnte es nicht ertragen, seinesgleichen lange unter sündigen Menschen verweilen zu lassen.

Er war nicht sterblich. Er war kein Mensch. Er war durchdrungen von den Sünden des Fleisches, wie er ohne alle Scham und Reue zugegeben hatte; und es war nur allzu deutlich, dass er nicht die geringste Absicht hegte, dem ein Ende zu machen. Und doch gehörte er völlig und unumstößlich seinem Gott an.

Der Papst öffnete die Augen. Sie schauten einander an, Fra Giovanni und der Zauberer; sie wiesen das gleiche schwache, unirdische Lächeln auf. Ein einfacher Mensch, selbst einer, der Statthalter Christi war, konnte nur ganz schemenhaft zu erraten beginnen, was zwischen den beiden vorging. Wenn es

Zauberei war, so war es göttliche Zauberei; ein Austausch zwischen Heiligen.

Die Brüder des heiligen Paulus beobachteten die beiden. Honorius musste daran denken, wie der Apostel Paulus noch Saulus der Peiniger gewesen war und der Steinigung eines Märtyrers beiwohnte, nachdem die Juden ihre Obergewänder um seine Füße aufgehäuft hatten. Er hatte das Gesetz und die Propheten hinter sich gehabt. So verhielt es sich auch mit den beiden Pauliner-Mönchen. Einer bezichtigte voller Boshaftigkeit, der andere voller Bedauern, doch beide aus aufrichtiger Überzeugung: Die Kirche durfte jene Zauberer nicht am Leben lassen. Die Heilige Schrift, das Kirchenrecht und die einfache, menschliche Rechtschaffenheit untersagten es.

Innozenz, dachte Honorius, *ich würde diese Tiara hingeben, welche die deine war und jetzt mein ist, um diesen Kelch und dieses Dilemma an dich weiterzureichen.*

Wenn sie nur weniger schön gewesen wären. Dann hätte er klarer denken können. Schönheit war gleichzeitig verlockend und abstoßend. Man wollte ihr gern trauen und wagte es doch nicht; dann misstraute man seinem eigenen Misstrauen, denn dann fürwahr musste jeder Mensch, der Augen im Kopf hatte, diese Vollkommenheit von Form und Zügen beneiden. Und was, wenn seine ganzen Zweifel in Wahrheit dem Widerstreit seines Willens gegen ihre Verlockungen entstammten?

Er schüttelte sich heftig. Wenn er weiter so im Kreis dachte, würde er den Verstand verlieren. Kein Wunder, dass es Bruder Simon so ergangen war; seine ganze Existenz war ein Widerstreit zwischen seinem Sein und seinem Glauben gewesen.

Der Papst schlug die Augen auf und schaute in Alfs Gesicht. Da war einer, den sein gesunder Verstand nicht verlassen hatte, ein Wunder, wie es mit denen des Evangeliums mithalten konnte. Was mochte das Wasser nur empfunden haben, als ihm klar wurde, dass es Wein war?

»Überraschung«, antwortete Alf leise: »Ablehnung. Furcht. Empörung. Doch letztendlich, um einen großen Preis, Anerkennung der Tatsachen.«

Honorius schüttelte tadelnd den Kopf. »Mein Sohn, könnt Ihr mir nicht gestatten, ungestört zu denken?«

»Heiliger Vater, Ihr dringt immer wieder in mein Denken ein. Ich besitze keine Eurer angeborenen Abwehrkräfte; ich muß mich schwer mühen, mich gegen Euch abzuschirmen.«

Der Papst konnte die Worte sehen, als Alf sie aussprach. Männer, gepanzert und unverwundbar wie Ritter in der Schlacht; Zauberer, die nackt jeden Gedankenblitz über sich ergehen lassen mussten. »Aber Ihr seid nicht schutzlos«, wandte Honorius ein. »Weit davon entfernt. Unsere Waffen sind spärlich und schwach gegen die bittere Schärfe der Euren.«

Die Pauliner nickten zu seinen Worten, wenngleich nicht in großer Zuversicht. Sie spürten, dass der Papst schwankte; sie wagten nicht, das Wort zu ergreifen, um ihn nicht ins Lager des Feindes zu treiben. So war es stets mit den Zauberern gegangen; ihre Schönheit war verführerisch; mit ihrem Zauber schlugen sie dann die Seelen der Menschen in ihren Bann. Nicht einmal Petri Nachfolger konnte davor sicher sein.

Hinter Bruder Pauls Augen erhob sich Joscelin de Beaumarchais und schrie seine Empörung heraus. Er hatte diese Schlacht einmal verloren, er wollte sie nicht schon wieder verlieren. Die Zauberer richteten ihre ganze Aufmerksamkeit auf den Papst und aufeinander, vielleicht noch ein klein wenig auf Pater Alberich. Er selbst war ganz vergessen. Er würde nur eine Gelegenheit haben. Er stürzte nach vorn, schwenkte die ineinander verkrampften Fäuste wie eine Keule, hinter der sein ganzes Gewicht lag, und zielte auf Alfs Nacken.

Der verfluchte Hexer fühlte etwas. Er drehte sich halb um, so dass seine Kehle ein noch besseres Ziel abgab. So war Simon gestorben. *So.*

Zahnbewehrtes Grauen sprang zwischen sie, riss Paul zu Boden und schloss seine Kiefer um dessen Kehle.

Vorsichtig, ganz vorsichtig. Der Hauch der Bestie war glühend heiß, ihre Kiefer eine Zwinge, die sich fast schloss. Er konnte sich nicht einmal wehren.

Von allen Gesichtern, die sich bei seinem Sturz auf ihn gerichtet hatten, sah er nur das von Pater Alberich. Der Vorwurf darin war schlimmer als sein Versagen. Er hatte die Bestie entlarvt, aber zugleich den Papst überzeugt. Gottes Bluthunde kannten weder Vernunft noch Gerechtigkeit. Ihr Hass war blind und letztlich mörderisch. Sie hatten sich als das erwiesen, was die Hexen von ihnen behaupteten.

Wie er diese herrliche Stimme hasste, halb die eines Kindes, halb die eines Mannes und voller christlicher Nächstenliebe. »Lass ihn los, meine Liebe. Er wird nun keinen Schaden mehr anrichten.«

Es war ein schwacher Trost, dass diese Lieblichkeit sie ebenfalls anwiderte. Sie richtete sich zu ihrer Frauengestalt auf und besaß wenigstens so viel Anstand, sich doch in ihr Kleid zu hexen; ihre Antwort war ätzend und scharfsinnig. Selbst St. Alfred zuckte ein wenig zusammen, doch die engelhafte Vollkommenheit fing sich innerhalb eines Augenblicks wieder. »Thea Damaskena«, tadelte er sie, »dies ist nicht der Ort zu …«

»Er hätte dich umbringen können!«, schrie sie ihn an.

Das Schweigen war bedrückend. Niemand hatte den Willen oder den Mut, es zu brechen. Paul wagte es schließlich, sich aufzusetzen; die Hexe, der Bischof und der taubstumme Junge warfen ihm böse Blicke zu, doch keiner hielt ihn davon ab. Vielleicht, aber nur vielleicht, hatte er noch ein klein wenig Hoffnung. Kirchenrecht war Kirchenrecht, und in Bezug auf Hexerei war es sehr streng. Und damit waren die beiden Zauberer recht offen umgegangen.

Honorius wirkte alt und erschöpft, niedergedrückt von der Bürde, von Gesetz und Wahrheit und der harten Notwendigkeit, gleichermaßen gerecht und seinem Amt entsprechend zu urteilen: Es war sein Fluch; er durfte weder einfach nach der Zweckmäßigkeit handeln noch sich zu Alberichs schlichter und unbeugsamer Überzeugung zwingen.

»Heiliger Vater.« Fra Giovannis Stimme klang leise, aber nicht schüchtern; Erregung, nicht Angst, nahm ihm den Atem. »Heiliger Vater, es gibt einen Ausweg aus diesem Wirrwarr. Mein Herr hat es selbst erwähnt. Wenn ihr Reich in Sicherheit wäre, so versprach er, wollten sie alle fortgehen. Sie haben sich eine Zuflucht geschaffen; sie werden sie von der Welt abschließen. Entspräche das nicht aller Wunsch? Sie ertragen uns nicht besser als wir sie; auf diese Art wären wir sie los und sie unbeschadet, und an uns haftete nicht der Makel des Mordes.«

Pater Alberich nickte. »Weisheit spricht aus Euren Worten, Bruder. Doch fort ist nicht gleich tot. Und was, wenn sie beschließen, es hinauszuzögern? Die Zauberer versprechen zu verschwinden, wenn ihr Reich in Sicherheit ist. Woran ermessen sie diese Sicherheit? Ihr König herrschte über achtzig Jahre, und viele davon waren Jahre ungetrübten Friedens, und doch wollte er nicht von seinem Thron lassen. Nachdem jetzt Krieg und Kirchenbann ihre Zerstörung bewirkt haben, müssen wir weitere achtzig Jahre warten, ehe das Land geheilt ist? Wie lange können sie ihre Anwesenheit in der Welt der Menschen hinauszögern?«

»Kein Jahr mehr.« Alf maß jedem einzelnen Wort das gleiche bleierne Gewicht bei. Das Gesicht, das er ihnen allen zuwandte, war so weiß wie gebleichtes Gebein und alt; so alt, dass nur unsterbliche Jugend dem Gestalt geben konnte. Er hob die Hände. Sie waren leer; sie waren mit Macht beladen. »Ich sagte, dass ich mich mühen muss, meinen Schutz gegen sterbliche Gedanken aufrechtzuerhalten. Diese Mühe erfüllte jeden Tag meines Lebens, jeden Tag und jedes einzelne von neunzig Jahren: Und ich bin müde. Wäre ich ein Mensch, fände ich im Tod Ruhe. Da ich aber kein Mensch bin, kann ich nur von einem abgeschiedenen Ort träumen, wo alle Macht besitzen und keiner sterben darf, wo weder Furcht noch Hass noch menschliches Mitleid mich quälen können.« Er spannte seine Finger, schloss sie; sah dem Papst in die Augen und ließ seinen Blick nicht mehr los. »Heiligkeit, als ich jung war, ehe ich wusste, dass ich nicht sterben würde, träumte ich immer wieder von einer Textstelle, die ich liebte. ›Kommt zu mir, die ihr mühselig und beladen seid, und ich werde euch den Frieden geben.‹ Könnt Ihr ermessen – könnt Ihr Euch vorstellen, was es für mich bedeutete, mir allmählich klar zu werden, dass mein Traum eine Lüge war? Ja, für die Menschen gab es ein Ende. Für mich jedoch gab es keines.«

Der Pauliner-Superior sprach fast heftig und schnitt dem Papst das Wort ab, ehe der antworten konnte. »Wenn Eure Geschichte der Wahrheit entspricht, dann ist diese neue Erzählung eine Lüge. Ihr könnt nicht sterben, aber Ihr könnt getötet werden, jenseits des Todes herrscht Friede. Wenn Ihr in Wahrheit so verzweifelt danach strebtet, würdet Ihr nicht derartig den Kampf um Euer Leben führen.«

»Was würde Euch denn zufrieden stellen?«, wollte Alf wissen. »Würde mein Tod ausreichen, meinem Volk das Leben zu retten? Wenn ich mich Euch und Eurem Feuer überantworte, gebt Ihr Euch dann damit zufrieden, mein Volk hinter den Mauern von Broceliande verschwinden zu sehen?«

»Wenn ich sicher vertrauen könnte, dass Ihr Euch nicht irgendwie herauswindet ...«

»Genug!«, brüllte der Papst. Sie sahen ihn alle verwundert an. Keiner hätte geglaubt, dass solche Kraft in ihm steckte. Viel ruhiger fuhr er dann fort: »Hier werden keine Abkommen

getroffen, die ich nicht vorschlage. Ihr, Herr Kanzler, habt eine Neigung zum Märtyrer und seid fast eine Parodie der Selbstaufopferung. Ihr dagegen, Pater, würdet hervorragend die Rolle des unverbesserlichen Saulus von Tarsus spielen. Hütet Euch, dass Eure Straße nach Damaskus nicht nach Broceliande führt.«

Er erhob sich von seinem Platz, der plötzlich ein Thron war; er richtete sich zu seiner ganzen Körpergröße auf. »Ihr gelobt zu gehen, Herr Alfred, doch in diesem Punkt spricht Pater Alberich die Wahrheit. Ihr legt Euch nicht fest. Eure Müdigkeit verfliegt vielleicht, wenn Ihr seht, was in Rhiyana zu tun ist; und ich untersage Euch, länger zu verweilen. Wir haben jetzt Frühling. Wenn Ihr bis Pfingsten nicht gegangen seid, Ihr und alle die Euren, dann überantworte ich Euch meinen Hunden. Dann sollt Ihr wirklich und rechtens brennen.«

Alf hielt inne. Thea hüllte sich in Schweigen. Jehan war nach vorn getreten und dann mit ernstem, grauem Gesicht stehen geblieben. Allein Nikki, der während der ganzen Zeit über nur aus Augen zu bestehen geschienen hatte und geistig ebenso still gewesen war wie körperlich, wagte es, eine Hand zu heben, und riss die Augen noch weiter auf. Halb zum Einspruch, halb zur Zustimmung. Alf sank auf ein Knie. Er senkte den Kopf. Seine Antwort erklang langsam, aber deutlich vernehmbar. »Es geschehe nach Eurem Willen.«

Honorius erwiderte nichts, tat nichts. Pauls unterdrückter Zorn und Alberichs widerwillige Anerkennung hallten in seinem Innern wie Schreie wider. Der Papst verstrahlte nur Leere. Alf blickte unter seinen Brauen hervor hoch. Honorius schaute tief in scheinbar schmerzliche Gedanken versunken hinunter. Alf konnte sie nicht deuten. Manchmal waren Menschen dazu in der Lage. Sie konnten auf Umwegen denken und seinem Blick ausweichen. Nikki hatte diese Kunst mit Hilfe der Macht zur Vollkommenheit geführt; wenn er es nicht wollte, ließen seine Gedanken sich nicht ablesen, ja nicht einmal fühlen.

Als der Papst schließlich das Wort ergriff, war es an die Pauliner gerichtet. »Pater Alberich, Bruder Paul, was Ihr getan habt, ist unverzeihlich. Ihr habt mich mit Lügen und Halbwahrheiten getäuscht, Eure Gelübde und Ämter missbraucht und Euch nicht nur als falsche Zeugen, sondern als Scheinheilige erwiesen. Eure Waffe wurde Euch aus der Hand geschlagen, Euer Plan entlarvt; man müsste Euren Orden von der Erde tilgen. Doch mir bleibt ein Rest Weisheit. Die große Masse Eurer Brüder ist an Eurem Frevel unschuldig; viele besitzen wahren und lobenswerten Drang zu ihrer Berufung, deren Ziel die Verteidigung der kirchlichen Rechtgläubigkeit gegen die Angriffe der Häretiker ist. Um ihret- und tatsächlich auch um Euretwillen – denn wie blind und irregeleitet Ihr seid, bleibt Ihr doch meine geistigen Söhne – will ich gnädig sein. Ihr werdet nicht von Euren Gelübden entbunden. Ihr werdet nicht aus Euren Orden entfernt. Doch Ihr werdet aufgefordert, Euch für einige Zeit aus der Welt zurückzuziehen. Ob für lange oder kurze Zeit, weiß ich nicht und mag es jetzt nicht entscheiden; nur damit Ihr Euch voll bewusst macht, was Ihr getan habt.« Er wartete; nach einem Augenblick verneigten sich beide und küssten die Hand, die er ihnen hinstreckte. »Geht nun, bleibt in Eurem Kloster. Ich werde dafür sorgen, dass Ihr dorthin geschickt werdet, wo ich es für gut befinde.«

Als Paul an Alf vorüberkam, zögerte er, als wollte er etwas sagen, zuschlagen oder ausspeien. Thea trat warnend hinzu; Honorius hob die Hand. Mit einem letzten langen Blick – einem, der just merklich etwas ganz Ähnliches wie Bewunderung ausdrückte, die Anerkennung eines starken Feindes – fuhr Paul herum und verließ den Raum.

Alberich blieb ebenfalls stehen. Er drohte nicht; er betrachtete nur eingehend und sorgsam Alfs Gesicht, als könnte er darin etwas Wertvolles entdecken, was er verloren hatte. Vielleicht seinen Glauben. Seine Gewissheit, den Pfad Gottes gewählt zu haben.

Als er ging, hellte sich die Atmosphäre merklich auf. In Wirklichkeit dämmerte es hinter den Mauern. Weit entfernt, dass ein menschliches Ohr es gerade noch wahrnehmen konnte, krähte ein Hahn.

Honorius schreckte törichterweise ein wenig zusammen. Keiner seiner Gäste, weder der eine geladene noch die vier ungeladenen, löste sich in nichts auf. Wenn sie sich überhaupt veränderten, so wurden sie mit dem Tagesanbruch höchstens noch massiver gegenwärtig.

Wieder blickte er hinab in Alfs Augen. Er würde sie nicht wiedersehen, und diese Gewissheit bereitete ihm keinen Kummer, obgleich sie keinem Hass, ja nicht einmal irgendeiner Abneigung entsprang. Sie waren zu fremdartig, als dass ein Mensch sich mit ihnen hätte wohl fühlen können, zugleich zu katzenhaft und zu menschlich und doch keins von beidem. »Und Ihr«, sprach der Papst, »habt viel erduldet und es wohl getragen, wie keiner von uns leugnen kann. Eure Existenz und Eure Kräfte widersprechen dem Kirchengesetz. Ich vermag daran nichts zu ändern und will es auch nicht; sobald Eure Mauern sich hinter Euch geschlossen haben, wird es nicht mehr von Bedeutung sein.«

»Außer für uns.«

Honorius zog die Brauen in die Höhe. »Kann es Euch etwas ausmachen?«

»Ich war fast so lange Zeit Priester, wie Ihr auf der Welt seid.«

»Wärt Ihr es gern wieder?«

Alf riss den Kopf mit großem, entsetztem Blick in die Höhe. »Ihr wisst, dass das nicht geht!«

»Nein«, antwortete der Papst, »das weiß ich nicht. Was seid

Ihr heute, was Ihr nicht schon zum Zeitpunkt Eures Gelübdes gewesen wärt?«

Er überrumpelte sie alle und Alf am allermeisten, dessen Voraussicht ihn doch hätte warnen können. »Jetzt«, antwortete Alf mit erstickter Stimme, »weiß ich voll und ganz, was ich bin. Und …« Er packte Theas Hand und küsste sie mit einer Leidenschaft, aus der mehr Heftigkeit als Liebe sprach. »Und da ist ein Gelübde, an das ich mich nicht mehr halten kann und will.«

Honorius nickte einmal. Er hätte es dabei belassen können, doch er zog die Stirn kraus. Thea sprach es an seiner Stelle und fast leichthin aus. »Schließlich sind einige der Unseren Christen, und wir alle sind Kinder Gottes. Es ist nicht rechtens, dass wir an einen Ort gehen sollten, wo uns der Trost der Kirche versagt bleibt.« Sie neigte ihren Kopf zur Seite. Sie war auf ihre unnachahmliche Weise belustigt. »Wir dürfen doch in diesem Fall nicht von der Außenwelt abgeschnitten sein, oder? Die Kirche wird eine Möglichkeit finden müssen, uns auf dem von ihr rechtmäßig abgesegneten Weg zu halten. Missionare, Herr Papst? Nachdem Fra Giovanni nicht die Armen missionieren darf, soll er vielleicht Euer Botschafter bei den Zauberern werden?«

»O nein, hohe Dame«, keuchte der Franziskaner. »Ich könnte nicht … Ihr seid ein Geschöpf von Pracht und Herrlichkeit, ich dagegen … ich kann nicht …«

»Ihr könnt nicht«, meinte Honorius, »aber einer kann.« Er wandte sich an Alf. »Herr Kanzler. Ihr wart einst Priester; auf ewig, wie die Worte des Rituals lauten. Obgleich ich das Dokument entwarf, das Euch aus jenen Fesseln befreite und unter welches Innozenz Namen und Siegel setzte, denke ich, dass das nur ein Stück Pergament war; nur Worte und Wind. Die Verpflichtungen bestehen fort. Ich sehe, dass sie Euch prägen.«

»Nein«, flüsterte Alf.

»Ich bin sterblich und kein Zauberer, doch ich bin auch Statthalter Gottes. Ich kann erkennen, was mir vor Augen steht. Was immer die Kirchengesetze und die Patres sagen mögen, vor Gott kann es keinen Zweifel geben. Ihr gehört ihm an.« Er legte seine Hände auf den gesenkten Kopf und fühlte das Beben, das den Körper darunter erschütterte. »Unsere Priesterschaft und ihre Gelübde wurden für sterbliche Menschen in einer sterblichen Welt geschaffen. Für Euch, die Ihr nicht das eine seid und nicht in der anderen verbleiben wollt, wird meines Erachtens eine neue Regel zu schaffen sein. Keine Tonsur; Euer Volk kennt Euch bereits, und es bedarf kaum eines äußeren Zeichens Eurer Demut. Kein dreifaches Gelübde bis auf das grundlegende dritte, den Gehorsam gegenüber der Kirche und ihren Schriften. Ihr habt das Priesteramt von Leuten inne, die nicht sterben werden, die Gott in der von ihm geschaffenen Welt erfahren müssen, denen aber alle Zeit zur Verfügung steht, ihr Leben in seinen Augen vollkommen zu gestalten. Ich glaube aufrichtig, dass sie am Ende sein Antlitz erblicken werden. Es wird Eure Aufgabe sein, sie dorthin zu geleiten.«

Alf sank immer tiefer, bis er ausgestreckt zu den Füßen des Papstes lag. So war er an dem Tag gelegen, da man ihn zum Priester geweiht hatte. Und genauso hatte er damals vor Furcht und Freude gezittert, bis ihm klar wurde, dass er durch ihr Gemisch den Verstand verlieren müsste.

Die Stimme über ihm war die Stimme Gottes, ruhig, beredt und unendlich weise. »Glaubt nicht, Euch wäre ein leichtes Leben beschieden, wo Ihr nur hin und wieder ein paar lateinische Phrasen brabbeln müsstet. Selbst wenn mein Befehl Euch nicht bindet, werden Euch Euer eigenes Gewissen und Gottes Wille an Eure Pflichten gemahnen. Deren genauen Wirkungsbereich überlasse ich Euch selbst. Ihr seid mein Botschafter in einem fremdartigen Land, mein Sprecher bei Eurem Volk. Was ich Euch geben kann, werde ich geben; alles Übrige liegt in Euren Händen. Mögen Gottvater, Sohn und der Heilige Geist der Wahrheit sie stärken und Euch vor Schaden bewahren.«

»›Du bist Priester in Ewigkeit nach der Ordnung des Melchisedek‹.« Gottes Stimme war tiefer und leiser geworden. Wie sehr sie Jehans Stimme ähnelte; wie strahlend und voller Liebe, Stolz und ein wenig ... ja, ein wenig Selbstgefälligkeit. Jehan hatte vor langer Zeit aufgehört, seinen Freund Bruder Alf zu nennen, doch er hatte nie aufgehört, es zu denken. Nur dass es jetzt *Vater* lauten musste, und wie konnte das sein außer für Cynan und Liahan?

»Wir werden uns also einen neuen Titel ausdenken.« Gott konnte lachen. Er klang genau wie Thea. »Oder gar keinen. Wie Seine Heiligkeit so klug bemerkte, vermag nichts von alledem dich im Mindesten zu verändern. Du bist genauso, wie du es warst seit der Zeit, da du so jung warst wie dein Gesicht.«

»Ich fühle mich aber anders.« Alf hatte sich auf die Knie aufgerichtet, zitterte noch und kämpfte abwechselnd gegen den Drang zu lachen, zu weinen, zu schreien, wegzulaufen, sich zu verstecken und niemals zurückzukehren. Nur würde Thea ihn finden, und er täte etwas ganz und gar Unpriesterliches.

»Nur«, erinnerte sie ihn, »wäre es für dich durch den päpstlichen Dispens durch und durch priesterlich.« Sie küsste seine glühende Stirn, hielt inne, küsste seine Lippen. Es dauerte eine ganze Weile, ehe sie sich von ihm löste. Ihr Gesicht war gerötet, ihr Lachen atemlos. »Ganz und gar *priesterlich!* Mein Liebster, du bist wie lebendiges Feuer.«

Er setzte sich auf die Fersen. Der Kuss hatte sie erschüttert; ihn dagegen hatte er gefestigt. Papst Honorius, der beschlossen hatte, sich nicht schockieren zu lassen, gestand sich zu, sich erheitern zu lassen. »Ich weiß, dass ich recht für Euch befunden habe, denn nicht ich habe gesprochen, sondern Gott; aber es ist ganz richtig, dass Ihr und Euer Orden von der übrigen Welt abgeschieden lebt.«

»Vielleicht.« Alf betrachtete seine verschränkten Finger; er lächelte schwach. »Es gäbe einen Aufstand in der Priesterschaft, würde bekannt, worauf Ihr mich vereidigt habt. Und worauf nicht.«

»Ihr seid kein sterblicher Mensch. Ihr könnt nicht in jeder Hinsicht so gelenkt werden wie sie. In einigen ... in vielen ... Ihr wisst, was Wahrheit ist und Gerechtigkeit und Gnade. Euer Geist hat das *Gloria Dei* hervorgebracht.« Honorius segnete ihn mit dem Kreuzzeichen. »Seid, wozu Ihr geschaffen wart, Alfred von St. Ruan. Gott sei mit Euch.«

31

Sie gingen in gemeinsamem Einvernehmen durch einen Morgen, der ihnen wie der erste Morgen der Welt erschien, nach San Girolamo zurück. Nicht alles Licht, das auf Alf ruhte, stammte von der Sonne; er sprach kein Wort, lächelte, lachte oder sang auch nicht, bewegte sich aber in einem hellen Strahlenkranz. Bedeutsamer als der Segen des Papstes und das von Honorius' eigener Hand verfasste, unterzeichnete und besiegelte Dokument war die Erinnerung an den Abschied von Fra Giovanni. Der Franziskaner hatte ihn geküsst, um seinen Segen gebeten und voll stiller Freude gesagt: »Nun habe ich keinen Zweifel mehr, dass Gott auf der Welt weilt. Auf der *ganzen* Welt.« Recht schlichte Worte und eine offensichtliche Wahrheit. Doch das Gesicht des Bettelmönchs, als er dies sprach, die Freude, die aus seinen Worten klang, hatten Alf bis ins Mark erwärmt.

Es ist für dich sehr wichtig, nicht wahr? Nikki trabte neben ihm her, um mit ihm Schritt zu halten, und presste die Lippen aufeinander, da die Erschütterung Schmerzen in seiner Wunde weckte.

Alf verlangsamte reumütig seinen Gang und legte den Arm um die Schultern des Jungen. »Was ist los, Nikephoros? Verwirre ich dich?«

Nikki zuckte mit den Schultern. *Nicht mehr als sonst auch. Es ist höchst interessant, das alles zu beobachten.*

»Grieche durch und durch«, stellte Thea auf der anderen Seite fest und schob ihren Arm um seine Taille. Als er sie finster anschaute, lachte sie und gab ihm einen Kuss auf die Wange. »Es ist vorbei, Nikki. Wir haben gesiegt. Ist dir denn nicht zum Singen zu Mute?«

Ich kann nicht. Er machte sich von beiden los und rannte fast auf das hoch aufragende Kolosseum zu.

Sie tauschten Blicke aus. Nikkis Haltung war aufrecht und unnachgiebig, sein Denken vermauert und verriegelt. »Akestas«, bemerkte Thea.

Alf schüttelte leicht den Kopf. Doch er ging nicht schneller. Sein Glanz war schwächer geworden, aber nicht erloschen; sein Denken war klarer, jetzt nach vorn gerichtet und ließ ihn erkennen, was ihm noch bevorstand. In Rom hatten sie vielleicht gesiegt, in Rhiyana noch nicht.

Nikki gesellte sich nicht zu den anderen. Allerdings kümmerte sich scheinbar auch keiner darum. Sie waren vom Sieg erfüllt, Jehan und Thea überboten sich bei der Schilderung der vorausgegangenen Ereignisse, und Alf glühte sanft und lachte, weil Liahan inzwischen zu lächeln gelernt und Cynan das Sprechen entdeckt hatte. »Vater«, rief er unersättlich. »Vater, Vater, Vater!«

Stefania zog sich von dem Getöse zurück. Sie verstand so viel davon, wie sie verstehen musste. Sie hatten bekommen, was sie wollten, die Hexenleute, und der weiße Herr hatte mehr erlangt, als er sich jemals erträumt hatte. Bruder Oddone ging so weit, ihn in eine rasche, schüchterne Umarmung zu ziehen. Prior Giacomo war wie vom Donner gerührt, aber ebenfalls froh, als bewiese dies alles, dass er keinen Fehler begangen hatte, sie in seiner Abtei aufzunehmen. Keiner von ihnen fragte, wo Nikephoros steckte oder warum er verschwunden war.

Als Stefania ihren Mantel nahm und durch die Tür schlüpfte, erwartete sie dort schon Mehmet und spähte mit zusammengezogenen Brauen unter dem lockigen, wirren Haarschopf hervor. Er wollte ihr folgen, was immer sie unternahm; er ließ nicht zu, dass sie ihn anfasste oder zurückwies, und weder Zeichen noch geflüsterte Worte konnten seiner Entschlossenheit etwas anhaben.

Sie wusste nicht genau, wohin sie sich wandte. Erst einmal musste sie den Weg aus San Girolamo herausfinden, was nicht die leichteste Aufgabe war; die Mönche gafften sie an, was peinlich war, oder vermieden es, sie anzusehen, was noch schlimmer war. Sie konnte nur ruhig weitergehen und nicht wie ein kleines Wildtier in einem Labyrinth davonlaufen. Sie war sehr erleichtert, als endlich das Tor auftauchte, und er saß direkt dahinter im Gras und drehte eine Anemone zwischen den Fingern. Er entsprach so genau dem Bild des müßigen, jungen Liebhabers, dass sie ihn hätte schlagen mögen.

Als ihr Schatten über ihn fiel, sah er hoch. Sein Lächeln war herzlich, aber eigentümlich traurig; er ergriff ihre Hand und zog sie neben sich hinab. Erst dann sah er Mehmet. Alle Herzlichkeit verließ ihn. Er erstarrte. Sein Gesicht wurde eisig. *Warum hast du ihn mitgebracht?*

»Ich konnte ihn nicht aufhalten.«

Sorg dafür, dass er geht.

»Nikephoros ...«

Los. Ich traue mich nicht. Ich schwöre dir, ich bring ihn um. Schick ihn fort!

Mehmet kniete im Schlamm der Straße und wand sich unter Nikkis Abweisung, versuchte aber zu lächeln. Mit nicht ganz ruhiger Hand fasste er nach Nikkis Knie. Flehentlich. Bittend ... um irgendetwas. Er kannte keine Worte dafür. Sein Denken sagte *ich,* kleidete das ganze in einen Mantel von Schwarz und Gold, gestaltete es aufrecht und stolz und strahlend mit einer wunderschönen Dame, die ihn liebte, und einer Gesellschaft von großartigen Engeln, die ihm dienten.

Nikki stieß Mehmets Hand fort und rappelte sich aufgrund seines bandagierten Armes recht ungeschickt in die Höhe. Er verzichtete auf Worte; er riss das gewünschte Ich in Stücke und formte die Wahrheit mit brutaler Deutlichkeit. Gestaltete sie den Rücken kehrend, als ob sie ging und nie mehr zurückkehrte.

»Nikephoros!« Stefanias Empörung erschreckte ihn, dass er sich nicht mehr rührte. Mehmet kauerte am Boden, weinte lauthals und hielt die Arme über seinem Kopf, als müsste er ihn vor einem Schlag schützen. Als sie ihn anfasste, zuckte er zusammen. Sie gab nicht nach. In seiner Verzweiflung ließ er zu, dass sie ihn in den Arm nahm, ihn streichelte und wiegte, als wäre er ein Kind. Es dauerte lange, bis er sich beruhigte. Er beruhigte sich nie völlig. Wie ein Hund, der zu oft die Peitsche zu spüren bekommen hatte, konnte er sich nicht durchringen, irgendeinem menschlichen Wesen zu trauen.

Sie ließ ihn los. Er blinzelte sie misstrauisch, aber nicht feindselig an, während langsam die Tränen auf seinen Wangen versiegten.

Nikephoros war fort. Diesmal wusste sie nicht, wo sie ihn finden könnte. Er war nicht in San Girolamo, wo zu bleiben sie Mehmet trotz seines Grauens vor der Elfensippe überreden konnte; sie ließ ihn bei Oddone mit ein paar Stückchen süßem Brot. Nikephoros war nirgendwo zwischen der Abtei und dem Schreiberladen, auch nicht in den Räumen darüber.

Als letzte Möglichkeit spähte sie in die Schenke. Es war noch sehr früh, doch ein paar hingebungsvolle Zecher beugten sich schon über ihre Weinbecher. Als sie sich gerade zum Gehen wandte, erblickte sie ihn. Er hatte die dunkelste Ecke aufgesucht und trank mit der Entschlossenheit eines Mannes, der seinen Kummer ertränken will.

»Das nützt doch nichts«, hielt sie ihm vor.

Er hatte sich wieder in sich zurückgezogen. Sie nahm sein Gesicht zwischen ihre Hände und drehte es so, dass er sie anschauen musste. Seine Augen waren übervoll vom Wein, doch sein Mund war bitter. Er bot ihr seinen Becher an; sie schüttelte den Kopf. Er leerte ihn mit einem Schwung, über den sie hätte lächeln müssen, wäre er nicht so verzweifelt gewesen.

Mehmet, sagte er deutlich und stellte den Becher vor sich auf den Tisch, *ist ein abstoßendes Geschöpf.*

Sie zog sich einen Schemel heran und setzte sich, ohne auch nur einmal den Blick von seinem Gesicht zu wenden. »Ich finde ihn bedauernswert.«

Er schleuderte den Becher gegen die Wand. Er zerbrach; die Scherben fielen klirrend herunter und übersäten den schlecht gefegten Boden. Leute drehten sich um und gafften; der Weinverkäufer wankte mit finsterem Blick herbei. Nikki warf ihm eine Handvoll Münzen hin, erhob sich schwankend und zerrte Stefania mit sich ans unbarmherzige Sonnenlicht.

Sie stemmte sich mit den Fersen vom Boden ab. Plötzlich ließ er sie los, und sie fiel nach hinten. Er fing sie auf. Einen langen Augenblick verharrten sie in dieser Stellung mit ausgestreckten Armen wie Partner, die sich bei einem Tanz herumwirbelten. Sie fand wieder Halt unter ihren Füßen. Er öffnete die Hände und ließ sie sinken. Schlagartig sah er aus, als wäre ihm sehr schlecht.

Der Wein ergoss sich in einem Schwall aus seinem Mund. Sie stützte ihn und konnte nicht mehr tun, als sein schweißüberströmtes Gesicht mit dem Ende ihres Schleiers abzuwischen. Als der Ausbruch von Übelkeit vorüber war, hockte er auf Händen und Knien und zitterte; doch seine innere Stimme erklang gespenstisch klar und fest mit einem eisigen Unterton. *Als Trinker bin ich wirklich eine rechte Schande.*

»Du wärst eine Schande, wenn du einer wärst.«

Und wie würdest du mich jetzt nennen?

»Nikephoros.« Sie ergriff seine Hand und küsste sie. »Komm mit mir nach Hause. Du musst deinen Magen mit etwas Zuverlässigerem als Wein füllen.«

Er ballte die Fäuste. Doch er ließ sich von ihr in die Höhe

zerren und zur Treppe führen. An deren Fuß blieb er stehen. *Nein, Stefania. So kann ich nicht ...*

»Ich werde uns Bianca vom Hals schaffen.«

Er lachte, bis er sich verschluckte. *Und sie überzeugen, dich mit einem Mann allein zu lassen?*

»Ich nenne mich nicht umsonst Philosophin.«

Sie schaffte sich tatsächlich Bianca vom Halse. Meisterhaft. Die alte Frau freute sich sogar noch, den Markt nach Messer Nikephoros' bevorzugten Naschereien zu durchstöbern.

Er schüttelte verwundert den Kopf. *Stefania Makaria, du bist eine hinterlistige Frau.*

»Ich bin eine Dialektikerin.« Er saß in Onkel Gregorios' Sessel und knabberte an einem Stückchen Käse. Sie kniete vor ihm und fasste nach seinem gebrochenen Arm. »Tut es noch weh?«

Er zuckte mit der gesunden Schulter. Nicht sehr, außer wenn er daran dachte. Er ließ vom Käse ab und nahm statt dessen eine Olive.

Stefania machte große Augen. »Wie machst du das?«

Was?

»Du brauchst nicht einmal ...«

Auf Worte zurückgreifen. Sie hatte niemals gewusst, dass man an einer Olive so viele Bissen machen konnte. Oder dass man mit einem geschmeidigen Körper, einem ausdrucksvollen Gesicht und zwei wunderschönen schwarzen Augen so viel sagen konnte.

Als sie in sie hineinblickte und sie sich umschatteten, wusste sie Bescheid. Es war der Befehl des Papstes. Es war die gewonnene und doch verlorene Schlacht, da die Elfensippe gerettet, aber ins Exil geschickt worden war. Es war Mehmet, der arme, missgebildete Mehmet, zu dem auch Nikephoros ohne die Gnade Gottes und die Macht eines weißen Zauberers geworden wäre.

Sie schüttelte heftig den Kopf. »Dein Rücken ist gerade, dein Denken ist klar, und du bist wunderschön.«

Das war er doch auch! Endlich wieder Worte, die umso stärker wirkten, als er sie nicht brauchte. *Er wurde genauso geboren wie ich. Schläge und Hunger haben ihn verunstaltet. Der Rest ... der Rest verkümmerte und umwölkte sich, weil er niemals lernte, was Worte waren. Und jetzt geht es nicht mehr. Er ist zu alt, nicht einmal Alf kann dieses große Wunder vollbringen.*

»Er hat es an dir vollbracht. Wofür ich Gott danke.«

Er hörte nicht zu. *Er hängt an mir. Er läuft wie ein Hund hinter mir her. Wie ein Hund weiß er jenseits aller Vernunft, was ich bin. Er glaubt, ich könnte ihn heilen. Als ob ich dazu in der Lage wäre; als ob ich nicht ebenso ein Krüppel wäre wie er.*

Sie hatte dem schon viele Male zuvor widersprochen. Nun schwieg sie dazu.

O nein. Ich bin kein Krüppel, ich bin ein großer Zauberer, ich bin äußerst zu beneiden. Verstehst du denn nicht, Stefania? Ich bin nicht das stumme Tier, das ich hätte werden sollen, aber ich bin auch kein Mensch. Alfs Wunder verhinderte beides.

»Du bist als Mensch geboren. Du hast die Augen eines Menschen. Du wirst nicht ewig leben.«

Es spielt keine Rolle. Ich bin ein Zauberer. Das Dekret des Papstes gilt auch für mich. –

»Das tut es nicht!«, platzte sie heraus. »Nikephoros, dieser Befehl wurde für das Elfenvolk erlassen. Du gehörst nicht zu ihrer Sippe. Du brauchst die Welt nicht zu verlassen; niemand darf dich fremdartig nennen.«

Nein?

»Nein! Deine Schönheit ist menschliche Schönheit. Sie wärmt. Sie ist vertraut, sie ruft bei den Menschen ein Lächeln hervor. Nicht wie derjenige, den du deinen Bruder nennst. Er sieht aus wie ein marmorner Gott. Bei seinem Anblick gaffen die Leute, ihnen stockt der Atem, und sie bekreuzigen sich voller Ehrfurcht. Dergleichen schickte der Heilige Vater aus der Welt.«

Dergleichen und die Macht. Und ich habe die Macht, Stefania. Ich bin ein Zauberer. Die Kirche kann mich ebenso leicht auf den Scheiterhaufen bringen wie Alf.

»Das wird sie nicht. Wir werden einen Ausweg finden. Ich bin zu klug, als dass es irgendjemandem nützen könnte außer mir. Ich werde alle überzeugen, dass du nicht mehr und nicht weniger bist als ein sterblicher Mensch.«

Ein ganzes Leben lang, Stefania? Wir müssten mit einer Lüge leben.

»Nicht mit einer Lüge. Mit einem sorgsamen Bogen um die Wahrheit.«

Er schüttelte den Kopf. *Ich kann nicht ...* Seine Augen wurden, größer. Alle Farbe wich aus seinem Gesicht. *Gütiger Gott ...*

»Was? Was, Nikephoros?«

Es ist absurd. Aber was, wenn ... wenn meine Macht zu ihrem Fortbestehen Alf und seinesgleichen benötigt? Was, wenn meine Magie schwindet. Dann werde ich wie Mehmet sein.

»Absurd!«

Er vergrub sein Gesicht in seiner Hand. *Ich weiß nicht, was ich tun soll. Sie sind mein Volk. Sie sind wie ich. Sie kennen mich, wie kein Mensch mich jemals kennen kann. Doch ich stamme nicht von ihrem Blut. Und ich liebe dich, kann nicht von dir verlangen, mich in ein solches Exil zu begleiten, doch ich halte die Welt ohne sie nicht aus. Ich möchte in Rom bleiben und dich dazu bringen, mich zu heiraten; gleichzeitig will ich mit denen, die mir seelenverwandt sind, nach Broceliande ziehen.*

»Ich würde gehen«, erklärte sie. »Ich würde mit dir kommen.«

Du bist ja schon starr vor Entsetzen, wenn du nur daran denkst. Sie sind alle so schön und alle so fremdartig. Nach sehr kurzer Zeit würdest du sie hassen für das, was sie sind, und mich, weil ich dich an ein Exil jenseits der Welt binde.

Sie schwieg. Sie wollte widersprechen; sie konnte nicht. Er sprach die Wahrheit. Sie gehörte völlig und unwiderruflich in die Welt der Sterblichen; sie konnte sie nicht verlassen.

Sie konnte ihn aufgeben. Sie hatte eine ganze Weile gelebt, ehe er erschienen war, ihre Ruhe zu stören. Sie hatte niemals die Absicht gehabt, sich an einen Mann zu binden, geschweige denn, an einen hübschen Burschen ohne die geringste Fähigkeit zum Philosophieren, der noch dazu vier Jahre jünger war als sie.

Drei.

»Dreieinhalb.« Sie zog die Stirn kraus. »Habe ich dir gestattet, meine Gedanken zu lesen?«

Er senkte den Blick. Sie bildete sich ein zu fühlen, wie seine Macht von ihr wich. Als sie ihn ansah, weil sie sich nicht abwenden konnte, fiel ihr auf, dass er sich verändert hatte. Diese zwei Tage und Nächte hatten ihn um Jahre altern lassen. Sein verzweifelter Streich hatte den Tanz eröffnet, der mit dem Tod eines Zauberers endete; und er hatte dafür mit weit mehr gezahlt als nur mit einem gebrochenen Handgelenk. Seine Schönheit war dahin. Er sah immer noch gut aus, doch er wirkte eher streng, da sich eine tiefe Falte als Zeichen von Macht und Schmerz in seine Stirn gegraben hatte.

Sie schmiegte ihr Gesicht in seinen Schoß. »Ich liebe dich«, sagte sie. Sie weinte. Sie wollte nicht weinen; doch sie kam nicht dagegen an. »Ich liebe dich so sehr.«

Ganz vorsichtig berührte er ihr Haar, streichelte es und löste den eng geflochtenen Zopf. Er weinte ebenfalls; sie fühlte es. Irgendwo am Grunde des Selbstmitleids fand sie die Überreste ihres gesunden Menschenverstandes. Sie hob den Kopf. Er weinte wie ein steinernes Abbild, mit starrem Gesicht, an dem die Tränen achtlos hinabliefen. Sie zog sich mühsam auf die Füße, schnüffelte laut, aber war nicht minder würdevoll. »Du hast nicht zufällig ein Taschentuch«, meinte sie.

Er streckte ihr eine Serviette hin. Sie tupfte zuerst sein, dann ihr eigenes Gesicht damit trocken. Tränen traten ihr schon wieder in die Augen; sie unterdrückte sie. »Ich nütze dir kein bisschen. Warum beschimpfst du mich nicht als törichtes Weib und überlässt mich meinem Schicksal?«

Weil er sie liebte.

»Dummer Kerl.« Die letzte Spange gab nach; ihr Zopf löste sich und fiel über ihre Schulter. »Nun sieh dir an, was du gemacht hast.«

Ja. Und er würde es zu Ende führen. Sein Kummer hatte sich auf beunruhigende Weise verlagert. Er streckte die Hand nach ihr aus. Ehe sie nachdenken konnte, saß sie auf seinem Schoß, und er löste ihr Haar mit einer Hand, zwar ungeschickt, aber beharrlich. Ihre Hände fanden sich in seinem Nacken. Ihr Körper hatte begonnen, sein tiefes, unwiderstehliches Lied zu singen. Nur einmal. Einmal, ehe sie ihn verlieren würde.

Sie erfuhren nie, wer nun wen geführt hatte. Sie ging vor ihm her die Treppe hinauf, doch er folgte ihr so dicht wie ein Schatten. Sie hielten immer wieder an. Als sie an ihrem Bett anlangten, war ihr Schleier längst fort und das Band ihres Kleides gelöst. Sie musste es für sie beide weitgehend alleine tun. Selbst nachdem er die Schlinge abgeworfen hatte, war der geschiente Arm immer noch im Wege. Er tat sein Bestes, all die Schnüre und Bänder seines vornehmen Gewandes zu lösen, und verfluchte sie insgeheim; natürlich musste ihm das

Glück das ausgerechnet bescheren, wenn er für die Audienz beim Papst bekleidet war. Sie lachte atemlos. »Oh, das ist wahr, ein Pilger ist für eine nachmittägliche Verführung entschieden vorteilhafter angezogen.«

Frevelhaftes Weib, schalt er sie und zupfte an ihrem Gewand.

Sie errötete bis über die Ohren, was völlig absurd war. Er war so nackt wie am Tage seiner Geburt und so gelassen, als trüge er Seide. Sie fasste ihren ganzen Mut zusammen, wandte sich halb ab, um es sich leichter zu machen, und schlüpfte aus Kleid und Hemd, bis sie schließlich zitternd auf dem kalten Boden stand. Sein Lächeln strahlte in ihrem Augenwinkel. Sie bestand nur aus Gänsehaut, doch ihr Gesicht glühte. Sie zwang sich, ihn anzusehen.

»Was für seltsame Tiere wir doch sind«, meinte sie. »So hässlich. So lächerlich.«

Aber so wunderschön.

Stefania stützte sich auf einen Ellbogen. Er schlief fast, seine Augen waren umwölkt, doch er lächelte und strich mit dem Finger über ihre Lippen. Sie war erschüttert, erregt, glücklich, traurig, matt und voller Zärtlichkeit, alles gleichzeitig und alles hoffnungslos durcheinander. Sie wollte ihn wieder wachkitzeln. Sie wollte sich hinlegen und in der Körperwärme seiner Benommenheit dösen.

»Es tut mir Leid«, bedauerte sie.

Er fuhr ein wenig verwirrt hoch.

Sie biss sich auf die Lippen. »Ich wusste, dass ich nicht ... ich wusste, dass du nicht ... du hast alles getan, mir Vergnügen zu bereiten, und ich wusste nicht, wie ich ...«

Er war nun wach, aber nicht auf diese Weise, wie sie es gewünscht hatte. *Es hat mir sehr mit dir gefallen.* Er zog ihren Kopf herab und küsste sie langsam und voller Hingabe. *Das gehört zu den größten Wundern eines Zauberers. Was eine Liebste erfreut, bedeutet doppelte Freude.*

»Du weißt alles darüber, nicht wahr?«

Frau, rügte er streng, *willst du nun, dass ich dir von alten Liebschaften erzähle? Soll ich sie alle für dich bewerten wie Teilnehmer eines Turniers?*

»Ich weiß nicht, was ich will.« Sie legte ihren Kopf an seine gesunde Schulter und murmelte: »Entschuldige noch einmal. Ich versuche einen Streit vom Zaun zu brechen. Um es mir leichter zu machen, dich gehen zu lassen. Jetzt ... jetzt weiß ich wenigstens, warum die Liebe so besungen wird.«

Er lachte leise, streichelte ihren Rücken und das lange, dichte Haar. *Wirklich? Ich hatte Angst, ich würde dir wehtun.*

»Nur zu Anfang.« Sie hob den Kopf. »Wer schwelgt denn nun in Entschuldigungen? Nikephoros, wir reden beide zu viel. Aber ehe ich ein Schweigegelübde ablege: Was hast du mit Bianca angestellt?«

Er machte große, unschuldige Augen. *Ich? Etwas mit Bianca angestellt? Ist es meine Schuld, dass sie auf dem Markt eine Freundin traf und fast den ganzen Tag verschwatzt hat? Und ich darf dich erinnern, meine teure Liebste, dass du es warst, die sie dorthin geschickt hat.*

»Wir passen gut zusammen, nicht wahr?« Sie versuchte etwas, worüber sie schon eine ganze Weile nachdachte, etwas köstlich Wollüstiges. Sein überraschtes Stöhnen wich einem von durchdringender Lust. »Erste Wiedergutmachung«, bemerkte sie. Und die zweite, dritte und vierte. Es hielt sie davon ab, ständig an das zu denken, was zu sagen er unterlassen hatte. Er hatte nicht geleugnet, dass er gehen würde.

Der Augenblick kam zu früh; sie war es jedoch, die ihn bestimmte. Er war schließlich eingeschlafen; sie verabscheute es, ihn zu wecken. Doch der Tag neigte sich rasch dem Abend entgegen. Bianca musste vor Einbruch der Dunkelheit zurück sein, Onkel Gregorios würde sein Abendessen haben wollen, und beide würden toben, wenn sie wüssten, was sie in ihrer Abwesenheit getan hatte.

Sie zog sich langsam an, kämmte und flocht ihr Haar. Ihr Abbild in dem alten Bronzespiegel sah nicht anders aus als beim letzten Mal, vor Ewigkeiten. Sie war immer noch Stefania. Und er war noch Nikephoros, aber jetzt bedeutete dieser bloße Name mehr als Welten.

Sie war kurz davor, wieder zu weinen, doch sie durfte nicht. Sobald sie ihr Gesicht in der Gewalt hatte, beugte sie sich über ihn und weckte ihn mit einem Kuss. Er schlug die Augen auf, doch alles verschwamm ihm; er blickte sich fassungslos um. Sie küsste ihn noch einmal. Nun kam allmählich die Erinnerung; er lächelte. Sie spielte vorsichtig mit einer Strähne seines Haars. »Wach auf, Liebster; es wird bald Abend.«

Er streckte sich und seufzte. Er wäre am liebsten geblieben, wo er lag.

»Aber nicht, wenn Bianca dich findet. Auf jetzt, und sag mir, wie es weitergehen soll.«

Hausdrache. Er lächelte wehmütig, suchte seine Kleider aus dem Haufen zusammen und gab ihr Anweisungen, während sie zupfte und schnürte und ... unweigerlich ... immer wieder beim Spielen verweilte. Wäre sie nur einen Hauch weniger vernünftig gewesen, wären sie genau wieder dort gelandet, wo sie begonnen hatten, mit auf den Boden geworfenen Kleidern und in heftigster Umarmung.

Sie riss sich los und strich ihr Kleid und ihre zerzausten Haare glatt. Er war herrschaftlich prachtvoll und wurde herrschaftlich streng, als die Leidenschaft nachließ und die Erkenntnis wuchs. *Begleite mich nach San Girolamo. Komm wenigstens so weit mit.* Sie zögerte. Einen Augenblick später nickte sie.

Das untere Stockwerk war von Sonnenschein durchflutet. Arlecchina blinzelte und schnurrte laut in Annas Schoß. Annas Gesicht war starr und bleich, als wäre nichts mehr in ihr als nur noch Geduld.

Stefania fühlte, wie das Blut ihr in die Wangen schoss. »Anna!«, rief sie allzu fröhlich. »Wie lange bist du denn schon hier?«

»Nicht sehr lange.« Anna schaute von ihr zu Nikki, sah viel zu viel und verstand alles. Ihr Mund zuckte ironisch. »Sie haben auf dich gewartet, kleiner Bruder.«

Etwas in ihrem Ton ließ ihn auf sie zulaufen. *Anna, was ist geschehen?*

»Nichts.« Sie lächelte zur Bekräftigung. »Alf drängt unbedingt zum sofortigen Aufbruch. Der arme Bruder Oddone; er ist so niedergeschmettert, dass er nicht einmal weinen kann, aber der Prior ist wenigstens ganz froh, wenn er uns wieder los ist. Er hat sich in letzter Zeit mit seiner Glaubenslehre nicht sehr wohl gefühlt.«

Sinnlos; auch wenn kein anderer dazu in der Lage war, er konnte einen Wust von Worten durchschauen. *Du gehst nicht mit.*

»Ich habe mich noch nicht entschieden«, sagte sie. »Stefania, möchtest du immer noch Philosophin werden? Ich von ganzem Herzen. Und ich verfüge über die Mittel. Prior Giacomo kennt ein oder zwei Häuser, die für unsere Zwecke geeignet wären, und das ist an sich schon ein Wunder; er sagt, nach allem, was er inzwischen erlebt hat, findet er eine Bande weiblicher Gelehrter noch ganz beruhigend. Alf hat mir einige Geschenke gemacht, nicht etwa meinen Anteil am Familienvermögen, sondern *Bücher*. Du wirst es nicht glauben: Er besitzt ein Albumazar, das er nicht benötigt, wie er hartnäckig versichert, ein halbes Dutzend Bände Aristoteles, einen Macrobius mit seinem handschriftlichen Kommentar ...«

Stefania klatschte in die Hände und tanzte herum. »Ob ich das alles will? Ich träume davon.« Sie beruhigte sich. »Du meinst das doch ernst?«

Anna bekreuzigte sich auf die orthodoxe Weise der Griechen. »Bei den Gebeinen des Chrysostomos, jedes Wörtchen davon ist wahr. Ich kam, dich zu fragen, ob du daran teilhaben wolltest. Sofern ...« Sie blickte zu Nikki. »Sofern sich nichts verändert hat.«

»Nein«, antwortete Stefania fest, »es hat sich nichts verändert. Wir haben nur voneinander Abschied genommen.«

Du kommst nicht mit, wiederholte Nikki.

»Natürlich nicht.« Anna schaute böse drein. »Was hat dich nur auf den Gedanken gebracht, ich könnte euch begleiten? Ich habe immer gewusst, dass ich zurückbleiben würde, wenn die Elfen nach Broceliande ziehen. Ich kann es alleine ohne sie in Rhiyana nicht aushalten. Rom ist ein recht angenehmer Ort, ich habe hier in den wenigen Tagen, seit ich frei bin, Freunde gefunden. Vater Jehan hat versprochen, so oft vorbeizuschauen, wie er nur kann; ein Bischof findet immer einen Grund, sich bei der Kurie sehen zu lassen. Oder ich besuche ihn, wenn es so weit ist. Vielleicht möchte ich in ein, zwei Jahren ein wenig herumreisen, wenn Rom mich zu langweilen beginnt.«

Sie machte es alles so einfach. Aber sie war auch ein Mensch. Sie musste sich nicht entscheiden.

»Ich habe keine Wahl.« Sie atmete tief ein. »Kann ich hier wohnen, Stefania? Nur für kurze Zeit?«

»Solange du willst«, entgegnete Stefania und drückte Anna schnell und fest an sich. »Begleitest du uns nach San Girolamo?«

Anna schüttelte den Kopf. »Nein, es war schon das eine Mal schwer genug. Ich bin so feige und bleibe hier.«

»Und weine insgeheim.« Stefania nahm sie wieder in den Arm. »Ich komme, so schnell ich kann, zurück. Sag Bianca, wohin ich gegangen bin.« Sie schnitt eine Grimasse. »Wundere dich nicht, wenn sie dich gleich in die Arbeit einspannt.«

Anna lächelte. »Geht jetzt. Alf hat schon gedroht, ohne Nikki aufzubrechen; beeilt euch lieber, ehe er es wahr macht.«

Selbst jetzt noch zauderte Nikki, betrachtete eingehend das Gesicht seiner Schwester und sah darin alle Opfer, die sie gebracht hatte. Seine Liebe hatte sich wenigstens erfüllt, wenn auch nur für einen Tag. Sie hatte nur eine feste, liebevolle Umarmung, einen brüderlichen Kuss mit einer Träne dahinter und einen Stapel Schätze bekommen, wovon nicht eines eine einzige Liebkosung durch Stefanias Hand wert war.

Aber was konnte er ihr geben? Eine Umarmung, einen Kuss und eine Träne, und seinen Anteil am Vermögen des Hauses Akestas, da er es in Broceliande nicht brauchen würde. Er hielt sie lange Zeit zwischen seinem kräftigen und dem geschienten Arm und ließ allen Trost, den er aufbieten konnte, in ihr Inneres strömen. Sie würde reich werden. Sie würde glücklich sein, eine Frau, die mit allen Philosophen verheiratet war, Schwestern hatte, die ihr Gesellschaft leisteten, und Reichtümer, die ihr den Weg ebneten.

»Und Vater Jehan, wenn ich ihn brauche, und ein ganzes Leben, das ich nach meinen Wünschen gestalten kann.« Sie hielt das Gesicht ihres Bruders in ihren Händen. »Leb wohl, Nikki. Sei gut. Du kannst es, wenn du dir Mühe gibst, das weißt du.«

Soll ich es überhaupt wollen?

Sie versetzte ihm einen leichten Klaps und ließ ihn los. »Flegel. Pass auf Alf auf für mich. Nun treib dich nicht länger hier herum. Hörst du nicht, wie er nach dir ruft?«

Er schaute einmal zurück. Sie hatte sich abgewandt und saß über die Katze gebeugt und schenkte starrsinnig nichts anderem Beachtung als dem seidigen, gescheckten Fell.

Mehmet begrüßte Nikki mit hündischer Freude. Nikki wurde fast übel. Hätte Alf ihn nicht so streng angesehen, hätte er den Mann mit Schlägen vertrieben; so jedoch litt er aus der langen Gewohnheit des Gehorsams heraus in steifem Schweigen. Bald schon betatschten ihn die Hände nicht mehr, die Augen beruhigten sich und schauten nur noch still hingebungsvoll drein, und das Geschöpf machte es sich halsstarrig zu seinen Füßen bequem. Er kämpfte den Drang nieder, Mehmet zu treten.

Stefania lächelte Mehmet zu. Er verzog darauf seine Lippen, dass es eher eine Grimasse als ein Lächeln war, doch sie stellte fest, dass ihr Herz sich für ihn erwärmte. Sie schaute hoch und sah die Übrigen an, die sich zur Abreise bereitmachten und ihre Habe zusammenpackten. »Was habt ihr mit Mehmet vor?«

»Er will nicht mitkommen«, antwortete Thea. »Simon hat ihm eine Heidenangst vor unserer Art eingejagt. Prior Giacomo meint, sie könnten ihn irgendwo im Kloster unterbringen.«

Giacomo nickte, aber er blickte finster drein. »Das wäre schon möglich, aber vielleicht hat er andere Pläne.«

Vielleicht hatte er die tatsächlich. Er beobachtete Nikki, wie ein Hund seinen Herrn beobachtet: voller Verehrung und ein wenig ängstlich. Seit Stefania seiner das letzte Mal ansichtig geworden war, hatte er gegessen, und zwar nicht nur das süße Brot, mit dem sie ihn zum Bleiben bestochen hatte; seine Tunika sprach Bände. Sie fasste nach ihm. Er erschrak und zuckte zusammen, doch als er sie dann ansah, beruhigte er sich. »Würdest du gern bei uns bleiben, Mehmet? Wir werden eine Art Konvent gründen, allerdings ohne Vorschriften. Ein Seminar. Wir können dir so viel beibringen, wie du lernen kannst. Wir können dich von deiner Angst befreien. Wir können dir zeigen, was Freundlichkeit ist.«

Bianca wird einen Schlaganfall bekommen.

Sie wandte sich Nikephoros zu. »Möchtest du lieber, dass er mit euch kommt? Das würde ihm am besten gefallen.«

Nikki schauderte. *Ich kann ihn nicht ertragen. Es tut mir Leid. Ich komme nicht dagegen an.*

Sie hatte weder den Willen noch die Kraft, sich zu streiten. »Ich werde mich um ihn kümmern.« Sie machte einen Knicks vor dem Weißen Herrn, seiner Dame und dem riesigen Bischof in seiner braunen Kutte, und ihr Ernst milderte sich erst, als Liahan ihr süßes, neu erlerntes Lächeln lächelte und Cynan sich deutlich vernehmen ließ: »Leb wohl, schöne Dame.«

Leb wohl, schöne Dame. Nikki küsste sie und hätte sich am liebsten nie mehr von ihr gelöst. Mit einer Anstrengung, durch die sie um Atem ringen musste, schob sie ihn zu seinen Leuten. »Leb wohl«, flüsterte sie. »Lass es dir gut gehen.«

Da standen sie nun alle dicht zusammen. Und auf einmal waren sie nicht mehr da. Da war nur noch ein Schimmer, der auch schnell verflog, und die Erinnerung an Nikephoros' schwarze, voller Tränen funkelnde Augen.

32

Die Kirchen von Rhiyana waren dunkel, ihre Tore verriegelt und versiegelt, die ewigen Lichter über den stillen Altären verloschen. Das Sterben ging ohne Absolution vor sich; die Toten lagen kalt in ungeweihter Erde. Die Lebenden erhielten keinen Trost von der heiligen Kirche, weder durch die Messe noch durch die Sakramente; selbst in den Klöstern war den Mönchen unter Androhung von Auspeitschungen und Vertreibung das Singen der Offizien untersagt.

Sie wagten es trotzdem, wie Benedetto Torrino sicher wusste, ebenso wie die Pfarrer auf den Dörfern es wagten, heimlich die Sakramente zu spenden, sogar unter den wachsamen Augen der Bluthunde Gottes. Doch die Härte des Interdikts, die Krieg und Winter noch verschärften, erdrückte schließlich selbst den Tapfersten.

Er hatte nichts damit zu tun. Die Pauliner hatten ihn übergangen; kraft des Amtes ihres neuen päpstlichen Legaten, der noch von Rom hierher unterwegs war, hatten sie den Kirchenbann verhängt. Da er jedoch keine neuere oder mächtigere Befugnis und kein Heer zur Verteidigung einer solchen hatte, blieb er machtlos.

Das wenige, was er tun konnte, tat er. Jeden Morgen seit dem Interdikt hatte er im Schloss die Messe gesungen. Er machte kein großes Geheimnis daraus. Selbst jetzt wagten die Bluthunde noch nicht, die Tore der Feste zu stürmen, und sie begriffen bald, dass es besser war, der Stadtbevölkerung den Zugang nicht zu verweigern. Ebenso bald mussten sie begreifen, dass die Predigten eines Winters und das eine Woche andauernde Interdikt nicht ausreichten, die Bevölkerung von Rhiyana gegen ihren König aufzubringen, der achtzig Jahre über sie geherrscht hatte. Sie lernte dadurch nur die Männer hassen, mit deren Ankunft das ganze Leid über sie hereingebrochen war.

Heute Abend hatte die Königin wieder ihren Pagen geschickt. Der Herr Kardinal wurde gebeten, mit ihr zu Abend zu speisen, wie er jeden Abend seit ihrer Begegnung im Garten geladen worden war. Heute Abend schickte er wieder eine freundliche Absage. Die Worte fielen ihm beim siebten Mal nicht leichter als beim ersten. Er sah sie bei der Messe, und das war schon so viel, wie er gerade noch ertragen konnte; er wagte es nicht, im Kreise ihrer Damen und Höflinge neben ihr Platz zu nehmen und so zu tun, als bedeutete sie ihm nicht mehr als eine Dame von hohem Stand. Nicht mit den Gedanken, wie sie ihn bewegten, die an diesem Hof nicht nur sie alleine lesen könnte. Nicht mit Träumen, wie er sie gehabt hatte, diesen süßen Qualen, denen Gebete und Fasten nichts anhaben konnten.

Er nahm Brot und Wasser in der Einsamkeit, nachdem er seine wenigen getreuen, unwilligen Mönche weggeschickt hatte. Sein Kopf war unbelastet durch die Abstinenz, die Schmerzen vom Hunger waren verschwunden. Nicht so jene Schmerzen, von denen er sich eigentlich befreien wollte. In dieser sturmgepeitschten Nacht nahmen sie Gestalt an und standen ganz in Weiß vor ihm, das elfenbeinfarbene Haar offen bis zu den elfenbeinfarbenen Fußknöcheln und mit strahlenden, goldenen Augen.

»Hohe Dame«, flehte er sie von seinen schmerzenden Knien herauf an, »müsst Ihr mich derartig leibhaftig und geistig heimsuchen?«

Sie kniete nieder, ihm ins Gesicht zu sehen. »Im Himmel ist Krieg ausgebrochen«, entgegnete sie. »Fühlt Ihr es nicht? Trägt der Wind Euch nicht den Waffenlärm zu?«

Sie war es tatsächlich. Er nahm ihren schwachen, rosensüßen Duft wahr. Durch des Himmels bittere Ironie linderte ihre nahe Gegenwart seine Qual. Er konnte sich über ihre Hand beugen, aufstehen, sie mit sich in die Höhe ziehen und zu einem Stuhl am Kamin geleiten. Er konnte es sogar wagen, sie zu tadeln. »Herrin, Ihr wisst, dass Ihr nicht hierher kommen solltet.«

»Wohin sonst sollte ich gehen? Mein Herr ist mir verwehrt, meine eigenen Leute bieten mir keinen Trost, und die Welt geht unter.«

»Es ist nur ein Hagelsturm.«

Sie lachte so rein und wohlklingend wie ein Kind. »Oh, sterblicher Mensch! Kann die Welt nicht ebenso in einem Hagelsturm untergehen wie im Feuer?« Sie wurde ernst. Sie spreizte die Hände dem Feuerschein zu, der ihre helle Hautfarbe rötlich golden anhauchte. »Ich bitte Euch um Vergebung, mein Herr. Ich glaube, ich bin ein wenig von Sinnen, und ehrlich gesagt, ist nicht allein der Kummer daran schuld. Unser großer Feind ist durch seinen eigenen Willen vor zwei Tagen gestorben. Unser Kanzler hat beim Papst vorgesprochen und Vergebung für uns alle bewirkt. Doch ich kann noch immer nicht mit dem Geist meines Königs in Verbindung treten.«

Er vergaß sich völlig; er ergriff ihre Hände. »Der Papst? Sie sind zum Papst gegangen?«

»Zum Nachfolger des heiligen Petrus höchstpersönlich. Die Bluthunde sind bestraft und in ihre Zwinger geschickt worden. Der Kirchenbann ist aufgehoben ... ich habe es verkündet, was für meine Funktion als vorübergehende Regentin recht anmaßend ist, aber das ist ein zu bedeutsames Geheimnis, als dass ich es meinem Volk vorenthalten könnte. Uns ... uns ist in gewissem Umfang vergeben. Nun braucht Ihr Euch nicht mehr zu bekümmern, Herr Kardinal; Ihr müsst uns nicht ins Feuer schicken.«

»Hosianna in excelsis!« Er war so glücklich, dass er es lauthals sang. »Herrin, Herrin, nun kann ich wieder an Gottes

Gnade glauben. Und Ihr sagtet«, seine Freude erstarb, »der König ist ... tot?«

»Nein!«, rief sie. »Er lebt, aber nun stirbt er tatsächlich, und seine Kräfte wehren sich gegen jedes Eingreifen von außen. Jedes, selbst gegen die Berührung durch meinen Geist. Selbst gegen ... Heilung. Es ist unser Wesen. Im äußersten Fall kehrt es sich gegen uns selbst.«

»Dann ist Euer Reich gerettet, aber Euer König ...«

Sie reckte das Kinn in die Höhe, ihre Augen glitzerten. »Noch ist er nicht tot, und mein Herr Alfred ist unterwegs. Wir werden sehen, ob der König von Rhiyana dem Meister von Broceliande standhalten kann.«

»Wenn ich irgendetwas tun kann, wenn ich reiten oder beten soll, ein Schloss oder den Himmel selbst erstürmen soll, so müsst Ihr mir nur den Befehl erteilen.«

Sie achtete sorgsam auf ihr Lächeln. Sie hielt es in den Grenzen der Sterblichen. Doch er war längst schon verloren; er konnte ihrem Zauber nur noch tiefer verfallen. Ungeachtet der Tatsache, dass sein Denken klar genug war, ihm zu widersprechen. So ein großer Kirchenfürst er war und doch auch kein Junge mehr, warf er sich ihr zu Füßen wie ein grüner Einfaltspinsel von Knappe.

»Ach, mein Herr«, gestand sie ein, »ich habe Euch behext. Und zu meinem Unglück schlägt der Zauber auf jenen, der ihn bewirkt, zurück. Vielleicht sollten wir gemeinsam den Himmel stürmen.«

»Doch lasst uns zuerst Gottes Bluthunden die Mäuler stopfen.« Auch das war ihre Hexerei; da er ihre Hände in den seinen hielt, sah er alles, was getan werden musste, und alles, was er tun konnte. »Hohe Dame, wenn Ihr mir eine Gruppe Eurer Garde und die Hilfe von ein bis zweien Eurer Art zur Verfügung stelltet, würde ich mit Freuden die Stadt von dieser Pestilenz säubern. Und«, fügte er hinzu, »Ihren Erzbischof aus dem Kerker befreien, in welchen diese Wahnsinnigen ihn geworfen haben.«

Er war auf den Beinen und von großem Eifer beseelt, doch sie umklammerte seine Hände. »Herr Kardinal, ist das klug? Habt Ihr vergessen, in wessen Auftrag Ihr Euch hier befindet?«

»Das gerade nicht, Papst Honorius hat sich zu Euren Gunsten geäußert; und ich bin überglücklich, seine Rolle gegen die Zerstörer Eures Reiches übernehmen zu dürfen.«

»Tapferer Mann!«

Torrino wirbelte beim Klang der kräftigen, reinen Stimme mit ihrem erheiterten Unterton herum. Maura schreckte zusammen und stieß einen Freudenschrei aus, riss Thea in ihre Arme, danach Jehan und die beiden Kinder, die all das Ungewohnte mit großen Augen und unerschütterlichem Mut über sich ergehen ließen. Als die Königin sie liebevoll emporhob und ihre Ängste fortküsste, sagte Thea: »Die anderen sind unterwegs, Gwydion zur Vernunft zu bringen. Wenn Ihr, Eminenz, in der Zwischenzeit die Absicht habt, die Hunde zu jagen, ist hier ein Pfeil für Euren Bogen.«

Er nahm das Dokument mit den herabhängenden Siegeln und überflog den Text. Hier hatte er den eindeutigen Beweis für die Neuigkeiten der Königin, die Bestätigung seines Auftrages und die umfassende Befugnis, die Angelegenheiten in Rhiyana nach seinem Gutdünken zu regeln. »Und das werde ich auch«, gelobte er, »mit dem allergrößten Vergnügen. Mein Herr Bischof, wäre es Euch recht, mir darin beizustehen? Falls es zu einem Kampf kommt, gleichgültig, ob die Waffen nun Worte oder Klingen sind, gibt es nur wenige, die ich in meinem Rücken wissen möchte.«

Jehan grinste. »Glaubt Ihr, Ihr könntet mich davon abhalten? Geht voraus, Eminenz; ich werde Euch folgen.«

»Und wir«, erklärte Maura, »werden Euch zur Seite stehen.« Als der Kardinal zwischen Höflichkeit und unumwundener

Ablehnung schwankte, lachte sie. »Ihr habt ein oder zwei Hexen erbeten; Ihr sollt sie bekommen. Cynan, Liahan, Ihr müsst das Schloss für uns verteidigen. Tao-Lin wird Euch Gesellschaft leisten.«

Tao-Lin erschien auf die beunruhigende Weise der Elfenart aus heiterem Himmel, ließ sich mit asiatischer Gelassenheit nieder und machte sich daran, ihre Schützlinge in ihren Bann zu ziehen. Als Torrino durch die Tür trat, bezauberte sie sie ganz wortwörtlich mit einem Tanz blutroten Feuers.

Der König lag wie seit so vielen Tagen in seinem Schloss von Carmennos eine halbe Meile von den Sümpfen der Anjou. Seine Macht hatte in ihrer Pein innerhalb dieser Mauern Wunder und Schrecken bewirkt; Traumwelt und wirkliche Welt lagen dicht beieinander, und die Luft schimmerte und waberte vom Strom seiner Schmerzen. Als sein Denken klarer war, hatte er die menschlichen Diener bis auf jene, deren Liebe ihre Furcht überstieg, fortgeschickt. Sie sorgten für ihn; sie ließen ihm alle Pflege, die er gestatten wollte, zuteil werden und bemannten die Mauern gegen Feinde, die nicht kamen. So viel vermochte seine Macht für sie zu bewirken. Sie wehrte alle ab, die Burg oder Menschen etwas zu Leide tun wollten.

Und auch alle, die sich erboten, Hilfe zu leisten. Alf, dem Gwydion so entschieden wie jedem Banditen aus der Anjou untersagte, ihm nahe zu kommen, stand draußen in Unwetter und Finsternis und sammelte seine eigene Kraft. Er hatte sich bereits so hineingehüllt, dass er davon erstrahlte. Wind und Hagel besaßen keine Kraft, ihn zu berühren.

Nikki war in der Lage, sich der Feste zu nähern, wenngleich unter großer Mühe; es kostete ihn einen Augenblick sengend kalten Schmerzes. *Alf,* bat er, und es war ein geistiges Stöhnen. *Alf, vergeude keine Macht. Lass mich es tun.*

Noch ehe Alf Einspruch erheben konnte, hatte Nikki seine

eigene Geisteswehr aufgebaut. Alf empfand einen Moment des Schwindelgefühls, wie es beunruhigend, aber wohl vertraut war als Zeichen der eigentümlichen Macht des Jungen. Sie warfen sich einem Wind, der plötzlich bitter heulte, entgegen, in die herabprasselnden Graupel hinein den steilen Weg zum Tor hinauf. Beschirmt und unsichtbar überwanden sie Eichenholz und Eisen und gelangten in den finsteren Innenhof. Und wieder stürzten sie sich, jetzt mit aller Kühnheit, durch das Nichts ins Auge des Sturms.

Hier herrschte völlige Stille. Ein Raum gleich einer Totenkammer, die von keinem irdischen Licht erhellt wurde. Der König lag auf dem Bett wie auf einer Bahre, mit einem großen, blausilbernen Überwurf bedeckt; ein weißer Schimmer umgab ihn, und neben ihm saß eine verhüllte Gestalt. Diese erhob sich, als die beiden den Raum betraten, die Kapuze fiel aus Gwydions eigenem Gesicht zurück.

Nikki rannte hinzu, umfasste den Prinzen fest und wirbelte ihn so stürmisch herum, dass er fast gestürzt wäre. Prinz Aidans Grinsen verjagte alle Schatten; sein Freudenschrei hätte Tote aufwecken können. »Gott sei gedankt! Wie seid ihr hereingekommen?«

Und wie du? Nikki trat zurück und betrachtete ihn eingehend. *Anna sagte, sie hätte dich sterben sehen. Du siehst auch nicht aus, als warst du weit davon entfernt.*

»Bin ich inzwischen aber schon«, antwortete Prinz Aidan, »allerdings habe ich vor zwei Tagen noch neben meinem Bruder gelegen. Als ihr Paladine die Macht zerschlugt, die uns tötete, hat Morgiana mich hochgezerrt und mir Leben eingeflößt. Aber Gwydion war schon über den Punkt hinaus, da das möglich gewesen wäre.«

Seine Augen funkelten. »Zum Teufel mit dir, Alfred. Zum Teufel mit deinem weichen Herzen. Wie konntest du diesem Ungeheuer noch einen leichten Tod gewähren?«

Alf zog eine Braue in die Höhe. »Würde es für Gwydion etwas ändern, wenn Simon der Zauberer unter Qualen gestorben wäre?«

»Für mich würde es etwas ändern.« Aidan schloss die Augen, er schüttelte den Kopf. Er sah sehr alt und erschöpft aus und so matt, als wäre er dem Tode nahe. »Genug, Bruder. Wenn du irgendetwas tun kannst, so tu es, um der Liebe Gottes willen.«

»Um Gottes und deiner Liebe willen«, antwortete Alf. Er hielt den Prinzen für einen Augenblick fest, und bei der Berührung stockte ihm der Atem. Aidan hatte kaum genügend Kraft zu stehen, geschweige denn, mit ihm zu streiten. »Nikephoros, führe diesen tapferen Dummkopf in den Saal und sorge dafür, dass er isst. Vergewissere dich, dass er sich anschließend schlafen legt. Am besten mit seiner Dame neben ihm.«

Sobald sie erst einmal draußen waren, wobei Nikki den hohen Herrn mit unausweichlicher Entschlossenheit hinter sich hergezerrt hatte, konnten sie nicht zurück. Gwydions Geisteswehr war zu stark; und Alfs eigene erhob sich und flocht ein Gespinst, das nicht einmal Nikephoros durchdringen konnte.

Alf stellte sich neben das Bett. Gwydions Zustand hatte ein Gutes: Er verhinderte den Zerfall seines Körpers. Er sah weitgehend so aus wie zu dem Zeitpunkt, da Alf ihn verlassen hatte, die gleiche Ruhe und ähnliche Gelassenheit. Alf schlug die Decke zurück. Er lag nackt darunter, und seine einzige Wunde war jene, die ihm seine Lebenskraft raubte. Sie war tief, aber sauber, so gut wie blutleer und doch frisch, als hätte die Axt sie am gleichen Morgen erst geschlagen. Sie hatte noch nicht einmal zu heilen begonnen.

»Allen Heiligen sei Dank«, sagte Alf laut und milde, »dass der Hieb keinen Knochen durchtrennt hat. Und dass er keine Handbreit höher traf.« Seine Hände strichen über die Wunde, ohne sie zu berühren. Keine Heilkraft erwachte in ihnen: Er wagte einen Machtstoß. Nichts. Als ob der König eine Rüstung aus Stahl und Glas getragen hätte.

Draußen, außerhalb des stillen Kerns, bebte die Burg. Ein Wesen aus Grauen und Finsternis strich durch die Hallen. Männer fühlten ihre Körper schwinden und sich in Nebel auflösen.

Alf hob den Kopf. Der Tod war nun ganz nahe. Als ob Gwydion nur auf Alfs Erscheinen gewartet hätte, sich ans Leben klammerte, bis der Meister nach Broceliande zurückgekehrt war und nun zuließe, dass die dunklen Schwingen sich ausbreiteten, ihn zu holen. Er ging ohne Bedauern. Er hatte lange gelebt und gut regiert, er hatte für den Fortbestand seines Reiches und seiner Art gesorgt. Könige träumten von einem solchen Ende; und nur wenigen wurde die Gnade zuteil, es zu erleben.

»Nein«, entschied Alf. Sein Zorn brodelte auf. Ach, er wurde aufbrausend, zwei Wutausbrüche innerhalb von kaum drei Tagen. Doch er hatte nun einfach genug. Simon, Jehan, Nikki, Gwydion, sie alle hatten ihm widerstanden. Jeder hatte leiden wollen und den Strom der Heilkraft abgewiesen. Doch abgewiesene Heilkraft wuchs zum Zorn. Zu brodelndem, blendendem, rücksichtslosem und fast unerbittlichem Zorn. Alf stieß ihn unnachgiebig und gnadenlos mit der ganzen Wucht seines gekränkten Stolzes in die Rüstung des Königs. Er hieb durch Schild und Mauer, durchdrang Fleisch und Knochen und stieß bis zu den Wurzeln der Macht vor, welche die Wurzeln des Lebens selbst waren. Was Simon abgelehnt, was Jehan verweigert, was Nikki abgewiesen hatte, all das bot er nun auf und bestürmte die Tür, die Simon zugeschlagen und Gwydions Willenskraft verriegelt hatte. Die übliche Wärme wirkte als läuterndes Feuer, die übliche Benommenheit war köstliche Pein. Die Tür wölbte sich und brach; er stürzte hinein.

Und schlug die Augen zur Stille hinauf. Das Licht der

Nacht flackerte schwach. Der Wind hatte ausgesetzt; Graupeln wichen sanften Schneeflocken.

Gwydions Brust hob und senkte sich, um mit tiefen, bebenden Zügen einzuatmen. Tief durch die Rückkehr des Lebens, bebend vor Furcht vor dem heftigen Schmerz, der noch vor einem Augenblick seinen Körper erfüllt hatte. Doch der Schmerz war verflogen. Die Wunde hatte sich geschlossen. Unter Alfs Blick verblasste sie von Scharlachrot zu blassem Rot und über wässriges Rosa zu Weiß. Die Hand des Königs lag zitternd darauf.

Alf sah in die umwölkten grauen Augen. Gwydion zog im Bemühen, sich zu erinnern, die Brauen zusammen; er drehte den Kopf von einer Seite auf die andere, um zu prüfen, ob er ihm gehorchte. Seine Hand fuhr hoch, sein Gesicht zu untersuchen. Sein Bart, der stets kurz gestutzt war, fühlte sich eigentümlich an und war so lang, dass er sich lockte. Er rang um Worte. »Wie lange ...«

Alf antwortete jenseits von Worten, von Geist zu Geist, auf alles, was das umnebelte Bewusstsein ertragen konnte. So, wie man ein kleines Kind zuerst an die Brust anlegen musste, lernte Gwydion erst wieder, was Hunger war, packte, umklammerte und zerrte gierig am Gedächtnis des anderen.

Sein Zugriff lockerte sich. Er blieb still liegen. Nach einer langen Weile, gemessen an seinen langsamen Herzschlägen, sagte er: »Der Krieg wird nun ein Ende haben.« Er sprach ohne Freude und Zorn in jenem Ton, dem selbst die Stärksten seiner Art nicht zu widersprechen gelernt hatten.

Alf beherrschte solche Klugheit nur in unzureichendem Maß. »Das wird er, aber nicht, indem du in einem Machtstrom Rhiyana von einem Ende zum anderen durchstreifst.«

»Wäre ich ein so gewaltiger Narr?«

Alf schaute ihn nur mit dem schwächsten Hauch eines Lächelns an.

Gwydion setzte sich unsicher auf. »Das wäre ich.« Seine Stimme klang wehmütig. »Ich werde mich deiner Tyrannei beugen. Mein Bruder wird gehen. Und ...«

»Dein Bruder ist in ebenso schlechter Verfassung wie du. Sei klug, mein Gebieter. Erinnere dich der Mauern und Verliese.«

Der König kniff die Augen zusammen. Seine Macht vibrierte leise, prüfte seine Grenzen und die Grenzen des Netzes, das sie alle zusammen mit Alf in ihrer Mitte beim Tanz zu jener Jahreswende um Rhiyana gesponnen hatten. Simon der Zauberer hatte dem Gewebe gewaltige Risse zugefügt; sein Tod hatte sie nicht geschlossen, denn plündernde Heere, in Wahnsinn und Aufruhr getriebene Volksmassen und die Bluthunde Gottes in Caer Gwent selbst hatten sie erfüllt.

Er fasste nach der großen, hoch lodernden Flamme, die sein Kanzler war. Nach der wilden Glut seines Bruders, Nikephoros' täuschend stillem Schein und den vielfachen Kräften seines Volkes. Und schließlich voll tiefer Freude nach dem mondhellen Glanz seiner Königin. So leichthin und mühelos, wie eine Dame ein Garn für ihre Tapisserie wählt, es durch ihr Nadelöhr fädelt und mit der Maserung eines Blattes beginnt, sammelte Gwydion sie alle zur Schaffung seines Musters.

Weich rieselte der Schnee herab. Die Kälte war fast milde. Feuer in Burg und Hütte, die man bis zum Morgen eingedämmt hatte, loderten zu plötzlicher Wärme auf. Herzen wurde leichter zu Mute, Träume nahmen eine friedliche Wendung. Doch in den Lagern umherziehender Kompanien, in überfallenen Dörfern und eingenommenen oder durch Verrat erschlichenen Festungen sprangen Dämonen aus zur Behaglichkeit entfachten Feuern. Schatten erwachten zu zahn- und krallenbewehrtem Leben. Wölfe heulten; grauenvolle Traumwesen wurden zu Fleisch und Blut. Männer erwachten schreiend aus einem Albtraum, der schlimmer war, als jeder im Schlaf es sein konnte, und erlebten, wie das Land sich schließlich erhob und gegen sie kehrte. *Hinaus*, brüllten die Steine selbst. Fort! Die Klauen der Schattengestalten waren grausam scharf und zerrten Säumige und Feiglinge aus ihren Betten. Wölfe und Schlimmeres waren Pferden auf den Fersen, die nur noch einen Wunsch kannten, ihre Reiter über die Grenzen jenes schrecklichen Landes zu tragen. Doch die Unberittenen bewegten sich nicht langsamer. Manche wurden hilflos vom Wind fortgepeitscht, andere rannten wie gehetztes Wild, schnell, blindlings und unermüdlich. Und jene, die am weitesten vorne waren, die hohen Herrn und Hauptleute jener Kräfte, die Rhiyanas Abwehr umgangen hatten, um das Reich im Herzen zu treffen, erfuhren schlimmere Finsternis, Wirbelwind und Entsetzen, als ein sterblicher Mensch das ertragen kann, und manche erwachten wahnsinnig, andere blind, verstümmelt oder in dieser einzigen Nacht um Jahre gealtert, doch alle erlebten den Morgen weit jenseits der Sümpfe von Rhiyana.

Die Bluthunde Gottes wähnten sich in Sicherheit. Ohne Simons Macht konnten sie nicht wissen, was sich in Rom zugetragen hatte, und würden es als sterbliche Menschen nur durch Kuriere erfahren, deren schnellste mindestens vierzehn Tage für diese Strecke benötigten. Der von ihnen erwählte Legat war unterwegs und befand sich tatsächlich in einem Kloster, zwei Tagesreisen von den rhiyanischen Sümpfen entfernt. Sie hatten irgendwelchen Unsinn von einem königlichen Erlass vernommen, der das Interdikt widerrief und Kardinal Torrino in seinem Amt bestätigte, doch sie glaubten nicht daran.

»Der König ist tot«, erklärte der Stellvertreter des Superiors in Rhiyana, wo er es sich mit ein bis zweien seiner Brüder in seinem Arbeitszimmer bequem gemacht hatte. »Dessen können wir sicher sein. Die Königin hält ihre Behauptung aufrecht, dass er lebt; diese neue Torheit ist ein Akt der Verzweiflung, ein Ringen, um Kirche und Menschen für ihre untergehende Sache zu gewinnen. Es wird ihr kaum etwas nützen, da Gott selbst ihre Zauberei unterbindet.«

»Und der Legat des Papstes selbst sich in ihrem Bett vergnügt.« Der Mönch presste voller Empörung die Lippen aufeinander und stieß die Worte heftig hervor, doch das Funkeln in seinen Augen sprach eher von Neid als von priesterlichem Entsetzen.

Sein Vorgesetzter betrachtete ihn missbilligend. »Bruder, das entspricht weder der Nächstenliebe, noch ist es erwiesen. Wir halten uns hier an die Wahrheit. Niemals an reine Spekulationen.« »Und wenn der Beweis erbracht ist, Vater?«

»Den benötigen wir doch gar nicht«, warf der dritte Mann mit plötzlich aufwallender Ungeduld ein. »Ob sie der Engel der Barmherzigkeit oder die Hure von Babylon selbst ist, sie eilt nun ihrem Untergang entgegen. Wir haben Rhiyana genommen. Ich schlage vor, wir rufen sie morgen, morgen und keinen Tag später, vor Gericht.«

Der Mönch schürzte die Lippen. »Ein Prozess? Wollt Ihr Euch die Mühe eines solchen Popanzes machen? Schleppt sie her und verbrennt sie, damit ist die Sache erledigt.«

»Bruder«, hoben die anderen fast einstimmig an.

Die Tür wurde aufgestoßen; ein ganz junger Laienbruder warf sich zu Füßen des Superiors nieder. »Angriff!«, japste er. »Ein Heer ... die Königin ... Hexerei ...«

»Unmöglich.« Der Superior war aufgesprungen. »Bruder Thomas, ich bitte dich, hör mit dem Gefasel auf und erkläre dich.«

Der Junge war wieder bei Atem und einigermaßen bei Verstand. Jedenfalls ausreichend, um zusammenhängend zu sprechen. »Vater, ich phantasiere nicht. Wir werden durch ein Heer in den Farben der Königin belagert. Ihnen vorweg reiten der Kardinal, die Königin und eine andere Hexe mit einem

Rudel von Hexenwölfen und einem Mann in der Rüstung eines Heerbischofs der Hieronymiten. Und ... und der Erzbischof von Caer Gwent, der alles andere als gnädig gestimmt ist.«

»Ein richtiges Heer also«, folgerte zweifelnd der Superior, kühl und gelassen. »Ich vernehme keine Kampfschreie.«

»Noch wird nicht gekämpft, Vater.« Hin und her gerissen zwischen Jugendlichkeit, Grauen und der völligen Unvertrautheit mit dem allem weinte der Junge fast. »Sie befehlen, dass wir die Tore öffnen und uns ergeben. Sie ... sie behaupten, sie hätten eine vom Papst selbst unterzeichnete Vollmacht.«

»Es sieht so aus«, bemerkte der dritte mit ironischem Unterton, »als wäre Ihre Majestät uns zuvorgekommen. Sie schleppt uns jetzt vor Gericht; ich frage mich, ob sie uns auch auf den Scheiterhaufen bringen lassen wird?«

Der Junge bekreuzigte sich. »Heilige Mutter Maria, steh uns bei! Vater, Brüder, sie sind grauenvoll. Sie sind ganz von Magie umgeben. Der Bischof ... der Bischof, der für sie spricht, forderte mich auf, Euch auszurichten, Ihr sollt Euch beeilen, sonst reißen sie das Tor nieder und nehmen uns alle fest.«

»Schon geschehen.« Er war ein Hüne. Er lächelte das süße, arglose Lächeln eines Kindes, das auf dem Gesicht dieses normannischen Kämpfers Furcht erregend wirkte. Er trat beiseite, um Kardinal Torrino, einen finster lächelnden Erzbischof und eine glutäugige bronzegoldene Hexe einzulassen; und die zarte elfenbeinfarbene Königin. Diese Zartheit brach einem das Herz, selbst wenn man wusste, dass sie wie ein Mann Kettenhemd und Übermantel trug und fast ebenso groß war wie der gerüstete Bischof und ebenso schnell wie der Wolf von der Größe eines Heideponys. Sie nahm wie selbstverständlich den Platz des Superiors ein, der Wolf legte sich mit blitzendem Auge zu ihren Füßen nieder.

Ihre eigenen Augen funkelten golden und waren doch

auf eigentümliche Weise sanft, als sie leichthin auf jenen Männern ruhten, die sich alle Mühe gaben, nicht vor ihr zurückzuweichen. Trotz all ihrer erbitterten Feindschaft hatte noch keiner von ihnen einem ihrer Art gegenübergestanden. »Ihr werdet unser Eindringen verzeihen«, begann sie, »doch wir haben Neuigkeiten, die nicht warten konnten, bis es Euch genehm wäre, Herr Erzbischof!«

Mit grimmigem Genuss drückte er dem Superior das Dokument des Papstes in die Hand. Der Pauliner-Priester las es langsam und höchst sorgfältig, ohne dass sein Gesichtsausdruck seine Gefühle verraten hätte. Als er fertig war, gab er das Schreiben dem Überbringer zurück; noch immer wahrte er die Ruhe. Doch die Hexen erkannten und die Menschen erahnten, welcher Aufruhr hinter der Maske tobte. Tobte, ohne ausbrechen zu können. Es entsprach alles der Ordnung. Vollkommen. Alles war zu Gunsten des Teufels entschieden. Sie freuten sich hämisch, diese Frauen, die keine Frauen waren, diese Töchter Liliths mit ihren Dämonenaugen.

Ein Mann fand die Sprache wieder, jener, der zuvor die Königin des Ehebruchs beschuldigt hatte. »Ihr habt noch nicht den Sieg errungen«, sprach er leise und mit belegter Stimme. »Man hat uns nicht aus diesem Königreich verbannt.«

»Ihr seid verbannt.« Benedetto Torrino musste sich alle Mühe geben, sich seine Befriedigung nicht an seiner Miene und seiner Stimme anmerken zu lassen. »Ich befehle es Euch; und ich bin in Rhiyana die Stimme von Papst Honorius.«

»Darüber kann man streiten.«

»Man wird dem Befehl Folge leisten. Ich habe Eurem falschen Legaten Nachricht übermitteln lassen. Wenn er nicht als Usurpator und Betrüger verurteilt werden will, sollte er lieber davon absehen, diese Reise fortzusetzen.« Der Kardinal musterte einen nach dem anderen. Seine edlen römischen Nasenflügel blähten sich; die wohl geformten Brauen schoben sich zusammen. »Ihr und Euresgleichen werdet Euch so schnell wie möglich zu ihm gesellen. Ihr habt bis zum Sonnenaufgang Zeit, diese Stadt zu verlassen, Ihr und Euer Viehzeug; wenn ihr aus diesem Königreich von jetzt an in fünf Tagen nicht völlig verschwunden seid, werde ich seine Einwohner auf euch loslassen.«

»Wir fürchten die Zauberer nicht.«

Torrinos Stimme war seidenweich. »Ich sprach nicht von der Art des Königs.« Er lächelte beinahe. Er war beinahe freundlich. »Ihr solltet Euch lieber sputen, Brüder. Der Morgen mag näher sein, als Ihr denkt.«

Bedächtig und überkorrekt verbeugte sich der Superior vor ihm, dem Bischof und dem Erzbischof, vor der Königin und ihren Vertrauten. »Wir haben Gehorsam gelobt«, erklärte er. Doch Auge in Auge mit Maura hielt er inne. »Wir gehen, wie geheißen, ohne Arg, denn wir sind ebenso Männer von Ehre wie Männer Gottes. Aber Ihr werdet wenig Gelegenheit haben, Euch zu freuen. Unsere Verbannung mag nicht länger dauern als die Lebensspanne eines alternden Papstes, dann kehren wir vielleicht um so siegreicher wieder. Euer Exil dagegen ist dann für alle Ewigkeit.«

»Vielleicht auch nicht«, widersprach die Hexe mit dem Bronzehaar. »Die Welt ist im Wandel begriffen, und die Menschen ändern sich. Eines Tages werden wir vielleicht dann doch zurückkehren.«

»Nicht in diesem Zeitalter«, entgegnete der Priester des heiligen Paulus in Rhiyana. »Nein, verehrte Hexe! Euer Triumph klingt hohl. Gott, seine Hunde und seine sterblichen Kinder haben dieses Königreich errungen. Und Ihr werdet es mit all Euren Bannsprüchen und Zaubereien nicht zurückgewinnen.« Er bekreuzigte sich und winkte seinen Gefährten. »Kommt, Brüder; wir werden für einige Zeit hinausgewiesen. Gehen wir mit aller Würde, die wir aufzubringen vermögen.«

33

Morgen«, erklärte Alf, »gehen wir.«

Jehan vergaß, weshalb er in die Kanzlei gekommen war. Er vergaß zwanzig Jahre harter Lehren in der Welt und in der Kirche und der schwersten Lehren in der päpstlichen Kurie. Er platzte wie ein ungehobelter Junge und mit der unvermittelten tiefen Verletztheit eines Jungen heraus: *»Morgen!* Es ist noch tiefster Winter. Rhiyana befindet sich noch in Aufruhr vom Krieg. Gwydions Nachfolger weiß noch nicht einmal, dass er ...«

»Herzog Rhodri weiß, dass er König wird. Gwydion hat es ihm vor langer Zeit, als er noch ein Junge war, gesagt. Nun kennt er Tag und Stunde. Es spricht sehr für ihn, dass es ihn eher mit Furcht als mit Hochstimmung erfüllt, dass es endlich so weit ist; und er trauert um den Verlust seines teuren Herrn.«

Worte, leere, wohlklingende Worte. Jehan schüttelte sie aus seinem Kopf. »Ihr solltet doch erst zu Pfingsten gehen.«

»Da müssen wir längst weg sein.« Alf packte den Zipfel von Cynans Gewand, ehe der durch die Tür verschwand. »Nein, Bürschchen. Keine Überfälle auf meine armen Schreiber.« Er lachte über das heftige Unbehagen seines Sohnes und sprach immer noch lachend: »Kleines Ungeheuer. Er brachte den Unterkanzler Mabon zu einem hysterischen Anfall, als er sich aus der Luft in meinen Schoß fallen ließ. Seine Kleidung kam getrennt nach und fiel mit einiger Verspätung voll dem armen Mabon auf den Kopf. Cynan beherrscht diese Kunst noch nicht richtig.«

»Ich muss es lernen«, erklärte Cynan schnippisch, dass er bemerkenswert nach seiner Mutter klang. »Ich verabscheue Kleider.«

»Sie halten uns warm«, antwortete sein Vater.

»Ich halte mich selbst warm.« Er schloss die Augen und konzentrierte sich. Die Kleidung verschwand. Er grinste sie beide mit boshafter Unschuldsmiene an.

Alf seufzte tief. »Du bist eine Prüfung für die Seele deines Vaters.«

»Und dein Vater ist eine Prüfung für die meine.« Jehans Klage klang nicht mehr so heftig. Alfs Werk, zum Teufel mit ihm. »Du bist ein Täuscher, weißt du das? Ein herzloser Manipulator. Ein verdammter, kaltblütiger, ewig ränkeschmiedender Zauberer. Warum lässt du mich meinen Kummer nicht in Ruhe ausleben? Ich werde es dir sagen. Weil es dir *selber* wehtut.«

»Natürlich tut es das«, stimmte Alf ihm so ruhig zu, wie er stets war, wenn er alleine Ziel eines Angriffs war. »Jehan, wir müssen fort. Der Papst hat es angeordnet. Zum Wohle des Reiches und zu unserem eigenen dürfen wir nicht länger verweilen. Und es darf auch draußen nicht bekannt werden, dass wir gehen, sonst erhebt sich ganz Rhiyana, einige, uns zu vertreiben, die meisten, um uns den Weg zu versperren. Selbst jetzt noch ist Gwydion äußerst beliebt.« Er machte eine Pause, um Atem zu holen und aus Rücksichtnahme. »Morgen reitet der König mit seiner Sippe zur Jagd an den Grenzen von Broceliande aus. Wir werden nicht wiederkehren.«

Niemals, niemals, niemals. Das war schlimmer als der Tod. In zwanzig bis vierzig Jahren wäre Jehan tot; falls die Lehre, die er predigte, zutraf, würde er mit jenen, die er liebte, um sich herum zu neuem Leben erwachen. Aber Alfred wäre nicht darunter. Kein Einziger jenes Volkes, zu denen er eine Liebe entwickelt hatte, als wären sie seine eigenen Blutsverwandten.

»Bis auf einen«, schränkte er ein. »Den einen, den ich hasste. Gott steh mir bei! Ich habe wirklich dem Falschen die Kehle durchschnitten.«

»Jehan ...«

Er drehte sich mit einem Ruck fort.

»Jehan de Sevigny, was hattest du Anna übers Erwachsenwerden gelehrt?«

Er fuhr wieder herum. »Gibt es überhaupt etwas, das du nicht weißt?«

Alf fuhr ruhig, fast abwesend fort, als hätte Jehan gar nichts gesagt. »Ich habe dir niemals viel genützt. Ich habe so viel von dir verlangt. So viel, um das du dich kümmern musstest, so viel Mühe, die dir niemals gedankt wurde.«

»Als ob ich das alles nicht zehnfach zurückgegeben hätte.« Jehan setzte sich langsam. Plötzlich fühlte er sich sehr erschöpft. »Es ist eine Schande mit mir«, murmelte er. »Anna, das dickköpfige kleine Etwas von einem Mädchen ... sie ist erwachsen geworden. Sie hat dich losgelassen. Aber ich, der ihr diesen Lehrsatz verkündet habe, ich schreie wie ein Kalb, das man der Mutter entwöhnt.«

Alf schwieg. Jehan lachte schmerzlich. »Mach dir keine Gedanken, Alfred. Ich werde mich schon abnabeln. Wenn du fort bist, werde ich es genauso halten wie die Mönche im Kloster, wenn ein frommer Bruder stirbt, und ein dreitägiges Fest ausrufen.«

Immer noch Stille. Cynan war völlig niedergeschmettert, selbst als sein Vater ihn auf den Teppich am Kamin setzte und ans Fenster trat. Das kalte Schneelicht bleichte das Gold aus Alfs Haar und die Jugendlichkeit aus seinem Gesicht. Er hatte niemals weniger menschlich ausgesehen. Jehan hatte ihn niemals mehr geliebt.

Seine Stimme erklang sanft und langsam. »Jehan, da ist noch etwas. Ich würde ... wenn du bereit wärst ... ich habe keine Messe mehr gesungen, seit wir Dom Morwin zur Ruhe gebettet haben, im fernen St. Ruan zu Richards Lebzeiten.

Würdest du sie mit mir an dem Morgen vor unserem Aufbruch zelebrieren?«

Jehans Kehle war wie zugeschnürt. Er zwang sich zu sprechen. »Ob ich das würde? Wenn du nicht gefragt hättest, hätte ich dich dazu gezwungen. Weißt du, wie lange ich mir das schon gewünscht habe?«

»Nicht länger als ich.« Alf lächelte ein wenig schief. »Wieder reiner Eigennutz, mein Freund. Ich habe zu große Angst, es alleine anzugehen.«

»Wir werden einander stützen. Haben wir es schließlich nicht immer so gehalten?«

»Immer«, antwortete Alf, »jawohl.« Als er sich vom Fenster abkehrte, war Jehan fort.

Alf hatte nicht nur große Angst. Er war von Grauen erfüllt. Er erwachte mitten in der Nacht und wusste, dass die Worte des Papstes ein Traum gewesen waren, dass der Herr der Kirche auf Erden niemals einem so unwürdigen Geschöpf ein so gewaltiges Geschenk gemacht haben konnte. Oder dass er es durch seine Macht bewirkt hatte; indem er das anpassungsfähige Denken verzerrt und verformt und auf diese Weise gezwungen hatte, ihm seinen Herzenswunsch zu erfüllen. Gleichzeitig Mann und Mönch, Zauberer und Priester Gottes zu sein, gleichzeitig seine Dame und die Kirche zu haben.

Er war überzeugt gewesen, geheilt zu sein. Die Wunde war eine alte, längst verblichene Narbe; er gehörte der Welt und die Welt ihm, und er war froh darüber. Hatte er San Girolamo nicht mit nur dem geringsten Bedauern verlassen? Die Nöte Rhiyanas hatten ihn, sobald seine Aufgabe in Rom erfüllt war, schnellstens aufbrechen lassen; was ihn bei seiner Abreise bekümmerte, galt den Menschen, die er zurückließ: seiner Schwester Anna, Oddone, der irgendwie ganz leise und unaufdringlich sein Freund geworden war; selbst dem barschen Prior Giacomo, dessen finstere Miene nur eine Maske war, hinter der sich unergründlich tiefe Nächstenliebe versteckte. Was er im Kloster gewesen war und vollbracht hatte, war lediglich Gewohnheit und die Raserei eines Geistes, der niedergemacht und entmachtet worden war, um selbst wieder heil zu werden. Er empfand keinerlei Wunsch, wieder Mönch zu sein.

Er war kein Mönch. Er war, wozu seine Geburt und seine Erziehung ihn gemacht hatten. Ein Elfenpriester. Und für diese gewaltige Freude musste er einen Preis zahlen. Er musste ein endgültigeres und vollkommeneres Exil als jedes Kloster aufsuchen und völlig abgetrennt hinter den Mauern von Broceliande leben. Wenn sich erst das letzte Tor geschlossen hätte, wäre jedem sterblichen Menschen der Zutritt und jedem Unsterblichen die Rückkehr verwehrt, und das möglicherweise bis über das Ende dieser Welt hinaus.

Und er ängstigte sich aus so geringem Anlass wie Worten und Ritus! Menschliche Worte, menschliche Riten, die von menschlichen Gesetzen festgelegt waren. Nur wenige vom Elfenvolk waren überhaupt Christen, und von denen wiederum hatten nur wenige einen Grund, die Kirche zu lieben, deren Botschafter er werden sollte.

Er hielt inne, während er sich zu seiner letzten Messe in der Welt ankleidete, und hob den Kopf. Nicht der Kirche. Nicht dem Papst und den Priestern und den vielen kanonischen Vorschriften. Nicht irgendetwas, das der Mensch ersonnen hatte. Das waren alles nur Masken. Er diente dem, der dahinter stand. Gott. Die Worte und Rituale waren ebenfalls nur Masken, allerdings Masken, ohne die der Geist nicht seine Vernunft wahren könnte. Und so konnte er in der Welt der Macht ebenso sehen, hören und fühlen wie in der leiblichen, indem er reinem Geist Formen verlieh, die sein irdischer Körper erfassen konnte.

Erheiterung erfasste ihn kurz. Was für ein Traktat könnte er mit der Weisheit seines Alters verfassen, die Ergänzung und das Gegenstück zu jener hochmütigen Torheit seiner Jugend, dem *Gloria Dei.* Ein *Gloria Magici,* einen *Tractatus de Rebus Obscuris et Tremendis.* Und zweifellos würde er, wäre er für seine Art erst einmal so alt, wie er es nun für einen Menschen war, über all diese kindischen Schwärmereien lachen.

Er strich das Messgewand glatt, das Jehan ihm aufgedrängt hatte, jenes, das er selbst aus Seide und Sonnenschein gewebt hatte. Jehan hatte sich mit einfacher Seide begnügt, und wäre es alleine seine Entscheidung gewesen, so hätte er auch die Aufgaben des Messdieners versehen und die beiden Pagen, die um diese Ehre stritten, abgewiesen. Einer ließ noch die Spuren erkennen, eine Schnittwunde, ein bis zwei Blutergüsse und ein gewaltiges blaues Auge. Er war ein sehr guter Ministrant, sehr sicher und ruhig, sehr gewissenhaft.

Alf ballte die Fäuste, um die aufsteigende Macht zu unterdrücken, jene keimende Versuchung – jede Verletzung zu heilen, die um ihn her auftauchte. Sie wurde stärker. Der Zweikampf mit Simon, das Ringen mit Gwydion hatten sie von einem anhaltenden, erträglichen Schmerz zu unausweichlichem Bedürfnis anwachsen lassen. Es war schon gut, dass er die Welt verließ. Seine angegriffenen Abwehrschilde fielen einer nach dem anderen; in allzu kurzer Zeit stünde er nackt da, und dann würde er zerbrechen.

Jehan und die Pagen warteten auf ihn. Er setzte eine gefasste Miene auf, ordnete sein Inneres, so gut es ging, und gab ihnen Zeichen anzufangen.

Es sollte eine stille Feier werden, eine Messe bei Tagesanbruch in der St.-Johannes-Kapelle, wo so viel Elfenleute teilnehmen sollten, wie kommen wollten, und ohne großes Aufheben. Alf stellte fest, dass der kleine Raum zum Bersten gefüllt war. Alle waren erschienen, alle seine Angehörigen, die noch nicht im Wald waren, und der Erzbischof im vollen schwarzen Ornat der Benediktiner, Kardinal Torrino, Herzog Rhodri, der bei Sonnenuntergang König wäre, und eine Anzahl einfacherer Leute, Höflinge, Diener, Schreiber und Beamte der Kanzlei. Jeder, der wusste, dass an diesem Tag die ausreitende Jagdgesellschaft nicht zurückkehren würde. Alf hatte nicht gedacht, dass es so viele waren.

Und doch bedrückte sie kein niederschmetternder Kummer. Sie waren traurig, gewiss. Vor allem Rhodri wirkte erschöpft und bekümmert. Doch sie konnten eine stille Freude über diese Zusammenkunft und die Messfeier empfinden.

Der Altar wartete und schimmerte sanft mit seinem Tuch aus Mondschein und Schnee. Die dicht gedrängte Menge verblasste, die Angst verflog. Da waren nur noch der Steintisch mit seinen Heiligenreliquien, dem geschnitzten Kreuz, der Mann, der ihre Hingabe teilen würde und nun seine Freude an ihnen teilte, und das Licht, das sich von ihnen allen in Alfs offene Seele ergoss. Es trug ihn empor; es bediente sich seiner nach seinem Gutdünken.

»Wahrhaftig eine neue Priesterschaft«, bemerkte der Kardinal zur Königin, die der Zufall und vielleicht das Schicksal beim Auszug aus der Kapelle neben ihn geführt hatte. Gwydion befand sich weit vorn zusammen mit seinem Bruder und seinem bedrückten Nachfolger; die einfacheren Leute hatten sich zerstreut, die Elfenleute waren gegangen, sich für den Ausritt vorzubereiten. So befanden sie beide sich alleine, wenngleich gut in Sicht derer, welche die Messe zelebriert hatten und sich nun in der Sakristei aufhielten. Von seinem Standort aus konnte Torrino das verschwommene Weiß und Gold sehen, das Alfred war, der endlich Jehans Hilfe annahm.

»Seine Heiligkeit hat wahrhaft wunderbare Weitsicht bewiesen«, fuhr Torrino fort, »für Euer Volk eine neue Ordnung zu schaffen. Wusste er aber auch, dass das der Messfeier neuen Glanz verlieh? Die Messe des Weißen Magiers ... ich weiß, ich weiß ganz bestimmt, dass wir heute die Seligkeit erlebt haben, wie sie ewig vor Gottes Thron besteht.«

»Unser Bruder hat das vollbracht«, erklärte sie. »Wir haben seinen schwachen Widerschein erlebt. Was unser Glück ist, ob wir nun sterblich oder unsterblich sind; wir besitzen nicht seine Gabe, die volle Pracht zu schauen und zu überleben.« Ihr Gesicht war reglos, ihr Blick auf den Boden gerichtet. »Das ist seine Aufgabe. Er soll die Brücke bilden; man könnte sagen, er soll unser Heiliger sein. Ich stelle fest, da meine Zeit als Königin vorüber ist und mein Exil beginnt, dass ich sehr glücklich für ihn bin. Er erfüllt zumindest seine Bestimmung.«

»Ihr denn nicht?«

Sie zuckte einfach mit den Schultern, wie ein Kind das getan hätte. »Ich habe niemals wirklich und unzweifelhaft erfahren, was ich eigentlich bin. Ich war eine Dorfhexe. Ich wurde zur Königin. Keines der beiden hat mich jemals ganz zufrieden gestellt. Nun werde ich ... ich weiß nicht, was. Wisst Ihr, was uns erwartet, wenn wir alleine sind? Keine Diener. Keine Helfer. Nur wir selbst und unsere Macht. Es wird recht eigentümlich sein.« Sie hob den Blick. Ihre Augen waren reines Gold. »Es ist eine ganz neue Welt.«

Er sah sie an, und sein eigener Blick trübte sich. Sie hatte sich schon von der Menschheit losgesagt, hatte Geist und Herz jener Welt zugewandt, die kein Sterblicher betreten würde.

Sie und der ihr angetraute Herrscher. Sie hatte Gwydions Rückkehr mit höfischem Anstand begrüßt, doch Torrino hatte den Funken bemerkt, der zwischen ihnen hin- und hersprang, und das Strahlen, das seither ihre Mienen umgab. Er hatte sich gezwungen, es zu bemerken. Er hatte es zu seiner Buße getan.

Nun überwand er sich zu einer Verbeugung, außer Stande,

ein Lächeln zu zeigen. »Was immer aus Euch wird, Ihr werdet niemals etwas Geringeres denn königlich sein.«

Ihr Lachen erzürnte und besänftigte ihn gleichermaßen. »Ach, Eminenz, das ist nur Gewohnheit und die Bürde einer Krone. Ich werde glücklich sein, Letztere zu verlieren.«

Er schwieg. Ihr Blick wurde milder, ihre Stimme sanft. »Ich werde Euch nie vergessen.«

»Das«, sagte er mit einer Beherrschung, die sie beide verwunderte, »ist ein sehr großes Geschenk.«

»Ich muss gehen.« Sie küsste ihn flüchtig, doch diese eine kurze Berührung würde ihn ein Lebtag lang brennen lassen. »Lebt wohl, mein Herr.«

Sie ritten hinaus in den kalten Morgen, alle Elfenleute gemeinsam mit Falken, Jagdhunden, den Wölfen der Königin und einer kleinen Gruppe Menschen, die das Verschwinden der Elfenart bezeugen würde. Des Königs Seneschall führte sie mit noch finstererem Gesicht als gewöhnlich an, und Jehan hatte sich ihnen zugesellt. Niemand hielt ihn davon ab. Nicht dass er sich unerkannt wähnte; der Bart, den er noch trug, und die über Stiefel und Reithosen hoch geraffte Hieronymiten-Kutte waren hier noch schlechtere Tarnung als in Rom. Er bezog neben Alf Stellung und blieb auch dort, sprach wenig und tat sein Bestes, nicht über den Augenblick hinauszudenken.

Nikephoros ritt weit hinten, etwas abseits von den anderen. Er hatte nur einen Blick zurück auf Caer Gwent und den Turm geworfen, wo noch als stolze, gnädige Täuschung das Banner des Königs flatterte, und zu den Menschen, welche die Straße dazwischen säumten. Sie würden erst lange, nachdem er fort war, erfahren, dass sie ihren Elfenkönig zum letzten Mal gesehen hatten. Dass just in diesem Augenblick der Urenkel seiner Schwester, ein sterblicher Mann mittleren Alters mit seiner Herzogin, die seine Königin geworden war, in den königlichen

Gemächern saß und die Krone betrachtete, die Gwydion in seine Hände gelegt hatte. Es waren jetzt Rhodris Leute, die Gwydions Namen riefen, und hier und da murrte gar einer gegen einen König, der so kurz nach einem so verheerenden Krieg zur Jagd ausritt.

Nikki verschloss sein Denken gegen sie. Sie waren niemals sein Volk gewesen. Er war gebürtiger Grieche; er war zum Zauberer geworden. Seine adoptierten Verwandten ritten vor ihm her, manche schweigsam und düster, andere singend. Mehr als einmal blickte Tao-Lin über ihre Schulter, und ihre Mandelaugen waren zugleich sanft und funkelnd. *Heute Abend,* versprach sie ihm, und der Gedanke war wie eine Liebkosung.

Er schauderte und richtete seine ganze Geisteswehr auf. Die Stille war ein Segen und schrecklich zugleich. Seine ungeschützten Hände und Füße prickelten vor Kälte. Er wandte das Gesicht der strahlenden Sonne zu, die doch nicht wärmte. Die gleiche Sonne, wie sie über Broceliande schien, und doch eine ganz andere. Die Machtmauern veränderten sie eigentümlich. Machten sie weicher und verwandelten ihren Schein in eine goldene Flut.

Sein verräterisches Denken schleuderte ihn zurück unter die Sonne Roms, die selbst im Winter kräftig war. Zeigte ihm sein eigenes Gesicht, das nicht einmal zu Weiß erblassen konnte, nur zu stumpfem Grau, so lange hatte die orientalische Sonne seine Vorfahren verbrannt. Und führte ihm ein Bild vor, das niemals wiederzusehen er sich eingeschärft hatte.

Am Abend der Rückkehr des Königs war Tao-Lin in Nikkis Bett geschlüpft. Das war nichts Neues oder Erschreckendes; sie war zuvor viele Male gekommen und er viele Male zu ihr gegangen. Die beiden hatten sich stets irgendwie als Liebespaar betrachtet, wenngleich mit Sicherheit nicht in der reinen und ausschließlichen Art jener anderen schamlosen Sünder, seines Bruders und der Dame Althea.

In jener Nacht, da der Krieg zu Ende ging, war Nikki froh gewesen, dass Tao-Lin kam. Er hatte sie zum Lachen und zu dem Ausruf gebracht, er würde sie bei lebendigem Leib auffressen. Und hatte sie fast brutal genommen. Und in jedem einzelnen Augenblick hatte er nicht diese funkelnden schwarzen Augen gesehen, sondern welche von der Farbe des Abendhimmels. Er hatte Haut aus makellosem Elfenbein gestreichelt und sich an weichen, dunklen Flaum auf menschlichem Fleisch erinnert. Hielt sie umklammert, die eine berühmte Kurtisane gewesen war, und konnte an nichts anderes denken als an eine liebreizend unbeholfene, durch und durch sterbliche Frau.

Er schüttelte den Kopf mit fest zusammengekniffenen Augen. Sie hatten alle ihre Entscheidungen getroffen. Sie hatte die Laufbahn fortgesetzt, die sie vor langer Zeit eingeschlagen hatte, und er ritt dem Schicksal entgegen, das ihm bestimmt war, seit ein Zauberer aus Anglia auf der Straße nach Byzanz mit einem Sonnenstich ohnmächtig zuammengebrochen war. Was zwischen ihnen gewesen war, war nur eine Zerstreuung gewesen. Lust. Verblendung. Die glorreiche Vernarrtheit weniger Tage. Sie würde lernen, ihn zu vergessen. In Broceliande, wo Macht herrschte und menschliche Ängste nicht aufkommen konnten, würde er sie aus seinen Erinnerungen streichen. Es war nur schmerzhaft; es würde vergehen.

Aber ach, ehe es so weit war, tat es schrecklich weh.

Es brachte nichts, die Augen zu öffnen. Die Sonne blendete ihn; der peitschende Wind entlockte ihm Tränen. Die Erde war hart und wintergrau und auf bittere Weise schön; sie dehnte sich endlos und völlig unerforscht um ihn her.

Er würde die innere Welt erkunden, das Reich der Macht, das weiter war als die Erde und alles auf ihrer Oberfläche. Und einige der Elfen sprachen schon davon, das Jenseits von Broceliande zu erkunden; nur die Welt der Menschen bliebe ihnen versagt. Sich über die Bahn des Mondes zu erheben, zwischen den Planetenkugeln einherzugehen, die Sterne auf ihrer Bahn aufzusuchen – was war dagegen die unbedeutende Erde?

Er setzte sich tiefer im Sattel zurecht, klemmte seinen geschienten Arm fest in den Gürtel und ließ seiner unruhigen Stute freien Lauf. Als sie an Tao-Lins Zelter vorüberzog und aus reinem Übermut bockte, begann Nikephoros sein neues Lächeln zu lächeln, das zu einem Teil seiner selbst wurde. Ein wenig schief und ein bisschen bitter, aber trotzdem strahlend und unbekümmert, und es erblühte zu einem plötzlichen Lachen, das der Wind davontrug.

Langsam stieg Broceliande vor ihnen auf. Zuerst als Schatten über den felsigen Bergen, der nicht mehr Substanz besaß als eine Wolkenbank. Stück um Stück schwoll der Schatten an. Am dritten Morgen konnten selbst menschliche Augen erkennen, dass es sich bei dem dunklen Streifen um einen dichten Baumbestand handelte, eine gewaltige Mauer aus Stämmen und Zweigen, die dort seit dem Anbeginn der Welt gestanden hatte.

Jehan wusste, was sich in ihrem Innern befand. Er war dort gewesen. Bäume und gewundene Pfade, Lichtungen, die in Frühling, Sommer und Herbst von strahlender Schönheit waren, ein Gewirr von Bächen, die sich zu einem kleinen, schnell dahinsprudelnden Fluss sammelten; offene Wiesenflächen, die fruchtbares Ackerland abgäben, und ein See wie ein Juwel, an dessen Ufern sich ein Hügel erhob und auf diesem Hügel ein Schloss, das Haus des Falken. Und dahinter tiefer Wald und graues Moor und die rauschende See. Es war ein weit gedehnteres Reich, als man hätte annehmen können, und zugleich vielseitiger und schöner.

Doch als er jetzt unter grauem Himmel in trostlosem, rauem Wind darauf zuritt, sah er nur den aufragenden, dunklen Streifen. Sobald der letzte Zufluchtsuchende hineingetaucht wäre, würden die Grenzen sich schließen: Sterbliche Menschen würden in namenlosem Entsetzen davor zurückschrecken oder aber, wenn sie sich aus Tollkühnheit oder Dummheit hineinwagten, in dem Labyrinth umherwandern, bis es sie ausgehungert und höchstwahrscheinlich von Sinnen wieder ausstieße.

»Es ist notwendig«, sagte er sich. »Es muss sein.«

Die Ersten von ihnen waren bereits unter die Bäume geritten. Tao-Lin in ihren scharlachroten Seidengewändern und Nikephoros in den seinen, mit aufrechtem Rücken und steif, selbst als er davonsprengte. Die Dunkelheit wich vor ihnen zurück; ein Strahlen breitete sich um sie beide, Hexe und Hexen-Mensch, eine Art Mondglanz. Gwydion, Maura, Aidan und Morgiana folgten Seite an Seite, und das Licht erstrahlte zu vielfarbiger Pracht und umfasste die Wölfe, die hinter der Königin hertrabten, und die Dame, die dahinter ihren braunen Hengst ritt. Sie richtete ihren Blick starr geradeaus. Sie war niemals die Frau gewesen, den Blick zurückzuwenden, diese Thea Damaskena.

Jehans Pferd hielt von selbst an, schnaubte und wollte sich aufbäumen. Alfs großer Grauer trabte unbeeindruckt weiter. Jehan konnte und wollte sich nicht rühren oder sprechen. Ja, lass ihn so ziehen, still, ohne ein Wort. Keine Tränen, keine törichten Reden. Nur ein Mann auf einem rotbraunen Schlachtross, der zusah, wie ein Magier auf einer grauen Mähre mit einem mondfahlen Kind, das unter seinem Umhang hervorspähte, fort ins strahlende Dunkel ritt.

Just an dessen Rand, als es ihn schon umfassen wollte, hielt Alf inne. Seine Stute machte eine halbe Kehrtwendung; er schaute zurück. Seine Hand fuhr in die Höhe und zeichnete ein Kreuz in die Luft. Sein Lächeln kam plötzlich, strahlend und mit allem ausgefüllt, das sie zu sagen niemals die Zeit gefunden hatten, und mit allem, das sie gesagt hatten. Jehan verschwamm das Bild vor Augen. Die weiße Gestalt erstrahlte und verlosch: Als er endlich wieder sehen konnte, waren sie fort, allesamt, und ihr Licht mit ihnen.

»Die Magie hat die Welt verlassen«, sagte er. Er warf den Kopf zurück, den Himmel anzuklagen, senkte ihn, die Erde und ihre törichten Priester zu beschuldigen, und fühlte, dass er etwas in der geballten Faust hielt. Es kostete ihn seine ganze Willenskraft, sie zu öffnen. Und er lachte verwundert, als ihm plötzlich Tränen in die Augen schossen. In seiner Hand lag eine wundervoll gearbeitete Brosche aus Elfenbein und Karneol, Malachit und Silber; eine weiße Jagdhündin mit roten Ohren und schalkhaft fröhlichen Augen, und mit ihr durch dicht verflochtenes Laubwerk tanzte auf stolzen Schwingen ein Falke. Sein Auge funkelte ihn bald silbrig golden, bald glutrot an. *Alles Magie, Jehan de Sevigny?*

Er musste wieder lachen. »Solange du etwas dagegen vermagst, gewiss nicht!« Er verneigte sich in Richtung des stillen Waldes mit einer weit ausholenden, übermütigen und bewundernden Verbeugung, in die sich auch starker Kummer mischte, und wirbelte seinen Hengst auf den Hinterläufen herum. Jetzt, in diesem Moment, dachte er daran: Er hatte ein Bistum zu übernehmen. Er hielt darauf zu; und während des Rittes begann er zu singen.